中国农林水利气象工会长江委员会

中国水利作家协会 编

三峡工程情怀

历程篇

长江出版社
CHANGJIANG PRESS

序

　　长江是中华民族的母亲河，哺育了世世代代的中华儿女，孕育了悠久灿烂的华夏文明，但她频发的洪灾又给两岸人民带来深重的灾难。

　　几千年来，长江洪灾一直是中华民族的心腹之患。据文献记载，自汉朝至清末的2000多年间，长江流域共发生较大洪灾214次，平均约10年一次。

　　水患频仍，百姓难安，两岸人民祈盼治理长江。新中国成立后，在党中央、国务院的领导下，长江防洪关键控制性工程——三峡工程建设被提上了重要议事日程。长江水利委员会（简称"长江委"）从20世纪50年代初开始，对三峡工程进行了大量的勘测、论证、规划、设计和研究工作。

　　从古老峡江畔的第一个钻孔到坝址的最终确定，从举世罕见的反复论证到工程开工兴建，三峡工程在几代长江委勘测设计工作者的不懈努力下，从梦想变为现实。1992年4月3日，代表着12亿中国人民意志的全国人民代表大会，在首都北京作出了一个关于长江的重大决策：兴建三峡工程，从根本上改变长江流域的防洪形势，并最大限家对我们最大的信任。我作为长江委总工程师，全面负责三峡工程设计工作，深感肩负的责任重大。在三峡工程建设的日日夜夜里，我始终铭记周总理"在长江上建坝，要战战兢兢，如履薄冰，如临深渊"的叮嘱，组织设计人员科学攻关、精心设计。

我们一起深入研究解决了泥沙、水库诱发地震、库岸稳定、大江截流和二期深水围堰、永久船闸高陡边坡稳定和变形、大坝混凝土快速施工、特大型金属结构、垂直升船机、特大容量水轮发电机组、环境影响与评价、水库淹没和移民安置等多项重大关键性技术问题，为国家决策和三峡建设提供了强有力的技术后盾，为中国水利水电设计行业打造出了辉煌的民族品牌。

在三峡工程实施过程中，通过多方案研究与试验，取得了多项技术创新和突破：

提出了应对泄洪、防洪、导流流量大、排沙任务重、上游水位变幅大等多重世界性挑战的完美枢纽布置格局；

创造性提出"预平抛垫底、上游单戗立堵、双向进占、下游尾随进占"的截流方案，使我国河道截流技术跃居世界领先水平；

运用混凝土骨料二次风冷技术，开创了夏季浇筑大坝混凝土3米升层技术先例，实现了三期大坝无缝的世界奇迹；

攻克单机容量大、水头变幅大、过机水流含有泥沙和启停频繁的世界性难题，成功实现了巨型混流式水轮机组稳定运行；

设计了世界首座"全衬砌式"新型船闸——三峡双线五级船闸，并研究解决了船闸总体设计、特高水头大型船闸输水、与岩体共同工作的大型衬砌式船闸结构、人字闸门及其启闭机、多级船闸监控系统、船闸施工等关键技术难题。

三峡工程建设实现了一个又一个世界零的突破，创造了一项又程投资节省了数亿元人民币。

　　大江奔腾，浩荡向东。今天，巍巍大坝截断巫山云雨，三峡工程已成为长江上最醒目的新地标，中华民族伟大复兴的重要标志。千百年来，峡江的水从未这般宁静，从青藏高原奔腾而来的滚滚江水在雄伟的三峡大坝前化为一片平湖。

　　大音希声，丰碑无言。三峡工程不仅是世界上最大的水利枢纽，更是一座科学求实、创新进取、团结协作、无私奉献的精神丰碑。在工程竣工之际，有关部门组织编撰《三峡工程情怀》，这是一项壮举和善举，必将再现长江委人与三峡工程那段艰难而又辉煌的历史，铭记长江委人在三峡工程建设中的贡献，传承和发扬"团结、奉献、科学、创新"的长江委精神，让世人真正了解长江委，了解治江事业，了解中国水利曲折而辉煌的发展历程，唱响主旋律，传播正能量。

　　是为序。

中国工程院院士

郑守仁

2019年8月26日

施工现场

电站 ▶

升船机 ▶

◀ 五级船闸

◀ 大坝泄洪

工程全貌

目　录

历程篇

三峡工程情怀

中国宜利用水力说

——煤之替代物

字林报略云：世界煤斤，虽据科学家云，尚可供许多年之需用。惟世界用煤孔多，出产有限，供给将穷，故觅取他物以代煤斤，俾供产生发动力之用，此乃世人所亟欲研究者。英人巴森氏近在英国协会演说，估计世界水力约二万万马力，若欲利用之，则须费英金八千兆镑以经营之。近日英人巴威尔氏（曾条议上海筑港事）调查长江上游，察航行可以改良之情形与上游水力之重要调查所得，录诸笔记。以下所述即根据其纪录而来也。

宜昌重庆间江长四百英里，共三十五滩，两处高度相差四百七十六英尺。重庆高出水平线六百一十尺，宜昌高出水平线一百三十四尺。换言之，宜渝间之江，自上而下，形势倾斜，每四千四百五十尺辄低一尺，其险峻两倍于寻常江河江身之斜度。当然参差不齐，中有层层陷阱，间有深逾二百尺者。低地之两旁乃隆起地，瀑布由此而来；或两壁峭立，中留狭峡，江水由此夺路而过。四川平原之水，以宜昌峡为惟一之出路。原来，四川平原本系内海，水一涨，起辄泻于郧阳以南较低之山地。盖大巫山起脉于黔省与喜马拉雅山之间，沿四川东界而止于郧阳以南也。重庆江水排泄之量，以英方尺计之，当平均低水时，每秒钟七万五千方尺；平均涨潮时，每秒钟七十七万四千方尺；最大潮时，每秒钟一百零六十五万方尺，可以五十尺之水头发出下述之马力：当平均低水时可得马力四十三万匹三十一万九千七百八十基洛瓦德；平均涨潮时，马力四百四十万匹三百二十八万二千四百基洛瓦德，较诸美国著名奈格拉瀑布水力尚高百分之三十。奈格拉瀑布于一百四十尺水头处，约产马力三百二十五万匹而已。今若利用此水力，则非属置轮机于江边，任江水自为之之问题，振兴水利当兼筹利用水力与便利航行而言。据巴威尔氏计划，宜移去低水力处之岩石，开浚河身之淤积，使低水处宽至九百尺、深至十五尺，然后起筑七堤，以保持水平，以减除巫山与重庆间之险滩。堤长各三千尺，高出低水五十尺，堤设闸门，用电气马达机司其开闭。筑堤地点当在巫山、夔府、安平、云阳、小江、忠州、涪州等七处。每堤三闸共二十一闸，水涨时则开闸以泄水，水低时则水越堤而流。如此办法，长江上游几同巴拿马运河。每堤蓄水既多，则可安置水电涡轮而发展上表所列之水力。按用煤生力，须雇技士、矿工、运工，人数既多，用费亦昂。若用水生力，则仅需十人。两相比较，则水力之发展尤宜致意矣。巴威尔氏估计，发展水力之经费约需英金八百二十六万镑：计修治险滩费四十五万镑，筑堤设闸费七百二十一万镑，每处水电机费六十万镑。巴威尔氏此项计划颇为伟大，但并非想象之言。使巴威尔氏之言，而果确切不移也，则长江上游当不致永为航行之障碍。据巴威尔氏计算，如七处水电厂各皆设立，则可得三千一百万匹马力。巴森氏谓世界有水力二百兆马力须费八千兆镑。今依巴威尔估计，则长江上游可发展全世界水力六分之一，而所需经费较巴森所言者，尚远不及六分之一也。

（原载《申报》，民国八年九月十八日）

开发三峡水电的先导者孙中山

郑幸哉

100 年前的 1894 年，孙中山先生以忧国忧民之心，"无利不兴、无弊不革、艰难险阻、犹所不辞"之志，而提出挽救民族危亡、定国安邦之道。其一则在于"物能尽其用"，唯"天生之物如光热电者""水力以生电"。到 1994 年 12 月 14 日国务院总理李鹏在宜昌中堡岛庄严宣告三峡工程正式开工，历经整整一个世纪，终于由设想到现实。在此再追溯孙中山从 1894 年的《上李鸿章书》到《建国方略》至"民生主义"第三讲开发三峡水力电能的演变过程。

"窃文籍隶粤东，世居香邑，曾于香港考授英国医士。幼尝游学外洋，于泰西之语言文字，政治礼俗，与夫天算地舆之学，格物化学之理，皆略有所窥；而尤留心于其富国强兵之道，化民成俗之规……

泰西之儒以格致为生民根本之务，舍此则无以兴物利民，由是孜孜然日以穷理致用为事……格致之学明，则电风水火皆为我用。以风动轮而代人工，以水冲机而省煤力，压力相吸而升水，电性相感而生光，此犹其小焉者也。至于水作汽以运舟车，虽万马所不能及，风潮所不能当；电气传邮，顷刻万里，此其用为何如哉！然而物之用更有不止于此者，在人能穷求其理，理愈明而用愈广。如电，无形无质，似物非物，其气付于万物之中，运乎六合之内；其为用较万物为最广而又最灵，可以作烛，可以传邮，可以运机，可以毓物，可以开矿……然而取电必资乎力，而发力必藉于煤，近又有人想出新法，用瀑布之水力以生电，以器蓄之，可待不时之用，可随地之需，此又取之无禁，用之不竭者也。"（《孙中山全集》第一卷，第 8–12 页，中华书局 1981 年 8 月）

这一段对电能的论述，是孙中山于 1894 年 28 岁时，上书清政府直隶总督李鸿章，洋洋八千言谈富强之大经、治国之大本中，对电能的认识与作用的陈情，是孙中山最初萌发的实业救国的思想，一片忧国忧民的赤子之心，故"有不徒于世之心，则虽处布衣，而以天下为己任……不待文王而犹兴也"的肺腑之言。可当时称为洋务运动领袖的李鸿章，为西太后所宠爱，是清政府的要员，对具有强烈民主革命思想的孙中山却不屑一顾，于是"为生民命脉之所关，且无行之之难，又有行之之人，岂尚有不为者乎？用敢不辞冒昧，侃侃而谈，为生民请命"之作，石沉大海。

腐败无能丧权辱国的清王朝，从皇室到达官贵人，过着穷奢极欲的生活，根本不关心电力启蒙时期的发展。1882年英国商人狄斯·罗和魏特迈等3人，在上海开办"电光公司"，安装12千瓦的火电发电机一台，于是年7月发电。此后，慈禧太后退居休养，于1890年在北京西苑，安装了14.7千瓦发电机发电，供其享受。1892年在云南昆明市郊滇池出口螳螂川，建设石龙坝水电站装机480千瓦。这就是旧中国的电力创业史，属于自己的电能。孙中山"上书"时，中国的电业寥若晨星，而广大乡村虽不见"如囊萤、如映雪"，却绝大多数是清油灯盏照明，交通较畅的城镇只能用上洋油灯。爱迪生幻想的所有家庭夜晚都有一轮小太阳熠熠生光的时代，这对贫穷落后的中国工农来说，只是一个遥远的梦。

1911年，在武昌革命起义的隆隆炮声中清王朝被推翻了。民主革命先驱孙中山以伟大革命家的胆识，把握着时代的脉搏，研究着中国大地的物质资源，思考着革命胜利后的强国之道。1912年5月发表了为沟通南北大动脉建设10英里的铁路计划；又于1913年3月赴日本考察铁路、工业、商贸，谋划振兴农桑、兴办工业、建设交通以推动城乡经济大发展。如此必须"不事劳人力而全物力"，开发电能则是至关重要的。

孙中山在纵观国际国内形势之后，希望利用西方战时大规模的机器设备和人力技术，以发展中国的实业。第一次世界大战结束后，孙中山1918年到上海闭门潜心著书，总结"奔走国事三十余年"的经验。1919年2月以后，以英文撰写了《实业计划》各篇，其中有《国际共同发展中国实业计划书——补助世界战后整顿实业之方法》等文，并译成中文在他创办的《建设》杂志上陆续发表。孙中山将自己在《建设》杂志上陆续发表的各篇，汇集成《建国方略》一书，并于1921年10月10日出版。《建国方略》在上文改名为《建国方略之二——实业计划（物质建设）》一文的第二计划第四部"改良现存水路及运河"一节中论述道：

"自宜昌而上，入峡行，约一百英里而达四川之低地，即地学家所谓红盆地也。此宜昌以上迄于江源一部分河流，两岸岩石束江，使窄且深，平均深有六寻（三十六英尺），最深有至三十寻者。急流与滩石，沿流皆是。

改良此上游一段，当以水闸堰其水，使舟得溯流以行，而又可资其水力。其滩石应行爆开除去。于是水深十尺之航路，下起汉口，上达重庆，可得而致。"（《孙中山全集》第六卷，第300页，中华书局，1985年3月）

孙中山在《建设》杂志上发表上文以后，英国工程师波韦尔于1919年8，9月间，来中国扬子江实地考察，并提出了一个《扬子江三峡水电开发意见》。孙中山开发扬子江三峡的铿锵之声宛如一石击水泛起涟漪。

3年后的1924年，自元月以来，孙中山又在广州国立高等师范学校举办讲座，系统讲解他的名著——《三民主义》，共16讲。8月17日讲《三民主义》之"民生主义"第三讲时说：

"像扬子江上游夔峡的水力，更是很大。有人考察由宜昌到万县一带的水力，可以发生三千余万匹马力的电力，像这样大的电力，比现在各国所发生的电力都要大得多。不但是可以供给全国火车、电车和各种工厂之用，并且可以用来制造大宗的肥料。……让这么大的电力来替代我们做工，那便是很大的生产，中国一定是可以变贫为富的。"（《三民主义》，第359-360页，商务印书馆出版发行）

到了1929年1月，陈湛恩先生在《扬子江水道月刊》上发表《扬子江最近之情势及整治意见》一文中，提出对开发扬子江三峡水能电力的选址、规模、投入、反馈的意见，于是出现了中国第一个开发三峡水电的初步设计。

孙中山在广州讲授《三民主义》后，1925年北上共商国是，因积劳成疾，不幸于3月12日在北京溘然辞世，举国上下为之哀痛。湖北省于4月7日至9日在省会武昌举行追悼孙中山先生大会，第一天就有3万多人参加，并在追悼会场设立了临时"中山书店"，销售《三民主义》《建国方略》等书籍。在宜昌亦于4月20日假商埠公园举行"宜昌各界追悼中山先生大会"，参加追悼大会的达1万余人，送挽联800余副，会后还在街头举行讲演，散发印刷品，宣传中山主义。这天，"人山人海，颇极一时之盛"，各机关下半旗，兵舰鸣炮，以志哀悼。上海《民国日报》予以了翔实报道。为纪念孙中山，后来还把宜昌商埠公园命名为"中山公园"，公园内的图书馆命名为"中山图书馆"，公园路命名为"中山路"，路名沿用至今。

一代伟人的思想，在宜昌三峡的历史天际回荡。一代伟人的设想，产生了万民景仰的千秋功德。今天三峡大坝的兴建，正是对孙中山提出"水力以生电"和开发三峡"以水闸堰其水"的最好告慰。

（原载《三峡文史博览》）

扬子江最近之情势及整治意见（节选）

陈湛恩

自宜昌以上属之，其源出青海，南流数千里，入云南境，名金沙江，河床高出海平面八千尺以上，下注四川低地，据西人波韦尔Sidney J.Powell查考，川省在太古时代，本为一海，嗣后水由湖北西北部郧阳南之各低山中外泄，而成陆地。近据调查川境山巅上有蚌壳发现，可以谈明波氏之说不诬。江流在宜宾县境，与岷江会和（合），经所谓岷山导江者，当即指此。自宜宾以下，始有扬子江之名，沿途和沱江，赤水，游溪，涪江，嘉陵江，綦江，渚水，经重庆万县，夔州，以三峡为外泄之惟一道途，而达宜昌。重庆以上，河道情形尚佳：以航行言，则浅水小轮，可达嘉定；以灌溉言，则成都一带平原，为历史上著名米谷出产最富之区，均食扬子江流之赐。故重庆以上河道，无整理之必要，惟自重庆至宜昌一段，为川省惟一出口，两岸连山，略无缺处，重岩叠嶂，隐天蔽空，非亭午夜分，不见日月，是即历史上著名险要之三峡（瞿塘、巫山、西陵，并称三峡），其工程最为艰巨。

查重庆宜昌间河道，共长四百英里，重庆高出海平面六百十尺，宜昌一百三十四尺，两地高度相差四百七十六尺，故河床比降，为四千四百五十分之一，实为世界各河所仅见。水势自高而下，成倒泻之势，共有江流湍急之处，三十五所，暴流挟石屑以下，积而成滩，星罗棋布，或隐或现，为航行莫大之患。且江面极狭，最狭处，仅阔五十尺，水流盘旋曲折，舟行其中，无辗转避让之余地。清光绪二十二年，始通轮船，近有轮船公司多家，非大水时，不能通行。

清光宣间，会有打滩工程，置以炸药，除去暗礁，以利航行，因经济竭蹶而罢，自后该部工程问题，无人谈及。惟西工程师波韦尔，拟于巫山县青石峡地方，建设极大之水力电气厂，筹于利用水力，以开溶大江之计划，拟有具体办法。

据波氏计划，在重庆方面，低流时之水力，为每秒七五，〇〇〇立方尺，平流时，为七七四，〇〇〇立方尺，洪流时，为一，〇六五，〇〇〇立方尺，若化为马力，则低流时为四十三万马力，平流时，为四百四十万马力，是平流时之水力，实较美洲尼亚加拉瀑布，多百分之三十倍，大可为发动电机之用。

波氏谓宜昌巫山间，共有险滩九处，改良之法，可在水浅至十五尺，流缓至九百尺时，以劳勃尼司 Eobihits 碎石机，除去石滩三分之二，其余者，自易为力。盘克脱之起重机之每小时能起五百吨者，可用以起石块及渣屑，过深之处，可用旧石屑填补之。又巫山重庆间，江水湍急，开浚时，须筑成高出平流五十尺之坝多处。坝上置可启闭之活塞，以电机发动之，每水闸长两百五十尺，宽五十尺。巫山重庆间，当有水闸二十一座，巫山夔州安平各地之间，当长三千尺，各闸上，皆用水力发电机。巫山地方，置闸一座，已足应用。又巫山郧阳间水道，亦宜加以开浚，以利交通。其工程费用之预算，则除去石块二，〇〇〇，〇〇〇立方码，沙子石屑六，〇〇〇，〇〇〇立方码，约需英金四十五万镑，购置机械，雇佣人工之费在内。碎石机，当用每星期能去九百立方码者；起重机，当用每小时能起五百吨者，则全段工程，可于四年内告竣。水闸水坝，连浮桥等费，约需英金八百四十二万镑；购置水动电机，及其他装配费用，约需英金一百四十四万镑；汉水工程，约需英金八十二万五千镑；总计经费，为英金一千零五十二万五千镑，约合洋一万万零五百二十五万元。

波氏计划，实为整理上游具体之治本办法，其工程费用固大，惟近据川人赵君松森之电气建国，预算三峡之水力，平均以八十万马力计，则每年水力电气事业，可收入纯利二万万元，即以半数计，尚可得纯利一万万元，是至多一年半，则全部工费，即可收回。依照总理实业计划之四要则（一）为最有利之图；（二）三峡水道，为四川七千多万人民惟一出路，为国民所最需要；（三）该地人烟稀少，抵抗力至少；（四）建设水力电气厂，地位适宜，以任何要则言，均有与办之必要也。

波氏计划因经费关系，一时恐难实现。惟自重庆至宜昌一段，迄今尚未有实测地图，以资研究。即使筹有的款，计划亦无所根据。宜利用此时期，先行举办地形水文测量，以为将来工程计划及实施之预备。惟山路崎岖，地形测量，颇感困难，最简捷方法，以采用飞机照相测量为妥。又航行设备，亦为目下切要之图，盖三峡中江面甚狭，有数处地方，不能同时容二轮并行，宜仿铁路办法，于相当地点，白日设红绿旗，夜间设红绿灯，表示能否安全通行，否则转弯之处，上行轮船与下行轮船，彼此不能相见，水流又急，操纵不能自如，极易相撞兆祸。且暗礁甚多，应多设标志，以唤起航行舵公之注意，海关对于此种设备，虽经布置，但尚未周密，应多设标志，以利航行。下列各照片，表示三峡形势之险要，及航行困难之一斑。

陪萨凡奇复勘三峡水力发电计划报告

黄育贤

民国 35 年（1946 年）2 月间，本会（国民政府资源委员会）顾问萨先生凡奇前往近东视察巴克（基）斯坦水利工程，本会钱昌照副主任委员电邀萨先生于回美途中再度来华商讨三峡水力发电工程设计事项。

3 月 26 日，萨先生由印抵渝，宿空军招待所。因钱公（昌照）往台湾视察，未得会晤。进谒翁（文灏）部长及美国大使馆要员后，于 29 日往长寿全国水力发电工程总处访问。在该处审查龙溪河上清渊硐及狮子滩之改正计划，表示满意。对于三峡之钻探、航空测量、坝址地形测量，及其他资料之搜集，均有详尽之指示。

4 月 3 日，由长寿乘"民武"轮往宜昌。该轮设备不佳，购得之票仅为房舱，4 人一室，颇为不便。蒙该轮曹经理康侯让出经理室，乃较舒适。船上伙食，由民生公司派二位西餐厨师随船照料，颇为满意。

4 月 6 日 10 时抵宜昌，即日下午 2 时乘预定之"生活"小汽轮至宜昌南津关一带，视察第四坝址东岸地形，晚 6 时返宜，宿中国旅行社招待所。

4 月 7 日 5 时起来，早餐后复乘"生活"轮，溯江西上，至石牌视察第一坝址两岸地形及地质。然后顺流而下，凡东岸之沟溪，在第二、三、四计划中，拟用为进水道或尾水道之小溪，均一一深入考察。石牌下东岸之第一道溪及三游洞溪宽广深奥，将来利用，颇为经济。惟中间一溪地位较高而溪床亦陡，且断面甚狭。东岸一带地质均为石灰岩。石牌之石灰岩较雄伟坚厚，用为坝址甚为优美。以下之石灰岩层次较薄，始则平直，继则向下游稍倾斜。至南津关之石质则较破碎，被水浸蚀，岸崖平缓，不如上游陡峻。此一带石灰岩之洞隙不多，融化暗道 Solution Channel 亦少，可由两岸露头之崖石得一概念。不过在三游洞之岩层不甚良好，洞隙较多。回宜前，至南津关西岸石子沟视察，该沟亦宽广深长，可供第二、三、四计划尾水道之用。

4 月 8 日早 8 时，复乘"生活"轮至南津关视察，同行宜昌市工务处张处长境，林工程师民先，《武汉日报》（宜昌分社）记者吴金麟，船至石子沟口，舍舟登陆，沿两岸崖边视察。所经过之地，先为砾岩，及至上游灰岩渐次露头。崖上山势平缓，农田相接，惟土质瘦劣，农作物不佳。山上草木为农人放火烧毁，以为春耕肥料，小树被烙死者甚多，诚可惜也，当局应禁止，以保林木。后登船至小平善坝，深入该处溪口视察，遇雨折回船上。该溪亦宽广，堪资利用。回宜途中，《武汉日报》记者吴君详询三峡计划概要及其完成后之利益，萨先生一一答复。后由张处长境说明宜昌新市计划，请萨先生指教。

该计划以容纳50万人口为根据，其目的在使宜昌为一现代化之都市，鄂西工业上之重镇。其布置拟与三峡计划配合。该计划虽有简单图案数张，工作方开始，尚未有具体之方案。船于下午1时抵宜，三峡之再度视察乃告结束。

9日，著者与三峡勘测队队长唐凤喆分别进谒钱专员法铭、蒋县长铭及张处长境，请共对三峡勘测工作多方协助。中午，民生公司欢宴萨凡奇先生，邀宜市党政及金融界首长作陪，席后请萨先生讲演三峡计划概要，由著者任翻译，听讲者有民生公司全体职员及外界人士100余人。晚，钱专员法铭、蒋县长铭等宴萨先生于味馥西餐馆，席间谈论三峡计划及宜昌新市区建设计划互相配合问题。

10日，萨先生将数日视察宜昌峡所得重新研究，以前所订计划其概念似无修改之处，对于初步紧要地质钻探及地形测量工作，详加解说并提出书面指示，以备测量人员参考。下午，登"民万"轮，以便翌晨开往汉口。

11日10时半，"民万"轮起锭离宜。该轮装载军政部还都人员700余人，颇为拥挤，适逢船上总工程师请假，舱位让萨先生居住，尚宽敞。又蒙船上指挥官陈襄谟少将多方照料，不许舱外甲板上睡卧人员，故尚清静。船上伙食，仍由渝带来之厨师办理。萨先生以在宜宴会中所吃食物不合，腹泻数日方愈。14日抵汉口，当晚汉口市长徐会之先生在其公馆为萨氏洗尘，请有夏局长光宇、莫处长葵乡、周署长苍柏等8人作陪，席后由萨氏略谈三峡工程之概要及其利益。

15日10时，由汉飞京，住美军招待所。下午进谒陈处长中熙。钱公仍在上海，于16日后返京。17日萨先生进谒钱公，陈处长亦在座，对三峡勘测工作有所决定。18日中午，钱公宴萨凡奇博士于资源委员会，有各处处长作陪。席后，对于三峡勘测及设计之推进，有所讨论。

18日晚，乘卧车赴沪，于翌晨6时半抵达。在留沪期中，萨先生访晤 Morrison Knudsen 公司总工程师邓查理氏商谈三峡钻探工作；访晤陈纳德将军，讨论三峡航空测量；及查验身体，办理回美手续，颇为忙碌。萨先生于22日晨8点乘 A. T. C 飞机离沪返美，著者陪同萨先生再度考察三峡水力任务至此终了。

结论：

（一）萨凡奇博士本拟8月间来华指挥三峡勘测工作。后以奉钱副主任委员电邀，乃乘由巴克(基)斯坦考察回国途中,便道来华,故行色匆匆,所需资料均未准齐带来。

(二)民国三十三年九月,萨先生上次实地视察三峡形势之时,以日人尚据宜昌,仅能至石牌、平善坝等地,除对于第一坝址详加考察,对第二、三、四、五4坝址均未克亲往踏勘。此次来华,对于此4坝址,考察特详,历时3日,结果以第五坝址地形不甚适合,拟放弃不用,其他第一、二、三、四各坝址,地势优美,岩石坚固,可以利用。各工程之布置与所拟者无可修改,将来究采用何处,则当根据坝址地质钻探及地形测量之结果,详加研究后,方能决定。

(三)初步紧急钻探工作,经萨先生决定者如下:(1)在两岸坝之中心,坝踵坝址各钻一洞,深较河底200余英尺,计6洞;4坝址合共24洞,由此24洞可窥宜昌峡内河床地质之概要。此时或可显露一、二坝址,以地质欠佳,毋庸继续工作,因之可节省钻探费用不少。(2)坝地形测量,以两岸沟溪为计划中进水沟或尾水沟,其间土方工程甚巨,故其详细地形须提前测绘,以为此较研究各计划工程数量之根据。(3)将来三峡水库水面高出吴淞海面200公尺,此等高线,在宜昌峡内两岸应行测出。(4)前三峡计划乃根据日军航测宜昌附近地形设计,其等高线并未标出,其与吴淞基点之关系如何,应测定之。(5)宜昌峡内水位之变化,应于石牌及南津关二处设立水标尺,同时观测。(6)枯水时期江岸线,应乘涨水以前测绘完毕。(7)宜昌峡内河道之深度及流速,应加探测,以为钻探之参考。

(四)萨凡奇博士拟于返国后,6月1日在美垦务局开始三峡设计工作,急需日军航测宜昌附近地形图6张应用,已分别派人向渝汉军事当局索取。

(五)三峡地质钻探工作,于4月19日著者代本会与Morrison Knudsen公司之总工程师邓查理先生签订合约。邓氏即将返国购置设备,调派人员,拟于9月初来华开始工作。

(六)航空测量曾与Fairchild Aerialsurvey公司数度接洽,据最近该公司来电言,该公司工作甚忙,航空摄影可以短期内办理,至于绘制地形图,则须1年后方能完竣,以后则未接该公司来电。此次萨凡奇先生返美,请其过旧金山时,与该公司再度洽商。在沪时萨先生曾晤陈纳德将军,谈及三峡测量事,陈纳德将军愿意帮忙,面允向航空委员会探听该会航测仪器是否完善,如能借得,即当派人代为航测,制成照片,然后交T.V.A制图。若能成为事实,或较Fairchild Aerialsnrvery公司来华较方便。但请后者担任三峡航测工作,仍继续接洽。

(七)萨凡奇先生再度来华考察三峡水力,社会人士极端注意,处处备受欢迎。宜、汉、京、沪各大报均有长篇报道,对于工程计划,论述甚详,并著社论,宣扬三峡建国大计及崇仰萨氏伟大人格。本会领导此项工作,增加信誉不浅。惟各报载间有出入，使读者怀疑，乃美中不足。萨先生建议本会成立资料供应处，常常对外界发表正确消息，俾新闻来源一致，内容相同。可免歪曲论说，宣传之效因之更宏。

（八）扬子江三峡勘测工作，正积极推进，9月左右，钻探即将开始，中外员工之参加是项工作者将及百余人，其住宿房舍、钻探船只，须急速建造，转运机器之道路，亦须开辟。航测飞机之降落场所，须预先与航委会接洽；补修跑道，准备地上工作人员，三角及水准控制标志，须预为设备；至于坝址之地形测量、沿江一带之航运、灌溉水灾等等之经济调查须及早开始。以上种种工作，颇为纷繁，应设一机构隶属于全国水力发电工程总处之下，以专司其事。

（九）扬子江三峡计划技术研究委员会，自去岁开成立会以后，于兹将近一载，未曾开会。而各委员所担任搜集之资料及报告，迄今多未寄到，似应于各委员还都后，再召集会议，商讨资料之从速搜集，以配合在美设计工作之推进。

（十）今年11月间，萨先生拟再来华，届时拟至黄河考察，从事该河治本计划。闻宋（子文）院长对于黄河之治理，甚感兴趣，已请邓查理先生提出治河顾问团人选。邓氏提出萨凡奇博士为其三团员之一，并建议该团与本会密切合作。苟本会在治黄计划上亦有重大计划，则本会之地位更将提高，著者建议即日成立黄河勘测处，根据萨氏之指示，从事上游伟大水库之寻获，使黄河泥沙得以沉淀，清水放出，刷深下游河床，同时发电，供两岸工业之用电力，灌溉黄河一带农田，以收多元工程之效。

（原载《三峡文史博览》）

历
程
篇

随萨凡奇博士勘察峡江记

金 麟

　　我在民生公司一个小火轮，名叫"生活"的舱房里会到萨凡奇博士。他给我的第一个印象是：他的面部的轮廓，与我们在相片上看到的丘吉尔先生的差不多，身体的高度相仿佛，只是肚皮没有丘吉尔先生那么突出，头发白了，因为他已有67岁的高龄，巨大的手背上，散布有一些棕色的斑点，并长有不少的黄毛，使我们想到这手所赋有创造的能力。

　　小火轮起锚以后，全国水力发电工程总处的黄处长育贤先生就跟我们讲述有关"扬子江水闸"的情形。这期间，萨凡奇博士就一直保持他使人感到亲切与引起别人尊敬的沉默，用他两只蓝色的眼睛注视着桌上一张蓝底白线的工程图。就在这张图上，将决定全世界一个最大工程的样式。黄处长的手指，不时地沿着某一条白线，指示出它所代表的建筑，以及这建筑的用途。

　　"扬子江修筑水闸计划，在前年才由于萨凡奇博士的来华而引起人的注意，在当时一般人的意见，认为这工程不可能，但经萨凡奇先生实地勘察后，他认为并无很大的困难。""因为"，黄处长把他的眼光透过银丝眼镜的玻璃片，向我们作了一次有力的扫射。他说，萨凡奇博士是全世界最有名的水利工程专家，许多国家都请他作水利顾问。英国人给他的外号是"困难工程的救星"，美国人称他为一百万工程师，而在加拿大，许多人都知道萨凡奇是最善于治河的"河神"。

　　"他主持修筑过不少的水闸，这些水闸在没有修筑以前，都是许多人认为不可能的，但终于修筑成功了。对于此次宜昌大水闸的修筑，我们应该具有这种认识与信念。"

　　接着黄处长又跟我们讲述了一些宜昌水闸伟大的地方。他说明这是一个多元的工程，对于使中国工业化、电机化以及航运、防洪、灌溉、游览，甚至于促进世界繁荣与中国的对外贸易，都有极大的贡献。

　　"在发电方面，它将可以发出1056万个开罗瓦特的电，以宜昌为中心，以650英里为半径画一个圆圈的地方内，电力都可以达到。这就是说，东到上海，南到广州，北到郑州、济南附近，西到成都、兰州，都将因宜昌大水闸的发电而大放光明。

"航运方面，一万吨的轮船，可以直达宜昌、重庆，无异替中国增加了两个滨海的城市。

"水闸修好后，其容水量为5，200万英亩尺，为世界最大的储水库，以此水库来调剂长江水位，当然绝无问题，故民国二十年的洪水，即使在千百万年后的中国，也无再行发生水灾之忧虑。

"同时，水闸修好以后，因为已有调剂水位的水库，所以我国宜昌以下两岸的许多河渠，原来用以调剂水位的，现在都可以开辟为耕种的田地，这样所增加的田亩，可以补偿因提高峡江水位而淹没的田地而有余。

"水库里面可以喂养大量的鱼；水闸进行修筑时，来此地游览的人必多，这都是一笔很大的收入。

"而最重要的，宜昌水闸的修建，可以繁荣世界的经济，救济失业的工人，同时，中国人民该时的生活水准一定较现在为高，所以也足以促进中国的对外贸易的发展。

"总之，这工程的修建，将使二万万以上的人，受到绝大的利益，也就真正是中国迎头赶上的一大建筑。不过，要收获大的利益，必定要付出大的代价。修建这水闸的经费，据萨凡奇博士的估计，光在土木工程费一项方面来讲就需要十万万美元，还有其他的材料等等费用，也将在十三万万美元以上；作成的时间，六年以后，可能完成初步工程，届时可以发出200万开罗瓦特的电，全部计划，要十年始可告成。完成初步工程，须要有二年筹备，筹备期间的最主要的工作，是聘请钻探队，来峡江钻探江底的情形；原有峡江的地图，因为不太准确，亦将在航空测量方面，多加努力；光钻探的一项经费，就需要一百多万美金。这经费当然庞大，中国本身所负担不起。

"美总统罗斯福对这工程甚感兴趣，纳尔逊也曾有这种表示；有一个时期，美国的资本家愿意投资，来帮助中国建设这个工程。但后来因为我国国内政治不明朗，于是外国人的情绪也清淡了下去。"

到这里，我们的呼吸无形地沉重起来。黄处长的谈话，在这里作了一次似乎哽塞的停顿，我们便只听到小火轮的吃力前进的声音。

依照萨凡奇博士的计划，"扬子江水闸"的"坝"是筑在石牌以下南津关以上的地方。目前已预定有五个工程地址，然后在这五个当中，选择一个最好的地方兴筑，所谓"最好"的地方，一是要江面比较的窄，二是要有适当的山沟，以为将来修建时打山洞流水的基础。我们这次勘察，最主要的就是看看哪一个地方比较起来是更合条件，有窄的江面，加适当的山沟。

据萨凡奇博士当面对我们表示，第五个计划工程地点（即在南津关上不远处）因为江面比较起来是最宽，已准备放弃，不过最后的决定，仍在他实地勘察，而且是返美考虑后才能宣布。

关于山沟，黄处长曾对我们有一个很详细的说明。他说："修筑水坝的时候，我们当然不能冲着长江这么大的水流来下石基，而必须要开辟一些新的下水道，把江水引着绕过修坝的地方，然后再入长江，继续下流。

"这里，"黄处长指着桌子上的工程图说，"我们计划在长江南北两岸，各开十二个山沟洞，山洞的对径五十呎，把江水引向山洞，然后绕过修坝的地方，在坝的下游重入长江。""同时，"黄处长又说，"这山沟洞的开辟，不仅仅是这一个作用，它在水坝修起以后，每一个山洞就是安装发电机的地方。我们现在的计划，每一个山洞里面装四部发电机，它们总共的发电量，就是 1056 万个开罗瓦特。此外，尚有四部发电机所发的电，就全部供应坝上一切工程之用。"

"发电机装在山洞里，永无空袭之虑。"黄处长说到这里，故意停了一停，使我们得到一些片刻的高兴，接着他又说，"至于原子弹来袭，是否能够确保平安，现在还不敢说。"

这使我们面面相觑了一个颇为长久的时间。中国人，日本人，以及其他若干国家的人民，目前都患着一种深重的"恐原子弹病"。如果因这病而失去了一切战斗的意志，我认为这是一个相当大的危机，这足以使我们在某一种环境下"不战而亡"。原子弹的威力是大的，但也不无夸张的成分，领导人民的人，应该注意到人民战斗意志的保存，对于原子弹的威力，应该尽可能地供给正确的材料，免除他们过分畏惧的心绪。因为在事实必须的时候，不但是"原子弹"，就是比原子弹更厉害的武器，我们仍然要与它战斗。

小火轮轻松地行驶着。这期间，宜昌市政工程处的张处长境，曾代表我们向萨凡奇博士致简短的敬辞，并且提出了二个问题：一、水闸修筑期间，航运是否因之停顿；二、上游泥沙淤积下来将如何处理，有无影响水闸之前途。萨凡奇博士答复，水闸修筑期间，航运不会停顿，因为另外开有一条水道，较小船只可以通行。而泥沙淤积，当定期打捞，并在两岸植树，以预防江岸的崩溃；同时水闸修起以后，水位相当的高，百年之内，当不致有何影响。

……

（原载《1918—1949 三峡工程史料汇编》，《万里长江》1996 年第 2 期增刊）

萨凡奇考察长江三峡前后

闽江月

长江，长 6300 公里，为中国第一、世界第三大河。她从世界屋脊青藏高原的冰峰雪岭间发源，在接纳溪河，流经四川盆地，汇聚了岷、沱、嘉、乌四江之水后，浩浩荡荡冲进举世闻名的三峡峡谷地带，其水能蕴藏多达 2.6 亿千瓦。但长江（近代称扬子江）由于受自然条件和气候的影响，常常雷霆大发，滔滔洪水吞没大片良田和村庄，给流域内的人民生命财产造成极大的损失。

为开发三峡水力资源和征服长江，本世纪一二十年代之交，伟大的中国民主主义革命先行者孙中山就以敏锐的眼光和宏伟的抱负，提出了抓住第一次世界大战结束后的机遇，"利用外资"开发三峡水力，兴建三峡水闸的主张。30 年代，当时的南京国民政府也曾组织水利专家对三峡水力进行考察与研究，并提出了开发方案。但终因"社会经济状况凋敝"，这些主张和方案均成为纸上谈兵。到了 40 年代中期的抗日战争胜利前夕，开发长江三峡水力问题又被提了出来，于是便有了美籍水坝专家萨凡奇（S.L.Savage）二度考察长江三峡之行，随之掀起了开发三峡热。由于当时国内经济状况进一步恶化，导致了三峡水闸工程的流产，但它却是中国人民向大自然开战的一次伟大的实践。

本文撷取尘封几十年的中国第二历史档案馆的有关资料及萨凡奇的译文和"老宜昌"的回忆材料，再现当年三峡水闸工程建设的详情。

萨凡奇冒险考察长江三峡

1944 年，抗日战争进入了第七个年头。日军在中国及太平洋战场上遭到惨败，敌人的末日即将到来。为了战后中国的复兴，重庆国民政府着手制定五年工业发展计划。此前的 1942 年 5 月，国民政府资源委员会电业处就已拟就全国水力开发概要，并列出计划总表。其中对长江三峡水力之开发，准备邀请美国内务部垦务局总设计工程师、世界著名高坝专家萨凡奇博士来华考察。萨凡奇当即愉快地接受了中方的邀请，并于 1943 年 12 月 28 日致函中国资源委员会，提出有关在其来华前应准备的中国大型水电发电资料。

无独有偶。1944年春上，当时在中国政府战时生产局担任顾问的美国对外经济局工程师柏斯克（G.R.Paschal，如今译为潘绥，编者注），向中国政府提出《中国利用美国贷金建造三峡水力发电厂及还款拟议》的经济报告。他建议利用美国贷款9亿美元并提供设备，在三峡建造容量为1050万千瓦的水力发电厂，同时建造一座年产500万吨的肥料厂，利用三峡廉价的电力制造肥料向美国出口，计划以15年时间还清全部贷款。柏斯克顾问引进外资和技术、开发三峡水力的建议，很快被中国政府采纳，于是开发长江三峡水力资源问题便提到当时中央政府的议事日程上来。

是年5月，中国政府经济部部长兼资源委员会主任委员翁文灏、副主任委员钱昌照又联袂邀请当时担任印度巴克拉大坝顾问的萨凡奇来华考察长江三峡水力资源。6月，萨凡奇不远万里来到中国陪都重庆，资源委员会旋即向他介绍了柏斯克的计划建议。是月15日，萨凡奇应邀出席资委会召开的中国水力建设座谈会。会后在全国水力发电工程总处处长黄育贤等陪同下，先到四川、湖南、广西、贵州、云南等省进行为期两个多月的水力考察。在四川，他考察了长江上游之岷江、沱江、嘉陵江、乌江4个长江支流，首次领略了中国的山川风貌。

碧眼高鼻、身材魁梧的萨凡奇，时年届花甲，他早年毕业于英国皇家剑桥大学，历经水利专业凡数十年，是一位久负盛名的水坝专家，被誉为"世界水神"。

萨凡奇来到中国后，对三峡水力开发产生了极为浓厚的兴趣。9月20日，不知疲倦的萨凡奇由中国第六战区副司令长官兼江防军总司令吴奇伟将军和黄育贤处长（兼翻译）陪同，从四川长寿（全国水力发电工程总处所在地）乘轮东下，前来鄂西抗日前线西陵峡（俗称宜昌峡，为长江三峡之一）进行考察。两天后，萨凡奇得知轮船进入三峡峡谷河段，顿时精神大振，他来到船首甲板上，一睹三峡雄姿。只见滚滚江水扑面而来，浪花四溅，峡内激流翻滚，回环曲折，两岸壁立千仞，重崖叠嶂，磅礴壮观。萨氏一时抑制不住内心的激情，朝向黄育贤处长说："贵国国父孙逸仙博士所言极是，扬子江真伟大！这里确实蕴藏着巨大的水力资源，今日有幸得见庐山真面，可谓平生快事。"第二天下午，座轮抵达西陵峡口东端之平善坝后，萨凡奇一行舍舟登岸，旋即投入紧张而又危险的考察活动。斯时，中国第六战区军队对盘踞宜昌的日军展开历时3个月的夏季攻势刚刚结束，峡江两岸的硝烟尚未散尽。萨凡奇不顾生命危险，冒着日军飞机可能的轰炸和扫射，以老工程技术人员求实、严谨的科学态度，由平善坝至石牌，沿途对峡江两岸的山川地势进行了为期10天的详细查勘。他日出而出，日没而归，翻山越岭，横涉沟壑，手执地质锤，或俯击岩石，或登山远瞰沟溪，奔波不息，并拍下许多照片，获得了宝贵而丰富的第一手资料。因当时宜昌仍被日军占领，南津关一带虽未能进行察看，但他说："关于扬子江三峡之地质构造、地形状况、地权问题以及处理扬子江巨大迅疾之水所可能发生之困难，均直接得一概念矣"，"目前所得之资料已敷应用也"。

著名的萨凡奇开发计划

萨凡奇回到长寿后，根据对长江三峡及支流的初步考察，在龙溪河水力发电厂工程处内将考察所获得的各项资料昼夜进行计算、设计，终于编制出了《扬子江三峡计划初步报告》，即著名的萨凡奇计划，其译文凡16节，洋洋3万言，字里行间凝聚了他的智慧和汗水以及对中国人民的无限情怀，在当时颇具影响。这项工程计划包括水库、拦河坝、溢水堰、泄水道、引水道、厂房、尾水道和船闸。萨氏建议：在宜昌上游5～15公里的南津关至石牌之间选定一坝址，坝身用混凝土直线重力式，坝顶高度约250米（另一报告为225米），抬高低水位约160米，水电站房设在长江两岸，各安装48台水轮发电机组，每台机组容量11万千瓦，总装机容量1056万千瓦，估计发电量为817亿度，水库蓄水量617亿立方米，蓄洪量270亿立方米，工程造价估计10亿美元，计划8年内告竣。

对于坝址之选择，他提出5种比较方案，在开发方式上，提出拦河坝与隧洞、拦河坝无隧洞两种。上述所陈坝址及开发方式均依实际情况从中选一。即第一、二、三、四号方案采用拦河坝与隧洞开发方式，第五号方案采用拦河坝而无隧洞之开发方式。第一号方案坝址位置在石牌镇下游，拦河坝在松门溪口之上；第二号方案位置在沙捞溪上游，拦河坝在溪口之上，厂房分设两岸；第三号方案位置在扬子江两岸，拦河坝在沙捞溪口之下，厂房分设两岸；第四号方案拦河坝置于沙捞溪下游1公里处；第五号方案位长约3公里，右达扬子江右岸，左抵长桥溪左岸，跨越江溪间之半岛最低狭处。

由于萨凡奇计划兼顾发电、防洪、灌溉、航运等多目标之开发，因此工程建成后将产生巨大的经济效益和社会效益。电站可发电力1000万千瓦以上，供电区域东至京（南京）沪，西达成渝，南抵衡桂，北迄太原，每年净收入1.53亿美元；由于长江上游水位提高160米，万吨海轮可由上海直达重庆，川江畏途变通途，使航运成本减低；水库蓄洪量达270亿立方米，可使宜昌之最大洪水峰由7.5万秒立方米减低至4.5万秒立方米，中下游的水灾大为减轻，谚语"五年一小灾，十年一大灾"的悲惨情景可不再重见；因水库调节水量，其灌溉水量足供湘鄂一带1000万英亩农田之用水，每年或可多种米谷一次；也因水位抬高，沿江各城市可得廉价之现代式给水设备；三峡胜景，驰名中外。工程建成后其本身就是一景，可吸引大量旅客到此游览观光，增加了经济收入。总之，三峡开发计划之实施，对于振兴工商，增强国力，提高一般人民生活水准等等，"利益之宏，无与伦比"。

萨凡奇不愧是著名的水坝专家，虽然查勘研究的时间很短，但他的计划很有想象力，算得上是第一个可以比较充分地综合利用三峡水源的计划，在当时堪称首创。萨凡奇自己也为此"至感兴奋愉快"。他在写给中国资源委员会主任委员翁文灏的信中感叹道："扬子江三峡计划为一杰作，关系到中国前途至为重大，将鼓舞华中、华西一带工业之长足进步，将有广泛就业机会，提高人民之生活标准，将使中国转弱为强。为中国计、为全球计，建造扬子江计划实属必要之图也。"斯时，美国战时生产局局长纳尔逊正在重庆，对萨凡奇的计划也很感兴趣，旋拍电报回华盛顿，向美国总统罗斯福推荐，并说："深信美国政府将会尽力协助"。

三峡水闸工程准备工作起步

著名的萨凡奇开发长江三峡水力计划出台后，国民政府最高当局对此极为重视，遂由资源委员会出面与美国内务部垦务局进行洽谈，以期中美合作设计三峡工程与开发三峡水力资源。1944年11月12日，美国国务院就美国参与中国三峡水电工程计划致函萨凡奇，提出了9点意见。1945年1月24日，翁文灏、钱昌照给中国资委会驻美代表办事处代表王守竞有关与美垦务局接洽三峡技术合作的5点指示函。3月15日，王守竞代表就有关与美垦务局签订三峡合同谈判情况及其主要意见复函翁文灏、钱昌照。

其间，中美有关三峡工程谈判的消息在美国传媒开始传播。同年2月8日，美国新闻处发布了萨凡奇主持设计中国三峡工程的消息。3月，萨凡奇自己也在《新共和国》杂志上撰文叙述中国长江三峡水坝计划，称："长江为尚未开发之世界最大水力，水坝建筑后可供电1050万基罗瓦特（即千瓦，编者注），灌溉地域数百万亩，水患可以完全防止，万吨轮船可直驶重庆。此工程如中美合作，可以达到互利。"同月，中国民生实业公司（轮船）总经理卢作孚亦在美国一家杂志上撰文，称："一个可能修建比美国著名的田纳西水利枢纽大好多倍的世界上最大的水电站的地址最近已在宜昌附近找到……建成后，水坝将使长江上游的水位大大提高，终年四季通航大船。"

在第二次世界大战和中国抗日战争行将结束之际，世界经济建设的一大目标已瞄向三峡。

为进一步研究萨凡奇计划，1945年4月，资源委员会邀请行政院水利委员会、扬子江水利委员会、中央水利实验处、农林部中央农业试验所、交通部航政司、中央地质调查所、资委会工矿电三处、中央经济研究所、全国水力发电工程总处等单位组成了扬子江三峡水力发电计划技术研究委员会，钱昌照任主任委员。委员会曾先后就三峡计划中的航运、灌溉、库区淹没、人口迁移、肥料制造以及库区测量等方面问题进行过讨论。为主持计划研究事宜，萨凡奇走马推荐美籍柯登（John S.Cotton）先生担任全国水力发电工程总处的顾问工程师。

三峡计划技术研究委员会成立以后，各项准备性工作开始起步。当月，全国水力发电工程总处拟出《三峡区域地质调查纲要初稿》。5月，柯登提出《扬子江三峡计划有关调查、规划及设计方面的建议书》，次月，他又提出《关于航测三峡水库的意见》，写出《三峡综合性工程经济和设计方面的报告提要》。同时，经济部中央地质调查所提出《对扬子江三峡计划的意见和建议》。7月，翁文灏致函航空委员会周至柔，拟借用测量飞机及照相器材，航测水库详图；军令部第四厅、中央水利实验处、水利航测队提出《长江三峡航测计划书》；国防部测量局制出《航测扬子江水力发电区域图计划》；柯登提出《三峡水库勘测标准》；同时，扬子江水利委员会呈报它的研究工作报告及三峡水文概况。为利用美国资金和技术，7月26日，中国外交部长宋子文与美国驻华大使赫尔利、参事罗伯逊在重庆举行有关兴建三峡工程的会谈。

抗战胜利后，中美合作建三峡工程的谈判进入了实质性的阶段。1945年9月19日，中国资源委员会与美国垦务局签订了《合作设计三峡工程合约》。10月23日，有关部门就三峡计划水土保持问题举行了讨论会。11月21日，中国政府与美国政府签订了《长江三峡开发合约》。旋即，中国资源委员会成立扬子江三峡水力发电计划技术研究委员会，主持三峡开发事宜；全国水力发电工程总处与国防部测量局签订了航测三峡水库协定；中国资源委员会聘请萨凡奇为该会顾问；钱昌照为进行三峡工程准备性工作函呈蒋介石及宋子文；扬子江研究委员会拟出三峡方案之可行性报告。各方通力协作，把兴建三峡工程当作建国大计而积极进行。

第二年即1946年2月，全国水力发电工程总处顾问工程师柯登率领该处工程师唐凤喆、副工程师刘主青、助理工程师冯吉璋等，从四川长寿乘"华陀"轮首次到达光复后的宜昌，转赴工地进行实际查勘。是月26日，在南津关第五号坝址附近成立了三峡勘测队（队长唐凤喆），组成三角组一班，开始实地勘测作业。同年2月，长江水利工程总局第21、22、221、222四支测量队也开始勘测三峡水库地形，他们在上起重庆下止宜昌数千里之长的长江两岸展开。至此，国人企盼已久的三峡工程似乎露出一线希望的曙光。

萨凡奇复勘三峡与计划之推进

1946年2月间，萨凡奇顾问前往印度视察巴克斯坦（另译为巴克拉）水利工程。

历
程
篇

中国资源委员会副主任委员钱昌照致电萨凡奇，请他于返美途中再度来华商讨三峡工程的设计事项。3月26日，萨凡奇由印度飞抵重庆，旋踏上复勘长江三峡之旅。

4月3日，峡江两岸山花烂漫，满头银发的萨凡奇由黄育贤处长陪同从长寿乘"民武"轮东下，6日上午到达宜昌。午后2时，兴致勃勃搭民生公司宜昌分公司提供的"生活"小汽轮，到当年因战事未涉足的南津关一带视察第四号坝址东岸地形地质，傍晚时分返宜昌。

7日晨，萨凡奇一行复乘"生活"轮溯江西上，到石牌视察第一号坝址两岸地形地质，然后顺流而下，凡在第二、三、四号计划中拟用为进水道或尾水道之东岸沟溪，均一一进行深入考察。在考察过程中，他不时对黄育贤处长说："石牌下东岸之第一道溪及三游洞溪宽广深奥，将来利用，颇为经济。""石牌之石灰岩较雄伟坚厚，用为坝址甚为优美。""南津关石质较破碎，被水浸蚀，岸崖平缓，不如上游陡峻。""三游洞岩层不甚良好，洞隙较多。"回宜昌前，萨凡奇还到南津关西岸的石子沟视察，他又对黄处长说："该沟宽广深长，可供第二、三、四号计划尾水道之用。"石子沟又名鹅石子沟，与葛洲坝隔江相望，数年后，新中国一代建设者们也看中了这块宝地，于80年代在这里崛起了巍峨的葛洲坝水利枢纽工程。

第二天上午8时，萨凡奇复乘生活轮到南津关视察，同行的还有宜昌市工务处处长张境、工程师林民先、《武汉日报（宜昌版）》记者吴金麟，船至石子沟口，舍舟登岸，沿两岸崖边视察。后又到小平善坝深入该处溪口察看，萨凡奇对大家说："此溪亦宽广，堪资利用。"一回宜昌途中，吴金麟向萨凡奇详询三峡计划概要及其完成后之利益，他一一作了回答，并动情地说："长江三峡的自然条件，在中国是唯一的，在世界上也不会有第二个。三峡计划是我一生中最得意的杰作，如果上帝给我时间，让我看到三峡工程变为现实，那么我死后的灵魂会在三峡得到安息！"

接着，萨凡奇将这几天视察所获得的资料进行研究，对照原计划，"其概念似无修改之处"，唯对第五号坝址因地形不甚合适，拟放弃不用。同时，对于初步紧急地质钻探及地形测量工作向黄处长详加说明，并写出书面意见。于8月，萨凡奇拟定了有关船闸、过坝通道、坝高等7个方面的暂时性结论。

萨凡奇在宜昌视察期间，4月9日中午，为表达地主之情，由宜昌商会出面在宜昌中美文化餐厅设宴欢迎萨凡奇博士，出席欢迎会的宜昌军政要员有：二六兵团司令周岩、副司令区寿年、六区（宜昌）专员钱法铭、宜昌县长蒋铭、宜昌县党部书记长陈家诰、宜昌县参议会参议长龙汇东、宜昌商会理事长张懋周以及宜昌中央、中国、交通、农民银行，三北、民生、强华、华中轮船公司等各界来宾百余人。萨凡奇在欢宴上畅述了三峡计划概要，由黄育贤处长担任翻译。萨氏说："这次来华的任务是复勘沿江陡坡要否改造，原计划要否改变，江底疏浚需要的设备、蓄淤池和蓄氰池能否合用，大型构件在美国制铸好，还是中国制铸好的决议……还要成立迁建委员会，上至巴东油江，下至宜昌虎牙滩，沿江低处房屋都要迁建，由公司建筑新居，无偿安排移民；还要修建沿江马路、依山马路、沿江花园，成为富丽堂皇的中国新宜昌，成为世界第二瑞士。"最后，萨凡奇感慨地说："经过这次旧地重游，更感到三峡之伟大，三峡水闸建设实乃一国际性大工程。"他表示对三峡之开发，极愿尽其所能予以协助。萨凡奇悦耳的声音，令与会者受到一次极大的鼓舞，似乎实现孙中山"以闸堰其水"的理想已近在咫尺。

为推进三峡水闸计划的顺利实施，萨凡奇不顾旅途劳顿，旋东下南京、上海。4月11日上午搭"民万"轮离开宜昌，14日抵达汉口。第二天上午又转乘飞机飞往南京。17日，前往资源委员会拜会了刚由沪返宁的钱昌照，讨论推进三峡勘测及设计等有关问题。次日晨，又乘火车抵达上海，即往晤美国马立森公司总工程师邓查理氏，洽谈三峡钻探事宜。19日，全国水力发电工程总处黄育贤处长代表中国资源委员会与美国马立森公司签订关于三峡计划坝址钻探合约。留沪期间，萨凡奇还访晤了陈纳德将军，商讨三峡航空测量问题。之后，他怀着无限的喜悦和信心飞返美国。

此次萨凡奇再度来华复勘三峡，中国朝野极为关注，舆论界更是沸沸扬扬。宜昌专员钱法铭带头在《武汉日报（宜昌版）》上发表署名文章，宣传修建三峡水闸的重要意义，其他自不必说。汉口、南京、上海各大报也作了长篇报道并著社论，详细介绍三峡水闸计划，宣传三峡建国大计以及萨氏热心中国水电事业的高尚品格，这无疑给战后国人又增添了一份喜悦。

加快勘测设计和调查的步伐

自萨凡奇复勘三峡水力后，三峡水闸工程各项准备工作紧锣密鼓地进行。

——派员赴美参加合作设计。1946年5月，根据中国资源委员会与美国垦务局签订的《三峡工程合作设计合约》，中国先后派出工程技术人员54名，携带三峡资料，由工程师徐怀云（资委会参加美国垦务局设计工作人员总代表）带队赴美参加机械、电器设备等专业组的设计工作，连同美方人员，当时参加设计的工程师共达70余名。同年7月、10月，各组在美工作的中国工程师分别向国内陈浩明、陈中熙（资委会电业处处长）汇报设计工作进展情况。10月，恽震（资委会驻美代表办事处代表）还到美国垦务局视察中国工程师工作情形并致函全国水力发电工程总处处长黄育贤，提出有关建议，旨在加快设计工作进程。

——加快实地勘测步伐。其工作有如下几个方面：一是坝址地形测量。1946年4

月，全国水力发电工程总处调派助理工程师邹斯咸、张明显，工务员吴敦礼，实习员周定一4名到三峡勘测队工作，并在原三角组一班的基础上分别成立三角、水平、地形、水文四班，积极开展各项测量作业。由于石牌至南津关长江两岸沟溪共有10处，与计划中的进水沟和尾水沟有关，其详细地形须提前测绘。8月，总处又加派了实习员黄銮彩等7名来到勘测队，遂即加组地形组二班。为加强领导，9月中旬三峡勘测处（处长张昌龄）在宜昌成立，当即加派副工程师于在朴、助理工程师王鼎元、余荣森等分赴各班领导工作。10月初，副工程师刘主青、助理工程师邹斯咸等调回总处，复加派其他人员来勘测队，于是月中旬另组地形四班，加紧赶测。到11月中旬完成了长桥溪、下牢溪、石子沟、元名溪、松门溪、上红溪、下红溪、石牌等10处支沟及第二号坝址地形测量工作，总计面积22平方公里。12月中旬可完成第三号坝址地形测量工作。二是坝址地质查勘。1946年10月28日，中央地质调查所（所长李春昱）派技正侯德封等4名来到宜昌南津关、石牌一带查勘近一月，初步查勘结果：第一号坝址水面发现砂石层，质量情形尚待钻探；第二号坝址上层石灰岩层次较薄，且有孔隙，唯漏水情形尚不严重；第三号坝址情形尚好，坝基可望遇较坚实石灰岩；第四、第五号坝址石质较差，两岸顶峰高度仅170米左右，与计划中坝顶高度相差甚多。他们认为"似以第二、第三号坝址较有希望"。是年11月22日，黄育贤处长将坝址初步查勘情况电告萨凡奇："关于宜昌坝址仅第二、第三号较准，其他均成问题。"至于坝址钻探，11月10日，美国马立森工程公司先遣钻探人员一行到达平善坝、南津关一带踏勘了7天。与此同时，扬子江三峡勘测处在报上登出广告，开始招雇钻探工，先后培训钻探技术工人三期。12月30日，重约百吨的首批钻探机械4部从美国经上海运抵宜昌港。1947年1月，雇民生公司的小火轮把它拖到平善坝旋即投入钻探作业，并取了第一、三号坝址岩石标本标相。此前《武汉日报（宜昌版）》以《三峡钻探工程在望，首批钻探器械运宜》为题进行了报道。3月，钻探设备增至12部，全面进行钻探作业。不久，扬子江三峡勘测处写出了《宜昌峡的地质报告》。三是坝区地形航测。这项工作中途改由美国费其文航测公司承包办理，中国国防部测量局及空军第12中队协助，担任坝址1200：1地形图的测绘工作。1946年7月起，空军飞机飞临宜昌峡上空拍摄照片。10月28日，担任航测地面控制的美国费其文公司工程师福斯特（Foster）到达宜昌，中国水力发电工程总处派副工程师何又桓、袁汉勋协助，计划建立控制站80余个，已完成40%，预计全部图样可望于1947年5月绘制完竣。当时参加上述各项勘测工作的中外员工达100余人。他们在峡江两岸摆开战场，钻探机器的轰鸣声、测绘人员的脚步声和谈笑声，打破了沉睡的山川。其间，1946年7月，全国水力发电工程总处向南京国民政府呈报了三峡水坝、电厂、船闸等图片资料。11

月，扬子江三峡勘测处写出了《扬子江三峡勘测工作报告》及《扬子江三峡电厂设计报告》。1947年1月，扬子江三峡勘测处绘齐与三峡水闸有关的地形图交由航空寄往南京，供萨凡奇顾问参考。

——水库地形测量、经济调查工作同步进行。1946年2月，长江水利工程总局即着手最基本而急要之水库地形及库内财产、人口等资料之补充。该局调派第21、22、221、222测量队4个队开展测量工作。他们披星戴月，风餐露宿，双脚踏遍巴山楚水，辛苦备尝，于1947年6月完成了重庆至宜昌的野外作业，测量面积共达1070.9平方公里。1948年6月写出《长江三峡水库测勘报告》，并附备测量队施测地段及完成工作数量统计表，三峡水库150米、180米、210米3种等高线以下淹没地区产业数量统计表，三峡水库淹没地区人口数量及产业价值统计表等5份。关于水库区经济调查，1946年5月开始进行，是年底结束。由于大坝建成后抬高水位160米，其回水直达四川泸州，泸州以下、宜昌以上长江干支流两岸20多个县市各有一部分土地将沦为水库。为摸清财产损失情况与善后对策，他们调查了这些地区的人口、土地、房屋、矿业、工业、交通等各方面的情况，几十名调查人员跋山涉水，昼夜进行，访问了各县市政府、乡镇公所、各同业公会以及常识比较丰富的工厂厂主、商店老板、农民、工人、船夫等各界人士。同时深入实地考察，多方搜集资料。1948年6月写出《三峡水库区域经济调查简报》，并附《水库区须迁移重新就业人口估计表》《水库区财产损失总估表》等9份。

经济危机导致工程流产

正当三峡水闸工程准备工作积极进行之际，由于国内金融危机，货币贬值，物价飞涨，加上国民党因打内战而背上庞大的军费开支，使国民经济几乎滑到了崩溃的边缘，无力支持修建三峡水闸工程。而这项工程所需巨额资金主要靠向外国贷款，此时外汇筹措受阻，国民政府不得已于1947年5月宣告"三峡工程暂告停顿"。是月15日，中央社播发新闻称："最近颁布经济紧急措施，凡属非短期内可见成效之工作，其需要经费均在停拨或缓拨之列，故三峡水力发电计划实施工作，资源委员会已奉国府令暂时结束。"接着资源委员会主任委员翁文灏旋函美国垦务局及萨凡奇，称有关三峡计划设计工作"因国内经济困难暂停"，并召回在美的中国工作人员。这令为之倾注心血的萨凡奇十分失望，并连声说道："遗憾！遗憾！"他原拟7月再度来华考察的计划亦随之取消。9月底，设在宜昌的扬子江三峡勘测处奉命撤销，交由全国水力发电工程总处接收。但资料搜集工作继续进行，各有关单位并写出了中途报告。到1948年三峡水闸工程工作才全面停止。经过几年的努力，当时已初步完成了各种拦河坝、电厂、船闸等比较布置，各配套工程比较设计，主要设计图样及施工规范、洪水量、水库容量、航运深度、坝顶高度设计定型等工作。

40年代，中国人民为寻三峡梦走过了一段艰辛的路。美梦虽难圆，然而其准备性的设计研究工作所形成的一系列地质、水文、勘测、航运等方面的资料，对后来兴建三峡工程不乏参考价值。

（原载《三峡文史博览》）

萨凡奇计划

黄山佐

萨凡奇查勘三峡

1944年，美国垦务局设计总工程师萨凡奇前往印度，审议三个水电站的规划设计。国民党政府闻讯，便由资源委员会电邀萨凡奇顺道来华，协助我国勘察西南地区的水力资源，并聘请他为顾问工程师。经美国政府同意后，聘期定为半年。

萨凡奇于1944年5月到达重庆，先在川西都江堰、大渡河及川东长寿龙溪河等处勘察水力。后经资源委员会向他介绍了长江三峡的水力形势，以及潘绥的报告，引起了极大的兴趣。他曾再三要求前往三峡考察，中国当局告以宜昌为日军所占，南津关是敌前沿，三峡逼近前线，不宜前往。萨凡奇当年虽已六十五岁，但仍不畏艰险，表示：生死不计，定要前往。

1944年9月，萨凡奇率领一队资源委员会技术人员，乘"民康"轮专程前往三峡。驻守在宜昌三斗坪附近的中国江防前线司令部奉令保护安全，遂由第六战区副长官兼江防司令吴奇伟亲自陪同至石牌下游三公里的平善坝。这里距宜昌仅十公里，因日军不时向上游进攻，所以未能到峡口察看。从九月二十日至三十日，十天时间都是在军事第一线的最前方，由平善坝到石牌，一直步行到三斗坪，一路翻山越岭，沿途对三峡的山川形势都作了详细考察，拍摄了不少照片，并在当地驻军手中得到了缴获日军航测三峡的地形图。

萨凡奇在三峡查勘期间使用的地形资料，计有中国陆军地形图、日军航测地图和美国陆军空中摄影及地形图。由于中国地图与日军航测地图相差甚多，虽经他亲至石牌下游三公里第一号坝址处细心考察，仍然难以确定哪个可靠。因此，在轮船上，萨凡奇便致电资源委员会，要求派测量队前往实地校核。测量队在重庆整装待发，临上船时由于仪器被盗，又有一位技术员落水致死，因此延误了时日。后又派人前往，经过校核测量，认为日军航测地图虽不详尽，但较准确。因此，后来萨凡奇在编写报告与拟订方案时，便是以日军航测地图为依据。

萨凡奇查勘了三峡，便回到长寿县，他住在龙溪河水力发电厂工程处内，依据扬子江水利委员会、中央水利实验处、四川省水利局、江汉工程局、税务署各个海关、中央气象局、中央研究院气象研究所等单位提供的各项资料，进行计算。他认为，三峡水力实为中国未来的无穷富源，他的结论是："除南美洲亚马孙河的某支流外，这段水势湍急的长江，无疑地是今日世界上最大的水力资源。"因此，他在龙溪河畔，对三峡水力开发进行了初步设计，经过四十个昼昼夜夜赶工，在龙溪河工程处的协助下，完成了著名的《扬子江三峡计划初步报告》。他随即将这个《报告》递送给资源委员会主任委员翁文灏，并在致翁文灏的信中说："扬子江三峡计划之初步报告，实为愚从事工程四十年以来之一大快事，愚研究此项计划至为欣幸。盖其所需工作巨大空前未有，其所产生之利益，复为中国切需也。"

萨凡奇博士，1879年圣诞节出生于美国威斯康星州柯斯维尔附近一个小农场。年轻时攻读于麦迭逊的威斯康星大学工程系，毕业后，一直在美国内务部垦务局工作。他曾视察或研究过世界上许多大河，美国的许多水电站也是他设计的。在他来中国之前的四十年间，经他设计、建成的大大小小水坝，总数在六十座以上，总值逾十亿美元，其中包括美国著名的鲍尔德水坝和大古力水坝，因而当时便成为誉满全球的坝工专家。他勤于事业而淡于名利，他曾说："我不是一个精明的商人。对于金钱，并不感觉多大的兴趣。"可是这一次他对他所写的《扬子江三峡计划初步报告》，即认为是自己的一个"杰作"，因而引以为荣。

当时，罗斯福的特别代表纳尔逊适在中国，对于萨凡奇计划也很感兴趣，遂拍了电报到华盛顿向罗斯福推荐。

萨凡奇回国后，先到美国国务院报告工作，建议成立水力发电统一管理局，并推荐美国联邦动力会议总工程师柯登到中国担任总工程师，柯登遂于1945年夏来华上任。

1946年4月，萨凡奇偕同他的助手再度来华，又亲至三峡地区作第二次详细复勘，筹组三峡坝区的勘测设计等项工作，拟订了坝区的勘测方针。从此，三峡工程的勘测、设计和科研工作，便在中美两地分头进行。

"萨凡奇计划"

萨凡奇所拟《扬子江三峡计划初步报告》（以下简称"萨凡奇计划"），全文共分十六节，主要内容有：

一、开发方案和方式

工程布置主要分：水库、拦河坝、溢水堰、泄水道、引水道、厂房、尾水道和船闸。拦河坝坝址设在宜昌峡内，依据日军航测地图，在宜昌上游 5 ~ 15 公里范围内，即南津关至石牌之间。计划中列了五个方案，第一方案坝址：石牌下游 3 公里，即松门溪溪口上游；第二方案坝址：南津关上游 1.8 公里，即下牢溪溪口上游；第三方案坝址：南津关下游 1.2 公里，即下牢溪溪口下游；第四方案坝址：南津关，即第三方案下游约 1 公里；第五方案坝址：南津关下游 500 米。

以第四方案为例，拦河坝横跨峡谷口，坝身用混凝土直线重力式，坝高 225 米，顶宽 25 米，长约 760 米，抬高低水位约 160 米，坝之中段全部设溢水道，以鼓形门及管形门控制水流，坝之下游设坚实之水跃护坦，以宣泄空前未有之洪水量设计之，藉以保护坝身，不致为洪涛所毁损。

水电站厂房分设在长江两岸，深藏岩内。左右两岸均利用十个排水隧洞和二个其他隧洞，各安装 48 台水轮发电机组，每台机组容量为 11 万千瓦，总装机容量为 1056 万千瓦，另外，每岸另开一个隧洞，安装 2 万千瓦之厂用电力设备两套，总装机容量为 8 万千瓦，估计年发电量为 817 亿度。

二、工程造价

包括建筑拦河坝、厂房、赔偿淹没损失等，共计不到十亿美元，以电力安装容量计，每千瓦单价不足美金 100 元，而那时美国的水坝，每千瓦电力装置的成本则为 250 美元。

萨凡奇认为第四方案比较经济而又安全，因而按第四方案拟订了分期开发的纲目。计划工程分五期建成，除第一期投资 653697000 美元外，第二期至第五期均分别投资 70357000 美元。

但后来据美国丹佛垦务局估计，第三坝址之工程费比萨凡奇原估计的还大，即不计厂房内机电设备工程费用，亦在十一亿美元以上，若再计入机电设备、船闸、船渠、输电及 10% ~ 15% 之工程管理等费用，为数当在十五亿美元以上。

三、工程效益

按照"萨凡奇计划"的设想，坝成后，如按其利益大小为次第，则以发电为首，灌溉次之，防洪、航运、给水及游览等又次之。

发电：计划最大发电量为 1056 万千瓦，其中可靠电力为 600 万千瓦。供电区域东到芜湖，南达桂林，西抵天水，北至太原。

后据丹佛垦务局初步设计研究总发电力将增至 1500 万千瓦。

灌溉：水库下游宜昌以东，汉口以西，襄阳以南，常德以北之大片已垦之地，若建新式之高地渠道系统引水，则可灌溉 6400 万亩良田，每年可种植两季水稻。

防洪：三峡水库估计总蓄水量为 617 亿立方米，可容纳 270 亿立方米之洪水，因此，最高之洪水量可以消灭，而无复为害下游。

航运：在增加通航建筑物以后，万吨海轮可通过大坝，直抵重庆。

给水：水位提高了，可供给沿江城市、工业区及游览区的生产、生活用水。

游览：三峡胜景，驰名中外，工程完成后，可吸引大量中外旅客前来游览。

以上六项利益，倘电力全部装足出售，除去一切开支，每年可得净收入 1.53 亿美元，偿还全部成本及利息，估计需四十年左右。

四、中美技术合作及训练中国技术人员

1944 年 9 月 14 日，萨凡奇曾与资源委员会副主任委员钱昌照，讨论美国垦务局和田纳西河流域管理局技术协助的办法和训练中国技术人员的纲领。萨凡奇将讨论内容于 9 月 17 日写了一份备忘录送给钱昌照，其要点为：

1. 设计工作与美国垦务局合作，需垦务局内工程师 150 人，以 6～8 个月完成。并由垦务局训练中国工程师约 150 名，以及地质、化学、物理人员若干名。中国人员需全部在美国参加实际工作。

2. 三峡工程如获批准施工，必须与美国垦务局及田纳西管理局合作，以制作详细设计与规范，约需调用该两局工程师 500 名。并在美国训练中国工程师 500 名，以及地质、化学、物理人员若干名。这些中国人员也必须在美国参加实际工作，以资练习。

3. 施工时需大量美国有经验之工程与营造人员来华工作。可与美国垦务局及田纳西管理局接洽，调用工程师、督导员、领工头及技工至少 5000 人，并训练中国工程师，地质、化学、物理人员以及营造方面各级人员共 1 万至 1.5 万名。

（原载《长江志通讯》1984 年第 1 期）

长江三峡水库测勘报告

（1948 年 6 月）

长江水利工程总局

一、缘起

民国三十四年，美国工程师萨凡奇氏应我国政府之聘，来华考察水利，倡议在三峡建筑200公尺之高坝，兼顾发电防洪灌溉航运，做多目标之开发。该项工作如果完成，据萨氏意见，可发电力一千万千瓦，供电区域东至京沪，西达成渝，南抵衡桂，北迄太原，蓄洪量达2212046000立方公尺，可使宜昌之最大洪水峰由75000秒立方公尺，减低至45000秒立方公尺，中下游之水灾大为减轻，灌溉水量足供湘鄂一带一千万英亩之需水，万吨汽轮可由沪直达重庆，范围之广，利益之宏，无与伦比。朝野人士对此伟大计划，莫不寄予殷切之希望。本局职掌长江流域之水利事业，对此自更关切，为研究三峡工程如何与长江水利事业配合发展，于三十五年初即着手最基本而急要之水库地形及库内财产人口等资料之补充，并即呈准调派测量队四队，开始工作。

此项工作，在第一年内即拟完成重庆以下部分，惟水库范围以内，大部为荒僻之区，交通困难，匪警频仍，至三十六年六月始将重庆以下之外业完成。

重庆以下拟继续施测，但当时三峡水库工作奉令停止，而长江中下游之各项测勘业务急待办理，不得不暂为告一段落，此项工作如将来人力与经费许可，仍拟予以补充。兹就已有之测勘资料，加以整理，编为报告，以供研究规划之参考。

二、测量

（1）范围。三峡水库测量之范围，系据坝高200公尺回水影响所及之区为目标，计长江干流可达白沙，现测抵重庆，支流嘉陵江可达合川，黔江可达彭水，小江可达开县，约计水库面积为1370平方公里，而测量之范围则约在2000平方公里，在此范围以内，测制一万分之一地形图，地势平坦部分作一公尺之等高线，陡岸与峭壁之处作五公尺或十公尺之等高线。（参阅第一图）（略）

（2）方法。查水库应需测量之面积广达 2000 平方公里，且大部为荒僻之区，交通不便，工作困难，为迅赴事功起见，测量方法力求简易可靠，其根据之平面与高度控制以及地形，尽量利用沿水已有之测量成果为原则，其无此项成果可资依据者，则设法补充测之，其工作及方法如次：

甲、高度控制：查沿江一带，前扬子江水利委员会已经设有水准标点，每隔二公里一个，高度均已测定以吴淞零点为根据，水库测量之高度，自宜昌至重庆及嘉陵江重庆至合川沿江一带，即以此项水准标点作为高度控制，然后以普通水准施测支线，以供地形测量之用。

乙、平面控制：平面控制有两种：一系利用前扬子江水利委员会所测重庆至奉节间之三角点，此项三角点均沿江设立，每约三四公里即有一个，以此测狭长之水库地形甚为适合；二系视距道线，因奉节以下多系峡谷，启自奉节至宜昌间即由奉节已测之三角点作为起点，向东测导线，每一视距约自 10 公尺至 1000 公尺不等，往返观察两次，以求其平均值，水平角则将测镜正反各测两次，求其平均值，各三角点及导线点均用平面纵横坐标表示之。

丙、地形：先将各控制点以平面纵横坐标绘于图上，然后在野外，随测随绘地形。宜渝段水道前扬子江水利委员会于二十七年曾测量完成重庆至蔺市及忠县至云阳之古淋沱间之水道地形，并制成五千分之一测图，嘉陵江自重庆至合川曾由江汉工程局测量完成一万分之一水道地形图，黔江亦曾由前导淮委员会测成二万分之一水道地形图，惟高度仅及最高洪水位略上为止，兹应水库之需要尚须补测至 210 公尺之高度为止。

三、调查

调查工作主要分人口及财产二部，前者比较单纯，后者则颇复杂，盖土地有基地、水田、旱田、山地、林园之分，房屋有砖房、草房，建筑有学校、工厂、桥梁、机场之别，产物有粮食、果树、林木、矿产之类，种类颇多，价值各异，且战时物价波动，时价迭变，为便于估价起见，财产价值均以民国二十六年之币值为标准。

调查工作之进行，先将地形绘出，然后按图分组实地详查，列表估算，全部分为三组，一为 150 公尺等高线以下者，二为 150 至 180 公尺之间者，三为 180 公尺至210 公尺之间者，其中重庆及合川带，沿江市屋栉比，工厂林立，百业荟萃，调查时尤特详征官方纪录，以资准确。

四、成果统计

（1）测量队外业工作统计：测勘工作系由本局第 21 测量队担任，于三十五年二月开始，至三十六年六月外业全部完成，继即进行整理测图及调查表计算财产损失等工作，各队施测时期及完成工作数量详见第一表（略）。

（2）人口暨产业数量及价值统计：依据各测量队及嘉陵江工程处调查所得各地段内各图幅中之人口暨各种不同之房屋土地及其他产业数量，以二十六年估计之单价计算产业价值，编成三峡水库150公尺、180公尺及210公尺等高线以下淹没地区产业数量及淹没地区人口数量及产业价值等统计表，详见第二——五表（表略），根据各表统计数字绘制水库坝顶高度与淹没地区及产业价值关系曲线图（参阅第二图，略），本图包括：一、嘉陵江渝合段部分；二、黔江涪陵段部分；三、长江宜渝段部分；四、以上三部分之总和。

（3）三峡水库面积及容量统计：测量三峡水库地形之主要目的，在于研究各种不同坝顶高度下水库淹没之面积与其相当水位之容量关系，兹从各段实测地形图中量得各等高线之面积，并计算各相当等高线以下之水库容量，绘制水库面积及容量曲线图，详第三图（略），由图中求得坝顶高度与水库面积关系公式为 $A=0.00087H^{2.69}$，及坝顶高度与水库容量关系公式为：$V=0.00024H^{3.69}$，上项曲线图及公式因重庆以上地形未能完成，在高度180公尺以上者，系根据180公尺以下之各等高间之面积及容积分别推算而得。

（4）三峡水库范围以内各主要城镇高度统计：根据实测地形图中各沿江主要城镇之位置及其最高最低等高度，绘制水库范围以内各主要城镇高度图（参见第四图）（略）。

（原载《1918—1949三峡工程史料汇编》，《万里长江》1996年第2期增刊）

历程篇

三峡水库区域经济调查简报

（1948 年 6 月）

长江水利工程总局

一、绪言

按萨凡奇氏三峡水电工程计划，于宜昌附近筑一海拔 200 公尺之拦水坝，抬高水位 160 公尺，其回水直达四川之泸州。泸州以下长江干支流两岸各县（包括合江、永川、江津、綦江、巴县、重庆、江北、北碚、合川、长寿、涪陵、彭水、丰都、忠州、石柱、万县、开县、云阳、奉节、巫山、香溪、巴东、秭归、兴山、宜昌等二十四五县市）各有一部分土地沦为水库，此水库区内经济状况及筑坝后之各种变化均为此次考察之范围，而可能淹没损失与善后处置尤为重视。

调查工作分四期进行。

1946 年 5 月 16 日至 6 月 2 日在重庆至涪陵段，由黄秉成、施雅风、蔡钟瑞、吕欣良负责；6 月 28 日至 7 月 30 日在重庆至合江段，由蔡钟瑞、吕欣良负责，9 月 1 日至 16 日在重庆市区及重庆至北碚段，由吕欣良、蔡钟瑞、钟功甫、黄秉成负责；9 月 20 日至 12 月 18 日在涪陵至宜昌段，由钟功甫、施雅风、吕欣良、蔡钟瑞、黄秉成负责。

调查时，观察与访问并重，一部分工作并请地方政府代办。

直接观察之主要工作为：1. 就五万分之一军用地形图填绘土地利用图（分水田、旱田、林地、荒地、聚落地等项）；2. 观察岩石、土壤自然植物之性质与分布；3. 观察各类地形对于人类活动之影响；4. 观察各类农作物之生长情形与农业经营现状；5. 观察各种交通工具之性质与分布；6. 观察各类聚落之性质与分布。

访问之对象为县市政府、乡镇公所，各同业公会，以及常识比较丰富之工厂厂主、商店老板、农民、工人、船夫等。搜集之资料主要为：1. 水库区内人口情形；2. 水库区内土地情形；3. 各类物产之数量、价值及其产运销情况；4. 农、工矿、商、交通各业情况。

请托地方政府代为详细查报之工作为：1.水库区内各城镇之房屋数量与价值；2.各地区人口及耕地数量。

搜集资料力求翔实。十分之八以上地区均步行前往实地观察，每日行程少者30里，多至70里。

抵达宿地后进行访问，常至午夜始获安息，次晨又登征途。少数峡谷区域陆上无路可循（如巫峡尾部归峡段），始乘舟通过。涪陵宜昌段调查面积最广、时间最久。

为节省时间起见，五人分为三组。有二组各由二人组成，分长江南北岸（涪陵万县段）或上下段（万县至宜昌）进行乡野调查，另一组则仅一人作都市调查。每周或半月全体聚一次，交换经验，商讨见闻。

此次调查，以有下列种种困难，故结果不尽准确。

1. 调查根据之地图为陆地测量局测制之五万分之一军用地形图，此图错误甚多，湖北境内一段犹然。因系由十万分之一调查图放大而成，里程、方位及高度均往往与实际不符，依据此项地图所作之各种统计，自亦随之而不免衍谬，舍此别无较佳依据。

2. 调查时间以限于经费，前后仅五个月。雨后行之里程达七千余里，匆促赶工，自不能于每一地区均作详尽调查，资料搜罗亦难期周遍。

3. 三峡工程，攸关水库区居民利益，故答复询问间有故意漏报或夸大其辞者，调查人员可斟酌损益，然终难得十分准确之结果。

4. 此项水力工程经济调查以无前例可循，内容与方法均未能即臻周密，若干事前准备之项目表格与方法，经试验多嫌弹性太小，不切实用，是以初期工作挂漏滋多，由今检讨，显然有不少缺点。

调查报告拟分两部，第一部为淹没损失及善后处置；第二部为经济概况。

本简报为第一部淹没损失之初步估计。

本简报编写之时，涪陵以上各种资料尚未运到，涪陵以下之资料虽到，而无暇详细整理，所列统计乃根据少数有代表性之事例比类推估，其可能误差人口可达百分之十左右；房屋可达百分之二十左右；工厂、道路仅能举其数而未可估其值，矿业唯盐业较详，煤矿分布零星，已难详述。至水库成后，对于附近居民之间接影响，更仅能列举大概。

此次调查及编撰报告，均在经济研究所黄秉成先生指导下完成。

调查人员为经济研究所黄秉成、全国水力发电工程总处蔡钟瑞、吕欣良、中国地理研究所钟功甫、施雅风。

故此报告为上述三机关合作之结果。

二、人口

水库区如以海拔 200 公尺等高线为范围，其总人口为 104 万，城市受影响者 18 个，以重庆、万县为最大。

重庆在水库区内之人口 17 万余，占其总数人口六分之一。万县在水库区内之人口约 8 万，占其总人口十分之八。其余各城受影响之人口均不逾三万。

丰都、云阳、开县、奉节、巫山、巴东、秭归各城将全部成泽国。场镇人口受影响者，则以巴县境内为最多，共达 4 万人，此由重庆市郊有不少卫星市镇（如黄沙溪有人口 2 万，李家沱有人口 8000，大渡口有人口 6000），其次为云阳县境水库内之场镇人口达 3 万 9000 余，有三分之二萃于云安厂（云安厂为川东制盐最盛之地），乡村人口受影响最大者为开县，开县有低平富庶之谷地，三是均在 200 公尺以下，其中乡村人口达 12 万人。

如宜昌拦水坝高度改为 150 公尺，则水库区内人口将减至 19 万人，仅当前述者五分之一，丰都以上各县市及小江上游之间县完全不受影响，而云安厂盐区亦可保全大半，惟万县损失仍重，须迁移之人口达 6 万人。

表一　三峡地区人口统计表（略）

三、土地

本队曾就五万分之一军用地形图填制粗略之土地利用图，惜此类图幅大部尚在途中，目前不能用以计算各类土地面积。

有少数城镇已办理土地陈报与清丈，故其基地有比较准确之面积数字，兹选万县、奉节及丰都之鸟阳镇三地人地比率，平均每二十人得一市亩，以此数乘全部城镇人数，得城镇基地之总面积。

川东鄂西一带地形崎岖，每单位面积之耕地产额差别甚大，地价及征赋均以纳租量为准。

少数乡镇公所备有纳租量统计册，平均言之，纳租量与生产量之比，水田为 7∶10，旱作地为 5∶10。

据开县 19 个乡镇农业人口与耕地纳租量比例，平均每人得 3.6 市担。

此数在水田区域相当 1 市亩，旱地区域则在 2 亩以上。

兹以水库区全部乡村人口数乘 36 市担，得全部耕地纳租量。林地面积极少，荒地则分布甚广，按粗略估计，水库区如以 200 公尺为范围，土地共值二千二百亿元。

如改取 150 公尺，则仅五百亿元。

表二　三峡水库区土地约计表（略）

四、房屋

房屋区别为瓦房、草屋两种。

草房构造简单，价值差异较小；瓦屋则自上好之砖石洋房至极简陋之瓦屋，大小、形式及材料均参差不一，故价值悬殊。

调查时曾表列房屋构造（分项壁柱、层楼、间数）、建造年代、住户职业等项，请地方政府代查填，稗估计可有较准确之根据。

自万县以下，城镇房屋清册已多半造就，乡村房屋则以时间过短，仅少数地方办理竣事。

乡村房屋虽较简陋，但农家房屋较广，地价较低。

据开县邓家乡、宜昌纸前乡等乡村统计，平均每间房屋仅住 0.7 人，瓦屋与草屋成四与一之比。城镇人口密集，地价昂贵，房屋之建筑较佳，而每屋所居人数较多，工商业发达之城镇犹然。如万县市中心区之智和镇，平均每间住 2.8 人，商业比较平淡之奉节县城，每屋则住 2 人。

兹就屋房人口之比分列四级推算水库区之屋房数量与价值，重庆、万县两大城列为第一级，人口屋房比例为 2.6 比 1；其余受影响之 16 个县城为第二级，人口房屋之比为 2 比 1，城镇入第三级，乡村列第四级。

按此统计，则分布于 200 公尺以下之房屋共 87 万间，总值近 4 千亿元。

如以 150 公尺为限，则水库区房屋共约 13 万余间，总值降至 670 亿元，此项价值概依 1946 年下半年调查时币值计算。

表三　三峡水库区域房屋数量及价值约计表（略）

五、矿业

水库区矿业以盐为最重要，煤次之。

含盐地层位于川东诸背斜鞍部三叠纪紫页岩层，河流切穿此含盐地层之处，每有盐泉涌露。

水库区如以海拔 200 公尺为范围，共有盐场六处，即云安厂（云阳）、温汤井（开县）、掺井、涂井（忠州）、大宁，年产盐最高时达 8 万市担。

如水库区以海拔 150 公尺为范围，则大宁厂与温汤井二场完全不受影响，云安厂盐井、涂井部分损失，奉节厂仍遭淹没。受损失之盐产量约在 50 万担左右。

制盐者之直接损失有三：

（1）生产盐卤之盐井。

（2）制盐之盐灶。盐灶所据之土地。以调查时市价计算此三项总值，200公尺范围内6个盐场共达72亿元。150公尺范围内4个盐场达50亿元。

（3）盐业停顿后之间接影响远过于其直接损失。

兹分为三项略述如次：（1）若干供应制盐燃料之煤矿将随盐业而停顿，此类煤矿将于下节中叙述。（2）6个盐场之盐工（包括井工、灶工两项）约7000人，另有运输工人约1万2000人，开采煤矿应制盐需要之煤工约9000人，共为3万人左右。此巨量工人必需予以适当之安置。（3）六场盐产供应川东、鄂西、湘西北数十县地方，人民食用断绝如何取给。

六场之中云安厂最称重要，此场年产盐50万市担，直接间接赖云安厂盐业为生者达10余万人。

表四Ⅰ 川东盐业工人户口统计表（大部根据实地访问）（略）

表四Ⅱ 亚川东盐业受淹损失估计表（根据民国三十五年冬季搜集之资料）（略）

水库区煤矿均产于侏罗纪地层中，有江津境之猫儿峡、北碚之二岩镇、涪阳之汤溪流域与固陵沱、开县之温塘井之香溪流域。

其中唯秭归之香溪各煤矿地势最低，不论水库高度为200公尺或150公尺，均全部入水，年产量约2400吨。采煤及运输之工人约4000人，其余各矿受影响之程度不一，分布零碎，可能淹没之数目，约估为50000吨。

盐业停顿以后，云阳汤溪流域全部煤矿、奉节梅溪流域煤产量四分之三、开县之温塘井煤矿全部均将失去销路，受此间接影响之煤矿反多于受淹之煤矿。

表五 水库区煤矿年产量表（略）

六、工业

200公尺以内规模较大，利用机械工作之工厂，共有53个，大半（32个）在重庆附近（重庆及巴县），长寿、万县各有7个。

150公尺以内者，仅万县7个工厂。

各类工厂中，以纺织工厂为数最多，达14个，较著者为中国毛纺织工厂、申新纱厂、豫丰纱厂、沙市纱厂等，均在重庆附近。

化学工厂为数虽亦达12个，但规模均小，分布比较均匀。

冶金工厂中，有大渡口炼钢厂，为中国战时规模最大之炼钢工厂。

电厂中，唯长寿龙溪河水电厂发电量较多，长寿其余五个工厂，即利用此便宜之水电动力而设立。

手工业在本区颇称发达，榨油作坊分布最广，每乡各有五六个至十余个榨坊。

酿造作坊集中于江津附近，其地盛产高粱，故制酒业特盛。

手纺织业则以开县为最发达，棉花自鄂西输入，成品普销川东北各县。

沿江石灰岩暴露之处多石灰窑，城镇附近均有砖瓦工场。

表六　水库区工厂表（略）

七、交通

水库区交通向以水道为主，陆道为辅，水库成后，淹没之陆道为数不多。

铁路方面，仅纂江铁路近长江一段及尚未铺轨之成渝路基、川汉路基各一段，总共不过百余公里。公路方面，在重庆、丰都、万县、巴东附近各有数公里。飞机场仅重庆附近之九龙坡、珊瑚坝二处。

如水库以150公尺为范围，则公路唯巴东附近数公里，铁路唯川汉路基约50公里，机场完全不受影响。

正在兴筑中之万县至开县公路，如未来水库高度达200公尺，则开县精华之区全部沦没。此公路亦随而失丢存在价值。

川江交通木船居重要地位，目下全程航行之木船达8000余只，赖以为生者数十万人。

水库成后，轮船畅通，木船自必渐归淘汰，此数十万人之转业问题亦应早为筹划。

表七　水库区交通损失表（略）

八、结论

水库区未来经济问题较重要者：（1）为居民之迁移及就业。（2）为损失财产之赔偿。（3）为间接受影响事业之善后。

1. 居民之迁移及就业

水库区居民之迁移就业情形可分为两类：

（1）仅须迁移者——沿江多数城镇，水库成后无损于其区域背景，故其居民仅须迁往附近高地，不必另觅职业。

此类居民在200公尺以内者约61万人，在150公尺以内者约13万人。

（2）须同时解决迁移及就业问题者——居民有因水库形成而失业者迁移之后，并须为解决就业问题。

此类包括全部乡村人口及一部分城镇人口，乡村人口务农者占十分之九，耕地沦没，即无以营生。其余十分之一，赖以当地农民为主顾之工商杂业为主，亦随农民之迁转而丧失其原有职业。一部分建筑于矿业基础上之场镇，如云安厂温塘井等产矿之厂，如被淹没，此类场镇绝难存在。又有若干因险滩而形成之场镇，如秭归县之新滩、曳滩等，居民多以拉滩、放滩及供应过滩船舶之需要为业，水库成后，险滩尽失，此类场镇自必星散。又开县县城及县境内之大部分场镇，其工商业基础大体依赖附近库区农民之需求，农民即随耕地沦没而他迁，此类城镇纵能迁出库区，其规模亦必大为缩减。

须同时为解决迁移及就业问题之人口，在 200 公尺以内者 43 万人，在 150 公尺以内者约 6 万人。

居民之迁移及转业费用，目前尚难估计，俟后正式报告内详为论述。

2. 损失财产之赔偿

水库区损失财产已估价者，有土地、房屋、盐业三类。土地没入水后，其使用价值完全丧失，自需全部赔偿。

房屋材料，有一小部分可以拆迁，兹假定应赔偿之数为百分之八十，盐井、盐灶亦需全部赔偿。

统计上述三项，在 200 公尺高度内者，约值法币（民国五年秋季币值）5450 亿元，在 150 公尺高度内者值 1088 亿美元。

此数按官价外汇美金 1 元换法币 3.350 计算，200 公尺高度内者值 162709573 美元，在 150 公尺水库区者值 32479254 元。

官价外汇较战前（1937 年）时上涨约 1000 倍，实际 1946 年秋季川东各地人工、米谷等价值，较战前 1937 年时约涨了 3000 倍。

按比率换算，为 1937 年时法币值，再按当时外汇率换算为美金，则 200 公尺高度内，土地、房屋、盐三类财产损失为五千五百万美元，150 公尺高度内者约一千万美元。

居民之动产，如衣物、家具、农具、牲畜等，工厂设备、手工作坊、设备、煤矿、铁道、公路、飞机场、各种公用事业、坟墓等损失及迁移费用，因目前无可用之估价依据，数字暂缺，容后补全。

3. 间接受影响事业之善后

间接受影响之事业，主要者有三：

（1）民船业。目下航行川江木船逾八千只，水库成后，大轮畅通，民船将渐归淘汰。八千只木船，每船赖以为生者（包括船员及船员家属），以一百人计，达 80 万人。受水库影响者，以四分之一计，达 20 万人。

（2）煤矿业。云阳之汤溪流域煤矿、奉节之梅溪流域煤矿以及开县之温塘井煤矿，虽大部分矿区不在水库内，但其销路主要靠盐业维持，如盐场被淹，恐难继续存在。

估计此类受影响之采煤工人，连同家属，在 200 公尺以内者，约 10 万人，在 150 公尺以内者，约 8 万人。

（3）盐业。盐业停顿后，运盐、制盐工人及贩盐小商，失业者甚多。住于水库区者人数已列入表一内，其住于非水库区者，估计约 5 万人。

综上所述三项，间接受水库影响需救济之人数，200 公尺以内达 35 万人，150 公尺以内达 27 万人。

（注：统计表略）

历
程
篇

费尽心机的三峡计划

钱昌照

费尽心机、半途而废的扬子江三峡水利工程计划，是一个多元计划。除发电外，兼顾航运、防洪、灌溉、都市供水、水产等利益。当时日、德两帝国主义力量即将垮台，中国胜利在望，我认为是兴建巨大工程的大好时机。1944年5月，我电邀美国垦务局设计总工程师萨凡奇来华。其时，他正在印度工作，很快应约而来。他先在川西都江堰、大渡河及长寿龙溪河勘察水力，9月又到三峡勘察。由资委会水力发电工程总处黄育贤处长陪同，萨凡奇冒险乘了一条不大的木船，沿长江勘察，初步认为黄陵矶可以做坝址。经政府批准，由资源委员会主持，会同水利委员会、扬子江水利委员会、中央水利实验处、中央农业试验所、交通部航政司、中央地质调查所等机关组成扬子江三峡计划技术研究委员会，我兼任主任委员。会议商定，实地勘察由资源委员会全国水力发电工程总处负责；工程设计由美国垦务局负责，垦务局派高级工程师柯登（Cotten）来华协萨凡奇进行勘察；坝址钻探由地质调查所负责；水库航空测量请美国用飞机进行，从长江下游海口起到重庆为止，地质调查范围遍及上游和下游；水文调查由扬子江水利委员会负责；社会和经济调查由资源委员会负责。以上各项工作，均陆续进行。到了1947年4月各种拦河坝、电厂、船闸的比较布置，各部门工程的比较设计，已经作出；洪水量、水库容量、航道深度等也有了初步计算。估计全部工程的主要设计图纸和施工规范可于1948年底完成。

这项设计，发电能力为1056万千瓦，当时是用不了的，计划办几个化工厂。萨凡奇的设计构思要防止氢弹，电厂要放在水下，高坝要能抵挡炸弹。供电范围如用直流电只能在500公里直径范围内有效，即西到雅安，北到洛阳，东到南京，南到衡阳。如用交流电则能扩大直径为1000公里，东可达上海。萨凡奇认为这是一个好方案，他说一旦长江水流控制了，下游湖泊可以耕作，扩大水浇地400万～500万亩而不会影响蓄水。当时美国《幸福》杂志老板亨利来华，出席张嘉墩招待宴时，他对我们说：中国有能力搞这么大的工程吗？话里很藐视。我说中国人是聪明的，有志气，就要做这个大事，中国人有自信心。亨利说干这事要有Statesman ship（政治家风度）。不久，美国派纳尔逊来华帮助成立战时生产局，加强抵抗日寇的物质力量。临走时，蒋介石设宴送别，宋子文和我在座。蒋介石大吹长江三峡工程的意义，对纳尔逊说："你回美后请向总统报告，大坝告成，将取名为罗斯福水坝。"纳尔逊信以为真，颇为兴奋。

我主持筹划工作两年多，曾预计前景未必乐观，知其不可为而为之。我和宋子文赴美谈成的贷款金额为利息2.5厘，为期30年，条件相当宽厚，已耗用了100多万美元，如再花100万，1948年就可以施工。想不到我于1947年4月27日辞职，行政院即于5月10日下令停止。

解放后，周总理说：新中国一定要办。国务院成立了长江水利工程办事处，由林一山为主任。"文革"后期周总理到汉口亲自过问此事。毛主席以前也对我说一定要办，只是要把坝址改到三斗坪，那里的地质比黄陵矶好。三峡原计划1050万千瓦，只淹万县一地。萨凡奇的计划先筑新万县再淹万县城，估计移民30万。解放后，"长办"的新计划坝高170米，发电能力为2500万千瓦，移民就大为增加了。这个方案比当年的方案大得多，问题当然也多得多，一直在专家的论证之中。

我为扬子江三峡工程是费了精力的，奔走呼吁于国内外。派遣大约50名工程技术人员，去美国田纳西河流域工程管理局实习两年多。两年多的调查资料和国内外设计图纸，成吨成堆，结果工程半途而废，归国的工程师改了行，图纸资料在武昌建了一座小屋储存起来。

萨凡奇是世界享有盛名的"十亿工程师"，他曾对我说过，这将是他一生最后一项为人类作出贡献的工程。当他失望离华返美之日向我辞行，难过得几乎要哭了。我当然受到挫折，辛苦备尝。但令我懂得了一个道理，当国家还没有摆正政治方向的时候，当国家还不能掌握自力更生为主、外援为辅这一政策的时候，许多功力都是徒劳的。

扬子江三峡水力发电计划筹备经过

张光斗

一、引言

扬子江三峡水力发电工程计划，自开始迄今，业经二载又半，最近因经费困难，无法进行，奉令暂缓进行。三峡计划规模宏大，不徒影响国计民生及整个建设前途，且因其为天造地设之水力资源而举世瞩目，国内各地新闻纸，尤竞相传播，引起社会普遍之注意，一致予以鼓励与督促，其热忱殊可感佩。但在参加工作之各机构，则因职责所关，当此一切尚在研究期间，大半数字皆尚待改正，故发言不能不格外审慎。值兹发轫之初遭遇挫折，社会人士必极度关切，谨将经过情形概述如此。

二、缘起

三峡之形势宏伟，自古闻名，而其可以利用发生巨大电力，造福国家人民，则为近年间事。民国二十四年工程师学会曾邀集专家恽震、宋希尚、曹瑞芝诸先生，前往查勘，拟有黄陵庙葛洲坝等处发电计划。逮三十年春，生产局美国顾问潘绥氏（Mr. Passhal）拟具开发三峡经济报告，建议在三峡造水力发电厂，容量一千零五十万千瓦，由美国投资兴办肥料厂，利用三峡廉价动力制造肥料，每年出产五百万吨，售于美国用以偿还借款，十五年后，可将债务清偿。此项电力，可作复兴中国工业之基础，而大量廉价肥料，亦可作复兴中国农村之用。

三十三年秋，资源委员会聘请美国垦务局总设计工程师萨凡奇博士（Dr.Savage）来华视察内地各水力发电地址，经告以三峡水力形势及潘绥氏报告，萨氏极感兴趣。时三峡迫近前线，宜昌则在敌手，颇属危险，萨氏再三请求前往视察，经当地军事当局允许保护后，萨氏率领资委会技术人员一队，前往三峡，在工地凡一周余，自石牌步行至下游，视察三峡形势。翻山越岭，地形地质，皆详为考察。因日军驻在宜昌，时向上游进攻，未克至峡口视察，适我国驻军获有日军航测三峡地形图，足资依据。萨在视察以后，惊叹形势之佳，水力之丰，乃拟具此举世闻名之开发三峡水力计划报告。

三、萨氏报告

该报告中拟具筑拦河坝高约二百二十五公尺，在两岸岩下修筑电厂，容量一千零五十六万千瓦，完成以后，大量廉价动力，可供给中国复兴之用，估计每年可发电量八百七十亿度，每度成本约三厘美金；拦河坝造成之巨大水库可调节洪水，消除下游水灾；并设有船闸，一万吨之轮船可来往沪渝间，通行无阻；加以给水灌溉等功能，利益极溥。萨氏报告发表后，举世瞩目，时美国罗斯福总统代表纳尔逊先生（Mr. Nelson）适在华，阅报告后至感兴趣，深信罗总统亦必赞赏，美国政府方面，亦将尽力协助。国人皆认为三峡工程确系战后复兴我国之基础，希望早日进行。最高当局极为注意，资委会遂决定进行筹备，并与美国进行种种洽谈，期获得美方助力，以进行此一伟大计划。

四、进行筹备

三十四年夏，资源委员会在国内开始准备工作。邀请水利委员会、扬子江水利委员会、中央水利实验处、农林部中央农业试验所、交通部航政司、地质调查所等机构，连同会属工矿电三处、经济研究所及全国水力发电工程总处组织三峡水力发电计划研究委员会，筹商分工合作，研究各项有关问题；并由萨凡奇氏介绍柯登（Mr. Cotton）来华担任水力总处总工程师，主持研究计划事宜。曾集会数次，商讨研究范围及工作分配与联系，决定航测方针及各项原则。是年秋抗战胜利，勘测研究工作更为积极，由筹备而至于实地勘测调查。

五、各部工作进行

甲、三峡勘测处

三十五年春，萨凡奇氏再度来华，亲至三峡详为复勘，指示勘测方针，水力总处并派队测量坝址地形，视察水位流量等记载。七月设立三峡勘测处，积极进行实地测量及筹备坝基钻探工作，修筑工地房屋堆栈等临时建筑。

乙、地质钻探

三峡拦河坝建筑伟大，电厂则全部建于岩石之内。关于基础地质，应详细勘测研究，以便设计施工。除请地质研究所派队至工地查勘外，坝址地质应加钻探，而三峡河深水急，非有经验者不能胜任，故于三十五年夏，水力总处与美国摩理逊公司（Morrisson Knudsen Co.）订立合约，请其承包办理，就五个假定坝址，（石牌及平善坝下游、三游洞上游、南津关三游洞间、南津关附近）分别钻探，以便比较。合约签订后，即订购各项钻探设备。第一批钻探机械及附属设备，因受美国海岸罢工影响，至是年年底始行到华。美国钻探人员十人，亦于此时抵沪。各种器材，即行报关提运，至三十六年春运达工地。人员亦按时前往，清理安装各项设备，四月底即开始钻探。另由水力总处聘用之美国工程地质专家钟佛鸥氏（Mr.Jones）亦于年初抵华，于视察四川各坝址后，即来三峡率领地质学者多人，从事详细之勘查，并准备指导钻探之进行。

丙、坝址水库测量

拦河坝工程伟大，对附近地形，应有详细资料，以便比较研究，除三峡勘测处赶测坝址地形，以备急用外，自石牌以至南津关下游整个区域，地形面积约九十平方公里，亦需详加测量。因需要精确度甚高，而时间匆迫，国内仪器亦缺乏，宜采用航测。乃恰请美国费其艾航测公司（Fairchild Aerial Survey）承包办理，于三十五年夏在工地航摄，由空军十二航空队及国防部测量局协助，顺利完成（见图一）；其地面控制工作则由该公司于三十五年冬派员来华实测，由三峡勘测处派队协助，历时二月完成。全部一千二百分之一航测图，可于三十六年四月交货。

三峡水库容量宏大，但确切数量，须在地形图量算，其容量之多寡，有关于发电容量及防洪作用，故水库地形测量，亦为主要工作之一。三十五年秋，与国防部测量局订立合约，航测水库地形，自宜昌上溯泸州，并包括所有支流，面积约三千六百平方公里。航摄方面，则请空军第十二航空队协助。至三十六年春，航摄工作开始，地面控制工作，亦同时进行，期于三十六年六月全部五百分之一地形图完成。扬子江水利委员会已曾往测量沿江地形，三十五年春亦派四个测量队至水库区域补测，使整个水库地形可绘制成图，三十五年底完成工地测量工作。三十六年夏，亦可完成二万五千分之一地形图。查三峡坝址及水库容量，关系整个工程经济价值，极为重要，故航测及陆地测量同时进行，互相校正，以求慎重。

丁、经济调查

三峡水库淹没损失极巨，应有精确资料，乃请资委会经济研究所派队至水库区域实地调查，并调查沿江人口、工矿、商业等经济情形，三十五年夏开始，至三十六年春完毕，调查报告期于三十六年夏完成。至宜昌下游洪水灾患情形，可能灌溉及开垦地亩，以及下游工业发展之瞻望，与用电之研究，亦正由经济研究所着手进行。

戊、地质调查

三峡坝址地质，请中央地质调查所派侯德封先生率领地质人员至工地调查，于三十五年冬举行，三十六年春完成。调查报告，极为详尽，认为三峡之地质情形，适宜建造此世界最高之巨坝。至水库地质情形及上游矿藏以及水土保持之研究，亦正由地质调查所着手调查。

三峡上游土壤情形，其农田利用及水土保持等问题，请中央农业试验所进行研究，曾在上游设立试验站，需有长时间之观察，始可获结论。

己、水文资料及其他

扬子江流域广大，欲求三峡工程之完善，须有长期之水文资料以作研究根据。自萨氏初次视察三峡，研究三峡计划之始，即由扬子江水利委员会、中央水利实验处、四川水利局、江汉工程局、税务署各海关尽量供给，使三峡计划有切实资料，以作依据。

关于中国战后工矿开发计划及电力网之开发计划，由资委会有关部分着手研究，供给宝贵资料。至扬子江航运情形，则由税务署各海关、上海公用局、浚浦局等供给资料。气象方面，复由中央气象局及中央研究院气象研究所供给各种气象记录，至为完善。

庚、综合研究与设计规划

三峡工程伟大，史无前例。故其规划设计必须请有经验之专家，负责进行，乃请萨凡奇博士任顾问工程师领导指示；由水力总处负责规划，并与合作机关在技术上取得联系。三十五年春与美国内政部垦务局（Bureau of Reclamation）订立合约，合作设计三峡工程，由垦务局主持设计，资委会派员参加，并请各合作机关亦派员参加。因设计人员颇多，垦务局难于抽调，而我国则可以利用此机会，训练大批人才，并可节省外汇费用。设计工作于三十五年秋开始，已经完成各种拦河坝、电厂、船闸等比较布置及各部分工程之比较设计。关于洪水量、水库容量、航道深度、坝顶高度等，均有初步决定。如各项资料顺利搜集，则三峡工程主要设计图样及施工规范等，可于三十七年大致完成。

六、现阶段

三峡工程完成以后，输线如以六百英里而言，可遍及中国中部各省，其开发关系整个国家之经济，能提高人民生活水准，利益之大，非任何其他事业可比拟；而亦因其规模之大，需要经费亦巨，筹备与研究之工作亦愈多。此种情形，为我最高当局及主管部门所洞悉，负责筹备进行之资源委员会与各合作机构，尤为了解。惟开发工程愈困难，筹备时间愈长，则筹备工作愈应早日开始。尤以各项资料搜集，实地勘测，水文记载等基本工作，宜早日进行，俾一切设计有所根据，庶不致铸成错误，待时机成熟，即可积极举办。故资委会在最高当局指示之下，毅然开始筹备。因工作之艰巨，困难之滋多，与夫社会期望之殷切，惟有埋头苦干，以慰国人，希望在二三年内勘测及计划工作告一段落，可作进一步之准备工作。乃近一二年来，国家经济困难，物价飞腾，三峡筹备工作之预算，以工程之规模而言，虽不能谓之庞大，但其需要外汇及国币数字，政府难予筹措；尤以经济紧急措施以后，凡非短期内可见功效之支出，皆暂停止。三峡勘测规划工作，自亦受其影响。最近政府决定暂缓办理，俟经济情形好转时再行继续。政府下此决定，实属不得已，而资委会与各合作机构年来之艰苦支持，而今稍受挫折，自亦同感怅惘。

七、暂时结束与将来展望

三峡勘测规划之暂缓办理，并非停止进行。故目前对各项工作将妥为结束，告一段落，使以往成果不致虚掷，以后开始亦稍有基础。各项实地勘测工作，除短时期可完成者外，皆行停止，如地质钻探等等。但有时间延续性者，当仍继续进行，如水文记载等等。工程搜集之资料，当加整理编汇，垦务局之设计工作，与水力总处之规划工作，亦行停止。但须将已得之结果，拟具一中途报告；二三月后，此项报告，亦可完毕。三峡筹备工作，亦暂告停止。水力总处自仍当注重全国水力资源之普遍勘测与各处中型水电厂之规划设计与营造，以应最近一二十年间工业之需要。

三峡工程以发电量而言，为美国大古力坝之五倍，为波尔多坝之八倍，为苏联尼泊尔（第聂伯，下同）坝之十六倍，为田域安（田纳西，下同）计划之四倍，其完成以后，所赋予中国工业及国计民生之影响，更当十倍于前数者。波尔多之完成，经卅余年之探勘研究筹备与施工，耗金二亿余美元；田域安之完成，亦经二十余年之奋斗，且适逢罗斯福总统新政之实施，始得实现。尼泊尔则经苏俄全国上下之节衣缩食，终于告成。我国之经济与技术基础，均远逊美苏，而三峡工程之伟大，又远过之，故其非旦夕所可企及，殆可断言。吾人试闭目幻想，此一诗人所歌颂之美景，忽变为生产富力之源泉：无数资源得以利用，无数货物得以制造，昔日所认为天堑之蜀道，忽成为千数百里之人造湖泊，舟楫往返，有如洞庭鄱阳；而下游水灾不复为患，良田六千万亩，悉被灌溉而免于旱灾，周围十数省之人民，悉得以廉价动力，改变其生活环境。则此一梦境，其美妙有如天国，而欲其实现，非穷若干人努力，积若干年之奋斗不为功。二年来之一切经过，不过为一开端，今虽暂停，已有若干结果，且引起世界及国内之注意，俾此一梦景显现于多数人前，已可自慰。兹后资源委员会更当秉以往决心，与各合作机构共同努力于各项基础准备工作，以待经济情形之好转，政治情形之安定，俾工作重新开始；尤望萨凡奇先生与垦务局，陆续合作协助指示，则三峡工程之理想天国，终有实施之一日也。

（摘自张立先著，《民国三峡记忆》）

忆三峡水闸与战后宜昌筹备建市

江权三

现代历史上，宜昌曾经两度筹备建市。第一次是战前的 1929 年，第二次为战后的 1946 年，后者与三峡水闸工程相关联。我是宜昌人，1944 年起在宜昌县政府等机关供职，故里沧桑耳闻目睹，尤其对修建三峡水闸、宜昌筹备建市之事更是记忆犹新。

宜昌，自清末被辟为对外开放的通商口岸后，古城大门洞开，英、美、法、德、意、日等国商人纷纷来宜经商，英、德、日在宜设立领事府（馆），其他国家也设立了相应的办事机构。民国初年宜昌成立了商埠局，对商埠区进行了规划和建设，尔后市区不断向南郊拓展，先后修建了通惠路（今解放路）、中山路、云集路、陶朱路、一马路、二马路、福绥路、滨江路、大公路等新型街道，与城市配套的各种功能设施亦相应建立，并初具规模。这就是当年人们戏称的"十里洋场"了。

仅从这些街道的命名，不难窥见当年宜昌迈向现代化开放型城市建设的足迹。通惠路意即万国通惠，云集路取意万商云集，陶朱路寄寓发展商贸经济的企望。"陶朱"源出春秋时越国大夫范蠡弃官在陶（今定陶县）经商致富，改名为陶朱公的典故，历来从商者常以"陶朱事业"自诩。至于"马路"一词，就更非我们的老古董了。

开放后的宜昌，商贸日趋繁荣，进出口货物总值逐年上升，最高年份 1904 年达 7121.93 万海关两，城市常住人口连年增加，到 20 年代末期已超过 10 万。此时宜昌已由封闭式的古城，发展成为具有开放型城市的雏形，为湖北第二大城市。1929 年宜昌市政会议应运而生，着手筹备建市。拆除了古城墙，建成环城马路，使城内外商业区扩大、联片。后因种种原因，1931 年宜昌市政会议撤销，第一次建市虽未能如愿，但现代化城市建设仍在继续进行。

1937 年抗日战争爆发。1940 年 6 月日寇攻陷宜昌，旧城新市毁于一旦，城市房屋毁损达 90%，在全国罕见。

如果说宜昌第一次筹备建市，是为适应开放型商埠、建设新兴城市、发展经济的需要，那么战后在城市得到一定恢复的基础上的第二次筹备建市，就是直接与三峡水闸的建设息息相关了。

历
程
篇

伟大的革命先驱孙中山先生在其所著《建国方略》一书中，首次提出利用长江水力、建设三峡水闸的宏伟计划。然而几十年的风雨岁月，这张美丽的蓝图只给了人们一个美好的愿望。

抗战末期的1944年6月，中国政府终于邀请了美国著名水利专家、素有"河神"之誉的萨凡奇博士，对长江三峡进行实地考察。萨氏来华后，首先考察了长江上游的支流，尔后于9月由江防总司令吴奇伟将军陪同从四川来到湖北，旋对西陵峡之平善坝一带作了历时7天的踏勘，初步计划在南津关至石牌间选定坝址。这时的宜昌城及其以东地区尚在日寇占领之下，敌我对峙于南津关西陵峡口。平善坝位于石牌要塞的前方，距敌人阵地不足7公里，随时都有敌机的扫射轰炸。萨氏在炮火纷飞的前沿阵地进行坝址踏勘，不能不算是一次壮举了。随后提出的《扬子江三峡计划初步报告》，其建设规模为：发电装机容量1050万千瓦，可供电18个省区；提高水位160米，可灌溉农田6000万英亩；万吨级大船直航重庆；估计投资10亿美元。

萨凡奇在西陵峡考察期间，江防总司令吴奇伟、湖北省第六区（即宜昌地区）行政督察专员于国桢在宜昌县三斗坪举行招待会，热情欢迎萨凡奇。出席招待会的，有当地军政要员、机关法团负责人。三斗坪地处抗日前线，那时美国、苏联军事专家到此视察已是习以为常，但像萨凡奇这样的水利专家光临，尚属少见，当地军民包括笔者在内无不感到惊讶与钦敬。

抗战胜利后，中国政府与美国政府签订了三峡开发合约，将兴建三峡水闸工程推进到实施阶段。1946年初，扬子江水利委员会等单位派员来三峡进行勘测。以三峡水闸大坝建在宜昌附近的长江上，为举世瞩目，需有一座规模宏大、工业发达、商贸繁荣、马路宽阔、街道整洁、环境优美的城市与之相匹配。为此，六区、县府奉命筹建宜昌市。首先成立了市工务处，任命张境（宜昌人，号止成，留日学生）为处长，负责开展工作。先是对宜昌城区进行测量，制定了新城市建设规划，并绘出了简要规划图。

是年4月6日，萨凡奇再次来宜，下榻二马路中国旅行社宜昌招待所，旋即风尘仆仆到南津关等处，对所拟三峡水闸的5个坝址进行查勘，比较研究。是月8日，张境在陪同萨凡奇考察返宜途中，在小火轮上向萨凡奇介绍了宜昌城市规划与新近建设情形，征求他的意见。第二天，六区专员钱法铭、宜昌县长蒋铭在福绥路宜昌一家著名的味馥西餐馆设晚宴招待萨凡奇。席间，更就宜昌建市问题与萨凡奇进行商谈。

事隔20多天，5月1日宜昌市政筹务委员会正式成立，钱法铭兼任主任委员，蒋铭兼任副主任委员，委员由各有关单位负责人及工农商学各界社会社团代表组成。市政区划为城区的忠孝、仁爱、信义、和平四镇范围，上界长江溪（黄柏河）、下界万寿桥、前界长江、后界东山土城。办事机构设于六区专员公署，内设秘书室及3个组，秘书、组长均由专署的秘书、科长兼任，亦即专署一套班子两块牌子。与此同时，也将市政工程处扩建为工务局，局长由张境担任。为扩大影响，六区专署、市政筹委会在《武汉日报（宜昌版）》上开辟了政讯专栏，及时发表市政信息，不到半年时间就出了15期。市工务局还利用善后救济总署拨给宜昌的救济物资，采取以工代赈的办法，对旧有马路进行过一次翻修。

随着三峡水闸建设的进展，1947年1月，为推进宜昌建市工作，钱法铭专程分赴南京国府和武昌省府进行活动，历时1个月零27天。3月1日，湖北省政府特令设立宜昌市政筹备处，撤销原市政筹委会，任命钱法铭为处长，蒋铭为副处长。决定民政、教育仍由县政府主管，建设、地政、警政、社会等均由市政筹备处负责。市、县财政划分为：65%属市，35%属县。这标志着宜昌建市筹备工作进入了实质性的阶段。

是年3月初，国民政府内务部更就宜昌设市问题，作了一次专题研究，拟定派美籍顾问梅登来宜，为建立宜昌市政府进行设计。《武汉日报（宜昌版）》曾以显著版面，刊发《宜昌设市积极进行》的长篇报道。与此同时，市工务局绘制的建设规划图也晒印露面：重工业区定在伍家岗至古老背（猇亭）；轻工业区为上、下铁路坝（上为旧飞机场，下即今胜利一、二、三、四路）；商业区是现西陵区中心地段；教育区划在镇境山脚临江一带和前、后坪；住宅区向东山丘陵坡地延伸；沿江大道上自黄柏河，下抵古老背，许多地段的堤岸，将向外移出，建成平战结合的地下廊道，平时开放经营，战时构成江防工事；市内纵向主干3条大街贯穿其中；机场在土门垭原机场扩建；下五龙建造一座跨江大桥。城市规模，近期为50万人，最终成为300万人口的现代化国际大都市。

这接踵而来的一系列举措，也着实让人们欢喜了一阵子。修建三峡水闸、宜昌建市成了当时市民议论的热门话题。这不，武汉日报社宜昌分社还发起"三千元"运动，号召宜昌乃至鄂西各界人民踊跃捐款，支援三峡水闸建设。大家慷慨解囊，包括中小学生，往报社送款者络绎不绝。笔者也捐了款。

斯时，三峡水闸建设正在紧锣密鼓地进行。1947年1月，设在宜昌的三峡勘测处将三峡水闸有关之地形图绘齐，航寄南京。在此之前，平善坝已建造了石墙平瓦面结构的平房30栋，供工程技术人员和工人居住。在宜昌太康里开办了技术学校，培训钻探技术工人三期。承担坝址钻探的美国马立森公司，将4台钻机运抵平善坝，进入施工现场，开始钻探作业。由此揭开了三峡水闸建设的序幕。

眼看宜昌建市工作措施一个个出台，市民更是兴高采烈翘首以待，然而好景不长，1947年5月15日，新闻传媒报道了"三峡工程计划，因国内经济困难暂停"的消息。

笔者感到似乎来得突然，但冷静思忖已是预料中事。三峡工程建设资金主要依赖国外的贷款和投资，因国内的战争态势，令贷款和投资者望而却步，也就是说三峡水闸建设已成无源之水，必然断流。

宜昌此次建市，本是配合三峡建设，三峡计划既告暂停，筹备工作也就随之止步。但此时三峡资料的收集调查工作尚在继续，所以市政筹备处这块牌子仍暂时虚挂着，直到1948年10月三峡计划全面停止实施，宜昌市政筹备处才奉令撤销。宜昌第二次筹备建市，从机构的设立到撤销，为时两年零五个月，其间闹得尚算火热不过一年。

1949年7月宜昌解放，市人民政府宣告成立，多年的建市愿望终于实现。国家的两大工程建在城市附近必然带动城市发展。70年代在宜昌北郊兴建的葛洲坝水利枢纽工程，使宜昌跨入中等城市行列，面貌一新；90年代在距宜昌市中心上游30余公里的三斗坪开始兴建的三峡工程更是世界闻名，正在推动着宜昌向现代化的大城市迈进。

（原载《三峡文史博览》）

对三峡大坝起源史的回忆

——徐怀云寄杨贤溢的信

徐怀云

贤溢吾兄如晤，前接 6 月 1 日函询三峡大坝起源史，适正拟清理五十年来集存资料，经三月翻箱倒柜已见眉目，兹先作一简报以解悬念，许多有趣细节将来有空再写（一切事实，按文件书信及我深知无疑者，他人口传盖不录入）。

一、萨凡奇博士咨询远东水利背景

垦务局（USBR）是美国联邦政府三大水利机构之一，至二次世界大战时，该局建水坝多，世界最高大坝四座均为该局设计兴建，大坝设计闻名全球！中国留学水利者往该局访问者颇不乏人。1937 年春，我在该局实习至 1940 年冬，当时外国学生在该局长期实习者仅我一人。1938 年阿富汗皇族 Kabir Ludin 在 Cornell 大学读完硕士，来垦务局访问数周，当时我们谈到邀请萨博士为我们国家顾问，开发水利。

萨凡奇担任垦务局设计总工程师（该局按律不做施工），由四十余人创立至一千余人之设计机构，仅百分之十的人员是非工程人员。1940 年工程费逾四亿美金。他夫妇无子女，但教养十余亲友子女成人（黄育贤女桑雅即其一），他们对外国学生格外亲热，时请至其家！

印度在英国统制（治）下三百余年，其惟一功绩为创立 Punjab 灌溉制度（On the lndus River）闻名世界，至今仍为当地人士所称颂。Punjab 灌溉局设总工程师三人，均英籍有名人士，至二次世界大战期间始有一印度总工程师 Dr.R.B.A.N.Khosla。他曾专程访垦务局，准备战后兴建高坝。

1940 年萨夫人去世，我也曾去送丧。适当时有澳大利亚水利局局长访问垦务局，他即时敦请萨凡奇博士去澳大利亚咨询六月，藉以忘忧！这是他至远东咨询的萌芽。

1944 年春，萨博士应 Dr.Khosla 邀去印度踏勘 Bhakra 坝址，印度当局要建远东最高大坝（该坝现在仍是远东最高大坝，1947 年我参加设计）。资源委员会闻讯即刻推动向美政府请求特派（Detailed to China）萨博士在访印后来华咨询六月，名义是"规划战后开发西南水电"。因我在垦务局实习多年，与萨博士熟悉，遂参与办理一切事宜，幸得美政府同意访华六月。

二、1944 年萨博士访华及三峡大坝初步报告

1944 年春，萨博士去印度，阿富汗公共工程部长 Kabir Ludin 闻讯专程至印度，邀请他去踏勘 KajaKai 坝址（1950 年我参加设计该坝）。3 月底资委会接美军通知（战时只有军用飞机）萨博士约于 4 月初抵重庆，我在珊瑚坝机场接萨博士，寓中美文化协会（重庆上清寺），由陈宗熙陪见翁文灏、钱昌照两主管。黄育贤、李鸿斌和我安排日程踏勘四处正在测量规划之水电开发工程：（1）大渡河——马边河；（2）岷江——灌县；（3）螳螂川；（4）龙溪河。李鸿斌和我陪同踏勘，还有各个工程处在工地的领导，共费时一月余。至长寿下清渊长寿电厂办公室，开始研究绘图，除龙溪河设计课全体人员外，岷江电厂派来高级工程师多人协助。9 月初，该四处规划及初步报告大致就绪，忽接经济部专差送来 G.R Paschal 函，建议造三峡高坝，翁部长认为世界大坝专家萨凡奇博士定可给政府一正确的评定。萨博士读信后兴奋异常，即刻要去三峡。黄育贤随即去重庆与有关主管商酌以策安全，并得美军协助派摄影师 Cedric M. Poland 同行，9 月中旬黄育贤、李鸿斌陪萨博士乘"民康"轮下三峡（有照片），当时日军占领宜昌，江防司令吴奇伟陪萨博士乘小木船（有照片）踏勘宜昌峡上段，吴将军并将缴获的日军的宜昌峡航空测量地形图送萨博士带回长寿作研究资料，自南津关向上游 20 公里中，共作大坝布置五处，二十余工程人员集中精力设计估价绘图，在两月余时间限期赶成，萨博士写完初步报告称之为"天下工程奇迹"。

1944 年 10 月底，美战时供应局局长 Donald Nelson 访重庆，中国政府将三峡工程初步报告请 Nelson 带美代交罗斯福总统，白宫将此世界最大水利工程透露新闻界，轰动全球。11 月初我送萨博士至昆明，乘美军用机返国——这是三峡大坝工程的起源。

1944 年冬，长寿电厂派队去宜昌峡实地测量地形。1945 年夏，资委会成立全国水力发电工程总处，聘 John Cotton 为总工程师筹备三峡工程。

1945 年 8 月 15 日，日本投降。该年冬初，Morrison-Knudson Co. 副总裁兼总工程师 C.P.Dunn 至长寿与 Cotton 商酌三峡工程坝址钻探，1946 年 4 月 19 日正式签订钻探合约。经萨博士介绍聘 Fred O.Jones（Grand Coulee Dam 地质师）至宜昌咨询地质调查。

1945 年 10 月 1 日，资委会与垦务局签订三峡工程设计合约。

1945 年底，行政院长、外交部长及资委会主委访美时，商谈兴建三峡大坝筹资，

美政府已同意贷 30 亿美金，年利三厘。

1946 年初，美 Fairchild Aerial Survey Co. 派副总裁 Leon T.Elied 至南京用中国飞机及仪器摄宜昌峡地形，返美制航空测量地形图。

1946 年 4 月，萨博士来长寿商酌三峡设计程序并亲自去宜昌峡踏勘地形地质，准备在美国丹佛垦务局开始研究设计，当时中国有大批高级职员派美实习，一部分有关技术人员被派至丹佛参加工作。1946 年 6 月 1 日，Cotton 和我由渝飞返南京，我开始办理出国手续并搜集三峡资料。

1946 年 9 月 1 日，我离沪赴美，9 月中旬开始与垦务局联系主持三峡工程设计，中国技术人员参加工作者前后共六十余人。

1947 年 5 月 16 日，资委会正式通知垦务局中辍三峡工程设计！惜哉！

徐怀云

1991.9.24

（此信由杨贤溢转交给长江委有关部门，曾多处转载）

历
程
篇

解放前三峡工程勘测设计回忆

杨贤溢

三峡工程的缘起，是伟大的民主革命先行者孙中山先生于 20 世纪 20 年代初，在他的鸿篇巨制——《建国方略》里首次提出来的，以后的岁月里又屡次提及，着重在于改善河道、发展水运交通，以及利用水能发电。大约在 20 年代末，国民政府建设委员会便派了个查勘小组，负责人是恽震、宋希尚、曹瑞芝，组员有陈晋模等人，到三峡地区的宜昌至黄陵庙一线勘查，初步选定了葛洲坝和黄陵庙两个坝址，并作出了发电容量为三十几万千瓦的低坝设计方案。该方案刊登在当年中国工程师学会主办的《中国工程》上。当时我在武汉大学土木系读书，曾看过这个方案的内容。

1937 年，我从武汉大学毕业，被分配到全国经济委员会水利处工作，1938 年后又转到扬子江水利委员会，负责人叫傅汝霖，是个政客，总工程师是孙辅世（现仍在国家水利部）。1940 年，因为抗战的原因，扬子江水利委员会迁往四川，只能搞些水文勘测、河道治理的小工程而已。

1944 年，印度政府准备建造巴克拉大坝，搞水力发电，因为工程技术问题，便邀请当时任美国垦务局设计总工程师、以成功设计众多高坝而著称于世的美国坝工专家萨凡奇出任该工程的顾问。事为一群赴美垦务局实习过的中国留学生所知，便向国民政府资源委员会积极建议，邀请萨凡奇来华，查勘西南地区丰富的水电资源，以便开发利用，支援抗战。资源委员会接受了该建议，并发出邀请，这样萨凡奇便在 1944 年 6 月辗转来到了战时的中国。他在实地查勘了岷江、大渡河、马边河、都江堰、狮子滩等地的水电资源后，于 9 月来到四川省的长寿县，整理一行所得的资料。正在其时，任国民政府生产局顾问的美国人潘绥提交了一份报告，建议国民政府在三峡地区筑坝发电，生产肥料，并将肥料卖给美国政府，以偿还工程所需的巨额贷款。资源委员会接到国民政府转发的"潘绥建议"后，觉得兹事体大，颇费踌躇，便把该报告送给萨凡奇一阅。孰知萨看后，感到这是本世纪最伟大的工程，立刻表示出浓厚的兴趣，提出要亲自到现场查勘。由于当时宜昌还被侵华日军所占，战火纷飞，安全无保，有关人士便以此劝阻。但萨凡奇仍执意坚持，无奈，国民政府只得调用民生公司的"民康"轮，委派江防司令吴奇伟、翻译李鸿宾及一些工程技术人员陪同前往。

1944 年 9—10 月，年逾花甲的萨凡奇不顾年高体弱，山道崎岖，冒着日军炮火和侦查的危险，在宜昌三斗坪至南津关附近的平善坝一带，跋山涉水，现场查勘，并拍摄了大量照片，历尽艰辛，终于 10 月间安全回到了长寿县。由于中方人员的大力协助，萨凡奇于 1944 年底将搜集所得的大量资料整理成一份《扬子江三峡计划初步报告》（世称"萨凡奇计划"），厚厚的一本，其中有关三峡工程的坝高、发电量、船闸等关键问题，都有轮廓说明。该计划一发表，国内外新闻界竞相报道，引起极大的轰动，舆论纷纷称赞三峡工程是 20 世纪最伟大的工程，美国政府也考虑对华贷款，援建三峡工程。这样，资源委员会便着手三峡工程的勘测设计工作。具体有三个内容：一是与美国公司签订合同，由其派员来华作地质钻探；二是由美国方面派专机对三峡地区的地形地貌进行航空摄影；三是由资源委员会派出中国工程技术人员及留学生赴美，在美国垦务局专家的指导下，进行三峡工程的设计，并为此与垦务局签订了为期两年多（1946—1948 年）的设计合同。另外资源委员会还要负责组织国内有关方面，就三峡库区的移民及经济状况进行调查。为执行合同，1945 年，美国政府委派总工程师柯登来华，出任国民政府资源委员会水力发电局总工程师，负责三峡工程技术事宜；随后美国公司的地质专家及钻机也来了，在南津关坝址地区钻了两个孔；美国公司的飞机对南津关一带的坝区，也进行了航空摄影。此外，中国陆军测量总局也完成了由宜昌到重庆一线的库区航空摄影工作。

这里顺带说一点，1945 年美国政府根据援华法案，搞了个培训中国工程技术人员的援华计划，于是当时国统区的水利系统举行了赴美留学考试，我与另外两位同在扬子江水利委员会工作的工程师一道，参加了考试，并以优秀成绩获准赴美。1946 年 6 月，我们由重庆启程赴美，在密西西比州和田纳西工程局实习工作了一年。当 1946 年资源委员会派员赴美设计三峡工程时，我们三人便与资源委员会派出的工程技术人员及少部分在美留学生一起，共计 50 多人，参加了这项设计工作。

1946 年 6 月，参加三峡工程设计的全体中方人员到美国垦务局报到。工作情况大致如此，垦务局按专业分设若干专业组，例如水文规划组、坝工组、厂房组、机械组等，我们便分组参加设计工作，当时我被分到坝工组。经过大致一年的工作，我们的设计便无法深入下去了，究其原因，主要是来自国内的一手资料十分欠缺，比如水文资料本来就少，而且分散到资源委员会及扬子江水利委员会等几个单位保管，又从未经过系统整理；泥沙资料就更少；库区移民资料根本没有；地质资料也仅仅只是钻了两个孔。1947 年 6 月以后，因为资源委员会无力支付高昂的设计费及我们的生活费，三峡工程的设计基本陷入停顿，于是萨凡奇便将一年来的设计工作进行了小结，编制成一份《三峡工程阶段设计报告》。

该报告将三峡工程的坝址选定在南津关口，这是通过对原提选的 5 个坝址（南津关是其中的第 3 个）进行比较的结果；大坝高与"萨凡奇计划"中所定的差不多，为 200 米海拔高程；发电机组设计为当时的世界高水平，为 20 万马力（约为 17 万千瓦），比美国当时的最大发电机组略有超过；坝工是按美国大坝规范设计的，基本抄袭了美国现成的坝工结构，如泄洪洞的大小、发电机引水洞的大小等，坝型采用重力坝（现在三峡工程也采用了这种坝型）；规划方面，也是按照美国规范，设计为多目标工程，即要求具有发电、防洪、灌溉、航运等多种功能，移民问题也考虑了，不过当时库区人口稀少，问题不大；航运部分比较复杂，起初萨凡奇在他的计划里设想较多，例如考虑作隧洞船闸等，但论证来论证去，都觉得不怎么理想，故在这个报告里仍设计为连续船闸，这就和现在三峡工程要用的船闸是一样的了，只不过级数较多罢了；厂房问题，由于南津关坝线群山环绕，地势狭小，地面上无法布置厂房，只好打山洞在地下布置。以上就是"阶段报告"关于三峡工程的大致轮廓。总的来讲，该报告远不够成熟完善，因此，只能说是个初步规划。

设计工作停顿以后，在垦务局工作的中方人员只好提前结束工作，大多数打道回国，回到各自工作单位，少数人留在了美国。

1947 年 10 月，我们由扬子江水利委员会派出的三人返回了祖国，一打听，方得知该机构已更名为长江水利工程总局，我们仍旧回该局工作，只是由于时局的影响，国民政府忙于应付吃紧的内战局面，没有什么事情好做。这样到了 1948 年底，解放大军摧枯拉朽、准备渡江作战，解放全中国，时局更加吃紧，局本部疏散到了苏州。至此，鼓噪一时的三峡工程就被搁置起来了。

（原载《三峡文史博览》，1997 年 10 月）

三峡水库与工作者

——中国实业人物志之三十一

徐 盈

一

三峡水库的工作，在三十五年春萨凡奇离华以后就逐步开始了。三十五年十月，中央地质调查所侯德封技正领了五十万经费就到三峡作了初次调查。跟着三峡勘测处主任张昌龄带着第一批机械走来了，他在宜昌根据地说："三十六年本处的经费预算是一百六十余亿，但核减下来，仅为五分之一，对于范围及进度，均不免大受影响。一俟追加预算请准，从事于地底钻探工程的美国马立森公司就可以派人来宜昌，开始本年度的工作。"预算并没有增加，但全国水力发电工程总队地质总工程师钟佛鸥在三月底自渝到宜。这位 Fard O.Jones 在美国 TVA 工程区任主任地质工程师七年，目前任职在美国垦务局，是萨凡奇最好的朋友，对于水坝地质极有经验。中国有四位年轻地质家姜达权、刘秉俊、边效曾、张兴仕随他在工地工作。他说："这是一项伟大的工程，准备工作需要相当的时间。两三年后，中国的局势或者可以好转，工程必须在稳定的情况下进行，目前可以一面开始工作，一面训练工程上必需的人才。"

[一九四七年] 四月十一日，陈耐德的飞虎队从上海把马立森公司的技术人员运到了宜昌。在两个月以前，二百吨钻探机械也陆续运到了。这批人包括了工务负责人 Sheby 塞耳拜，总务负责人 H.W.Jackson 杰克逊，医师 A.C.Bogdanovich 鲍尔那威特，机械领工 G.H.Fuehre 费勒，钻探领工 Arnod S.Olsen 奥尔森，普通领工 C.L.Buch 布施，钻工 Leste J.Mutton 马吞、G.H.Hunson 韩森、CecR.Meanally 马雷等人。到达之后，就由张昌龄主任陪同视察坝址，把十二部水底机器分别运到平善坝一带去装置。考虑到洪水即将到来，工作的重心想先摆在两岸，到枯水时节，再行钻探河床。这几个坝址的钻探完成，预定非要两年不可。这些必需的开支，原定预算已难维持，而要求追加的预算，仍然没有核准。

冬雾褪净，春天的艳阳下，空中测量的工作也积极起来了。原定计划，自三十五

历
程
篇

年十月初开始到三十六年六月底完成。不料航摄飞机因为另有业务，未能即刻作业，大地测量人员也因集中需时，再加上天气的影响，十二月才到达指定的区域。在测量局的指挥下，由航测一队、二队，大地测量一队及四队，空军方面有第十二中队B.25-31217号飞机，全部人员一百二十七名，士兵一百六十一名，英国费其艾公司Farcha Aro Survey协助的人员还不在内。航测第一队符敬副队长称："运用地图的目的有二：一、注意区域地形，用五万分之一比例，由它来明了水库形状、容量及面积；二、注重于被淹的城镇（人口在五百户以上的）面积，把这区域摄嵌起来成为一千分之一的照片图，由此来计算在水坝水位提高到二百二十公尺时，城市及房屋被淹的面积。"

天空中是为水库区五十四处陆沉的城镇作镶嵌地图的测量，大地上的三峡区的平善坝两岸，正在叮当地装置机器。三十四年夏，由资委会、水利委员会、中央水利实验处、中农所、地质调查所、经济研究所、交通部航政司及全国水工发电总处合组的三峡水力发电计划研究委员会的总工程师柯登C.H.Cotton，也由萨凡奇介绍到达工地视察，同时中国的四十二名工程师到美国的垦务局去作初步设计。

在烽火的中国，总不能允许这个美丽的曙光长存，这个美丽的远景距离现实越来越远了。外汇已花了二百五十万元，再用这样一个数字，便可完成一九四八年底的初步设计。但是不幸终于到来，马立森公司的技师及地质专家钟佛鸥，都在五月二十一日乘行总的飞虎机离开了宜昌，他们好像仅仅在这水陆空三军合奏的交响乐中作了一次远足旅行，机器装好了还未曾开动他们便都离开了岗位。

三峡水力发电计划委员会就在五月中旬得到了国府的命令："一切暂作结束。"

抗战结束了之后一个更大规模的内战又开始了。战争毁灭了一切，战争把一切的希望毁灭，把重工业的基础推翻，正如张昌龄先生说的："我不希望仅是一个梦——理想的天国，总有一天会在地上实现的。"

二

侯德封自己去到三峡从事地质勘查了以后，他的感想是"名人胆大"，因为在没有得到确实材料之前，那个"梦境"必须经过重行修正。原定的六个地点之中，距离宜昌三十里的石牌附近的地形并不理想，倒是距离十华里地方的南津关，即峡口地带比较有望。

"萨凡奇的第一号石牌附近的坝址，两岸的岩石都很坚固，不过根基须坐在石牌页岩里面，以偌大的工程，放在最不坚固的页岩上面，实是一件最不妥当的事。第一号副号坝址在大小两平善坝之间，两岸山石是灰页岩，页岩间互层，并且受了严重的压碎作用，没有方丈的石头不弯曲不裂碎的。今日若将一百多尺高的水压力，放在这破裂石头上，而希冀能稳固，稍微实际注意这问题的人，都不会相信，号称专家者当然不要闭着眼睛来说话。"

石牌的得名系由江右岸立壁之上，一数丈高石孤立成牌状。石材多被开成石方。江北有鲁班庙。又成人形者称梢公梢婆［当为艄公艄婆——编者注］，左右相对。附近有老虎洞，内有钟乳堆积如虎头。有寡妇崖，为一高有百余公尺的石柱与主要岩壁离开，战前曾以大铁炼［链］系之，后被不平人取去。有仙人桥，两山相连，下有涵洞。这些页岩砂岩等粗老地质外拥有嶙峋壁立的硅质石灰岩。

"第五、六号坝址在南津关附近，地形太低，两岸山头高在海拔一百七十公尺以下，但工程设计的坝址高度为二百公尺，可谓痴人说梦，画饼充饥，根本不能成立。此外坝址还有一部分要筑在红色砾岩以上，那种岩石见水即化，是要不得的，何况红色地层与下面的灰岩中间，有一个不整合面，定是漏水的所在，怎能作为拦水坝址呢？

"日本在与国军对峙的南津关对面，筑有工事，因为有数十公尺红色石层不够坚硬，他们只修了一圈公路，筑有洋灰房屋。这里的红色地层以下，是奥陶纪石灰岩，可以烧石灰。石灰岩中又夹有页岩，漏出了山上人家最好的水源，化石中有三叶虫标本。从此起，就看山势渐高，开始入峡。

"第三号（即三游洞下游）坝址岩灰比较还算不坏，山形也不够高，山顶达二百公尺，但两旁有低的坝口，延长坝的高低度后，也许还有可能。

"这里岩壁高处为宜昌名胜三游洞。唐宋时白乐天、元徽之及苏东坡等先后来此游历。下牢溪两旁石钟乳很多，江边有一峭洞，有人说洞内可通二百里外的当阳，未免近于神话，不过数里外，山上的谷草，被水冲时，可以从洞中流出来，本地人言之凿凿。"

从江边爬到山顶时，这三百公尺之上，人烟相望鸡犬相闻，诚然别有天地，几乎不知道山是那么高，谷是那么险，人家安然住在高处，若无其事，长江的支溪到溪口处总是留一个八十公尺高的瀑布，可是瀑布之上，又是平溪静水，幽然无波。

"第二号（在三游洞上游）坝址比较好一点，因为地形够高，而岩石也不太坏，所差的是有一部分岩层粗松一些，似乎也不严重。不论第二号第三号坝址，如果建筑，最好能按原计划地点，向西移一段比较合适。比如说，二号坝址筑在三游洞口上，既不够稳固而山形也不够高。"

这仅是指横断江面上一百五十五公尺，江下一百二十公尺的拦水坝工程而言。一要研究地形上的便利，二要看地质及岩石，三要看提高水位至吴淞零点上一百六十公尺对各方面的影响。此后再谈到开石洞二十八条，为下水道及发电厂，石洞长处最少一公里，发电设备是立井，以防空袭。

"至于涵洞问题，也是第三号与第二号的坝址比较要合乎条件。这种圆径到十五公尺的涵洞的条件，要坚固，不可随凿随塌，裂隙要少，不至于漏水。无论地下厂房，工作道路，出入直井都是以干燥为前提。即便是有防水材料，但自然条件还是首要，若在上下洪溪之间，岩石破碎，裂隙纵横，必然要大伤脑筋。石牌与松门溪之间，洞长至少有二公里以上，要通过页岩区域，开凿固然容易但保持却很难。所以说，岩石较厚及页岩较少，还是要在二、三号坝址上加以研究。"

侯氏虽然是个地质家，同时还是一个诗人，壮游归来，得诗多首，但从他的诗中，却闻不到这种严厉的批评的地质家气息。

三

这件大工程中止后，三峡水工筹备处主任张昌龄在事后这么说道："我们所要做的三峡工程，以发电量而言，为美国大苦力坝〔即大古力坝，编者注〕的五倍，为波尔多坝的八倍，为苏联地尼泊尔坝的十六倍，为美国TVA全计划的四倍，它若完成以后，所能给予中国工业及国计民生的影响，一定比前几个更为伟大。

"不过，波尔多坝的完成，前后经过三十几年的探勘研究与施工，耗金二亿余美元。TVA的完成，也经过二十多年的奋斗，且正遇到罗斯福实施新政，才能实现。地尼泊尔水闸，是靠着苏联全国上下的节衣缩食才告完成。我们的经济与技术基础均不如美苏，而三峡工程的伟大，又超过了前者，其非旦夕所能达到，是当然的。"

"这现实是活生生的，一片诗人所歌颂的美景，变为生产富力的源泉，有无数的资源得以利用，无数货物得以制造。过去所认为天堑的蜀道，忽然成为几百里的人造湖泊，舟楫往返，有如洞庭鄱阳，而下游的水灾也不再为患，良田六千万亩，不再成为旱灾，周围十余省的人民，都能得到廉价的电力。这代价是需要多少人与多少年的奋斗，不可能随便得来……"

三峡水闸完成的第一牺牲便是四川山地内二百公尺以下的农田，都要被水所淹没。重庆海拔约在二百四十公尺，这以上所受的影响较小。四川盆地的灌溉面积增加也很有限。但这以下，涪陵向东，主要的农田一是在江岸附近，一是在江岸上一百公尺以下。又如开县河谷，是川东米区，滨水线要到二百公尺，则必全部淹没。侯德封先生视察归来后说："在这个川东山区内，老农田区被水泡起来，新的灌溉区限于地形，不能有很大的开展，因为在这里，二百公尺范围内没有缓谷平地。限于地文史的规律，一般江边平地之上，总有一个走廊式的槽壁，较江面高出一百公尺，才又有第二个平缓地形；在二百公尺以上有平谷的，仅有云阳的磨刀河，涪陵的江北溪。"

建设与破坏是相对的，没有牺牲就没有收获。只是 TVA 的工程都在支流，在荒原，而我们 YVA 则是在主流，而且被淹的是支持了十年抗战的土地与人民。"淹没的地带究有若干，失田的人民究有多少，这些劳工与整个工业的配合又如何？水位提高之后，萨凡奇的计划中说，渝沪间可以行驶万吨的巨轮，假如四川每年的出口货只有三万吨，那岂不是三船就可以运完了？有连带关系的农牧事业如何开拓？"我们这个梦境是只能用望远镜来遥望的，若用显微镜看起来，则千疮百孔，救不胜救。而主要的还是政治与建设的配合问题。

外国来的专家们自有其报告，也自有其论断，但在中国人的眼睛中，我们自然要接受别人的经验，但同时我们也不能过分自卑，尤其是一切要以我们自己作为出发点，我们没有必要遭受这么一个大牺牲，而只为别人解决肥料问题。近的固然要考虑，远的也一样需要考虑。

"三峡勘测规划的暂缓办理"，张昌龄在结束时候说，"非是停止进行。目前工作的结束只算是告一段落，但为了以往成果不致虚掷，以为开始稍有基础，我们决定拟具一个总报告。实地勘测工作全部停止了，工程资料、垦务局设计、水力处的规划也都中断了：但属于延续性的，如水文记载仍然继续下去。这个大型水电厂的工作虽然告一段落，但我们相信，水力总处的工作不会停止，中型水电厂的设计与营造，仍然是有水力资源地带必不可少的工作，用来供给近二三十年来的需要。"

（原载《新中华》，民国三十七年一月一日）

历
程
篇

"长江舰"上

林一山

1953年2月19日，我接到中南局通知，要我随毛主席外出并汇报工作。为了随行方便，我被安排住在毛主席下榻的汉口"杨森花园"内。这里原是四川大军阀杨森的别墅。园外警卫森严，园内环境幽静。由于是第一次陪同主席外出，我的心情不免一时紧张一时兴奋，心中不停地揣摩着主席此行的用意，也猜测主席将和我谈些什么。

这天，我备齐了一切必要的资料，与毛主席一行数人分乘几辆小卧车朝着江边疾驶而去。毛主席在长江边下车后，漫步穿过宽阔的江滩。时近中午，大江似乎显得格外浩瀚，这种观感自然与我当时的心情不无关系。武汉关附近临时搭成的一个专用码头上，毛主席在簇拥着的随行人员的前面，静悄悄地登上"长江"号军舰。

"长江舰"随即起锚，在"洛阳舰"的护航下，缓缓离港进入了长江的主航道。

从这时起，我随侍毛主席身边，开始了三天三夜的航程。

旅程刚刚开始，毛主席也不休息一下，就派人把我找去，我没想到一上船他就立刻叫我去汇报。我匆匆挟上一本《申报》地图，来到二楼主席的卧舱里。这时，毛主席早已等候着我了。他身着绿色军呢大衣，头戴军帽，脖上随意地系着一条方格围巾，满面红光，全不像年逾六旬的人。他见我来了，马上朝我快步走来，满面笑容地与我紧紧握手并请我坐下。待我靠近他坐下，主席很随便地问我："你过去见过我吗？"

主席的问话使我想起中央那一次具有伟大历史意义的会议来，我马上说："见过几次。那是西安事变放走蒋介石后，1937年春中央召开全国党代表会议，我作为白区代表到了延安，主席曾参加过我们的小组会，我还问过许多问题。"

听了我的回答，主席很幽默地说："真对不起，你认识我，我不认识你。"

毛主席谈话这样温和，这么平易近人，使我略为紧张的心情渐渐地放松下来。这时，毛主席的眼光落在我手中拿着的为纪念《申报》创刊60周年出版的《中国地图》上，问："你这本地图是在哪儿弄来的？"

我说："是在东北打仗时从汉奸那里弄到的。"

主席说："这本地图还是不错的，长征开始时我路过湖南、广东边界时也弄到过一本，以后打仗行军经常用它，长征时它给我帮了不少忙。"

接着，毛主席又注意到我的右手，关切地说："你的手是打仗时受伤的吧？"

我说："是的，是'七七'事变后我在胶东第一次跟日本人作战时受的伤。"

主席又问："你打了多少次仗？"

我估计了一下说："较大的战斗约有十次，小规模的游击战可能有一二十次。"

他听后说："好！打一打仗有好处，可以减少主观主义。"

主席的话使我想到，在军事上指挥打仗，是胜是败，事实上比其他工作的成败更容易辨别。

接着，我们的谈话转入他要我来的正题，他开始详细地了解有关长江建设的主要问题。

首先，毛主席向我了解长江洪水的成因，问长江流域气象特点是什么？暴雨区分布怎样？我打开随身带来的长江流域图，着重介绍了长江流域的两个暴雨区。一个是从南岭向北流水的地区，如赣江、湘江、资水、沅水，时间大概是4、5、6三个月，暴雨的发展是从江西到湖南，由南到北，由东到西逐步发展；另一个暴雨区是四川盆地西部、北部、东部和三峡区间，也包括秦岭以南的汉水流域，时间在7、8、9三个月。一般情况下，这两个暴雨区在降雨时间上是互相错开的，所以在这种情况下长江不会发生大的洪水灾害。毛主席频频点头。

我又讲了引起长江洪水灾害的降雨情况。如果这两个大暴雨区同时降雨，这些暴雨区的洪水汇合在一起，长江的河道不可能安全下泄，就会发生水灾。这种全流域性降雨的天气一般在5至10年可能发生一次。另一种暴雨在较大的地区发生，即区域性暴雨，因暴雨强度太大也会形成罕见的特大洪水，像历史上的1860年、1870年和1935年洪水灾害，就造成了特大灾害。这种情况在长江有历史记载的1000多年间就是这3次，其原因与这种暴雨中心的地理位置的关系非常密切。

毛主席又问："长江流域暴雨最大的强度是多少？"

我说："根据历史记录，1935年7月间的一次暴雨的降雨中心在湖北五峰县，这一次降雨总量达到1500毫米，比两湖地区通常年份一年的雨量还多。这次暴雨造成的灾害使汉江中下游一夜间就淹死了8万余人，澧水下游死亡4万余人。川西的峨眉山青衣江流域因地形关系，每年的降雨总量都可达到2000毫米以上，所以叫作'川西天漏'。"

主席听后笑着说："真了不得！"说着转过身去对一路陪同的公安部部长说："罗瑞卿同志，你这个高个子有多高啊？"

罗瑞卿同志笑着说："大约有一米八几。"

主席笑了："呵，长江真能下雨，有的地方年降雨深度比你罗瑞卿这个子还要高啊！"

主席又以极大的兴趣多次询问了有关气象、水文和洪水成因的问题。

主席问："天为什么会下雨？"

我根据自己所了解的气象预报的经验，简单地讲了一些我所知道的气象学的规律。中国是大陆性气候，降雨的主要原因是西伯利亚的大陆气团与太平洋的海洋气团二者之间的相互作用。两个气团之间形成一个低气压槽，由西南向东北有一个流动气流，这个低气压槽经过的地方就是降雨带。在低气压中往往形成低气压涡，在低气压涡经过的地方就会发生更大的暴雨。为什么夏天雨量大？主要是太平洋气团的势力越到夏天越大。大陆的夏天气温上升快，因而空气的压力减小，海洋气团的势力由东南向西北延伸，所以中国夏天雨季的到来也是由东南沿海向西北大陆延伸。

主席又问："为什么有一些暴雨往往产生在某些地方。"

我又具体作了说明："气象变化的具体因素太多，降雨往往是在一种必然基础上发生的偶然现象。由于太平洋强大的气团不断地向大陆延伸，而大陆气团因受地面复杂因素的影响，分裂成许多小的气团。这些小气团在流动的过程中高气压和低气压互相接触，当低气压由地面向高空流动时，因高空气温降低，使得空气中的含水量相对饱和，这样就变成云雾，直到下雨。从降雨的必然性讲，降雨的道理很容易说清楚，要是作气象预报，因为这些气团之间变化因素很多，就不一定准确，往往有些地方突然出现特大的暴雨。这种特大暴雨虽然都是一些偶然因素促成的，但是从气象理论上说也是在必然基础上发生的。"

主席听到这里，饶有兴致地说："有意思，有意思。空气里有气团，气团分高压、低压，这气象学里也有蛮多辩证法嘛。"

"长江舰"在碧波万里的江面上破浪前进，团团棉花般的浪花拍打着船舷，发出哗哗声响。

主席透过窗户凝视着滔滔奔腾的长江，若有所思地说："要驯服这条大江，一定要认真研究，这是一个科学问题。"

接着，他转过头来对我说："长江的水文资料你们研究得怎样？"

我暗自佩服毛主席对水利问题如此内行，便向他详细汇报说："我们已经组织了一支力量，整编了长江历年的水文资料。这些资料数以万计、重以吨计，统统作了整理。但由于北洋军阀和国民党时期打了多年的内战，干支流、上下游各站的记录时有残缺，互有矛盾，因此，在整编过程中，我们不得不采取各种方法辨别真伪，作些插补，有些记录不得不用人工的方法去'塑造'洪峰。"

"什么叫塑造洪峰？整理资料怎么还能插补和延伸？"毛主席打断我的话，十分好奇地问。

我解释说："工程师在整理水文资料时，如果某一地、某一个时期缺乏实测的资料，而设计上或其他工作上又需要所缺的资料，便利用一条河流上下游河段的实测资料，或其他时期长期实测的资料系列，通过计算分析进行合理的插补、延伸。有些资料中互为矛盾的现象，还可以通过合理性检查，对一些过大过小、互大互小、大小颠倒的数据舍弃不用。这样，如遇某一次洪峰我们没有测到，就可以利用上述办法获得的数据推求洪峰，这就是人造洪峰。如果上游洪峰流量大，下游流量反而小，就可能是支流分泄了，或某处发生过决口，而水文资料上没有这个记载，这就可以根据调查研究的资料和逻辑推理的办法将明显的遗漏补充进去，作一定的延伸，这类资料均属于延伸、插补的资料。我们在解放后几年的洪水预报中，证明这种延伸、插补的方法是可行的。"

主席听到这里，颇感兴趣地说："这个方法真有趣，很有科学道理！"接着又详细询问了许多有关具体问题。

经过个把小时的汇报以后，主席兴奋地说："你不要走，我请你吃饭。"

主席吃饭很简单，只有两菜一汤，除了辣味以外，没有什么鲜味，可主席吃得津津有味，他一边吃饭，一边说："我在北京很忙乱，出来后空气新鲜，心情愉快，能自由地谈问题，了解情况。"

当日傍晚，船泊黄石港。深夜，主席来到黄石钢厂。工人们正在炉前紧张地操作，熊熊炉火映照着毛主席高大的身躯。借着炉火红红的火光，工人们立刻辨认出来人是毛主席，他们一边不停地紧张劳动，一边目不转睛地注视着这位来到身边的伟人，激动万分地低声奔走相告："毛主席来了！"主席微笑着边走边看，与几个不在班上的工人亲切握手，并同他们进行了亲切的交谈。

21日上午，军舰抵达九江，江西省委书记杨尚奎同志到舰上迎接主席上岸，并在九江接待了主席。

之后，主席仔细视察了九江市容。同主席并肩漫步的是罗瑞卿同志和铁道部副部长武竞天同志。他们三人身材都很高大，走在一起更显魁梧。罗瑞卿当时负责保卫工作，为了安全起见，他多次劝主席上车。主席为了尽可能地了解各种情况，增加感性认识，多次拒绝他的建议，继续往前走。沿街的商店都挂有主席的像，有些人不敢相信是主席来了，赶紧再看看墙上的画像，这才认定确实是毛主席。

时间长了，群众都认出了主席。在中心大街的尽头，迎面涌来了潮水般的群众，大家高呼："毛主席万岁！"这时，罗瑞卿同志要毛主席向左转，走进了一个小胡同，这里已停了许多小车，大家马上分头乘车离开了。

主席的这次视察没有像在武昌视察那样被无数围观群众挡住了去路，这是罗瑞卿同志的一次巧妙布置。主席批评保卫人员说是用铁板把他和群众隔开，不让他看到社会情况。这次在九江，算是一个例外。

主席在省委接待室听取了江西省委和九江地委领导的汇报后，就离开九江上船又继续东行。这时正是晨雾初开的时候。主席乘坐的军舰缓缓离开九江码头，码头岸边全是热情的群众，他们不停地高声欢呼："毛主席万岁！"。主席站在军舰的甲板上，面向群众挥手致意，直到军舰缓缓进入宽广的长江主航道。

这个季节正是江西鄱阳湖水系，特别是赣江上游降水季节开始的时候。遥望九江一带江面更是水天一色，阔无涯际。

当那云雾缭绕的庐山消失在朦胧的天际时，主席又继续与我交谈起来。这次，主席把话题转入了长江流域和水资源的开发利用这个更大的题目上来。

我向主席概略汇报了我们已做的关于长江平原防洪工程的规划工作。这项规划的第一阶段是加高培厚长江干支流两岸的防洪大堤，以增强大堤抵御洪水的能力和扩大长江河道宣泄洪水的能力。第二阶段是在此基础上再开展蓄洪垦殖工程。这项工程就是有计划地把长江两岸一部分湖泊洼地用堤防围起来，需要时再修建可供洪水进入和排出的涵闸。如果不是大水年，可利用圩堤内的土地进行耕种，发展农业；如果遇到特大洪水的年份，干流堤防不能抵御和宣泄时，就用于分蓄长江洪水，降低长江干支流的洪峰，以牺牲局部利益达到保障更大范围内农田和重要城市安全的目的。这种办法我们叫作蓄洪垦殖。

当汇报到治理长江的第三阶段是修建山谷水库时，我展开了一张长江流域水利资源综合利用规划草图，图上的干支流上标着许多兴建中和规划中的大大小小的水库群。我说，我们计划兴建一系列梯级水库来拦蓄洪水，从根本上解除洪水的威胁，同时开发水电，改善航道，发展灌溉，最大限度地进行综合利用。

主席凝视着祖国的万里江山图，从青藏高原的长江源头、莽莽昆仑、金沙江、大渡河、岷江、嘉陵江、乌江、湘江、汉江、赣江……直到上海、长江口，那睿智的目光纵横万里。他在图上比画了一个大圆圈说："太好了，太好了！"

接着，他将目光移向群峰竞立的三峡河谷，低头沉思片刻后，突然指着三峡以上地区对我说："修这样许多支流水库都加起来，你看能不能抵上三峡这个大水库？"

我回答说："从长江致灾洪水的主要来源说，这些水库都加起来还抵不上一个三峡水库的防洪效益。"

主席又伸出手，指着三峡东口说："那为什么不在这个总口子上卡起来，毕其功于一役？就先修这个三峡水库怎么样？"

毛主席的话说出了我酝酿已久但未敢贸然提出的想法。毛主席是大战略家，才如此准确地掌握了长江的洪水规律与其他水库的相互关系。

我兴奋地回答："我们很希望能修三峡大坝，但现在还不敢这样想。"

主席又重复着我的话说："都加起来，还抵不上一个三峡水库，你不是也这样说了嘛！"

我见主席兴趣正浓，便又向他介绍了美国人萨凡奇在解放前提出的关于开发三峡的"Y.V.A计划"。主席问我当时的造价，我说，萨凡奇提出的造价是13亿美元。主席就派人找罗瑞卿同志来了解人民币与美元的比价，然后又掐指一算，认为造价不算高。此外又问了工期和地质基础条件方面的问题。

过了一会儿，主席又派人来找我，说要请我吃饭。这次与上次一样仍是两菜一汤，主要是辣味。饭间，主席一边吃一边随口问我："你有多少工程师啊？"

我说："有270位工程师。"

主席停下手中的筷子，惊讶地说："你的工程师讲百呀！"

我说："四九年时，别的单位不要的工程师，我都要了嘛。"

主席又问："那么你有多少技术员？"

我说："有一千多。"

这一回主席更加惊讶了，说："哦，技术员讲千啊！"

我说："是啊，我登报招收技术员，这一下他们就都到我这里来了。"

主席眼光中充满赞叹，使我深受鼓舞。以后，主席回到北京就找傅作义部长，说了他与我的这段谈话，要傅作义加强水利方面的技术力量。

军舰继续顺流而下，行至安庆时我发现毛主席的卫士们在扛着一块大木板走向一路护航的"洛阳舰"。

我好奇地问他们，为什么要将毛主席的铺板搬到"洛阳舰"上去？他们说"洛阳舰"的士兵有意见，认为"洛阳舰"与"长江舰"是同级的，为什么主席总住"长江舰"，不到"洛阳舰"上住一住？为此毛主席就到"洛阳舰"去睡了一夜。

当晚军舰停在安庆码头，安徽省委第一书记曾希圣来见了毛主席，并且要求给《安徽日报》报头题字。毛主席带着埋怨的口气说："你们什么事都找我。"但说归说，主席还是挥毫题下了"安徽日报"四个大字。

主席还听取了安庆地委书记的汇报。当汇报到大别山区的老百姓有很多人得大脖子病时，主席说："这个病是饭食缺碘造成的，多吃海带就可以防治。"

天亮以后，军舰又起航驶向南京。

（下略）

（摘自《林一山回忆录》）

京汉路上

林一山

在 1954 年 11 月的一个晚上，我接到通知，要到汉口车站做工作汇报。我上了火车以后，才知道是毛主席的专列，车上除了主席，还有少奇同志和（周）总理。在一个很简单的见面问候之后，总理就要我汇报三峡工程问题。对汇报工作抓得这样紧，我当时觉得很奇怪，后来才知道，是周总理特意安排我利用列车在汉口至广水途中向三位中央领导汇报。

在这以前毛主席曾说过，三峡工程只是摸一个底，暂时不考虑是否上马，而要我着重研究南水北调问题。因此我对这次工作汇报，还心中无数，不知道需要汇报哪些问题。汇报都是问答式的，他们怎么问我就怎么答。汇报一开始，主席就提出三峡工程在规划设计上的一些重要问题。在提到三峡工程的建设问题时，他问我，不靠外国人，我们自己能不能解决。我说这个问题就看中央怎么考虑。如果给我们一段时间，就是在我们完成汉江丹江口工程以后，我们的科研水平已可以达到世界水平，这时我们应当可以自己建设三峡工程，因为丹江口工程在世界上也属于一流工程。如果三峡工程需要尽早建设，那就需要苏联专家帮助我们。苏联的水利工作水平我认为与美国的水平基本相同。美国专家可以设计三峡工程，苏联专家也应该可以设计三峡工程。这时总理问我，布可夫的技术水平怎么样。我说，布可夫的技术水平虽然不怎么高，既然苏联派他来中国，我认为还是比较合适的。至少比中央电力部的专家克里廖夫好。头两年在荆江分洪工程时，是我们学习布可夫的技术，两年后我们就超过了他。

接着主席问我，三峡的地质条件怎么样。我说，我们现在的勘测手段如钻机等设备很不完善，我们更没有水上的勘探设备。我们虽然缺少先进设备，但在坝址地质问题上仍然自有主见，而且看来是正确的。比如我们一开始就认为美国工程师萨凡奇所选择的南津关坝址不合理，而把坝址暂定为三斗坪河段。三斗坪河段地质基础是花岗岩，这种地质条件各方面都比较好，也不存在大坝漏水问题，但花岗岩有一个问题是容易风化。在三斗坪河段中，水下的覆盖层和半风化层究竟有多深多厚我们现在还无法知道，只是在河岸上和山脚下的岸坡上做了一些坑探，大约在 30 米以下就可以达到较好的岩层。至于河槽内会不会比河岸的覆盖层情况好一些，也不能做出结论。据苏联地质专家说，世界上花岗岩河段的覆盖层和半风化层最深的可以达到100米。这时主席表现出一种不安的神态。他问我，100米以下怎么样呢？我说，100米的意思，是说100米以下就是好的岩石。我们估计三峡河段不会这样严重，覆盖层和半风化层最深的可能只有30米。这时我感觉到毛主席对三峡坝址能否找到可靠的地质条件有些担心，就告诉主席不要担心这个问题，如果三斗坪河段的花岗岩风化层太厚，三斗坪上下的火成岩河段约有25公里，我们可以选择的河段很多，在离三斗坪河段只有几公里的上游就是片麻岩河段。这时毛主席的脸上才有了笑容。少奇同志问什么是片麻岩？主席立刻伸出手很肯定地说："好啦，好啦，片麻岩就是花岗岩的变质岩。"我们知道，在片麻岩地区建坝一般是没有问题的。

因为主席一年前在"长江舰"上，已对我们的工作有所了解，所以他这次也没有问其他的技术问题。过了不长的时间，火车就进了广水车站。

火车停下的时候，总理对我说："广水到了，你可以回武汉了。"我表示，我又没做地方工作，本地县委的同志我也不认识，现在没有南下的车，天也冷，我无法回武汉了。

主席马上说："不要回去了，我们就聊天吧。"

主席开口第一句话就问："中央的同志有谁了解你呀？"

我在思想上没有准备，而且对于这个问题我不无考虑，就没有随便回答。

主席见我不说话，又问："陈云了解你吧？"

我这时感到更不好说，尽管在辽南时陈云同志直接领导过我，而且时常见面，应当了解我。但我为什么不回答呢？这对有些人可是一个求之不得的机会呀。我一生有缘晋升的机会并不少，但我这个人向来不愿靠机缘升迁。据我当时所知，中央已有意要我去一个部主持工作。这样我就要离开长办，离开主席、总理已经交办的工作。这正是我难以割舍的，故缄口未答。

主席看我不表态，就说："好吧，我们换个题目吧。"

另一个问题是议论美国经济的长短。主席问我，和美国的条件比较起来，我们的条件怎么样。我说，我没有专门研究过这个问题，只从一般的地理条件说，我们与美国相比，各有利弊，相差也不会太大。在农业上我们的可耕地特别是平原土地比美国少得多，但是我们的气候条件不比美国差。我们的祖先对于在山区丘陵地带开发水平梯田有丰富的经验，所以也可以对缺少平原的缺点有所弥补。我们的山多，而地下矿藏多在山区；山区河流落差大，水力资源更加丰富，远远超过美国。这些话毛主席听来显然很入耳。由于随便谈的问题很多，时间也到了后半夜，火车正向郑州行进。在郑州，为了保密，火车就开进一个偏僻的货运车站。

这时河南省委第一书记吴芝圃同志要向主席汇报工作。主席就对我说："现在你可以休息，天亮以后暂不要回武汉，我请你吃早饭。"

于是我就回到我的车厢休息。

天亮以后，毛主席不像往常那样，这次起得很早，通知我到他的房间里用早餐。我到他的房间外面时，看到少奇同志直接走进主席的房间，总理却停在外面。原来总理把我当成客人，要我先进去。我坚持让总理先进。

进去以后，我按指定的位置坐下，这时才发现我对面坐着江青。当江青问我是哪个县的人时，毛主席对江青说："你们是老乡，你还不知道。他是文登县，在半岛的东边；你是诸城，在半岛的西边，相隔很近嘛！"

在随便谈了几句以后，开始早餐。我记不清吃的什么，只记得像往常一样，早餐很简单。早餐之后，我就乘车回了武汉。

回到武汉以后，不记得是住了一天还是两天，我就来到北京，向李葆华同志汇报了主席这次在火车上接见我的情况。

这时李葆华说："刚刚国务院来了一个文，你可以看一看。"

这个文件是苏联部长会议主席布尔加宁给中国的复照，说苏联同意派专家到中国帮助长江流域规划和三峡工程的研究工作，第一批专家12个人立即前来中国。

中央此时决定将治江大事提上国家议事日程，当时对我来说，不免有些意外，如今看来也是事出必然。1954年洪水的大破坏，荆江分洪工程在危急时刻所发挥的作用，以及我接连两次向毛主席的汇报和多次汇报信，对中央决心根治长江、开发长江，显然都在发挥作用。

（摘自《林一山回忆录》）

列席南宁会议

林一山

三峡工程的造价问题

1958年1月11日至22日，毛主席在广西南宁主持召开了有部分中央领导人和部分省市委书记参加的政治局扩大会议，即后来所说的"南宁会议"。这次会议除讨论1958年的国民经济计划预算、批判"反冒进"外，就是听取有关长江流域规划和三峡问题的汇报。

会议开始前，毛主席派飞机把我接到南宁。我与随行秘书张行彬同志是在汉口机场登机的。

据说当时有人向毛主席反映说："还有反对三峡工程的。"

主席说："那好，把反对三峡工程的人也接来。"

因为我在1956年的《中国水利》上发表了一篇有关长江流域规划与三峡工程的文章后，李锐同志便在同年的《水力发电》上对三峡工程表示了不同的意见，所以我一听说毛主席点名要听与我相反的意见，便知道必定是李锐同志。但在南宁会议上，我们的任务只是分别向会议作出汇报，私下并未交换意见。

会上，我首先碰到的问题，是三峡工程的造价问题。

在"长江舰"上，毛主席就问过我三峡工程的造价。当时毛主席得知美国萨凡奇所提的造价为13亿美元，合人民币78亿元时，主席表示造价并不算高。当时国家规定的主席基金为每年7亿～8亿元人民币，在主席问我三峡工程要多少年才能建成时，我说要十多年，主席听后就说，光用主席基金就够了，不用再加别的投资。

在这次会议之前，苏联专家曾根据粗略的工程量，推算出三峡工程需200多亿元人民币。但据长办当时主要技术人员杨贤溢同志估算有100亿就够了。这时我既无根据说苏联专家的200亿不对，又觉得中国工程师的估算不无道理，便用二数大致折中再予放宽的办法暂定为160亿元人民币，给毛主席写了报告。毛主席看了我的报告后，对王任重说，花这么多钱，什么时候可以修建呢？显然，毛主席当时已感到为难。

历
程
篇

为了弄清苏联专家估算三峡造价为 200 亿的根据，我要我们的工程师向苏联专家问个明白。当我们得知苏联专家估算造价的根据时，我们也初步弄清了用混凝土工程量推算工程造价在规划工作的初期是可行的。苏联专家说，在工程还未进行设计之前，也只能根据一个工程的规模计算工程的造价。同时我们也知道了苏联专家所报造价之所以如此之高，主要是根据当时在世界上已建大型工程的实际投资来估算的。后来苏联专家又根据中国工程师的意见再行估算，结果双方比较一致。这时我又给毛主席写了报告，把三峡工程造价估算为 100 亿～120 亿，后又改为 90 亿。到了南宁会议前夕，我要长办的施工造价人员再过细推算，看能否再有所降低，结果降到了 72 亿元。这个数字与美国专家萨凡奇所报的造价可谓不谋而合。

因此当我汇报到造价 72 亿元时，周总理说，如果少装机，装机 500 万千瓦，50个亿够不够，我说"够了"的时候，参加会议的政治局其他同志看到我回答得很干脆，他们估计我会留有很大余地，就问："25 亿行不行？"我说那不行。有的人说，答应了算了吧！他们似乎是在跟一个商人谈生意似的，猜想我是在漫天要价，便也来个漫天还价。我坚持说不行。

毛主席看到我坚持 50 亿的造价，就说："那好吧，就算你说的这个造价，少装机，先把大坝修起来防洪。"

接着毛主席又说："你会不会在中央决定开工后，又说不够了。"

我说："不会。"

毛主席问："为什么？"

我说："有的单位在预算时压低造价，待工程开工后，再增加投资。长办不会这样。长办预算工程造价时，在高低之间，向来是就高不就低，多报而不少报，以保证工程顺利完工。现在的这个 72 亿，就是从原来的折中数 160 亿逐步减下来的。"

毛主席对我能如实回答而又坚持不再任意降低的态度，显然表示满意。

为什么总理问我装机 500 万千瓦、50 亿够不够时，我很干脆地答复说可以呢？因为按当时的计算，三峡工程的总造价为 72 亿，其中围堰导流、拦河坝和航运建筑物的造价各为 8 亿，厂房和机电设备投资为 40 多亿。如果将原设计电站 2500 万千瓦改为 500 万千瓦，其工程投资分配办法应该是：500 万千瓦的电站按 10 亿计算，其余尚未装机的 2000 万千瓦的机电厂房预留工程按 10 亿计算，再加上围堰导流、拦河坝和航运建筑物三项各 8 亿，共 24 亿元，合计 44 亿元。因此 50 亿元投资是够用的，但所留余地不大。

关于三峡工程造价降低到 25 亿是否可能的问题，如果我们正研究中的分期开发、围堰发电方案成功了，那是可能的。但这个问题当时尚未成功，因此我不敢随便答应。

按照分期开发方案，围堰导流还有 8 个亿，防洪大坝也按 8 亿算，过坝建筑物不按原来永久性方案修建，按分期开发方案修建，至多也只需 4 亿元。这样加起来只有 20 亿，还剩 5 亿可作为装机投资。由于围堰发电，我们可以提前受益、提前回收，这样即使 25 亿不够，将总投资提高到 30 亿元也是非常合算的。

毛主席提倡写好文章

在南宁会议期间，主席说到在党内培养秀才的问题。我的理解，毛主席要培养的秀才应该是理论联系实际、善于总结工作经验、能把工作总结提高到理论高度的人才。当时主席批评党内有许多工作总结写得不好，有的杂乱无章，有的言之无物。换句话说，不是有材料没有观点，就是有观点没有材料。因此，他提出写作的三原则，即鲜明性、逻辑性、材料观点的统一性。

三峡工程问题讨论过后，主席问我："你能不能写一篇像样的文章？"接着又说："让王任重给你当政治委员帮助你，好不好？"

我说："好，省委第一书记当政治委员当然好。"

毛主席又对我和李锐说："你们俩竞赛看谁把文章写得好。"

我说："我不行，我不会写文章。"

主席问："为什么。"

我对主席说："我只能用我的国语水平，勉强地表达我的工作经验。"

于是我写了一篇题为《长江流域规划与三峡工程》的文章。我的文章写好后，交给王任重同志，王阅后又交给他的秘书梅白帮我修改。梅白作了文字上的修改后对我说："你的文章内容很有鼓舞力量。"

后来毛主席又将我的文章给了陈伯达，当时陈伯达是毛主席的办公室主任。

有一天陈伯达要我到他的办公室，谈他对我这篇文章的修改意见。他对这篇文章没有提其他意见，只说有一个"大缺点"。

他指着我说："这么大的工程，综合利用各方面都很好，为什么就没有灌溉效益呢？"

我说："长江沿岸，夏季洪水位比两岸都高，要灌溉很简单，随便自流就可以了，内地湖水都可以灌溉。"

陈伯达说："南水北调不是把水调往北方了吗？"

陈伯达对我的表态很不满意，表示出生气的样子说："我要帮助你，你还不同意。"

他用手把放在桌子上的我那篇文章狠狠一推。这时我立刻走开了。我心里想，你会写文章，但是不切合实际，文章的价值也不大。何况这是以我的名义写的文章，我不能同意听任别人随意编造。

过了一天，毛主席在会议上拿出我和李锐两人写的文章，称赞了李锐文章上的一张地图说："这个办法很好，一目了然。"

原来是这张地图上面画着全国可建的大小水电站，在大电站上画大圈，中电站画中圈，小电站画小圈，全国水电站的位置都标得很清楚。

一个月后，总理从武汉到重庆的途中，看了我的那篇《长江流域规划和三峡工程》，有所感慨。他说，当初想要黄委写一个黄河流域规划报告，后来决定由水利部写，在水利部写了初稿以后，他不满意，后又叫胡乔木写。虽然胡乔木会写文章，但是不懂水利业务，也写得不好。周总理自己改了一遍，仍觉得不好。但对我这篇文章却是满意的。后来这篇文章经过总理的仔细修改，竟作为《长江流域综合利用规划要点报告》的"总论"部分而传下来，这是我始料未及的。近期听长委会宣传处的同志说，他们前两三年在中央档案馆查阅三峡工程文件时，曾经看到一份关于长江流域规划的文件，周总理在上面改动的文字很多，可能就是这个"总论"。

多发水电　少用煤电

主席重视防洪问题，也非常重视水力发电。在南宁会议期间，他曾说，南方水多，尽量用于发展水电，凡是能用水发电的地方，就不要用煤发电，水永远用不完，煤总是会挖完的。我们的祖先烧煤的历史已有2000年，我们的煤在地下最好再埋它2000年。

主席号召多用水发电对我们有特别的意义。新中国成立后，在研究发展电力的问题时，主张用煤发电的占绝对优势。反对用水发电的理由是用一种错误的理论和统计资料来证明火电比水电有利，说什么水电周期长，投资大。这种说法很能混淆人的视听，所以到南宁会议时我们国家的水电开发量还不足水电可开发量的5%，而资本主义国家与我们却恰恰相反，他们首先注重水电的开发，有的发达国家水电开发程度已经达到80%～90%，甚至开发已尽了。

主席的这段讲话可能有针对性，因为当时在电力部门长期存在着水、火之争，说到底也就是以发展水电为主还是以发展火电为主，一直争论不休。当然我们贯彻执行毛主席多发水电、少发火电的指标也应当实事求是。在水力条件好的地区以水电为主，在缺水多煤地区自然应以火电为主。同时应积极研究如何改进水电建设工作的不足，使之能充分发挥其价廉、清洁和取之不尽的种种优越性。

围堰发电　分期开发

在南宁会议上，中央领导同志都希望三峡工程少花钱、多发电。这使我想起了长办已经研究了两年的水电站如何提前发电受益的问题。我提出的办法是"围堰发电，分期开发"。设想在修水电站时，可不必等待大坝工程全部竣工才开始发电，而是在大坝增高过程中就分期发电。不仅在大坝水头很低的时候开始发电，甚至可以更早一些，在施工中就利用围堰代替大坝挡水发电，使水电站提前受益。这样就可以减少工程投资，最大程度可望减少一半。因为水电站受益时间可比正常工期提前一半，在以后一半的施工中，即可用提前受益的收入替代国家的投资。最使我遗憾的是，在南宁会议时此项研究尚无结果，而在这次会议以后大约半年的时间，我们这个研究课题即已有了突破性成果，却未能在会上提出来。如果这个课题能提前半年成功，南宁会议上有同志要我答应用 25 亿投资完成三峡初期工程时，我能答应下来，中央就大有可能作出兴建三峡工程的决定。

虽然只是一个可能，还不是一个事实，但哪怕是很小的可能，只要争取到三峡工程在那时就确定开工时间，三峡工程就可以提前二三十年发挥作用，这对我国的经济建设将有何等重大的意义！唉，仅仅差了半年时间，兴建三峡工程的有利时机便失之交臂。

尽管此项研究还无结果，但为了给中央领导增加希望和信心，我还是在会上将"围堰发电，分期开发"的方法提出来了。但由此引起了李锐同志对一些基础性的技术问题的反问，为了避免无谓的争论，我在会上未做回答。

会后不久，周总理当面问我："李锐提出的问题很好回答，你为什么不答复？"

我仍然笑而未答。我想既然周总理已经看清了李锐所提出的问题不是什么难以答复的问题，我就无须再去向总理啰唆我不搭理李锐的原因了。如果总理再要问我，我再说也不迟。

围堰发电与分期发电开发课题在研究过程中也曾发生过不同意见的争论。苏联专家中与发电专业有直接关系的反而都说"围堰发电，分期发电"是不可能的，而苏联专家组长则说，研究这个问题是有价值的。为了广泛地征求意见，我带着这个问题，在 1956 年 4 月同几位工程师一起到了东北小丰满电站、哈尔滨电机制造厂和哈工大，与设计人员、教授座谈水电机组设计问题。虽然他们都说这种发电方式的电机设计不好解决，但也并非虚此一行。在小丰满电站所介绍的情况中，就有对我很有启发的材料。他们说，日本人修小丰满电站时，水位远没有蓄到设计的最低水位高程就开始发电了。同时我还利用小丰满电站正停机维修的好机会，进入引水管和蜗壳内仔细看了一番，没有发现因日本人提前发电而发生的气蚀破坏问题。

长办的工程师对于我提出的这个研究课题积极性很高，水工建筑工程师和机电设计工程师联合座谈，反复研究各种方案，终于突破了这个难题。像其他许多科学技术问题的研究过程一样，成功以后才发现，道理并不难懂。

下面我要说一说"围堰发电，分期开发"的方法是怎样研究成功的。

在国内外水电站的建设历史中，一直以来有两个问题没解决好。一个问题是水电站建成以后发现电站规模太小，需要加大坝高抬高水位增加电力，这时就需要拆除原来的机电设备，另外安装符合高水位要求的机电设备。但是，机电设备投资在电站中所占比重很大，更换一套新的水电机组设备必须增加很大的投资，而拆下来的机电设备如果不能用在其他水电站，就会造成很大的浪费。另一个问题就是要修建一个较高水坝的水电站，如果水库水位没有达到设计高程，就不能发电。因为一套水电机械设备，最好的运转性能只能在一定的水位变化幅度之内。高于设计水位时机械性能就有产生破坏的问题；而低于设计水位，也会产生机械运转性能问题或者是水轮机不能启动。因此，水电站大坝建设高程必须达到设计的水位下限才能开始发电。这就是说，直到大坝基本建成才能发电，于是就有水电建设积压工程投资，投产周期太长的说法。

我组织水工建筑工程师和机电设计工程师联合座谈，反复切磋，终于找到了上述两个问题的解决办法。

这就是要将水电站设计的最终总规模和水位总落差分成几个发电阶段，并使每一个水位落差阶段的机电设备运转条件都符合设计要求。办法是改变水电机械的内部结构，使其可适应水位的变化，达到发电的目的。为什么过去这个问题不能解决呢？因为过去的观念是：一个水位落差幅度内，只能用一种与之相应的水电机组，如果水位落差幅度有了变化，就要用新的机电设备更换旧的发电机组才能发电。前面说过，这样在工程投资上是很不合算的。现在的办法是随着水库水位的不断上升，在达到另一个发电水头阶段时，不需要拆迁机电设备，而是将原来机电设备内部某些机械构件改变安装办法或是更换部分构件，其中包括改换水轮机转子或者改装水轮转子叶片，电机则可用改装内部结构的方法而不用换新的电机。

这个科研项目的突破，大大打开了人们的思路和眼界。于是，可以按不同水电站的不同条件，研制和建造我们所需要的混凝土建筑物。至于机电设备的改装和部分构件的更换，应该如何做法，这是具体的技术问题，无须细说，只要说明不更换机电设备的道理，有一般机电知识的人也就懂得这一机电设备革新的含义了。至于某一个大坝分期发电的阶段是多少才算最经济合理，这在将来的实践过程中会总结出最好的经验。一般的机电工程师都了解，过渡性阶段水电机组的性能，标准低点无关大局，因为不论多少总是可以提前收回一些投资，只要最终规模的机组达到最好设计标准就行了。

这种"围堰发电，分期开发"的办法，在我国没有实现。但是听说苏联专家回国后，采取这种办法兴建了一些高坝，并且还把我们的设计办法作了修改和补充。据国际大坝资料介绍，苏联修建的萨扬舒申斯克大坝高约 300 米，就是采用分期开发的方法修筑的。毛主席在批准葛洲坝工程时，我曾建议，用修葛洲坝工程的投资，在三峡坝址上修建一个 160 米高的三峡初期工程。我当时的设想是，用分期开发的方法，达到最高水位 160 米，而初期只有 120 米。如果要完成三峡的最高方案，就可采用改装机组设备的办法，保证水电机械性能达到最优的水平，如果当时中央同意我的建议，我们就可以根据这一原则进行设计。

事实上，葛洲坝工程第一期工程的发电，就是在二期工程的围堰挡水下实现的，只是因为葛洲坝工程的围堰高度低于三峡工程围堰，同时规划设计又不准许加高，限制了"围堰发电"效益的扩大。但"围堰发电"的理论，我们在三峡工程实战准备中已经付诸实践了。

写到这里，我还要补充一点："围堰发电，分期开发"这一提前受益的办法，因为起源于三峡工程，所以这种办法只宜用于规模很大、施工期较长的工程，对于一般规模的工程，这种办法就不经济了。

（摘自《林一山回忆录》）

历
程
篇

三峡水库寿命有多长

林一山

毛主席提出三峡水库寿命的问题

1958 年夏，毛主席在武昌东湖主持了一次政治局扩大会议。在安排会议日程时，主席对会务负责人王任重同志说，在听完各省的工作汇报以后，再听林一山的汇报。

一天拂晓时分，我接到电话，要我向毛主席汇报。我很奇怪，按习惯这应当是毛主席休息的时候，怎么可能听取我的汇报？当我怀着试探的心情按时到达武昌东湖时，正在参加政治局扩大会议的几位同志对我说："你在这里等着吧，我们还没有汇报完。"

从这几位同志交谈得知：主席通宵未眠。大家劝他休息，他硬是强打精神，坚持开会，最后还是在会场上睡着了。为了让主席多休息一会儿，大家就暂时离开一会儿。他醒来后又叫大家回会场继续开会。他们还对我说，主席太困了，这一次确实睡熟了。直到中午，主席才听取我的汇报。他问的主要内容是三峡水库的寿命问题。

我当时并未对此作过准备，只是作了一般的回答："至少可以运行 200 ~ 300 年。"

这是根据三峡以上干支流在 300 年以内不修建任何水库的情况而作出的估计。实际上这种情况是不会有的，300 年以内总要修一些水库，因而这是最保守的年限。

主席听过我的汇报后沉思了一下，很惋惜地说："这样大的工程，千年大计的工程，两三百年就淤死了，那太可惜了。"

于是我知道毛主席希望三峡水库寿命是越长越好。但在三峡水库淤死以前，泥沙较多的支流可能已经修建了一批水库，不会有太多的泥沙进入三峡库区。例如，只要在金沙江上修建向家坝水库或者在向家坝上游的溪洛渡或白鹤滩任修一个水库；在嘉陵江干流上修建亭子口水库，光这两个水库即可拦截进入三峡水库泥沙的 75% 以上。因而在长江流域规划和三峡水库的设计工作中都没有认为三峡水库寿命是一个大问题。因此，毛主席对三峡水库寿命表示惋惜的态度出乎我的意料，但也引起了我对这一问题的重视，促使我反复思考这个问题。

主席对三峡水库寿命的担心，使我首先联想到毛主席对黄河流域规划和三门峡水库的担心。原来毛主席早在三门峡水库开工以前就曾说："你们修水库，可不要修成泥库啊。"可见这是毛主席特别关心的一个问题。但我当时对此还不知深浅，只是认为如果下决心加以研究，就应该可以解决。事实上，因为水库寿命问题前人并无专门的研究，要作出正确的回答显非易事。

20世纪50年代末三峡工程未能上马的原因，除去国家经济困难和因中苏关系破裂后对世界战争的考虑所提出的工程防护这两个方面外，另一个制约因素就是水库寿命问题。毛主席如此重视，我自然想尽快地解决这个问题，使毛主席放心，为三峡工程上马扫除一大障碍。但此时我正集中力量于工程防护问题，只对水库泥沙问题研究作了一般的布置。而当时的中外泥沙专家对水库淤积问题的一般认识是：既然是水库，就会淤积，只是时间长短问题。从理论上讲，这似乎也是不可逆转的一大趋势。但是我想，水库淤死从理论上讲也应当是有条件的。例如流速较天然河流变缓而降低了水流挟沙能力，淤积加快；如果能够改变水库淤积的条件，也就能够改变现有水库淤积的状况。至于如何改变水库流速以及其他条件，在思想上尚无明晰的思路。我于是就此和技术人员进行讨论，并布置河流研究部门对水库泥沙问题进行专门研究。在专业部门尚无研究结果时，我便把理论上的推断或者说是常识性的思考先告诉了王任重同志，并表示外国人不能解决的问题，我们不见得不能解决，至少不能成为我们不作研究的理由。

我把自己的想法告诉了王任重同志，他听后非常重视并表赞同。1963年，主席到湖北来，这时三峡工程因水库寿命等各种因素的制约，阻力重重。当主席和王任重谈到三峡问题时，他无奈地表示，三峡工程他不想干了。

王任重对主席说："您对三峡最担心的是不是水库的寿命问题？"

主席说："是的。"

王任重说："一山同志说这个问题外国人没有解决，我们自己不一定不能解决。他正在积极研究，很有信心。"

任重同志这两句话很起作用，这正是主席所乐意听的。因为近百年来，也就是中国门户被迫开放、列强入侵以来，外国人看中国人，总是这也不行那也不行；中国人自己也渐生自卑感，认为外国人干的，中国人干不了，外国人没干过的，中国人更别想干。而主席一生偏不信邪、不崇洋，在反帝斗争中困难再多，无不一一克服。所以他一听说我要干外国人没干过的事，就认为是大长中国人的志气，成与不成尚在其次，而精神着实可嘉，便急切地要王任重给我打电话，要我在限期内写个报告。

但由于我过去对这个问题还只是理论上的推断，尚未作深入的研究，又没想到主席这么急迫，立即要我写报告，既没有思想准备，更未及收集资料，再加上从电话中得知主席很快就要离开湖北，我成事心切，便赶忙在短期内赶写出一个关于水库可以长期使用的报告。

据说毛主席硬着头皮看了这个报告后问王任重："这个报告你看了没有？"

王任重说："看了。"

主席又问："你看懂了没有？"

王任重说："没有。"

主席皱着眉头说："是呀！我也没有看懂。"

我听了这个消息后，感到主席已经满怀希望认真研究了我这个报告，我却没写好，实在对不起他。

后来我对周总理说："我又欠了主席一笔账，写了一个失败的报告。"并表示我要还账，一定要写一个成功的报告使主席能看懂。

水库可以长期使用

报告没写好，主要问题并不在文字上，而是还未占有实际资料，证据不足，我们自己还未弄通。于是我当年就组织了河流室的人员研究水库寿命问题，并由文伏波、唐日长、张植堂等几位高级技术人员陪同，于1964年夏天随我到东北、内蒙古、西北十几条河流调查水库淤积问题。由于有了感性认识，又有了实际资料，使这项研究不到半年的时间就取得了突破性的成果。当年就将我们的新认识向总理作了口头汇报。

我们这次水库调查，发现有两座水库更具有代表性和启示性：一座是日伪时期在辽河支流柳河上修建的闹德海水库，它因为大坝底部设置有排沙孔，已运行几十年仍无大淤积；一座是宁夏的张家湾水库，是无底孔土坝，只几年时间便淤平了，后来一场大水将大坝冲开一个缺口，河床下切，很快又恢复为天然河床的状态。显然，闹德海水库是因为在汛后空库排沙，所以大部分库容可以长期使用，只是这种单纯冲沙没有获得更多的经济效益。张家湾水库淤死的主因是无排沙底孔。这两座水库虽然很小，但其一冲一淤的原理在一切大中型水库的设计中，皆有可供吸取和扬弃的参考价值。

与外业调查的同时，我又要求长江科学院河流研究部门从文献资料上对国内外其他河流的水库淤积进行了研究。不料他们所得的结论竟与我们水库调查的发现与认识不谋而合。这样我们对于水库淤积原因的认识，就不仅是感性的，而是更具有规律性的理性认识。

为什么在国内外早已存在一些闹德海式的未淤积或冲淤大致平衡的水库，而无人提出"水库可以长期使用"呢？这是因为在毛主席未提出水库寿命问题之前，设计人员视"水库必淤"为天经地义不可逆转之事，谁也对此没产生过疑问，至多只是在这个框框内争取水库少淤一点，淤慢一点，寿命长一些，而终无长期使用之想。因此，这些事实上可以做到长期使用的水库，也并非在设计上有意为之。既非有意为之，也就无意于发挥其指导作用，在水库建设中推而广之。如言按既定目标，从专门研究中获得"水库可以长期使用"这一新观念者，当首推长办。

这个报告（后题为《水库长期使用问题》）写成后，我先报送周总理。周总理亲阅了我的报告后，对报告的印刷和制图都作了具体规定。他说，给毛主席的报告要用大号铅字，附图要制版，不要蓝晒。于是，我们按总理的批示将报告重新付印。由于寻找大号铅字和制版厂家，又拖了一段时间，直到1966年春"文化大革命"开始的时候，才交给总理转送毛主席。

水库长期使用技术首次用于三门峡

由于黄河流域规划遇到的问题较多，周总理很早以前就要我注意对黄河问题的研究。遵照总理的指示，1958年我就开始研究黄河问题。1964年底，周总理召开了全国性的治黄专家会议，我也被邀参加了。会上，总理要我提出解决三门峡库区淤积的方案。事有凑巧，我在北方水库的调查和新研究的水库可以长期使用技术正好派上用场。于是我提出三门峡工程增设排沙设施的改建方案。这一方案得到总理的支持，并得以在治黄专家会议上通过。在周总理的重视和督促下，三门峡改建工程才于"文化大革命"期间建成。

三门峡改建工程完工后，经过几年的调度试验，库区泥沙达到了进出平衡。我在1974年曾在三门峡库区乘船观察库区情况，并听取了有关调度使用的汇报，证明库区泥沙的运行规律和原设想完全一致。三门峡水库的改建成功，等于给以后兴建的葛洲坝工程做了一次近似1：1的模型试验，为我们解决葛洲坝库区泥沙淤积问题提供了可靠的依据，使我们更有信心说服那些不相信葛洲坝库区淤积可以避免的怀疑者。葛洲坝工程建成后的运行结果又一次证明了水库可以长期使用技术的正确性。

（摘自《林一山回忆录》）

历程篇

一天两次接见

林一山

1958 年 9 月 11 日拂晓，我被电话铃声叫醒，才知道是湖北省委办公室通知我去武昌东湖向毛主席汇报工作。我去后等到吃了午饭，主席才在会议室里单独接见了我，主要向我了解三峡水库的泥沙问题。

汇报结束后不久，主席突然问我："你说说看，李锐这个人是个什么思想。"

因主席问的是思想方面的问题，我想这只能就事论事，谈他的治水思想问题。我说："李锐的思想从原则上讲，是保守的，具体说，他似乎认为苏、美没有做的事，我们就不应该做。"

主席说："中国革命的历史，也有这个问题，苏联人没干的，我们就不能干！"

主席可能还想听听我的看法，见我又谈不出什么问题来，便未与我深谈。

在南宁会议上，毛主席说到在党内培养秀才时，就说李锐有写作才能，所以让他做过通信秘书，参加了南宁会议和成都政治局扩大会议，参与起草了《关于兴建三峡工程的决议》。现在我们看到的这个政治局关于兴建三峡工程的文稿，除了主席批改几个字以外，据说全文基本上是李锐同志起草的。当时我看到了这个讨论稿，记得毛主席在眉批上批的字："积极准备，充分可靠。"

会后，周总理跟我称赞李锐起草的这个文件。因为李锐当时是主席的通信秘书，所以，他能经常进出许多政治局委员的大门，更便于向中央领导人谈他对三峡工程的意见。当时，李锐正在水电总局局长任上，也是政治上很活跃的一段时间。

因为三峡工程的事我在南宁会议上已做了详细的汇报，是年 2 月底至 3 月初在随周总理考察三峡途中的现场会上，我又更为具体地将长办关于三峡、长江流域规划这两大问题向总理做了陈述，并为总理所接受，且形成一份总结性的文件作为总理在成都会议上的讲话稿，可谓大局已定，所以我未再列席参加成都会议。而李锐则作为文秘工作人员参加了这次会议。于是李锐在谈论三峡问题时，便往往特别强调他参加了会议而林一山未能参加会议，似乎给人以有利于其主张的印象。但在中共中央《关于三峡水利枢纽和长江流域规划的意见》中，三峡工程总归得到了完全的肯定，要求"初步设计应当争取在 1962 年至 1963 年交出"，而不是缓做与停做。

主席与我闲谈了不到半个小时，又约我陪他去游长江。我随同主席乘车从东湖来到武昌长江大桥桥头下，稍停片刻又换乘一艘早已候在江面上的专船。上船后，我发现张治中先生已先在船上。主席邀我和张治中下水，我们均婉辞，主席便自己在大江里健臂划行。张治中是安徽巢县人，北平解放前夕国民党的首席和谈代表，在弃旧图新参加新中国建设之时已步入晚年，对故乡建设尤为关切。他在与主席会见结束后便邀请我陪他到安徽考察。安徽除皖北和皖南的少部分，其余和皖中濒江地区尽属长江流域，我曾多次去过安徽考察，对于安徽的经济建设可能比张治中了解得更多一些。

当天晚上，没想到毛主席又请我和王任重两人到汉口惠济路"老通城"吃晚饭，因未涉及工作，不妨说是一次餐叙吧。在场者十几个人：主席、任重和我一桌；主席身边工作人员七八人一桌；再一桌是三个孩子。

主席指着孩子问我："是你的孩子吧？"

我说："是的。"其实，有一个孩子是我的司机的。

主席又对他的工作人员说："你们只顾自己吃，也不管管孩子。"

于是有两位工作人员便到了孩子那一桌上。这是一家以湖北著名小吃闻名的老字号餐馆。主席在"老通城"吃饭的消息很快传开，餐馆外面马路上围满了人。

过了几天，我接到我表弟一封信，他在信中祝贺我被主席接见，说我很荣幸。我当时奇怪这事他是怎么知道的。我找到报纸才看到这一年国庆节的《人民日报》上，有毛主席在武汉接见林一山的消息。我当时对这次接见也没觉得跟往常有什么不同，只是在一起吃了一顿饭，可是新华社专门发了消息。后来我仔细一想，才觉得这次毛主席接见我大约是他对过去有关长江的事要告一段落，此后即将长江的事交给周总理。从此我就再也没有见过主席。

（摘自《林一山回忆录》）

周总理亲勘三峡坝区

李镇南

1958年2月下旬，周恩来总理及李富春、李先念两位副总理率国务院有关部委、省、大区负责人及苏联专家等来三峡坝址查勘，查勘全程由林一山主任及我陪同。

当时我们已做了大量前期勘探工作，对三峡地区喀斯特及风化壳等问题已有较多的认识，其中喀斯特问题远比风化壳问题要复杂得多。风化壳的深层风化虽有深达80余米的，但这仅是局部现象，分布并不多，在选择坝址时应尽量避开。为了便于总理查看，我们选出石灰岩区的南津关及火成岩区的三斗坪作为有代表性的两处坝址。

2月26日晚，我们从汉口乘"江峡"轮溯江而上，沿途察看了荆江大堤郝穴等险段。3月1日我们陪同周总理及查勘团全体同志来到南津关坝址，在察看了江边一个立式的岩溶井后，我带路请大家去看三游洞，总理对我说："同志，我是来工作的，不是来游山玩水的。"我连忙一边检讨事先没向总理汇报活动日程，一边讲清三游洞是石灰岩地区的一个典型的喀斯特现象，代表了南津关坝区的一个特点，因此才请总理去看，总理这才欣然前往。看过这个大溶洞后，我请总理跨过山坡上的一个垭口，在那里眺望了一下坝址地势。当时四川省委的代表阎红彦正在总理身边，总理问他四川省对三峡工程的态度，他表示服从全局需要，但希望水库水位以满足防洪要求为主，不要为增加发电而抬高。看完南津关坝址后，我们又继续乘船上驶，抵达三斗坪坝址。周总理及全体查勘团同志都上了中堡岛，来到我们拟选的坝址处，我在地面上铺开了拟议的三峡工程布置草图，向总理及查勘团介绍了坝址的地形及地质概况、枢纽布置设想和施工安排设想等情况。然后大家又去看岩芯，由地质部的同志做了介绍。总理看到岩芯那么完美，非常高兴，说："如果能让毛主席看看该多好，能否带一块岩芯给主席看？"大家都欣然赞成。于是总理取了一块岩芯，并在岩芯板上签上自己的名字。

返回轮船后，我把三峡工程整个研究情况作了正式汇报，并着重讲了三峡工程各项建筑物的规模和世界各国已建大型水利工程的建筑物规模的对比情况。拟建的三峡工程将是集各方面规模水平于一体，只要我们认真学习，结合必要的试验研究，技术上是完全可以做到的。接着苏联专家组长讲了三峡工程在技术上的可行性，然后展开了讨论，大家都踊跃发言。讨论在每日上、下午进行，一直持续到3月5日船抵重庆。3月6日周总理在重庆召开了总结会。会上总理传达了毛主席对三峡工程的"积极准备，充分可靠"的八字方针。并指出会议的主要议题是如何积极准备兴建三峡水利枢纽，他还说，在讨论中大家肯定了兴建三峡工程的必要性，认为一定要搞，而且也能搞，取得这样一致的意见是很大的成功。并指出三峡正常蓄水位应在190～200米之间选择，不能超过200米。对于坝址选择要慎重，仍需进一步做工作，一定要使包括萨凡奇在内的所有人都满意。在查勘途中，林主任还向总理汇报了长江流域规划工作和与苏联专家的不同意见，因此，总理在总结会上对这个问题也做了重要指示。会后，总理前去成都市参加中央成都会议，并在会上做了三峡工程和长江流域规划工作的报告，会议通过了相应的决议。

查勘中，周总理指示中国科学院副院长、党组书记张劲夫把三峡科研工作抓起来。不久张劲夫就召开会议，组织成立了三峡科研领导小组（简称"科委三峡组"），由张劲夫任组长，科委副主任张有萱、水利电力部副部长冯仲云任副组长，有关部委主管科技的负责同志为组员，林一山主任和我也参加了该组工作。科委三峡组组织了有关单位结合三峡各方面的课题，开展大协作的科学研究。

1958年8月31日，周总理在北戴河召开了长江工作会议，副总理李富春、李先念，国务院有关部委的负责同志，长江流域三大区的第一书记等出席了会议，林一山和我也参加了会议。会议研究了三峡工程的有关问题。讨论中，张劲夫提到了两个坝址的比较问题，认为既然大家都认为南津关石灰岩区地质上千疮百孔，不及三斗坪可靠，是否可以肯定三斗坪，不再继续比较了。周总理在总结发言中指出："三峡工程要多做准备工作，要做到多快好省，设计方面年底要提出要点报告，随即要进行初步设计，可以以三斗坪为主进行设计，以陆水工程作为三峡工程试验坝。工作要抓紧，要准备到'万事俱备，只欠东风'，不要等东风吹来了，还未准备好。要为1961年开工，做好充分的准备。"会后，长办及有关方面都积极进行各项准备工作。

我们在1958年底就提出《三峡水利枢纽初步设计要点报告》，1959年5月在武汉组织了全国有关方面进行讨论，一致同意放弃南津关坝址，推荐三斗坪坝址。

（摘自《治江侧记》）

历
程
篇

巍巍三峡来亲人

——刘少奇同志视察长江三峡

张行彬

1960年5月16日，"江峡"轮由渝起航后，破浪下行。此时，船正在夜航。

会议室里灯火辉煌，挂在墙壁上的五彩缤纷的长江流域规划图和三峡工程鸟瞰图交相辉映。刘少奇主席神采奕奕，聚精会神地在听取长办负责人林一山同志汇报。

少奇同志善于归纳和提炼汇报中的精华，及时提出问题和给予指示。汇报从晚上八时持续到深夜一时许。少奇同志步履稳健地走到挂图前，凝视了一会儿，挥手指着三峡的位置，说："好，好。防洪、发电、航运、引水都是以三峡为核心，这是以三峡看全国，以三峡看全世界啊！"这铿锵有力的声音，深深地沁人心脾！

事隔二十年了，少奇同志视察三峡时的动人情景仍历历在目。

一

汇报是从航运问题开始的。

少奇同志坐在沙发上，满面笑容，注视着"长流规"示意图，指着京广运河线路说："啊，你们这条运河是孙中山先生的办法。"

气氛立刻活跃起来。少奇同志纵横古今，从孙中山先生的"实业计划"说到秦始皇开凿灵渠，从京杭大运河说到古老的两沙运河……当谈到长江水运有所降低时，少奇同志问是什么原因。林一山同志说，主要是原来走水运的货物改渝线了，因为铁路快。长航重庆分局负责人王健同志补充说，港口损失很大，缺乏基建投资。

刘少奇同志又问："为什么损失大？"王健同志告诉他："由于港口设备不全，不能尽快把货物卸下来。"

这时，少奇同志指出，应该搞机械化，建立自动运输站，并亲切地对大家说："水运的充分利用是一个很重要的问题。从现在起，你们给国家上缴的利润可以留下来多进行基本建设，将来修建三峡工程，不仅要把湘水、沅水、汉水、赣江等水系纳入统一的规划，还要使珠江、淮河、黄河等水系与长江水系组成一个完整的水运网，这个宏伟计划是你们的。"

"有的部门不想你们水运，可是你们要别人想你们啊！应该记住：这是一个生产关系问题，一定要努力创造条件，多修码头，造船舶，包成本、包起卸、包运输，充分发挥水运便宜的优点，这样，有关部门才会充分利用水运。当然，也要求计划部门、建设单位把工矿企业多布置在沿江，为充分利用水运创造更有利的条件！"王健同志立即表示："马上向交通部报告，一定按少奇同志指示作具体计划。"

随后，谈到了三峡枢纽的过船问题，少奇同志说："我看，船有大有小，大船过船闸，小船走升船机，行不行？"当他知道这个问题正在进行方案比较，而且国外也有这样的发展趋势时，赞许地笑了。

少奇同志对发展水运事业的精辟分析和沟通几大水系的计划，体现了他对长江规划和长江建设的关心，至今仍有重要意义。

二

关于引水华北的问题，少奇同志说："三峡可以引水多少？引水要打隧洞吗？"

当他得知由三峡引水北调，华北地区大约可以增加两条黄河的水量；在丹江口以南有隧洞工程，以北是伏牛山区，由于引水线路充分利用了方城天然缺口，没有隧洞工程时，刘少奇同志戴上眼镜，兴致勃勃地在图上细看整个引水线路，从长江一直看到黄河，问："为什么长江引水过来，不经丹江口水库，而经下面一个跨越汉江的渡槽？"

林一山同志回答："这个方案也在研究之中。"

少奇同志说："应好好研究，你们选择方城缺口好。自古称'黄河之水天上来'，而你们却要黄河之水长江来！"大家会意地笑了。

三

当汇报到从丹江口引水北去，干渠每前进一公里，就可灌溉数万亩乃至十数万亩农田，华北将要胜江南的壮丽前景时，少奇同志站起来兴奋地说："从汉江引水到华北，这是很快的事了；从三峡引水到华北，可能要迟一步。但这是一个伟大的、气势非凡的计划。"

林一山同志说："随着三峡工程的兴建，实现这一宏伟计划也是很快的事了。"

"对，对。"刘少奇同志连声赞同。

"黄河之水长江来"，铮铮作响，启示着我们去开拓美好的未来！

历
程
篇

"长江洪水有多大？"刘少奇同志关心地问。

　　林一山同志说："我们不仅采用数列的演绎方法推算，而且广泛进行历史洪水调查，查阅故宫奏折、地方志等有关历代洪水的记载，再从气象上找恶劣的天气组合进行分析研究，找到了清同治九年（1870年）为有记载以来的最大洪水，推得宜昌站洪峰流量为11万立方米每秒。还有，乾隆五十三年（1788年）洪水，宜昌洪峰流量为86000立方米每秒，当时荆州城溃口位置图都找到了，还查了明嘉靖三十九年（1560年）洪水的情况。"

　　刘少奇同志称赞说："你们用唯物的方法论证洪水，这个办法好。已经查到四百多年前的洪水资料，这应是我国最珍贵的水文资料了，证明你们工作是很有成绩的。"

　　少奇同志又问："有了三峡工程，可以泄洪多少？"当他得知汉口洪水中来自三峡以上的占60%，三峡枢纽可以用它巨大的库容，发挥"截断巫山云雨"的威力，如遇1870年型洪水，调度正常，三峡枢纽与荆江分洪区联合运用可以解决问题时，少奇同志连声说："好，好。"

　　在汇报中，少奇同志还曾问过几次："三峡未建以前，下面要分洪怎么办？"还指示："要是分洪的话，北岸荆江大堤一定要保住。南岸由于历史上的原因，洪水经常泛滥，已经淤高了，这也是坏事变成了好事。防洪一定要纳入长江三峡的统一规划。三峡工程修了，对长江洪水起了决定性的控制作用。但其他各重要支流，如沅水五强溪、湘水梯级以及汉江、赣江的开发工作也是必要的，必须加紧进行。"

　　少奇同志想长江之安危，提出保全局的防洪战略，体现了为人民谋福利的崇高精神，使我们深受教育！

四

　　关于开发三峡电力，少奇同志关切地提到了大机组、高厂房、超高压输电线路等问题。

　　林一山同志说："三峡枢纽采用50万千瓦或100万千瓦水轮发电机组，国内正在向这一目标努力。在三峡科研会上，有人提出采用双水内冷水轮发电机的办法，来突破制造大机组的困难。到三峡兴建时，50万千瓦水轮发电机组是可以解决的，有可能研究成功100万千瓦水轮发电机组。"

　　少奇同志进一步询问这方面情况后，指示我们说："你们研究得有成绩，应该很好总结经验，一步一步提高。"

　　这时，少奇同志环视以三峡为中心，北至京津、东到上海、南过五岭、西抵重庆的输电线路图，问："为什么由三峡输电至四川，只有一回线路，而至上海、京津、南岭等地区都是多回线路呢？"

林一山同志说："因为西南水电丰富，三峡输电主要是向东、向北有利。在近期三峡供电四川，将来四川水电富余还要输出来，这条线路是连接电网用的。"

少奇同志高兴地点着头。

接着他又具体地问到了移民、工程量、投资及施工期限等。

当汇报到三峡开工后七年可以使用围堰提前发电时，少奇同志激动地站起来，迈步到挂图前，以高昂的声音说："这是以三峡看全国，以三峡看全世界。"并赞扬地说："今天汇报得很好，研究三峡很成功，如果我们真正做到了，就可以进一步摆脱国家一穷二白的面貌了。"

汇报结束后，我们感到极大的满足，由会议室出来，从深夜的河谷中看到了肃静的万县城，才知船已经停留一个多小时了。沉睡的三峡啊！可曾听到刚才刘少奇主席唤醒你雄浑的声音和对你在祖国建设中寄予的重托？

<h2 style="text-align:center">五</h2>

十七日破晓，船就要到奉节了，少奇同志早已伫立在甲板上，"江峡"轮徐徐驶进苍郁壮丽的瞿塘峡。

船拉响了汽笛，回响在峡谷之中。我们刚看过"水落龙蛇出，沙平鹅鹳飞"的八卦阵图，现在出现在眼前的又是深谷的水流，正在展开一浪破峡门、东流成大海的磅礴气势！少奇同志凭栏远眺，过去，冲向滟滪堆的水流，势如"万骑西来"，然而那水一触滟滪堆，也只好在"石坚不可拔"的面前，转而逶迤东下，发出著名于世的滟滪回澜之声。今日，"回浪惊高天"这一景色已不再现了。这时王健向少奇同志汇报了炸滟滪堆，改善航运的情况，少奇同志喜形于色地说："好，好，你们应该积极工作，只要你们对党和人民作出贡献，长江航运宏伟的前景就是你们的！"

转眼间，船行30多公里，来到了绚丽的"巫山画廊"。这一段有40公里长，"山塞疑无路，湾回别有天"。"十二巫山见九峰"，在短短7公里中一一出现，少奇同志坐在船头，笑着拿起望远镜尽情地眺望峰与天相接的群山。当看到了神态逼真的神女峰时，听着有关瑶姬定居巫峡，为民解除忧患，久而久之，变成了神女峰的神话传说，幽默地说："三峡工程修起来了，神女就可以放心了，就可以解放了。"

船过西陵峡时，少奇同志时而凭栏眺望，时而凝目沉思，他沉浸在对治江问题的思考中。

"青滩、泄滩不算滩，崆岭才算鬼门关。"少奇同志在船过青滩时指着放在面前的河道地形图问："为什么江北写的是新滩？"连一个滩名都仔细地注意到了，由此可以看出少奇同志的严谨。

我们在少奇同志身边，深为他不知疲倦的忘我的工作精神所感动。他思虑三峡的光辉未来，为国家的大事操劳，同时又十分亲切关心我们。最使我难以忘怀的是，当时他的秘书告诉我："林一山同志送的《万里长江》刘主席收到了。《周总理在三峡》的报道，王光美同志也念给刘主席听了。知道你姓张，猜想是你写的，是吗？"我点头并表示感谢。

<h2 style="text-align:center">六</h2>

船在三斗坪靠岸。湖北省委书记王延春、宜都工委书记阎钧等接少奇同志。

五月的太阳射在峡谷，三斗坪异常闷热，沙滩上的路也不好走。少奇同志健步向中堡岛走去。当他走到"竖井"时，知道要从那里打过江平硐勘察河床地质情况时，便关切地叮咛："这个钻探工程比较大，要防止江水渗透，注意安全。"

来到了三斗坪一处高地，中堡岛的全貌尽收眼底了。林一山说："从重庆到宜昌，唯独此处这段是20公里长的花岗岩；也唯独此处岛上有村庄，坝线选择在这里，得天独厚。不仅地质条件好，而且施工条件好。"

少奇同志欣喜地站在高地上，环视上坝线白云尖—坛子岭，眺望中坝线的南虎、北虎山头，详细问清了一些情况，才又向前走去。

岩芯一箱箱地摆在沙滩上，井然有序，少奇同志取了一块花岗岩芯看了又看，并亲手拿地质锤敲击着岩芯，当听到清脆坚韧的岩石声时，说："花岗岩真好。"这引起了我们一段幸福的回忆。

那是1954年，伟大领袖毛主席、敬爱的刘主席听取林一山关于三峡问题的汇报。当谈到我们在三斗坪美人沱一带选择了花岗片麻坝区进行勘探工作时，少奇同志问："什么是花岗片麻岩？"

毛主席说："好呀，花岗片麻岩好呀，它是花岗岩的变质岩，基础很好呀！"

林一山同志说："只是风化层深了一点。"

少奇同志问："有多深？"

林一山同志说："有80～100米。"

毛主席说："100米以下该是好岩石了吧。"

林一山同志说："是。"

毛主席说："那有什么要紧，把风化层挖掉就是了。"

这一次，少奇同志亲自来三斗坪看到了花岗岩岩芯，这个岩芯现已命名为绿云闪斜长花岗岩（亦称黑云母石英闪长岩）。少奇同志在观察了岩芯之后，还是担心地问：

"花岗岩侵入此处的岩层厚不厚？该不是岩脉吧？"

林一山同志解释说，三斗坪一带位于黄陵背斜核部结晶岩出露区，从地质构造、历史地震等资料表明，这是一个相对稳定的地段。

少奇同志重复了一句："地质构造是一个相对稳定的地段。"

林一山同志做了进一步说明："黄陵背斜东侧有远安—荆门断裂，西侧有仙女山、九畹溪断裂，但都对这块坝区没有产生大的影响。我们在三斗坪做了大量的钻探，有不少钻孔垂直进尺达200多米，钻出来的岩芯统统都是花岗岩。经专家们鉴定，认为这个坝区是修建三峡大坝的理想岩基。"

刘少奇同志连声说："那就好了。"

少奇同志在工区视察了近三个小时，汗水浸湿了他的衣服。可是当他了解到狮子包破碎带由右岸团包山一带通过河床而达左岸时，他还要到对岸去看看。但由于时间关系，他不能去时，还一再嘱咐工地同志："请那里灌浆组的同志好好研究胶结的情况。"

少奇同志像勘探队员一样，换下了汗湿的衣服，精力充沛地站在沙滩上，面对大江，看了又看。他大声对我们说："我看，现在进行三峡施工准备工作没有什么问题了。是上坝线或是中坝线，对我们要进行的准备工作是没有什么影响的了。"

少奇同志懂得我们水电战士的心，这话，正是我们日日夜夜要向党中央报告的话啊！

七

船离三斗坪。两岸是重叠的岩石，峡谷中，狂浪翻滚。少奇同志问："你们报告中说，提前在下面修建葛洲坝也有很多好处？"

林一山同志说："有过这种设想，如果先修下面葛洲坝梯级，就可把水蓄起来，使三峡截流由天然河道改为在水库缓流区中进行，待抛入江中截流的堆石体达到一定高度时，再把葛洲坝的蓄水位降低，水落石出，长江也就被我们斩断了。"

"这是一个好办法。"少奇同志一再点头。

林一山同志说："关于葛洲坝梯级是在三峡工程以前或以后建，各有利弊，还在论证中。"

少奇同志又进一步作了了解。

船出南津关，过葛洲坝，我们在暮色苍茫中回看"三峡至此尽，两壁犹峭立"的景色，而劳累了一天的少奇同志又在会议室内通宵达旦地听取关于宜昌地区工农业发展问题的汇报。直至翌日黎明，才把当地来汇报的同志送上岸。

十九日上午船到汉口。中共湖北省委第一书记王任重同志冒雨前来迎接少奇同志。

这是一次幸福的航行。当时，我作为林一山同志的秘书，有幸聆听刘少奇同志关于三峡建设的重要指示，这是永远难以忘怀的。特别是今天，当我听到为少奇同志平反昭雪的时候，他在三峡视察时的崇高形象，犹如昨日，更是令人怀念。长江在高歌，三峡在欢笑！

（1960年10月写成，1980年4月修改）

（原载《人民长江报》，1980年4月19日）

群峰即笔，人心即碑

——小平同志与三峡工程

魏廷铮

　　小平同志是中华人民共和国开国元勋，是建设有中国特色社会主义道路的指路人，是改革开放和现代化建设的总设计师。他的丰功伟绩彪炳千古，他不幸逝世是全中国乃至全世界的巨大损失。我怀着无比沉痛的心情悼念他，永远记住他对建设长江三峡工程的深切关怀和巨大支持。

　　1980 年 3 月我在葛洲坝工程工地，当时我全面负责葛洲坝工程设计技术工作。我在宜昌地委听湖北省委王群同志传达国家计划会议预备会议精神，讲到根据当时经济形势，三峡工程十年之内可能上不去。这时正是葛洲坝工程准备大江截流，我们都期待着干完葛洲坝接着上三峡，听了这个传达心里很着急，希望中央领导同志能听听我们的意见。就在这时，新华社记者李永长同志也在葛洲坝工地，他很关心三峡工程建设问题，他找到我要详细采访。我和他作了多次长谈，将建设三峡工程的基本情况包括规划设计、施工、设备供应、资金需求等方面的问题以及葛洲坝工程和三峡工程的关系等谈得十分详尽。他据此写了长篇的动态清样，中央领导同志很重视这篇反映材料。5—6 月，我有事返回武汉，7 月初我接到当时湖北省委书记陈丕显同志亲自打的电话，说有要事，要我立即到他家里去面谈。到了陈书记家中，丕显同志对我讲小平同志要亲自看三峡和葛洲坝工程，要我一起陪同去看。我考虑到这是一件大事，是否要和水电部讲一讲，陈书记当即打电话给钱正英同志，她表示完全同意。

　　1980 年 7 月上旬，我随丕显同志去重庆迎接小平同志。我们途经荆州时，荆州地委书记胡恒山同志亦随行。在宜昌换乘轮船时，宜昌地委马杰同志亦随行。船抵万县遇雾，又换乘汽车至重庆。13 日上午我们一行在重庆四码头登"东方红 32 号"轮，小平同志下火车后即上船。开船后，丕显同志把我们介绍给小平同志，而后开始汇报。小平同志一开头就问我，有人说三峡水库修建以后，通过水库下泄的水变冷了，下游水稻和棉花也不长了，鱼也没有了，究竟有没有这回事，我当即回答长江通过水库下泄的水量年平均有 4510 多亿立方米，而三峡水库的库容只有年水量的 8%，会不断进行交换，水温变化不大，不影响农业和渔业。并举丹江口水库为例，详细加以说明，汉江丹江口坝址年水量约 380 亿立方米，而水库库容约为年水量的 1/2，因而水库蓄水后水体交换时间较长，即使如此，水库下泄的水温较建库前变化也不大。据实测统计，夏季平均降低约 2℃，冬季升高约 2℃，汉江中下游水稻、棉花都长得很好。至于渔业，大坝将汉江隔开以后，鱼类天然繁殖场在水库上下游都有，不影响天然繁殖，只有天然饵料浮游生物略有变化，下游繁殖期略有推迟，影响并不大。小平同志还讲到长江中下游是鱼米之乡，物产丰富，一定要注意保护好环境，他讲到 1947 年南下挺进大别山，部队没有后方，天气冷了没有冬衣，在湖北黄冈从林彪的哥哥开设的织布厂得到了布匹，迅速解决了被服问题，对此林彪以后对他还有意见。他一再强调要保护好长江中下游地区这块富饶之地。随后我又向他汇报了三峡工程研究的经过、工程规划设计、施工方案、设备制造、资金筹集等问题。当汇报到当年周恩来总理确定先建葛洲坝工程为三峡工程做实战准备时，他很赞成并指出葛洲坝建设过程中所取得的经验一定要很好地应用到三峡。当船行到万县时，万县地委领导同志到船上来看望小平同志。在谈话过程中，小平同志指着我说你是要建三峡工程的，后又指着地委书记说你是不赞成的，你们要统一认识。自此以后，万县同志认真深入讨论了三峡工程，承担起移民安置重担，对三峡工程大力支持，起到了重要的促进作用。

船经瞿塘峡进口时，小平同志见两岸山势陡峻、江面很窄，就问我为什么坝址不选在这里，而要选在下游，这里筑坝地形很好嘛。我报告了三峡工程泄洪流量很大，水电站厂房很长，还要布置通航船闸，这里很难布置。同时全长约二百公里的三峡河段落差比较集中，是三峡水库的重要部分，丢掉了这一段，防洪发电效益会大为降低，坝址地质条件不好，三峡河段航道也不能得到根本改善，因而不宜于选在此地。小平同志讲到 1920 年他乘轮船出川赴法国，当船行到这里时，船坏了，不得已改走旱路，真是蜀道难。

船行进三峡以后，小平同志要邓楠同志将我叫到船头会议室，一边观看两岸，一边和我谈工程建设问题。他详细询问了大坝、电厂、船闸的设计，和国内外已经达到的水平做比较，他对设计所依据的基本资料包括水文、地质各种试验研究成果以及结论意见一一做了详细了解，他对施工安排包括工期进度、施工方案以及国内外大型水坝建设中所发生过的一些重大问题也都作了了解，特别是和葛洲坝工程的对比询问得更为详细。他特别关心有无把握，会不会出现黄河三门峡类似问题。我把我所知向小平同志做了详细汇报。他还问到了资金筹集问题，我提出用葛洲坝发电收入作为三峡建设资金，如果每千瓦时电 0.1 元，葛洲坝年发电 160 亿千瓦时，可得 16 亿元。小平同志对此很感兴趣。谈话持续了将近两个小时，他很满意。

到宜昌后参观葛洲坝工程，他看得很仔细，问我一期工程还会有什么困难，我报告年底可按期截流。又问工程质量如何？我回答1974年复工以后，按周总理生前指示，对工程建设中的重大技术问题逐项做了深入研究，做了大量的科学试验工作，修改设计在1975年经国务院有关部门审查批准，是充分可靠的，特别是泄洪排沙、地基处理等问题，研究充分，措施可靠。永久设备制作安装都可以立足于国内。这些问题国务院葛洲坝工程技术委员会经过广泛讨论严格审查后报告了国务院。施工准备方面也做了充分准备，可实现机械化施工和较为完善的质量检查体系，总的情况是好的。小平同志又指示，现在工地的各项设施以及机械设备将来凡是能用之于三峡的都要用上，那时不要再重复搞一套，要注意勤俭节约，不要浪费。在葛洲坝参观时，施工的同志汇报了工程施工情况，参观以后小平同志比较满意。

在经过荆州时，小平同志对荆江两岸1500万人口、2300万亩良田处于荆江洪水严重威胁之下十分关注，他对当时所采取的防洪除涝措施进行了详细的了解。他指出洪水淹到哪里，哪里就要倒霉，人民要遭殃，必须采取有效措施解除这项严重的威胁。他对三峡水库调节长江洪水的功效十分注意，对于两岸分洪区的安全措施也十分关注，他对我说长江两岸的防洪问题要十分重视，一点儿也不能马虎。

他还问到长江航行船只不多是什么原因，问到修建三峡工程以后对船舶航行有无影响。当他了解到货源不足，水陆联运衔接不够，葛洲坝年通过货运量只300万吨左右，而船闸通过能力单向有5000万吨每年。修建三峡大坝以后航运不致受到阻碍，而有利方面是主要的，他就放了心。他还问到了水运成本为什么会比铁路高、国外水运发展的一些问题、长江水运设施的状况以及和国外的一些差距等问题。总之他对水运是十分关心的。在船上，他还听交通部彭德清副部长关于水运发展规划的汇报，并要彭部长和我专门谈了一次。

小平同志对长江两岸矿产资源分布的情况也很关心，当我汇报鄂西有大量铁矿贮藏，当时已探明工业贮量有17亿吨，远景可达百亿吨，品位不高约40%，系红矿、含磷高，冶炼比较困难，且开采运输不便，只有对清江河流进行综合治理开发，发展水运来解决，同时红矿冶炼技术要从欧洲引进，难度也较大。此外对鄂西磷矿开发利用以及云贵磷矿通过长江东运等问题，小平都做了详细了解。

到武汉以后，小平同志住在东湖梅岭，通知当时在党中央国务院主持日常工作的胡耀邦、赵紫阳、姚依林等同志来武汉，对他们讲此行看了长江三峡工程，听了汇报了解到长江水运运量不大，长江中下游两岸防洪问题很严重，洪水淹到哪里，哪里就要倒霉，人民要遭殃，同时，长江两岸物产丰富经济发达，三峡大坝建成以后航运问题可以解决，三峡工程可发大量的电，可促进这些地区的经济发展，环境影响问题也可以解决。总之，建设三峡工程效益很大，轻易否定三峡工程是不对的，请他们三位回北京以后抓紧研究。

小平同志在武汉停留了几天就去鄂西北视察，我们乘火车到了丹江口，看了丹江口大坝电厂和升船机。在大坝坝顶眺望水库，大坝巍然矗立，甚是雄伟。小平同志问我这个工程也是你们长办设计的吗？你们现在有多少人？我答是我们设计的，长办有1万多人，工程技术人员约有7000人。小平同志关照一定要将这支队伍带好。在看电厂时，小平同志问到机组制造问题，我们告诉他1、2号机组原是苏联为三门峡制造的，后来移到丹江口来运用，情况良好。小平同志说：苏联制造的粗笨一些但结实耐用。另4台机组是德阳电机厂制造的，用得也很好，小平同志称赞我国自己也能造这样大型机器。在看升船机时，我们进行了升降，很平稳。小平同志问到每天过船的情况，了解到用得很少，小平同志也很惋惜。看完丹江口以后去十堰二汽参观，而后返回到襄樊，在车站我们与他道别。小平同志专列由焦枝铁路回北京，我们随丕显同志在襄樊住了几天，他召集了部分县委书记开了一个小型工作会研究推行联产计酬承包责任制问题，我也参加了会议。回武汉已经是七月末了。此行虽然前后只有20多天，但使我毕生难忘。小平同志对三峡工程如此关怀，如此深入调查研究，如此反复考虑，作出最后决策是极科学极慎重的。

小平同志回北京以后不久，我到北京出差，去看望国家建委副主任谢北一同志，他对我说小平同志此次去看三峡十分重视，要国务院抓紧研究。随后不久胡耀邦同志到湖北视察，在讲话中对湖北同志说中央已定了三峡工程，你们应抓紧工作。1980年底1981年初，葛洲坝工程截流前出现了争论，截流还是不截流。当时我是坚决主张截流，钱正英同志找我们几个人谈不同的意见，最后确定截流报国务院。1982年夏天胡耀邦又到工地了解情况。国庆节后万里同志率领有关部长到工地考察，并说是小平同志决定了，他才到工地来的，并要我写1000字的报告报党中央、国务院审批。在老河口我送他上飞机时，他还叮嘱要我抓紧写报告。同年11月姚依林同志到工地考察，将三峡工程列入计划的问题作详细调查研究，并对我说是小平同志要他看的。1983年3月，宋平同志率领有关部委领导同志到三峡视察，详细考察了水库淹没区、坝址和在建的葛洲坝工程。他再一次强调回北京以后要审查设计报告，并指出葛洲坝工程建设的设施要用之于三峡工程，不能建一个电站就新搞一套，造成很大浪费。这和小平同志指示的精神是一致的。回北京后即组织了对三峡工程可行性研究报告的审查，姚依林同志在大会上宣布，中央政治局常委对三峡工程的意见是一致的，可行性报告批准后即着手筹建。1984年2月中央财经领导小组听取了宋平同志关于三峡工程可行性报告的审查汇报并原则上批准了可行性报告。而后又召开了国务院常务会议，正式批准并成立以李鹏同志为首的三峡筹建领导小组，着手筹建。在这期间，小平同志又多次向姚依林、宋平同志做指示，强调我们社会主义经济建设一定要加强重点骨干工程建设，尤其是能源交通农业原材料等。不要重复搞那些效益不大的加工项目，并指出要抓紧三峡工程。他指示搞建设也要和改革一样，要有一点儿闯劲，要立即抓紧三峡工程修路等准备工程，要将一些国家建设项目能摆在三峡地区的尽量摆在那里，并指示要将水库蓄水位适当提高，使万吨船队能够汉渝直达。在小平同志的关怀下，三峡工程的准备工作在加速进行。

1985 年后，国内外又出现了一些不同意见。小平同志在 1986 年人大会议期间对中报董事长傅朝枢先生说明建设三峡工程的必要性和重要性，并说明对提出的各种问题要研究。1986 年 4—5 月，李鹏等同志率队到现场，再一次进行全面研究，认为技术问题和经济问题都可以解决，唯一存在的问题是政治问题。回京后向中央政治局常委汇报时，小平同志认为上三峡工程有政治问题，不上三峡工程政治问题会更大，只要技术经济问题能解决就应该上。据我理解，如果长江发生特大洪水，将会给人民的生命财产造成严重灾害，政治问题就更大了。于是这才又继续组织论证，重新编制可行性报告，并多批组织各方面人士到现场考察，实地进行调查研究，许多不赞成上三峡工程的人士经现场考察改变了态度，重新论证结束后向国务院进行了汇报。国务院组织了审查。1989 年 7 月，江泽民同志就任中共中央总书记不久即到三峡现场进行考察，并重点了解长江防洪问题。他向我详细询问有争议的各项问题，我一一作了详细的回答。他还看了实体模型试验，并对长办的工程技术人员代表作了热情洋溢的讲话，给从事三峡设计科研工作的人员以极大的鼓励。他认为小平同志对三峡工程所作结论是有科学根据的，要长办同志更好地工作。在江泽民、李鹏等中央领导同志的支持下，中央政治局常委会批准了国务院向全国人大七届五次会议提出兴建三峡工程的议案，并在人大会上得到通过。

当时在中央政治局常委会讨论时，江泽民同志还吟读了歌德长诗《浮士德》中的一段，表明了建设三峡工程的美好前景无限光明。至此三峡工程建设步入了崭新的时代。这与小平同志的支持与关怀是分不开的，可以说没有小平同志的支持与关怀就没有三峡工程的今天。小平同志不幸与世长辞，我们这些长期从事长江治理开发建设三峡工程的人员，对小平同志寄托无限的哀思，一定要化悲痛为力量，把三峡工程建设好，不辜负小平同志对这项伟大工程的关怀与支持。

小平同志，我们永远怀念您，长江三峡大坝上将留下您这位世纪伟人的英名。

（摘自《中国三峡建设》，1997 年第 5 期）

江泽民推动三峡工程决策

梅　雪

　　1992 年，共和国注定要以辉煌的篇章载入世界编年史。这一年，我国改革开放和现代化建设的总设计师邓小平视察南方，并发表重要谈话。紧接着，七届全国人大五次会议又通过了《关于兴建长江三峡工程的决议》，中华民族根治长江水患的千年梦想，即将成为壮丽的现实。以江泽民为核心的第三代中央领导集体，高瞻远瞩，果断决策，为推动三峡工程的最终实施做出了重大贡献。

　　围绕三峡工程，有着太多的争论。时任上海市委书记江泽民明确表示："赞成上三峡工程。"

　　长江，中华民族的母亲河，她曾孕育出灿烂的华夏文明。同时，她也给我们的民族带来过深重的灾难。根治长江水患，成为中华民族几千年的梦想。

　　党的十一届三中全会，揭开了我国社会主义现代化建设和改革开放的新篇章。在沉寂了 20 年之后，兴建三峡工程的呼声又重新在神州大地响起。

　　1980 年 7 月，邓小平视察长江三峡。在武汉市，他以自己特有的果敢，对几位中央领导同志，表明了自己对三峡工程的积极态度。1984 年 4 月，国务院原则批准了蓄水位为 150 米的三峡工程方案，力争于 1986 年正式施工。正在此时，重庆市人民政府向国务院提交了一份不同意 150 米方案的紧急报告。报告提出，150 米方案回水到不了重庆，不能满足长江特别是川江航运的需要，建议将正常蓄水位提高到 180 米，以便有足够的水深使万吨级船队直抵重庆。就这样，历史仿佛是旋转的陀螺，转了一圈后又回到了原地。

　　1985 年 4 月，全国政协六届三次会议期间，167 位全国政协委员单独或联名提出议案，建议在三峡工程问题上"慎重审议""不要匆忙上马"。同年 7 月，全国政协经济建设组经过实地调查，向中央领导提交了一份题为《三峡工程近期不能上》的考察报告。

　　针对有关三峡工程的诸多争论，1986 年 6 月，中央决定成立三峡工程论证委员会，对三峡工程的实施方案进行重新论证。

1989 年 3—4 月，时任全国政协副主席的王任重同志到上海考察工作。作为中共中央、国务院指定的协调三峡工程论证的四位负责人之一的王任重，早在 20 世纪 50 年代，就曾参与了三峡工程的论证工作。当上海市政协将王任重关于三峡工程讲话的简报，送交时任中共中央政治局委员、中共上海市委书记的江泽民那里时，引起了江泽民的极大兴趣。为此，江泽民专门到上海市委招待所看望王任重，并对王任重说："我对三峡工程的情况了解不多，想听听您的意见。"王任重详细述说了几十年来人们对三峡工程争论的焦点，以及三峡工程建成后在防洪、发电、航运、灌溉等方面所产生的巨大效益。江泽民听后，神情怡然，并明确表示："赞成上三峡工程。"

江泽民担任总书记第一次外出视察，就亲自莅临长江三峡

1989 年 6 月 24 日，在中国共产党十三届四中全会上，江泽民当选为中共中央总书记，成为中国共产党第三代领导集体的核心。

就在这一年，长江发生大洪水，这引起了党中央的高度关注。时任国务院总理的李鹏，非常支持三峡工程，他建议江泽民去湖北看一看长江大水，看一看三峡工程坝址。总书记欣然同意。

这是江泽民就任党的总书记后第一次外出视察工作。在三峡坝址中堡岛，江泽民扶着栏杆，俯瞰地处三峡大坝中轴线的深钻井。他漫步小道，仔细询问大坝与坝址的有关情况；遥看江北坝址，把三峡大坝雄姿描绘在心中……随后，江泽民又到葛洲坝视察。接着，江泽民一行驱车从宜昌来到沙市附近的荆江大堤和荆江分洪工程。站在荆江大堤上，望着一泻千里的长江，江泽民切切实实地感受到了洪水咆哮的巨大力量，同时也体会到当年周恩来总理"如临深渊、如履薄冰"的焦虑心情。他再三嘱咐荆州地区的负责同志："万里长江，险在荆江，对防汛抗洪千万不能麻痹。"

7 月 24 日，江泽民前往这次视察的最后一站——长江水利委员会。

江泽民在担任党的总书记后，第一次外出视察就莅临长江，视察三峡，关注当时争论十分激烈的三峡工程，这本身就是对三峡工程最有力的支持。这次视察更加坚定了江泽民支持兴建三峡工程的信心和决心。

在听取各方面意见后，江泽民果断批示：看来对三峡可以下毛毛雨，也应该做点准备。

1989 年 9 月，在江泽民视察长江三峡两个月之后，水利部、能源部向国务院上报了《长江三峡水利枢纽可行性研究报告》。这份由长江水利委员会重新论证，凝聚着近万名科学工作者数年心血的报告，结论是："三峡工程对我国四化建设是必要的，技术上是可行的，经济上是合理的，建比不建好，早建比晚建好。"

1990 年 7 月 6—14 日，国务院召开三峡论证汇报会，大多数同志赞成长江水利委员会提交的可行性研究报告。随后，国务院成立了由 25 人组成的三峡工程审查委员会，由当时的国务院副总理兼国家计委主任邹家华任主任。同年底，审查委员会聘请 163 位专家分 10 个专题组，对可行性研究报告进行了预审。

此时，对于三峡工程的争论仍在继续。1991 年，七届政协四次会议期间，一位领导给江泽民等中央领导写信，认为三峡工程正面宣传太少，建议给予正确的宣传。为此，江泽民提笔在信上做了重要批示："看来对三峡是可以下毛毛雨，进行点正面宣传了，也应该开始做点准备……"邹家华副总理后来又传达江泽民的指示：毛毛雨下了一阵，是否可下点中雨了！

为了贯彻江泽民总书记的重要批示，全面介绍三峡工程的论证情况，消除中外一些人士对三峡工程的顾虑和误解，有关方面全方位加大了对三峡工程的宣传力度。特别是由中国三峡工程开发总公司筹建处、长江水利委员会等 4 家单位联合拍摄的电视专题片《三峡在呼唤》，引起了强烈反响。

1991 年夏天，一场特大洪水再次向全国人民敲响了警钟。

同年 8 月 27—28 日，七届全国人大常委会第二十一次会议专题审议了国务院有关部门关于抗洪救灾的报告。与此同时，国务院三峡工程审查委员会第三次会议一致通过的审查意见认为：三峡工程在技术上是可行的，经济上是合理的，国力是可以承担的。

1992 年 1 月 17 日，国务院召开常务会议，审议了国务院三峡工程审查委员会对《长江三峡水利枢纽可行性研究报告》的审查意见，同意兴建三峡工程，并决定提请全国人民代表大会审议。2 月 20—21 日，江泽民主持中央政治局常委扩大会议，最后一次审议李鹏总理代表国务院向七届全国人大五次会议提交的《关于提请兴建长江三峡工程的议案》。会议作出决定，赞成兴建三峡工程，同意由李鹏代表国务院向全国人大提交《关于提请审议兴建三峡工程的议案》。

正如江泽民总书记后来在回忆这项工程的决策过程时说："这个大工程，党中央、国务院一直非常重视，各方面专家反复研究论证，我们多次听取不同意见，最后才拿到全国人民代表大会表决。"

近 40 年的长江三峡工程规划论证工作终于结出丰硕成果。三峡工程将和为它的兴建做出贡献的人们，一起被载入共和国的史册！

（原载《党史文苑》，略有删节）

党和国家领导人与三峡工程

杨马林

毛主席重视水库长期使用问题

1959 年之后，毛泽东对三峡工程的态度有了变化，这种变化，也许与黄河三门峡水利枢纽的问题有一定的关系。

1960 年 9 月，三门峡水库开始蓄水，仅一年半时间，水库就淤了 15 亿吨沙。不仅三门峡到潼关的峡谷里被淤了，而且潼关以上，渭河和北洛河的入黄口门处，也淤了"拦门沙"，问题的严重性引起社会各方面的极大关注，议论颇多。陕西省反应最强烈，多次向中央反映，甚至到毛泽东面前告了状。从 1962 年 3 月起，三门峡水库决定由"蓄水拦沙"运用改为"滞洪排沙"运用。但淤积仍在发展，到 1964 年 11 月，总计淤了 50 亿吨泥沙，渭河的淤积影响，已到距西安 30 多公里的耿镇附近。问题已发展到不得不采取果断措施来解决的程度，毛泽东知道后非常着急，又没见到解决这个问题的确定方案，便对周恩来说："三门峡不行就把它炸掉！"

1963 年，在一次政治局会议上，当讲到三峡工程时，毛泽东对朱德说："三峡问题，你过去反对，我赞成，现在我也不想干了。林一山哪里去了？好久不见了。"

这次政治局扩大会议之后，毛泽东来到武汉，在和王任重商量工作时，谈到了三峡工程，毛泽东摇摇头："我不太想干三峡工程了。"

王任重感到有些意外，便问："您对三峡工程最担心的，是不是水库的寿命问题？"

毛泽东点点头："是的，这也是其中的一个重要问题。"

王任重："林一山同志最近对这个问题作了一些深入的思考，认为这个问题虽然外国人没有解决，但不等于说我们就一定不能解决。"王任重简单地汇报了林一山的主要看法：水库淤积问题和水工建筑排沙的相互关系问题，在理论上是一个复杂的问题，解决水库淤积问题，又与水库规划及河流学有密切的关系。根据世界上某些水库运行的情况可以推断，这些水库本可以做到不淤死，只是没有认识到这个可能，没有采取必要的措施，结果被淤死了，因此，根据各国的经验和教训，应该可以探索水库长期使用的理论。世界上长期认为不可解决的水库长期使用问题，不是因为没有成功的实例，而是没有很好地加以研究总结，这也正是认识总是落后于实践这一规律的反映。

这一段解释很枯燥，似乎也没有回答林一山现在是否已经找到了解决水库淤积的办法，但毛泽东却感到王任重的话给他带来了一线希望，他非常高兴，急切地要王任重给林一山打电话，要林一山两天内写个报告交来，两天后他就要离开湖北。

两天？林一山接到通知后感到很为难，太急迫了。林一山只是对这个问题做了些设想，尚未展开研究。既然毛主席要了解这方面的情况，那就能写多少是多少吧。林一山来不及收集资料，匆匆忙忙地赶写起来。这个报告依据设想，从逻辑推理上论证了水库可以长期使用的理论，基本上是从理论到理论地兜圈子。

毛泽东收到林一山的报告后，立即戴起眼镜仔仔细细地阅读。尽管报告的专业理论性很强，文字很枯燥，读得很艰难，但毛泽东仍耐着性子读，读一段便琢磨一阵子，然后再读。一遍读下来后，毛泽东感到很累，也有些失望，他没读懂报告论证的基本意思。他站起来踱了几分钟步，轻松一下脑子，然后点燃一支烟，坐下来硬着头皮再逐句逐段地精读细琢磨，第二遍读下来，还是掌握不了报告的核心内容。于是，毛泽东把王任重请来，疑惑地问："这个报告你看了没有？"

王任重从毛泽东的表情似乎看出来了，毛泽东没看懂林一山的报告，他微微一笑："看了。"

"你看懂了没有？"

王任重笑着摇摇头："没有。"

毛泽东皱着眉头说："是呀，我也没有看懂。"

毛泽东离开湖北后，王任重把上述情况告诉林一山，林一山歉疚地说："哎呀，我是急急忙忙地赶出来的，文章没有写好，对不起毛主席。"后来，林一山遇见周恩来，又深为不安地说："我又欠了主席一笔账，写了个失败的报告，我要还账，一定要写个报告让主席能看懂。"

既然毛泽东这样重视水库长期使用问题，林一山便下决心解决这个问题。他立即组织专家们开展研究，还亲自出马，带领几位高水平的工程师到东北、内蒙古、西北查勘了一些多泥沙河流和水库，使得这项研究工作不到半年就取得了突破性的成果。林一山及时地向周恩来汇报了这一成果。周恩来听后笑着说："你说的道理我听明白了，你说得对，水库是可以不淤死的。"林一山很鼓舞，立即向毛泽东写了书面报告。

周恩来请林一山主持葛洲坝工程设计

1972年11月，会议在中南海西花厅举行，共开了三次，周恩来自始至终主持会议。李先念、余秋里、粟裕、钱正英、张体学、林一山等领导人出席了会议。

会议厅的空气仿佛在往下坠，一缕缕无精打采的香烟在人们头上盘旋。一张张相貌各异的脸庞却显现着高度统一的神色——严肃而又沉重。

钱正英汇报了工程质量事故，沈鸿反映了工程设计和水轮机制作上的问题，马耀骥对船闸和航运问题做了汇报。工程指挥部的领导同志也在会上做了检查："三边政策"带来了三大恶果，质量差、进度慢、浪费大……

在这段时期里，周恩来忍受着一般人难以忍受的病痛折磨，还像以往一样，坚持每天工作二十多个小时。葛洲坝工程第一次汇报会从下午3点一直开到夜里9点，周恩来始终聚精会神地倾听着各方面的意见。他语重心长，声音洪亮，掷地有声。他对葛洲坝工程没有初步设计就开工上马，诚恳地做了自我批评，承担了领导责任。然后他沉重地说："葛洲坝是一个大工程，是在我国第一条大江上兴建的第一座大坝。长江上如果出了问题，砍头也不行，这是国际影响问题，建国二十几年了，在长江上修一个坝。不成功，垮了，要载入党史的……"

11月21日晚，周恩来主持了最后一次汇报会。会议开到深夜11时。护士一次又一次地给周恩来送药，许多领导同志噙着泪，一遍又一遍地恳求他休息。虽然主要问题都已取得了一致意见，但周恩来仍然不很放心，说："要对情况弄清得差不多，在认识正确、设计对头的情况下才能鼓干劲……毛主席早就指示，在兴建过程中会遇到一些想不到的困难问题，那又是一回事。那时，要准备修改设计……我对这个问题是战战兢兢的，如临深渊，如履薄冰，可不能自信……搞好葛洲坝，林一山同志，就是大成功。葛洲坝工程技术委员会就由林一山负责，有关各方面参加，由林一山、钱正英、谢北一三人研究提出名单，初步设计要尽快提出……"

林一山陡然感到肩头十分沉重，似乎压上了一条江，压上了一座巨型大坝。但他脸上没有一丝难色，平静地推了推鼻梁上的眼镜。他十分自信，久经锻炼的长办工程技术人员会高质量地设计好长江第一坝。

1974年10月，葛洲坝工程经过两年的修改设计开始复工。

1981年1月4日19时53分，葛洲坝大江围堰胜利合龙。

1988年，大江电厂14台机组全部投产。

1989年，葛洲坝工程验收合格。

当代长江大禹在长江上嵌放了一颗真正的夜明珠！

历
程
篇

金发碧眼的西方权威看了葛洲坝工程后赞叹不已："伟大，真伟大，这是中国的水上长城！其意义不亚于爆炸原子弹，发射人造卫星！"

现场参观的日本专家也惊异地说："中国水利技术堪称世界一流，完全有能力自己兴建三峡工程。"

邓小平要圆毛泽东的三峡梦

三峡工程巨大的经济效益，宛如强大的磁力场，强烈地吸引着新中国一代又一代领袖和有识之士。尽管他们的经历不同，专长不同，但在兴建三峡工程的问题上，却能自然而然地取得共识。

1977 年 7 月，邓小平恢复了党内外一切职务。他雄心不减，高屋建瓴地引导全党将工作的重心转移到经济建设上来，在描绘中国四个现代化宏伟蓝图时，三峡工程又被提上了重要议事日程。国务院多次研究它，中央领导人多次视察了三峡大坝坝址。

在兴建葛洲坝工程期间，三峡工程的研究工作一直未曾中断。长江流域规划办公室遵照周恩来提出的"葛洲坝工程要为三峡工程做实战准备"的指示，与有关单位一道，开展了大量的研究工作。从 1974 年 8 月起，葛洲坝工程技术委员会多次讨论了三峡工程的问题。1979 年初，国务院常务会议决定，由林一山主持于 5 月在武汉召开三峡选坝会议。

在这次三峡工程选坝会议上，与会的专家们虽然大多认为两个坝址（太平溪坝址和三斗坪坝址）都是好坝址，都可建高坝，但对两个坝址的优缺点则各持不同的意见。多数专家希望长办对各种意见进行分析研究，报请国务院及早把坝址确定下来，为早日开工做好准备。但也有少数代表对修建三峡工程的必要性和合理性提出了异议。

会后，新华社记者在《国内动态清样》1647 期上报道了会议的情况，李先念对此做了批示："关于三峡水利工程建设问题，多年来，水电部和长办做了很多工作，取得了很大成绩。这次汇报仅是研究讨论，听取各方面意见的开始，绝不是马上上马。我是倾向于这个工程的。""请各有关方面对这些工作抓紧进行，为三峡工程兴建创造条件。"

1979 年，为了加快中国的水电建设，邓小平在访问美国期间，和美国副总统蒙代尔签订一项两国政府五年技术援助协定，美国贷款 20 亿元，援助中国搞水电建设。

1980 年 7 月，长江流域进入酷热季节，山城重庆是三大火炉之一，炎炎烈日烤化了马路上的沥青，热浪憋得人们透不过气来。

7 月 11 日晚，朝天门码头前停了一长串轿车。邓小平在湖北省委书记陈丕显、四川省省长鲁大东、长办副主任魏廷琤和宜昌地委书记马杰、葛洲坝工程局局长廉荣禄等领导的陪同下，登上"东方红 32 号"轮，去考察三峡坝址和荆江大堤。

60 年前，16 岁的邓小平乘坐法国轮船"吉庆号"顺江东下，前往法兰西，开始了勤工俭学、实业救国的历程。60 年后，76 岁的老人顺江东下，是为了探求开发长江，振兴中华之路。他在北京听取了有关三峡工程的论证情况，为能正确决策，决定亲自来三峡调查研究。

船停泊万县的时候，邓小平向魏廷铮问起鄂西资源和交通情况。魏廷铮做了详细的汇报，并一步步把话题引到三峡工程上来，说明鄂西地区最为丰富的是长江水力资源，开发长江水力资源可以兴利除害。

邓小平听出了魏廷铮的弦外之音，一语道破说："你的意思是要修建三峡大坝。反对建三峡大坝的人有一条很重要的理由，说是建了大坝以后水就变冷了，下游地区水稻和棉花都不长了，鱼也少了。有没有这回事儿？"

魏廷铮说不会有这样的影响，并说明了理由，还将丹江口水库作为论据，说丹江口水库修起来以后，汉江中下游解除了水患，粮食、棉花连年丰收，汉江的鱼产量并没有减少。如果说影响，就是水库蓄水之后，上游冲下来的饵料相对减少了一点。

"噢，是这么回事啊！"邓小平点点头，他认为魏廷铮说得有道理。

船走到江流湍急处，邓小平抬头观察船行情况，看到滩多流急，航行困难。他对魏廷铮说："1920 年出川，去法国留学，船行到中途坏了，只好改变行程，起旱，走陆路出川，交通真是艰难啊！"

船过夔门，邓小平到船尾看瞿塘峡进口，问："在这里选过坝址没有？"

魏廷铮说："这里在三峡上口，水深流急，地质条件不好，而且整个三峡河段是水能比较集中的地方，如不加以利用，只在上口建坝，要得到同等防洪发电效果，则对四川会造成更大的淹没损失。"

邓小平详细询问了防洪和航运、环境保护、泥沙淤积、坝址以及大坝、电厂、船闸的设计，并和国内外已达到的水平进行比较，魏廷铮作了详细的回答，并汇报了三峡工程研究的经过、工程规划设计、施工方案、设备制造、资金筹集等问题。

回到船舱后，湖北、四川两省领导人陈丕显、鲁大东等也加入关于三峡工程的讨论。鲁大东不同意修三峡大坝，陈丕显是主张建三峡工程的积极分子。邓小平耐心地听，没有表态。他只是风趣地说："四川'反对派'，湖北'坚决派'，你们说的意见我都听明白了。"

船到西陵峡三斗坪附近，邓小平要求减速，他要仔细看看拟议中的三峡大坝坝址——中堡岛。船舷旁，邓小平一边听魏廷铮的介绍，一边拿着望远镜认真观察这被人介绍过多次的神奇小岛。

看完中堡岛，邓小平又认真地察看了离中堡岛 200 余米的南岸三斗坪和离岛 1000 余米的乐天溪，并询问了有关情况。

12 日 15 时，船到正紧张施工的葛洲坝，邓小平在陈丕显、廉荣禄的陪同下，下船来到葛洲坝工程电动模型室，廉荣禄向他汇报了工程进度和枢纽布置情况。他凝视着工程电动模型，全神贯注地听讲解员介绍，时而点头，时而微笑。随后与人们合影留念。

接着，邓小平不顾炎热和旅途劳累，乘车兴致勃勃地视察了正在紧张施工的葛洲坝一期工程的 2 号船闸、二江电站厂房安装现场、三江防淤堤。在 2 号船闸下游闸首。他边看边问边发表自己的看法。行至上游围堰防淤堤，邓小平问魏廷铮："葛洲坝施工场地这样宽敞，上游大坝坝址附近窄得多，能不能布置得开呢？"

魏廷铮说："两个坝址的下游都有河滩可以利用，并且可以利用葛洲坝作为后方基地。"

邓小平又询问了建筑材料的运输、工人上班的交通方式等问题，并指示："葛洲坝施工的这些设备，凡是能用的，都可以用到三峡工程上，可以省很多钱。"

葛洲坝视察结束后，邓小平乘"东方红 32 号"轮向下游驶去。在荆江大堤视察时，邓小平仔细地了解了防洪形势。

邓小平一到武汉，就把胡耀邦、宋平、姚依林等中央和国务院的负责同志找来，到他下榻的东湖宾馆开会。会上，邓小平再次听取了有关三峡工程的汇报。

邓小平发言时说：此行看了长江三峡工程，听了汇报，了解到长江中下游两岸防洪问题很严重，洪水淹到哪里，哪里要倒霉，人民要遭殃，同时，长江两岸物产丰富、经济发达，三峡大坝建成以后航运问题可以解决，三峡工程可发大量的电，可促进这些地区的经济发展，环境影响问题也可以解决。他认为：三峡搞起来以后，对防洪作用很大，经济效益也大，轻率否定三峡不好。建议由国务院召开一次三峡专业会议。

根据邓小平的意见，国务院加紧了三峡工程研究的步伐，多次召开高层次会议研究三峡工程。

1981 年 2 月，邓小平在北京听取了国家计委 2000 年工农业总产值翻两番的汇报，当汇报到准备兴建三峡工程时，邓小平说："我赞成搞低坝方案，看准了就下决心，不要动摇。"陈云、李先念、胡耀邦等都赞同邓小平这个意见。一年之后，邓小平在听取姚依林、宋平汇报情况时，又询问了三峡工程建设的问题。

不久，钱正英指示长办研究较低水位的开发方案，坝址定在三斗坪。长办在过去研究分期开发方案的基础上，立即研究并编制了正常蓄水位 150 米、坝顶高程 165 米方案的可行性报告。

1983 年 5 月，国家计委召开三峡工程可行性报告审查会，认为可行性报告基本可行，建议国务院原则批准。

1984 年 11 月，重庆市委向中央提出：三峡大坝 150 米方案的回水末端在重庆以下的洛碛与忠县之间，使重庆以下较长一段天然航道得不到改善，万吨级船队难以直抵重庆……希望中央采用 180 米方案，以改善川江航运问题。

中央对这个意见十分重视，并作了批示，认为重庆市的意见必须认真考虑。邓小平在与中央的一些领导同志谈经济问题时说："关于三峡问题，我找李鹏谈了一下，了解到现在的方案，万吨轮开不到重庆，这不能解决问题，如果你们采取了中坝方案，增加 50 万人搬迁，可以增加装机容量 700 万千瓦，有了这一条，就可以把那 50 万人养活下来，万吨轮也可以到重庆。如果万吨轮到不了重庆，就没有意义了。是否采取中坝方案，请你们认真考虑。"

邓小平作了个有力的手势，又说："反正是两条，一条是万吨轮能到重庆；第二条是能防洪，延长二三年可以嘛！基础按中坝方案做没有危险。"

1984 年 4 月，国务院原则批准兴建三峡工程，并决定立即开始施工准备，争取 1986 年正式开工。还决定成立三峡工程筹备领导小组，筹组三峡行政特区和三峡工程开发总公司。

李鹏在《众志绘宏图——李鹏三峡日记》一书中说，决定三峡工程命运是在 1985 年 1 月 19 日，"这是一个永远值得纪念的日子"。邓小平在参加建设广东大亚湾核电站有关合同签字仪式后，详细询问了三峡工程的情况。"我当时担任国务院副总理、三峡工程筹备领导小组组长。小平同志听完我的汇报后指出：'三峡是特大的工程项目，要考虑长远利益，我们应该为子孙后代留下一些好的东西。''低坝方案不好，中坝方案是好方案，从现在即可着手进行。''中坝可以多发电，万吨船队可以开到重庆。'"当谈到三峡移民要实行开发性移民方针时，邓小平说，"现在的移民方针对头了"，针对李鹏提出的"正在考虑成立三峡行政区，用行政力量来支持三峡建设，做好移民工作"时，邓小平讲，"可以考虑把四川分成两个省，一个以重庆为中心，一个以成都为中心。"

1985 年 1 月，邓小平在与李鹏的一次谈话中问道："到本世纪末电要搞到多少，才能保证经济翻两番的需要？"

李鹏回答说："至少要与国民经济同步发展，搞到 2 亿千瓦以上，办法就是大家办电，不是一家办电。""只要政策对头，把电搞上去还是很有希望的。"

邓小平高兴地说："这我就放心了。""看来电有希望，翻两番有希望。"

大江截流成功，江泽民、李鹏亲临祝贺

1994年12月14日，三峡工程正式开工的典礼仪式在三斗坪隆重举行。

右岸基坑彩旗飞扬，鼓乐阵阵，到处呈现节日的喜庆气氛。主席台上高大的龙门被装饰得光彩耀人。

10时，李鹏率领中央有关领导同志走向主席台，李鹏发表了《功在当代利千秋》的讲话。他在充分肯定了三峡工程的重要性和巨大效益之后，满怀信心地说："在以江泽民同志为核心的党中央领导下，在广大建设者和全国人民的支持下，任何困难都难不倒我们，三峡工程必将顺利进行，1997年实现大江截流，2003年首批机组发电，2009年工程全部竣工。一个宏伟壮丽的三峡工程将屹立在中国的大地上，它将向世界表明：中国人民有志气、有能力建设好当今世界上最大的水利水电工程。三峡工程功在当代利千秋。"

10时40分，李鹏微笑着向全世界宣布："中国长江三峡工程今天正式开工！"

礼炮轰鸣，一炮接一炮，激动人心地鸣了21响。

几千个彩色气球腾空飞起，江面上所有船舶拉响长笛，向长江祝福，向三峡工程祝福。

会场上的人们激动地欢呼着，鼓掌着；会场之外的人围在电视屏幕前，激动地观看这历史性的场景。

李鹏也很兴奋，专门为三峡工程题了词："中国人民有志气，有能力，用现代方式建设好三峡工程。""功在当代，利及千秋。"

当天晚餐，许多为三峡工程奋斗了一生的人们举起了酒杯：干杯！为三峡工程开工干杯！从今天晚上起，三峡工程已不再是梦，它终于变成了现实！

林一山在北京听到三峡工程开工的消息，高兴地对记者说："三峡工程最初是毛主席叫我办的，后因种种原因，没有开工。现在我年纪大了，很遗憾不能亲自去干了。但不管怎样，终于能盼来这么一天，令人欣慰。"林老还说："三峡工程是中华民族的骄傲，今天，可以这么说，毛主席、周总理、少奇等老一辈中央领导，还有美国的萨凡奇、苏联50年代派到长办的老专家德米特里耶夫斯基，一些为三峡工程奋斗了一生的水利专家都可以含笑九泉了。"

1997年11月8日上午，长江三峡工程举行大江截流仪式。主席台上3万盆鲜花和彩色气球簇拥着一面用织毯拼接的面积达1080平方米的巨幅五星红旗。主席台左侧竖立着江泽民1993年考察三峡工程时写的题词：发扬艰苦创业的精神，建好宏伟三峡工程；右侧是李鹏的题词：应用现代科学管理，创造世界一流工程。3万盆鲜花

和彩色气球把截流仪式现场装扮一新。大坝工地彩旗飘扬，巨大的气球上悬挂着祝贺截流合龙成功的标语。

江泽民、李鹏等党和国家领导人亲临工地，指挥大江截流。

江泽民发表了充满激情的讲话，他在回顾了老一辈国家领导人对三峡工程的贡献之后说："自古以来，中华民族就进行了征服、开发和利用自然的壮阔历史活动。精卫填海、愚公移山的传说，大禹治水的故事，表达了远古时代中国人民改造自然、人定胜天的顽强奋斗精神。两千多年前建成的都江堰和隋代开凿的大运河等水利工程，对当时的经济和社会发展起到了重要作用。今天，我们在长江三峡兴建的这一世界上规模最大、综合效益最广泛的水利水电工程，将对我国国民经济的发展起到重大促进作用。它是一项造福今人、泽被子孙的千秋功业。它体现了中华民族艰苦创业、自强不息的伟大精神，展示了中国人民在改革开放中改天换地、创造未来的宏伟气魄。"

上午9时，李鹏宣布：大江截流开始合龙！刹那间，三发红色信号弹腾空而起，440台77吨载重自卸车运着土石料驶向龙口，经过6个多小时奋战，下午3时30分，上游围堰左右两岸戗堤连为一体。李鹏宣布：大江截流成功！紧接着3颗信号弹划破长空。

顿时，锣鼓震天，鞭炮爆响，所有的车船一起鸣笛。1000名施工人员、5000名来宾、两岸4万名当地干部、群众和移民一起欢呼雀跃。龙口上的人们兴奋地拥抱着，欢呼着。记者采访建设者时，有些人激动得说不出话来，泪水禁不住地往下流。截流现场形成了一个巨大的欢乐海洋。

江泽民和李鹏从会场主席台来到截流围堰堤坝，向施工人员表示热烈祝贺和亲切慰问，工地又出现一次欢庆的高潮。

入夜之后，无数束五彩斑斓的礼花绽开在三斗坪的天空上，群星之间蓦然出现了一片绚丽的大花园。

江泽民：发扬艰苦奋斗精神　建好宏伟三峡工程

江泽民当选为中共中央总书记之后，不仅从邓小平那里接过领导全国人民奔小康的重任，而且非常重视三峡工程，经常关心三峡工程的进展情况，及时解决相关问题，确保三峡工程顺利进行。

李鹏在回忆录中写道："江泽民同志就任中共中央总书记以后，第一次出京考察的地方就是三峡坝址。1989年以后，所有关于三峡工程的重大决策，都是由江泽民同志主持制定的，他对三峡工程的建设发挥了重要的领导作用。"

1989年7月21日，江泽民当选为中共中央总书记的第二十六天，就风尘仆仆地

历
程
篇

赶到长江考察。在从沙市顺江而下的船上，他详细听取了关于三峡工程的专题汇报；到了武汉，又参观了三峡水库泥沙模型试验。他表示：三峡工程要争取早日上马，把几代人的伟大理想在我们这代人手中变为现实。

1990年江泽民指出："在考虑'八五'计划时，要认真研究一下水的问题。人无远虑，必有近忧，应该未雨绸缪。"

1993年8月17日，江泽民主持召开中央财经领导小组第七次会议，重点研究了三峡库区移民和资金筹措工作，决定"中央统一领导，分省负责，县为基础"。同年8月19日，国务院总理李鹏签发《三峡工程建设移民条例》。

1994年夏天，在洪水肆虐的汛期，江泽民再次来到荆江大堤，亲切慰问日夜奋战在第一线的抗洪军民。

1994年10月，江泽民乘"巴山号"船，离重庆，经涪陵，过万县，下秭归，到宜昌，先后察看了三峡水库淹没区、移民安置开发点和大坝施工现场三斗坪。他强调，三峡工程移民任务很重，要坚持开发性的移民方针，实行"中央统一领导，分省负责，县为基础"的管理体制。工程建设、移民工作和库区发展要通盘考虑，协调进行。他在考察三峡工地时指出："既然已经下定决心要上这个工程，就要万众一心，不怕困难，艰苦奋斗，务求必胜。"

1994年12月14日，三峡工程正式开工。开工前夕，江泽民考察完各项准备工作后，要求三峡建设者："一定要发扬奉献精神，保质保量将三峡工程建设好。在战略上藐视它，在战术上重视它，一点都不能马虎，战胜一切困难，夺取最后胜利。"并写了"向参加三峡工程的广大建设者致敬"的题词。

1997年11月8日上午，长江三峡工程举行大江截流仪式。江泽民在截流仪式上讲话，他说：大江截流胜利实现，是我国现代化建设的一件大事，也是人类改造和利用自然史上的一个壮举。这必将给正在满怀信心地进行改革开放和现代化建设的全国各族人民以巨大的鼓舞。他代表党中央、国务院向三峡工程的建设者、科技工作者和库区干部群众表示热烈祝贺和亲切慰问，向所有支援三峡工程的海内外人士表示衷心感谢。

江泽民强调说："改革开放以来，我国经济快速发展，综合国力大大增强，为建设这一史无前例的世纪工程提供了充分的条件。多少代中国人开发和利用三峡资源的梦想，今日正在变为现实。这再次生动地说明，社会主义具有能够集中力量办大事的优越性。"

江泽民还就工程管理、工程质量、科研攻关和试验、移民工作、保护生态环境和文物等提出了明确要求。希望三峡建设者们不仅要把三峡工程建成世界一流的水利水电工程，而且要培养造就出一批优秀的人才来。

李鹏 15 次考察三峡工地及库区

根据李鹏在《众志绘宏图——李鹏三峡日记》中记载：他的求学、工作经历都与电力尤其是水电紧密相关。

1946 年，18 岁的李鹏从张家口工业专门学校毕业后，选择到张家口电业局工作。1948 年，为了迎接全国解放后的需要，中共中央派了 21 名青年前往苏联留学，临行前，中共东北局副书记李富春叮嘱他们，要把精力放在学习上，"你们到苏联以后不要谈恋爱，既不要和中国同学谈恋爱，更不允许和苏联同学谈恋爱。"

究竟选择什么学校和专业，成为他们这批留学生最为关心的问题。正在苏联养病的中共中央书记处书记任弼时知道后，说："你们的专业由你们自己选择，但不要选择学政治，应该选择工科或经济。现在全国就要解放了，中国即将进入大规模经济建设时期，特别需要办工业和管理经济的人才。"于是，李鹏抵达苏联后，先在伊万诺沃动力学院短期学习，然后转入莫斯科动力学院的水电专业。李鹏说当时选择水电专业的原因有三条：第一，列宁曾经说过，苏维埃政权加电气化，就是共产主义，可见电力对于经济建设的重要；第二，苏联有一座苏联人民引以为豪的水电站，叫第聂伯水电站；第三，20 世纪 40 年代，萨凡奇考察三峡水电站的坝址，一时在中国，炒得很热，给他留下深刻的印象。

他从苏联学成回国，先后在吉林省丰满发电厂、东北电网、华北电网工作，1981 年担任电力工业部部长，1983 年担任国务院副总理，1987 年担任国务院总理，1993 年 1 月，国务院三峡工程建设委员会成立，李鹏总理兼任建设委员会主任。

李鹏自 1983 年兼任三峡工程筹备领导小组组长后，参与了对三峡工程重大问题的决策和组织工作，为了实现"每年都会来一次三峡"的诺言，从 1982 年第一次考察三峡至 2002 年参加三峡工程的二次截流，他共对三峡工地及库区进行了 15 次考察。

李鹏在《众志绘宏图——李鹏三峡日记》中写道，1994 年 12 月 14 日，在三峡工程正式开工之际，我写了一首自度曲，名《大江曲》，全文如下：

巍巍昆仑，不尽长江，滚滚东流。望巴山蜀水，沃野千里，人杰地灵，满天星斗。夔门天险，巫峡奇峰，山川壮丽冠九州。出西陵，看大江南北，繁荣锦绣。

却惜无情风雨，滔滔洪水，万姓悲愁。众志绘宏图，截断波涛，高峡平湖，驯服龙虬。巨轮飞转，威力无穷，功在当代利千秋。展宏图，恰逢新时代，万丈潮头。

在这首《大江曲》里，我抒发了对三峡工程的情怀。这里有三个句子值得一提：在描写了三峡的自然风光，长江两岸的繁荣锦绣之后，我写道"却惜无情风雨，滔滔

历
程
篇

洪水，万姓悲愁"，特别强调了三峡工程的防洪作用。我还写了一句"众志绘宏图"。这就是说，三峡工程所取得的成就，靠的是人民的意志，人民的力量和智慧。经再三斟酌，我这本书就取名为《众志绘宏图》。最末一句是："展宏图，恰逢新时代，万丈潮头"。建设三峡工程，孙中山设想过，毛主席、周总理都为此付出过极大的心血。但是，在当时的历史阶段，都不具备建设三峡这样巨大工程的客观条件，只有在邓小平同志开创的改革开放新时期，才有施展这个伟大宏图的条件。是改革开放的万丈潮头，以其雷霆万钧的气势推动了三峡工程的建设。

国务院三峡工程建设委员会副主任、办公室主任郭树言读完《众志绘宏图——李鹏三峡日记》之后撰文谈了他的感受：

三峡工程经过百年魂牵梦萦，40年民主论证，10年全面建设，今天三峡二期工程的目标如期实现，这是三峡工程建设的一个重要里程碑。在《众志绘宏图——李鹏三峡日记》中，这些重大的历史事件都有着真实的记载。全书字里行间不仅体现了中国人民改造自然、创造未来的宏伟气魄，也倾注着李鹏同志真诚执着的三峡情怀。李鹏同志自1981年担任电力工业部部长以来，就与三峡工程的决策、论证、组织和建设结下了不解之缘。23年弹指一挥间，三峡工程的方方面面无不浸透着李鹏同志的心血。作为一个泱泱大国的总理，他日理万机，但对三峡工程一直牵挂在心。他没有忘记"我每年要来一次三峡"的诺言，每年都要去三峡库区、坝区视察，现场办公，足迹遍布长江两岸的群山峡谷、厂矿村镇；每次都是翻山越岭，渡江过河，访农家，观新城，看企业，勘现场，登坝址，下工地；每次都有新的感受和新的见解，给工程建设和移民工作带来新的智慧和力量。

20多年来，他从电力部部长到中华人民共和国副总理、总理，再到全国人大常委会委员长，直到离开中央领导岗位的今天，他始终关注着三峡工程的每一个环节、每一个细微的变化，关注着三峡库区的一山一水、一草一木。国务院三峡工程建设委员会成立后，他亲任主任，亲自主持三峡工程重大问题的讨论和决策。开工之初，他就明确要以市场经济法则来组织工程建设，确定征收三峡基金、坝区实行封闭式管理、利用国外先进技术提高我国机械制造能力等一系列重要决策。他还要求三峡工程要建成一流的工程，要有一流的质量和一流的管理。要通过工程建设，培养一批人才。他反复强调三峡工程成败的关键在于移民搞得如何。110多万移民能不能搬得出、能不能稳得住、能不能逐步致富，一直是他挂念于心的大事。早在三峡工程开工的时候，他就要求要把三峡库区逐步建设成为一个经济繁荣、社会发展、环境优美、人民安居乐业的地区。对移民任务较重的万州区，他从经济发展到机场、码头、铁路等基础设施建设，一一过问。为了促进三峡库区经济发展，李鹏同志亲自为库区对口支援牵线搭桥。1996年10月中旬，李鹏同志率领8个省（自治区、直辖市）和有关部委的负责同志到库区考察，帮助落实对口支援项目。"总理牵红线，名牌进三峡"在库区一时传为佳话。一路上，他与随行的省（自治区、直辖市）和有关部委的负责同志一起考察、座谈，指出这既是对库区的支持，也是支援方在库区扩展市场的极好机遇。这些感人的情景虽然过去了许多年，但今天回忆起来，依然历历在目。令人欣慰的是，在昔日贫困、落后的三峡库区，一座座新城镇拔地而起，城乡面貌日新月异，峡江两岸山清水秀，更加充满希望。

李鹏考察三峡工程有15次之多，报刊上记载较细的是1993年12月20日的视察。这一次，李鹏在国家计委主任、国务院三峡工程建设委员会、湖北省负责人的陪同下来到三斗坪，考察三峡施工准备工程。

登上中堡岛围堰平台，李鹏举目远望，1992年来视察时，这里还一片沉寂，现在这里一期土石围堰已经开始填筑，6月底完成的750米围堰试验段，已经经受了汛期洪峰的考验。

在长江三峡水利枢纽施工布置图前，三峡工程开发总公司负责人向李鹏等介绍了工程施工准备情况，他们告诉李鹏："今年施工准备工程的主要目标已经基本实现。"

李鹏："施工准备工程的工作量很大，要努力做好。我们在这里建设的是世界最现代化的、第一流的工程，必须有第一流的施工。"

围堰平台中央，画着白色的大坝中轴线。李鹏用望远镜眺望右岸的白岩尖，问："这个山头有多高？"国务院三峡办负责人回答："海拔240米。"李鹏："三峡工程建成后，那个山头离大坝只有五六十米。你们应该在那里修建个森林公园，保持坝区优美风景和良好的生态环境。"

李鹏来到围堰平台北部，只见30多辆自卸车来回穿梭，将满车的砂石填入江中。李鹏对承担围堰施工任务的葛洲坝工程局负责人说："围堰修得好不好，直接关系到三峡工程能不能正式开工，你们责任重大。""三峡工程施工必须机械化，要调动精兵强将上前线。"他还向国务院有关部门和湖北省的负责人指示："三峡工程要引入竞争机制，采用招标办法组织工程建设，这样可以集中全国最优秀的施工队参加三峡建设。竞争可以提高效益，我们建立社会主义市场经济体制，就是要有竞争意识。"

库区移民是三峡工程成败的关键，任务十分艰巨。李鹏惦记着百万三峡移民。在考察施工准备现场前，他专程前往坝址下游的朱家湾居民点移民新居看望移民。他走进移民周斌的家，与这对夫妇挤坐在一起聊起家常："你家原来有多少住房？"

周斌："两间。"

李鹏："新房有多大？"

周斌："160平方米。"

李鹏笑道："哦，比以前宽敞多了。"

周斌："那是因为有党和政府周密的安排。"

李鹏："你原来是做什么的？"

周斌："木工。搬到这里后，村里组织了建筑队，把我也吸收进去了。"

李鹏："盖房子木工用处大，像做门窗、家具。"

周斌指着门窗自豪地说："那都是我自己做的。"

李鹏："你有手艺，将来的日子一定会过得不错！"

周斌嘿嘿地笑了。

李鹏在周斌家里里外外看了一圈。他说："你们现在住的，比我参加唐山抗震救灾时居住的条件好多了，当年我在唐山住了三个多月。"

在临时居住点，李鹏这家走走，那家看看。他对省市县干部说："三峡工程造福子孙后代，广大移民为工程建设作出了巨大牺牲，做好移民工作关系重大，我们一定要坚持开发性移民的方针，把他们安置好。"他又对从事移民工作的同志说："移民工作要全面规划，要严格按国务院颁发的《长江三峡工程建设移民条例》办事。在工作中要根据工程施工进度，突出重点，远近结合，在经费到位的前提下，宜早不宜晚，当前首先要做好坝区移民工作。"

朱镕基：三峡工程，质量第一

李鹏在回忆录中写道："1998年朱镕基总理任三峡工程建设委员会主任以来，对三峡二期工程及移民工作的顺利进行发挥了重要作用。"

朱镕基担任国务院副总理期间就十分关心三峡工程，1994年10月31日至11月2日，朱镕基先后在四川省、湖北省考察三峡工程。在听取三峡工程开发总公司工作汇报后，他在讲话中特别强调要重视三峡工程质量。他指出，三峡工程是世纪性、世界性工程，是千秋大业，举世瞩目。质量是三峡工程的生命，质量责任重于泰山，任何一点马虎都会遗祸子孙，造成难以挽回的损失。目前正在进行的二期工程施工是三峡工程建设非常重要的阶段，每一个参加三峡施工建设的人都要有历史责任感，以对国家、对人民、对子孙万代高度负责的精神，牢固树立质量第一的思想，确保三峡工程的一流质量。他要求，从设计质量、设备质量、原材料质量及施工质量等各个方面、各个环节，实行全方位、全过程的有效控制。每一工程环节，都要充分准备，精心组织，精心施工，严格监督，一个螺丝钉也不放过，务必做到万无一失，不留隐患。

朱镕基强调，为了确保三峡工程质量，必须实行严格的工程监理制度，强化工程建设监理。要选择资质合格、认真负责、严格执法的监理，对工程的质量、进度进行不讲情面的全面监督和检查。对工程的某些重要部位，可以聘请国外知名度高、有信誉、有经验的监理公司参与工程监理。建设监理要忠于职守，认真履行职责，切实对项目质量负责。要加强对监理单位和监理工作的监督和管理。对违反规定、弄虚作假的监理，要严厉查处，为三峡工程的一流质量提供坚实可靠的组织保证。

1998 年 12 月 29 日，朱镕基又来到三峡考察。他特地接见了长江水利委员会三峡工程监理部的领导。

长江水利委员会三峡工程监理部总监理杨浦生接三峡工程开发总公司通知，请监理部的三名领导到下游围堰观礼平台等候朱总理。在杨浦生的心中，朱镕基很严肃，对工程要求很严格，痛恨弄虚作假和豆腐渣工程。杨浦生对朱总理非常敬畏。

16 时许，朱镕基乘坐的中巴车首站到达下游围堰观礼平台前。车门一打开，朱镕基还没走出车门就喊："监理，监理！"

站在前面的三峡工程开发总公司领导急忙回头喊："杨浦生，总理喊你！"杨浦生感到突然，来不及多想，急忙跑到朱镕基面前。朱镕基下车，握住杨浦生的手，亲切又严肃地说："工程监理责任重大，你们要流芳百世，不要遗祸子孙。"

朱镕基与在场的业主、设计、施工、监理现场主要责任人一一握手后，朱镕基站到观礼平台前缘台阶上观看三峡大坝河床最深部位浇筑情况，杨浦生等人向他汇报有关情况。近一个小时后，朱镕基迈下台阶，与夫人以施工中的三峡大坝工地为背景照相留影后，正准备离去，突然有人提出："总理，我们想跟您照一张合影。"朱镕基停下脚步，在场的几十人都围向朱总理照了一张集体合影。

当朱镕基再次准备离开时，杨浦生鼓起勇气对朱镕基说："总理，我想跟您照张相。"朱镕基爽朗一笑，说："好。"好多人又围过来要跟朱总理合影，朱镕基接着说："我只跟监理照。"围过来的人只好退回去。

中央电视台的记者在旁边喊："杨总，这下提高你知名度了。"

朱镕基笑了笑说："我就是要提高监理的地位。"他又指着杨浦生说："但不是给你涨工资。"杨浦生兴奋地说："我比涨工资还高兴！"

朱镕基要杨浦生叫来在场的其他两位副总监，他站上观礼平台前缘宽台阶，指着三峡工程开发总公司陆佑楣总经理对杨浦生说："把你的监理对象叫来。"

杨浦生笑着说："他是我的业主。"杨浦生指着大坝工程施工单位葛洲坝工程局三峡工程指挥长陈飞说："我的监理对象是他。"朱镕基把陈飞叫过来，指着陈飞对杨浦生说："把他监理好！"

第二天召开的三峡工程参建单位与地方政府领导汇报会上，朱镕基语重心长地说：三峡工程巨大，技术复杂，千年大计，国运所系。"千里之堤，溃于蚁穴"。质量是三峡工程的生命，质量责任重于泰山，要百倍小心，千倍注意！质量出了毛病，会遗祸子孙！他还说，为了提高监理的地位，我要监理上一个台阶照相。朱镕基还强调：工程监理要忠于职守，切实对项目质量负责，履行职责，不讲情面。朱镕基的讲话，深深铭刻在杨浦生心中。

两年后，朱镕基再次视察工程，在上游围堰观礼平台又见到了杨浦生。握手之后，杨浦生从上衣口袋掏出上次与朱镕基的合影照片送到他面前。朱镕基问："是不是要我签名？"杨浦生指着照片说："总理，你笑得很灿烂。"朱镕基乐呵呵地说："你要把照片送给我啊。"他指着照片上的人说："这几个人叫什么名字？你把他们的名字写到照片后面，我带回去，以后就能记得你们。"

1998年12月，朱镕基到三峡考察时又强调，三峡工程是千年大计，国运所系，质量是三峡工程的生命，质量责任重于泰山。他还告诫说：任何一点马虎都会遗祸子孙。为了确保三峡工程质量，朱镕基决定组建三峡枢纽工程质量检查专家组，由全国政协副主席钱正英任组长、两院院士张光斗任副组长，每年两次到工地检查工程质量。同年，还成立了三峡工程稽查组，对三峡工程资金运作及安全生产进行稽查。

在2001年6月召开的国务院三峡工程建设委员会第十次全体会议上，朱镕基强调：三峡工程是中华民族的千秋大业，所有参加三峡工程建设的同志都要时时刻刻想到，三峡工程成败的关键在于质量，一切工作都要服从于质量。三峡建委、三峡工程开发总公司及各有关单位，要强化全体参建职工的质量意识，鼓励他们争做流芳百世的功臣，不做骂名千载的罪人。当前，三峡工程已进入二期施工的关键阶段，施工、安装任务都十分繁重，"行百里者半九十"，千万不能产生自满和松懈情绪，对工程的每一个细小环节都要严格把关，精心组织，精心施工，精心安装，务必做到万无一失，不留任何隐患。要进一步强化工程监理工作，选拔和考核资质合格、认真负责、执法严格的监理单位，对工程质量进行不讲情面的全面监督检查。要处理好施工进度和工程质量的关系，坚持质量第一，进度服从质量。

在2002年10月国务院三峡工程建设委员会第十一次全体会议上，朱镕基又强调，"三峡工程是中华民族的千秋大业，质量是三峡工程的生命。参与工程建设的各有关单位和广大建设者，一定要牢固树立质量第一的思想，一切工作都要服从于质量，确保三峡工程质量经得起历史考验。三峡二期工程建设已进入关键阶段，要全力以赴做好各项工作，确保明年如期实现初期蓄水、永久船闸通航、首批机组并网发电的工程建设目标。要以对国家、对人民、对历史高度负责的精神，科学施工，严格把关，确保工程质量、设备运行万无一失。三峡导流明渠截流施工难度超过上次大江截流，一定要精心施工，确保一次成功。"

李先念、胡锦涛、吴邦国、温家宝等国家领导人也多次考察三峡工程，召开有关会议，制定有关政策，积极推动三峡工程向前发展，为三峡工程作出重大贡献。

（此文发表在《名人传记》1992 年 7 期，原标题是《矢志高峡出平湖——记中外名人与三峡工程》，本文节选部分内容，标题为编者所列）

震撼历史的抉择

林一山

1992 年 4 月 3 日，第七届全国人民代表大会第五次会议以压倒性的优势的票数通过了关于兴建长江三峡工程的决议。这是一个具有划时代意义的历史性决议。由国家最高立法机关对三峡工程作出庄重选择，充分体现了亿万人民要求尽快建设三峡工程的强烈意愿，也充分体现了三峡工程决策科学化、民主化、法治化的完满统一。

但这一成果是来之不易的。三峡工程的决策过程经历了近 40 年的风风雨雨，其间论争十分激烈，有不少经验和教训值得认真回顾与总结。

一、三峡工程的提出

开发利用长江三峡河段水能资源的问题，虽早在 20 世纪 20 年代孙中山先生即已提出设想，之后，美国工程师萨凡奇也提出过"南津关方案"，但从三峡工程应有的科学性来说，都还够不上一种科学的工程方案，只不过是一种设想而已，真正大规模地研究三峡工程，并做出世界第一流水平的工程设计，还是新中国成立以后的事情。而新中国第一个正式提出三峡工程的人就是毛泽东同志。

1953 年 2 月，毛泽东同志乘"长江"号军舰视察长江，他在听了我对长江的基本情况、洪灾成因以及除害兴利的种种设想汇报后，便就长江的防洪问题指着我们绘制的防洪示意图问我："你在上游修这么多水库，能不能抵上三峡这一个？""都加起来也抵不上三峡一个水库的作用。"我在做了如此回答以后他又问道："那为什么不在这个总口子上卡起来，毕其功于一役？就先修那个三峡工程怎么样。"

毛泽东同志的思想方法不同一般。我作为主管长江工作的负责人，当时对三峡工程的问题也不敢像他那样作如是想。因为，在我看来，我们的国家刚刚结束战争状态，财政经济状况也才开始有所好转，各种各样的建设都是百废待举，国家的财力、物力，尤其是技术力量都还处于相当困难时期，关于长江防洪问题的解决，只能分清轻重缓急，有计划、有步骤地分阶段进行。首要的是整修堤防，建设分蓄洪区，然后才能考虑修建山谷水库，从根本上解决问题。在修建山谷水库的步骤上，像三峡工程这样的特大型项目，也只能作为后期的远景目标。然而，毛泽东同志却不同，他就像在解放战争时胸中自有雄师百万一样，在国家的建设问题上也有着他的战略思考。他考虑首先要在三峡这个地方布置一个"大战役"，在根治长江洪患问题上打它一场"大决战"。这不仅是毛泽东同志的超凡胆识，也是他极富远见的战略思想。

大家知道，长江中下游的洪灾问题是非常严重的。据史料记载，1931年大水，湖北、湖南、江西、安徽、江苏5省有186县受灾，受灾面积13万多平方公里，灾民人数2800多万，死亡人数达14万之多，经济损失估约13亿银元；1935年大水，仅湖北、湖南、江西、安徽4省就有153县受灾，受灾面积5.9万多平方公里，灾民人数千余万，死亡人数11万多，估计损失3.5亿多银元；1949年大水，长江中下游5省淹没农田2700多万亩，灾民人数800余万，死亡5600多人，估计损失4亿多人民币。这些残酷的数字说明，长江的洪患问题不仅关系广大人民生命财产安全，也关系到国家建设大局。要解决我国这条第一大江的洪灾问题，没有与之相匹敌的大工程是不行的。面对这样一个重大问题作出选择，没有一种对人民的高度责任感，没有一种超群的胆识，没有一种远大目光也是不行的。正是毛泽东同志这种战略远见为我们以后的长江流域规划和三峡工程研究奠定了坚实基础。

二、积极准备　充分可靠

三峡工程是一项特大型水利枢纽工程，仅以1991年国务院同意的方案说，三峡工程的规模为拦河大坝坝顶高程185米，大坝轴线长度2335米，最大坝高175米，枢纽最大泄洪能力为11.6万立方米每秒，电站安装26台单机容量为68万千瓦的水轮发电机组，通航建筑物由双线五级连续梯级船闸及单线一级垂直升船机组成。

三峡工程的规模虽大，但它的综合效益更大。它在防洪、发电、航运、渔业、旅游以及南水北调等方面都有巨大效益。

在防洪方面，三峡工程控制流域面积100万平方公里，年平均径流量4510亿立方米。中下游洪灾主要洪峰来源的川水将受到三峡工程的有效控制，它能直接控制荆江河段洪水来量的95%以上，武汉以上洪水来量的2/3。可以将荆江河段的防洪标准由目前不足10年一遇提高到100年一遇。如遇1000年一遇的大洪水，配合荆江分洪和其他分蓄洪工程的运用，亦可保证荆江河段安全行洪，可防荆江两岸发生毁灭性洪灾，并可减轻洞庭湖和长江中下游的洪水淹没损失。

在发电方面，装机1768万千瓦，年发电840亿千瓦时，约相当于15座装机120万千瓦的火电站和3个年产1500万吨的特大型煤矿及相应的运输工程。

在航运方面，宜昌至重庆河段的航运条件可得到根本改善，万吨级船队可全年直达重庆，年单向通过能力可由目前的 1000 万吨提高到 5000 万吨，运输成本可降低 35% ～ 37%，宜昌以下河段枯季航运可得到明显改善。

要完成这样一个巨型水利枢纽的规划设计任务，在科学技术方面的要求是非常高的，但当时我国的实际科技水平却有相当距离，是消极等待还是积极争取？对此，毛泽东同志选择了后者，提出了"积极准备、充分可靠"的方针。

毛泽东同志的这一决策是在这样的情况下作出的：1954 年长江发生 100 年一遇特大洪水，在新中国建设起来的种种防洪设施都充分发挥作用的情况下，仍发生了严重灾情。长江中下游 5 省有 123 个县受灾，淹没农田 4700 多万亩，被淹房屋 420 多万间，灾民人数达 1800 多万，死亡 3.3 万多人。这引起了党中央和毛泽东同志严重不安。毛泽东同志在积极关怀救灾工作之外，还亲自算了一笔经济账，长江上一次洪灾的损失就是三峡工程投资的一倍乃至数倍，何不早下决心兴建三峡工程？于是，他将早建三峡工程的问题提到了政治局的议事日程上。

1954 年 12 月，毛泽东同志利用他路经武汉北上的旅途时间，要我到他乘坐的专列上汇报三峡工程在技术上的可行性等问题。当时同毛泽东同志一起听取汇报的还有周恩来和刘少奇同志。

1958 年 1 月，毛泽东同志派专机接我到广西南宁，向正在南宁召开的政治局扩大会议汇报三峡工程的造价等问题。

南宁会议后仅仅一个月，即 1958 年 3 月，中共中央在成都会议上就正式通过了《关于三峡水利枢纽和长江流域规划的意见》。在南宁会议和成都会议两次政治局扩大会议上，毛泽东同志都强调指出，对三峡工程要"积极准备、充分可靠"。在南宁会议上是口头讲的，成都会议是对"决议"原稿作的眉批。在"积极准备、充分可靠"的方针指引下，毛泽东、周恩来同志为了保证三峡工程的研究工作能够达到世界先进水平，还作出了一系列相应的决策，以推动三峡工程的研究向着健康的纵深方向发展。

首先，从组织机构上确立保障。对于三峡工程的研究工作，起初毛泽东同志亲自抓了几年，后来在南宁会议上即委以周恩来同志负责，周总理亲自兼任长江流域规划委员会主任，并成立长江流域规划办公室作为该委员会的办事机构，专司长江流域规划和三峡工程研究之职。长办为适应工作需要，逐步建设成为一个专业门类齐全的水利水电科研设计机构。

其次，从培养人才上做文章，大力提高工程技术人员的业务素质。通过业务学习和工程实践的手段造就一支既有高深理论又具实际经验的规划设计队伍。开始进行三峡坝址的选址比较。当我们看到萨凡奇先生选定的南津关坝址时，感到至少有两点不对我们的思路。其一，选三峡坝址应与一般选坝址原则不同，不宜从窄谷河段去着想，而应从宽谷河段去研究，因为窄谷河段河窄、水深、流急，围堰导流工程难度太大，且在空间上也不能满足枢纽布置和航运建筑物布置的需要；其二，选三峡坝址，地质问题当属优选的首要条件。而萨凡奇先生选定的南津关坝址，不仅是三峡河段的窄谷河段，还是石灰岩地区。这里溶洞相当发育，不利于大坝防漏防渗。根据我们自己的思路，在距离南津关约40公里的上游河段找到了非常理想的坝址。这就是三斗坪坝址。这里地处黄陵穹状背斜，属于前震旦纪花岗岩地区。不仅河谷较宽有利于围堰导流与枢纽布置，而且经勘探证实，这里无活动性断层及孕育中强震的发震构造，无论从地质、地貌和地震方面说，都恰似一块"天赐"的建大坝宝地。

接着，在大量搜集整理水文、测量、地质、经济等基本资料的基础上，即开始组织工程技术人员进行设计高坝的实际锻炼。通过丹江口大坝的设计实践，将长办设计人员的理论知识同实践经验统一起来，培养设计三峡工程的技术骨干。

水库寿命问题，是当时世界上尚未解决的水利技术问题之一。毛泽东同志对三峡水库建成后究竟能用多少年不放心。尽管我们保证说至少不会少于 200 ~ 400 年，他还是不满意。这个问题的本质是水库泥沙淤积问题，而水库淤积的原因在于库区流速太小，基本处于静水状态，因此，要使水库保持不淤库容，就必须使库区既可在必要时达到排沙的流速，又不致妨碍水库兴利的目的。我们循着这条思路，终于在 1964 年找到了解决水库寿命问题的办法并从理论到实践做到了水库可以长期使用。

在研究解决三峡工程的地质问题、泥沙问题、水工设计问题的同时，为了缩短三峡工程的施工工期，寻求加速施工速度的途径，我们还提出进行水工技术的建议。对此党中央十分重视与支持，很快就批准了我们在湖北蒲圻的陆水河上进行工程试验。这一试验工程项目，当时在全世界也属最大的一个。经过混凝土预制安装筑坝试验，取得了新老混凝土的胶结性能、坝体水化热升温、施工速度方面的新知识、新经验。

再次，开展国际合作，聘请苏联专家。这个问题 1954 年在毛泽东同志的专列上汇报时，我讲过这样的观点，即如果中央要求在较早的时期内建成三峡工程，依靠我们自己的力量，在苏联专家的帮助下是可以的。不用苏联专家的帮助，我们自己也可以建成三峡工程，但需在丹江口工程建成以后，使我们自己取得建高坝工程的经验，即可把我们的技术水平提高到胜任三峡设计的要求。当然，设计工作完成的时间就要向后推迟。我们这些意见谈过仅仅两三个月，我国聘请的第一批苏联专家就来到了我们长办工作。显然这是党中央为加速三峡建设进程的一个选择。经过中苏专家的通力合作，用了不足 4 年时间，就胜利完成了长江流域规划和工程初步设计，并于 1959

历
程
篇

年春提交全国有关专家作了第一次审查。周恩来同志为了摸清三峡设计到底达到什么水平，于1959年在庐山询问了解国际水准的苏联专家组长巴克舍也夫，苏联专家组长如实向周总理报告说："可以立即做施工准备。"

三、有利无弊

正当上上下下都为兴建三峡工程紧锣密鼓之时，却传出了另外一种信息，党内有同志考虑到战争因素，提出三峡工程不解决防核轰炸问题即不同意三峡工程上马。

对此，毛泽东同志作出了"有利无弊"的指示。周恩来同志根据毛泽东同志的决策精神，亲自指定5位同志组成一个领导小组，负责研究三峡工程防御核轰炸的问题。

开始，我们在官厅水库用黄色炸药模拟原子弹爆炸试验，之后我们国家研究原子弹成功，就到原子弹爆炸现场进行试验。经过一系列试验所取得的成果表明，核弹爆炸产生的冲击波，在水体内的危害并不像想象的那么严重，即使直接命中大坝，坝体也不至于全部气化。但考虑到当时军事技术的发展水平，存在着大坝被直接命中的可能性，为了搞清万一溃坝将会造成什么后果，我们又在陆水水库作了三峡水利枢纽溃坝模型试验。试验证明，在控制一定库水位条件下溃坝，溃坝洪水的影响范围仅限于湖北境内的荆江分洪区和宜昌至沙市区间的洼地和洲滩围垸内，不会影响到沙市以下地区。也就是说万一三峡溃坝，它所造成的灾害，最大也大不过一次天然大洪水，仍属局部的地区性灾害。当然，这是有条件的，条件就是战时须作库水位控制，把水库水位控制在一个适当的高程。确定这个"适当高程"的原则是既不严重影响枢纽正常功能的发挥，又能确保荆江大堤的安全。其实三峡水库的库水位一般都不高，因为它必须长时间地预留防洪库容，真正满蓄的时间，一年之内仅枯水季节的两三个月。即使在这期间必须降低库水位，也完全可以在可知的预警时间里将库水位顶泄到安全的程度。因为三峡枢纽本身布置有足够的泄洪设施，而枯水期间的下游河槽也是容洪能力最大的时候。因此，实现战时库水位控制亦不是一件困难的事情。

为什么三峡溃坝所造成灾害并不像传说中的那么严重呢？这是由三峡工程所处的地理位置的地形条件决定的。三峡水库不同于一般"大肚子"水库，三峡水库的水体分布在一条580多公里长条带上，即使发生溃坝，水库水体不可能全部一涌而出，必须经过一段流程时间，处于库前位置首先冲出大坝的那一部分水体，开始时虽也呈现很高的水头，但由于三峡坝下游40公里左右峡谷河段的约束作用，水流与弯曲河道两岸的山体相撞击，产生出一种反方向的巨浪，使得下泄水体的流速渐渐变缓，等到这股水流冲出峡谷进入丘陵河段时，其水势也就近似于天然大水了。由于长江中下游河槽的容洪能力巨大，再加以主动分洪蓄洪等措施，就能将溃坝所造成的灾害控制在最小的范围之内。

以上是从最不利的情况出发所设想的一种假定，三峡万一溃坝所造成的洪水灾害再大也大不过一场天然大洪水。但是要不修三峡工程，人们却要经常遭受这种天然大洪水的威胁。两相权衡，究竟该作何选择不就很清楚了吗？其实，关于三峡工程防核轰炸问题还是邓小平同志说得好。他说：真是核战争打起来，一个水库不一定就是敌人进行核轰炸的优选目标，我们不能因怕核轰炸就什么建设都不敢干了。

四、雄心不变　加强科研

三峡工程的科学性问题得到解决，防核轰炸也有了对策，还是没有及时动工兴建，原因主要是国内外形势发生了巨大变化，能真正作出决策的领导人已经顾不过来。从国力来说，三年严重困难造成的严重恶果已经开始显露。就国际来说，中苏关系由摩擦发展到对抗，所有这些都成了必须由毛泽东同志优先处理的问题。就在这时传出毛泽东不想干三峡的消息。但是周恩来却不这样认为，他做出的决策是"雄心不变，加强科研"。

长办在贯彻周总理的指示下，力求三峡工程设计精益求精。其间主要研究解决了分期开发、围堰发电与移民工程等问题。

三峡工程投资大、工期长，是该工程决策的难点之一。为了解决这个问题，我们研究了如何缩短工期，提前受益的问题，在研究缩短工期与提前受益的相互关系时，又使我们认识到问题的关键是提前受益，要是不等施工完毕就提前开始发电，岂不是将受益时间更为大大提前。于是我们就进行了分期开发、围堰发电方案的研究。

分期开发、围堰发电方案要求，在设计思想上变发电水头一期开发为多期开发。在设计技术上解决水轮发电机组，也就是水轮机与电机适应水头变化技术经济问题，在施工程序上变修完大坝再修厂房再装机为在第一期工程施工时就边修大坝边修厂房边装机。这样二期围堰一经挡水，第一期工程的电站即可开始发电，不仅大大提前受益，还可能实现"以电养坝"，也就是用第一期工程发电的收入作为第二期工程的投资。这个方案研究之初，苏联专家组除了组长一人表示可以研究外，其他一概认为不可能。但当我们解决了水轮发电机组适应水头变化的关键技术经济问题后，分期开发、围堰发电方案即成为现实。这个方案我们自己还没有来得及应用，因中苏关系破裂而撤走的苏联专家在他们国家倒先用上了。据国际技术情报资料，苏联萨扬舒申斯克大坝，就是利用这一方法而提前受益的。后来，我国的葛洲坝工程也实现了围堰发电的目标，而且效益十分显著。要是电价定得合理一些，葛洲坝工程的第二期工程结束的时候，仅第一期工程的发电收入即可相当葛洲坝工程的全部投资。

三峡工程的移民问题也是三峡决策的一个难点。按185米方案说，淹没耕地28.82万亩，柑橘地10.04万亩，淹没区人口84.46万，其中农业人口35.68万，非农业人口48.78万。

三峡水库移民安置数量大，涉及面广，不少人感到这是一个非常棘手的问题，尤其是过去的移民安置工作存在问题较多，更影响到决策的决心。过去移民安置工作的问题，主要是移民安置的方针有问题。简单地盖个房子，给一点很少的搬迁费，把大量移民迁往远地，打乱了长期形成的社会互助关系，使移民在生产上、生活上都存在种种困难，自然会成为一种社会不安定因素。为了三峡工程不致重蹈覆辙，从1967年起，主要是1971—1977年，我们在丹江口水库的移民工作中进行了改革试点，用"移民工程"替代"移民安置"方针。所谓移民工程，就是将移民安置与开发山区、建设山区相结合，在水库淹没线以上合适地区，通过兴办工程为移民修建水平梯田，开辟新的生产基地，建设新的生活环境，让大批移民就地后靠，尽可能不打乱原有的社会互助关系，并在经济上、物质上给予必要的扶助与指导（可以是有偿使用办法），帮助移民尽快安定生活并投身到发展生产、建设山区上去。丹江口移民试点经验证明，用"移民工程"方针进行移民安置工作，不仅可以安定移民生活，还能发展山区建设，帮助移民尽快富裕起来，这样水库移民就不致成为兴建水库的障碍了。三峡库区的条件尤其适合用"移民工程"办法安置移民。尽管移民人口多达80余万，但除去非农业人口40余万将随着城市迁建而得到妥善安置外，其余30余万农业人口分布在1000多公里长的带状土地上，平均每公里只300多人，据三峡水库移民调查，安置三峡移民基本不脱离原来的城镇建制，完全可以由原社会单位设法安置。当然，为安置三峡移民支付的移民工程费用是可观的，但从三峡工程的效益来说，三峡工程的建设费，即使包括移民工程费，其经济指标也是非常优越的。

我们相信，三峡工程的移民问题，如能本着"移民工程"的方针办理，不仅不会成为兴建三峡工程的拦路虎，还能推动三峡库区的经济建设大发展。

五、实战准备

为了给三峡工程作实战准备，毛泽东同志批准兴建葛洲坝工程。葛洲坝工程本是三峡工程的组成部分，是三峡工程的反调节航运梯级。根据三峡工程的建设程序研究，葛洲坝工程只能在三峡工程之后，最多与三峡工程同时兴建。因为，葛洲坝工程先于三峡工程兴建在客观上存在诸多不利因素。在中央没有正式决策之前，我正式陈述了不同意葛洲坝先于三峡上马的意见，在强调给三峡工程带来不利影响的同时，特别指出了葛洲坝工程没有做出设计，而一个未经设计的大工程是有许多未知数的。但是，毛泽东同志还是用巧妙的语言批示了葛洲坝工程。决策葛洲坝工程的真实背景我至今也不甚清楚，但从周总理与我谈话中也猜得了几分。

葛洲坝工程开工以后，周总理对我说："林一山，我说服你先干葛洲坝，你也不要以为你那个大三峡就那么容易。"接着总理又说："先建葛洲坝为三峡工程作实战准备，三峡工程存在的问题葛洲坝都包括在内，只要葛洲坝解决了，三峡也就解决了。"周总理还深有感慨地说："解放后20年，我关心两件事，一个上天（导弹、卫星），一个水利，上天不容易，水利更难，难就难在它的人际关系太复杂。"

周总理的一席谈话引起了我的种种思考。既然总理都说大三峡不容易，肯定有难处是无疑的了。但这种难处不可能是技术问题，因为他讲得明白，三峡的问题葛洲坝都有，葛洲坝解决了，三峡也就不成问题。显然是除技术问题之外的其他问题。是财政问题吗？我在我的不同意见中说明了用葛洲坝工程投资可以修一个比葛洲坝效益大得多的三峡分期开发第一期工程。显然也不是财力问题。剩下的很可能是难在"人际关系太复杂"上了。因此，有必要先做一个技术上比三峡还难的葛洲坝工程，用事实消除那些对三峡工程的疑虑，进而为三峡上马鸣锣开道。由此看来，葛洲坝先于三峡工程上马，确实是经过深思熟虑后的决策。尽管由于葛洲坝工程没有作出设计，开工不久就暴露了许多重大技术问题，但是周恩来同志根据实际情况及时作出了得力的新决策，保证了工程得以胜利建成。这些决策是：第一，主体工程停工，重新修改设计；第二，改组工程领导，成立工程技术委员会，由林一山任主任，直接对国务院负责；第三，原来的设计单位一律退出，只由长江流域规划办公室负责设计。国内外的广大专家学者，看完建成的葛洲坝工程后，无一不加以称道。一个共同的反映是，中国有了葛洲坝工程这样的设计和建设队伍，三峡工程的设计和建设就毋庸置疑了。可见，葛洲坝工程确实为三峡工程作了实战准备。让广大人民看清我国水利工程的科技水平与组织能力，给全国人大通过兴建长江三峡工程做了思想准备。一位作家说得好："葛洲坝不成何谈三峡？"就充分反映了葛洲坝工程的典型意义。

六、三年论证

党的十一届三中全会后，为了加速四化建设进程，党中央十分重视解决滞后国民经济的交通、能源问题。由于三峡工程的指标特别优越，自然成为优先考虑的目标。在邓小平同志的重视与关怀下，国务院于1984年原则批准了长江流域规划办公室根据三峡工程分期开发原则而提出的正常蓄水位150米方案。并决定立即进行施工准备，争取1986年正式施工。对此重庆市人民政府向国务院报告，建议提高正常蓄水位到180米，以便万吨级船队能直达重庆港。国务院即委托有关单位对三峡工程正常蓄水位问题进一步组织论证。在此期间，国内有的部门和一些人士对三峡工程建与不建、早建与晚建提出了各种不同意见。党中央对此非常重视，决定进一步扩大论证。于是由全国有关单位412位专家学者参加，展开对三峡工程地质、地震、枢纽建筑物、水文、防洪、泥沙、航运、电力系统、机电设备、移民、生态环境、综合规划与水位、施工、投资估算和综合经济评价等14个方面进行全面审查论证，为期将近三年之久。其规模之大，时间之长，内容之广，实为我国工程史上所仅有，也为世界工程史上所罕见。

应当说，此举实为三峡工程决策最大的民主性。因为，论证期间社会各界各种各样的意见都得到了充分反映。其中不少意见出于对三峡工程的积极关心，也有不少意见是因对三峡工程的真实情况不够了解而产生的种种疑虑。但也有不属这种情况的。有的以秦始皇修长城、隋炀帝修运河，来指名道姓地说中央主要领导同志修三峡是树纪念碑。也有的个人意见，已经通过多种方式，做过多次反映，他对三峡工程的不同意见也得到多次的答复，应该说问题早已解决了，但他仍没完没了，这就不能不影响到三峡工程论证工作的正常进行。为了避免那种脱离实际的无休止争论，让参加三峡工程讨论的人对三峡工程的真实情况有个实际了解，把问题的讨论引导到围绕三峡工程本身来进行，有关方面采取了一个大举措，组织三峡工程实地参观活动。分期分批组织人员参加三峡库区河段、移民地区、葛洲坝工程，以及三峡和葛洲坝工程的设计单位——长江流域规划办公室。经过实地参观了解，原来那些不赞成三峡工程的都发生了完全相反的变化。专家学者们更以严肃认真的科学态度，实事求是的科学精神，恰如其分地评估了三峡工程的科研成果与设计方案，充分肯定了它的科学性、先进性和可靠性。得出的总结论是："三峡工程对四化建设是必要的，技术上是可行的，经济上是合理的，建比不建好，早建比晚建有利。"与此同时，参与三峡国际技术经济合作的加拿大一方，也提出了三峡工程可行性报告，该报告总的结论是三峡工程效益巨大，技术、经济和财务方面都是可行的，建议早日兴建。认为三峡工程设计所依据的基本资料，包括水文、泥沙和地质资料是充分可靠的，质量符合国际标准，满足了可行性研究的需要，选择三斗坪坝址是恰当的，地区地震活动轻微，库岸稳定，不会影响大坝和水库安全。工程环境方面也是可行的，不会使环境方面遭受重大的危害，泥沙问题是可以解决的。

经过三年论证，国内对三峡工程的意见和认识，基本得到统一，这是三峡工程决策民主化的重大成果，当然，这个成果是建立在三峡工程科学性基础上的。没有三峡工程的战略意义，没有三峡工程的优越指标，没有三峡工程高水平的研究成果，即使现代化建设再需要，人们也不会选择这一项目。

七、几点思考

1. 三峡工程是一个特大型水利枢纽，对于大，可以产生两种态度。一是怕，二是不怕。从怕的方面说，怕它大了我们自己拿不下来，怕它太大一时难以下定决心，这确实是在相当时间都是影响三峡决策的因素；从不怕方面说，毛泽东同志有句名言，"长江，别人都说很大，其实大并不可怕。"他对根治长江洪患作出了正确选择，借兴建三峡这项特大工程来制服长江的大洪水，但没有因为该工程早已完成了设计，又是他亲自抓的项目而及时上马，事实上却被拖延达数十年之久，其原因固然复杂，但主要的还像周恩来同志说的那样，水利之所以比"上天"还难，难就难在人际关系太复杂。

2. 三峡工程是在国民经济建设中起关键作用的工程项目。它的决策必须讲求科学性，也必须讲求民主性，把科学性与民主性有机地结合起来。但如何掌握一种"度"才既不失决策的科学性，又不失决策的民主性，从而作出适时决策，这对决策者的要求是很高的。任何一个事物，人们的认识不可能绝对统一，存在不同看法倒是普遍真理。因此，不能把有没有不同意见作为一种"度"。而应当从全局利益出发，在充分发扬民主的基础上进行适时集中，这种集中的主要依据只能是决策对象的科学性。三峡工程的决策过程，正是科学性与民主性相结合的过程。不是像有人说的那样民主性不够，如果还有什么不够的话，倒是集中得晚了些。全国的多数人都要求早日兴建三峡工程，再不集中才是真正的不民主呢。三峡工程早建一天，就会早一天解除长江中下游人民的洪水威胁，就会早一天给国家建设带来巨大的综合效益。不尽长江滚滚流，流的都是煤和油呀！

3. 体制问题。影响三峡决策除了认识问题，科学性与民主性的关系问题外，还有一个体制问题。体制不顺畅会痛失良机。例如，1958年的南宁会议，许多人要我答应以25亿元投资把三峡工程包下来。先修大坝防洪，以后有钱时再逐步扩大装机，这就是三峡工程上马的极好时机。如果当时的体制是顺的，我是处于有权调剂水利经费地位，我就完全可以答应下来。或许分期开发、围堰发电方案能提前一年研究成功，我也可以答应下来。但是事情并非像我所想的那样，不得不看着大好机遇从眼前滑溜过去。要是当时三峡工程真的上了马，我们完全有根据地说，按照中苏专家通力合作完成的三峡设计所建设起来的三峡工程，一定是当时世界第一流水平的。在能源问题上，就不会像今天这样拖国民经济后腿，而是推动现代化建设前进的真正动力。

（原载《三峡文史博览》）

长江三峡工程的决策

魏廷铮

长江三峡工程从 20 世纪 50 年代正式提上国家的议事日程，到 90 年代开工建设，经过了 40 多年的准备。在半个多世纪的时间里，我一直与长江治理、开发打交道，从 1949 年开始，先后担任长江水利委员会主任林一山的秘书，长办汉江规划设计室主任、施工设计处处长、副总工程师、副主任、主任，国务院三峡建设委员会办公室副主任等职务，也是三峡工程决策和争论的参与者、见证者之一。下面，我将有关三峡工程决策和争论的一些事情写出来，与读者分享。

中苏专家的合作与分歧

长江是人类文明的摇篮之一，是中国的母亲河。她虽给中国人民以舟楫、灌溉之利，但其水患灾害严重，一直没有得到治理；丰富的水能资源，一直未能得到开发。近代以来，许多仁人志士提出过开发三峡的设想。1919 年，孙中山在《建国方略》的实业计划中提出要在三峡河段"以水闸堰其水，使舟得以溯流以行，而又可资其水力"，1924 年又在"民生主义"演讲中提到在三峡可以装 3000 万匹马力的发电机。孙中山的设想，引发了几代中国人治理、开发长江的渴望。1944 年，美国人萨凡奇受国民政府邀请，考察三峡，并在美国丹佛尔垦务局进行过三峡工程的设计研究，建议兴建三峡工程。当时，中国正处于水深火热之中，经济凋敝，民不聊生，三峡工程根本不可能兴建。

新中国成立后，中共中央把长江洪水控制和汉江治理问题摆到一个非常重要的位置。1953 年 2 月 19—22 日，毛泽东主席离开武汉，乘坐"长江号"军舰顺流而下，在九江换乘"洛阳号"军舰，到达南京，视察长江。当时，我随长江水利委员会主任林一山陪毛泽东从武汉到南京。在船上，毛泽东听取了林一山关于长江问题的汇报，着重研究了长江中下游防洪问题。毛泽东听完汇报说，"费了那么大的力量修这么多的支流水库，还是不能解决长江中下游防洪的主要问题，为什么不集中在三峡修一个大水库，卡住长江上游洪水呢？"毛泽东要林一山回去抓紧研究，有了成果向他报告，但对外不要讲。随后，长江上游工程局按照林一山的布置，于 1954 年 4 月，组织人员对长江三峡进行勘察，选取坝址。经过一段时间的勘察，提出黄陵庙、三斗坪、茅坪等坝址更为有利，值得研究。

1954 年夏，长江中下游发生百年少遇大洪水后，毛泽东、刘少奇、周恩来于当年 12 月在京广线的专列上，用了一整夜时间，专门听取林一山关于长江三峡工程技术问题和坝址情况的汇报，下决心正式进行长江流域规划和三峡工程设计研究工作。毛泽东还要周恩来回北京后给苏联部长会议主席布尔加宁发电报，希望苏联派专家来华帮助进行长江流域规划和三峡工程设计研究工作。

从 1955 年起，在党中央、国务院的领导下，有关部门和各方面人士通力合作，全面开展长江流域规划和三峡工程勘测、科研、设计工作。以原来长江水利委员会为基础，由国务院有关部委派人参加，成立长办。1955 年 6 月，以马林诺夫斯基为代组长的苏联专家组陆续来到武汉，不久专家组组长德米特里耶夫斯基正式抵达，中苏合作全面展开长江流域的规划工作。

1955 年 10 月到 1956 年 6 月，中苏专家对长江干流及主要支流进行了广泛查勘。长办调集了 18 支勘测队在长江干流和嘉陵江、汉江、乌江、金沙江等进行地质勘测。苏联航空测量队出动 10 余架飞机，分南北两线航测了长江流域主要地区。特别是 1955 年 10—12 月，水利部党组书记、副部长李葆华和长办主任林一山带领长办一些主要负责人和工作人员，对长江上游干支流进行综合查勘。苏联专家组组长德米特里耶夫斯基，成员马林诺夫斯基、阿卡林、司太尔马哈、斯坦盖耶夫、叶戈罗夫、德钦斯基、马祖尔、鲁达可夫、沃龙金等 10 余人参加。就是在这次查勘中，中苏专家发生了重大意见分歧。

苏联专家由于对长江防洪形势的紧迫性、严重性认识不足，对水电开发考虑较多，主张把重庆上游 40 公里的猫儿峡枢纽和上游干支流几个枢纽建起来解决近期需要，认为三峡工程规模太大、投资过多，不大现实。中方专家则认为长江防洪问题紧迫，是治理长江的首要任务；猫儿峡等工程淹没良田太多，不能作为治江重点，倾向于以三峡枢纽作为治江战略重点。

周恩来总理得知这一情况后，非常重视。1955 年 12 月 30 日，他在北京专门开会，还邀请了中国科学院副院长竺可桢与会。在听取林一山和德米特里耶夫斯基对治江战略的不同意见后，周恩来明确指出：长江中下游防洪，紧迫重要，三峡暴雨区形成的那种大洪水，是上游其他枢纽无法控制的，三峡水利枢纽扼中游来水的咽喉，地理位置十分有利，又有巨大库容，"对上可以调蓄，对下可以补偿"，不但对长江防洪有显著作用，综合效益也不是猫儿峡等工程所能代替的；三峡工程应是长江流域规划的主体工程。

德米特里耶夫斯基听后，赞同长江防洪是全局性的大问题，同意进行三峡工程研究。此后，苏联专家与中方专家相互配合，在编制长江流域规划和三峡工程设计等方面，在勘测、规划、设计、科研等领域，都作出了很大贡献。在苏联专家的帮助下，长办的各个专业逐渐健全起来，队伍逐步扩大。

1956 年的国内争论

1956 年上半年，经过几年的努力，长办在即将提出以三峡工程为主体的长江流域规划要点报告时，长办主任林一山总结当时的工作成果，在《中国水利》杂志第 5、6 期上发表了题为《关于长江流域规划若干问题的商讨》的文章，全文 2 万多字。文章着重讲了两个问题：一是三峡工程在长江流域治理开发中的枢纽作用和地位，提出"长江流域规划中必须首先解决防洪问题"，三峡是建设大坝的最好地点；二是在进行长江流域规划的同时，要对三峡工程的设计展开深入研究，其中谈到三峡工程的正常蓄水位（最高为 235 米）以及防洪、发电、航运等综合效益的问题。

20 世纪 50 年代，毛泽东等中央领导人提出进行长江流域规划和三峡工程设计研究问题，主要是从长江中下游防洪方面考虑的，并决定由长办负责此事。新中国成立前，参加萨凡奇计划及中美合作三峡工程设计的中方团组，除扬子江水利委员会外，主要是资源委员会的全国水力发电总处。为此，新中国成立后当中央提出三峡问题时，国内负责水电的部门认为此事应由他们负责，当要他们参加时，就有了一些看法。

1956 年 9 月，国内负责水电的同志，针对林一山的文章，组织了一批文章，在《水力发电》杂志第 9 期上出了专刊。这些文章认为：用三峡工程防洪是不必要、不经济的；荆江地区防洪形势非常严峻，如发大洪水，会导致淹死几十万人的毁灭性灾难的说法，是夸大其词、耸人听闻的；在全国用电量比较小的情况下，三峡所发的电根本用不了，会造成资源和投资的浪费；三峡工程所涉及的工程技术问题，不但国内解决不了，就连世界上也解决不了；提出用沅水五强溪工程替代丹江口工程。这在全国范围内引起了一场历时两年的争论。

1958 年 1 月，中央在南宁召开工作会议，毛泽东要求会议安排讨论三峡工程问题，并将国内两种不同意见的代表接到南宁，进行汇报。我于 1955 年起先后被任命为长办规划和汉江规划设计室主任，负责汉江流域规划和丹江口水利枢纽工程的设计工作；1956 年长办工作重心由规划转向设计时，我又担任枢纽室副主任，没有参加南宁会议。毛泽东在肯定修建三峡工程必要性的同时，充分吸取不同意见的合理部分，提出"积极准备，充分可靠"的三峡建设方针，并要求周总理亲自抓，一年抓四次。

1958年2月底至3月初，周恩来率100多位党政要员和专家，实地勘察三峡工程的预选坝址——南津关和三斗坪，我也陪同前往，并汇报了汉江流域规划和丹江口设计情况。汇报结束后，周恩来一个个征求专家的意见，大家都说没有意见。周恩来说，没有意见就这么定下来，批准将丹江口工程列入第二个五年计划，1959年开工或者做开工准备。在随后讨论三峡工程问题时，原来对三峡工程上马有意见的同志并没有坚持反对建三峡工程，并讲三峡工程有很大的防洪、发电、航运的综合效益，只是把分歧说成是三峡工程的坝高定得高，建设时间上也有些不同看法。船到重庆后，周恩来在总结会议上讲，这次会议是按照中央精神，积极准备兴建三峡工程的一次会议。经过两年多的争论，现在大家的意见基本取得了一致，由此看来，争论还是有好处的，不争论哪里有这么多材料来说明问题？

　　1958年3月，根据周恩来考察的结果和专家讨论的意见，成都会议通过了《关于三峡水利枢纽和长江流域规划的意见》，明确提出："从国家长远的经济发展和技术条件两个方面考虑，三峡水利枢纽是需要修建而且可能修建的；但是最后下决心确定修建及何时开始修建，要待各个重要方面的准备工作基本完成之后，才能作出决定。估计三峡工程的整个勘测、设计和施工的时间需15～20年。现在应当采取积极准备和充分可靠的方针，进行各项有关的工作。"这次会议实际上对两年多来的争论作了结论。

　　这里，我还讲一个小插曲。1958年10月，我随水电部代表团到苏联参观斯大林格勒水电站截流。我们是10月21日凌晨乘苏联图-104飞机动身的。曾经预订过前一班的机票，因客满而推迟。不料那一班飞机在西伯利亚发生了空难事故，以郑振铎为团长的中国文化代表团全体遇难。我们到后，在莫斯科的中国留学生对三峡水利枢纽很关注，驻苏使馆便组织留学生听我们做报告。率团负责水电的一位领导除讲国内"大跃进"的一些问题外，也讲了三峡工程，谈到对三峡工程的不同观点。随后我也做了一场报告，主要是围绕中央文件所说"三峡水利枢纽是需要修建而且可能修建"讲的。这两个报告实际上展开了一场争论。

坝址、人防和泥沙研究

　　1958年3月，成都会议结束后，毛泽东乘坐"江峡号"轮由重庆顺江东下，视察三峡坝址。过三峡时，他对船长讲了一段关于建设三峡工程重要性的话。4月，他在武汉会见一个外国代表团时说："我们准备在三峡筑一个水库。准备工作需要5～7年，连筑成就要15～20年。""这将是我们的第一个大水坝"。8月，周恩来主持召开北戴河长江流域规划座谈会，研究进一步加快三峡设计及准备工作的有关问题，要求在 1958 年底完成三峡初步设计要点报告，并作出"为 1961 年开工做好准备"的要求。

1958 年 4 月，国家科委、中国科学院根据周总理开展三峡科研大协作的指示，成立三峡科研领导小组，中科院副院长张劲夫为组长，科委与水电部各一负责人为副组长。6 月，国家科委、中科院召开首次科研会议，对三峡工程开展全国科技大协作，到会的有 82 个单位、268 人，同时还有 13 位苏联专家与会。根据这次会议制订的计划，全国共 200 多个单位、近万名科技人员参加三峡工程的科研协作。

1958 年成都会议后，长办根据成都会议精神和周总理的指示，全面部署勘测设计等工作。在勘测方面，长办专家和苏联专家一起，做了大量的地形、地质比选工作。在规划设计方面，成立了三峡工程设计领导小组，我被任命为组长，全力抓好设计工作。三峡工程设计领导小组每周召开一次会议，安排、布置、检查工作成果，1958 年末提出三峡工程初步设计要点报告，1959 年拿出初步设计报告的初稿。

这一时期，三峡科研、勘测、设计工作的一个重要成果是对坝址的研究取得很大进展。1955 年以后，我们对两种不同类型的坝区即南津关和美人沱进行了勘探研究。经过比较，1958 年选定了美人沱坝区，随后在该坝区进行了坝段比较。1959 年，选定了三斗坪坝区。当年 5 月，我们邀请 66 个单位 188 名代表讨论初设要点报告，与会代表一致认为三斗坪坝区具有不可争辩的优越性；枢纽建筑物可按正常蓄水位 200 米设计。以后，又在该坝段比较了三条坝线，1960 年经过比较，选择了上坝线，即现在通过中堡岛的坝线。

1959 年，毛泽东针对战争状态下三峡工程怎么办的问题，在三峡建设方针"积极准备，充分可靠"之后加上"有利有弊"四个字。1960 年，中央考虑到当时国家的经济情况和国际形势，决定放缓三峡工程建设的进程。当年 8 月，周恩来在北戴河会议期间主持召开长江规划会议，调整三峡工作部署，并指示"雄心不变，加强科研，加强人防"。同时，由于黄河三门峡水库发生严重淤积问题，又提出水库的寿命问题。20 世纪 60 年代，根据毛主席和周总理的指示精神，我们加强了人防和泥沙的研究工作。

1959 年 12 月，周恩来在毛泽东提出"有利有弊"的指示后，指示成立了三峡防空炸科研领导小组，张爱萍负责，张劲夫、钱学森、钱正英、林一山参加，并成立了以军事部门为主，有长办、中科院、清华大学等单位参加的三峡工程试验站。长办作为三峡工程的设计单位，对三峡坝址也进行了防护研究。从 1961 年起，从宽河谷段的三斗坪坝址研究转向窄河谷段的石牌、太平溪两处坝址防护的研究。1963 年起又重点研究了太平溪坝址的防护工作。这一时期，我还与洪庆余到哈军工联系用化学爆炸做模拟试验事宜，在北京东花园、官厅水库进行了试验。以后，还在新疆核试验基地做了核爆模拟试验。

1959 年，鉴于三门峡水库淤积引起社会广泛关注，长办开始将水库调度与泥沙淤积作为重大科技问题进行深入研究，并于 60 年代初由武汉水院与长科院建造了三峡水库，开展库尾推移质 5 ～ 10 年系列淤积对重庆港区与航道影响的长模型，初步查明推移质泥沙淤积规律，得出航道深槽虽有变化但仍能保持一定航深满足正常通航和航运发展要求的结论。此外，林一山亲率长办人员深入华北、西北多沙河流，对一些水库保留有效库容的经验进行实地考察，并针对三峡水量丰沛的特点进行研究，得出可在多沙的汛期降低库水位泄洪排沙，待汛后再蓄水至正常水位，使三峡水库保留有效库容的调度原则。1965 年，长办提出成果报告，上报周总理和毛主席，并在黄河三门峡试用了研究成果，取得了很好效果。

这期间，中央特别是周恩来仍没有放弃三峡工程。1962—1963 年，周恩来准备搞三峡工程。林一山和我在北京待了两个月，随时准备向周总理报告，可能是他脚受伤了，休息了一段时间，我们等了两个月也没有汇报成。1965 年 1 月 17 日，林一山去向周总理汇报长办的工作，要我去汇报三峡工程的情况。当时正值春节前，林一山汇报完，准备由我汇报，但因周总理又安排几位副总理汇报工作，我就没有谈成。周总理最后送我们出来，林一山让我向他讲一讲，总理说：“唉，你不用跟我讲了，我知道。”因为 1958 年是我向他汇报丹江口工程，他记得很清楚。当时他已经有个想法，丹江口工程完了以后接着就干三峡工程。没想到，1966 年“文化大革命”爆发，把兴建三峡工程耽误了。

葛洲坝工程上马及三峡坝址的选定

1969 年 10 月，毛泽东视察湖北时，湖北省革命委员会主任张体学提出要修建三峡大坝，毛泽东泼了“冷水”，向张体学提出“头顶两百亿立方水，你怕不怕”。指出在目前备战时期，不宜作此想。事后，张体学根据一些同志的意见，提出先修葛洲坝工程。但按照长办过去研究的建设程序，葛洲坝工程属三峡工程的一部分，是三峡工程的反调节工程，应在三峡工程建成之后兴建，或与三峡工程同时修建。

1970 年 3 月，周恩来通知湖北省军管会，要林一山到北京参加全国计划工作会议预备会议，研究“四五”计划纲要。会议是在北京饭店礼堂开的，我跟林一山一起去的。周总理在会上问：“林一山来了没有？”林一山答：“来了。”周恩来说：“兴建长江三峡工程是伟大领袖毛主席的伟大理想，我们一定要在他健在的时候把这件事定下来，不把这件事办好，对不起党，对不起人民。”当时，周恩来计划把三峡工程写进“四五”计划纲要中。这个文件我亲眼看到了，就是在北京饭店开会时周恩来的秘书、国家计委副主任顾明给我看的。

4月30日，水电部在向周恩来汇报全国电力工作时，谈到葛洲坝工程问题。周恩来表示要比较三峡工程和葛洲坝工程先上哪个好。武汉军区也对葛洲坝工程非常积极，司令员曾思玉从朝鲜访问回来后，一直住在北京，希望能把建设丹江口的队伍转移到葛洲坝。周恩来把林一山找来，综合各方意见，反复权衡，最终认为先上葛洲坝可为三峡工程做实战准备。

9月，武汉军区和湖北省革命委员会向中央和国务院报送《关于兴建宜昌长江葛洲坝水利枢纽工程的请示报告》。12月16日，周恩来主持国务院业务会，听取葛洲坝工程设计情况汇报。24日，周恩来将武汉军区、湖北省革命委员会的报告及《中共中央关于兴建宜昌长江葛洲坝水利枢纽工程的批复》送审稿，并附上林一山的不同意见，呈送毛主席。批复送审稿提出在"四五"计划期间兴建葛洲坝工程是可行的；"至于三峡大坝，需视国际形势和国内防空炸的技术力量的增长，修高坝经验的积累，再在'四五'期间考虑何时兴建。"

1970年12月26日，毛泽东在77岁寿辰的这天，写下批示：赞成兴建此坝。毛泽东批准的第四天，葛洲坝工程就在尚未做完设计的情况下，大规模开工了。由于准备不足，工作越来越被动，施工质量发生了严重事故。1972年11月，周恩来抱病两次召集会议，研究葛洲坝工程问题，并责成林一山等组成葛洲坝工程技术委员会，重新讨论葛洲坝应该上还是下。经过充分讨论，决定葛洲坝工程停工两年，修改设计。当时长办确定由我负责葛洲坝工程的设计修改工作。1974年9月，在国家建委主任谷牧的主持下，审查了设计方案，葛洲坝工程于当年复工。复工以后，我就长期住在工地参与建设。1975年葛洲坝工程基本走上正轨，1981年初实现截流，1981年中通航发电。

1974年葛洲坝工程复工后，三峡工程建设问题又被提上议事日程。因为按照计划，葛洲坝工程竣工后接着就搞三峡大坝。为此，70年代中期，长办开始着手编制三峡工程可行性研究报告。由于60年代研究人防问题时，三峡坝址变来变去，这时首先要确定好三峡坝址问题。1978年2月，水电部在现场召开了"坝址选择准备会议"。1979年4月，国务院召开会议，听取有关三峡工作汇报，决定由林一山主持召开选坝会议。

1979年5月，三峡选坝会议在武汉洪山宾馆召开。55个单位200多名代表参加。代表首先考察了太平溪、三斗坪两个坝址和荆江大堤险段，随后进行讨论。讨论中，代表对这两个坝址的优缺点各持不同意见，未达成一致。同时，部分代表还提出三峡工程不宜近期建设的意见，"主上"与"反上"双方也吵得不亦乐乎。1979年9月，根据国务院指示，水利部主持召开选坝汇报会，40多名专家与会，仍未取得完全一致意见。会后，水利部向国务院写了报告，除反映各方意见外，推荐以三斗坪开展初步设计。争论多年的坝址问题终于确定下来。

邓小平三峡之行

20世纪70年代末，随着大规模经济建设的开展，华中地区甚至全国缺电越来越严重，影响了经济建设。1979年，当葛洲坝一期工程基本建成后，水电部又向国务院提出关于修建三峡工程的报告，建议尽早决策。由于当时正处于国民经济调整之际，三峡工程不可能提上日程。

1980年3月，我正在葛洲坝工地，听到湖北省委副书记王群传达国家计划会议预备会议精神，在这次会上邓力群传达了中共中央副主席、国务院副总理邓小平的话，根据当前经济形势，三峡工程十年之内可能上不去。我听后很着急。恰巧这时，新华社记者李永长采访我，我向他讲了三峡工程的基本情况，包括规划设计、施工、设备供应、资金需求等方面的情况以及葛洲坝工程和三峡工程的关系等。李永长据此写了一篇长篇动态清样。中央领导同志很重视这份反映材料。不知是不是邓小平也看了这份材料，才决定亲自到三峡地区和葛洲坝工地进行实地考察。

1980年7月11日，邓小平在四川省省长鲁大东、湖北省委第一书记陈丕显和我，以及宜昌地委书记马杰、荆州地委书记胡恒山等人的陪同下，从重庆顺江东下，视察三峡坝区和葛洲坝工地。邓小平一上船就关切地问我，有人说三峡水库修建以后，通过水库下来的水变冷了，长江下游连水稻和棉花也不长了，鱼也没有了，究竟有没有这回事？我回答说：长江通过水库下泄的水量年平均为4510亿立方米，而三峡水库的库容只有年过水量的8%，会不断进行交换，水温变化不大，不影响农业和渔业。我接着又向邓小平汇报了三峡工程研究的经过、工程规划设计、施工方案、设备制造、资金筹集等问题。

7月12日上午，船行进到三峡以后，邓小平又要身边的人将我叫到船头会议室，一边观看两岸，一边和我谈三峡工程建设问题。邓小平详细询问了大坝、电厂、船闸的设计，并和国内外已达到的水平进行比较。他对设计所依据的基本资料包括水文、地质各种试验研究成果以及国内外大型水坝建设中发生过的一些重大问题也都做了了解，特别是和葛洲坝工程的对比询问得更为详细。他还特别问道，三峡工程会不会出现黄河三门峡工程出现过的泥沙淤积问题。我做了详细汇报。邓小平还问到了三峡工程资金筹集问题。我提出可用葛洲坝发电收入作为三峡建设资金，如果每度电0.1元，葛洲坝年发电160亿千瓦时，可得16亿元。邓小平对此很感兴趣。

下午，船到宜昌后，邓小平参观了葛洲坝工程，他看得很仔细。邓小平询问了葛洲坝一期工程的截流时间，他指示现在工地的各项设施以及机械设备将来凡是能用之于三峡的都要用上，那时不要再重复搞一套，要注意勤俭节约，不要浪费。在葛洲坝参观时，施工的同志汇报了工程施工情况，邓小平参观以后比较满意。

7月17—20日，邓小平在武汉期间，党中央、国务院有关领导同志胡耀邦、姚依林等专程到武汉，向他汇报制定"六五"计划和长远规划的一些基本设想。在谈到三峡工程问题时，邓小平指出：此行看了长江三峡工程，听了汇报，了解到长江水运运量不大，长江中下游两岸防洪问题很严重，洪水淹到哪里哪里要倒霉，人民要遭殃，同时长江两岸物产丰富，经济发达，三峡大坝建成以后航运问题可以解决，三峡工程可发大量的电，可促进这些地区的经济发展，环境影响问题也可以解决。他认为：修建三峡工程，对航运的影响不大，对生态环境的影响也不大，而对防洪所起的作用大，发电效益很大。因此，轻易否定三峡工程不好。请党中央、国务院及有关部门的负责同志回北京后抓紧研究。

邓小平三峡之行后，三峡工程的各项准备工作开始加速进行。1980年8月，国务院召开常务会议，研究三峡工程问题，决定："关于三峡建设问题，由科委、建委负责，继续组织水利、电力及其他方面的专家进行论证，提出意见。"根据国务院的决定，国家科委、建委随即组织筹备召开论证会，要求长办编制一套论证资料。1981年1月，长办提出了三峡分期开发、初期蓄水位128米、坝顶高145米的方案。1981年底，长办编制上报了《三峡水利枢纽论证报告》，后因故论证会没有召开。

150米方案的提出与审查

20世纪80年代初，党中央、国务院的主要领导同志大多到过三峡库区、葛洲坝工地视察。我当时作为长办副主任、党委副书记，接待过许多来三峡库区、葛洲坝工地视察的领导同志。1982年9月，党的十二大提出"在本世纪末，工农业总产值翻两番"后，为适应工农业总产值翻两番对能源的要求，结合改善长江中下游的防洪、航运条件，国务院领导同志认识到应立即着手兴建三峡工程，但考虑到当时的国情，尽量减少水库淹没，建设规模要适当，三峡工程建设方案采用低坝方案——正常蓄水位为150米。

1982年12月，我们长办按照水利部的要求，开始研究正常蓄水位150米方案，并于1983年3月提出《三峡水利枢纽可行性研究报告》。1983年5月，国务院委托姚依林、宋平组织审查，在京西宾馆请了350名专家，对150米方案进行审查。我参加了这次审查会。在这次会上，许多同志提出意见，认为蓄水位太低了，防洪不够，把资源浪费了。最后经过妥协，说防洪可以临时超蓄，就是把坝顶提高到175米，如果来了特大洪水，库区就临时超蓄淹一下，躲避一下，再临时赔偿，这样勉强定下来。但三峡库区的代表不满意，说这样搞，超蓄这一段地区怎么建设呢？下游的代表也不满意，说洪水来了，还要在库区与移民临时谈判，如果他们不走，怎么办？尽管有这些意见，审查论证还是比较顺利地通过了。

　　1984年2月，国务院财经领导小组召开会议，研究建设三峡工程问题。会议讨论了水电部所提的《建议立即着手兴建三峡工程的报告》，决定三峡工程采用正常蓄水位150米、坝顶高程175米的方案，并立即开始施工准备，争取1986年正式开工。会议还决定成立国务院三峡工程筹备领导小组，筹组"三峡特别行政特区"（后改为"三峡省"）和"三峡开发总公司"。4月5日，国务院以国函字第57号文件原则批准三峡工程可行性报告，并批复："按正常蓄水位150米，坝顶高程175米设计，请水电部于今年年底前完成初步设计报审。"随后，以国务院副总理李鹏为组长的三峡筹备领导小组、以陈赓仪为组长的三峡开发总公司筹备处和以李伯宁为组长的三峡省筹备组相继成立，并展开工作；水电部和长办也加紧编制150米方案（坝顶高程175米）初步设计报告。三峡工程开始了紧张的筹备工作。

　　1984年11月，就在三峡工程按150米方案进行筹备的时候，重庆向中央提出了《对长江三峡工程的一些看法和意见》，认为150米方案水库回水的末端到不了重庆，重庆下游较长一段航运不能改善，万吨船队不能到达重庆，建议改为180米方案。1985年1月19日，邓小平在人民大会堂出席广东核电投资公司与香港核电投资公司合营合同签字仪式后，李鹏向他汇报了三峡工程建设的安排，以及三峡工程中争论比较大的两个问题——泥沙的淤积、坝高问题，并着重介绍了重庆提出的蓄水位180米方案，即中坝方案。邓小平听完汇报后说：过去是四川人不赞成把坝搞高，现在情况变了，四川人，主要是重庆人同意"180米方案"。低坝方案不好。中坝方案是好方案，从现在即可着手筹备。中坝可以多发电，万吨船队可以开到重庆。

　　1985年5月，国务院三峡工程筹备领导小组第三次扩大会议听取了泥沙、航运等专题研究成果，要求国家科委和计委对水库水位提高到180米予以论证。11月，国家科委就三峡工程前期科研和水位论证工作进展情况向国务院三峡工程筹备领导小组提交文件，指出经过一年的论证，有些问题已有一致的结论，有些问题尚存分歧，大约需要一年或更长时间方能完成。

三峡工程的重新论证

　　从1984年开始，我作为长办、长江水利委员会主任，带领长办、长江水利委员会的同志，为三峡工程开工建设做了很多准备。就在这时，情况发生了变化：全国政协副主席、93岁的孙越崎率众考察三峡，向中央提交了《三峡工程近期不能上》的长篇调查报告；一些政协委员、专家学者纷纷发表言论，撰写文章，反对三峡工程上马；海外舆论也有了反对的声音。

对这些不同意见，党中央非常重视。1986年3月31日，邓小平在接见美国《中报》董事长傅朝枢，回答他关于三峡工程的问题时，对三峡工程建设问题更是采取了谨慎的态度。他说：对兴建三峡工程这样关系千秋万代的大事，中国政府一定会周密考虑，有了一个好处最大、坏处最小的方案时，才会决定开工，是绝不会草率从事的。1986年4月，李鹏在六届全国人大四次会议举行的新闻发布会上，在回答记者关于三峡工程情况的提问时，也做了回答：三峡工程是一项包括发电、防洪、航运等综合效益的巨大工程，这项工程不仅关系到我国当代的四化建设，而且是关系到我们子孙后代的大事。对这项工程，中国政府采取既积极又慎重的态度。现在还没有对这项工程作出是否开工的决定。

1986年5月底，为慎重决策，当时的国务院总理和李鹏率有关部门的同志赴三峡地区进行实地考察。当时是兵分两路，国务院总理带了一批人，包括王任重、杜星垣等人，从北京经湖北到万县，李鹏则带了钱正英和李伯宁，经四川达县再坐火车到万县。5月29日，两队人马在万县会合，一起从万县坐船到宜昌。中午登上中堡岛，查看坝址地形，听取了有关水电专家的汇报。下午又冒雨考察了葛洲坝水利枢纽，看望了水电职工。最后，国务院总理在宜昌开会，听取筹备组正副组长对成立三峡省的不同意见后，宣布不成立三峡省。在返回北京的火车上，决定对三峡工程重新论证，同时确定了具体的决策程序：先责成水电部重新论证、编制可行性报告，然后由国务院组织审查委员会审查，再报国务院、中央政治局审议，最后提交全国人大讨论；中间还设一个协调小组，随时给全国人大、政协通气。国务院总理回到北京后，即向邓小平做了汇报，说三峡工程在技术上还有些问题，但看来工程科技人员是能够解决的；在经济上投资是比较大的，但估计从经济上讲国力是可以承担的；问题出在政治上，政治上党外许多人坚决反对，将来提到全国人大，即使能通过，如果有1/3的反对票，政治上就不好办。邓小平听后，表示如果技术经济可行的话，修三峡有政治问题，不修三峡也有政治问题，不修的政治问题更大。邓小平是主张上三峡工程的。

1986年6月，党中央、国务院下发15号文件，即《关于长江三峡工程论证有关问题的通知》，决定由水电部负责广泛组织各方面的专家进一步论证，重新提出三峡工程可行性报告。随后水电部根据这个文件的精神，成立了三峡工程论证领导小组，水电部部长钱正英任组长，我是领导小组成员之一。这次论证分为10个专题：地质地震、水文与防洪、泥沙与航运、电力系统规划、水库淹没与移民、生态与环境、综合水位方案、施工、工程投资估算、经济评价，邀请了全国各行各业的412位专家、21位特邀顾问，分别组成地质地震、枢纽建筑物、水文、防洪、泥沙、航运、电力系统、机电设备、移民、生态环境、综合规划与水位、施工、投资估算、综合经济评价14个专家组参加论证工作。论证的程序是：正常蓄水位论证150米、160米、170米、180米，一次建成、分期蓄水，两级开发等6种方案。综合经济评价论证分两个层次：一是上三峡工程与不上三峡工程，二是三峡工程是早上还是晚上。根据以上部署，14个专家组、工作组的专家们以对人民负责的严肃精神和严谨的科学态度，用了2年8个月的时间，反复分析讨论研究，分别提交了专题论证报告。根据科学民主的原则，专家组的论证工作完全独立进行，不受干预；专家组内部则充分尊重不同意见，不强求一致。14个专题论证报告有9个是一致签字通过的。有5个专题报告分别有1～3位专家组成员（9位专家10人次）对专题报告的结论有不同意见而未签字，并提交了书面意见。

1989年5月，长办在这些论证报告的基础上，重新编制了《长江三峡水利枢纽可行性研究报告》，并于当年7月上报国务院审查。报告提出：三峡工程建比不建好，早建比晚建有利，建议中央早作决策；推荐方案为坝高185米，正常蓄水位175米，初期蓄水位156米。

中央的决心和人大的通过

1989年春夏之交发生的政治风波，影响了三峡工程的进展，延迟了党中央、国务院对三峡工程建设的决策。尽管如此，以江泽民为核心的第三代中央领导集体对三峡工程十分重视。1989年7月江泽民就任中共中央总书记不久即到三峡坝区葛洲坝工地和荆江河段进行考察，了解长江防洪问题。同时，还视察了长江水利委员会，我向他汇报了长江水利委员会的工作情况。他向我们询问了有争议的各项问题，并对我们在座的工程技术人员代表做了热情洋溢的讲话，给从事三峡设计科研工作的人员以极大的鼓励。他认为邓小平对三峡工程所作结论是有科学根据的，要我们更好地工作。

1990年3月，在全国政协七届三次会议召开之际，我和一些政协委员联合提案，建议将长江三峡工程列入"八五"计划，及早开工兴建。这个提案经王任重转给江泽民，江泽民对这一提案极为重视，4月5日批转给国务院总理李鹏。几天之后，李鹏即在此件上作了批示。在江泽民、李鹏等党中央、国务院领导同志的支持下，1990年7月国务院在首都宾馆召开三峡工程论证汇报会，听取三峡工程论证情况的汇报。会上，国务院决定成立以邹家华为主任的国务院三峡工程审查委员会，对重新编制的可行性报告进行了审查，再报请国务院正式审批。1991年8月，国务院三峡工程审查委员会审议并通过了《长江三峡水利枢纽可行性研究报告》，认为：三峡工程技术上是可行的，经济上是合理的，国力是可以承担的。

1992年2月，江泽民主持中央政治局常委开会，讨论三峡工程问题，我列席了这次会议。那一段时间，我先后陪同由陈慕华率领的全国人大代表团，王光英率领的全国政协代表团，甘子玉率领的二省市长代表团以及李铁映率领的全国文教体卫代表团等考察三峡。这期间，突然接到电话要我到北京开会，讨论三峡问题。会议由李鹏首先汇报了有关情况，姚依林、乔石、李瑞环、薄一波、杨尚昆、万里等同志先后发言。这次会议用了一天时间，上午汇报，下午讨论，最后由江泽民讲话。江泽民说，毛主席、周总理当年提出来要建三峡，后来小平同志极力主张建，看来还是有根据的。经过论证，应该提交全国人大。江泽民讲得很风趣，他还引证了一段歌德的长诗，大意是修建这项工程以后，造福一方的人民，安居乐业。这样就确定了由国务院提出意见，报七届全国人大五次会议。随后，国务院正式提请全国人民代表大会审议关于兴建三峡工程的议案。

在七届全国人大五次会议召开前，由于各方工作到位，许多过去对三峡工程有意见的同志大多转变了看法。在全国人大表决前，四川代表团中反对的人仍很多。1992年3月26日，国务院副总理、三峡工程审查委员会主任邹家华，全国政协副主席、三峡工程论证领导小组组长钱正英，率领水利部部长杨振怀和我等有关部门的同志，专门参加了四川代表团的讨论。代表们畅所欲言，谈出了心里话，意见的焦点集中在对移民安置的顾虑上，因为70%的移民在四川，万一有个闪失，如何对得起川东父老。也有代表提出其他一些问题。对这些问题，我们都一一予以解答，大多数代表听后非常满意。根据四川代表的意见，邹家华副总理、钱正英副主席建议大会主席团在《关于兴建长江三峡工程的决议（草案）》最后加上一句话："对已发现的问题要继续研究，妥善解决。"大会主席团同意这个建议，在正式决议中，写上了这句话。

1992年4月3日，七届全国人大五次会议以1767票赞成、177票反对、664票弃权、25人未按表决器通过了《关于兴建长江三峡工程的决议》，决定将兴建三峡工程列入国民经济和社会发展十年规划，由国务院根据国民经济发展的实际情况和国家财力、物力的可能，选择适当时机组织实施。

1993年初，为确保三峡工程建设的顺利进行，国务院成立了三峡工程建设委员会，作为三峡工程高层次的决策机构，李鹏总理任主任委员，邹家华、陈俊生、郭树言、萧秧、李伯宁任副主任委员，委员会成员由国家计委、国务院经贸办、公安部、民政部、财政部、建设部、能源部、机电部、交通部、水利部、农业部、林业部、物资部、中国人民银行及国家土地管理局的负责同志组成，我是委员会委员之一。三峡工程建设委员会下设办公室，具体负责三峡工程建设的日常工作，由郭树言兼任办公室主任。同时，我从长江水利委员会主任的位子上转任三峡工程建设委员会办公室副主任。

就这样，经过认真准备，1994年12月三峡工程一期工程正式开工，1997年11月实现长江二次截流（修建葛洲坝工程时，实现长江首次截流），第二期工程开始。2003年6月1日，三峡工程下闸蓄水，首批机组开始发电。2006年5月20日，三峡工程右岸大坝最后一仓混凝土浇筑完成，三峡大坝全线建成。2008年，三峡右岸电站机组全部投产发电，当今世界上最大的水利枢纽工程——三峡枢纽主体工程提前一年建成。

三峡工程的历史回顾

李镇南

初勘长江三峡坝址

1954 年 4 月，上游局组织了 10 余人的三峡坝区查勘组，由饶兴同志领队，技术上由我负责。出发前我们对查勘做了周密的准备工作，安排了查勘日程，收集和研究了各种已有的资料。我曾提出："三峡坝址的勘选工作十分重要，必须审慎从事。一定要找到或创造条件去寻找一个地质条件可靠、稳定的坝址，坝基要坚实牢固，要为这座大坝打下万古永固的基础，并要考虑工程布置与施工要求，选择适于建坝的良好地形。尤其是号称世界权威的工程师萨凡奇提出的南津关坝址，我们更要对它进行仔细的观察与研究，并做出必要的评价。不管是赞成的，还是指出其缺点的，或者认为还要做些补充工作的，或还要和另外可能的坝址进行比较选择的，凡此种种，我们都要实事求是地进行比较分析，提出意见，以使这些意见对促进选勘问题的解决能有帮助，绝不能虚此一行。如遇到更合适的坝址，决不能轻易放过，要穷追不舍。希望大家为能有幸参加这项工作而感到振奋，尽心尽力地完成好查勘任务。"

我们在宜昌包租了一条大木船，溯江而上，开始了西陵峡以上河段的查勘工作。这条木船没有机轮驾驶，也没靠纤夫拉纤，它是由几名船工划桨掌舵行驶。有时船工根据峡谷中的风向扬帆行舟。这条船较大，在前舱和中舱正好摆下我们睡觉的 12 张行军床。船上的平台既是我们观察两岸和眺望的地方，又是我们讨论及交换意见的"工作室"。随船带了一名炊事员，自备了口粮，食宿全在船上。白天根据我们工作的需要，船要随时停靠岸边，我们则不时上岸步行或攀缘上山，查看露头岩样和地形。有时途中正好遇到渔翁钓上一条好鱼，我们就把鱼买下，带回船上打牙祭，有时途经集镇，我们也顺便买些新鲜蔬菜，以补充船上储存物资之不足。记得有一次，我们在查勘途中正好遇到渔翁捕得一条大鱼，这条鱼约有 1 米长，我们买下后，先用绳子把鱼的嘴巴拴住，然后将鱼放回江中，牵着绳子在岸边走，看着鱼儿极不情愿地顺绳游动无可奈何的样子，我们不禁开怀大笑，顿时忘却了查勘的疲劳。夜晚船停靠在峡谷中，锚绳拴在大石头上或大树上，我们在船舱内的小油灯下，或研究工作，或休息，生活虽较艰苦，但大家都是愉快地、兢兢业业地工作着。

我们的查勘船从宜昌启航向上游行驶，第一站查勘了葛洲坝，这是30年代国人提出的两个坝址之一。我们上岸查看，这里是在南津关三峡出口处的分汊性河床，中间有葛洲坝、西坝两个小岛，河道被二岛分成了大江、二江、三江三条汊道。大江是主流，其他二汊不是经常有水，水大了才过流，河道总宽有1公里多，枢纽布置条件比南津关好，施工条件也优越些，但两岸山头不高，岩石亦为砂页岩及黏土岩互层，强度较低，谈不上作为三峡高坝的基础，但如作为航运梯级的基础，还是有条件的。离开葛洲坝后，我们又去查勘南津关坝址，这儿是萨凡奇选定的坝址所在，是我们要查勘的重点。我们分别在左岸和右岸查勘。我要大家注意岩土状况，并特别注意石灰岩的溶蚀情况，也就是喀斯特现象，要做好记录及描述。

南津关是长江上游和中游的过渡段，从地形上看，这里确实是控制长江上游的河势所在，但河道窄深，枢纽布置困难较多，不得不做大量的地下开挖，施工布置亦然。另一方面，基岩是石灰岩，岩溶情况从地面上看，左岸有三游洞、玉井等，右岸有关庙塘溶蚀洼地；另外据当地老人说，这儿还有本地区最长的溶蚀大洞——石龙洞。在以后进行勘探时，我们派一个小组去探查并进行少量整修后，可步行进入600余米。在小平善坝，我们查看了当年美国勘探队留下的岩芯，其岩层深部仍发现溶穴。这些现象使我们认识到，这里的石灰岩喀斯特现象是不容忽视的，需要进行大量的工作，才能搞清楚。若在这里建坝，需要费时费事地进行必要的处理。

经过查勘队的两岸观测调查，认为南津关坝址须对岩溶情况做大量的分析工作才能下结论，现在只能是提出问题，不能作结论。

于是我们全队继续溯江上驶，进行查勘调查，看能否找到更合适的坝址。

船到莲沱（亦称南沱），到了石灰岩与火成岩分界区附近，再上不远就是火成岩区。我们离舟登山，举首上眺，景况与下面的窄深河道、高山悬岩，迥然不同。上面长江河谷宽阔，山头形状像若干圆顶穹窿，对面河岸有一向下游倾斜的石英砂岩层，其下覆盖着火成岩。我提请大家注意这火成岩，这里可能有我们要寻找的坝址。下山登舟再往上走一点就进入两岸都是火成岩的区域。火成岩已经出露得较高，估计高程已在200米以上。我和大家一起又离船登岸，我对大家说，一般找坝址都喜欢在河槽狭窄处，岩石及地质条件好的地方，可是这次是为三峡大坝找坝址，我们就要考虑工程的规模。三峡大坝要有能安全下泄近10万立方米每秒洪水的前缘部位，有能安装数以万千瓦计的机组与厂房部位，有设置能通过几千万吨货运量的过船能力的通航建筑物的位置等，因此我们总觉得南津关坝址不够理想，尽管我们可以在那里建地下工程进行补救，但我们最后还要计算总造价及工期，看是否经济合理，因此仍需要寻找坝址，供继续研究比较选择。当时我们商量，大家可以一起活动，也可以自由组合活动，至于火成岩的风化情况，今后我们还要继续做工作予以查明，这也是在坝址选择中影响很大的因素。后来大家决定全队一起活动。经过几天的查勘，发现可供研究的坝址有几处，其中在三斗坪有一处，河道中有个中堡岛，对工程施工可能更便利些，但仍需要综合比较才能最后决定。继续往上查勘到太平溪，已接近火成岩区的上端，河道又逐渐缩窄，如在这里寻找坝址，又需要将部分建筑物设在地下，条件又将发生变化。第二天早上，我们已快到火成岩的上端，江上刮起了吹向上游的"上河风"，我们的查勘任务已基本完成，我们同意船工的意见，船扬起了风帆，不久就驶到了兵书宝剑峡上口的香溪镇。

在返回宜昌及重庆的路上，全队对这次初探三峡坝址的情况进行了总结。这次查勘工作历时8天，我们先后查勘了葛洲坝、南津关、平善坝、石牌、莲沱（即南沱）、黄陵庙、三斗坪、茅坪、太平溪，以及兵书宝剑峡等多处坝址，其中南津关至莲沱段，除石牌为页岩外，其余为石灰岩区，河床窄而深，大坝主要建筑物大多需要设在地下，美国人萨凡奇选的坝址就在这段。这里地质条件复杂，石灰岩的岩溶发育，洞穴较多，已发现的喀斯特现象不少，对喀斯特情况尚待进一步查清，工程兴建时还需要对溶洞进行必要的处理，故尚不足证明这是最合适的坝址。莲沱以上不远，就进入火成岩区，直至美人沱。除最上段的太平溪外，河床都较开阔，岩石主要为花岗岩，小部分为变质岩，强度都较高，河床较宽，能满足三峡工程所需的建筑物前缘长度，除最上段的太平溪外，建筑物都可布置在地面上，且有利于施工布置。虽风化深度尚不清楚，还需要进一步查明，如风化层不太深，能提供的基础则是坚实可靠的，它将是良好的选择对象。至于葛洲坝的砂岩、页岩及黏土岩互层；石牌的页岩和兵书宝剑峡的砂岩，岩石强度都较低，不适于做高坝基础。因此，大家一致认为萨凡奇所选的南津关并不一定是最合理的选择，上游的火成岩区条件是值得认真研究与比较的。我们认为，如果坝址选在火成岩区，则可研究在葛洲坝做航运梯级，以适应航运要求。回到重庆后，由我主持编写了《关于长江三峡水库情况的简要说明》，经饶兴同志定稿后，上报长委会。

苏联专家参加三峡工程的查勘

1954年，我国政府聘请的苏联水电专家陆续到达我国，参加我国的水利建设。

这年10月，应水利部的邀请，在黄委会工作的苏联专家组部分成员来三峡地区查勘，中央有关部门及长委会负责人李葆华、刘澜波、张含英、林一山及湖北省、武汉市、宜昌地区的领导及有关人员参加了查勘。我专程从重庆赶到宜昌参加查勘。当我乘坐的船快到宜昌港时，就发现查勘专轮已从宜昌开航，在有关人员的协助下，我在江中换乘上了查勘船。

上船后，我立即向查勘团全体人员汇报了三峡工程的情况。当我汇报到我们初勘三峡所选择的坝址时，负责黄委地质工作的专家提出了花岗岩可能有较厚的风化壳，世界上有的地方曾有厚达 100 米的风化壳，并提出上游的变质岩可能稍好些，要在研究中注意此问题。

1955 年，来长委会工作的苏联专家到达长委会后，即开始对长江干流及主要支流进行大量的现场查勘工作，我国有关方面非常重视这项工作。查勘工作分两个阶段进行，1955 年 10—12 月，先去四川、贵州等地查勘，翌年春秋又分别去湖北、湖南、江西等省查勘，查勘后还分别向各省省委汇报查勘情况，听取他们的意见。

1955 年 10—12 月，我们组织了对长江上游地区干流及主要支流的查勘工作。查勘团由李葆华、林一山领队，国家计委、水利部、地质部、燃料工业部、交通部及有关单位也派员参加，我和长委会有关负责同志及在长委工作的苏联专家参加了查勘。在宜昌查勘时，我陪同查勘团视察了三峡南津关坝址（萨凡奇建议的），也看了我们初选的火成岩坝区，并谈了我们的看法。在四川查勘了我们初选的猫儿峡、温塘峡、偏窗子等多处坝址，以利比较。到成都后我们向四川省委做了汇报并征求他们的意见。

在查勘上游时，由于专家们对中苏国情和我们的看法不一致，尤其是对长江中下游的防洪严重性与紧迫性认识不足，又兼他们都是搞水电的，对发电问题考虑得多。他们认为距重庆上游 40 公里处的猫儿峡枢纽应作为治江重点，再配上嘉陵江的温塘峡、岷江的偏窗子等方案，就可以解决近期需要，他们还认为长委会提出的三峡枢纽，规模太大，投资过多，所发的电一时又不易销售，不像猫儿峡等工程那样现实。我们则认为长江防洪问题紧迫，是治江必须解决的首要任务。而猫儿峡等淹没四川良田好地较多，也恐难得到四川省的同意，不赞成以猫儿峡等作为治江战略重点，认为应以三峡作为治江主体。途中争论激烈，未能取得共识。

周总理听到这一情况后非常重视，就在北京召开会议，听取专家组长和林一山主任在长江战略重点问题上的不同意见。之后，总理明确指出：长江中下游防洪的重要性和紧迫性，三峡水利枢纽有巨大的调蓄库容，"对上可以调蓄，对下可以补偿"，对长江中下游防洪有显著作用，且地理位置适中，综合效益也不是猫儿峡所能替代的，三峡工程应是长江流域规划的主体工程。专家组长听后，也表示赞同，认为长江中下游的防洪问题是个全局性大问题，同意进行三峡工程研究，但是要考虑尽可能减少损失。这样就明确了长江流域规划工作的大方向，苏联专家组也积极参加了三峡枢纽的勘测、设计和科研工作。

为了进一步研究三峡坝址的问题，我与苏联专家及长办有关人员分别在南津关的石灰岩区选了5个坝址（石牌、黑石沟、下牢溪、南津关、何家咀）；在上游的火成岩区选了10个坝址（美人沱、偏窗子、太平溪、大沙湾、伍相庙、长木沱、茅坪、三斗坪、黄陵庙、南沱），进一步开展勘测研究。除一般的地质问题外，还要求在火成岩区特别注意风化壳的研究，在石灰岩区注意喀斯特问题。同时我与苏联专家组长商定，临时短期增聘一些著名的苏联高级地质专家，尤其是研究喀斯特的专家，来华与中国专家合作，组成中苏地质专家鉴定组，共同对几个坝址进行实地查勘。

1956年8月，苏联政府派高级地质专家波波夫等来长办进行短期工作，我国地质专家侯德封、袁复礼等8人亦来长办与他们共同工作，并成立了中苏地质专家鉴定委员会。他们实地查勘了三峡坝区，听取了坝区地质、地貌、喀斯特研究、钻探及库区渗漏等调查报告及成果汇报，对工作中出现的问题，指导进行补充勘测与调查研究，最后提出了几个工程地质条件的鉴定性意见。

会师三峡工程的建设队伍培训

三峡工程规模大，问题复杂，涉及面广。这样大的工程，我们将如何依靠自己的力量来解决各种问题，中央领导曾问林一山主任对这个问题有何想法。林主任回答办法有两种：一种是在苏联专家帮助下做；另一种是自己独立做。这就需要有个梯子，要想办法培养起自己的队伍，而第二种办法应是我们的奋斗目标。我们必须尽一切可能，培训力量，积累实践经验，进行多方面的准备。三峡工程建筑物的规模是世界级水平，其中有些还超出世界级水平，世界上各大型水利工程的最高纪录，大多集中在三峡工程。这就需要大量地学习和研究，了解和学习别国的经验，并注意分析和总结其经验，尤其是在实践中的学习和锻炼，更是非书本和试验研究所能取代的，是最可贵的。例如，我们自己修建的丹江口工程，就可对混凝土高坝建设过程中的各个环节取得经验。在实际工程中锻炼、培训队伍，获得丰富的实战经验，就可为将来集中力量会师三峡准备条件，从而能够在三峡工程设计与施工中解决好将会遇到的种种问题和困难。

林主任回长办后，向党组同志和我谈了这个问题。我们从这一问题出发，进一步谈到会师三峡的设想，虽然这个设想未曾公开发表，但我们以后的工作都是按照这个设想进行的。整个设想的核心亦即最重要的一点，就是我们要通过实际工程建设来总结和取得各种工程建设经验。如丹江口工程为混凝土坝，两岸连接段为土坝，做好丹江口工程就对修建混凝土大坝和土坝取得了经验。又如通过唐白河上的鸭河口工程，可取得土坝和利用水库进行灌溉方面的经验。陆水试验坝取得了混凝土预制块的生产制造与安装的经验和新老混凝土的胶结经验。乌江渡工程设计，积累了在喀斯特地区建造大型水利工程的经验，因为喀斯特地区最突出的问题是石灰岩中溶蚀情况多而且复杂，溶蚀裂隙洞穴形成了漏水通道，在设计研究中要想办法形成有效的隔水层或利用天然隔水层阻断其漏水通道，防止漏水。通过这些各式各样的工程实践，就可取得各种各样的经验。对设计和施工应如何配合的问题，我们派出了驻工地的设计代表组，在工地上实际了解施工中的问题和情况，并向施工方面进行设计交底，解释设计的意图与要求，和施工单位交换意见，征求其对设计的要求与意见，并对设计部门反映他们的意见，俾能在设计中予以考虑和研究。经过几项工程的实践，我们对工程设计和施工等各方面如何相互配合好的问题及工程中应注意的问题，及解决这些问题的办法都进行了总结并取得经验。这就为会师三峡积累了经验，研究与解决三峡的困难和问题，将发挥巨大的作用。后来，周总理又提出先建葛洲坝工程为三峡实战做准备，以便更进一步结合三峡的实际情况与问题来积累经验，更有利于会师三峡。

为了培训力量，既解决当时的工作问题，又为会师三峡做准备，我们还特别注意搜集国外有关构成三峡枢纽的各种类型建筑物的发展趋向与存在问题，以及解决的途径，以便于我们的学习与研究。

在工作实践中我们还特别注意培养当时长办各方面的力量，不仅在设计方面充实力量，而且还注重培养勘测方面的人才。当时长办的地质力量薄弱，不少勘探任务，都是由地质部和燃料工业部派队伍来承担的，如丹江口工程就是地质部派队伍进行地质勘探。在工程实践中发现光搞一般勘探还不行，而是需要把勘探与设计更紧密地联系起来，要把地质所发现的问题，及时提供给设计方面，这样的设计才能更加切合实际，同时也使勘探方面了解要注意做什么和为什么要这样做，需要什么样的勘探成果才能满足设计要求。这都是要在会师三峡的准备过程中需要总结和解决的问题。

1956年底，中央将长委会改为长江流域规划办公室，当时长办水工力量较强，地质力量较薄弱，后通过丹江口工程的实践，才知道地质与设计应取得更紧密的配合，地质任务最好由设计单位自己来承担，这样才有利于研究、解决问题。当时长办机电力量也较弱，必须加强才能适应工程建设的需要。于是我们在长办内动员一部分水工人员改学地质与机电，以加强这方面的力量。转行后的人员经过培养，其中有些后来成为地质与机电方面的骨干力量。如李元亮原学水工，后改学地质，因他原在上游局工作时，曾多次与地质人员共同工作，改学后，不断钻研，交流学习，地质方面水平提高很快，后来成为勘测方面的总工程师与长办副总工程师。又如水工人员沈克昌改学机电专业，通过参观、刻苦学习、参加专业会议，与机电人员交流经验，后来成为长办机电处处长。还有不少改行人员后来都成为业务骨干。另一方面，我与苏联专家商量，请各专业的专家，抽出一定时间，给长办人员讲课和在工作实践中给予指导，通过学习培养，提高其专业水平。同时我们还选派了一部分年轻、有培养前途的干部去各大专院校进修和学习，毕业后再回来从事专业工作。经过实践锻炼，积累经验，使这些干部也成为骨干力量。由于周总理对三峡工程非常重视、关怀，在那几年的大学毕业生分配时，也特别照顾长办，分配了一批有专业知识的大学毕业生来长办工作，我们也特别注意安排这批大学生结合长办的实践工作，指导与锻炼他们，使他们取得工作经验，尽快提高专业能力和工作水平。1959年，总理还在工程兵复员时，特别指示拨1000人来长办，参加长办的施工试验总队，支持长办工作。

通过这一系列途径，培养各种技术力量，获取各方面经验，不仅使长办顺利地完成了当时的各项工作任务，提高了队伍的素质，也为将来集中力量搞三峡工程做了必要准备。

1960年初，为迎接三峡工程建设的需要，林一山同志经请示周恩来总理批准，创办了长江工程大学，设工程力学、水工、水文、地质、水电5个系，招收了两届学生。现长江工程大学的毕业生已成为长江治理开发事业中的一支不可低估的力量，还培养了一些佼佼者。

当年，江西万安、贵州乌江渡等地方为适应工程建设的迫切需要，要求长办帮助他们建设，我们就组织力量参加了这些工程的建设，旨在从实践中锻炼干部，最后目的是挥师三峡。

接待美国代表团回访

根据中美两国水力发电和有关的水资源利用合作议定书附件一的三（二）项规定，我国于1980年以"长江三峡水利枢纽项目"组团前往美国考察。1981年按协议应由美国派代表团来我国回访。1981年4月30日，美国代表团抵达北京，5月1日乘火车到达武汉。长办领导及有关人员到车站迎接，我亦前去迎接，并陪同代表团到达下榻的饭店，共同商定工作日程安排。

为了接待美国代表团，事先长办曾编译了一份英文的《长江三峡工程规划设计简介》。这份简介是由长办各有关专业单位分别编写并组织翻译的。由于各单位人员英语水平参差不齐，译误在所难免，但经过讨论补充，这份材料对帮助代表团成员了解三峡情况与问题起了很好的作用。5月2日访问活动开始，即发给代表团每位成员一份，供其参阅。

中美双方商定访问工作采取全体成员会及小组分会相结合的方式进行，其中小组分会则根据代表团成员实际从事的专业及研究的问题来分组，每组成员可视需要随时作出调整。第一阶段的活动是开全体会议，美国代表团全体成员出席。中方参加会议的有我国 1980 年赴美国考察代表团团长黄友若同志和我们大部分团员，长办有关人员也参加了会议。会上首先由长办有关人员介绍和汇报情况，着重说明三峡工程的任务、效益，在长江和全国的位置，其重要性与必要性，工程坝址的选择，工程的水工设计与施工设计，淹没移民的方针及设计等情况。听完介绍后，代表团成员就所听到的问题进行质询，长办人员对这些问题进行了补充和说明。接着进行第二阶段的活动，由长办组织代表团全体成员及有关人员，乘专轮去三峡工程的有关坝址进行实地考察。船抵沙市，代表团下船查看了荆江大堤，了解大堤的隐患情况，并乘车到郝穴，查看那里的大堤及护岸工程，返回沙市后，又渡江查看了长江南岸的荆江分洪闸及部分分洪区和安全区。我们边看边议，我请来访的代表团成员注意和研究荆江的问题。荆江是长江干流上最险河段的代表河段。这里有高达 12～16 米隐患重重的古堤，如果在堤上再做大的加高是否合适？如果不能加大加高，河道宣泄能力不能有效提高，一旦发生大洪水，河槽宣泄不及，两岸大堤告急时，虽然南北两岸生产情况无大差异，但南岸分洪区却要采取分洪，困难是很大的。现虽有安全区，但在 1952 年建设时是按当时 17 万人口来考虑的，可现在分洪区的人口已增加到 40 余万，分洪时还有大量人口需要临时外迁。虽然 1980 年制定了大堤加高加固、提高分洪水位的方案，而且这个方案现在仍在进行，但即使方案全部完成，要保证荆江的安全，枝城洪峰须要控制在 80000 立方米每秒或以下，而 1870 年那次洪水，枝城洪峰曾达到 110000 立方米每秒，超额达 30000 立方米每秒，所以建三峡水库是非常必要的。希望代表团在研究中考虑此情况。返船后，专轮继续上驶，到达宜昌后，又查看了正在建设与已经开始运行的葛洲坝工程，并查看了萨凡奇原曾选过的南津关坝址。我着重介绍了为什么我们比较选择了三斗坪坝址，介绍了我们对反调节意义与重要性问题的研究情况，以及葛洲坝作为三峡工程反调节水库的问题。随后我们又继续乘船行驶到达三斗坪及太平溪，分别登岸上山查看了坝址，返船后又继续上驶，沿途观看三峡风光，查看航道及库区情况，在白帝城、万县、涪陵、长寿等地登岸，查看与考察各地在建库后县城迁建设想、计划及部分实施情况。在长寿县还专程考察了中华鲟人工养殖场，那儿已有成长到 18 公斤重的中华鲟鱼。路途中长办有关人员还补充介绍了对三峡库区移民安置情况及准备采取的开发性移民、结合开发发展库区的移民方针。船抵重庆后，我们即登岸，来到了重庆市大礼堂。在重庆市同志的陪同下，考察了三峡工程水位为 200 米时重庆市被淹区的情况，并听取了重庆市的汇报与意见，还去北碚考察了长办的一座自动化水文站。然后全体人员分成两批，一批由黄友若副部长及有关人员陪同，去洞庭湖区考察后返汉；我则随另一批成员由重庆径返武汉。

美国代表团团员回汉后，开始了第三阶段的活动，由中美人员混合编组，进行讨论和意见交换，也留出一定时间由代表团自行讨论和研究。经过这些活动，美国代表团的意见已基本形成。他们认为，三峡工程的各项任务是必要的，是开发治理长江的关键工程。代表团团长和我交谈时说，从葛洲坝工程的建设看，中国工程师是有能力、有水平的，即使像三峡这样的工程，如果由中国的工程师自行建设也是可能的，需要美国提供帮助的可能只是其中的某些个别项目。6月2日下午，经过长办的联系，美国代表团在武昌东湖向水利部钱正英部长汇报。在他们汇报之前，我在当天上午已先向钱部长报告了美国代表团来汉后的活动及他们的意见。下午，钱部长接见美国代表团，首先由美国代表团团长汇报，接着全体团员也逐个就专业问题进行汇报。

嗣后，应美国代表团的要求，我和长办的几位同志陪他们乘轮船去上海，看长江下游的情况，然后送他们去北京。6月12日，代表团离开北京飞返美国。

代表团返美后编写了一份长江三峡综合考察报告。据美国《工驾新闻记录》杂志报道，"这批专家确信三峡工程的防洪、发电、航运、灌溉方案是可行而且是需要的，中国的设计者有能力独立予以实现。"

通过1980年和1981年的中美双方回访活动，及经过两国政府的磋商，1982年9月20日，中美两国政府在华盛顿签订了《水力发电及有关的水资源利用合作议定书附件二》。其中第四条为"中国长江三峡工程的多目标开发技术活动"，内容是："①中方将于1983年第三季度派7~10人的专家组赴美考察，并就三峡工程的有关专题与美国同行进行讨论；②美方将于1984年上半年派遣7~8人的专家组访华，并就三峡工程有关技术专题提供为期6周的协助。以后，关于三峡工程项目中美技术合作就按此继续进行下去。"

（节选作者专著《治江侧记》，1998年，标题为编者所加）

变安置性移民为开发性移民

——建设长江三峡水利枢纽的一个重要课题

黄友若

长江三峡水利枢纽由于地理位置适宜，综合开发效益显著，可同时实现防洪保障、水能利用、发展航运三项目标，对全江的开发治理承上启下，非常关键。我想就如何解决好库区移民问题谈些看法，供大家探讨。

搞好移民工作是建设三峡工程的必要条件

任何水利枢纽都要以局部的淹没损失来换取全局的最大利益。关键是必须认真地解决好移民问题。这不仅是个工程可行性研究的技术经济比较内容，也是个社会问题。移民问题解决得好，工程可以顺利建成并充分发挥作用；移民问题解决不好，工程难以建设和发挥作用，且后患无穷。因此，必须使失有所补，才能以小失换大得。三峡工程的巨大效益，只有搞好移民工作，才能腾出库容，水才有地可蓄，有电可发，上下游各行各业也才有利可得。因此，搞好移民工作是兴建三峡工程的必要条件。

兴建枢纽工程与库区搬迁移民，两者是对立统一的关系。兴建工程的目的是为人民谋利益，当然也应包括为移民谋利益；同样，移民搬迁为了兴建工程，需要局部的、眼前的利益服从全局的、长远的利益，而又必须照顾局部的利益，考虑到移民及其子孙后代的长远利益。因此，不能把工程和移民对立起来。修建一项水利工程，按经济规律的要求来讲，应当包括工程建设、移民建设、库区建设三个内容，三位一体统筹安排，统一规划，同步建设，才能获得最优经济效益。特别是像三峡这样的大工程，不能设想建成一个现代化的大水利枢纽，而留下一个贫困落后的库区和数以万计的安置不当的移民。对移民问题，既不能轻视而草率从事，也不能畏难而无所作为。否则，势必影响移民安置，影响工程进展。

历
程
篇

三峡工程移民的特点和解决的条件

三峡库区移民任务繁重。经过组织专人详细调查，在150米水位淹没线以下，需要直接迁移人口32.7万（农业人口13万，非农业人口19.7万），全部或部分搬迁县城10座，大小工厂387个，社队企业1000余个，拆迁农房11.5万间（780万平方米）。加上新建移民安置区及工程用地，估计到1990年总迁安人口在50万左右，淹没压占耕地约20万亩。

三峡库区是一个狭长河谷，移民的特点是：大部分集中在沿江地区，城镇居民迁移的比重大，占移民总数的60%，一批城镇需要搬迁或部分搬迁，有10个县城需要重建，城镇的搬迁与重新发展的规划交织在一起，单纯依靠移民经费无法解决这些问题；农村人口稠密，耕地紧张，如果按过去的办法，单纯依靠农业安置移民比较困难；此外，这一地区经济文化比较落后，地方财政每年都要国家补贴。不过，三峡地区对解决移民问题也有其有利条件。因为，移民总数虽然很大，但是单位装机容量对应的移民数仍低于全国水电站的平均数。同时，淹没区分散在10个县，虽然县城需要重建，但是没有一个成建制的县、区需要迁出。三峡地区的自然资源还是很丰富的，如果移民安置密切结合山区建设，这样巨大的移民任务是可以得到合理解决的。例如：该区宜橙面积有2000多万亩，只要开发100万亩，就可使目前全国柑橘总产量翻一番；桐油、生漆、桑蚕、药材、山羊、肉牛和香菌等都可以搞成规模较大的商品生产基地；矿产资源，如煤、磷、铁、天然气、石灰石、彩色大理石等，品位高，储量多，分布集中，开采有外运和销路条件；水运方便，风景优美，驰名中外，素为旅游胜地；加上兴建三峡工程，吸附投资和劳力的能力是十分大的。因此，解决移民问题的路子是很宽广的。

实行开发性移民的好处

水库移民安置是一项社会性、政策性、科学性很强的工作。过去一些大型水库移民工作遗留问题多，主要教训是搞单纯补偿性安置办法，而且补偿安置标准低，生产又统得死，生活安置和生产发展脱节。不从根本上解决现行的移民安置办法，不仅会拖工程建设的后腿，影响江河流域的治理和开发，还会产生不安定的社会因素。现在我国城市和农村经济已发生了新的变革和转折，在这种新情况下，移民工作需要从我国国情民愿出发，进行彻底改革，变单纯安置性移民为开发性移民，把消极的赔偿移民办法，改为扶持库区人民，广开生产门路，发展商品经济，勤劳致富的办法。这是总结了三十多年来水电建设的经验提出来的。进行这样的改革，有利于工程建设，有利于开发库区各项资源，有利于妥善解决库区移民问题，实现长治久安。

变安置性移民为开发性移民，就是要在开发上实行两个同步，即移民安置与发展库区经济同步进行；库区经济建设与工程建设同步进行。在经费使用上，把包括移民经费在内的各种资金集中起来，扶持库区人民发展生产，脱贫致富，从而安置好移民生活。这样有以下好处：

（一）死钱变活钱

用活经费，使有限的移民经费成为积累的本金，使过去没有钱和没有条件办到的事，可以争取事先办到。把这一地区的移民组织起来，利用当地自然资源丰富和劳力资源充足的优势，发展多种经营，发展乡镇企业，开辟多种形式、多种渠道安置移民。这样做使移民经费发挥更大的经济效益，使移民的生活、生产不断得到改善和提高。

（二）移民有出路

库区周围长江的治理、开发和三峡工程的兴建、建材、建筑、交通运输、食品加工、旅游、服务等行业将会蓬勃兴起，乡镇企业和地方工业将有一个大的发展，可以给移民提供比较广阔的就业机会。而这一地区主要问题是缺乏资金，只要投入一定的资金扶持库区移民，移民就可对多种行业进行开发、经营，从而把移民逐步消化。要抓紧工程开工兴建到蓄水前的有利时机将移民安置妥当。

（三）资源可充分利用

目前三峡地区有很多生产资源亟待开发，劳力资源亟待利用；工矿企业、交通运输、商品流通等行业，均生产赶不上需要；建材、建筑、服务等行业缺门短项；柑橘园、果园、茶场、牧场、林场以及其他特产行业有极大潜力；旅游业和为旅游业服务的其他行业还有大片空白；各种形式的个体经济门路更为广阔等。只要移民吃粮问题有保证，加上必要的资金扶持，让群众放开手脚进行开发生产，完全有可能较快地富裕起来。

（四）为工程服务

工程投资除直接用于枢纽建设部分外，可通过为工程服务的建材加工、简单的辅助施工、服务行业等各种途径安排移民，变成移民的收入。这样，既增加了移民的资金来源，又增加了移民的生产门路，使库区人民的利益与工程利益联系起来，库区人民必定会加倍关心和爱护工程，从而加快工程建设步伐。

（五）可以长治久安

从工程投产后受益部分中提成，用于安排移民的生产、生活，使库区建设有了长远的资金保证，工程和库区将互利互惠，共同繁荣，有利于移民的长治久安。

变安置性移民为开发性移民的办法，是水电建设的一项重大改革，它需要深入探讨，需要实践检验，更需要多方支持，共同努力。

要实行若干特殊政策

三峡地区处在武汉与重庆之间，地理位置得天独厚，自然资源也十分丰富。三峡水利枢纽的兴建，为三峡地区成为经济开发区创造了条件。结合兴建三峡工程，需要实行一系列促进经济发展并有利于工程和移民的特殊政策。比如，从电站生产收入中提取库区建设资金，长期扶持移民；开放粮食市场，优待外省来本区卖粮，豁免粮、油、棉农产品的征购任务；实行对移民有偿扶持，优惠贷款和生产减免税，鼓励勤劳致富；在外贸、引进外资、引进人才、智力投资等方面予以较大自主权和优惠；在建设上首先鼓励搞好交通、通信和服务行业的发展，为工程建设和外地投资者创造条件；对农民鼓励多种经营，发展商品生产，如农业、林业、畜牧业以及经商和劳务活动，使三峡地区的经济很快搞上去。

开发性移民可先进行多种形式试点

进行开发性移民是一项极复杂的工作，需要进行多种形式的试点。例如：实行移民安置的承包制，根据移民安置的统一标准向基层政府和企事业单位搞投标承包，实行经济责任制，以发挥各方面做好移民安置工作的积极性。成立各种实业公司，作为经济实体，结合开发三峡探讨解决移民安置的办法等。总之，开发性移民安置是开拓性工作，必须采取灵活多样的方式，明确经济责任，妥当安置好移民的生产、生活，并负责到底。

我们相信，经过上下左右共同努力，一定能把三峡地区建设成我国富饶、文明、优美的先进地区。

（原载《人民长江报》，1985 年 5 月 7 日）

三峡工程前期工作回顾

洪庆余

一、前言

三峡水利枢纽位于长江干流三峡河段下段的西陵峡内。坝址则选定在湖北宜昌三斗坪，距宜昌市约 47 公里。枢纽控制的集水面积约 100 万平方公里，占长江流域总面积 180 万平方公里的 56%。坝址平均年径流量 4500 多亿立方米，约为长江平均入海年径流量 9600 多亿立方米的一半。

兴建三峡工程的构想始见于孙中山先生的《实业计划》。20 世纪 30 年代，国民党政府建设委员会曾组织三峡河段的查勘，提出修建低坝的设想。40 年代，国民党政府资源委员会曾与美国垦务局签订合约，进行过初步研究。

新中国成立以来，为了治理和开发长江，开展了大规模的勘测、规划、设计和科研等前期工作。1955 年开始进行长江流域综合利用规划工作，1958 年完成了《三峡水利枢纽初步设计要点报告》的编制工作。通过全面规划，论证了三峡水利枢纽对解决长江中下游防洪、开发长江水能资源和改善川江航运具有重要意义，是治理和开发长江的一项关键工程。1958 年 3 月党中央成都会议期间讨论了三峡工程和长江规划问题，通过了《中共中央关于三峡水利枢纽和长江流域规划的意见》。指出："从国家长远的经济发展和技术条件的两方面考虑，三峡水利枢纽是需要修建而且可能修建的……现在应当采取积极准备和充分可靠的方针，进行各项有关的工作。"并要求："初步设计应当争取在 1962—1963 年交出。"根据成都会议的决定，立即开展了系统的勘测、设计和科研等前期工作。当时中央打算在 60 年代初开始兴建，后来由于国家暂时经济困难和国际形势等推迟了三峡工程的建设进程。但根据周总理"雄心不变，加强科研"的指示精神，前期工作仍积极继续进行。

20 多年来，遵循"积极准备，充分可靠"和"加强科研"的指示，长办在有关单位的协作下，对三峡工程进行了大规模的长期研究，搜集、整理和分析了大量翔实可靠的基础资料，对各项重大技术问题进行了反复深入的试验研究，参加协作的单位

历
程
篇

数以百计，编写了大量的勘察、调查、设计和研究报告。对重大技术专题和重要设计方案组织过多次大规模的专家讨论和审查。1970年，中央决定兴建葛洲坝工程，"为三峡作实战准备"。葛洲坝工程的实践为三峡工程建设积累了丰富的经验。1983年长办在多年研究和大量方案比较的基础上，结合我国当时的社会经济条件，编制了三峡正常蓄水位150米方案的可行性研究报告。1983年5月国家计委组织审查，1984年5月国务院原则批准了可行性研究报告，并指示按正常蓄水位150米、坝顶高程175米进行初步设计。但各方面对三峡工程的兴建还有一些不同意见。党中央、国务院考虑到三峡工程举世瞩目，对我国四化大业有重大影响，过去虽然做了大量前期工作，积累了丰富的资料，并多次组织专家讨论审议，但还有一些问题和新的建议需要从经济上、技术上深入研究。本着既积极又十分慎重的方针，要求对三峡工程进一步补充论证，以求更加细微、精确和稳妥。目前正由水利电力部组织补充论证。

二、三峡工程战略决策的几个重要阶段

1. 早期的研究

最早见诸三峡开发计划的文字是在孙中山先生1919年《实业计划》的"改良现存水路及运河"一节中，他提出在三峡"以闸堰其水，使舟得溯流以行，而又可资其水力。"1924年，他又在"民生主义"演讲中说道"三峡可以发生三千余万匹马力的电力"。1932年冬，国民党建设委员会发起，国防设计委员会主持，组织了长江上游水力发电勘测，在三峡地区进行了约两个月的勘查和测量，编写了一份《扬子江上游水力发电测勘报告》，提出了葛洲坝和黄陵庙两个低坝发电方案的设想（分别为32万千瓦和50万千瓦）。可见改善三峡航道、开发三峡水能资源早已为人们所注意。

1936年，扬子江水利委员会顾问工程师白郎都（奥地利人）也研究了改善三峡航道和开发三峡水能的问题。他的结论是"社会经济状况凋敝，是项巨大工程殊难举办……"

1944年4月，国民党政府战时生产局顾问潘绥（美国人）写了一份《利用美贷筹建中国水力发电厂与清偿债款方法》的所谓"潘绥计划"，建议在三峡建造水力发电厂，利用廉价的水电制造化肥。在潘绥计划中建议由美国贷款并提供器材设备，以生产的部分化肥偿还贷款。

1944年5月，美国垦务局设计总工程师萨凡奇应国民党政府资源委员会邀请，在往返印度途中顺道来华。在重庆听了三峡情况和"潘绥计划"的介绍后，决定亲往三峡查勘。9月去三峡，当他回到重庆附近的长寿县龙溪河水力发电厂工程处后，便编写了《扬子江三峡计划初步报告》，正式提出了兴建三峡工程的具体建议。这份报

告可以说是开发三峡计划的滥觞。以后由资源委员会与垦务局多次磋商技术协助办法，于 1946 年签订了协议，从 6 月开始由垦务局正式进行三峡工程的设计工作，中国派遣技术人员参加，先后共派出 54 人。但仅进行了少量的勘探、测量、经济调查和设计工作，1947 年 5 月国民党政府即决定结束设计工作。

这一阶段主要从改善川江航道和利用三峡水能提出开发这一河段的设想，实际进行的工作不多，虽然对三峡工程的决策并无重要意义，但却初步揭示了开发这一河段对改善航运和利用水能的巨大效益。

2. 长江防洪战略步骤的制定和三峡工程

长江是一条雨洪河流，可能发生洪灾的地区分布很广，但以中下游平原地区最为频繁和严重。区内共有农田约 9000 万亩，人口 7500 余万，是我国重要的工业和粮棉基地。但区内地面高程普遍低于长江洪水位，主要靠堤防防御洪水，防洪标准不高，受洪水威胁严重。解放前，有些平原湖区"大水大灾""小水小灾"。湖北民谣"沙湖沔阳洲，十年九不收"，就是当时这些地区的真实写照。根据历史记载，从汉初到清末（公元前 185 年到公元 1911 年）的 2000 多年中，共发生洪灾 200 多次，平均约 10 年一次。随着这一地区的人口增长和自然环境的演变，洪灾日趋频繁，1921—1949 年，竟发生了 7 次较大洪灾。其中 1931 年、1935 年，灾情都很严重，受灾耕地分别为 5090 万亩和 2264 万亩，受灾人口分别为 2855 万和 1003 万，死亡均达 10 多万人；1949 年也是长江一个较大的洪水年，治江一带刚一解放，即投入了紧张的抗洪斗争，这一年的洪灾损失也不小。

中下游洪灾又以荆江（长江干流自枝城至城陵矶一段通称荆江）地区最为突出。荆江北岸历史上的云梦泽已演变为今天的江汉平原，南岸洞庭湖湖面也大为缩小，保护两岸平原地区的堤防越修越高，特别是北岸的荆江大堤，平均高达 12 米，最高达 16 米，而堤身堤基都存在薄弱环节，万一大堤溃决，死亡数可能在十万甚至上百万人左右，并将威胁武汉市的安全，是长江防洪中最严重的问题。解放初期立即引起了重视，为此 1951 年长江水利委员会（以下简称"长江委"）即提出了荆江分洪工程计划，并很快得到了党中央和毛主席的批准，1952 年动工，30 万军民奋战 75 天，完成了全部工程。在 1954 年的抗洪斗争中发挥了重要作用。

根据对长江特点的研究，长江委在 50 年代初提出了以防洪为重点的治江三阶段的战略计划。第一阶段以培修加固堤防为主，恢复和提高已有堤防的抗洪能力；第二阶段兴建平原分蓄洪工程，控制湖泊洼地，用以分蓄超过堤防防御能力的超额洪水，缩小淹没面积，减轻洪水灾害；第三阶段结合兴利修建山谷水库，调节洪水，兼收开发水能等综合利用之利。当然三个阶段并不能截然划分，而是相互交叉的。

上述治江三阶段的计划阐明了以下几点：①中下游防洪特别是荆江地区的防洪是治理开发首要而紧迫的任务；②堤防是长江中下游防洪的一项有效措施，应首先予以加固，以提高其防御能力，但长江洪水峰高量大，单纯依靠加高堤防抗御较大洪水是不现实的，而且堤防越高，受洪水威胁也越大，荆江地区洪水威胁日益严重就是历史上错误的防洪方法所造成的恶果，长江中下游防洪应采取蓄泄兼筹的综合措施；③控制中下游湖泊凹地用以调蓄洪水是一项工程较为简易的有效措施，但蓄洪一次损失也很大，且随着工农业的发展而不断增加，因此应结合兴利修建山谷水库分担一定的防洪任务，以逐步取代平原区蓄洪或减少分洪区运用的概率。

根据治江三阶段计划，除积极加固培修堤防和规划建设平原分蓄洪工程外，还研究了干支流水库的综合利用问题。通过对干支流水库开发方案的比较研究，干支流水库中对中下游防洪最有效的首推三峡水库，特别对防止荆江地区发生毁灭性灾害更具有不可替代的作用。1953年2月，毛主席听取了长江治理方案的汇报后提出："费了那么大的力量修支流水库，还达不到控制洪水的目的，为什么不集中在三峡卡住它呢？"

这一阶段，明确了防洪是长江治理开发的首要任务，并在研究长江中下游防洪，特别是荆江地区的防洪问题中，认识到了三峡工程在长江中下游防洪中的战略地位。三峡工程不仅是一个巨大的水电站，而且也是对长江中下游防洪有重要意义的一项综合利用工程。

3. 长江流域规划的编制和1958年党中央成都会议的决定

利用山谷水库防洪涉及一条河流的水资源综合利用问题，也就是涉及流域规划问题。因此，1953年初，长江委即成立了"长江汉江流域规划委员会"，开始进行长江和汉江的流域规划工作。1954年，长江中下游发生了近百年来最大的一次洪水，虽然新中国成立后大力整修加固了堤防，修建了荆江分洪工程，保住了荆江大堤和武汉市、南京市等重点地区和城市，但灾害仍极其严重，受灾耕地达5000万亩，受灾人口达2000万，死亡约3万人。1954年的这次洪水进一步说明了长江中下游洪灾的严重性，使人们更明确地认识到防洪是治理开发长江的首要而迫切的任务，同时也证实了治江三阶段的战略计划是符合长江实际的，而最后解决长江中下游洪水问题则有赖于山谷水库的建设。因此党中央决定立即开展流域规划工作，并由周恩来总理亲自写信给苏联部长会议主席布尔加宁，要求苏联派遣专家来华帮助长江流域规划工作。1955年6月，苏联专家陆续来华，国内也有30多个单位相继参加了流域规划工作，同时也开始对三峡工程进行系统的勘测、设计和研究工作。在流域规划的初期阶段，在治江战略重点工程上，苏联专家和我们有不同意见。苏联专家倾向于以猫儿峡枢纽作为治江的重点工程。根据苏联专家所提方案，猫儿峡和嘉陵江上的温塘峡以及其他枢纽相配合，虽然也可解决中下游防洪问题，但猫儿峡和温塘峡水库淹没太大，因此我们倾向于以三峡枢纽作为治江的战略重点。1955年底，周总理在听取了不同意见后，认为猫儿峡淹没太大，三峡有"对上可以调蓄，对下可以补偿"的独特作用，初步明确了三峡是长江流域规划的主体。通过一年多的继续规划研究，进一步论证了毛主席提出的在三峡将洪水"卡住"的战略设想和周总理提出的三峡在中下游防洪中的独特作用。

1956年，根据长江规划的初步成果，长办林一山同志在《中国水利》杂志1956年第5、6两期上发表了《关于长江流域规划若干问题的商讨》，除了论述治理开发长江的综合利用原则、主要治理开发任务和方案外，还着重论述了三峡工程在治理开发长江中的地位和作用。同年9月，李锐等同志在《水力发电》杂志1956年第9期发表了一系列文章，不同意三峡工程在治理开发长江中的重要性和迫切性，怀疑三峡方案技术的可能性和现实性，主张以沅水五强溪枢纽代替三峡。

1958年1月，党中央南宁会议期间，毛主席、周总理和其他中央领导同志听取了林一山和李锐两位同志关于建设三峡问题的不同意见。在认真听取了各方面意见后，毛主席提出建设三峡应采取"积极准备，充分可靠"的方针，并委托周总理亲自抓长江流域规划和三峡工程建设问题。为此，同年2月26日到3月5日，周总理率中央和地方有关负责同志和中外专家100多人查勘荆江大堤和三峡，听取了工作汇报和各方面的意见，在重庆主持了"积极准备兴建三峡水利枢纽"的会议。会上有各部、委、省、市领导及专家20多人发了言。周总理表示："从综合效益来讲，三峡是非常理想的，也是很好的。在技术上虽然有很多困难，但是应该说是可能的。经济指标，特别是单位指标都是很好的。三峡可以解决长江洪水问题以及开发长江的水力资源，这都是用不着怀疑的。"他把过去两年多的争论说成"主要是三峡兴建的时间和坝的高程问题"。周总理在总结发言中强调这次会议的中心、目的是研究"积极准备兴建三峡问题"。他说："大家一致肯定三峡必须搞而且也能搞，在政治上经济上都具有伟大意义，技术上也是可能的，在不太长的时间，15~20年内可以完成三峡的兴建。"并说："两年来的争论也是必要的，不争论哪会有这样多的材料回答各个方面提出的问题……争论只要不妨碍工作，有利于工作，就应当提倡、鼓励。"这次会议结束了两年多的争论，肯定了三峡工程是治理开发长江的主体，要积极准备兴建，对三峡工程来说这是一次具有战略决策性的会议。根据这次会议的总结，周总理在3月份的党中央成都会议上做了《关于三峡水利枢纽和长江流域规划》的报告，3月23日，成都会议讨论了周总理的报告，并于25日通过了一项决定——《关于三峡水利枢纽和长江流域规划的意见》（以下简称《意见》）。《意见》首先指出："从国家长远的经济发展和技术条件两方面考虑，三峡水利枢纽是需要修建而且可能修建的，但是最后下决心确定修建及何时开始修建，要待各个重要方面的准备工作基本完成之后，才能作出决定。估计三峡工程的整个勘测、设计和施工的时间需 15 ~ 20 年。现在应当采取积极准备和充分可靠的方针，进行各项有关工作。"要求是："三峡工程的规划性设计应当争取于 1959 年交出，初步设计应当争取在 1962—1963 年交出。"并规定："三峡大坝正常高水位的高程应当控制在 200 公尺（吴淞基点以上），不能再高于这个高程"；同时还明确指出了长江流域开发治理工作应当遵循的基本原则，"应当是统一规划，全面发展，适当分工，分期进行。同时，需要正确地解决以下七种关系：远景与近景，干流与支流，上中下游，大中小型，防洪、发电、灌溉与航运，水电与火电，发电与用电（即有销路），这七种关系必须互相结合，根据实际情况，分别轻重缓急和先后的次序，进行具体安排。"这些原则解决了过去争论中的"先支后干""先小后大"等一些片面观点。

4. 三峡初步设计要点报告的编制和全国科研大协作

根据周总理 1956 年在重庆会议上的总结和党中央成都会议的决定，长办即积极开展了初步设计工作。

成都会议的决定从战略上肯定了三峡建设在技术上是可能的。但由于三峡工程规模巨大，在若干重大技术问题上还需要突破当时的世界水平，创造世界的先例，如深水围堰和大流量截流技术、超高压输变电技术、超巨型水轮发电机组及相应的电气设备制造技术、快速施工技术及巨型施工机械、巨型升船机、电站及电力系统自动化、新型建筑材料、水库调度及泥沙淤积、经济规划问题等。为了加速解决这些重大科技问题，周总理在成都会议结束后，立即决定由国家科委、中国科学院和水电部的领导负责组成三峡科研小组，组织全国有关科技单位开展三峡科研工作。1958 年 6 月第一次三峡科研会议在武汉召开，制定了重点科研计划，共有 200 多个单位近万名科技人员参加了这一全国性的科研大协作。经过 1958—1960 年两年多的科研工作，取得了大量的科研成果，仅 1958—1959 年就提出 700 多篇研究报告和论文，部分解决了三峡建设中的某些重大技术问题，为三峡的初步设计和技术设计提供了科学依据。1959 年底及 1960 年底，长办在大量科研成果的基础上先后完成了《初步设计要点报告及初步设计报告（草稿）》。1959 年 5 月邀请有关单位 66 个，共 188 名代表，讨论了初设要点报告，主要讨论了坝址选择和正常蓄水位两项重大问题。通过 10 天讨论，一致认为"三斗坪坝址具有不可争辩的优越性"。对正常蓄水位，则认为枢纽建筑物可按 200 米设计，但在水库运用时，重庆市百年一遇的回水位也应控制朝天门不超过

200 米，以减少重庆市的重大淹没。

1960 年，中央考虑到当时国家的经济情况和国际形势，决定放慢三峡建设的进程。当年 8 月周总理在北戴河会议期间，亲自主持会议，调整了三峡工作的部署，并作了"雄心不变，加强科研，加强人防"的指示。60 年代，根据毛主席和周总理指示的精神，进一步加强了人防和泥沙的研究工作，同时根据当时国内经济情况，研究了各种分期方案，直至"文化大革命"前夕始终没有中断。这一阶段解决了建设三峡工程的大量技术问题，为修建三峡工程奠定了技术基础。

5. 三峡工程的实战准备——葛洲坝工程的兴建

1966 年下半年至 1969 年，三峡工程的工作长期受到"文化大革命"的干扰，基本处于停顿状态。1969 年 10 月毛主席提出视察湖北，省革委会张体学同志向毛主席提出修建三峡工程的建议。毛主席指出"在目前备战时期不宜作此想"。事后张体学同志根据一些同志的意见，提出先修三峡下一级枢纽葛洲坝工程的建议。葛洲坝工程是三峡枢纽的一个组成部分。三峡坝址到宜昌还有约 40 公里是峡谷河段，三峡大坝建成后，坝址以上航道可以得到改善，这 40 公里如仍处于天然状况，则将成为出川航道上的"卡口"。另外，三峡电站在枯水期调峰运行时下泄流量不稳定，产生通常所说的日调节不稳定流问题，对坝下的航行条件和宜昌港停泊条件不利。在规划阶段，为了解决以上两个问题，经比较研究，决定修建葛洲坝反调节枢纽作为三峡的配套工程。按建设程序葛洲坝工程要在三峡建成之后兴建，或与三峡工程同时建成。如在三峡之前修建，则将增加葛洲坝工程的建设难度和投资，对三峡工程的施工亦有一定的不利影响。同时，当时对先建葛洲坝工程也存在不同意见。周总理和有关领导多次听取了各方面的意见，最后仍决定先修葛洲坝工程，决策的重要因素之一就是为三峡作实战准备。1970 年 12 月 25 日，党中央在批复葛洲坝工程建设时指出："修建葛洲坝水利枢纽，是有计划、有步骤地实现伟大领袖毛主席'高峡出平湖'伟大理想的实战准备。"1972 年 11 月 21 日，周总理在葛洲坝工程汇报会上又强调说："过去没有实战，所以说，现在修葛洲坝要成为三峡大坝的试验坝……"

通过葛洲坝工程的实践，确实为三峡工程积累了丰富的经验。例如，在泥沙研究方面、深水围堰的修筑方面等，使我们对建好三峡工程在技术上更有信心更有把握。同时还培养锻炼了一支具有相当水平的大型水利枢纽工程的设计、施工和科研队伍，为建好三峡提供了可靠的技术力量基础。实践证明，中央以葛洲坝工程作为三峡工程的实战准备是一项非常英明的决策。

6. 三峡坝址的最后选定

30 年代，曾拟议以黄陵庙为三峡坝址。40 年代，萨凡奇曾在西陵峡出口段的石牌至南津关（距宜昌市 5 ～ 15 公里）河段选择了 5 个坝址，都在石灰岩地区。新中国成立后，长江委上游局进一步研究了黄陵庙坝址。1955 年开展长江流域规划和三峡工程设计研究后，在过去工作的基础上进一步研究了三峡工程的可能坝址。决定对两个不同类型的坝区进行勘测研究。一为峡谷出口段的南津关坝区，上起石牌，下迄南津关，研究河段全长 13 公里，即原萨凡奇推荐的坝区，该区地质大部分为石灰岩，故又称石灰岩坝区。另一为西陵峡上段的美人沱坝区，研究河段上起美人沱，下迄南沱，全长 25 公里，该区地质为结晶火成岩，故又称结晶或火成岩坝区，30 年代拟议的黄陵庙坝址即在这一区内。在石灰岩坝区先后研究了 10 个坝段。两个坝区仅用小口径地质钻孔即钻了近 20 万米，其中火成岩坝区共钻 15 万多米，三斗坪坝址 7.6 万多米。经过比较，1958 年选定了美人沱坝区。然后在美人沱坝区再进行坝段比较，1959 年初设要点阶段选定了三斗坪坝段。以后又在此河段内比较了三条坝线，1960 年经进一步比较研究，选了上坝线，即现在通过中堡岛的坝线。

1960 年以后，在研究枢纽工程的防空炸问题时，认为三斗坪坝址河谷宽阔，不利于防空，因此重新研究了坝址问题。当时曾考虑采用大体积定向爆破筑坝，电站厂房及通航建筑物均设置地下，为此又重新研究了南津关坝区的石牌坝址。经两年多的研究，新的石牌坝址方案不仅工程艰巨，而且地质条件不好，工期太长，经济上也不合算，1963 年即予以放弃。同时又结合防空要求，重新研究了美人沱坝区窄河谷段坝址。经初步比较研究，决定以太平溪坝址作为重点研究对象。根据大量的勘测研究结果，太平溪坝址的地质条件与 60 年代选定的三斗坪坝址相近，两个坝址自然条件的主要差别在河谷地貌方面，两个坝址都具有修建高坝的条件。太平溪坝址河谷狭窄，开挖工程量大，混凝土工程量相对较少；三斗坪坝址河谷较宽，开挖工程量相对较少，混凝土工程量则较多；施工条件各有优缺点；造价相近；防空炸条件太平溪坝址略优，但也无决定意义。因此仁者见仁，智者见智，虽然认为两个坝址都是好坝址，但对选用哪个坝址的意见则不一致。1974 年，葛洲坝工程主体工程复工后，三峡建设问题又提上了议事日程，而坝址则是首先要决定的问题。为此，长办于 1976 年 3 月编制了《三峡工程坝址补充研究报告》。水电部于 1977 年 11 月报请国务院召开三峡汇报会，以便选定坝址，有针对性地开展科学试验。1978 年 2 月，水电部在现场召开了坝址选择准备工作会议。会议建议由国务院主持召开选坝会议，并要求长办根据会议精神编制选坝报告。1979 年 4 月国务院召开会议，听取了有关三峡工作的汇报，并决定由林一山同志主持召开选坝会议。1979 年 5 月选坝会议在武汉召开，有 55 个单位 200 多位代表参加。讨论中虽都认为两个坝址都是好坝址，都可建高坝，但对两个坝址的优缺点则各持不同意见，因此未能取得选定坝址的一致意见。部分代表也提出了三峡工程不宜近期建设以及选坝条件尚不成熟等意见。选坝会议的情况上报国务院以后，根据国务院指示，原水利部于1979年9月主持召开了选坝报告会，由武汉选坝会议的大组长及有关专家、领导共40多人参加，会议仍未取得完全一致的意见。会后，原水利部即于1979年11月向国务院写了报告，除反映各方面对选坝的意见外，并推荐以三斗坪坝址开展初步设计。争论多年的坝址问题终于得到解决，为以后进一步深入开展勘测、设计和科研工作创造了条件。

7. 三峡工程可行性研究报告的编制和审查

选坝汇报会议以后，原水利部向国务院报送了《关于三峡水利枢纽的建议》，建议"将三峡作为我国四个现代化建设中的一项重大战略性工程，争取在90年代建成"。并建议"以长江三峡水利枢纽的前期工作……作为中美合作的一个重点项目"。

在研究三峡工程选坝前后，原电力部李锐等同志不同意近期修建三峡工程，多次以个人名义和电力部名义向中央有关领导反映了这一意见。他们的主要论点是："三峡水库防洪作用有限，而投资过大。"从发电考虑建三峡，"目前国家财力显然难以负担。"为此，1980年8月国务院常务会议决定："关于三峡建设问题，由科委、建委负责，继续组织水利、电力及其他方面的专家进行论证，提出意见。"根据国务院的决定，科委、建委即组织筹备召开论证会，要求长办编制一套论证资料。当时不同意近期修建三峡的主要理由之一是三峡工程移民太多、投资太大，因此长办又在60年代研究分期开发方案的基础上进一步研究了各种分期开发方案。1981年1月又提出了三峡分期开发初期蓄水位128米，坝顶高程145米的方案。1981年底长办编制上报了《三峡水利枢纽论证报告》，后因故论证会迄未召开。

1982年，"长办"根据上级指示，开始研究三峡蓄水位150米方案的可行性。1983年3月编制完成了《三峡水利枢纽可行性研究报告》，基本结论是：三峡蓄水位150米方案的综合效益虽不如较高水位方案，但仍有很大的综合效益，"经济指标极为优越是无可置疑的"，"考虑投资积压的因素……在经济上仍然是有利的"，"有关重大技术问题，经过多年研究均可获得解决"，"资金筹集问题也可解决"，"因此近期内完全有条件兴建三峡工程"。1983年5月由国家计委主持审查，参加会议的有国务院有关部委，川鄂湘三省及科研、设计、施工单位和高等院校代表共350余人。会上，绝大多数代表同意可行性报告的意见，主张尽早兴建三峡工程；少数代表则持不同意见，认为条件还不成熟；有不少代表认为三峡条件优越，效益巨大，即使有不同意见也不是在重大技术问题上有分歧，因此应抓紧决策，"与其坐而谈，不如起而行。"会上争论最大的技术问题是水库泥沙淤积问题，因此决定进一步补充泥沙方面的试验研究。1984年2月，水电部根据可行性报告审查会议后的补充工作成果，向国务院提出了"建议立即着手兴建长江三峡水利枢纽工程的报告"。报告论证了三峡工程的可行性，指出了三峡的几个突出优点：①地理位置得天独厚；②综合效益显著；③能源开发明显需要。可行性报告审查中提出的一些重大问题，如泥沙淤积问题、施工期导航问题等，经过一段工作，已论证可以解决。审查中认为需要进一步核实的两个问题即水库淹没实物指标和工程投资问题，也已核实。中央财经领导小组审议了水电部这个报告。同意按蓄水位 150 米、坝顶高程 175 米方案筹备兴建。并由国务院于 1984 年 4 月正式批复了计委对可行性报告的审查意见，原则上批准了可行性报告，并要求按蓄水位 150 米、坝顶高程 175 米进行初步设计。根据国务院批复，长办抓紧进行初步设计阶段的各项工作，1985 年 3 月编制完成了初步设计报告。三峡工程的前期工作又大大前进了一步，完全具备了正式施工的条件。

8. 三峡工程的重新补充论证

150 米方案虽然在技术上可行，经济上也有利，但综合效益却发挥得不够充分，因此在 1984 年审查可行性报告时已有不少代表提出提高蓄水位的意见，在长办编制 150 米初步设计过程中，各有关方面也提出要求提高蓄水位的意见，为此，又由科委、计委组织正常蓄水位方案的补充论证，长办编制蓄水位补充论证报告。在组织蓄水位论证的同时，继续开展前期科研工作，重点进行了泥沙研究工作和水库移民安置规划研究及试验。科委和计委为论证蓄水位方案，共组织了 8 个方面的专题论证，即防洪、航运、电力系统、泥沙、库区淹没及移民、地质与地震、综合评价。各专题组对蓄水位的意见虽仍未统一，但多数倾向于以 150 米高的蓄水位方案为宜。

在论证蓄水位方案的同时，社会上对三峡建设问题也有一些不同意见，怀疑三峡工程的经济性和技术可靠性，为此，党中央和国务院于 1986 年 5 月发出通知，要求对三峡工程重新论证。通知指出："三十多年来，我国的有关部门和科学技术人员对三峡工程做了大量的勘测、科研、设计工作，积累了丰富的资料，国务院也曾多次组织专家讨论并原则批准过三峡工程可行性研究报告。但是这一工程还有一些问题和新建议，需要从经济上、技术上深入研究……以求更加细致、精确和稳妥……"并责成水电部广泛组织各方面专家进一步论证。根据通知精神，水电部成立了论证领导小组，下设 10 个专题组，分 14 个专家组进一步开展论证工作，共有各方面专家 400 多人参加，计划 1987 年提出论证报告，我们相信通过补充论证，一定可以作出正确的决策。

是中国共产党让孙中山的理想逐步变成现实

曹乐安

　　长江是祖国的第一大河，自青藏高原奔腾而下，挟携着无穷的能量，不息地东流入海，世世代代哺育着居住在流域内的中华儿女。远在两千多年前，我们勤劳、聪明又富有开拓精神的祖先，就曾经为适应当时当地发展生产的需要，引水灌溉，凿渠通航，后来进展到修堤防水与洪水斗争。关于水利工程，历史上各个王朝都曾有所修建，遗留至今举其中人们比较熟知的有秦代的都江堰和灵渠、隋代的大运河、明代联成的荆江大堤……但是由于条件的限制，这些传世的巨大工程，都着眼于局部利益上。从国民经济发展需要出发，把长江看作一个有机的整体来设想其开发利用宏伟蓝图的，在中国历史上，伟大的孙中山先生是第一人。

　　孙中山先生在他1919年著的《建国方略》"第二计划"也就是《实业计划》中，曾设想从改善自上海到重庆这段长约2500公里的长江干流航道着手，达到发展华东到华西广大地区的工商业的目的，且比较有条理地提出了从长江口到重庆、干流各河段的整治计划和改良主要支流航运条件的设想，使长江干支流联合，可北上北京南下广州，建成四通八达的水运网。特别值得指出的是：孙中山根据长江"自宜昌而上……急流与滩险，沿流皆是"的实际情况，提出"改良此上游一段，当以水闸堰其水，供舟得溯流以行，而又可资其水力……"的方案设想，"于是水深十尺之航路，下起汉口，上达重庆，可得而至。"孙中山描绘的这幅宏伟蓝图，直到60多年后的1981年，才部分实现。

　　在1981年6月，长江干流上第一座水利枢纽——葛洲坝水利枢纽第一期工程建成。葛洲坝水利枢纽在宜昌市郊区。按照1959年提出的《长江流域综合利用规划要点报告》，葛洲坝水利枢纽是三峡水利枢纽的组成部分，是它的航运梯级，也是开发治理长江在干流上最下一级枢纽。第二期工程于1986年开始投入。从国内当前建成的综合利用水利枢纽的规模来看：葛洲坝水利枢纽两座大型船闸的年货运量近5000万吨，由此三峡河段近200公里航道的航行条件得到改善，两座水电站总装机容量271.5万千瓦，年发电量160亿~170亿千瓦时，三座泄水建筑物总泄洪能力达 114000 立方米每秒，可安全下泄历史最大洪水，都是国内首屈一指的。该工程自 1981 年投入运行近十年来，对国民经济发展作出了贡献。但毕竟只是一座径流式枢纽，水库基本上不起调蓄作用，壅高的水头最大也只 27 米，当然只能是部分地实现孙中山先生改善整个长江航道的远大计划，如果联系到孙中山先生 1924 年在《民生主义》演说中"像扬子江上游夔峡的水力，更是很大。有人考察由宜昌到万县一带的水力，可以发生三千余万匹马力的电力，像这样大的电力，比现在各国所发生的电力都要大得多；不但可以供给全国火车、电车和各种工厂之用，并且可以用来制造大宗的肥料，要达到这个宏伟目标，现在差距还很远。"

那么，拟议兴建举世瞩目的三峡工程，是否就会同时全面实现中山先生畅通长江航运与开发三峡水能资源的遗愿呢？为了回答这个问题，我们专程从汉口搭乘去重庆的客轮到宜昌，做了一次访问。

在汉口港，搭乘长江轮船公司经沙市、宜昌去重庆的江字级客轮，溯流而上。一位老工程师为我们沿途指点，他在年轻时读过孙中山先生著的书，很尊敬孙先生，他从 40 年代末起就参加长江水资源开发、防洪工程以及干支流上的水利枢纽建设方面的工作，熟悉一点长江的情况。他从我们选择的访问行程谈起，向我们介绍。要理解孙先生何以说"水深十尺（注，合 3.33 米）是航路，下起汉口，上达重庆，可得而至"这一远大计划，必须从孙先生提的"下起汉口"开始，因为汉口以上直到宜昌 600 多公里长河段，属长江中游，目前航道经几十年来疏浚，每值枯水期仍不能达到航运部门整治规定的 2.9 米水深，其中断堤螺山之间的界牌水道近 50 公里长，经常在枯水期碍航，要达到孙中山设想的航路水深，已非一般常规整治河道的方法可以奏效，有待采取在干支流上建设具有调节枯洪径流能力的水库之类的治本措施来满足。从汉口乘轮船上行访问，就可亲自了解孙先生整治长江航道的设想，是从国家长远经济发展必须发展水运事业的角度考虑的，确实是具有长远眼光的，这是一；二是孙先生主要从开发水能资源着眼来开发三峡的，据 20 年代国内国外的经济社会技术发展水平，特别是当时国内军阀割据的政治局面衡量，确实是个极有魄力、极具远见的设想。

从汉口乘轮船出发访问，既亲自了解了上面提到的长江航道现状，更重要的是还可亲自了解湖南、湖北两省，这座我国最大的粮仓受长江洪水威胁的一些实际情况。

那么，如何实施孙中山先生开发三峡"可以资其水力"的规划，治理好长江航道、防范长江上游洪水对中下游广大地区繁荣的工农业造成危害，我们开始产生了这样的初步认识。只有兴建三峡工程才能全面实现中山先生遗愿。

老工程师的这番话，为我们访问的行程安排鼓了一大把劲！

我们这次的航行访问，正值长江洪水初期。当轮船行驶在界牌河段时，目睹河道顺直流畅，感到浩浩荡荡。可是料想不到洪水季节这里有时竟会碍航轮船经过城陵矶，远眺洞庭湖口，觉得湖面广阔，我们不禁吟起唐人诗句："气蒸云梦泽，波撼岳阳城。"而此刻，老工程师却喟然长叹，说这是历史上的壮观。今天洞庭湖区的七八百万人民在惊呼要尽早地抢救消亡中的洞庭湖。洞庭湖区有一千一二百万亩良田，是我国的一个重要粮仓，近几十年来受着一年比一年严重的洪水威胁，湖区人民年年修堤防汛，却年年赶不上湖水位上涨的涨势！这是由于每年从长江四口和四水洪水入湖带来的大量泥沙，大半淤积于湖内所产生的恶果，据实测每年淤积在洞庭湖的泥沙约1亿立方米，淤出的沙土面积5万～6万亩，即洞庭湖湖面每年缩减约40平方公里，如长此缩减下去，不要多少年，洞庭湖可能会变成桑田，而长江从四口分流入湖，湘、资、沅、澧四水尾闾汇流，源源不断，陆沉之祸，何以避免？湖区人民怎不担忧？这是一方面的问题。另一方面的问题也同样严重。洞庭湖起着一座天然水库调节长江中游洪水的作用，既然湖面在缩小，随之而来的是调节作用逐年变弱，荆江南北两岸大堤特别是荆江大堤，将会受到严重威胁，所以湖北人民理所当然地极其关注洞庭湖的命运。针对上面这些复杂的（长）江（洞庭）湖关系，按"江湖两利"的治理方针，40年来进行了大量工作，取得了巨大成效，但要使江湖都对人民有利，结合实现孙先生开发三峡的设想，是我们今后要全力以赴，力争尽早实施的诸多方案中的一种。

轮船继续逆流而上，在荆江中段驶行，虽说离岸好几百米，但我们还是能清楚望见那条捍卫江汉平原的荆江大堤，堤顶高出江水面几米，临江有断续成片的杨林，护坡块石也隐约可见，使人感到荆江大堤固若金汤。老工程师好像看透我们的心思，他指着大堤说：现在看到的荆江大堤，原本是东晋以来各朝历代许多段分围的堤，到明朝嘉靖年间，才连成一条连续的大堤。后来把西起江陵枣林岗，东到监利城南，这段长182公里的堤划为荆江大堤。由于大堤在古代形成又系分段由低到高填筑，堤身堤基就难免存在隐患。自联成大堤，从1542—1937年，大约400年的时间里，有历史记载的堤溃共74次，平均5年多决溢一次。1949年以来，人民政府大体分3个步骤进行治理。第一步，加高加固沿江沿湖堤防；第二步，沿荆江及以下长江两岸及洞庭湖区修建或划定分蓄洪区；第三步，在长江干支流上修建控制性能好、库容大、具有综合利用效益的水库，既调蓄洪水，又发挥发电、航运、灌溉、供水、旅游等效益。

那么光靠修高大堤可不可以抵御洪水呢？

首先从洪水情况来看：根据自南宋高宗绍兴二十三年（1153年）以来的历史资料，上游过宜昌站的洪峰流量超过70000立方米每秒的10次，超过80000立方米每秒的

8次，超过90000立方米每秒的5次，其中曾经2次相隔不到10年，1870年那次特大洪水，两湖一片汪洋，庐舍漂流，死亡惨重，经历1860年和1870年两次大洪水，长江分流入洞庭湖的口门从原有的太平、调弦两口先后增加了藕池、松滋两口，入湖水量和泥沙量成倍增加，当年洞庭湖面积6000平方公里，湖的西北边距江北比今天近得多，而且荆江本身的泄洪能力也比今天大不少，120年来的江湖剧烈变化，现今荆江能够安全下泄的流量只有60000～68000立方米每秒，视洞庭湖洪水位高低而定，而根据1877年至今宜昌110多年实测资料，洪水流量在60000立方米每秒以上的洪水年份有22年，接近的有3年。又根据近半个世纪沙市实测洪水水位在警戒水位以上的年份有30年（从1949年到1985年有27年）。从上面水情，可以想见荆江两岸人民年年处于受洪水威胁的紧张状态之下，年年为护堤防汛付出了多么巨大的人力物力，上游来的洪水流量大大超过荆江能安全下泄的能力，这一对矛盾酝酿成了荆江南北两岸严重的洪灾。如果和1870年同样大的洪水再现，荆江两岸广大地区的人民，都将难免遭到毁灭性的沉重打击。

再看加高堤防的问题，单是荆江大堤和南岸大堤合计就将近400公里，普通需要加高4米。这样，不独加高所需土石方数量巨大，难以解决，而且前面提到过的大堤众多的隐患和不少的险工，由于挡水高度比现在大堤的平均高度12米增高1/3，风险程度随之大增。特别还要指出：纵使不惜庞大花费，沿江的宜昌、宜都、枝城和枝江几座新兴城市和大片农村，仍将遭灭顶之灾！经过反复的研究，还必须采取第二步和第三步的措施。

第一步加高培厚堤防问题。在50年代集中力量打了一个加高培厚大堤的大仗，延续至今，单荆江大堤就完成土石方1亿多立方米，还在不断进行，第二步在50年代初就开始着手划定了蓄洪垦殖区。人民政府在当年百废待举、财政困难的情况下，于1952年汛前只用75天时间，修成了荆江分洪工程，工程位于长江南岸，与荆江大堤最上段对峙，形成分洪8000立方米每秒、容积54亿立方米的蓄洪区。在1954年抗洪斗争中，荆江分洪工程起到了挽救荆江大堤免于漫溃的关键作用，分蓄洪区的安全设施，于今还待兴办；第三步的工作从50年代后期起到目前，一直在长江上游和中游主要支流上，修建了大批综合利用的水库。至于在长江干流上修建水库的计划，孙中山从国家经济建设的高度考虑，指出改善川江航道，开发三峡蕴藏的巨大水力，最先提出在三峡建水库的设想。国民党政府为实现孙先生的这一光辉建国方略，曾经先后于30年代初和抗战胜利在望的40年代中，分别进行过实地研究，前一次提出选在黄陵庙或葛洲坝建低坝发电和局部改善三峡区间航道的方案；后来那次选在三峡出口建座高坝大库，以开发电力为主，兼有航运、防洪等综合效益的方案。

设想是积极的，但终因历史条件的限制，不可能实施。

共产党领导的人民政权的建立，开辟了开发和治理长江的新时代。

在 50 年代开始和近年补充的长江流域规划中，全面地论证了三峡工程的地位与作用；在长江中游防洪方面，由于三峡工程位于长江上游河道最下段的西陵峡内，能有效地控制宜昌以上洪水，控制荆江河段洪水来量的 95% 以上，武汉以上洪水来量的 2/3 左右。这是前面谈到的由 3 个步骤形成的长江中游防洪体系的一个重要组成部分，对确保荆江两岸约 1500 万人口、近 2500 万亩农田、十几座中小型城市的安全则是不可替代的，在华中、华东电力系统方面，由于华中、华东两地区经济比较发达，从长远看，要仰赖外区供应能源，或调入煤炭，或输入水电，而三峡河段水能资源集中，是最靠近华中、华东电网负荷中心的巨型电源。经过对多种方案的比较研究，尽早建设三峡方案是最优的方案；在长江航运方面，特别是川江和武汉—城陵矶间航运方面，从现状看，经 40 年来的整治，虽然已经有了巨大的改进，但川江上急流、险滩、单向航道这类天然状况依然存在。而要大幅度地提高航道通过能力，以适应国民经济发展的要求，最关键的是一方面必须改变川江航道的天然状况，另一方面兴建适当规模的三峡工程，库区回水到重庆九龙坡港，淹没滩险、减小流速、加宽航道，坝下最枯流量因水库调节而大为增加，从而增加中游航道枯水季航深，可以同时有效地满足上面两方面的要求；对提高川江和荆江及界牌河段的航运能力而言，三峡工程的作用，在一定意义上也是任何办法不可替代的。

说到这里，还得请注意三峡工程只是由加高培厚大堤、兴建和划定分蓄洪区及兴修干流水库三者组成的长江中下游防洪体系中的一个重要部分，而不是有了三峡工程就不要其他组成部分了。即使将来三峡工程建成，在汛期，首先发挥大堤这个防洪基本措施的作用，使荆江河道尽量下泄洪水，只当上游洪水超过荆江安全泄洪能力时，三峡水库才开始起调蓄洪峰的作用，当上游洪水继续高涨，分蓄洪区就开闸蓄洪水，配合三峡水库拦洪以保证荆江两岸广大地区免遭毁灭性洪灾，有了三峡水库，就可以大大有利于增加长江中游防洪调度的可靠性和灵活性。

听了老工程师的这席话，使我们认识到近 40 年来的长江流域规划工作，在提高长江防洪能力、利用长江水能资源、改造长江航道等方面的大量建设，丰富、发展了中山先生的设想。

轮船在晚间 10 点抵达宜昌前，广播通知当晚停靠码头，明晨 4 点起锚通过葛洲坝水利枢纽船闸上行。船长用无可奈何的语调向我们解释：宜昌以上是长江上游河段，其中自宜昌至宜宾河段通称川江，长 800 多公里，除在葛洲坝工程水库范围内约 200 公里的三峡河段的航行条件得到相当程度的改善外，其余几百公里河道中存在各种滩险、众多的狭窄航道，只能定时单向通行，航程安排主要受这些单行航道的限制，根据多年川江航行经验，规定客轮或船队，从宜昌上行，每天 4 点离港，下午或傍晚过瞿塘峡这段 8 公里长的单行航道，夜航过万县，从重庆下行，下午 5 点左右就停万县，等待上行轮船或船队单向通过奉节万县间几段单行航道，然后深夜续航，在探照灯的照射下，通过既是险滩又属川江最长的单行航道——巴阳峡航道，约在朝阳升起前后，进入三峡；这样的航程安排，就错开上下行船舶，分别定时一向通过单行航道，40 年来夷平了川江上不少滩险，却做不到扩宽单行航道，定时一向航行的安排真算得几十年来的"一贯制"了。船长深有感慨地说：正由于川江至今基本处于天然的航行条件下，运输费用贵而船舶周转期又长，所以，一方面从上游下行经宜昌的货运量长期徘徊，近年增长仍属缓慢；另一方面，丰富的物产只得另筹出路，70 年代修建的襄渝铁路，基础和长江平行，货运客运两都繁忙，安全线实现电气化牵引，对比之下，提醒我们是彻底改造川江振兴长江航运的时候了！船长的这番话给了我们很大的启发，启发我们对孙中山先生在 70 年前就提出"当以闸堰其水"的设想，理解得更加深刻。

我们怀着对伟大的革命先行者孙中山先生远见卓识的敬佩之情，又抱着对长江开发建设者们的崇高敬意，登岸访问葛洲坝工程。因为葛洲坝工程的建成，表明在中国共产党领导下的中国人民有能力逐步把中山先生的宏伟设想变成现实。

在晨曦中，我们登上西坝尾部的航运调度楼楼顶，远望葛洲坝水利枢纽雄踞江上，两岸山头成排的高压电线路铁塔，首先映入眼帘，还隐约地显现出 3 座船闸上对峙高耸的提升楼，两座水电站厂房顶上行列着的出线架，相间横陈的泄水闸和冲砂闸上的启闭机楼，联成协调的整体，在轮廓上错落有致，在观瞻上雄壮瑰丽，特别是偶见船队上下，碧空远影；二江闸下，波涛耀眼。睹此景物，既觉得心旷神怡，又感到葛洲坝水利枢纽是值得引为骄傲的一桩伟大建设。

出调度楼，搭乘船闸管理局工作轮过 2 号船闸，在前面缓缓上行的有两个中型船队、一艘航行三峡区间的客货轮。经三江公路桥下，望见 2 号船闸下闸首两扇巨大的人字门敞开，分别藏到左右闸墩的门龛里，按顺序工作轮最后进入船闸闸室，在浮式系船柱上系紧，遂见每扇高约 35 米、宽约 20 米、重 600 吨的人字门很轻松自如地关闭了，船队、客货轮和工作轮齐集在宽 34 米、长 280 米可以容纳一个 12000 ~ 16000 吨大型船队的闸室里，显得相当宽裕，我们正在估量闸室内水面上升情况，没料到只 10 分钟左右就平稳地上升到与库水位齐平，这时上闸首人字门徐徐开启，靠进门龛锁定。船队、客货轮和工作轮顺序驶出船闸，从接近船闸下游守墙到离开上游导墙，大约共花了 42 分钟的时间。在等待进闸这段时间里，船闸管理局的同志介绍说，1号和2号船闸属世界上大型船闸之列，通过这两座船闸的建设和运行，在船闸本身结构设计和闸门制造方面积累了许多宝贵经验。在运行管理方面，经十年摸索，亦取得了长足进展，自1985年以来安排好经常性的检查维护时间，利用早、晚的船闸间隔波将泥沙冲走，使船闸正常运行的天数逐年增加，2号船闸基本全勤，3号船闸平均已达335天，超过规定15天；特别值得一提的是如何解除长江泥沙对航道的不利影响，曾经是衡量葛洲坝工程成败的关键技术问题之一。通过系统的原型观测、试验研究和理论探索，采取排沙作为主要措施辅以破除回流淤积的适当方式，既避免了库尾变动回水区航道的淤积，也使坝区航道与引航道所受的泥沙影响迎刃而解，不但运行检验满意可靠，而且在泥沙科学上，是一项赢得国际称誉的重大学术成就，总的来看，在葛洲坝工程上泥沙问题解决得很成功。

我们在三江上引航道登岸和预约的一位设计工程师相会。边走边谈，他回答我们提出的一个问题：葛洲坝工程的建设为三峡工程的兴建作了哪些方面的实战准备？

他说：第一，葛洲坝枢纽虽系低水头径流工程，但由于系第一次在祖国第一大江干流上筑坝，而长江在宜昌测站的历史洪水最大达110000立方米每秒，年平均输沙量为5.3亿吨，坝基系红色岩系夹有多层强度低的剪切带等自然条件，随之与俱的是一系列复杂、困难的技术问题，主要有施工期导流和截流，涉及长江改道；运行期低水头下下泄巨大流量，确保消能防冲安全；运用泥沙运动规律，消除淤积的不利影响；基岩剪切带的可能演变趋势及其抗滑、抗渗能力……庞大的工程规模带来的技术难题，主要有各种重型钢闸门、大型适应低水头的水轮发电机组、全面机械化施工的大型施工机械……完全依靠我们自己的力量解决和处理好了上面这些难度大的高技术问题，增强了我们建设好三峡工程的信心。第二，建设葛洲坝工程的同时，锻炼成一支专业齐全、大力协同的勘测、设计、科研、施工队伍，也显示出有组织、管理这支队伍走向成功的本领。第三，在葛洲坝工程建成的同时，为将来三峡工程的兴建准备好了一个建设基地。第四，葛洲坝电站年发电收益多，为筹集三峡建设资金开辟了一条有利途径。

我们随着他去参观枢纽两座水电站之一的二江水电站，这座水电站装机容量96.5万千瓦，装机7台，其中两台大水轮发电机组，每台水轮机出力为17万千瓦，水轮转轮上4个不锈钢叶片，每片重40吨，转轮直径11.3米，在世界同类机型中，出力和直径都数最大，这显示我国水轮机制造厂有设计、制造大容量大型水轮发电机组的能力。

走出二江水电站，循尾水平台去参观二江泄水闸。正值长江洪水初期，站在分隔

历
程
篇

二江水电站和二江泄水闸的导墙尾部，见到大江和二江水电站尾水渠水流平稳，二江泄水闸下游消力池中区 12 孔，洪流咆哮，波涛汹涌，水雾飞腾，彩虹隐约，确实是一幅壮观景色！设计工程师告诉我们，泄水闸是整个枢纽的主要泄水、排沙、控制库水位的建筑物，在二期工程施工过程中基本上是长江下泄的唯一过水道，是一座十分重要的水工建筑物；在设计过程中做了许多方案比较和系统的模型试验研究，特别由于闸基是强度相对软弱的红色岩系岩体，又夹有多层性能难测的剪切带，当年对闸体抗滑稳定和闸尾岩体防冲安全两个问题，曾经引起许多专家学者的关心，因而有过热烈争论，通过现场、室内、宏观、微观相结合的系统深入的试验研究工作，根据对大量资料成果的准确分析，提出处理措施和设计方案，虽终于取得一致可行的结论。但临到过水前夕，仍有一些同志对二江泄水闸能否安全运行怀有疑虑；据运行十年来监测和检查资料，沿二江泄水闸闸体基础岩体中抗滑稳定最为关键的剪切带的剪切位移量，难以用精密仪器测出来，真可说安如泰山。闸尾岩体虽在 1981 年 7 月第一次洪峰时承受了百年以来最大洪水的冲刷作用，据 1987 年春抽干下游部位后检查，只施工中松动的表层略有剥蚀，可见防冲措施是有效和可靠的！目前确认处理这两个问题的设计是成功的。但十年毕竟不能算长，还得加强今后的监测工作，丝毫不能放松，才能确保二江泄水闸长期安全运行。

我们对工程师们的这种兢兢业业的认真精神是很佩服的。

我们还参观了大江水电站、1 号船闸、大江泄洪冲砂闸和右岸 50 万伏开关站。

我们愿这颗闪闪耀眼的明珠照亮治江第三步的道路，更好地加速地在干支流上修建综合利用效益高、控制性能强的水库，全面实现中山先生开发长江的宏图。

我们在汉宜航程上，了解了修建三峡工程的必要性，也了解到那是全面实现中山先生宏伟遗愿的必由之路，但修建三峡工程的技术可行性、经济合理性和目前是否还在进行一些必要的试点工作和前期工作等情况，也是我们所关心和要了解的，我们就近去访问了设在宜昌市的中国三峡工程开发总公司筹建处、国务院三峡地区经济开发办公室和长办设在宜昌的勘测、设计、水文测验、科研单位，从他们的介绍中，了解到下面一些情况。

在 80 年代初，根据当时国民经济发展形势，考虑长江中下游洪灾的严峻局面，川江航运艰难徘徊，华中、华东地区电力紧张情况，曾重新研究了三峡工程的兴建时机问题。为此，当时的长办于 1983 年初提出并送报了三峡工程正常蓄水位 150 米方案的可行性研究报告，当年 4 月国家计委主持组织中央有关部门及川、鄂两省负责人和有关的工程技术人员查勘三峡水库及坝址，5 月又由国家计委主持组织国务院有关的 16 个部委，川、鄂、湘三省领导干部并邀请科研、设计、施工、制造、运行、教学方面的专家、教授共350多人审查150米方案可行性报告，认为长办提出的可行性研究报告基本可行。1984年4月国务院原则批准可行性报告。1984年春，社会上一些人士关心三峡工程建设，从不同角度提出许多意见和建议。同年冬，重庆市从发挥长江的潜在航运效益，使万吨级船队能直达重庆，以促进西南地区的经济发展角度考虑，报告国务院要求确定三峡工程正常蓄水位为180米方案，交通部门也有同样意见：1986年4—5月几位国家领导人及中央一些部门负责人考察了三峡库区十多个山区县市和荆江大堤加固及防洪情况。同年6月国务院发出通知指出：三峡工程还有一些问题和新的建议需要从经济上、技术上深入研究，以求更加细致、精确和稳妥。并决定由水电部负责广泛组织各方面的专家进一步论证，重新提出三峡工程可行性报告。水电部依照通知精神，组成论证领导小组。为了加强论证工作的指导和监督，与国家综合部门和有关方面协商，聘请了21位特邀顾问，又分别从各国民经济部门、地方政府、科研院所、高等院校，设计、施工、制造和运行单位聘请顾问和专家412人，还包括持不同意见的各方面专家，按10个专题组成地质地震、枢纽建筑物、水文、防洪、泥沙、航运、电力系统、机电设备、移民、生态与环境、综合规划与水位、施工、投资估算及综合经济评价等14个专家组分别论证。经过412位专家、150多位工作组成员和数千名参加者的辛勤劳动，自1986年7月开始至1988年底结束，历时两年半，论证的主要结论有两个：第一个是对工程规模和建设程序的推荐方案——从满足防洪、发电、航运的基本要求及综合效益考虑，从降低移民工作的强度和难度采取统一划分两期实施考虑，从对泥沙淤积范围、过程有个检验时期而又能发挥一定程度的综合效益考虑，从有利于少投入早产出考虑，推荐三峡工程正常蓄水位为175米、坝顶高程185米的一级开发方案，大坝一次建成到坝顶，初期水位156米后期水位175米分期蓄水，移民工作则有阶段地连续进行。第二个是通过对建设三峡工程与建设基本同规模等效益的替代方案比较，对尽早建与推迟建方案的比较，得出的结论是：建比不建好，早建比晚建有利。在412位专家中当然会有不同意见，但只有9位专家共10个人次没有在各自论证专家组的论证报告上签字。长办根据论证领导小组的要求，依照论证成果，重新编制出可行性研究报告，于1989年5月送审。现在国务院三峡工程审查委员会正在审查。

我们还了解到在库区移民问题方面，1985年以来，在三峡库区结合技贸和水土保持工作，与地方结合在各县为将来安置农村移民，办了试点，从这些以办大农业为主或以办适合当地需要的小工业为主的试点，都已取得令人欣慰的成绩，而且还获得库区人民的热烈拥护，也为提高库区生态环境和水产找到了可行的途径。据了解这是有关方面、移民专家组与库区地方政府共同努力的结果，在将来的实际移民工作中是可以得到贯彻执行的。勘测、测验、科学试验、设计研究这类前期工作，从来没有间歇过，总在不断深入，还做好了开赴现场的思想准备。

回顾这次访问，为时虽短，但感到到处洋溢着为三峡工程建设准备奋斗的精神，接触到的每个人都流露出一股三峡工程必建而且一定能靠自己力量建好的信心。当我们来到三斗坪三峡工程坝址，眼前就浮现出那道雄伟的石壁，我们相信这一天是会到来的！

关于三峡工程论争的历史回忆

洪庆余

关于三峡工程的论争历经几十年，大致可分为三个时期。

一、50 年代的论争

1959 年，当时我们刚刚开始编制长江流域规划，并着手考虑三峡工程的设计工作。长江流域规划办公室主任林一山同志总结了当时的工作成果，在《中国水利》杂志第5、6期上，连载了一篇题为《关于长江流域规划若干问题的商讨》的文章，着重讲了两个问题：一是三峡工程在长江流域治理开发中的作用和地位；二是在进行长江流域规划的同时，要对三峡工程的设计展开深入研究，其中也谈到了三峡工程的正常蓄水位（最高为 235 米）以及防洪、发电、航运等综合效益的问题。9 月，当时任燃料工业部水电总局局长的李锐同志，在《水力发电》杂志上组织了一批文章（其中也有他写的一篇），对林文提出了不同意见，论争由此而起。

当时李锐同志的观点主要有三个。第一，认为用三峡工程防洪是不必要、不经济的；林文中论及荆江地区防洪形势非常严峻，如遇大洪水，会导致淹死几十万人的毁灭性灾难的说法，是夸大其词、耸人听闻的；新中国已经成立，在共产党和人民政府的领导下，怎么会出现大量淹死人的事情？因此，认为防洪根本不需要建三峡工程。第二，在当时全国用电量比较小的情况下，三峡所发的电根本用不了，会造成资源和投资的浪费。第三，关于长江航运问题，只需要增加些船舶和马力、改善管理就可以了，完全不必建造三峡水库来改善川江航运条件。在技术上，他认为三峡工程所涉及的工程技术问题，不但当时国内解决不了，就连世界上也解决不了，因此，这个时候考虑三峡工程，根本没有必要，也没有可能。对此，长办认为：第一，说淹死几十万人并不是空穴来风、吓唬人的。长江历史上发生过多次的大洪水超过荆江安全泄量几万立方米每秒，再发生这一类洪水，无法保证荆江大堤不溃口。一旦荆江大堤溃口，几万立方米每秒流量十多米水头向荆北平原倾泻，必然会大量淹死人。当时长江上游工程局所作的专项研究表明，即使把长江上游几个大支流的水库都做起来，仍然不能解决长江中下游防洪问题，因为中间还有 30 万平方公里的降水区没法控制，还有可能造成荆江危险的局面。因此，研究来研究去，结论是只有修建三峡工程，才能较好地解决长江中下游的防洪问题。说在中国共产党领导下不会淹死人，是唯心主义的说法，是否淹死人，关键在于是否采取了防范措施，仅凭主观意志，是改变不了防洪的严峻现实的。因此，林一山同志对几届中共湖北省委的领导同志都讲了这个问题。正因为荆江防洪形势的严峻，所以在 1952 年，中央决定兴建了荆江分洪工程。中央之所以在新中国成立初期、财力物力都十分紧张的情况下，下决心修建这样大的防洪工程，就是因为荆江地区确实存在严重的洪水威胁。荆江分洪工程于 1952 年建成，在 1954 年防汛斗争中就发挥了重大作用。但荆江分洪工程还不能解决像 1860 年、1870 年、1954 年那样的特大洪水问题。好在新中国成立后 40 多年，长江一直没有发生像 1860 年和 1870 年那么大的洪水，否则后果真不堪设想。第二，关于发电的争论。李锐同志的意见是根据苏联的经验，在一个电力系统里面，电网的用电量要达到某一电站发电量 10 ~ 20 倍的时候，才能考虑投资建这个电站，否则会造成资金的浪费。消耗一座电站电力的工业投资，相当于电站投资的 5 ~ 10 倍，仅三峡工程的投资就非常大，还要追加 5 ~ 10 倍的投资去兴建用电企业，超过了当时国民经济的承受力，是根本不可行的。对此，长办也专门研究了这个问题，认为三峡工程对于长江防洪有迫切需要，其发电的经济指标也很好，在经济上有很大的优越性。诚然，凭当时全国的用电水平不可能用掉三峡工程所发的电，但我们不能消极地等待到全国用电量发展到迫切需要的时候再来考虑兴建三峡工程，而应该更积极更主动地考虑如何把三峡工程所发的电合理用掉。因此，当时长办成立了综合经济研究室，请中国科学院经济研究专家冯化德等，来研究长江流域的工业布局问题，即配合三峡工程建设，结合全国经济发展，在长江中下游地区布置一些大耗电工业，利用三峡发电的优势，来发展国民经济。第三，关于工程技术问题的争论。长办认为，三峡工程所涉及的工程技术问题确实是很复杂的，超过了当时的世界水平，如截流问题、深水围堰问题就是十分复杂的技术问题，当时世界上也没有什么现成的经验。但是，全世界只有一个三峡，自然和历史赋予了中国这个得天独厚的水利工程建设课题，不应该坐等人家把所有工程技术问题都解决了再来建三峡，而应该充分发挥我们中国工程技术人员的聪明才智，积极主动地去解决三峡工程的技术难题，为世界水利工程建设作出我们的贡献。这一阶段，除李锐等人在《水力发电》杂志上公开发表一些文章外，长办没有正面与他们争论，因为当时三峡工程还属于国家保密项目。

1958 年 2 月，中共中央在南宁召开工作会议，毛主席想了解三峡工程的情况。于是通知林一山同志和李锐同志，分别写出汇报材料参加会议。会议期间毛主席听取了两人关于三峡工程的汇报，但没有做结论，而是明确提出关于三峡工程的"八字方针"，即"积极准备，充分可靠"。同时，明确请周恩来总理亲自抓三峡工程的筹备和长江流域的规划工作，一年至少要抓四次。3月，中共中央又准备在成都召开工作会议。2月底，周恩来总理亲自带领中央各有关部委及各有关省的领导同志，顶风冒雪，察看荆江大堤和三峡坝区，李锐同志也参加了这次考察。在乘船去重庆的途中，周总理主持会议，请大家发表意见。后来我们查阅会议记录，李锐同志在这次会上并没有坚持反对建三峡，并讲三峡有很大的防洪、发电、航运的综合效益，这些都是不用怀疑的。而把分歧说成仅仅是三峡工程的蓄水位定得高了，建设的时间上也有些不同看法。后来船到重庆，周总理在总结会议上一开始就讲，这次会议是按照中央精神，积极筹备兴建三峡工程的一次会议。经过两年多的争论，现在大家的意见基本取得了一致，由此看来，争论还是有好处的，不争论哪里有这么多材料来说明问题？1958年3月，中共中央召开成都会议，周恩来总理根据察看中对长江流域规划和三峡工程讨论的情况，向政治局作了报告。会议作了《中共中央关于三峡水利枢纽和长江流域规划的意见》（以下简称《意见》）的决定，明确提出三峡工程是需要建的，也是可以建的，并准备用15～20年的时间来建成三峡工程。因此，实际上成都会议也把前段时间的争论作了个结论。同时，《意见》要求长办在1959年提出三峡工程的规划设计，1961年提出初步设计。成都会议以后，周总理马上找中国科学院副院长、党组副书记张劲夫同志，国家科委副主任张有萱同志和水力电利部副部长冯仲云同志，要他们负责组成三峡工程科研小组，组织全国的科研单位大协作，以解决三峡工程中的技术问题，并指定张劲夫同志当组长。1958年6月，召开了第一次三峡工程科研协作会，有几十个科研单位的200多名专家学者参加了会议，我记得钱学森、周培源这些国际著名的科学家也参加了协作会。1958年8月，由周恩来总理主持中共中央在北戴河召开长江工作会议，决定1959年要完成三峡工程的规划设计，1960年完成初步设计，1961年和1962年两年作施工准备。这个决定比成都会议的《意见》在时间上要求更紧迫了一些。

1959年以后，对三峡工程基本上没有再争论，主要是"反右倾"期间，李锐同志因为与彭（德怀）、黄（克诚）、张（闻天）、周（小舟）中的周小舟关系密切，被划为"右倾机会主义分子"，不再担任水电总局的领导职务，下放劳动了。同时，也因为国内经济困难，中央决定放缓了三峡工程建设进程。1960年8月，周总理在北戴河再次主持召开了长江工作会议，传达中央根据当时的国际形势，尤其是国内暂时遇到的经济困难，决定放缓三峡工程建设的步伐，但同时也提出了三句话，即"雄心不变，加强科研，加强人防"。因此，会议以后，长办仍按照中央的精神继续抓紧进行三峡的科研工作。

二、70 年代的论争

曾经一度紧锣密鼓的三峡工程，因为三年国家暂时经济困难和"文化大革命"放缓下来。1969 年，毛主席亲临湖北视察，时任湖北省省长的张体学同志，在陪同时又向毛主席提出，现在"文化大革命"差不多结束了，能否考虑建设三峡工程的问题？毛主席就对他讲，"你头上顶一盆水怕不怕？"意思是说，现在是备战时期，不宜上三峡工程。考虑到毛主席的这一态度，当时长办有同志向张体学同志建议，三峡的高坝工程不搞，能否在其下游的葛洲坝搞个低坝工程，先发电（原来的规划是先建三峡，后建葛洲坝，或两者同时建成）？张体学同志同意这个意见，并由省革委会和水电部军管会共同向中央写了报告。中央同意了这种方案，毛主席在中央的批复上还批示了一段话，即"赞成兴建此坝。现在文件设想是一回事。兴建过程中将要遇到一些现在想不到的困难问题，那又是一回事。那时，要准备修改设计"。中央在批复中指出修建葛洲坝是为三峡作实战准备。后来周总理在几次会上也讲了这个意思。于是从 1970 年开始兴建葛洲坝工程。这样又产生了一个新的问题，即先做葛洲坝，三峡坝址的水位就要抬高约 20 米，给以后建三峡带来一些困难，如纵向围堰工程原可以在地上做的，以后就只有改在水下了。故长办又提议，能否在葛洲坝蓄水之前，把三峡的纵向围堰也先做一部分起来，以避免将来在深水里做。因此，希望中央能早点把三峡坝址确定下来。因为 60 年代初，三峡坝址已选在三斗坪，后来我们根据"加强人防"的指示，研究认为三斗坪江面较宽，于人防不利，于是研究改在石牌。以后考虑石牌这个地方也不行，反过来又研究改在三斗坪坝区的太平溪。这样，一直到葛洲坝工程上马的时候，三峡坝址到底是三斗坪还是太平溪，仍然未定。这件事一直到 1974 年葛洲坝工程复工以后，因为工程进度加快，而成为一个迫切的问题。1975 年，长办再次向中央提出选定坝址的问题，未得到批示。1979 年，长办又专门做了关于选择坝址的补充报告，因为大家意见不一致（坝址到底选三斗坪还是太平溪），中央就要长办来组织讨论坝址问题。1979 年 5 月，长办在武汉召开了三峡选坝讨论会。会后，全体代表到宜昌，参观了葛洲坝工地，考察了三峡坝区，当时任国务院副总理的王任重同志还接见了全体与会代表，并向代表们讲了建三峡工程的重要性，以及中央准备近期上三峡的决定。因为中央考虑到要加速整个国民经济的发展，还是要兴建一些大的骨干项目。这时，李锐同志恢复了水电部的领导职务，他一上任就反对建三峡工程，他给中央，主要是陈云同志写了好几封信，说他还是 20 年前的观点，三峡工程不应该上。反对的理由除了 50 年代讲的那些以外，这时再讲发电用不了就不好讲了，于是提出三峡工程工期长，积压投资多，不如先在长江的支流上做些中小型水电工程更为有利，现在先上三峡工程，反而会把支流水电开发的时机耽误了。水电部及水电总局参加选坝讨论会的部分代表同意李锐同志的意见，在会议上也提出：三峡工程到底该不该建？三峡工程的作用到底有多大？长江中下游地区的防洪到底需不需要建三峡？现在考虑上三峡条件是否成熟？建议中央推迟考虑上三峡工程。参加会议的新华社记者陈宝廉等3人，把会议不同意见的情况，写了个内参报给中央。因此，在1979年，围绕着建三峡工程，又掀起了一个争论的高潮。1979年9月，国务院考虑还是要将三峡坝址选定，以便提前做三峡围堰的预建工程，于是由水利部组织开了一次三峡工程选坝工作汇报会，由原来参加选坝会议各小组的组长和专家们汇报工作。水利部的领导听完汇报，经过研究决定将三峡工程坝址确定在三斗坪。会后，水利部将决定的内容向中央做了汇报。

在70年代论争期间，李锐同志把他写给中央及陈云同志的几封信，以及公开发表的几篇文章收集在一起，在湖南出了一本题为《论三峡工程》的小册子（50年代论争时，他也出了一本题为《论长江流域规划》的小册子）。

三、80年代的论争

1981年，邓小平同志提出要考虑上三峡工程，并要国务院专门研究一下有关三峡工程的问题，于是由胡耀邦等中央领导主持，在武汉开了一次小会，后来国务院也开了一次常务会议。鉴于当时各方面还存在不同意见，国务院常务会议决定由国家建委和国家科委组织论证，由长办负责准备论证资料。后来，我们的资料都准备好了，但论证会并没有开。1982年11月，水利部部长钱正英找黄友若、魏廷琤和我到北京去，传达邓小平同志讲话的精神，说现在中央决定在2000年前我国的国民经济发展要翻两番，要实现这个宏伟目标，仅靠一些中小型项目是难以完成的，因此必须上一些包括三峡工程在内的大型骨干工程。但是建三峡工程，蓄水位不能定得太高，也不能留"尾巴"（即初期先搞个低的，后期再加高），就是确定为低水位方案。水利部考虑就在长办原来研究的基础上（长办原来研究过初期蓄水位150米，后期加高到190米或200米的方案），定150米蓄水位的方案，行不行？听了钱部长的话，我们思想也不通，因为三峡工程蓄水位一直定的是190米、200米，一下子降低到150米，不能充分发挥三峡工程的作用，总觉得可惜了。钱部长看出了我们的心思，当时就讲，你们可不要节外生枝啊！150米就是150米，这是中央定死了的，并说服我们按照中央的这个精神回去做可行性的报告，并要求于1983年3月之前提交可行性报告。从北京返回武汉后，经过讨论，我们的思想也通了，与其因为三峡工程蓄水位高了不能做，还不如做个低的，总比不做强。根据过去长期研究的结果表明，150米蓄水位对防洪还是有相当大的作用的。这样，1983年3月，我们就上报了可行性报告。5月，国家计委组织审查，还是邀请了李锐同志，他因为出差不能参加，写了个书面意见，意思是赞成现在定的低水位方案，但不赞成近期上三峡。这次会上，他的这封信并没有引起大家的讨论，而是集中精力研究讨论150米蓄水位能否再高一些？但姚依林同志再次强调了中央精神，水位高了不行。所以大家经过讨论，也基本同意这个意见。陶述曾同志在会上有个长篇发言，其中讲了这样一句话，"与其坐而谈，不如起而行"，与其再作无谓的争论，还不如干脆干，干是主要的。陶老的话对与会代表起了很大作用。最后国家计委也同意按照"150米方案"马上开始施工准备，争取1986年开工，并建议国务院原则上批准可行性报告。国务院经过研究，也基本同意了，又根据水利部的意见，决定三峡工程正常蓄水位为150米，坝顶高程为175米（我们可行性报告中坝顶高程为165米，后来水利部研究时将其提高到175米）。1984年2月，中央财经领导小组开会，决定上三峡工程。中央领导主持会议，并作了重要讲话，总的意思是，从现在起做三年准备，1986年争取三峡工程正式开工。与会的水利部部长钱正英当场表态，"没有问题，我们就按1986年开工做准备"。会议还决定成立三峡特别行政区，以方便解决移民等问题，决定成立三峡工程筹备领导小组，由李鹏当组长。会议以后，葛洲坝工程局便马上组织队伍进场，积极进行各项开工前的准备工作。

1984年5月，李锐同志又给中央写信，说现在中央决策采用低水位方案是好的，但决定三峡工程现在就上马，他还是有不同意见。他又重申了反对的理由，还是防洪不需要，先支流后干流，泥沙、航运、移民诸多问题不落实等。1984年全国政协六届二次会议期间，有少数委员在讨论中对中央关于三峡工程的决定提出了不同意见，但从会议印发的简报来看，意见提得不是很尖锐，而且都不是什么大问题。1985年全国政协召开六届三次会议前，李锐同志将他原来就三峡问题写给陈云同志的一封信，交给新华社，要求以内参的形式转发，新华社做了些删节就发了。于是他把内参分送给了一部分全国政协委员（此事我是听参加会议的全国政协委员曹乐安同志讲的）。因此，在这次会议期间对三峡工程反对意见提得"有根有据也尖锐激烈得多"，但很明显，很多都是从李锐同志提供的材料出发的。会议以后，孙越琦同志组织全国政协经济组的委员，到三峡地区考察了70多天。其间，孙老在武汉召开了座谈会，在会上王老当着陶老讲起他赞成三峡工程上马的看法时，孙老就连声说"不要讲，不要讲"，打断了他的讲话。由此看来，孙老可能是来专门搜集反对意见的。回京以后，孙越琦以考察组的名义向中央写了一份报告，提出三峡工程对防洪不需要，对航运不利，发电不如先搞支流开发，移民问题难以解决，防空问题是个灾难性的隐患，泥沙问题将来要把三峡变成驼背的长江等，总之是弊大于利，不能建，至少"四五"期间不能建，彻底否定了三峡工程。因此，可以说自中央批准三峡工程的"150米方案"后，到1985年全国政协六届三次会议，和孙越琦提出三峡考察报告，80年代关于三峡工程的争论，达到了高潮。1986年，全国政协召开六届四次会议，会前李鹏总理专门打招呼，说本次会议主要是研究计划问题，三峡问题中央在考虑，这次就不要再议论了。实际上，会议期间也确实没有议论，只是在最后大会发言时，千家驹不指名地讲了三峡一通，说是什么"钓鱼工程"等等。鉴于连续几年有这么多高层人士对三峡工程持不同意见，1986年5月，中央决定对三峡工程进行重新论证，邀请各方面专家和代表人士参加论证，还专门印发了不同意见的材料。

1988年，周培源先生率全国政协考察团到三峡地区考察，这次我参加了陪同接待工作。周培源先生这时是不赞成三峡工程的，考察期间我同他做过一次当面争论。周说，根据国内外水利工程的经验，水利工程的实际投资都要比预算投资高出4倍，因此，中央批准的三峡工程预算投资根本不可靠。我说："不对。以我亲身经历的丹江口工程为例，原预算为8亿多元，最后实际也只投了八九亿元。他又说葛洲坝，我说葛洲坝是在没有设计的情况下造的一个预算，而且也不是长办造的。以后长办修改设计造的预算，是三十几亿元，一期工程还略有结余，二期工程后期因为扩大规模和物价上涨等，才比预算有所增加，但也远远没有超出4倍。国内外水利投资从来就没有这个规律。当时在座的有个水利部的全国政协委员也说，没有这个规律。以后，周培源先生又在一次会议上讲，1958年我是赞成建三峡工程的，因为原来美国人想搞三峡，结果没搞成，我们把美国人的设计方案否定了，仅此一点，就非常了不起，我就赞成。现在我看三峡工程问题还很多，不行，不能搞。在考察过程中，我与不少参加考察的全国政协委员接触，了解到不少委员并不反对三峡，主要是情况不了解，听到一些不同意见，有些担心，有的还是明确赞成建三峡的。

三峡工程可行性研究经过

王家柱

一、新中国成立前的三峡工程研究

最早提出开发三峡河段设想的，是伟大的民主革命先驱孙中山先生，他在 1921 年所著的《建国方略之二——实业计划》中，第一次提出在三峡河段建水闸以改善川江航道和开发水能的主张："当以闸堰其水，使舟得以溯流而行，而又可资其水力。"20 世纪 30 年代国民党政府建设委员会曾组织三峡河段的查勘，提出过在黄陵庙建低坝的方案。40 年代国民党政府的美国顾问潘绥提出"利用美贷建中国水力发电厂与清偿债款办法"，即所谓的潘绥计划，建议由美国贷款 9 亿美元，在三峡建设 1000 万千瓦容量的水电厂，利用廉价的水电制造化肥出口偿还债务。首次对三峡工程提出具体开发方案的是美国著名大坝专家萨凡奇博士。他在 1944 年来中国，研究了有关资料并实地查勘三峡以后，编写了《扬子江三峡计划初步报告》，建议在宜昌上游 5 ~ 15 公里范围内选定坝址，建坝壅高长江水位至 200 米高程，可发电 1056 万千瓦，同时有防洪、灌溉、航运之利。该计划中曾比较了 5 条坝线和枢纽布置方案，估算投资 10 亿美元左右，并提出了进一步勘察和设计的工作计划。嗣后，国民党政府和美国垦务局签订了由该局进行设计的合约，并先后派遣了 50 余名中国工程技术人员前往美国参加设计。1947 年 5 月，国民党政府决定停止了这项工作。

二、20 世纪 50—80 年代初的前期研究

新中国成立后，在 1949 年大洪水刚过，中央于 1950 年 2 月立即组建了长江水利委员会（以下简称"长江委"，1956—1990 年改称长江流域规划办公室，以下简称"长办"），开始了治理和开发长江的准备工作。在抓紧堤防建设、兴建沿江排灌涵闸、开辟分蓄洪区等近期防洪工程的同时，大力加强了对地形、地质、水文等基本资料的收集、整编和分析工作。1954 年长江中下游发生了近百年来的一次特大洪水，在党和政府的领导下，经过努力，抗洪斗争虽取得了胜利，但仍遭受了巨大的损失。根据

中央决定，1955年正式开始了长江流域规划工作。长办在国内有关国民经济部门和沿江各省市的协作配合下，开展了大规模的勘察、规划设计和科研工作。此阶段，中国政府商请苏联政府派遣专家到长办参加并帮助进行长江流域规划的编制和三峡工程的研究工作。1958年长办完成了《长江流域综合利用规划要点报告》初稿，1959年修改定稿后上报。该要点报告通过全面规划和方案比较，确定了治理开发长江的基本任务、总体规划方案和近期工程安排意见。报告也论证了三峡工程对解决长江中下游防洪、开发长江水能资源、改善川江航运条件的重要作用。1958年3月，党中央成都会议通过了《关于三峡水利枢纽和长江流域规划的意见》，指出："从国家长远经济发展和技术条件两方面考虑，三峡水利枢纽是需要修建而且可能修建的……现在应当采取积极准备和充分可靠的方针，进行各项工作。"并明确要求："三峡工程的规划性设计应当争取于1959年交出，初步设计应当争取在1962—1963年交出。"1958年8月中央在北戴河会议又要求初步设计争取提前于1960年完成，以便60年代初即开始施工准备。

1958年长办完成并上报了《三峡水利枢纽初步设计要点报告》，1959年组织了全国性的讨论会。1959—1960年，长办基本完成了三斗坪坝址正常蓄水位200米方案的初步设计工作。以后，由于国家经济暂时困难和国际形势方面的原因，推迟了三峡工程的建设进程，但设计研究工作仍在继续进行。60—70年代，按照"积极准备，充分可靠"和"雄心不变，加强科研，加强人防"的方针，对大坝人防问题和相应的坝址补充研究，对水利泥沙淤积和水库长期使用问题、分期开发问题以及其他关键技术经济问题和设计方案进行了更加深入、细致的研究，提出过一系列的报告。60—70年代的设计、科研成果，集中汇集在长办1978年编制的《长江三峡水利枢纽坝址选择补充设计阶段报告》和1981年编制的《长江三峡水利枢纽论证报告》中。

1970年，中央批准兴建长江葛洲坝工程，并明确指出："葛洲坝工程为三峡工程作实战准备。"按照长江流域总体规划，葛洲坝工程是三峡水利枢纽下游的航运反调节枢纽。葛洲坝工程于1981年开始发挥效益，1989年全部建成，工程建设过程中克服和解决的一系列重大技术问题确实为三峡工程的建设，包括设计、科研、施工、设备制造和安装等积累了十分有益的经验。

三、150米蓄水位方案的可行性研究报告和初步设计报告

党的十一届三中全会以后，改革开放促进了全国经济的高速发展，但长江中下游洪水威胁依然十分严重，能源短缺又成为制约经济增长的一个重要因素。三峡工程的及早兴建，无疑将带来巨大的效益。三峡工程规模巨大，虽以往也研究过分期开发的

方案，但最终设计规模仍以 190～200 米的正常蓄水位为依据。该蓄水位方案的效益虽高，但自 50 年代以来的几十年中，水库淹没区的人口大量增加，当地经济也有一定程度的发展，190～200 米正常蓄水位方案的移民迁建和安置难度太大，使国家难以决策。考虑到我国当时的社会经济条件，为促使三峡工程能早日在国民经济中发挥作用，上级要求长办研究三峡工程低坝方案（蓄水位 150 米左右）的可能性。长办在以往研究工作的基础上，于 1982—1983 年编制了正常蓄水位 150 米的三峡工程可行性研究报告。该方案的主要指标是：水库正常蓄水位 150 米，坝顶高程 165 米，水电站装机容量 1300 万千瓦，年平均发电量 646 亿千瓦时。

1983 年 5 月，国家计委主持对 150 米方案可行性研究报告进行了审查，1984 年国务院原则批准了三峡工程 150 米蓄水位方案可行性研究报告，并明确指出：为提高三峡工程的防洪效益，按坝顶高程 175 米进行初步设计。其后，长办组织力量于 1985 年 3 月完成了 150 米方案的《长江三峡水利枢纽初步设计报告》。

四、三峡工程重新论证和重新编制三峡工程可行性研究报告

1. 重新论证的目的和要求

三峡工程 150 米正常蓄水位方案可行性研究报告经国务院批准后，国内国民经济有关部门和社会人士又陆续提出了一些不同意见，主要集中在三个方面：一是赞成兴建三峡工程，但认为正常蓄水位 150 米偏低，不能满足综合利用要求，特别是万吨级船队不能直抵重庆，航运效益大受限制。这种意见以重庆市和交通部为代表。他们要求三峡工程正常蓄水位抬高到 180 米。二是认为三峡工程规模大，影响深远，要慎重考虑。并认为一些关键技术问题如泥沙淤积、诱发地震、水库库岸滑坡等需要进一步研究。移民安置和环境影响问题还没有落实。三是认为三峡工程投资多、工期长、经济和财务上不合理，不如修建长江上游支流的中小水电站。后两种意见的中心是认为三峡工程的技术可行性和经济合理性均不落实，国力也难承担，要求三峡工程推迟兴建甚至不建。

中共中央、国务院于 1986 年 6 月发出通知指出："长江三峡工程是一项举世瞩目、全国人民关心的巨大工程，它的建设对我国四化大业具有深远的影响。中央和国务院对三峡工程采取积极而又十分慎重的态度。30 多年来，我国的有关部门和科学技术人员对三峡工程做了大量的勘测、科研、设计工作，积累了丰富的资料。国务院也曾多次组织专家讨论并原则批准过三峡工程可行性研究报告。但是，这一工程还有一些问题和新的建议需要从经济上、技术上深入研究，整个工程的可行性研究报告尚待进一步论证补充，以求更加细致、精确和稳妥。"通知要求："由水电部广泛组织各方

面的专家……发扬技术民主，充分展开讨论……在广泛征求意见，深入研究论证的基础上，重新提出三峡工程的可行性报告。"

1986—1989年的三峡工程重新论证工作，即是按上述党中央、国务院通知的精神，由水电部组织实施。

2. 论证工作的简要过程

为加强论证工作的集体领导，当时的水电部成立了三峡工程论证领导小组。领导小组由水电部部长、有关的副部长、总工程师及有关领导共12人组成。全国政协副主席、原水电部部长钱正英任组长，原水电部副部长陆佑楣任副组长，原水电部总工程师潘家铮任副组长兼技术总负责人。根据中共中央关于论证工作总的目的和要求，领导小组提出了三点工作要求：第一，要充分利用以往的工作成果，包括多年勘测、科研、设计的前期工作成果，以及前一阶段国家计委、国家科委组织的水位论证成果；同时，又不局限于以往的结论。第二，要广泛听取各方面的意见，包括不同意见，在深入论证的基础上，重编可行性研究报告，并回答各方面提出的问题。第三，重新提出的可行性研究报告一定要有严格的科学基础，要经得起历史的考验。为了加强对论证工作的指导和监督，领导小组从全国人大财经委员会、全国政协经济建设组以及国家有关综合部门聘请了21位特邀顾问。

具体的论证工作分为10个专题，根据专题论证的需要，共成立了14个专家组，即地质地震、枢纽建筑物、水文、防洪、泥沙、航运、电力系统、机电设备、移民、生态与环境、综合规划与水位、施工、投资估算、综合经济评价。14个专家组共聘请了412位各行各业的著名专家，其中有高级技术职称的专家占90%以上，水利电力行业以外的专家占51.7%。各专家组除顾问、正副组长和成员外，还设有工作组和长办联络员。专家组论证工作的主要方法，是通过实地查勘，在充分研究以往资料的基础上，召开专家组全体会议，充分发扬民主，集中主要问题进行集体审议，开展不同意见的深入分析和讨论。凡属专家组讨论中提出需要进一步研究的问题，由长办和国内有关单位进行必要的补充勘察、设计、试验研究工作，再交专家组审议。14个专家组的专题论证报告，都是在专家组多次反复的审议、集体讨论达到统一认识的基础上起草的，并由参加该专题研究的全体专家本人签字以示慎重、负责。对专题论证报告有不同意见的专家，允许保留个人意见，可以不签字，也可以书写自己的不同意见，附于报告之后。

整个论证工作历时近三年，在14个专家组工作的基础上，论证领导小组共召开了10次会议，论证过程大体经历了以下几个阶段。

第一阶段，在充分了解分析已有资料成果和广泛听取不同意见的基础上，制定各个专家组的论证纲要。1986年8月，领导小组召开第二次（扩大）会议，由领导小组成员和特邀顾问集体审议并确认了各专家组的论证工作纲要。会议讨论并通过了论证工作的三项总的要求。第一，综合规划方面的论证要体现三个层次：一是论证三峡工程在长江流域规划中的地位和作用；二是论证三峡工程在地区经济发展中的地位和作用，主要是对华中、华东、西南及三峡地区的作用；三是论证三峡工程在全国经济发展中的作用。第二，三峡工程正常蓄水位方案按150米、160米、170米、180米、分期蓄水、两级开发等6种方案进行比较和论证，择优选定。第三，综合经济评价工作要分两个层次进行：一是上三峡工程与不上三峡工程的两种评价；二是如果论证结论应该上三峡工程，要研究评价早上好还是晚上好。

第二阶段，初选三峡工程正常蓄水位方案，以便各专家组深入论证，各专家组先分别按本专题的研究，提出对前述6种水位方案的选择意见，再经各专家组组长联席会议审议和讨论，由综合规划和水位专家组提出初选水位的报告，1987年4月领导小组召开第四次（扩大）会议，审议通过了初选水位方案。初选水位方案的主要内容是：一级开发，一次建成，分期蓄水，连续移民。具体指标是：大坝坝顶高程185米，最终正常蓄水位175米，初期蓄水位156米，水电站装机容量1768万千瓦。

第三阶段，由各个专家组围绕初选水位方案进行更深入、具体的论证工作，提出各专题论证报告。经过一年半的艰苦工作，各专家组陆续提出了专题论证报告。经第5～9次领导小组（扩大）会议逐个审议通过后，由各专家组补充修改并最后定稿上报。14个专题论证报告中，有9个是专家组一致通过的，有5个论证报告讨论通过时，共有9位专家共10人次持保留意见，没有签字，并附送了自己的意见。

第四阶段，重新编制三峡工程可行性研究报告。领导小组责成长办根据两年多来三峡工程重新论证的成果，编制完成了《三峡工程可行性研究报告（审议稿）》，经第十次三峡工程论证领导小组（扩大）会议审议原则通过后，由长办于1989年5月正式编制上报了《长江三峡水利枢纽可行性研究报告（根据1986—1988年论证成果重新编制）》。

3. 三峡工程重新论证的主要结论

三峡工程重新论证总的结论是：三峡工程对四化建设是必要的，技术上是可行的，经济上是合理的，建比不建好，早建比晚建有利。推荐的三峡工程建设方案：重新论证最后推荐采用"一级开发，一次建成，分期蓄水，连续移民"的建设方案，大坝坝顶高程185米，一次建成；水库初期运行水位为156米，最终正常蓄水位为175米，水库移民不间断地进行。

（1）兴建三峡工程的必要性：三峡工程是治理和开发长江的关键性骨干工程。

三峡工程的主要效益是防洪、发电和航运。其中防洪是兴建三峡工程的首要目的，从解除长江中下游洪灾威胁出发，工程兴建具有极大的紧迫性。三峡工程建成后，荆江河段的防洪标准可由现状条件下的十年一遇提高到百年一遇。遭遇千年一遇或1870年型的特大洪水，配合其他措施，可避免发生大量人员伤亡的毁灭性灾害；三峡电站装机容量巨大，将为华中、华东及川东地区提供丰富、廉价、清洁的能源；工程将显著改善川江航道，万吨级船队可直达重庆港。

（2）技术可行性：三峡工程的基本资料充分可靠，前期工作相当充分，有较坚实的规划、勘测、设计和科研成果为依据。工程建设中的技术难题，包括这几年提出的一些有疑虑的问题，如泥沙淤积、诱发地震、水库库岸滑坡等，均已作出明确的结论，技术上没有不可逾越的障碍，兴建三峡工程技术上是可行的。

（3）水库移民安置和生态与环境问题：库区移民安置是兴建三峡工程中最关键和最困难的问题。经过多年的研究和试点，采取开发性移民的方针，结合地区经济发展和环境保护的要求，实行多项优惠政策，认真做好移民安置规划并切实加强管理，可以解决三峡水库的移民安置问题。兴建三峡工程对生态与环境的影响有利有弊，主要有利影响在中游，主要不利影响在库区。三峡工程对生态与环境的影响应充分重视，并采取有力的对策，以消除或减缓不利影响，但不致成为三峡工程决策的制约因素。

（4）经济合理性：经对工程进行的全面经济分析表明，国民经济评价的经济内部收益率为14.5%，工程财务评价的内部收益率为11%，建设三峡工程经济上是合理的，财务上是可行的。经计算分析，三峡工程投资占预测的同期国内生产总值、国民收入、社会积累额的比重较小，国家有能力承受三峡工程建设所需的资金。

4. 关于委托加拿大编制的可行性研究报告

1986年5月，经国务院批准，由经贸部代表我国政府与加拿大政府签订协议，由加拿大国际开发署提供赠款，加拿大最有经验的两个省水电机构和三家私营咨询公司组成的咨询集团，负责按国际通行的标准编制三峡工程可行性研究报告。

为编制报告，由中国、加拿大、世界银行三方组成指导委员会，并在国际范围内（包括我国）聘请了13位知名专家组成国际咨询专家组，参与报告编写的指导和监督。该报告于1988年8月编制完成，历时共两年。在报告编制过程中，先后有100余位外国专家参加研究工作。中国除提供以往三峡研究的基本资料和设计研究成果外，曾以长办为主，派大批专家配合和参加工作。

加拿大编制的可行性研究报告共11卷。报告对正常蓄水位150～180米的各种方案涉及的技术、经济、社会和环境等问题，对建三峡工程和不建三峡工程的替代方案进行了全面的研究。其主要结论是：三峡工程效益巨大，技术、经济、财务方面都是可行的。报告认为：三峡工程所依据的基本资料，包括水文、泥沙、地质等资料是充分可靠的，质量符合国际标准；选择三斗坪坝址是恰当的，地区地震活动轻微，泥沙淤积问题可以解决，库岸稳定不会影响大坝和水库安全；工程在环境方面也是可行的，不会使环境遭受大的破坏。

加拿大编制的可行性研究报告与中国报告的最大不同之处是：虽然也建议采用185米的坝顶高程，但推荐的正常蓄水位为160米。理由是，这一水位经济效益最大，移民的人数较少，涉及的社会问题也较少。此外该报告建议取消垂直升船机。

五、长江流域综合利用规划和环境影响报告书

1. 关于长江流域规划

在大江大河上兴建大型骨干水利工程，必须以全流域的整体规划为基础，这是国际国内水利工程建设的共同经验和不成文的规定，三峡工程也不例外。三峡工程是治理和开发长江的关键性骨干工程，其主要开发目标，即防洪、发电和航运，均与整个长江流域的开发布局密切相关。故新中国成立以来的三峡工程研究，与长江流域规划工作密切配合，并相互补充和促进，这是三峡工程可行性研究的特点，也是其显著的优点。

1954年长江中下游发生了百年一遇的特大洪水后，中央决定全面开展长江流域综合治理和开发利用规划工作。正是在编制流域规划的研究过程中，论证并确定了兴建三峡工程的必要性和重要性。1959年长办编制完成的《长江流域综合利用规划要点报告》，成为三峡工程可行性研究的规划基础和依据。

为适应1959年编制长江流域规划后实际情况的变化，进一步有计划地治理开发长江，国家计委于1983年下达了修订长江流域规划的任务，要求对1959年编制的流域规划进行补充和修改。在有关部门和单位的配合下，长办于1990年编制完成了《长江流域综合利用规划简要报告（1990年修订）》。同年9月，经全国水资源与水土保持工作领导小组主持审查通过，国务院以国发〔1990〕56号文批准。该批准文件明确指出：报告"是今后长江流域综合开发、利用、保护水资源和防治水害活动的基本依据"。该报告再次确认三峡工程的重要作用，特别是在长江中下游防洪体系中的关键性作用，并推荐作为近期开发的项目，是三峡工程可行性研究报告的规划依据。

2. 三峡工程环境评价报告书

兴建三峡工程对生态与环境的影响，一直是三峡工程可行性研究的重点课题之一。自50年代开始，长办就对三峡工程的一些环境影响因素如回水影响、人类活动对径流的影响、库岸稳定、地震、泥沙、生物、水库淹没与移民、自然疫源性疾病及

地方病等进行过初步的研究。70 年代中期以来，随着环境科学的发展和我国环保法规的完善，进一步加强了研究的力度。1976 年，长办成立了长江流域水资源保护局，嗣后又建立了长江水资源保护科研所，与国内 40 多个大专院校和科研机构合作，广泛开展了三峡工程的环境影响研究，取得了大量有价值的成果。1986—1989 年的三峡工程重新论证中，由生态、环境、水利等方面的 55 名专家组成的生态与环境专家组对以往的成果进行了全面的审查和复核，组织长江水资源保护局和中国科学院等有关单位进行了专题论证和补充研究，1988 年 1 月，专家组提出了《长江三峡工程生态与环境影响及对策的论证报告》，其主要内容和结论均被编入了重新编制的三峡工程可行性研究报告中。

根据我国环境法规的要求，重大工程的可行性研究报告必须同时编制相应的环境影响报告书，并由国家环保部门审查批准。三峡工程虽以往曾编制过 150 米蓄水位方案的环境影响报告书，但未履行法定的审批手续，且重新论证确定的蓄水位方案也与原方案有所不同。根据国务院三峡工程审查委员会的要求，确定由中国科学院环境评价部和长江水资源保护科研所，根据有关法规和程序，联合编制三峡工程环境影响报告书。1991 年 12 月，《长江三峡水利枢纽环境影响报告书》编制完成。1992 年 1—2 月，先后通过了水利部的预审和国家环保局的终审。至此，三峡工程可行性研究阶段的环境影响评价工作得以圆满完成。

六、三峡工程可行性研究报告的审查和批准

1990 年 7 月 6—14 日，国务院召开三峡工程论证汇报会，姚依林副总理主持会议，李鹏总理，国务院常务会议的同志，中央政治局、中顾委、全国人大、全国政协的一部分领导同志，8 个民主党派的负责同志参加了会议。会议听取了三峡工程论证领导小组关于论证工作的全面情况和主要结论意见的汇报，76 位同志发了言（其中 30 人为书面发言）。李鹏总理在会议结束讲话中宣布，决定成立国务院三峡工程审查委员会，负责对三峡工程可行性研究报告的审查。审查委员会由邹家华副总理任主任，王丙乾、宋健、陈俊生任副主任，20 位国务院各部委负责人担任审查委员。

审查工作采取先分 10 个专题进行专题预审，再由审查委员会集中审查的方式进行。有关审查委员分别主持了 10 个专题预审组的工作，163 位专家和国务院有关部门的负责人参加了专题预审。1991 年 5 月，专题预审结束，并分别提出了专题预审意见。国务院三峡工程审查委员会在预审的基础上，经集中审议，于 1991 年 8 月提出了审查意见。

1991 年 9 月 17 日，国务院常务会议认真审议了审查委员会对三峡工程可行性研

究报告的审查意见，同意兴建三峡工程，并决定向全国人民代表大会提出相应的议案。1992年第七届全国人民代表大会第五次会议期间，李鹏总理向会议提交了《国务院关于提请审议兴建长江三峡工程的议案》，邹家华副总理向大会做了议案的说明，各代表团进行了审议，全国人民代表大会财经委员会根据代表们审议的意见，进行了讨论，并提出了审查意见报告。1992年4月3日，经过全体人大代表的无记名投票，通过了《关于兴建长江三峡工程决议》："决定批准将兴建长江三峡工程列入国民经济和社会发展十年规划，由国务院根据国民经济发展的实际情况和国家财力、物力的可能，选择适当时机组织实施。"

至此，历时60余年的三峡工程可行性研究工作，终于画上了一个圆满的句号，三峡工程开始进入实施阶段。

五十年攀登实现宏图

——长江三峡水利枢纽设计研究历程

季昌化

1956年，毛泽东发表了《水调歌头·游泳》，其中"更立西江石壁，截断巫山云雨，高峡出平湖。神女应无恙，当惊世界殊。"向世人昭告了中国共产党和中国人民要兴建三峡工程的宏伟理想，这个理想今天正在变成现实，她也确实震惊了世界。

这个理想的出现不是突然从天而降的。早在1919年，孙中山先生就提出了在三峡"当以水闸堰其水，使舟得以溯流以行，而又可资其水力"的设想。随着孙中山先生的逝去，他的这一设想也付诸东流。20世纪40年代，国民党政府在美国的资助下，又在三峡做过少量的勘测设计工作，著名的坝工专家萨凡奇曾提出过一个"初步计划"。他的计划虽然不得善果，可提出的在三峡可以修建高坝，不仅用于发电和航运，也用于防洪的构想确实是一创见。1950年2月，新中国刚成立，百废待兴，党中央就组建了"长江水利委员会"，专司研究长江的治理和流域开发规划。从那时开始，我们从全流域根治水害和开发水利的高度，提出了在长江上游干流和支流有计划地兴建一系列水库的规划方案，其中必然有三峡水库。到了1952年前后，逐渐形成一种认识，从统筹解决长江的防洪问题看，三峡水库起着关键作用。1953年2月，毛泽东在听取了长江水利委员会主任林一山关于长江问题和治江方案的汇报后，首次明确提出了在三峡修建大型水利枢纽作为控制长江洪水的关键工程的设想，从此三峡工程的设计研究翻开了新的一页。直到1992年4月3日，第七届全国人民代表大会五次会议通过《关于兴建长江三峡工程决议》，设计研究工作经历了40多年历程，三峡工程开工以来，设计研究工作仍在继续着。

50年代初步设计

在初步设计中，首先要论证和回答两个问题：坝要修多高，即正常蓄水位定为多高；坝修在哪里，即比较选择坝址。

正常蓄水位的高度决定了水库淹没损失的大小、工程的效益和造价等一系列重大问题，还涉及上游一部分水库的规划和涉及中下游防洪工程的安排，甚至涉及整个流域的经济发展计划。要研究和论证清楚这些问题的难度可想而知。我们比较研究的水位从 180 米到 260 米。研究的范围之大，方案之多，是世界上绝无仅有的。得出的结论是，水位 200 米的方案是比较合理的。得出这样的结论不仅要说服国内的不同意见，还要说服当时来我国帮助设计的苏联专家，他们都主张采用高水位。1958 年 3 月，党中央成都会议通过了《中共中央关于三峡水利枢纽和长江流域规划的意见》，初步决策了这个问题："三峡大坝正常蓄水位应当控制在二百公尺（吴淞基点以上），不能再高于这个高程；同时，在规划设计中还应当研究一百九十公尺和一百九十五公尺两高程，提出有关的资料和论证。"由此可见，党中央对三峡工程的重视，也表明了论证这个问题的复杂性和难度。

对于坝址的比较选择，共研究了美人沱坝区和南津关坝区。美人沱坝区长 20 余公里，基岩是火成岩，河床和河谷比较宽阔，南津关坝区长 10 余公里，基岩是水成岩，河床狭窄，两岸是悬崖峭壁。它们的地质和地形地貌是截然不同的。在两个坝段里选出可能的坝址，称为坝段，共 15 个坝段。每个坝段又比较了 1 ~ 3 条坝线，对每条坝线都进行了一定的勘测工作，研究了枢纽布置和施工方案。从每个坝段优选出一条坝线进行坝段比较。再从两个坝区中各选出一个坝段进行优选。像体育比赛一样，经过初赛、复赛，再决赛。可想而知，这样做需要大量的勘测设计研究工作，简单地类比，三峡坝址比较选择的工作量是世界上其他大坝工作量的 10 倍以上。上面提到的 40 年代美国大坝专家萨凡奇所选的坝线只是南津关坝区的一条坝线。周恩来总理对我们提出了十分严格的要求，如果要否定南津关坝线，一定要有充分的依据说服萨凡奇。经过反复比较，我们最后推荐的坝线是三斗坪坝段上线，也就是现在正在兴建的三峡大坝坝线。实践已经证明选择的正确性。我们可以告慰周总理于九泉。

在这一阶段设计研究中，在技术上既立足于当时的水平，又要力求创新，不能停留在当时水平上。为此，围绕三峡工程技术问题开展了全国性的科研大协作。1958 年 6 月，国家科委三峡水利组在武汉召开了第一次三峡科研会议，参加会议的有来自全国的科研、生产、设计、施工、高校等共 82 个单位、268 名代表，著名科学家华罗庚、钱学森等也参加了会议。会上制定了三峡工程科研计划，有几百个研究课题。自 1958 年至 1960 年，先后有 360 多个单位近万名科技人员参加了这一科研协作，取得了大量科研成果，先后提出研究报告和论文 1376 份。这些成果不仅为当时的初步设计提供了科学依据，也为我国科学技术进步提供了有力基础。例如，水轮发电机组，当时我国只能生产 7.25 万千瓦的机组，国外正在设计的也只有 30 万千瓦的机组。我们在设计中按 30 万千瓦的机组考虑，但提出研究 40 万、60 万、80 万千瓦的机组。现在三峡工程采用的就是 70 万千瓦的机组。又如输电线路，当时我国最高只有 220 千伏，世界上最高的也只有 400 千伏，考虑到三峡输电距离有 1000 公里左右，最好的输电等级是 600 ~ 800 千伏。对此开展了研究，现在三峡工程采用的是 500 千伏。由此可见，当时设计人员的远见卓识，研究工作的深度和广度。

1958 年底，长江委完成了《三峡水利枢纽初步设计要点报告》。1960 年 3 月，完成了初步设计各项主要工作，并提出了《三峡水利枢纽坝线选择报告》。4 月，水电部组织了坝线选择审查。5 月提出了《三峡水利枢纽施工准备工作计划》。

雄心不变，加强科研

进入 20 世纪 60 年代，鉴于国际、国内形势，三峡工程不可能于短期内兴建。毛主席在 1958 年关于三峡工程的指示"积极准备，充分可靠"原则上加了"有利无弊"。周总理指示要"雄心不变，加强科研"。三峡工程设计研究工作转入以研究战时防护为中心的内容。

为了在战时做到有利无弊，我们从不同角度开展了细致的研究。在我国核试验现场，做了核爆炸时空中和水中冲击波对坝体影响的测试。为了研究弄清突然溃坝对下游的影响，我们做了包括水库和下游荆江河道的模型，测试在水库不同水位溃坝时，洪水波的传播及其影响等试验。

长办从设计方面研究了许多方案。从防护的角度出发，重新研究了美人沱坝址和石牌坝址。利用坝址处河谷比较狭窄，正对坝前的水库水面较短而窄，减少冲击波，而将电站等建筑物布置在地下，有利于防护。改用大断面的堆石坝或加大断面的混凝土坝，增加坝的安全度。选择窄而陡的峡谷，成功地进行了大爆破筑坝试验，一次形成堆石坝坝体。增加或降低泄水孔，以便在短时间内迅速降低水库水位等。

通过这些试验研究，可以做到提高大坝及其他建筑物的防护能力，战时尽力减少损失，可以做到确保万一大坝突然溃决也不会给下游造成大的洪水。

从当时形势出发，同时鉴于三峡工程规模大、建设时间长、投资很大且积压时间较长，因此研究了各种分期开发或使它提前发挥效益的技术。如大坝分期加高的技术，水位分期抬高的可能性。根据水轮发电机组可以适应的最小水头（即最低水位），研究了三峡工程初期水位 150 米左右解决各项技术问题的措施。进而又根据水轮机可以适应的最小水头，采取后期更换发电机的办法，可以把初期水位再降低到 120 米左右。还研究了利用围堰挡水提前发电等技术方案。

1970 年底，为解决湖北省电力的需要，也为三峡工程作实战准备，党中央批准先兴建葛洲坝工程。因此，三峡工程设计研究工作的重点转为葛洲坝工程提前兴建会对将来兴建三峡工程带来哪些影响，以及要提前做些什么工作。

葛洲坝工程提前兴建的重大影响之一，是抬高了三峡坝址的水位，这将会给将来三峡工程纵向围堰的修建增加困难。因此，要尽早决定在葛洲坝工程截流之前要不要预建三峡工程的纵向围堰的水下部分。为此，应尽快把三峡工程的坝址确定下来。经过深入研究之后，长办于1976年3月提出了《三峡水利枢纽初步设计要点补充报告（坝址补充研究）》。报告提出的论点是，如果不考虑防御核武器，常规的工程方案，三斗坪坝址较好；如果考虑防御核武器，采用加大的坝体和地下厂房的工程方案，则太平溪坝址较好。1976年2月，水电部召开了三峡坝址选择准备工作会议。1979年5月，召开了三峡坝址选择会议，参加会议的有55个单位的200多名代表。与会大多数代表认为，选择坝址的条件已经成熟，可以报请国务院早日确定坝址，为早日预建三峡工程的纵向围堰做好准备。9月，国务院召开了三峡选坝会议。通过这一阶段的研究，三峡工程选用三斗坪坝址已基本确定。

踏上施工准备之路

1980年7月，邓小平同志视察了三峡库区，听取了长办关于三峡工程设计研究情况汇报后，指示国务院要研究三峡工程问题。1982年党的十二大制定了到20世纪末要实现国民经济"翻两番"的战略目标。我国的四个现代化建设开始了新的长征。中央考虑要实现这个目标，必须建设一批大型骨干项目。在这一大好形势下，兴建三峡工程提上了议事日程。考虑到当时的国力，兴建高水位方案，如50年代研究的正常蓄水位200米方案，不可行；而采取分期开发方案，初期采用低水位，后期再抬高水位，又会严重影响库区的建设和发展。因此，希望选择一种适当的较低水位方案，一次建成。

1982年11月，水电部根据中央精神，综合分析长办20多年来的设计研究成果，提出研究正常蓄水位150米方案的可行性，并要求长办尽快提出可行性研究报告。这里顺便说明一点，五六十年代，我国大型工程设计的阶段划分为初步设计、技术设计、施工详图设计等阶段。80年代后，在初步设计之前增加了可行性研究报告阶段。要待可行性研究报告审查批准后，工程方可立项兴建。于是，长办在过去工作成果的基础上，进一步研究论证了正常蓄水位150米方案，并于1983年3月完成《三峡水利枢纽可行性研究报告（150米方案）》。得出的结论是这种方案的综合效益显然不如较高正常蓄水位方案理想，但它仍有很大的综合效益，它可保有140多亿立方米的防洪库容，水电站可装机1200万千瓦左右，但移民不超过40万人，投资约100亿元（当时价格）。重大技术问题和资金筹集问题都可以解决，近期内有条件兴建。

1983 年 5 月，国家计委主持审查了可行性报告，认为这种方案虽然不很理想，但比较现实可行，可以提请国务院审查批准。1984 年 4 月，国务院原则批准了这一方案的可行性报告，但将坝顶高程由原报告推荐的 165 米增加到 175 米，以提高其防洪作用。同时决定，成立三峡工程筹备领导小组，筹组三峡工程开发总公司，筹建三峡特区等。还决定，1984 年和 1985 年先进行一部分施工前期准备工作，争取 1986 年主体工程开工。根据国务院的决定，长办积极开展了三峡工程 150 米方案的初步设计。葛洲坝工程局组织施工队伍进入坝区，开始施工前期准备工作。三峡工程筹备领导小组、三峡工程开发总公司筹建处、三峡省筹备组机构也相继成立。三峡工程筹建工作迅速展开。

重新论证

正当三峡工程筹建工作不断取得进展时，国内和国际上有些人士提出了一些反对兴建三峡工程的意见。这些意见大致可分为两类。一类认为三峡工程不该兴建；另一类认为有些重大技术问题尚未研究清楚，兴建的时机还不成熟。1985 年 5—7 月，全国政协经济建设组组织的调查组在川鄂两省进行了 38 天的调查，并编印了《关于三峡工程问题的调查报告》。报告的基本论点是三峡工程不能上。

党中央十分重视这些不同意见，决定停止正在进行的三峡工程筹建工作，组织进一步的论证。1986 年 6 月 2 日，党中央以中发〔1986〕15 号文下发了《关于长江三峡工程论证工作有关问题的通知》，《通知》指出："30 多年来，我国的有关部门和科学技术人员对三峡工程做了大量的勘测、科研、设计工作，积累了丰富的资料，国务院也曾多次组织专家讨论并原则批准过三峡工程的可行性研究报告。但是，这一工程还有一些问题和新的建议需要从经济上、技术上深入研究……以求更加细致、精确和稳妥。"《通知》对论证工作的组织领导、工作方式和步骤、审查和决策过程提出了周密的部署，整个论证和决策过程分为三个层次。第一个层次是由水电部负责组织重新论证工作，根据论证结果提出新的可行性报告，为国家提供科学的决策依据。第二个层次是由专门成立的国务院三峡工程审查委员会审查重新提出的可行性报告，并提请国务院和党中央批准。最后一个层次是提请全国人大审议。

根据《通知》精神，水电部成立了三峡工程论证领导小组，对论证工作实行集体领导。领导小组根据各方面对三峡工程提出的意见，还包括有关单位提出的将蓄水位提高到 180 米的意见，决定在原来水位论证的基础上扩充论证专题，由 8 个专题增加为 14 个专题。聘请的专家由原来的 108 位增加到 412 位，包括了国内有关方面的知名专家。专家中有中国科学院学部委员 19 人，教授、副教授 66 人，研究员、副研究员 38 人，高级工程师 251 人。14 个专题和专家组是：地质地震、枢纽建筑物、水文、防洪、泥沙、航运、电力系统、机电设备、移民、生态与环境、施工、投资估算、综合规划与水位、综合经济评价。领导小组还商请全国人大财经委员会、全国政协经济建设委员会、国务院有关部委、四川省和湖北省推荐人选担任领导小组特邀顾问，共聘请了 21 位。论证专家组在组成上充分考虑了学术上的权威性，专业的广泛性和部门的代表性，也考虑了不同意见的代表性。领导小组组织力量收集了国内外对三峡工程提出的各种不同意见，汇编成 30 万字的《对三峡工程不同意见文章选编》，供论证专家参考。根据各专家组的需要，委托高等院校、科研、勘测、设计、机电设备制造等单位进行了补充调查、勘测、试验、研究工作。

论证工作从 1986 年 6 月开始，至 1989 年 2 月第十次领导小组（扩大）会议审议通过重编的可行性研究报告为止，共历时 2 年 8 个月。经过研究，将论证工作分为两大步骤。第一步，先优选出一种蓄水位代表方案。这阶段暂时不论证三峡工程该不该兴建，应该早兴建还是晚兴建。因为可能的蓄水位方案较多，直接论证后一个问题很难弄清楚。第二步，再就代表性方案论证该不该兴建，何时兴建。这时，如有必要，还可以对代表性方案进行一些修改。

第一阶段开始时，研究了过去几十年来对正常蓄水位研究的成果，认为水位低于 150 米的方案不能满足综合利用的要求；而水位高于 180 米的方案，水库淹没和移民安置较难承受。因此，决定比较正常蓄水位 150 米、160 米、170 米、180 米方案，以及分期蓄水和两级开发等 6 种方案。就每种方案，都做了补充的设计研究工作。原来做过设计研究的，现在要就一致的标准修改补充。原来没有做过设计研究的，提出设计方案。对于水库淹没和移民问题等，要针对每种方案提出数据。根据新的设计研究成果，由综合规划与水位专家组牵头，有关专家组就上述 6 种方案进行比较研究，提出初选水位方案。在此过程中，各专家组都到库区、坝区进行了现场考察和调研。在有关专家组研究的基础上，1987 年又召开了专家组组长联席会议，听取了有关专家组和长办对水位方案研究成果和意见的汇报，进行了大会讨论。随后再由综合规划与水位专家组综合分析了各组研究成果及意见，提出了代表水位方案的建议，报领导小组审查。1987 年 4 月，领导小组召开了第四次（扩大）会议，讨论并通过了这一代表水位方案的建议。这种方案的要点是：正常蓄水位 175 米，坝顶高程 185 米，大坝一次建成，但初期蓄水位为 156 米，运行 10 年后再升高至 175 米，移民工作按蓄水位 175 米要求一次到位，但分阶段地连续进行。经过这一阶段的论证，就正常蓄水位这一复杂的长期难以取得一致的问题，在专家组和领导小组内基本取得共识，标志着论证工作取得了重大进展。

第二步是在初选的代表性水位方案基础上进行深入论证，以求得三峡工程该不该上，是早上还是晚上的评价，这是论证工作的关键阶段。这个阶段的论证工作，根据专题性质的不同，大致可以分为三类：

第一类是针对初选水位方案，深化各专题的论证，从各专题的角度论证三峡工程是否可行。要求在各专题范围内把是否存在技术问题，各种技术问题如何解决，一一作出明确、科学、切实可行的结论。第二类是论证三峡工程在长江流域开发治理中的地位和作用，在地区经济发展中的地位和作用，在全国经济发展中的地位和作用。从某种意义上说，这是在经过近30年的反复研究和在我国新形势下重新检验1958年党中央成都会议通过的《中共中央关于三峡水利枢纽和长江流域规划的意见》。第三类是对三峡工程的综合经济评价。经过深入论证，14个专家组先后提出了专题论证报告。领导小组从1987年12月至1988年11月先后召开了5次领导小组扩大会议，分别审议和通过了14个专题论证报告。领导小组责成长江委根据各专家组论证的成果重编可行性研究报告。长江委于1989年2月向领导小组报送了《长江三峡水利枢纽可行性研究报告（审议稿）》（根据1986—1988年论证成果重新编制）。1989年2月27日至3月7日，领导小组召开第十次扩大会议审议并同意这个可行性报告（审议稿），要求长江委根据审议意见修改可行性报告，于4月初上报国务院三峡工程审查委员会。三峡工程的重新论证工作至此全部完成。

整个论证过程中，贯彻了科学、民主、实事求是的精神和原则。各专家组在本专业范围内独立开展工作，不受任何干预；各组专家对提出的专题论证报告签字，以示负责。专家组内部，尊重少数人的意见，不同意专家组论证报告的可以不签字，并可另提出书面意见作为附件一并上报审查。最后，共有9位专家、10人次未在专题论证报告上签字，并提出了各自的书面意见。

决　策

1990年7月，国务院召开了三峡工程论证汇报会，听取并讨论了论证情况和重编的三峡工程可行性研究报告的汇报。出席会议的有中央政治局、中顾委、全国人大、全国政协的部分领导，8个民主党派的负责人，国务院常务会议的成员和有关部委负责人，三峡工程论证领导小组和专家代表，共175人。会议决定将可行性报告提交国务院三峡工程审查委员会审查。李鹏总理还宣布了审查委员会成员，由有关部委的主要负责人25人组成。

1990年12月，审查委员会召开第一次会议，决定审查工作按"分专题，分阶段"

的方式进行。按三峡工程可行性研究报告的内容分为 10 个专题，组成了 10 个专家组，共聘请了 163 位专家。为了保证审查意见的科学性和公正性，注意吸收了未参加过论证工作的专家，人数占 62%；还聘请了论证过程中有不同观点的专家。

审查工作从 1991 年初全面展开，各专家组先后到库区、坝区和防洪保护区进行了调查研究，广泛听取了各方面的意见。专家组先后召开过 30 多次预审会议，还组织进行了大量的补充计算分析工作。1991 年 5 月底，各专家组先后完成了预审工作，并提出了预审意见。1991 年 7 月，审查委员会听取了 10 个专家组的预审意见汇报，进行讨论。8 月 3 日，审查委员会通过了审查意见，审查的总结论是："审委会认为：兴建三峡工程作为治理长江的综合措施之一是十分必要的，从解决长江中下游防洪问题的角度看更具有紧迫性。三峡工程技术上是可行的，经济上是合理的，国力是可以承担的……经过近 40 年的工作，三峡工程已到了可以决策和应该决策的时候，再推迟下去，不仅兴建时将付出更大的代价，效益也将相应推迟发挥。三峡工程的兴建，不仅不会影响 20 世纪内第二步战略目标的完成，而且有助于为 21 世纪初国民经济发展打下坚实基础。因此，审查委员会全体委员一致同意报告，建议党中央、国务院予以批准并提请全国人大审议。审委会也同意报告提出的尽早开工兴建的意见，认为如果资金落实，三峡工程从 1993 年开始进行施工准备工作，1996 年正式开工的建议是适当的。"

可行性报告审查结束后，为了使各界人士对三峡工程有更多的了解，由国家组织了多批考察团，赴库区和有关地区考察，听取有关方面对三峡工程情况的汇报及各方面的意见。其考察团主要有全国政协三峡工程考察团，全国人大常委三峡工程考察组，全国省长三峡考察团，首都新闻单位三峡考察团，全国教育、科学、文化、卫生、体育系统 70 多个单位组成的三峡工程考察团，由国家教委组织的高等院校校（院）长、知名学者、教授和大学生代表组成的国家教委三峡工程考察团等。参加过考察的人士，对兴建三峡工程的重要性和必要性更加清楚了，对几十年来三峡工程所作的大量研究工作，对论证工作的认真细致、决策的民主和慎重交口称赞。

1992 年 1 月 27 日，李鹏总理主持的国务院常务会议一致原则同意兴建三峡工程，并确定将可行性报告、审查委员会的审查意见和常务会议的意见报请党中央和全国人民代表大会代表审议。

1992 年 2 月 20 日和 21 日，江泽民总书记主持中央政治局扩大会议讨论三峡工程问题，同意由李鹏向全国人大提交议案，请予审查。这时，与 1958 年 3 月 25 日成都会议通过，4 月 5 日政治局会议批准《中共中央关于三峡水利枢纽和长江流域规划的意见》整整相隔 34 年了。

1992 年 4 月 23 日，七届全国人大五次会议代表对《关于兴建长江三峡工程的议案》庄严地进行表决。出席大会的代表 2633 名，表决结果：1767 票赞成、177 票反对、664 票弃权、25 位代表未按表决器。万里委员长宣布议案通过。至此，兴建三峡工程问题由全国人大作出了最后决策。就一项工程，由国家最高立法机构审议并做出决议，在中国历史上是绝无仅有的，其意义是极为深远的。

1989 年，根据重新论证成果编制的可行性研究报告完成后，长江委即着手开展初步设计的准备工作。全国人大作出决议后，初设工作全面展开。1992 年 12 月，三峡水利枢纽工程部分的初步设计编制完成上报，1993 年 7 月经国务院三峡工程建设委员会审查批准。随后即进行单项工程技术设计、工程招标设计和施工详图设计。如今，配合工程建设进展，补充设计研究工作仍在进行。

全国人大作出决议后，三峡工程施工准备工作再次积极展开。1994 年，一期围堰建成，第一期工程正式开工。1997 年 11 月，再次实施长江二次截流（首次截流是在修建葛洲坝工程时实施的），第一期工程已完成，第二期工程开始。现在位于长江主河床及其左岸的大坝、水电站和船闸，三大主体工程正在按计划进度施工，工程的雄姿已经初步展现在世人面前。2003 年完成二期工程，三峡工程开始发挥发电和通航等初步效益，三峡工程正迈着胜利的步伐走向新世纪。

结　语

回顾 40 多年来三峡工程设计研究所走过的历程，它所进行工作的深度和广度，它所经历的时间之长和曲折之多，它所引起的关注和参与讨论人数之多，它决策的科学和民主，无论在中国还是世界，都是史无前例的。有人把三峡工程研究形容为"世纪之梦"，这样说虽动人，但似乎不确切。对于为之奋斗的人们来说，她是一个伟大的事业、伟大的理想，一开始就建立在科学的基础上。实现这个事业和理想的过程，不也折射出国家的兴衰和人民不屈的意志吗？"艰难困苦，玉汝于成"，"当惊世界殊"的日子已不远了！

三峡工程论证纪事

陈德基

20 世纪 80 年代进行的三峡工程论证，是三峡工程建设过程中的一个极其重要的事件，也是国内外大型工程建设决策过程中绝无仅有的宏大活动。虽然至今国内外仍然有一些反对三峡工程建设的声音，但那次由国家决定进行的有关三峡工程所有重大问题的科学论证，无疑对推动工程的立项建设起到了至关重要的作用。

20 世纪 80 年代初，在"文化大革命"运动结束后不久，中央高层就开始酝酿三峡工程的建设问题，当时的国务院主要领导人姚依林、万里、李鹏、宋平等都先后到三峡工程现场做过实地调查。三峡工程的设计单位长江流域规划办公室（现改名为长江水利委员会）也积极配合进行各种设计的方案研究。但是当时社会上也出现了反对兴建三峡工程的声音，从社会、经济、技术、环境、国防安全等众多方面对三峡工程的建设提出质疑。1985 年以周培源同志为团长的全国政协三峡工程考察团对三峡工程进行了大规模的实地考察，考察团内部在讨论中就有着完全不同的意见。这种情况对中央做出有关三峡工程建设的决策造成了很大困难，急需通过适当途径解决这些认识上的分歧。1986 年 6 月，中共中央、国务院下发了《中共中央、国务院关于长江三峡工程论证工作有关问题的通知》（中发〔1986〕15 号），要求对三峡工程所有重大技术、社会、经济、生态与环境等问题进行全面论证。并明确论证工作的组织领导由水利电力部（论证工作开始时水利电力尚未分别设部，后期则为水利部）负责，由当时的部长钱正英担任论证领导小组组长。论证工作从 1986 年 6 月开始，至 1989 年 2 月领导小组第十次扩大会议结束，历时 2 年 8 个月。

我当时受聘担任地质地震专家组专家和生态与环境专家组专家，还担任地质地震专家组工作组成员和长办联络员，参加了论证工作的全过程。现结合我所经历的一些主要活动，对论证工作做一简要回顾。

一

论证工作聘请了 412 位专家成立了 14 个专家组。412 位专家分别来自国务院 17

个部委、中国科学院 12 个院所、29 所高等院校及 28 个省市专业部门，涉及自然科学、社会科学、财政经济、生态与环境、系统工程、人防等 40 多个专业，都是当时各个专业领域资深、有影响的专家。分为地质地震、枢纽建筑物、水文、防洪、泥沙、航运、电力系统、机电设备、移民、生态与环境、综合规划与水位、施工、投资估算、综合经济评价等 14 个专题组进行专题论证，同时聘请了 21 位有关部门的负责人和有社会影响的人士担任顾问。这 412 位专家和 21 位顾问不仅来自全国众多的部门和单位，而且具有广泛的代表性。有过去参加或接触过三峡工程问题的，也有初次接触三峡工程的；有赞成兴建三峡工程的，也有反对修建这一工程的。像孙越崎老先生就被聘为顾问。

论证工作主要以专题组的学术活动为主，有些相互关联、交叉的问题，也可以用联组讨论的方式相互沟通、交流，也可以派出有关专家去其他组参加有关问题的讨论。我就曾经多次去枢纽建筑物组参与有关问题的讨论，甚至参与现场查勘。各专题组根据本组论证主题，拟定出论证工作大纲和论证的重点问题报领导小组审阅，并在论证领导小组第二次扩大会议上由各专业组长向大会做出汇报经审议通过后实施。

领导小组扩大会议是审查论证成果的主要形式。领导小组会议一共召开了 10 次。第一次会议主要是贯彻中央文件精神，研究确定三峡工程论证领导小组的工作目标、方法、内容、阶段划分及组织机构等；第二次至第十次均为领导小组扩大会议，第二次扩大会议主要听取和审议各专题专家组的工作计划和安排；其后的第三次至第九次扩大会议着重检查各专题的工作进度，分专题审查各专题论证的主要成果。第十次领导小组扩大会议除了就少数有争议的重大问题进行必要的补充说明外，主要是听取潘家铮同志关于论证成果的总结发言，论证工作至此基本结束。会后长办（长江委）根据论证报告的精神和主要结论，于 1989 年 2 月报送了《长江三峡水利枢纽可行性研究报告（审议稿）》。

论证工作自始至终贯彻科学与民主的精神。不仅反映在专家的人员组成上，也体现在讨论过程和大会发言中，最后落实到各专题的论证报告上，都要包括主要的不同或反对意见。最后有 9 位专家因持有不同意见而未在本人所在小组有关的专题论证报告上签名，同样受到与会者的尊重。

为了与国外可行性研究工作进行参照对比，经国务院批准，决定由世界银行及加拿大咨询公司与国内平行进行可行性研究。

三峡工程论证所体现出的科学、民主与包容，值得我们在所有重大问题的决策中效仿和发扬。

二

我所在的地质地震专题专家组，由当时国内各行业著名的 22 位工程地质和地震专家组成。他们分别来自地矿部，中国科学院地质研究所，地球物理研究所，国家地震局，水电部水规总院，北京、长春、成都三所地质学院，南京大学，湖北省地质局及长江流域规划办公室等 10 余个单位。组长由戴广秀同志担任，副组长有李坪、王思敬、姜国杰、胡海涛，工作组组长刘效黎。专家组聘请了陈宗基、贾福海两位中国科学院学部委员作为顾问。

经专家组第一次全体会议讨论，确定地质地震专题专家组重点讨论论证三个问题：区域地壳稳定性、水库诱发地震、库岸稳定性。鉴于三峡坝址区地质勘察研究深度已接近初步设计，且各方面对坝址工程地质条件优越的看法始终是一致的，所以坝址工程地质条件未再列入本次论证的重点。专家组专家多数人都在以往不同时期参加过三峡工程地质地震问题的研究，尤其是地矿系统的专家，许多人都在早期直接承担或参加过三峡工程的生产和科研工作，对情况十分熟悉。50 年代以来，围绕三峡工程的许多重大地质问题召开过众多的咨询会、讨论会和专题研究会，特别是 1985 年 8 月上旬，国家计委和国家科委委托地矿部召开的"三峡工程地质问题讨论会"，重点就三峡工程坝区地壳稳定性、库岸稳定性、水库诱发地震、矿产资源开发利用和矿产淹没等四个问题进行了讨论，并提交了《长江三峡工程地质问题讨论会论证报告》。所有这些活动都为本专题论证工作的顺利进行打下了良好的基础。

在本专题的论证过程中，区域构造稳定性和库岸稳定性专题，都遇到过某些问题在以往的工作深度或资料不满足论证需要的情况，也有一些会外传递过来的质疑需待澄清，有关单位都立即组织力量及时补充必要的工作以满足论证的需要。其中最典型的有两件事：其一，会外地矿系统有学者根据彩红外和侧视雷达遥感图像的解译提出，距三斗坪坝址上游 10 公里的狮子口一带，有一北北西向延伸的断裂束线性影像十分突出，可能是新活动断裂的反应；三斗坪坝址有一条北北东向的线性影像明显，是一条大断裂，南岸有一环形影像，可能是火山口，甚至传言三峡坝区发现了一条大裂缝。这些问题的提出，引起长办有关领导及论证专家组的高度重视。我们在三峡地区尤其是在坝址区工作了几十年，对上述有关问题的认识心中是有数的。但是为了提供论证专家组更有针对性的资料，也更有根据地说服所有持有疑问的人，长办勘测总队立即组织力量对这两个问题进行专题研究，主要是现场实地核查，两处都安排进行专题现场核查研究，这是 1981 年我在美国进行遥感技术应用考察时体会最深的有益经验。尤其是对坝址区的北北东向线性影像，有针对性地在坝址左右岸横穿影像挖坑槽，同时在左岸从 8 号平硐开挖垂直影像的支洞横穿影像，还在适当位置布置斜孔从深部横穿影像，从空间上全面控制影像通过地段的地质背景。最后得出结论，怀疑者提出的线性影像是地形和植被的反映，没有发现同方向的断裂构造。直到工程开工后永久船闸边坡大开挖，大范围形成垂直影像的 4 个高边坡，没有发现同方向的断裂，再一次验证当时结论的正确。狮子口线性影像范围进行了 150 平方公里 1/5 万地质校测和 8 条地质横剖面测绘，证实该地段位于黄陵背斜西南缘沉积盖层中，地层被强烈挤压，岩层陡立，线性影像是地层走向的明显反映，从而有充分根据地回答了有关的质疑。

第二个问题是陈宗基研究员提出的。他多次指出，中国从华北平原过秦岭，经南阳盆地、江汉平原直至北部湾有一条山地和平原的地貌分界线，美国人解译沿这一地貌分界线是一条大断裂，三峡工程就在这个断裂带内，需引起重视，并建议通过深部地球物理探测厘清这一问题。对中国这一地形第二阶梯与第三阶梯接壤处的地质背景，我们一直十分重视，对之做过仔细的研究。研究结论是：在鄂西地区，这个阶梯分界在枝江附近，西距三峡坝址约 100 公里。南津关以东相当范围有钻孔证实，古生代地层形成的夷平面以平缓的倾角连续完整地倾伏于江汉平原之下，没有大的区域性断裂。但为了慎重回答陈宗基研究员的疑问，经研究决定通过深部地球物理勘探（人工地震测深）来认识这一问题，并委托地壳应力研究所进行这一研究。人工地震测深布置 5 条纵测线，全长 1040 公里，和相应 16 条非纵测线，全长 2220 公里。主纵测线由四川奉节至湖北江陵。为了保证探测工作的顺利以及不妨碍长江航运，探测选择在深夜一点钟进行，我们都集中在江陵观音垱实地观看了这次探测。成果完整地揭露了整个三峡河段及江汉平原西部的地壳结构，各壳层的厚度、壳层界面的连续性完整性，断裂的切割深度，以及江汉平原与鄂西山地接壤处莫霍面的倾伏情况。成果显示，整个三峡河段及江汉平原西部，各壳层清晰，界面连续完整，没有深大断裂，几条区域性断裂都是切入基底不深的基底 I 型断裂，从而进一步证实三峡工程大地构造环境良好，区域构造稳定好。这个探测不仅取得了重要成果，而且反映了论证工作的严肃、认真和科学的态度。据我所知，为单项工程进行如此类型的大规模探测在世界上还是第一例。

库岸稳定性专题则由地矿系统有关单位、中科院、水科院及长办等单位，分别向专家组提供了 10 份调查报告和研究成果。许多单位根据需要，有针对性地进行了必要的补充现场调查和一定的勘探工作，大大提高了库岸稳定性问题的认识深度。

地质地震专题专家组前后一共召开了三次全体会议和三次专家组长、工作组工作会议，及两次专题学术讨论会。两次专题学术讨论会分别就区域地壳稳定性及水库诱发地震专题、库岸稳定性专题进行深入讨论，讨论会扩大会议邀请了许多论证专家组之外的专家参加。第三次全体会议于 1987 年 10 月 30 日至 11 月 4 日在北京召开，审议通过了《长江三峡工程地质地震与枢纽建筑物专题地质地震论证报告》及三个附件：《长江三峡工程区域地壳稳定性评价报告（附件一）》《长江三峡工程水库诱发地震危险性评价报告（附件二）》《长江三峡工程水库库岸稳定性评价报告（附件三）》。1987年12月召开的论证领导小组第五次扩大会议，审议并原则通过了本专题的论证报告。

三

对长办（长江委）的同志来说，论证工作无疑是一个巨大的压力和历史责任。它不仅关系到三峡工程能否获得社会各界的广泛认可，顺利提到国家的建设日程上，同时也是对我们几十年从事三峡工程勘测、设计和科研工作的一次全面检验。直接参加论证工作的同志多是各专业的技术负责人，多以长办联络员的身份参与工作。不仅要处理各专家组随时提出的各种问题和要求，还要回答专家们在讨论中提出的各种问题和质疑。

回忆起来，这是我一生中工作最忙碌的一段时间。论证开始之初的一个月，几乎每周来回北京一趟，向潘家铮总工程师及地质地震组的组长汇报、修改及审定地质地震专题专家组的论证工作大纲。其后很长一段时间，围绕本专题的论证，来回奔波于武汉—北京—宜昌（重庆）。我的老母亲当时正和我们居住在一起，看见我这样的奔波忙碌，感触良深，写下了一首诗：

赠二儿

岁岁京华与巴蜀，朝朝车船与马足。

餐风露雨勤勘测，载月披星贯踌躇。

长江万里波涛涌，三峡千秋体态殊。

移山倒海非虚语，喜看高峡出平湖。

1986年12月，我正在北京参加领导小组第三次扩大会议，突发高烧不退，急送回汉口，住进了妻子工作的军工医院，经检查患了急性胸膜炎，胸腔积液。紧急住院治疗，抽胸腔积液、打吊针。当时论证工作进入关键时期，有许多资料及文稿要审阅，每天打完吊针就披衣坐起在病床上审阅修改资料和文稿，结果旧病复发，已经吸收了的胸腔积液再次产生，不得不进行第二次治疗。等病基本好了以后，妻子对我说，第二次出现胸腔积液把她急坏了，因为只有肺癌胸腔积液是无法吸收干净反复产生的，所以她非常担心，对积液检验了癌细胞，等胸腔积液完全吸收干净稳定后她才放心。

地质地震专题专家组是很不幸的。论证工作开始不久，专家组组长戴广秀同志就因病住院，坚持带病工作，但终于未等到论证工作结束，于 1988 年 9 月去世。另一位长办三峡大队大队长肖德俊同志，因积劳成疾，于 1988 年 1 月 18 日病逝，当时年仅 46 岁。长办三峡院承担着三峡工程地质勘察与研究的主要工作，因此不仅要为论证提供主要的技术资料，还要负责所有领导及论证专家组现场考察接待的事务，任务十分繁重。当时不论有什么需要三峡院准备的事，不管时间多紧迫，一个电话过去，肖德俊绝对按时安排妥当，从不误事。他去世时我在北京参加领导小组第六次扩大会议，当得知此消息时，悲痛得不能自已，当即写了一副挽联送去，寄托哀思：半壁重镇，倚君才，高峡平湖；壮志未酬，天不佑，饮恨九泉。

三峡工程开始大规模研究已是 60 多年以前的事了，论证则已过去了 30 年，工程全部建成发挥效益也已近十年。当年为工程进行前期规划、勘测设计及科学研究，乃至参与论证的许多人都已不在人世了。写这篇文章缅怀去者，慰抚存者，激励后人。

三峡工程与长江防洪体系

郑守仁

长江是我国第一大江河，流域面积 180 万平方公里，居住着全国 1/3 的人口。自古以来长江流域就是我国政治、经济、文化、军事的重要地区，战略地位十分重要，同时频繁而严重的洪涝灾害也威胁着流域内广大地区，特别是经济发达的中下游平原地区，制约了经济社会发展，严重影响生态环境，一直是中华民族的心腹之患。新中国成立以来，党和政府对长江的防洪治理十分重视，开展了大规模的防洪建设，特别是 1998 年大洪水后，对长江干流堤防进行了整险加固，同时按照治理开发的需要建设了一批防洪与兴利相结合的综合利用水库，基本形成了以堤防为基础，三峡水库为骨干，其他干支流水库、蓄滞洪区、河道整治工程及防洪非工程措施相配套的综合防洪体系，防洪能力显著提高。

一、长江洪水特点

长江流域的洪水主要由暴雨形成。流域内除青藏高原基本无暴雨外，其他 150 万平方公里均可能发生暴雨洪水。长江流域暴雨的走向多为自西北向东南或自西向东，与长江干流流向一致。长江流域的洪水发生的时间和地区分布与暴雨一致，一般是中下游早于上游，江南早于江北。中下游鄱阳湖水系、洞庭湖水系的湘江、资水、沅水一般为 4—7 月，澧水与清江、乌江为 5—8 月，金沙江下游和四川盆地各水系为 6—9 月，汉江为 7—10 月。一般年份，各河洪峰互相错开，中下游干流可顺序承泄中下游支流和上游干支流洪水，不致造成大的洪灾。但若气象异常，上游洪水提前或中下游洪水延后，长江上游洪水与中下游洪水遭遇，则会形成流域大洪水或特大洪水，1931 年、1954 年、1998 年和历史上的 1788 年、1849 年洪水即属此类。有的年份由于上游干支流洪水相互遭遇或中下游支流发生强度特别大的集中暴雨可形成区域性大洪水，1935 年、1981 年、1991 年及历史上的 1860 年、1870 年洪水即为此类。

据调查，宜昌站洪峰流量超过 80000 立方米每秒的洪水有 8 次，其中最大为 1870 年的 105000 立方米每秒。千百年来，长江流域亿万人民择水而居，在与洪水的搏斗中，逐步修建起堤坝抵御洪水，让洪水归槽，形成河网，通过河道宣泄洪水入海。堤防经过几千年不断加高培厚，目前长江中游干流荆江河道的安全泄量只有50000～60000立方米每秒，武汉河段的安全泄量也只有70000立方米每秒，长江巨大的洪水来量与河道安全泄量的矛盾十分突出。

长江中下游沿江两岸是我国经济社会发展的重要区域，而两岸平原区地面高程一般低于汛期江河洪水位数米至十数米。一旦堤防溃决，淹没时间长，损失大。1931年大洪水，武汉、九江被淹达4个月，长江中下游地区因灾死亡14.5万人；1954年洪水为长江流域百年来最大洪水，尽管党和政府领导人民奋力抗洪，取得了巨大胜利，但长江中下游还是淹没农田4755万亩，死亡3万余人，京广铁路不能正常通车达100天。

二、长江防洪体系与三峡工程在长江防洪中的地位

（一）长江防洪体系建设

由于洪水来量超出河湖的泄、蓄能力，尤其是荆江地区河道泄洪能力远小于可能发生的大洪峰流量，如遭遇特大洪水，不仅经济损失巨大，还将不可避免地造成大量人口的伤亡，威胁最为严重。因此，长江中下游平原区是全江防洪的重点，而防止荆江地区发生毁灭性灾害则是长江中下游防洪的重要任务。长江安澜，历来被视为治国安邦的大事，1949年10月新中国成立后，党和政府高度重视长江防洪，1950年初成立长江水利委员会（以下简称"长江委"，1956—1988年改名为长江流域规划办公室，以下简称"长办"），立即组织沿江各省市按照当时实测最高水位进行堵口复堤和堤防加固工程，1953年兴建荆江分蓄洪工程，为战胜1954年特大洪水奠定了基础。1954年大洪水后，中央决定加速长江的防洪建设，编制长江流域综合利用规划，长办于1959年编制完成的《长江流域综合利用规划要点报告》，确定防洪是长江流域治理开发的首要任务，长江中下游防洪规划贯彻"蓄泄兼筹、以泄为主"的方针，三峡水利枢纽是中下游防洪的关键工程。此后，1990年、2013年又根据流域经济社会发展的需要，编制了《长江流域综合利用规划简要报告（1990年修订）》和《长江流域综合规划（2012—2030年）》，指导长江流域治理开发与保护工作。

1998年长江大洪水后，长江防洪问题引起全国各界的极大关注，党中央、国务院对长江的防洪建设作出了全面部署，加大了长江防洪工程建设的投入，对中下游主要堤防进行了加高加固，特别是加强了堤防隐蔽工程（基础处理、护岸工程、穿堤建筑物）的建设，3900公里长江干堤达到了规划的防洪标准。对部分主要支流堤防和洞庭湖区、鄱阳湖区的重要圩堤也进行了达标建设，为长江中下游防洪打下了重要基础。

1994 年 12 月，三峡工程开工兴建；2003 年 6 月蓄水至 135 米；2007 年汛后蓄水至 156 米，工程进入初期运行期；2008 年汛后，工程开始 175 米试验性蓄水；2009 年汛期开始发挥防洪作用。此后，向家坝、溪洛渡、锦屏、亭子口等一批水库相继发挥防洪作用。目前，长江流域已经投入运行的大型防洪水库有 52 座，总防洪库容 630 亿立方米，为调节洪水提供了重要手段。

为了妥善处置不能通过河道安全宣泄的超额洪水，保障主要堤防、重要城市和重要基础设施的安全，在长江流域还规划了 42 处蓄滞洪区，蓄洪容积约 500 亿立方米。

采取以上措施，通过河道宣泄、水库拦蓄和必要时运用蓄滞洪区，长江中下游干流可以实现防御新中国成立以来发生的最大洪水（即 1954 年洪水）的规划目标。

（二）三峡工程在长江防洪中的地位

长江上游洪水与中下游洪水遭遇是中下游洪水的主要来源，如 1931 年、1949 年、1954 年、1998 年等大洪水年，宜昌 60 天洪量分别占荆江洪量的 95%、城陵矶洪量的 61% ～ 80%、武汉洪量的 55% ～ 71%。因此，控制长江上游洪水对中下游防洪至关重要。尤其是上游干支流水库至宜昌区间还有 30 万平方公里流域面积均是暴雨区，同样需要控制和调节。

三峡工程位于长江上游与中下游交界处，紧邻长江防洪形势最为严峻的荆江河段，地理位置优越，三峡工程对长江上游洪水的控制作用是上游干支流水库不能替代的。三峡工程可以控制荆江河段 95% 的洪水来量，三峡水库的控制和调节作用最直接、有效，就好比是控制进入荆江洪水大小的总开关。因此，三峡水库控制调节长江上游洪水，是减轻中下游洪水威胁、防止长江特大洪水发生毁灭性灾害最有效的措施，在长江防洪中处于关键骨干地位。

三、三峡工程设计洪水标准及其在长江防洪中的作用和能力

（一）三峡工程设计洪水标准

三峡工程设计正常蓄水位 175 米，大坝的设计洪水标准为千年一遇洪水，相应设计洪水位为 175 米；校核洪水标准为万年一遇洪水加大 10%，相应校核洪水位为 180.4 米，大坝坝顶高程为 185 米。水利水电工程设计洪水标准是指保证大坝自身安全的防洪标准，是大坝挡水稳定计算的主要依据，也就是说三峡工程遇到千年一遇及以下洪水时可以正常运行，发挥防洪、发电等综合效益；校核洪水标准是大坝防御非常洪水的能力，是确定大坝坝顶高程及进行大坝安全校核的主要依据，也就是在三峡大坝遭遇万年一遇加大 10% 的洪水时，仍可保障大坝安全挡水和宣泄洪水。水库的设计洪水标准与其可以承担的对下游地区防洪任务的能力是不一样的，前者是涉水工程本身抗御

洪水的能力，后者是通过工程调节洪水将下游地区的防洪提高到某个标准的能力。

（二）三峡工程在长江防洪中的作用与能力

批准的初步设计确定的三峡工程在长江防洪中的主要作用有下列四个方面：

1. 荆江河段防洪标准从十年一遇提高到百年一遇

三峡工程建成运行后，将百年一遇洪水流量 83700 立方米每秒通过水库调蓄，控制荆江河段的枝城站最大流量不超过 56700 立方米每秒，控制沙市水位不超过 44.50 米，可不用荆江分洪区让洪水安全通过荆江河段，并可减少荆江两岸洲滩民垸和松澧洪道附近民垸的洪水淹没概率。再遇 1931 年、1935 年、1954 年洪水，通过三峡水库调蓄，均可实现上述目标。

2. 在遭遇特大洪水时避免荆江河段发生毁灭性灾害

遇百年一遇以上洪水至千年一遇洪水，或 1870 年型特大洪水，经三峡水库调蓄后，可以使枝城河段最大泄量不超过 80000 立方米每秒。再配合分蓄洪区的运用，可以使沙市水位不超过 45.00 米，为保障荆江河段两岸堤防安全提供条件，可避免堤防漫溃或决口造成江汉平原和洞庭湖区大量人口伤亡的毁灭性灾害；同时降低了沿江宜昌、宜都、枝城和枝江县城等地的最高洪水位，减少这些沿江城镇的洪水淹没损失。

3. 减轻洞庭湖的洪水威胁和减少湖内泥沙淤积

三峡工程有效控制长江上游洪水来量，减少分流入洞庭湖区的水沙，既可减轻湖区洪水的威胁，又可减缓湖区河湖的淤积速度；为荆江南岸松滋、太平、藕池等三口建闸创造了条件，使江湖矛盾得到缓解，三口建闸控制后与三峡水库配合，对澧水洪水错峰，减轻洪水对松澧洪道附近堤垸的洪水压力，并为洞庭湖区的全面综合治理创造条件。

4. 提高武汉市的抗御洪水能力

三峡工程使长江上游洪水得到有效控制，荆江大堤的安全得到保障，减轻了洪水对武汉市的威胁，提高了武汉市防洪设施的可靠性和调度运用的灵活性，使武汉市防洪更有保障。

三峡工程主要通过其防洪库容调节上游洪水，体现其在长江防洪中的能力。根据长江中下游防洪规划的安排，三峡水库在汛前降至 145 米水位，预留防洪库容 221.5 亿立方米，以满足长江中游防洪的需要。

三峡水库汛期长约 524 公里，平均宽度不足 2 公里，为河道型水库。人们一般将水库水面看作平面计算出来的库容称为静库容。洪水进入三峡水库逐步向坝前演进，水库水面不是水平的，实际水面线与水平面之间的水体称为楔形体，容蓄了一定的水量，静库容与楔形库容之和称为动库容。三峡工程初步设计，依据设计规范，采用坝址洪水按静库容进行调洪计算,确定设计洪水位和防洪库容规模;并采用入库洪水按动库容调洪计算方法,确定水库校核洪水位。

楔形库容的大小与入、出库流量有关,它随着入、出库流量改变而不断变化并向前运动,它参与水库调节洪水的整个过程,这就是为什么上游洪水开始进入三峡水库的初期,入库流量大于出库,但水库水位在下降;到了后期,出库流量大于入库,水库水位反而在上升的原因。因此,不能以某个瞬时的动库容与静库容存在差值就武断地说静库容的防洪作用小了许多。

2003年三峡工程135米水位蓄水前,长江委和南京水利科学研究院及武汉大学就三峡水库动库容及静库容调洪问题进行了对比研究。采用1954年、1981年和1982年3个典型年进行分析计算,结果汇总如下表(略)。

由汇总表可知,百年一遇洪水静、动库容调洪结果中枝城最大流量没有区别,水库最高水位变化不大,水库的拦蓄洪量静库容法比动库容法计算多20.1亿~25.2亿立方米;千年一遇洪水也是同样的结论,只是动库容调洪拦蓄的洪量与静库容的调洪量更为接近。中国工程院在2010年《三峡工程阶段性评估报告》中明确指出,虽然采用动库容调洪拦蓄的洪量小于采用静库容的调洪量,但荆江河段的最大泄量和水库坝前水位没有超过采用静库容调洪的结果,表明确定的221.5亿立方米防洪库容是留有余地的,是安全的。

目前,长江委已建立了三峡水库水动力学预报调度模型,通过模拟库区水面线的变化来进行动库容的调洪计算,并在2010年、2012年、2014年三峡水库防洪调度实践中,对动、静库容调洪进行了对比研究,计算成果与实测资料吻合较好。因此,采用入库洪水动库容调洪方法并没有导致三峡水库防洪能力的减少。随着上游干支流一批库容大、调节性能好的水库建成运行,配合三峡水库对长江中下游防洪调控,削减进入三峡水库的洪峰流量,降低库尾水位,增加三峡工程防洪调度的机动灵活性,成为长江防洪体系的重要组成部分,在遭遇特大洪水时,可以减少长江中下游分蓄洪区的启用概率和分蓄洪量,进一步提高了三峡工程在长江防洪中的能力。

(三)三峡工程可以长期安全运行

在初步设计阶段,就曾研究过上游建库对三峡水库淤积的影响。研究的结果表明,在不考虑上游水库的拦沙作用及水土保持减沙作用的条件下,运行80~100年水库冲淤平衡时,防洪库容仍可保留86%。而考虑上游水库的拦沙作用,三峡水库运行100年,上游建库拦沙后的淤积量仅相当于上游不建库拦沙约40年的淤积量,可见上游建库拦沙的作用是十分显著的。上游建库可使三峡水库的淤积量大大减少,防洪库容较上游不建库得到更多的保留,对三峡工程防洪作用的长久持续极为有利。为稳妥可靠，三峡工程初步设计未考虑上游水库的拦沙作用。

近些年来，国家在长江上游地区实施水土保持、退耕还林、防止石漠化和长江防护林工程，进入干支流河道的泥沙呈逐年减少趋势；同时，上游干支流水利水电工程建设进展迅速，溪洛渡、向家坝等一大批大型水电站陆续建成投用。2003—2015年年均入库径流量、输沙量分别为3690亿立方米、1.645亿吨，与初步设计值相比，分别减少了8.1%、66.5%。研究表明，三峡入库泥沙在相当长时期内将维持在较低水平，水库淤积进一步减缓。考虑上游水库的拦沙作用后，三峡水库的冲淤平衡年限将推迟200～300年，冲淤平衡后防洪库容保留86%，水库仍可安全运用。

三峡工程大坝坝内和地下电站进水口设置冲沙及排沙孔、洞，保障坝前泥沙不致影响电站发电和船闸通航的运行安全，枢纽建筑物可长期安全运用。

四、三峡水库防洪调度方式的优化

三峡工程建设在党中央、国务院的坚强领导下，在全国人民的大力支持下，工程提前一年完成初步设计的建设任务。国务院三峡工程建设委员会批准2008年汛末实施175米水位试验性蓄水运行以来，水利部组织长江委等单位对水库防洪调度方式进行了优化，开展了中小洪水调度的试验性调度实践与探索。

（一）三峡水库兼顾对城陵矶防洪补偿调度

三峡水库为季调节水库，防洪库容相对较小，初步设计确定防洪重点为荆江河段是合适的。

三峡大坝下游至城陵矶区间面积约30万平方公里，洞庭湖水系及松滋、太平、藕池等三口分流入洞庭湖的洪水经洞庭湖调蓄后均由城陵矶汇入长江，加之上荆江的来水，往往在城陵矶附近形成峰高量大的洪水。20世纪90年代以来，长江中下游1996年、1998年、1999年、2002年洪水城陵矶（莲花塘）最高洪水位分别为35.01米、35.80米、35.54米、34.75米，均超过保证水位34.4米，特别是1998年为历史最高，防洪形势极为严峻。1998年宜昌站洪峰流量63300立方米每秒，尚不足10年一遇（小于30天洪量近百年一遇）。三峡水库按对荆江地区防洪调度方式，水库只拦蓄洪量约30亿立方米。遇1954年型洪水，三峡水库也只需要拦蓄不到95亿立方米，就可以将通过荆江河段的洪水位控制在安全值以下。但是城陵矶附近地区及其以下的长江中下游地区仍然有466亿立方米的超额洪量需要分蓄到蓄滞洪区，才可以保证洪水安全通过河道宣泄入海，其中城陵矶附近地区超额洪量378亿立方米。在三峡水库尚有大部分防洪库容未运用时，下游城陵矶附近地区大量分洪，显然是不合理的。这说明三峡水库有能力，也有必要承担更多的防洪任务。

我们在三峡工程论证和初步设计阶段研究三峡工程对城陵矶附近地区防洪的基础上，结合近期堤防建设情况和新的江湖关系变化，综合考虑水库泥沙淤积、库区淹没影响制约条件等因素，开展了更加深入的研究，提出了三峡水库兼顾对城陵矶防洪补偿调度方式。即在确保荆江地区防洪安全的前提下，将三峡水库155米水位以下的56.5亿立方米防洪库容用于兼顾对城陵矶地区防洪补偿；水库水位三峡水库兼顾对城陵矶进行防洪补偿调度，可较好地应对不同来水情况，减少城陵矶附近地区的分蓄洪量和分洪概率，遇1954年型洪水可减少60多亿立方米，进一步提高三峡工程的防洪效益。

（二）三峡水库中小洪水滞洪调度

初步设计三峡水库防洪调度方式是每年汛期（6月中旬至9月下旬）水库按防洪限制水位145米运行，当发生洪水时，为满足荆江河段枝江站流量不超过56700立方米每秒的要求，如流量小于55000立方米每秒，三峡水库按照来水下泄；如流量大于55000立方米每秒，水库拦蓄洪水，控制下泄流量55000立方米每秒（考虑三峡水库至枝城区间来水1700立方米每秒），洪水过后需复降至145米，以防下次洪水。

尽管长江干流堤防经过加高加固达到规划标准，但仍有不少重要支流和湖泊堤防尚未加固，一些连江支堤与长江干堤没有形成封闭保护圈，大多数中小河流防洪能力仍偏低。有些连江支堤在长江上游来水小于56700立方米每秒的中小洪水时，有可能发生局部性区域洪水灾害。三峡水库建成后，长江中下游地方防汛部门要求，三峡水库对这类中小洪水进行拦洪，以使切盼长江安澜的人民群众更加安居乐业。

随着水文预报水平的逐渐提高以及预报和调度方案的不断完善，三峡入库流量一般具有3～5天的预见期，预报精度较为可靠，结合中期降水预报，可提供5～7天前瞻性的趋势预报。三峡水库的中小洪水调度，是在不影响水库的自身安全以及在长江防洪中发挥作用的前提下，充分利用现代水文气象预报技术，对三峡水库进行实时预报调度，是有条件的相机调度。

为规避可能的防洪风险，为中小洪水滞洪调度明确了启用原则：①需要三峡水库拦蓄中小洪水以减灾解困；②根据实时雨水情和预测预报，三峡水库尚不需要实施对荆江或城陵矶地区进行防洪补偿调度；③不降低三峡工程对荆江地区的既定防洪作用和保证枢纽安全。

中小洪水滞洪调度一般对二十年一遇以下洪水，即坝址洪峰流量小于72300立方米每秒的洪水。2010年和2012年两年汛期均出现入库洪峰流量大于70000立方米每秒的洪水，三峡水库实施滞洪调度，控制出库流量40000～45000立方米每秒，使长江中下游干流沿江河段汛期水位均有不同程度的降低，从而减轻了防汛压力。中小洪水调度实践表明，当长江上游发生中小洪水，中游出现防洪紧张局面时，根据可靠的水文气象预报，三峡水库可以适当拦蓄洪水，有效缓解长江中下游防汛压力。

为此，2010年6月，经国家防总批复的《三峡—葛洲坝水利枢纽2010年汛期调度运行方案》中明确在保障防洪安全的前提下，可相机进行中小洪水调洪运用。

（三）防洪调度运用情况

长江防总在国家防总的统一领导下，始终坚持以国务院批准的《三峡水库优化调度方案》为指导依据，遵照三峡工程175米水位试验性蓄水运行"安全、科学、稳妥、渐进"的原则，在试验性蓄水运行中不断优化水库防洪调度方案，充分发挥三峡水库拦洪错峰作用，并对中小洪水进行了调洪运用，避免和缓解了长江中下游地区的洪水灾害和防汛压力，大大减少了防汛抢险的费用，防洪效益显著。

2010年汛期三峡水库迎来建库以来最大的入库洪峰流量70000立方米每秒，长江防总通过滚动会商、精细调度，及时拦洪、适时泄洪，将三峡水库下泄流量控制在40000立方米每秒，削峰40%以上，从而降低长江中游干流沿线水位0.45～2.55米，中下游干流堤防无一处险情发生，有效避免了上游洪峰与中下游洪水叠加给沿岸人民造成的生命财产安全威胁，有效缓解了中下游地区的防洪压力。

2012年汛期先后进行了5次防洪运用，累计拦蓄洪水200.5亿立方米，成功应对了最大入库洪峰流量71200立方米每秒的洪水，降低沙市、城陵矶水位1.5～2.0米，实现了沙市水位不超警、上游洪水与中游河段洪水错峰、有效疏散2000余艘待闸船舶等多项调度目标。

2016年6月30日至7月6日，长江中下游地区发生持续性强暴雨，长江中下游干流水位迅速上涨，与此同时三峡水库入库洪峰流量50000立方米每秒，根据分析预报，城陵矶水位可能超过34.4米的保证水位，长江防总及时调度三峡水库控制出库流量31000立方米每秒，之后两次减小流量至25000、20000立方米每秒，控制城陵矶最高水位为34.29米，实现三峡工程对城陵矶地区防洪调度的目标。

五、结语

三峡工程是长江防洪体系中的关键骨干工程，2008年实施175米水位试验蓄水运行以来的防洪调度实践充分说明，三峡工程的防洪规划合理、正确，三峡水库的防洪调度方式安全、可行。三峡工程175米方案防洪作用和效益不仅可以得到预期的发挥，而且可以进一步拓展，在保障荆江河段防洪安全的前提下，兼顾对城陵矶地区防洪补偿调度以及对中小洪水滞洪调度，明显减轻和缓解了长江中下游的防汛抗灾压力，三峡工程全面发挥了综合效益。

历

程

篇

三峡工程蓄水位方案研究经过

薛世仪

正常蓄水位是决定水利枢纽规模的主要参数，它直接影响工程的投资、淹没和效益的大小。如三峡工程这样关系国民经济全局的大项目，其正常蓄水位的高低影响范围更广，是极为重要的问题。三峡工程的整个进程表明，规划工作在其中占有主导的地位，而就规划工作来说，可以认为它就是围绕正常蓄水位的选择而逐步开展的。

三峡的勘测设计工作可以追溯到 20 世纪 30 年代。1932 年 10—12 月，中国工程师恽震、曹瑞芝、宋希尚等三人组成了一支长江上游水力发电勘测队，经实地查勘测量后，提出了《扬子江上游水力发电勘测报告》，对葛洲坝和黄陵庙两个坝址做了初步研究，均采用低坝开发方式，两处水头同为 12.8 米。1944 年 9 月，美国垦务局工程师萨凡奇查勘三峡，写了《扬子江三峡计划初步报告》，坝址在南津关至石牌之间，水库水位高程定为吴淞基面 200 米。为了蓄洪库水位可降至 177 米，这两次研究工作对蓄水位都没有进行不同方案的比较。

对三峡工程进行大量而全面的研究工作是在新中国成立以后。其中关于蓄水位的研究工作大致可划分为三个阶段：第一阶段，1954—1958 年，党中央成都会议决定，正常蓄水位应不高于 200 米。第二阶段，1959—1981 年，以正常蓄水位 200 米为基础进行研究，包括各种分期开发方案的研究。第三阶段，1981 年至今，研究低于 200 米的正常蓄水位方案。现在对三个阶段的蓄水位研究情况分述如下。

第一阶段

新中国成立后不久，即开展长江流域的规划工作。1954 年春，长江水利委员会上游工程局组织对三峡的查勘，编写了《关于长江三峡水库情况的简要说明》。是年 9 月，长江水利委员会初步拟定三峡坝址在黄陵庙地区，蓄水位则以不淹没成渝铁路九龙坡车站为控制条件，拟定为 191.5 米。

1956 年，开始系统地进行三峡工程的勘测、设计和科技工作。长江流域规划的一项重要任务是，制定上游梯级水库开发方案。当时对宜宾至宜昌河段的梯级布置是按三峡工程不同的正常蓄水位拟定了 6 种方案，也就是三峡的正常蓄水位研究了 6 种方案：190 米、200 米、210 米、220 米、235 米和 260 米。三峡正常蓄水位 190 米和 200 米，上游与猫儿峡枢纽衔接；210 米和 220 米，上游与朱扬溪枢纽衔接；235 米，上游与石棚枢纽衔接；260 米，回水可达宜宾下游的南广河口枢纽。经过一段时间的研究比较，以三峡正常蓄水位 200 米、220 米和 235 米为基础的 3 种梯级方案较为优越，可作为代表着重进行研究。1957 年 1—5 月，提出长江流域规划中的三峡正常蓄水位为 200 米、220 米和 235 米的枢纽布置方案。随后的研究结果表明：三峡正常蓄水位愈高，梯级方案的技术经济指标愈优越，防洪、发电和航运等综合效益也愈大。但正常蓄水位高于 200 米时，重庆市区及其邻近农村都将受到较大的淹没损失。因此，1957 年 6—12 月，转为以正常蓄水位 200 米的方案作为重点研究对象。

1958 年 3 月 23 日，党中央成都会议大组会议讨论了周恩来总理关于三峡水利枢纽和长江流域规划的报告。3 月 25 日通过了《中共中央关于三峡水利枢纽和长江流域规划的意见》，4 月 5 日，政治局会议批准了这个文件。该文件指明了治理长江的基本原则，认为三峡工程是需要修建而且可能修建的，其中第二条指出："为了便于今后有关的工业、农业和交通等基本建设的安排，并且尽可能地减少四川地区的淹没损失，三峡大坝正常高水位的高程应当控制在 200 公尺（吴淞基点以上），不能再高于这个高程；同时，在规划设计中还应当研究 195 公尺和 190 公尺两个高程，提出有关的资料论证。"

1958 年 8—9 月，长办会同地方政府对库区淹没实物指标进行了全面调查，高程分 160 米、180 米、190 米、200 米和 210 米五级。经测量定级，分级普查，这是选择正常蓄水位的重要基本资料。

1958 年 11 月，长办完成了《三峡水利枢纽初步设计要点报告》初稿，12 月正式付印。该报告中对正常蓄水位比较了 205 米（陪衬方案）、200 米、195 米、190 米 4 种方案，比较的结果是蓄水位愈高，综合效益愈大，因此根据成都会议精神，推荐三峡正常蓄水位 200 米。

经过这一阶段的工作，即经过长江流域综合利用规划要点报告阶段和三峡初步设计要点报告阶段的研究，认为三峡正常蓄水位 200 米方案配合长江干支流大量水库，可以基本上解决长江洪水问题，而且它的整体防洪效能很大，并有巨大的发电、航运等方面的综合效益。

第二阶段

1959 年 5 月中旬，长办邀请有关部门共 66 个单位 188 名代表，在武昌对《初步设计要点报告》进行了 10 天讨论。关于正常蓄水位问题的意见，认为三峡应有足够的防洪库容，并尽可能留有余地。初步要点报告中所确定的防洪库容可能偏小，因为设计洪水可能偏小，上游水库的规模与兴建速度很难确定。考虑到重庆市有不少重要企业，高程在 200～205 米。根据四川省及重庆市的要求，在水库运用时应控制重庆市朝天门水位遇百年洪水时不超过 200 米。

1959 年春，在《初步设计要点报告》的基础上，长办开始进行三峡的初步设计工作，1960 年 12 月完成初步设计报告初稿。以后整理归档未上报。这一阶段规划工作的一个主要内容是：在正常蓄水位已选定为 200 米的条件下，选择枢纽的死水位，该报告推荐初期死水位为 170 米，后期死水位为 180 米。

此后至 1966 年"文化大革命"发动时止，对各种分期开发及分期蓄水运用的方案进行了研究。这种方案可以提前发挥工程效益，减少初期的投资和移民，并与当时的工农业生产水平相适应。其中的主要方案是分三期的方案。第一期工程，以发电、航运为主，蓄水位为 115 米，坝顶高程 124 米；第二期工程，能满足一定的防洪需要，并继续扩大发电和航运效益，蓄水位为 150 米，坝顶高程 162 米；第三期工程，抬高至最终规模正常蓄水位 190 米或 200 米。考虑 190 米水位主要是为了减少淹没损失。

1969 年 3—7 月，长办革命委员会派出一个现场设计组到茅坪，提出了分期开发规划初步研究报告。初期设计蓄水位（即正常蓄水位）定为 150 米。1969 年 4 月 10 日，水利电力部军事管制委员会和湖北省革命委员会向中央写了《关于修建三峡水利枢纽设想的报告》，建议三峡工程分两期建设。第一期工程，设计蓄水位 150 米左右；第二期工程，可根据解决长江中下游地区的防洪问题，扩大发电效益……但未明确最终规模的蓄水位多高。

1975 年 8—10 月，长办在当地政府的配合下，在 1958 年普查的基础上，对三峡库区进行了补充调查，其中对工矿企业进行了分高程全库普查。

1978 年 1 月 6—9 日，李先念副主席、谷牧副总理到葛洲坝工地视察，在谈到三峡工程时，曾指示要研究"高坝中用"的方案。

1978 年 8 月，《长江三峡水利枢纽坝址选择补充设计阶段报告》编写完成。其中对正常蓄水位选择作了补充论证，因为从 1960 年完成初步设计报告初稿以来，一些设计条件有了变化，有可能影响到正常蓄水位的论证。这些变化主要有：三峡以上干支流水库的库容变化较大；坝下游堤防已有加强；河道泄洪能力有所提高；水库区内工农业建设有了新的发展；中长期气象预报及水利化的作用，现阶段不宜考虑。报告中比较了 185 米、190 米、195 米、200 米 4 个水位。经综合分析，建议正常蓄水位仍采用 200 米。在此基础上，报告也研究了高坝中用分期蓄水的问题，考虑了 180 米、

171 米、159 米 3 个初期运用水位，推荐采用 171 米，并以 151 米为提前发电水位。

1981 年 11 月，长办提出《长江三峡水利枢纽论证报告》，对正常蓄水位比较了两组方案：一组为 185 米、190 米、195 米、200 米；另一组的防洪库容较小，为 185 米、180 米、175 米，报告建议三峡正常蓄水位上限不超过 200 米，但不宜低于 190 米，并在初期"高坝中用"（可分批移民）。该论证报告的第 7 章，专门研究了三峡开发方式问题，目的是使工程提前受益，减少投资和移民的困难。大体可归纳为两种开发方式：一种是分期蓄水，即大坝按最终规模一次连续建成，分期蓄水运用。按两个最终规模拟定了两种代表性方案：①正常蓄水位 200 米，初期最低运用水位 140 米，最高发电水位 151 米；②正常蓄水位 190 米，初期最低运用水位 130 米，最高发电水位 143 米。另一种是分期建设。先按一定规模建成初期工程后暂停继续施工，待若干年后，续建至最终规模，考虑初后期的间隔时间较长，报告中以初期蓄水位 128 米方案为代表。由于分期蓄水方式向后期过渡比较灵活，根据当时国民经济的发展水平，报告认为以采用"分期蓄水"方式较为合适。

第三阶段

1981 年初，根据水利部领导指示，长办编写了《三峡分期开发初期蓄水位 128 米方案简述》。该方案坝顶高程 145 米，其特点是移民和工程投资均较小。2 月 3 日，长办负责人在宜昌向钱正英部长做了汇报，钱部长要求长办于 1981 年 6 月提出以 128 米方案为主的可行性报告，供三峡论证会重点讨论。

1982 年 12 月，长办开始研究正常蓄水位 150 米方案。事前水利电力部领导向长办主要领导同志传达了关于三峡工程建设的考虑，指出为适应四化建设的要求，结合改善长江防洪和航运，应立即着手兴建三峡工程；但规模要适当，并适应我国当前的国情，尽量减少水库淹没；正常蓄水位为 150 米，规模比较适当，可为各方面所接受。1983 年 3 月，长办完成了 150 米方案（坝顶高程 165 米）的可行性研究报告。1983 年 5 月 3—13 日，在北京由国家计委主持召开了审查会。会上，多数代表认为可行性报告所提方案是现实可行的，但有不少代表认为应提高正常蓄水位和坝高，以发挥更大的防洪、发电和航运等方面的效益，使资源得到有效的利用。

1984 年 2 月 15 日，水利电力部向国家计委并报国务院提出《建议立即着手兴建长江三峡水利枢纽工程的报告》，列出了蓄水位 150 米、160 米、170 米、180 米和 200 米的主要指标，部党组扩大会议讨论时有几种不同意见，但一致认为三峡正常蓄水位的选择涉及面广，必须由中央纵观全局，权衡利弊作出决策。2 月 17 日，国务院财经领导小组开会讨论水电部所提的这份报告。赵紫阳、万里、姚依林、胡启立和田纪云等中央领导同志及各部委负责人出席，会上决定三峡的正常蓄水位不改变，仍为150米。4月5日，国务院对三峡可行性研究报告原则批准，并批复"按正常蓄水位一百五十米、坝顶高程一百七十五米设计。请水电部于今年年底前完成初步设计报告"。

1983年10月至1984年7月，长办会同川、鄂两省有关部门，对160米水位百年一遇回水线以下地区进行了分级测量调查。

1985年3月，长办完成了正常蓄水位150米方案（坝顶高程175米）的初步设计报告。可行性研究报告审查会议后，根据有关方面的要求，长办研究了150～180米各蓄水位方案，并于1984年1月提出了正常蓄水位180米方案研究报告。

1984年秋，重庆市推荐三峡工程的正常蓄水位采用180米，主要是为了使库区航道改善的范围能达到重庆港的九龙坡等主要码头。

1985年7月，长办提出了正常蓄水位补充论证报告，考虑了175米和185米两种坝顶高程，正常蓄水位有150米、160米、165米、170米和180米五种，与不同的防洪限制水位及死水位共组合成32种方案。报告综合分析了影响水位选择的各有关因素，着重对航运与泥沙这两个因素进行了论证分析。结论意见是：在基本满足综合利用要求的前提下，为尽量减少淹没和工程投资，可采用正常蓄水位165米，为了适当留有余地，推荐采用正常蓄水位170米；初期按蓄水位150米运用；坝顶高程为175米。

1985年9月2—9日，水利电力部委托中国三峡工程开发总公司筹建处和水利水电建设总局，在北京对上述水位补充论证报告进行了水电部内部预审。会议对各水位方案进行了综合分析讨论。预审意见最后指出："……涉及水位方案的有关因素和主要问题现已明朗。三峡工程正常蓄水位的选择应综合考虑各方面的合理要求，采取综合治理措施，还应考虑移民的困难和国家财力、物力的可能。因此我们认为，选用160米方案（坝顶高程175米，正常蓄水位160米）是适宜的。建议国家从宏观上对水位方案尽早做出决策……"

由国家计委和科委组织的三峡水位论证工作，于1985年5—9月先后对生态与环境、防洪、库区淹没与移民、泥沙、航运、电力系统规划、地质与地震、综合评价等8个专题开会进行了论证，并分别提出了专题论证报告或讨论会纪要。对正常蓄水位的选择没有取得一致的意见。重庆市和航运部门为了使坝上游航道的改善范围能达到重庆港区，要求采用较高的如180米左右的正常蓄水位。

三峡是我们国家的宝贵资源，应尽早让它为四化建设作贡献。笔者从1956年起即从事三峡工程的规划工作，经过我手提出的开发方案究竟有多少已难以确切统计。

但我脑子里有一个印象是深刻的：不论是什么方案，随着正常蓄水位的升高，相应的防洪库容加大，装机容量和发电量增加，深水航道延长，综合效益增大，经济上合理。限制正常蓄水位升高的关键因素是移民和淹没允许的程度。此外，并没有什么技术上的拦路虎。我同意水电部内部预审意见所指出的"涉及水位方案的有关因素和主要问题现已明朗"，是"国家从宏观上对水位方案尽早做出决策"的时候了。不然，让这些宝贵资源白白付诸东流，实在可惜！

（原载《中国科技史料》第 8 卷，1987 年第 3 期）

历
程
篇

从坝址选择看三峡工程决策的科学与民主 [①]

陈德基

三峡工程的建坝地址（坝址），如果从 1944 年美国垦务局总工程师萨凡奇建议的在三峡河段出口南津关地区筑坝，到 1979 年选定三斗坪坝址时止，历时 30 余年，即使从 1955 年开始系统进行三峡工程的规划、勘测设计时算起，也有 24 年时间。其间共有两个坝区，15 个坝段和 18 个坝址参与比选。两个坝区为南津关坝区（又称石灰岩坝区）和美人沱坝区（又称结晶岩坝区）。15 个坝段包括南津关坝区的 5 个坝段，美人沱坝区的 10 个坝段；其中除三斗坪坝段有上、中、下 3 个坝址外，其他坝段没有再划分坝址，外加 20 世纪 60 年代初增加的石牌坝址，前后共 18 个坝址。花数十年时间，从这么多的坝段、坝址中比较选择综合条件最好的坝址，无疑从一个侧面反映出三峡工程在重大问题决策上的科学与民主。

40 年代中期，国民政府全国水力发电总处和美国垦务局合作进行扬子江三峡工程计划期间，在三峡出口南津关至石牌的石灰岩河段内，选择了 5 个坝址进行比较。

新中国成立初期，经过多次查勘，决定扩大三峡工程坝址选择的研究范围：除已概略研究过的西陵峡出口段的南津关石灰岩河段外，又将西陵峡中段的结晶岩分布区也作为重点研究河段，并在 1954 年调动长江水利委员会当时的第一台钻机，在花岗岩地区的黄陵庙打了"三峡第一钻"。1954 年林一山主任向毛泽东主席汇报三峡工程时，重点汇报三峡大坝的坝基岩石是花岗岩，并讲到花岗岩风化层很厚，有 70 多米。毛泽东风趣地说："70 多米没有什么了不起，挖掉就是了。"

三峡工程建坝的研究河段（南津关至庙河）总长约 56 公里。这一河段的地形地质条件，可分为特征迥然不同的两个坝区：石灰岩坝区（又称南津关坝区）和结晶岩坝区（又称美人沱坝区）。石灰岩坝区上起石牌、下至南津关，长 13 公里，从中选择了 5 个坝段（南Ⅰ石牌、南Ⅱ黑石沟、南Ⅱ下牢溪、南Ⅲ南津关、南Ⅳ向家咀）；结晶岩坝区上起美人沱、下至南沱，全长 25 公里，从中选择了 10 个坝段（美Ⅰ美人沱、

---

① 本文在编写过程中得到长江委三峡院刘富同志的大力协助，在此谨表诚挚感谢。

美Ⅱ偏岩子、美Ⅲ太平溪、美Ⅳ大沙湾、美Ⅴ伍相庙、美Ⅵ长木沱、美Ⅶ茅坪、美Ⅷ三斗坪、美Ⅸ黄陵庙、美Ⅹ南沱）。从 1956 年正式开始编制长江流域规划要点报告和三峡水利枢纽初步设计要点报告的勘察设计期间，通过大量的地质勘察，包括：多种比例尺的地质测绘，两坝区 9 个重点坝段的勘探及试验工作等，在此基础上经综合比较，确定将南Ⅲ（南津关坝段）和美Ⅷ（三斗坪坝段）分别作为石灰岩坝区和结晶岩坝区的代表性坝段进行坝区、坝段比较。坝区、坝段的比较历时 4 年（1956—1959年），1959 年 4 月，地质部三峡队在《长江三峡水利枢纽初步设计要点阶段工程地质勘察报告》的结论中指出：美人沱坝区与南津关坝区都有修建高坝的可能性，但是，美人沱坝区的工程地质条件远比南津关坝区简单而优越，在美人沱坝区的宽谷型坝段中以美Ⅷ坝段工程地质条件为最好。1959 年长办提交的《长江三峡水利枢纽初步设计要点报告》中正式推荐美人沱坝区的三斗坪坝段为三峡工程的建坝地段。

南津关坝区扼三峡河段之出口，其下，长江即脱离鄂西山地进入宜昌—枝江丘陵及江汉平原。仅就河流综合开发利用的目标，南津关坝段无疑是综合效益最好的河段，也是萨凡奇博士最初提出三峡工程设想时自然的选择。但是南津关河段河谷狭窄，枯水河床宽仅 200 余米；两岸峭壁陡立，深切沟谷众多，地形破碎；地层为寒武系和奥陶系厚层灰岩与泥岩、泥质灰岩互层，灰岩岩溶发育，沿江可见众多大型溶洞和暗河；岩层缓倾下游，灰岩中夹有众多泥岩、泥灰岩夹层，于坝基深层抗滑稳定极为不利。对于三峡工程这样的特大型综合性水利枢纽，可用于布置大坝及主要建筑物的灰岩厚度远不能满足水工建筑物布置的需要，且近 2000 万千瓦装机的电站厂房、年货运量几千万吨的永久通航建筑物、特大泄量的泄洪建筑物，以及导流工程、临时通航工程均必须搁于地下，这在当时的技术经济条件下，都是一些难以逾越的障碍。而美人沱结晶岩坝区，岩性为前震旦系变质岩及侵入其间的岩浆岩（石英闪长岩、花岗岩等），岩体坚硬完整；河谷较开阔，两岸谷坡坡度适中，是一个难得的兴建巨型水利枢纽的良好建坝河段。

由于二者在地形、地质、水工、施工等条件上的巨大差异，我国专家以及苏联专家都倾向于尽早放弃南津关坝址，停止该坝址的勘测设计工作，集中力量研究三斗坪坝址。但周恩来总理没有同意这一主张，他教导鼓励长办及承担地质勘察工作的地质部三峡队的同志要"勉为其难"地做好南津关坝址的勘测设计，"要能说服萨凡奇先生"。就这样至 1959 年完成三峡水利枢纽初设要点报告时，为坝区、坝段比较所进行的地质勘察，仅钻探工作量一项，约 42900 米，其中南津关坝区就达 10786.4 米。

1959 年选定三斗坪坝段后，即全面开始该坝段的初步设计，这是三峡工程首次进行的初步设计工作，首先是坝址比较。当初选了上、中、下 3 个坝址，最后综合地质、水工、施工条件，选定了上坝址，即现在的三峡大坝坝址。随即围绕该坝址开展系统的初步设计工作。其中最引人瞩目的是：苏联专家鉴于三峡坝址河床很宽（不计中堡岛及后河，仅主河道就宽达 900 余米），水深流急，且又是通航的黄金水道，水上钻探难以全面实施，担心会遗漏大的顺河断层，因此提出要开挖过江的江底平硐，尽管多数中国专家认为没有必要，但由于苏联专家的坚持，仍开始实施。首先在中堡岛上开挖深 120 米的竖井，至江底最低高程以下一定深度，再开挖水平巷道穿越长江。1960 年夏，当竖井开挖至 90 余米深时，中苏关系恶化，苏联专家全部撤走，这一工程浩大的项目随即终止。这个竖井成为三峡工程勘察史上一道亮丽的风景线，以后的数十年间，凡是来三峡工程视察、考察、审查的领导、专家、专业人士和社会名流，都会来看看中堡岛上的这个遗迹。

1961 年，鉴于当时的国际、国内环境，特别是战争条件下工程的安全及风险，毛泽东主席提出三峡工程要"有利无弊"。在此之前他曾问过湖北的领导同志："你们头上顶几百亿方水，怕不怕。"周恩来总理则加了"雄心不变，加强科研"的指示。三峡工程进入冷处理时期。但是作为长江流域机构的负责人和三峡工程最积极的推动者林一山同志，深知三峡工程在长江流域开发治理和综合利用中的关键地位和作用，丝毫没有懈怠。他根据最高领导层的担心和周总理的指示精神，开始侧重从人防的角度重新考虑三峡工程的筑坝位置的选择。他首先提出在南津关河段的石牌镇下游，河流江面最狭窄，两岸山势较高，且处于 90 度直角拐弯处的下游，利用爆破筑坝的方式，兴建三峡大坝。这种狭窄河谷，大断面、大体积的坝体，以及其他主要建筑物均位于地下的方式，对防轰炸是极为有利的。于是从 1961 年下半年开始，勘测工作的重点即转移到石牌坝址。

石牌坝址地形地质条件十分复杂，江面最窄处仅 220 米，两岸岸坡大于 70 度。主要地质问题如前述南津关坝段所具有的地形地质缺陷都存在，而且两岸为悬崖峭壁，江面狭窄，暗流汹涌，地质勘察工作极难展开。即使这样，仍进行了大比例尺地质测绘，极艰难地完成了 1000 米的小口径钻孔，1800 余米的平硐，包括跨河湾的长平洞以查明坝址地质条件；完成了地层岩性、断裂构造、岩溶、水文地质、边坡稳定等众多的专题研究。在研究石牌坝址的同时，对美人沱坝区河谷较窄的几个坝址，主要是美Ⅰ（美人沱）、美Ⅱ（偏岩子）和美Ⅲ（太平溪）进行查勘比较，认为美人沱和偏岩子坝址河床狭窄，施工导游和泄洪需要采用隧洞，工程量较大，又不利于分期开发。太平溪坝址在分期开发与防护条件上有利，确定作为研究的重点。

石牌坝址集中研究了近两年时间，由于建设条件过于复杂，且用爆破筑坝技术建设三峡工程如此规模的大坝，技术上也没有把握，于 1963 年终止勘测设计工作，集中精力于太平溪坝址。

太平溪坝址位于黄陵背斜核部结晶岩地块的西段，上距兵书宝剑峡出口 22 公里，下距三斗坪坝址 7 公里。坝区上起百岁溪，下迄太平溪，河段全长 1.5 公里。两岸临江山脊顶峰高程都在 300 米以上，山体宽大雄厚；枯水期河床宽约 180 ~ 250 米，在结晶岩河段中属于中等宽河谷；两岸岸坡坡度在 15 度到 30 度；坝区主要岩石为前震旦系石英闪长岩，岩体坚硬完整，风化层厚度（全、强、弱三带）全坝区平均为 17 米；河床覆盖层厚 1.7 ~ 5.5 米，河床中分布有羊背窝基岩深槽，槽底高程 −20 ~ −30 米，槽内覆盖层最大厚度 13 米；规模较大的断层有太平溪断层等。在坝址内比较研究了上、中、下 3 条坝线。

太平溪坝址地质条件和三斗坪坝址类似，都是兴建高混凝土坝的理想地点。当初选择太平溪坝址再做研究，主要是从战备人防的角度出发，山高谷深，河谷狭窄，山体雄厚，隐蔽性好，且适于布置地下厂房。太平溪坝址的地质勘察工作从 1964 年起算，至 1981 年 4 月全部撤离时止，历时近 17 年，即使在"文化大革命"的动乱时期，勘察工作都在断续进行。共计完成各种比例尺的地质测绘 11 平方公里，小口径钻探 39876 米 /536 孔，平硐 5 个，进尺 1518 米，先后提交了《长江三峡水利枢纽美人沱坝区（黑岩子—太平溪河段）1：10000 比例尺综合工程地质勘察报告》（1966 年 8 月）和《长江三峡水利枢纽美Ⅲ段初步设计阶段工程地质勘察报告》（1971 年）。

"文化大革命"结束后，国家逐步回归到以经济建设为中心的轨道上，三峡工程的建设在许多老一辈领导人中逐步提到议事日程上来。开始议论此事时，从上到下都意识到首先要把坝址定下来，坝址不定，其他事情都无从说起。遵照这一精神，长办于 1978 年提交了《长江三峡水利枢纽坝址选择补充设计阶段报告》，地质专业相应完成了《长江三峡水利枢纽坝址选择补充设计阶段地质报告》。报告从区域稳定、河谷地貌、岩性、断裂构造、风化壳、水文地质、天然建筑材料等几个方面对两坝址地质条件的优劣进行了比较，结论认为：两坝址工程地质条件基本相似，虽然在某些方面存在一些差异，但都是兴建三峡水利枢纽的良好坝址。

1979 年 4 月，国务院听取长办关于长江流域规划及三峡工程的汇报，会议决定由林一山同志主持召开三峡工程选坝会议。1979 年 5 月，林一山同志主持召开了长江三峡水利枢纽选坝会议，国内有关专业的领导、专家、部门负责人及专业人员共 200 余名代表出席了会议。会议分规划、地质、建筑物、施工、机电、工程防护和航运 7 个专业组进行讨论。其间组织与会的专家、代表远赴工地现场，查看了太平溪和三斗坪两坝址，听取长办分专业的现场汇报。会议一共开了 13 天，进行得充分、热烈。代表们一致认为：两个坝址"都具有建筑高坝良好的地质条件……都是可以兴建高坝的好坝址。"但是由于考虑问题的侧重点不同，会议最终没有对坝址选择得出统一明确的结论，而是通过简报形式将各种意见反映到中央有关部门和领导。林一山同志在闭幕式上的讲话中指出："这次会议讨论热烈，有争论，而且争论又没有完全一致，这是好事，不是坏事，说明了讨论的热烈，和对问题认识的深入。否则盲目地一边倒，盲目地支持或盲目地反对，不可能把问题解决好。不一致，反映了对各个方方面面认识的不一致。自然界有一个特点，就是它自己不会说话，所以要通过各种不同专业、不同水平、不同方面的人替它说话。三峡工程是一个综合性课题，联系到各个方面，许多人从许多方面说话，越不统一，越反映了不同意见，越有利于领导了解各方面客观实际情况，作出正确的决策。盲目地一边倒，就不好决策，也容易犯错误。所以不一致，不仅是必要的，而且是不可缺的，没有不一致，就不能正确、全面地认识自然。一个领导如果只希望一致的意见，那是懒汉的想法。"

同年9月，由钱正英同志主持，在河北廊坊召开了长江三峡水利枢纽选坝会议汇报会。参加会议的有水利部及相关部委的部门领导和专家，长办的主要领导和专家。会议听取并研究了选坝会议的主要意见，综合比较后确定推荐三斗坪坝址为三峡工程的筑坝坝址，并以水利部的名义向国务院写出报告。至此，历经数十年研究、论证、比较的三峡工程坝址选择画上了圆满的句号。

三峡工程坝址比较选择的复杂过程有它自身的特殊性。工程规模巨大，地理位置重要，举世瞩目，工程成败影响深远，因此决策过程慎重、漫长而曲折，坝址的选择也是这种过程的反映之一。但是抛去其他的因素，就坝址选择本身的认真、严肃和细致而言，从一个侧面反映出三峡工程重大问题决策的科学和民主，就这一点而言，它具有大型工程建设普遍的借鉴意义。

长江水资源保护与三峡工程

——三峡工程生态环境保护工作回忆

洪一平

三峡工程对生态环境的影响是长期以来备受国内外各界广泛关注的焦点之一。三峡工程的生态环境保护工作也是长江水资源保护工作的重要组成部分。长江流域水资源保护局（以下简称"长江水保局"）成立40年来，围绕三峡工程的生态环境保护做了大量的工作，不仅为三峡工程的生态环境保护和长江水资源保护做出了重要贡献，也为促进我国水工程生态环境保护工作、推进水资源保护事业的发展做出了积极的贡献。我和长江水保局的同事们一样，历经多年的工作，已形成了深厚的三峡情结，每当提及三峡工程，多年来亲身经历或耳闻目睹发生在身边的往事历历在目。这些并不如烟的往事，蕴含了几代长江水资源保护工作者的艰辛与汗水，体现了水资源保护团队的集体智慧和力量，反映了水资源保护工作者不辱使命、勇于担当的精神风貌。

借他山之石

长江水保局早在1978年就开始着手三峡工程环境影响评价工作。当时我国尚未建立环评制度，更缺乏相应的技术规范。美国是世界上最早实施这项制度的国家。因此，长江水保局早期开展的三峡工程环评工作，主要是借鉴了美国的相关方法和经验，搜集国内外相关资料和水利工程影响环境的实例，并组织有关单位共同开展了多学科的综合研究。1980年12月，长江水保局就根据初步研究成果提出了《三峡建坝的环境生态问题》（200米方案），在水工程环境影响评价方面首开国内之先河。

我在参加三峡工程环评工作中，通过学习借鉴国外经验深感获益匪浅。如在开展三峡工程对生态环境影响综合评价的研究中，我们参照国际筑坝和环境委员会推荐的环境影响评价矩阵，根据其所列环境因子构成的评价体系，进一步完善了三峡工程环境影响评价内容。通过参考美国《环境影响分析手册》，进一步梳理了三峡工程对水质的影响问题，加强了对藻类活动等的影响研究和关注，这也为后期三峡库区水华预

历
程
篇

测研究做了有益的探索。在水库水温的有关于预测研究中还借鉴了国外的一些经验公式、图解模型，取得的成果也经受住了实践的检验。我们通过搜集埃及的阿斯旺，美国的胡佛、大古力、方坦纳，加拿大的拉格朗德二级、卡尼亚皮斯科，苏联的古比雪夫等水库的相关资料。在国内对丹江口和葛洲坝水库的环境影响开展了重点研究，还收集了新丰江、狮子滩等水库的相关资料。这些都为我们深入开展三峡工程环评工作提供了有益的借鉴和启示。此后，又陆续提出了《三峡建坝对环境影响（150 米方案）》报告，以及有关兴建三峡工程对水质、土壤、陆生动植物、人群健康等方面影响的重点专题研究成果，并在此基础上提出了《三峡水利枢纽环境影响报告书（150 米方案）》。1985 年又对 180 米方案的环境影响进行了补充论证，编写了《三峡水利枢纽不同蓄水位对环境影响评价（正常蓄水位 150 米和 180 米方案）》。这些工作不仅在三峡工程生态环境保护方面发挥了重要作用，也为推动我国水工程环境影响评价工作做出了重要的贡献。

20 世纪 80 年代中期，随着三峡工程的国际交流进入繁盛期，围绕三峡工程的环境保护工作，先后有美国、加拿大等国家以及联合国环境署、世界银行和国际鹤类基金会等组织的来宾多批来访、考察或进行技术交流。长江水保局也以短期工作、参加会议和考察等方式，派人出国交流。通过一系列的国际交流与合作，国外在工程环评方面的先进理念和方法得以更好引进和应用，我们在三峡工程环境影响评价方面开展的卓有成效的工作也普遍得到外国同行的认同和赞赏。

世界银行环境专家古德兰先生来汉考察，听完长江水保局有关工作情况介绍后，他感叹道："看来世界上大型水利工程的环境影响问题你们都考虑到了。"这句话是对我们三峡工程评价内容系统性的充分肯定。

中加合作开展三峡工程可研时期，加拿大扬子江联营公司（CYJV）曾先后派出多名专家来华工作访问。CYJV 环境专家组组长罗杰里先生首次率队来汉访问距今已过去了 30 多年，虽然我对当时座谈的具体内容也已经淡忘，但座谈会开场的一幕依然清晰。会议开始，他首先打开一个厚厚的文件夹，准备从环评方法的 ABC 介绍起。我们随即提出了当时国际上还在探讨的一个环评热点问题。他听完提问立刻合上文件夹并表示，这些内容看来没有介绍的必要了。座谈会就此转入了具体工作问题的讨论。由此可见，虽然我国的环保工作较发达国家起步晚，但我们在三峡工程的环评工作中还是跟踪着国际先进技术和方法。通过中加合作也使我们加深了对当时国际通行的水利工程环评方法和工作内容的了解。在 CYJV 完成《三峡工程可行性研究报告》编制后，我们还将其中的环境卷及 7 个专题的附件共 40 余万字译成中文刊印成册，通过三峡工程实例将有关方法和内容介绍到国内。这不仅有利于国内外相关成果的交流，对于推进三峡工程环境保护和提高我国工程环评水平也起到了有益的作用。

辨工程环境影响之利弊

1986年三峡工程重新论证伊始，因国家"七五"科技攻关项目"三峡工程生态与环境影响及对策研究"交中国科学院主持，没有考虑长江水保局以往的工作基础，未安排任何经费支持我们的论证研究工作。为此，在南京召开的第一次生态与环境论证专家组的会议上引起争议，长江水保局专门向有关负责人反映了意见和要求。虽然问题一时难以解决，但我们并未因此而对论证工作有丝毫懈怠。

1987年7月，中国科学院三峡工程生态与环境科研组提出论证报告，得出综合评价结论是"弊大于利"。我们在以往研究工作的基础上，借鉴国外的经验，结合三峡工程实际，全面论证了生态环境系统与因子的影响、移民环境容量和工程的主要功能及其生态环境效益，提出的综合评价结论是"利大于弊"。8月在北京密云水库召开的生态与环境论证专家组会议上，双方就三峡工程的利弊分析各抒己见。我们还向大会提交了库区移民环境容量分析、对中游平原湖区排涝排渍影响、对鄱阳湖白鹤及珍稀候鸟栖息地的影响、有关钉螺孳生和扩散问题研究以及对河口生态环境的影响等方面的8个专题研究报告。最后，水电部总工程师娄溥礼在会上明确表示："要一如既往地支持强大的中科院，同时也要扶持弱小的长江水保局。"当我听到这句话时，心中十分感慨，我们的努力没有白费，我们的工作成果和意见终于得到了重视。会后，在上级有关部门的支持下，仅用了4个月的时间，我们就将多年来长江水保局主持、组织完成的有关三峡工程环境影响研究成果，汇编成100多万字的《长江三峡工程生态与环境影响文集》，并由水利电力出版社出版发行。

1988年1月，在北京召开了第四次生态与环境论证专家组会议。与会专家经过热烈的讨论、反复磋商，根据求大同存小异的原则，对于利弊分析的主要结论达成了共识：三峡工程对生态与环境的影响是广泛而深远的。其有利影响主要在中游，不利影响主要在库区，另外还有潜在的影响（如对水生生物影响等）。在诸多影响因素中，除库区移民环境容量外，没有从根本上影响三峡工程可行性的生态环境制约因素。最终专家组55位专家中有53人签字同意，通过了《长江三峡工程生态与环境影响及对策论证报告》（审议稿）。这也为三峡工程决策奠定了重要基础。

1991年底，由中国科学院环境评价部与长江水资源保护科学研究所（以下简称"长江水保局科研所"）联合编制了《长江三峡水利枢纽环境影响报告书》（以下简称《报告书》）。编写小组集中了数十名有经验、曾从事三峡工程环境研究和评价工作的科研、技术人员，并聘请中国科学院南京土壤所研究员席承藩、长江委总工程师王家柱为首席科学家，指导编制工作。长江水保局科研所的参编团队组成除本单位人员外，还有长江委内规划、防洪、水库移民、水土保持、泥沙等专业派出的相关专家。在报告的编制过程中，最令人难忘的是在成都集中那段时间。不同意见坦诚相见，相悖观点甚至发生激烈的交锋。最终，《报告书》在三峡工程对生态与环境的影响的总体评价结论是"有利有弊"。而对一些具体问题的认识仍存在分歧，其中包括论证阶段遗留的关于对中游平原湖区与河口影响的不同意见等。对于经反复讨论仍不能达成统一认识的问题，在《报告书》中均做了充分的反映，并注明单位以示负责。这种独特的做法，在其他同类报告书中尚未见过。

在科学的道路上，质疑和被质疑都是科学的精神。在论证和《报告书》的编制过程中，正是大家坚持了科学、严肃、负责的态度，促进了三峡工程生态与环境影响研究工作的深入进行，根据论证成果和以往多年的工作成果编写而成的《报告书》已经受住了初步的检验。三峡水库建成蓄水以来，有些问题已经得到证实，而有些长远影响还有待时间的检验。尤其令人欣慰的是，迄今为止，三峡工程对生态与环境的影响尚未超出我们事先预计的范围。

解蓄水之虑

2003年5月底，三峡工程一期（135米）蓄水在即。有专家担心库区水污染防治工作的进展不能满足蓄水要求，向中央领导提出推迟三峡工程蓄水时间的建议。尽管原定蓄水的时间已迫在眉睫，但国务院领导对此建议极为重视，决定立即召开会议专门讨论此事。上级要求长江水保局认真研究专家建议，务必于次日上午8时前提出书面意见报水利部。

因那天恰逢星期天，翁立达局长先找了局技术委员会主任袁弘任和我共同商议。我们到办公室时尚未看到专家的建议具体内容，但听说专家建议将水库蓄水时间延后到12月份。我们随即根据所掌握的资料就推迟蓄水的问题进行了初步分析，认为等到枯水期再蓄水会带来很大的负面影响，主要涉及航运、坝下游及河口水环境和发电等方面。首先，断航时间将延长100多天，同时还会影响枯水期坝下航深0.5米，给坝下航运也带来不利影响。其次，由于枯水期蓄水时间较长，将减少河口入海流量，加剧咸潮入侵，影响上海供水水源水质，同时对下游沿江取水等也将会有一定影响。另外，每年将减少约55亿千瓦时电量。但由于三峡工程开工后，工程及库区的生态环境保护工作不由长江委负责，对于相关保护措施的实施和落实情况，我们并未全部掌握。是否会发生意外情况？能否在保证水环境安全的同时，顺利实现蓄水目标？在未看到专家的具体意见之前，我还是感到有点忐忑。

傍晚时分，终于接到从北京传来的专家对三峡水污染防治现状的意见和建议，看完有关内容，大家都松了一口气。意见和建议认为库底清理工作基本完成规划要求，这与国务院三峡建设委员会组织的移民验收总结以及国家环境保护总局的《三峡库区水污染防治规划项目阶段验收及安全评估报告》的相关结论基本一致。意见和建议还指出了库区城镇污水处理设施建设、垃圾处理厂建设、工业废水处理（工业结构调整）、危险废弃物处理以及影响区和上游区水污染防治等五个方面的工作滞后问题。就总体而言，我们尚未从中发现制约水库按时蓄水的重大问题。

我们根据以往的调查资料和长期水质监测资料，结合三峡蓄水的具体情况，通过认真分析认为：制约水库能否按期蓄水的库底清理已按规划要求完成，其他五个方面工作进展存在的问题虽然会影响未来水库水质，但尚未构成影响水库按期蓄水的制约因素。因为，库区的水污染主要是局部污染问题，95%的废污水排放集中在重庆主城区、长寿、涪陵和万州等四个地区。由于135米蓄水的回水末端只到涪陵附近，库区废污水排入的水域主要在天然河道和回水末端，这些地方的水环境承载能力变化不大，因此目前污水处理措施进展状况对库区水质影响不显著。关于其他的水污染防治措施应抓紧落实，但不是目前影响水库水质的紧迫问题。关于固体废弃物和危险废弃物处置，已按规划要求完成了135米以下的任务，不会影响135米蓄水。此时，翁局长感到问题已经明朗，时间也已很晚了，决定不再打扰其他人。于是由我具体"操刀"，我们三人围在计算机屏幕前，字斟句酌地起草回复意见，并再三推敲和修改，最终形成约1200字的意见稿。连夜经委领导审查后，于凌晨2点左右报送水利部。

最终，三峡水库按时实现了135米蓄水，也未发生意外的水污染问题。这次能及时圆满地完成回复意见工作，主要得益于水资源保护科技人员多年辛勤努力，取得了卓有成效的工作成果，为顺利实现三峡水库蓄水目标提供了有力的支撑。

破水华之谜

2003年4月底，长江水保局派出"长江水环监2000"监测监督船前往三峡库区开展水质巡测，对三峡水库135米蓄水全过程的水质变化进行严密监控。

6月6日，当"长江水环监2000"巡测到三峡库区湖北秭归香溪河口水域时发现水华现象。随后监测船行驶到重庆巫山大宁河时，也发现了水华现象。水华通常是指淡水水体在富营养化状况条件下，出现浮游藻类异常增殖，并大面积覆盖于水面的现象。我们根据前方技术人员提供的监测数据，结合事发水域的水文特征、现场照片和录像等资料，经分析研究认为，水体中磷含量偏高，随着水库蓄水后水位抬高，水流变缓，导致了部分支流库湾水华的发生，我们在可研阶段和初设阶段预测的问题得到了证实。三峡工程举世瞩目，水库水质问题事关重大，我立即向上级做了汇报。当水利部副部长索丽生听到电话汇报后，明确指示我们将有关情况正式报水利部的同时，以长江水保局的名义将情况直接报国家环保总局。

6月9日《三峡水库蓄水期间香溪河等水域出现"水华"的紧急报告》正式报出。不料两天后《中国环境报》发布相关消息，对香溪河水华问题作出了公开回应。6月12日该报在头版醒目位置，刊发了《迅速反应，突查香溪河》的消息，同时还配发了大幅的现场工作彩照。根据报道，国家环保总局接到长江水保局的报告后，立即指示正在当地检查工作的国家环保总局三峡水污染防治督察工作组迅即赶赴现场，查明原因。6月10日，督查工作组赶赴现场采样分析，当即得出的结论是："经现场查看，此河段没有出现水华现象。"这篇报道的出现，使得三峡库区水华问题变得扑朔迷离。为了尽快澄清水华真相，我们继续抓紧开展监测调查工作，并将情况及时通过政务信息、内参等形式向上级有关部门报告。经多方反映，三峡库区水华问题引起国务院领导的高度重视。

2004年4月，温家宝总理和曾培炎副总理就此问题分别作出批示。按照国务院领导的指示精神，三峡办指派吴国平司长带队进行深入调查。为了更好地弄清水华情况，此次调查还邀请了国内从事"水华"基础研究的权威机构——中国科学院水生生物研究所的专家参加。调查组乘长江水保局监测中心的"长江水环监2000"监测船，先后重点调查了香溪河、大宁河和神农溪等支流库湾，并由中国科学院水生生物研究所和长江流域水环境监测中心两个技术团队同步就藻密度开展比测分析。

随即调查组又在武汉召开了讨论会，除调查组部分成员外，我和中国科学院水生生物研究所蔡庆华研究员也应邀参加了讨论。在讨论起草给国务院的《关于三峡库区部分支流和库湾"水华"情况的报告》时，对于水华发生的判别标准产生了争议。由于国际上尚无统一标准，对于前期调查所测得的藻类密度达 10^7ind/L 量级的水华现象，也有专家不认同，坚持要以藻类密度达 10^8ind/L 量级作为水华发生的判别标准。因不同意见相持不下，报告起草一时陷入僵局。鉴于汉江1992年首次发现水华时，藻类密度约为 1.5×10^7ind/L，其后又多次发生。这是经中国科学院水生生物研究所专家确认，并已为业内所公认的事实。于是我建议将三峡库区调查情况表述为，部分支流、库湾藻类密度已超过汉江水华的水平。主持会议的吴司长当即表示赞同，并经征得与会专家的意见后，写进了报告中。这时，臧小平又告诉我一个新情况，长江流域水环境监测中心已报来这次在香溪河采样分析结果，藻类密度高达 10^8ind/L 量级。但他感到疑惑的是在现场看到的水体颜色较浅，而分析结果却显示藻类密度反而增加。为确保万无一失，我立即与仍在船上继续工作的邱光胜取得联系，要他马上再重新分析复核一遍，并把我们的疑虑也告诉了他。虽然会议还在继续进行，但我的思绪已转到监测船上了。经过焦急的等待之后，终于接到邱光胜打来的电话，得到他的肯定答复，分析数据无误！我关切地问道："为什么藻类密度增加反而水体颜色变浅了呢？"他兴奋地简述了刚探明的"奥秘"——藻的种类变了！因其个体更小，尽管密度增大，但水体颜色反而变浅了。我还想进一步了解"究竟是什么种"，当听到电话里传来"暂时还无法确定"的答复时不免有点遗憾，但他随即又自信地补充道："鉴于新出现的优势种不是常见种，且其个体较小，鉴定到种需要一定的时间。我们现在回答不了这个问题，别人也一样回答不了。"听完这番话，我和臧小平都对分析结果已确信无疑，于是我们在会上公布了最新分析成果。吴司长一行立即取消了原定当天返回北京的行程，就地等待中科院水生所的比测结果。一旦我们提供的分析数据得到证实，将毫无争议地揭示了库区水华现象的客观存在。经过几个小时的等待，终于从武昌传来消息，分析结果已出来，正在送往汉阳的途中。吴司长迫不及待地与有关人员取得了联系。我虽然听不到电话那头的答复，但从他所提的问题和通话的神态中可以肯定，与我们先前得到的答案几乎完全相同。至此，情况已经明了，上报国务院的调查报告提出明确结论："两家的结果比较一致，说明出现水华的现象是客观存在的。特别是香溪河的藻类密度达到了 10^8ind/L 数量级，值得引起注意。"此刻，我心里有说不出的高兴，水华之谜终于得以破解！这也充分体现出我们监测人员敬业的精神和精湛的技术，我由衷地感谢他们所付出的努力。

现在三峡工程已经建成，但三峡工程的生态环境保护工作仍在路上，长江水资源保护工作任重道远。望我的片段回忆能使过来人藉以为纪念和回顾，对后来者藉以为激励和启迪。

三峡工程决策的前前后后

成绥台

在三峡工程决策兴建的最后阶段，我奉长办党委之命，有幸从 1991 年 6 月暂调北京，担任水利部三峡工程宣传工作领导小组常务副组长兼办公室副主任，历时两年有余，亲历了这一历史性重大事件。在将近 1000 个日日夜夜里，一直沉浸在兴奋、激动、热烈而又紧张的氛围之中，留下终生难忘的记忆。

这项工作，可算是我在长江水利生涯中三个亮点之一。在欢庆长江委成立 60 周年的日子里，我就三峡工程决策的前前后后，择其要者，录以备忘！

春节，广州座谈会议

1991 年，早春二月，中国人民迎来了一个普通的春节，但在三峡工程决策史上，却是一个不平凡的春节。

这是缘于一个电话。

正在人们安排好工作，准备欢度春节之际，时任全国政协副主席的王任重，在一天清晨突然接到一个电话。

电话那头传来急促的声音，劈头就问："任重同志，那个《三峡在呼唤》的录像片你看过了吗？"

王任重听得出来，电话那头是王震副主席，没有什么客套，他回答说："伯宁也送给我一盘，我已经看过了。"

"我说，任重呀，看了那个片子我睡不着觉呀！我想找几位科学家谈谈三峡工程，给中央写个报告。全国人大马上要召开，时间很紧，不能再拖了！可是我跟深圳的同志早就约好了要去考察，时间不好改了。我看你春节也别在北京过了，咱们一起去广州，你提个专家名单。"

王任重满口答应，他马上研究，提出名单，安排这个广州春节座谈会议。

《三峡在呼唤》这个专题片，是由李伯宁创意、策划并亲自主持制作的，他是三峡工程的大积极分子，曾任水利电力部副部长、三峡省筹备组负责人，当时任国务院三峡地区经济开发办公室主任。他在三峡工程重新论证工作快要结束时，就曾考虑到要按照论证意见，摄制一部《三峡在呼唤》专题片，供中央领导参阅。

当他和长江委主任魏廷琤及总工程师洪庆余商量时，得到他们的积极支持。1991年6月初，洪总找我谈话说，伯宁部长点名要你去写个脚本，并和我磋商了这个片子的内容和结构。由于政治风波，耽搁了几天，首都戒严一解除，我立即赴京。伯宁部长安排我住在玉渊潭招待所，苦战了三昼夜，拿出了初稿。但在写作脚本时，有一个问题始终苦恼着我，这个片子的基调是科学说理，但怎样在如实介绍工程论证、工程效益这些理性阐述中，注入一些生动活泼、饱含感情，能打动观众的内容呢？使我一度彻夜难眠。

万万没想到，这些思考在片子中发挥了作用。录像片是不算太新的大众传媒手段，它比看文字材料更形象、更直观，处理得好，通过画面鲜明对比，会形成强烈效果。

伯宁部长不仅抓住了一剧之本的脚本，反复修改，字斟句酌，还抓了剧本制作。片子制成后，他还亲自安排，一一送到党和国家领导人手里，恳请他们抽空看看。后来，伯宁部长曾告诉我，王震副主席的秘书告诉他，他随王老多年，深深了解王老是一个性格开朗、从善如流、疾恶如仇的人，有时会开怀大笑，有时会暴跳如雷，活脱脱是个"不怕死，不贪功，不爱财"的真将军，想不到他看了这个片子，却忍不住流泪了。

王老的秘书记得那几天，王老忙完去深圳的准备，情绪极佳，他想起了伯宁送给他的《三峡在呼唤》，他要看看，王老一下子被录像片的内容紧紧抓住了。当讲到防洪问题时，画面上出现熙熙攘攘的人群，要过年了，男女老少，扯花布，买新衣，欢声笑语，这是荆江分洪区。可是，就在这群欢乐的老百姓头上，却顶着一盆长江大水。解说词说："这里是一片繁荣的景象！一片恐惧的心理！！一片根治的呼声！！！"当解说员满含感情地表达这三个惊叹号时，王老的眼泪在眼眶里唰地淌下来了。

后来，片子介绍了历史上长江特大洪水发生的规律和造成严重灾害时，解说词提出了一个尖锐的问题："难道洪水对社会主义制度会手下留情吗？"这回王老更坐不住了，他从沙发上站了起来，颤巍巍拿起茶杯去喝水，我忙去扶他，见他眼角挂着泪珠，我跟他这么久，还没见他这么伤心过。第二天一大早，就要我给任重同志挂电话。

没过几天，张光斗、严恺、张瑞瑾、魏廷琤、杨贤溢、殷之书、刘兆伦等十几位专家，从全国各地赶赴羊城。

大年初三，花城满春色，花市灯如昼，王震、王任重两位副主席，谢绝东道主的盛邀，与专家教授们关起门来，共商三峡工程建设大计。1991年2月17—18日，会议开了两天，专家们从防洪、发电、航运、泥沙和人防等方方面面提出了积极的建议。

会后，王震副主席奋笔疾书，给党中央写了一封信——

泽民、李鹏及中央政治局常委各位同志并报小平同志：

我看了《三峡在呼唤》录像片后，心情很不平静，找任重同志商量后，邀请了几位著名水利专家教授在广州进行座谈讨论，主要是听一听关于加快三峡工程建设的意见。听了专家教授的发言，我深感有必要大声疾呼促进工程上马，即使三峡工程近期上马，也为时很晚了，不能再作推迟。

信中还对宣传工作提出建议与意见，认为应该让专家们发表正面文章，向社会各界人士宣传，统一认识，以利建设。还说，三峡工程论证过程中一直不让正面宣传，淡化宣传，有意回避，好像输了理，使反面意见不断扩散，左右舆论，起了很不好的作用，现在应予以纠正。

春节广州座谈会，乘着南国春风，为三峡工程决策推波助澜！

从下毛毛雨到中雨、大雨

1991年初，"毛毛雨"这个普通的气象名词，却成为首都新闻传媒界一个耳熟能详的语言。一位首都新闻媒体跑要闻的记者朋友后来告诉我，那段时间，他们同行见面时，有时相互会问："你们'毛毛雨'是怎样下的？""'毛毛雨'下得怎么样了？"

1991年两代会期间，全国政协常委会上讨论李鹏总理政府工作报告"草案"后，时任国务院三峡地区经济开发办公室主任、全国政协常委的李伯宁就报告中对"水利是国民经济的基础产业"和对"三峡工程"未做应有的表述，向全国政协副主席王任重写信，提出意见和具体建议，并且提出，过去我们在宣传三峡决策上有失误，即对于三峡工程不允许正面宣传，使三峡工程的歪曲宣传，在国内外舆论上占了上风。而对三峡工程的真实情况和重要意义缺少正面宣传，因而在社会上产生很大误解，这个重大失误，应该总结教训，加以改正。

任重同志随即报请泽民、李鹏各位常委和家华同志一阅。也许联系到春节广州座谈会之后，王震副主席给中央的报告中，对三峡工程的宣传工作，也提出过意见，江总书记3月30日批示："看来对三峡可以下'毛毛雨'，进行点正面宣传了，也应该开始做点准备，请李鹏、家华同志酌。"家华副总理作为国务院三峡工程审查委员会主任，他在4月3日批示："关于正面如何进行宣传，请杨振怀同志考虑。"

带着浓浓水气的南国之风，催化了这场湿润的毛毛雨，这些批示下达以后，三峡工程宣传工作的各项准备，紧锣密鼓地开展起来。

王任重同志适时地邀请李伯宁、魏廷铮和《人民日报》总编室喻权域主任，研究开展三峡工程的宣传问题……

5月8日,邹家华副总理在水利部报送的《关于三峡工程宣传的意见》上批示:"对三峡工程的必要性和重要性宣传中,要讲清防洪的作用和保护千百万人民的生命财产的重大意义。"这为新闻传媒提高了对三峡工程的认识,并指明了报道宣传的主要方向。

5月22日,中宣部常务副部长徐惟诚主持召开首都新闻单位三峡工程宣传工作通气会,传达贯彻江泽民关于三峡工程宣传工作的重要批示。会议听取了水利电力部总工程师、三峡工程论证领导小组副组长兼技术总负责人潘家铮关于三峡工程情况的介绍和水利电力部副部长张春园关于三峡工程可行性报告审查情况的介绍。会议决定近期组织首都新闻单位负责人到三峡地区实地考察。

经过认真准备,三峡工程审查委员会办公室和水利部联合组织首都23家新闻单位负责人,由水利部组织专家陪同,于6月13—21日,乘"天鹅"号轮船,从重庆顺江而下,对三峡库区、三峡坝址、荆江大堤,洞庭湖区实地考察。经长寿—涪陵—丰都—万县—奉节—巫山—巴东—秭归—三斗坪坝区—沙市—公安—安乡直到长沙进行总结。

长办派出了由文伏波副主任、洛叙六副总工程师、赵时华高级工程师等和我组成的工作组全程陪同,随时解答代表们提出的问题。长办宣传处应工作需要,赶印了两个小册子:一是黄色封面的《长江流域综合利用规划简要报告(1990年修订)》,简称"黄皮书",一是绿色封面的《长江三峡水利枢纽论证情况》,简称"绿皮书"。这两个小册子深受首都新闻界同仁的欢迎,直到一年之后的两代会前,参与报道三峡工程的记者和编辑,几乎人手一册,亲切地称之为"黄皮书"或"绿皮书"。

考察活动的组织者,对考察活动做了精心安排,利用晚间或无景观地段行驶的间隙时间,见缝插针地组织专题报告会或座谈会。考察组成员都是首都各家主流媒体的主要负责人,他们除了精细地阅读资料,一个不漏地参加统一组织的活动外,还寻找一切机会捕捉新信息、新问题,约请专家采访。

在长沙的总结座谈会上,与会代表纷纷表示,这次活动十分及时,非常细致,对三峡工程有了更深刻的感性认识。后来在1992年两代会之前,各个新闻单位都先后成立了三峡工程宣传领导小组,而参加这次新闻界负责人考察团的资深专家,好比种子顺理成章地都成了组长或副组长。

在1991年10月15日,水利部成立三峡工程宣传领导小组后,中宣部向首都各大新闻传媒发出通报,内中有我的名字和电话,不久就陆续接到他们的电话,希望加强联系,密切协作。在整个工作期间,我也从他们身上学到了平时很难学到的许多新闻传媒的专业经验。

随着形势的发展和各大传媒宣传报道的不断深入，三峡宣传办适时提出建议，由中央宣传部常务副部长徐惟诚主持先后召开了三次三峡工程宣传工作发布会和通气会，使三峡工程宣传工作在健康的轨道上，逐步引向纵深发展。

对于三峡工程决策前后的宣传工作，全国政协副主席、三峡工程论证领导小组组长钱正英在1992年1月7日上午就这个问题，接受《新闻出版报》记者采访时说："对于前一阶段有关三峡工程的宣传，我都亲自看了，我通过各种渠道，了解三峡工程的宣传是按中央的部署进行的，是令人满意的。三峡工程宣传的目的，主要是让更多的人了解三峡工程，认识到它以防洪为主的巨大综合效益和它对我国社会主义建设的重大意义。这次宣传难为了你们，首都新闻界的同志，做了可贵的努力，过去多少年不让宣传，这次要在短短的两三个月里，让广大人民了解几年、几十年所做的工作，实际上是一次补课。"

七届全国人大五次会议正式公布了一项重要议程，即关于兴建三峡工程的议案

一项工程即使是极其重要的工程，提交国家最高权力机构决策，这在中国是绝无仅有的。这项议案是由国务院提交给国家最高权力机构的。

为了这项议案，国务院十分谨慎。1991年12月6日，李鹏总理主持总理办公会议，听取了水利部关于全国人大常委会、政协全国委员会组团考察三峡工程的情况汇报。会议认为，几十年来，为三峡工程做了充分的前期工作，1986年以来，又进行了重新论证，时间之长，工作程度之深，都是少有的。

为了使两代会代表能充分了解有关三峡工程的论证情况，并随时解答代表们提出的各种问题，经两代会秘书处批准，由国务院三峡工程审查委员会办公室组织各有关方面专家80余人，佩戴着印有国徽的两代会出入证，可以随时进入各个小组的驻地，列席小组讨论会。他们集中住在燕京饭店，在两代会分组讨论期间，从3月21日下午分赴各组，听取代表们对三峡工程的意见，接受代表们提问并解答能够解答的问题。

我当时分工负责联络驻在京西宾馆的军队代表团和友谊宾馆政协代表的5个小组。每天在这两处奔波，部队的代表们特别关心人防问题，他们不了解三峡工程从1959年，周恩来总理亲自部署，由副总参谋长张爱萍上将、中国科学院副院长张劲夫、国防科委钱学森中将、水利电力部副部长钱正英、长办主任林一山组成的领导小组，就开始了关于三峡工程防空炸的研究，并且早在1964年西北某地上空试爆第一颗原子弹时，在现场就做了三峡大坝的模拟试验。我在前一年陪同首都新闻单位负责人三峡考察团时，亲自听了解放军原总参谋部工程兵部正军职顾问殷之书教授关于三峡大

坝防空炸的研究试验的报告。其后，当钱伟长教授等人提出，三峡工程"在和平还没有保障下不应上马"等言论，港澳地区和内地舆论大哗，我应《香港大公报》之约，写过《三峡工程的防空问题研究》文章，面对解放军代表，我深入浅出、通俗易懂地一一予以解答，使他们解除了疑虑。

但在政协一个小组会上碰到了麻烦，有些代表对有关三峡工程的静态投资和动态投资问题，越问越深，越问越细，我一时难以满足他们的要求，我便提出另请经济专家来回答。第二天请了中国社会科学院数量经济和技术经济研究所所长、三峡工程论证经济专家李京文来解答，委员们表示满意。

每天晚上，三峡办主持一次碰头会，大家聚集一堂，汇报、分析、研究人大代表、政协委员小组讨论中反映的问题。各个小组的情况很不一样，许多小组热情地提问，认真地听取专家的解惑释疑。可是，有的则不然，住在北京饭店的台湾省代表团的代表们，大多脸色严峻，极不耐烦，代表黄顺兴不顾其他代表的要求，对答问的专家、长办总工程师王家柱说："你不要多讲了，别耽误我们的时间。"接着他大讲反对三峡工程的理由；并且提出，三峡工程议案属于重大问题，必须2/3票数才能通过；他还写书面材料，分发到各个代表团，要求代表们附议，虽然应者寥寥，他那带有浓浓火药味的发言，一时引起人们注意。王家柱同志不顾他的阻挠，还是耐心地把话讲完。

四川省代表团是一个代表着一亿多人口的最大代表团，他们的票数举足轻重。在讨论期间，三峡办派出了精兵强将，分到四川代表团的各组去倾听意见，解答问题。他们关心的焦点，集中在移民的安置、泥沙的淤积、生态的平衡等重大问题。为此，在3月26日，国务院副总理、三峡工程审查委员会主任邹家华，全国政协副主席、三峡工程论证领导小组组长钱正英率领水利部部长杨振怀、长江委主任魏廷琤等有关部门的领导，参加了四川省代表团的讨论。代表们见到他们好似见了亲人，一个个畅所欲言，谈出了心里话，意见的焦点集中在对移民安置的顾虑，70%的移民在四川，万一有个闪失，如何对得起川东父老；有人危言耸听地预言，说三峡水库一淤，库尾翘起的尾巴，川东将一片泽国。还有一些其他问题，由于代表们不明真相，心生恐惧。

对于这些问题，领导和专家们都一一予以解答，大多数代表们听了非常满意。邹副总理、钱副主席还和四川省代表团合影留念，情绪非常融洽。

接受了四川代表们的意见，邹家华副总理、钱正英副主席，建议大会主席团在《关于兴建长江三峡工程决议（草案）》最后加上一句："对已发现的问题要继续研究，妥善解决。"大会主席团同意这个建议，在正式通过的决议中，写上了这16个字。三峡工程在开工建设和建成之后的许多后续工作，就是依据这16个字进行的。这种民主精神和虚心听取代表们意见的精神，使四川代表深受感动，表决时绝大部分代表

历
程
篇

投了赞成票，尽管他们中间有些代表考虑再三，还是投了弃权票。

与此同时，邹家华曾设午餐便宴，招待年近百岁的、全国政协经济委员会主任孙越琦，孙老先生自从1986年三峡工程重新论证以来，对三峡工程一直持反对态度，在各种会议上都发表反对上三峡工程的意见，造成一定影响。邹副总理在百忙之中向他通报了中央政治局同意三峡工程上马，已向国务院提议，兴建三峡工程的议案即将由七届全国人大五次会议审议。孙老听了之后，不假思索地说，我也赞成三峡工程提交人大审议。然后他进一步解释道，对于共产党的意见和主张，我历来是支持赞成的。1986年中央提出三峡工程重新论证，是要求大家畅所欲言，开展讨论，我一直是提反对意见的，但是，现在经过专家论证，共产党中央同意兴建，当然，我也同意。席间大家发出会心的笑声，纷纷向他敬酒。

为了让代表们形象直观地了解三峡工程的规模和作用，由水利部、能源部、国家科委、三峡工程审查委员会办公室、移民领导小组办公室、长江委、三峡工程开发总公司（筹）等11个单位联合举办《长江三峡工程展览》，展览会设在军事博物馆，展览面积1600平方米。

这个展览会在七届全国人大五次会议审议三峡工程议案期间对外开展，后来对外开放，先后自3月20日至4月30日，历时40天，共接待全国人大代表、政协委员及社会各界人士达10万人，有力地配合了三峡工程宣传工作，产生很大影响。

难忘的"4836"

三峡工程宣传办公室自1991年10月15日正式成立后，一直设在水利部南院东楼三楼过天桥一个三峡宣传办大平台上，有200多平方米的一座活动板房里，宽敞明亮。由于座机号码为63204836，水利部微波为91114836，于是人们就把三峡宣传办简称为"4836"。

当时长江委驻京联络处尚未成立，长江委许多来部人员，包括许多领导，都喜欢聚集在这里休息、交谈，甚至书写文件，用微波电话与汉口通话……人来人往很是热闹。

自从中宣部向首都各大新闻媒体发布通知，凡是有关三峡工程的稿件，包括社论、评论、通讯、专访、新闻等一切文章，都要经三峡宣传办审阅签字，并通报电话号码和我的姓名。一时间，"4836"成为新闻媒体进行了解情况、送审稿件、索取资料、研究计划等工作常来常往的地方。在1992年4月3日七届全国人大五次会议正式通过兴建三峡工程的决议前后，"4836"一度更是成为三峡工程宣传工作的神经中枢和三峡工程信息传送的场所，也有一些媒体的记者都相约到"4836"来碰头、交流，这里白天门庭若市，晚间灯火通明，电话不断，后来又增加一部无线电话，专供几家主流媒体使用。

三峡工程宣传办公室刚成立时，只有我和陈仲原两同志，后在部长办公会上说明根据工作需要，人数不限，由我提名，部里抽调。会后，宣传领导小组成员、人劳司司长万里找我谈话，表示需要调什么人，由你提出名单，包括长江委的、部里的、水利系统的都可由人劳司下文抽调。我谢谢他的好意，考虑到这个机构要十分精干、得力和熟悉三峡工程情况，善于与记者沟通等因素，便先后从长江委调来韩德怀、姜兆雄、乔桥等同志。这是一个配合默契、精诚团结、干练迅敏、严肃认真的团队。工作起来无昼夜、无公休，吃在水利部食堂，住在宣武体育宫。由于不时还要接待由中国记协安排的外国记者，在长江委领导关心下，很不容易请来了枢纽设计处总工程师徐一心，这位既很熟悉三峡工程，又通英语的专家来到后，使我们更加踏实。

回想 1991 年夏，当我接受长江委领导指派，在三天之内交代工作，赴京接受任务前，魏廷铮主任、潘天达副书记、洪庆余总工程师三位找我谈话，交代任务时，魏主任讲了三条原则：一是组织上要绝对接受水利部的领导；二是在技术问题上要坚决贯彻中央的一贯精神，要坚持三峡工程重新论证的结论和国务院刚刚批准的《长流规》（1990 年修订）；三是三峡工程国内外瞩目，十分敏感，中央马上要正式决策，在这个关键时刻，在新闻舆论方面千万不能出差错，更不能捅娄子。当时还给了一封致水利部的介绍信，信上推荐我为三峡宣传组副组长。我听了领导的话，一则以喜，一则以忧，喜的是，三峡马上要公开宣传，上马有望；忧的是在毫无思想准备的情况下，要担此重任，十分紧张，没有马上表态。潘书记打破沉默说，你有什么想法可以说一说。我说，刚才魏主任讲的三条原则，执行起来，会有矛盾，很怕完不成任务。魏主任说，你大胆地干，处理得好，不会有矛盾。我说，第一、二条有时可能会出现矛盾。魏主任说，现在领导都很忙，你不要多头汇报请示，长江委领导和各个业务部门方面由洪总统一调度处理，一切问题向他汇报请示。洪总鼓励我说你能完成任务，无论何时何地，你有什么问题，随时打电话找我，并说，你到部里后，首先去找一下徐乾清总工程师和部三峡办杨溢主任，徐总在三峡论证时，你已认识了，杨主任你不熟，我给他写封信，你多向他们请教。

我到京后，除向张春园副部长报到外，专门向杨主任转交洪总的亲笔信，并向他请求支持。当 1991 年 10 月 15 日召开部长办公会议宣布正式成立三峡工程宣传领导小组时，长江委王家柱总工程师刚刚参加完三峡工程环境论证会议，已购好机票准备回汉，张部长请他马上退票，代表长江委参加了成立会，部里各位司局长几乎都参加了，会上宣布部党组决定的名单，张春园副部长担任领导小组组长，办公厅主任、三峡办主任、中央防总办公室主任、人劳司司长等都是副组长，我为副组长（常务）。

会后，"4836"顿时忙碌起来，从长江委抽调的同志，也陆续到达。领导小组会议一周要开一两次。我和部里的副部长如李伯宁、陈赓仪、黄友若等，过去有些时间曾在他们直接领导下工作过，相互比较了解。但张春园副部长从未见过面，后来长期接触中，感到他工作认真，细致入微，要求严格，以身作则。宣传办成立一开始，我把精力放在与各家的联系、了解他们的计划、向来访记者介绍情况上，工作进展较慢。于是，在领导小组第二次会议上，就受到张副部长的批评，说我工作不大胆，不主动，不善于打开局面，对于三峡宣传开动脑筋不够。我诚恳接受，表示努力改正。了解我的几位领导，如办公厅李昌凡主任，人劳司万里司长说我"工作还是积极努力的"；"人家刚来，怎么个大胆放手干呢"！最后张部长说，你是常务副组长，我不在家，你要主动该开会就开会，该干什么就干什么，不要等我。还是李主任、万司长说，老成，你放手干，我们支持你。

不久，魏主任、洪总、王总来开会，我向他们汇报受了批评的情况，他们笑而不语。我也理解张部长对三峡宣传感到进展不大，心中很急。虽在部里司局长会上批评我，实际是对我最大的支持。殊不知按宣传工作的规律，要打好基础、逐步深入、循序渐进，大轰大嗡是不易收到好的效果的。

"4836"实际上已经和首都新闻界建立了密切的联系，来访的人，络绎不绝；电话铃声此起彼伏。宣传办的同志虽有明确分工，有的负责接听电话，接待来访；有的负责审阅稿件，但忙碌起来难免打乱仗。由于新闻工作时效性很强，送来稿件，大家都希望立等可取，因此，时常见到我们的同志一手捧着饭碗，一面审阅稿件。为了防止忙中出错，规定重要稿件需要二人以上同审，对于写稿的记者来说，当然希望送来之后，由宣传办负责人签个字就送回去发稿，但事实上很不易办到。我们几位大多也写过稿，个中甘苦，心知肚明，但是三峡工程的问题很复杂，政策性很强，一个个都兢兢业业生怕出错。来稿处理大体分几种情况：一是一次通过，签个字高高兴兴地走了；有的是我们指出问题请记者自己修改；有的是我们帮他小改；个别的不能通过；也有的稿件虽然可行但建议在人大通过后再发。有的同志能够理解，有的时候则会发生争执，需要耐心解释，使他兴冲冲地来，高高兴兴地回。

三峡宣传办的同志，受到部领导和有关司局领导的关怀，虽然工作十分紧张，但心情很是舒畅。主管我们的张春园副部长工作十分繁忙，还经常到小浪底、万家寨工地出差，离京之前，除召开办公会议外，还找我个别交谈，一回北京也先过问宣传办的事。有时中午还从北院过来问长问短，十分亲切。他为三峡工程的宣传，花了大量精力，耗费巨大心血。当时，急需一张简明地图，我请长江委宣传中心的同志绘制，但从机电处了解的输电线路图中的输电范围比较复杂，一时拿不出来。他马上说，我已想好了。输电范围以三峡工程为圆心，分别以 1000 公里和 500 公里为半径，一个大圆和小圆，不是一目了然吗？这张图一直沿用至今。但是，他有时也曾提出过一些不符合实际、不完全符合论证结论、不太适应宣传特点的指示要我去贯彻执行，我都设法劝阻。在请示洪总得到肯定和支持后，我就耐心说明，反复解释，有时甚至争得面红耳赤，但事后他会收回他的意见，我检讨自己的急躁，他笑笑说，大家都是为了三峡宣传，只要不出问题皆大欢喜。

对我们支持很大的是展览办公室的李德贵主任和徐森副主任，我们虽在 1973—1976 年在部展办搞对外宣传和展览的三年中朝夕相处，但毕竟是 20 年前的事了。这次任务与展办没有直接关系。但由于到"4836"要经过他们门口，和他们是邻居，李主任也是三峡宣传领导小组成员，对我们更是关心备至。这样，我们许多事情，如复印文件、派车出行、临时借用办公费用等都找到展办代办，甚至还记挂着为我们改善伙食，真是亲如一家。更令人感动的是在 1991 年 11 月 27 日邹家华副总理批准，要把《三峡工程简介》录像带和一本介绍三峡工程的书，分送给中央政治局、中央顾问委员会、全国人大、全国政协、国务院、中央军委的各位主要领导和人大、政协等赴三峡考察的党和国家领导以及三峡工程审查委员会成员大约 200 人。那天正是周末，三峡宣传领导小组开了个小会，李主任并没有参加。会上决定要在星期一把带子复制出来，最迟星期三要送到各位领导手中。散会时已经下班，我从南院回到北院的"4836"，心里想着，时间要求太紧，明天又是假日，正在发愁。当我走到北院东楼展办门口时，他们灯火通明，正在说笑，我问李主任和徐主任，你们今天有什么事，还不回家，他们说，等你呀！我一头雾水，一问才知道，他们见到"4836"的几位同志在清理三峡宣传的书，还未走开，知道我被张部长叫去开小会，要赶制录像带送中央领导。两位主任想到复制录像带一定很急，便主动决定全体加班，并买了麦当劳和饮料，还给我们每人备了一套，我不禁感激万分。于是，大家共同奋战一个通宵和一个星期天，终于在星期一上午完成任务，此情此景终生难忘！

三峡工程终于通过人大表决

1992 年 4 月 3 日下午 2 点半，人大代表们从各个代表团的下榻处，向人民大会堂集中，他们一个个满面春风，但又表情严肃，不消片刻，他们将就三峡工程议案，投下神圣的一票，马上就要行使手中的一份权力，因为那份权力不是他们个人的，是属于他们代表着的一方土地，一个领域的人民，现在，就要走进大会堂了，每上一个台阶，他们都感到脚步既轻快却又很沉重。

今天会议要表决通过的决议有 9 个。三峡决议排在表决顺序的第四位。表决器是本届人大才装的新式工具，由赞成、反对、弃权三个按钮组成的一个盒子，代替了举手表决的方式。只要主持会议的执行主席说一声"现在进行表决"，几秒钟后，东西两侧墙上的大屏幕就会显示票数。

15时20分，荧屏上显出《长江三峡工程决议》的字样，万里宣布："现在付表决，请代表按表决器"。

会议大厅里，2633名代表参加投票，不一会儿，巨大的荧屏上显示出一组数字：

赞成：1767票

反对：177票

弃权：664票

还有25人未按表决器。是犹豫不决，还是一时的疏漏？三峡工程，这个题目，这个议案，的确太让人不敢轻易按动那个小小按钮了。

计票结果一经万里宣布，全场掌声雷动。70年的梦想，40年的论证，30年的争执，终于有了法定的结果。

掌声愈发热烈起来。起初一些反对者和弃权者没有鼓掌，当再次看到那一组数字时，他们也鼓起掌来。

掌声如潮，欢声连连。

远在汉口的长江委的职工们，对于发生在大会堂内的小小插曲无从知晓，他们最为关心的是表决的结果。

早在几天之前，我已做了周密的部署，要求三峡宣传办的同志，在4月3日下午控制了水利部一条"4836"和汉口长江委新闻中心直通的微波电话。尽一切努力把表决信息尽早通知汉口，我还同进入人民大会堂的中央电视台《大三峡》电视系列片摄制组密切联系，希望他们一有结果马上告诉我。同时，我还约请离人民大会堂最近的设在前门大街上首都宾馆内的《香港大公报》北京办事处主任巩双印，托他尽早把表决消息告诉我。

时间似乎凝固了，三时许，神圣的表决结果该出来了。三峡宣传办公室内鸦雀无声，静得出奇，大家虽然坐立不安，但都用无言的眼神，频频交流着内心的激动。

那个时候，还没有大哥大和BP机，要不，能这么费事吗？15点49分，电话铃响了，我用激动的手拿起话筒，是办公厅李昌凡主任打来的，他说，人大代表严克强副部长从会场打来电话，只说了一句，三峡议案通过了，其他什么话都来不及说。想象得到他又坐到他庄严的位置上了，还有几张神圣的票要投呢！

又过了几分钟，《香港大公报》北京办事处主任巩双印赶到办公室，一进门就给我打来电话，他话也不多，急于向香港发稿，但还是告诉我表决的具体票数字。

16时5分，我怀着激动的心，用颤抖的手，拨通了早已静候在电话机旁的长江委宣传中心主任朱汝兰的电话，当她只听到"通过了"三个字时，还没有等我讲完表决情况，就慌张地放下电话，去欢呼，去通知新落成的24层防汛大楼上的值守同志，霎时间，飘下一条长长的标语：三峡工程功在当代，荫及子孙，造福人类！接着一串串爆竹震天响，宣泄着人们早已压在心头的振奋心情！

我继续拨着长江委办公室的电话，一个个都无人接听，最后拨通了办公室值班室的电话，向长江委副书记、副主任潘天达报告表决结果和今天上午杨部长主持会议的精神，以及明天上午即将召开的记者招待会上发言的要点。

潘书记拿着话筒，对我说，你听到了吗？在北京水利部三峡宣传办的同志们立刻聚拢来，听着从汉口长江委传来的震耳欲聋的爆竹声和人们欢呼的声音。

在北京新壁街的林主任家，四合院里静悄悄的，没有节日的喜庆，林主任平静地等待着，他的老伴张彬同志平静地告诉他："通过了。"林主任平静地点点头，无须多言，尽在不言中。可是林主任的胸中却如万里长江波涛汹涌，他默默地呼唤着：

毛主席！周总理！……

在三斗坪、在三峡坝区、在荆江两岸、在大江上下，长江委的几代职工奔走相告，鞭炮震天响，欢笑满长江！他们用长江做琴弦，共同弹奏了一曲三峡鸣奏曲，共同庆祝几十年的血汗，几十年的辛酸、几十年的拼搏，终于向党、向人民、向全世界一切关心三峡工程的人们，奉献上一个非常满意但很沉重的答案！

论证风雨话当年

——三峡移民工程重新论证前后

刘　军　李卫星

三峡工程重新论证前后的移民工作，要从李伯宁谈起，只因为这个人花甲之后的命运与三峡工程，尤其与三峡移民工程太密切了，密切到谈起那段历史时谁也绕不过李伯宁。

三峡工程进入到150米方案被批准时，就像一颗即将发射的人造卫星，知情的人都在激动地倒计时，9、8、7……就等着最后一秒尽快到来，产生轰动效应。可国务院却还在为一些大的方针、政策商议着。首当其冲的是如何协调库区由于隶属关系不同造成的利益矛盾，这是兴建三峡工程首先需要解决的问题。最后提出的方案是：

组建三峡特区，然后成立三峡省。

由谁挂帅呢？

当时国务院领导把目光集中到了水电部原副部长李伯宁身上，非他莫属了。

李伯宁，这位燕赵大地的儿子，1937年10月参加抗日游击队，次年3月加入了中国共产党。他的前半生最令人惊心动魄的经历是，曾在他担任肃宁县县长兼县游击大队队长期间，经历了日寇对冀中最残酷的"五一"大扫荡。作者手上有一本他晚年撰写的自传体小说《血染梨花红》，真实地记载了那段血与火的经历。解放后，李大钊的儿子李葆华组建水利部时他就随同前往。从此，他的后半生与中国的水利事业紧密地联系在一起，而且建树颇丰。

李伯宁之所以一开始就加入三峡工程主上派的行列，根本原因在于他不能忘记1954年与武汉军民一起抗击大洪水的日日夜夜。

"在长达一个多月的日夜难眠的紧张日子里，我亲眼看到武汉变成了一个被滔滔洪水包围的孤岛，洪水随时可能扯碎单薄脆弱的市区防洪堤，把人烟稠密的武汉市吞噬掉。在这危急时刻，武汉全体军民在王任重总指挥等同志的领导下，与洪水展开了顽强斗争。为了防浪，大家把门窗拆下来绑成防浪排。大堤一旦出现险情，人墙当土石料，哪里有漏洞，土料一时跟不上，就用一袋袋面粉、一捆捆布匹、绸缎作为堵漏的器材。幸亏那年没刮大风，武汉市才保了下来，没有重蹈1931年马路行舟的悲惨局面。荆江大堤在党的坚强领导下，经过全体军民的奋力拼搏，也保了下来。从此，我才见识了长江洪水对中下游的严重威胁，更加做起了三峡梦。"

如果说他进入花甲之后还有什么心愿未了的话，那就是希望能为几代人梦寐以求的三峡工程干些什么。机会来了，他怎能不珍惜？于是，中共党史《三峡工程卷》就有了虽短暂但不得不记载的一段历史：

1985年，中发〔1985〕4号文发出了《中共中央、国务院关于成立三峡省筹备组的通知》，该通知中规定的三峡省筹备组的五项主要任务中有两条是针对三峡移民规定的，即"制定开发性的移民安置规划"和"做好安置移民的试点工作"。李伯宁任三峡省筹备组组长，负责组建三峡省的前期工作。

李伯宁后来谈到了他当时的心态："我们接受这个任务的时候，大概也有点'叶公好龙'吧，感到又惶恐，又高兴。高兴的是，我做了那么漫长的三峡梦终于盼到了这天，波光粼粼的高峡平湖已经在望了；惶恐的是，压在我肩上的担子太重，安置几十万移民的艰巨任务，我力不胜任。但中央既已决定，我只能服从，硬着头皮去拼……"

老骥伏枥，志在千里。李伯宁在宜昌开始招兵买马。湖北省副省长王汉章从武汉来了，四川省也派辛文来了，《中国水利报》社长杨秀伟从北京来了，长办库区处处长林仙也从武汉来了，而她来到李伯宁的手下，分管的就是移民，不到一百天时间，一个初具规模的省直机关在宜昌桃花岭饭店形成。

与此同时，李伯宁在库区贫困县考察移民的现状，往返于湖北、四川两省之间商讨贯彻开发性移民的对策，同时还在布置移民试点工作……

正当李伯宁铆足了劲准备大展宏图时，一场突变顿使他措手不及。

这场突变的起因首先是重庆市给中央的一个报告，认为150米方案水库回水到不了重庆，建议将水库正常蓄水位由150米提高到180米，这样万吨船队可从上海直接开到重庆。

紧接着，部分政协委员向党中央提交了《三峡工程近期不能上》的报告：

对三峡工程一贯持反对意见的李锐也写出了《论三峡工程》一文，重申他不主张上三峡的立场。戴晴主编的《长江，长江》一书正式出版，也加入到反上派的行列中摇旗呐喊。

……

于是围绕着三峡工程上与不上这个问题，党中央一时难以决策，尤其是社会上有些对三峡工程不十分了解的人都对三峡工程提出疑问，国际上一些别有用心的舆论趁机鼓噪，从而使三峡工程的政治色彩更加浓烈起来。

面对这样错综复杂的形势，中央为了体现三峡工程决策的高度民主化、科学化，慎重地收回了马上兴建三峡工程的成命。

1986年6月2日，党中央、国务院再次发出了《关于三峡工程论证工作有关问题的通知》（以下简称《通知》），责成水电部重新组织三峡工程论证，"要注意吸收有不同观点的专家参加，发扬技术民主，充分开展讨论，得出有科学根据的结论……"重新提出三峡工程的可行性报告，供为此组建的国务院三峡工程审查委员会审查，然后提请中央和国务院批准，最后提交全国人民代表大会审议；同时决定将三峡省筹备组改建为国务院三峡地区经济开发办公室（以下简称"三经办"），指导和协助四川、湖北两省进行三峡地区经济开发和三峡库区移民试点工作。

《通知》精神传到宜昌，对李伯宁的冲击是可想而知的。但身为一个受党教育多年的老同志，他明白必须无条件执行中央的决定。刚费劲召集来的人，大部分旋即各奔东西；凡是能留下的，李伯宁尽量留下了。他要为三经办保存实力，三峡工程现在上不了，但三峡地区的经济开发不能停，移民试点不能停。他是个受党教育多年的老同志，面对三峡地区的贫困现状，他没有理由不为三峡人民脱贫致富做出努力。

《穷山在呼唤》是李伯宁在三峡任职期间组织拍摄的，反映三峡地区贫穷状况的纪实录像片，尽管是内部发行，它还是赢得了从中央到地方不少人的眼泪，不少高层干部就是因为看了这部片子，才激起了他们对三峡人民的同情，成为三峡工程主上派的。

三峡省筹备组撤销后，留在三经办坚持三峡库区移民工作的同志很大一部分是出于帮助三峡人脱贫致富的目的。三经办的总部撤回到北京后，在宜昌市宝塔河留下了一个办事处和移民组，工作的重点始终没有脱离经济开发和移民试点。与此同时进行的是艰难的三峡工程重新论证工作。

长江委既在论证中立下汗马功劳，更在移民试点中有所建树。在这里还是先说说那几年引起的国内外舆论关注的论证工作。

这是一场中国工程史上多么壮观、空前的群英会啊！各种学术观点、技术与科学思想在这里交汇、碰撞，冒出新的火花；不同的思想观点在这里求同存异，互为补充。参加论证的412位专家都是国家科学技术领域里最有代表性的专家学者，在其背后配合工作的人员更是不计其数。与此同时，中方还委托加拿大方面与中国平行、独立、同时进行三峡工程可行性论证，这在后面我们还要作专门的描述。

当时已经63岁的水电部原部长钱正英出任论证领导小组组长，人们又领略到她叱咤风云的风采。

整个论证工作分10个专题、14个专家组。三峡工程移民专题论证专家组共28人。当时，论证领导小组组长钱正英亲自出马担任移民专题论证组的主持人，第一任专家组组长是李雨普，他曾在苏联留学时担任过李鹏委员长所在党支部书记。副组长由湖北省副省长王汉章、四川省副省长蒲海清、水利部副部长黄友若担任。第二任专家组组长为张岳，杨启声、林仙任副组长。移民专家组的工作组设在长办，当时长办副主任邹兆倬任工作组组长，库区处的唐登清、姚炳华为副组长，赵时华为长办联络员。当时，长办的移民专家还有第二任库区处处长的傅秀堂。

　　时隔不久，来自日本的几位水利专家饶有兴致地考察了三峡工程，钱正英部长会见了他们。她不仅同意日本朋友的"三峡工程移民是大事"的说法，而且进一步补充："三峡工程的关键问题是移民"的观点。由此可见，移民工作在她领导论证工作中所占的分量。

　　恐怕最出色的雄辩家也无法想象围绕一个工程上与不上的问题怎么会有那么多的意见，而且持那些意见的怎么会有那么多的说法。钱部长对别的意见持什么态度，不是本篇所涉及的范围，可说起移民论证工作时，她十分明确地指出："三峡工程移民专题论证没有框框，淹没处理和移民资金需要多少就是多少，没有限制！如果移民投资真的大到上三峡工程没效益了，那就像其他工程一样，不能上就不上！"

　　由于长办是三峡工程的设计总成单位，每项论证专题都与长办以往的工作有关，所以，几乎所有的专题，长办不仅有专家参加，还有工作组配合工作。那段时间在长办大院内谈论最多的是论证工作，最引人注目的是那些专家和工作人员，最忙的也是他们。

　　如果三峡工程经过几代人的梦想，能在这代人手中上马，能将直接参加论证的一大批专家推上事业前所未有的高峰。

　　如今时间已过10多年了，专家们当时的紧张、劳累程度，唐登清至今记忆犹新。为了配合论证工作，不仅要编制大量的设计报告、起草大量的文件，而且还要协调各种关系，他们一年上北京、三峡的次数多得连他们自己也记不清了。不少人都是这样，家里人为他们准备着一个包，里面备有出差常用的东西。经常是北京一个电话，家里人往包里塞几件衣服，他们拎起包就走。当时长办机关里，像唐登清这样奔波的人一数就一大排。

　　唐登清还记得这样一件事。

　　1992年，人大开会对三峡工程是否上马进行表决，唐登清等一大批专家到北京为人大代表当讲解员。一次休会期间，万县一位代表听说他老家是四川梁平，靠着万县，便走到他的面前，拍了拍他的肩膀，认真地问唐登清："喂，老乡！你跟我说句

历
程
篇

实话，修三峡工程对我们是有好处，还是有坏处？"

当时，唐登清也拍了拍他的肩膀说："老乡，我对你绝对不说假话，修三峡工程对我们的确大有好处，它为我们三峡地区脱贫致富提供了机会……"

这两位老乡在那里说"悄悄话"，也没有在意周围休会的还有其他什么人，也没想回避什么，结果被《人民日报》的一位记者将这个场面逮个正着。没隔几天，《人民日报》上刊登了唐登清与那位老乡说"悄悄话"的照片，更登出了他们对话的内容，结果不少四川人碰到唐登清就说："你说的话可要兑现啰！"

"我可以保证。"唐登清什么时候都以不可置疑的口气回答着。唐登清仅仅是长江委库区移民专业奠基人中的一个代表，是三峡工程论证期间登台表演的演员之一。

那段时间，党中央、国务院、人大、政协及各民主党派和文教、新闻系统到三峡库区考察的人有十几批。每次考察，长江委各专业的技术人员都会前去陪同、介绍情况。唐登清这批专家一个个也就是那个时候，成为推三峡工程上马摇旗呐喊的出色的游说家，其熟练程度到了在任何时候、任何情况下都能脱口而出。唐登清说他就是给外国记者介绍情况也从不带一张纸，林仙就曾说自己是高级导游。在此期间还有一个人值得一提，他就是工程师赵时华。由于受人员限制，他当时是最年轻的"陪同"，以后又成为库区移民事业的实干家。当时每次陪同考察团的专家可以轮换，他这个联络员次次都得陪同，结果他也成了长江委论证期间陪同各种考察团最多的一个人，曾经在不到一年的时间里先后陪同各种考察团赴三峡15次。每次去三峡，他都携带几十公斤的材料、图表、照片挂图，以便在汇报、答疑时用。由于他任劳任怨，被多批考察团成员称为"老黄牛"。参加全国政协考察团的著名舞蹈演员资华筠甚至说："我不了解三峡工程，也不懂水利水电，但就凭你们搞三峡工程这些技术人员的执着，我信任你们。"资华筠回京后还为三峡工程上马组织了一台舞会，还将长江委的许多专家都请去观看。

据有关资料统计，论证期间，在论证专家组的直接领导下，四川、湖北两省和有关地市县以及长江委集中了400多名技术人员和移民工作者，各有关单位先后抽调了近千人配合工作。其中，绝大多数人是林仙、唐登清的同龄人，也就是说长江委第一批从事移民工作的工程技术人员最大的功绩就是用锲而不舍的精神同其他专题组的专家们一起将三峡工程推上了马。没有他们，也就没有三峡工程的今天。

长江委这些专家、工作组成员，不仅要通过工作将自己提交的三峡移民可行性论证报告让其他专家审查，而且还要应对各类论证会上不同专家提出的各种问题。

一次论证会上，生态与环境专家组的一位专家针对移民安置工作提出这么一个问题：

"迁移近百万移民，三峡库区的环境容量到底如何？环境容量问题现在引起国际上的广泛重视。如果你们这个问题回答不清楚，你们的报告就很难通过了。"

中国科学院院士、著名水土保持专家黄秉维先生也就此问题给钱正英部长写了一封信，这封信的复印件长江委副主任傅秀堂还珍藏至今。

从党的十一届三中全会到当时论证期间，中国对外开放还不到 10 年时间，当时中国又没有引进互联网，中国人对外面各种信息的了解太缺乏了。人类进入工业社会后，由于人们征服自然的能力不断增强，严重助长了人们对待环境、大自然的虚无态度，这种态度及其支配下的决策与行为不可避免地将导致以人口、环境、资源、能源、食物、城市化状况等同人类生存发展之间的矛盾日益尖锐激化。这灾难、危机和困境震撼了全世界，使人类在 20 世纪 60—70 年代经历了一次"突然的、动乱的觉醒"，生态科学的社会化导致绿色浪潮在西方崛起，环境保护运动风起云涌，迫使西方国家的政界和企业界不得不为自己的经济增长支付环境和社会的成本。所以任何问题一经和环境沾边，就要格外警惕。

可在 20 世纪 80 年代国门刚刚敞开不久的中国，不少人可能对"环境容量"这个词很陌生，不少移民工作者虽然在这之前，在进行水库移民安置工作中也是通过对当地资源的开发调整来做移民安置规划的，但并没有上升到"环境容量"这个高度。

有人曾这样形容改革开放后的中国人，他们接受新事物时表现出的如饥似渴和快速敏捷，是其他国家的人无法比拟的。这也是中国能飞速发展的基本条件。不是还没有接触过"环境容量"吗，通过学习，搞清楚加以运用不就得了？

生态与环境专家组专家关注这个问题，而移民专家组则不仅仅是关注，而且将它作为一项重要的论证任务。

"环境容量"是西方资本主义初期发展毛纺业时提出的，是从载畜量发展而来，也就是说一片牧场能放养几只羊，几头牛？以后这个词被广泛引申了，特别是在环境保护方面，因为一旦该地域含量超过了"阈值"，就不可能使自然状态恢复良性循环，于是出现环境问题，现在旅游区也在提出游客环境容量问题。一个区域，某一项物质的环境容量一般是定数，而一个区域人口的环境容量则复杂得多，它是一个变数。一个地区的人口环境容量简单解释是指在一定生产、生活水平和环境质量条件下所能承受的人口数量。当时把三峡库区作为研究对象，移民专家组是做了认真考虑的。一是许多专家认为，新中国成立以来，水库外迁移民成功的例子不多；二是三峡库区地方政府当时也认为库区的生产力发展水平低，不愿让移民外流，想利用移民资金提高生产力水平，提高人口安置数量。同时专家组也考虑到如果把 30 万～50 万农村移民放到全国范围安置来论证，是没有论证价值的。因此把库区移民安置划定在三峡库区

历
程
篇

22个县市、5万余平方公里的范围内进行研究。

三峡库区5万余平方公里地域的环境容量到底能不能承载得了这些移民呢？这个问题回答不了，三峡工程很难通过。

在这个问题提出之前的一段时间里，有关方面的工作实际上早已开始进行。为了研究三峡移民具体的安置方位，三峡工程论证办公室、长江委和有关单位收集了资源卫星图片，拍摄了彩红外航片，由水电部遥感中心和长江委进行土地资源解释，有关专家经过图上复查和现场核查对我国的解释成果予以肯定。请专家对成果复核，请遥感专家、北京大学马蔼乃教授到库区考察，马教授在杨启声主任的陪同下到几个重点移民县调研之后得到一个共同的认识是："可利用土地要开发好，资金投入少了不行！改田、造地、保收还应该解决水的问题。"就是在这样大量技术工作的基础上，钱部长要求有移民安置任务的县政府配合抓紧完成移民安置规划报告论证阶段的有关工作，要求移民专家组编制全库完整的移民安置环境容量报告，提交下一次移民专题论证扩大会议上审查，然后再与生态环境专家组召开联席会议进行讨论。从任务下达到拿出成果，只有几个月的时间。

杨启声、邹兆倬、赵时华、袁弘任（时任长江水保局副局长兼总工程师）、李泽章五人组成了环境容量课题组，由杨启声、邹兆倬负责。准备工作指派赵时华做，他基本情况更熟悉，也就当仁不让了。赵时华当时对环境有个更通俗解释。环境容量，主要包括气候、自然资源、人口、社会状况以及未来发展的质与量的目标。按邹兆倬的要求，首先要把"家底"摸清楚。赵时华编制了新中国成立以来库区在人口、工农业生产、财政收入、文化教育、生活水平和科学技术上发展变化情况的20余种调查表格；整理了论证中专家们以及社会各界人士对三峡库区移民安置的疑问、意见与建议。调查提纲和表格一出来，杨启声、邹兆倬、袁弘任、李泽章几人立即飞抵重庆，再沿江而下。

在沿江而下的一个多月里，他们分头到每个县解释什么是环境容量，为什么要研究环境容量，要调查哪些主要项目和指标，以及填每一种调查表的内容和要求。同时，还针对社会上对移民工程的各种疑惑，以土地资源为重点，在各县市推荐的后备耕地资源地点进行查勘，列一些县先进的农业推广项目、农田基本建设项目和工业技改项目点进行调查，并进行一些探索性的研究。

当时的三峡库区对三峡工程是一片呼上声，对贫穷是一片要求根治声。只要能促进三峡工程上马的事，库区上下绝对是大力配合。

时间紧张，当时库区交通又很不方便。他们为了赶时间，有什么车赶什么车，有什么船就乘什么船，争分夺秒，从不在一县多逗留半天。

一天，杨启声、邹兆倬、袁弘任、李泽章为了当天能从巫山赶到巴东，硬是打着伞、冒着大雨在巫山江滩上等了四个小时。远处传来一阵汽笛声，终于来船了。可等船靠近仔细一看，原来是一艘运牲畜的船。顾不了那么多了，上！否则当天赶不到巴东。

决心好下，但上船后与牲畜为伍的那种滋味，实在让人难以忍受！站在舱里吧，刺鼻的臭味实在难闻，他们只好站在船舱边，任阴雨寒风从头到脚袭来。等船到巴东时，已是晚上11点了。雨继续下着，几个人还算幸运，在江边一个屋檐下吃到了几小碗面，湿衣湿鞋地到招待所时已是12点了。第二天，他们就与巴东县政府联系上，工作照常展开了。

库区各级政府对三峡工程上马是十分积极的，杨启声、赵时华、袁弘任、李泽章等一行到达宜昌没几天，各县的规划报告、调查表格与近两年地方经济发展计划报告等各类资料也陆续寄来。在宜昌兵站足足摊了两个房间，堆起来有一米多高。针对这么大的资料量，赵时华、袁弘任他们赶制了多种汇总表格。当时没有计算机，在宜昌三经办移民组的林仙派了六七个同志每天到他们那里统计、汇总。那时也不分彼此，本来他们就是同一条战壕的战友。邹兆倬有事，需要先回武汉，走时他扔下一句话："如果报告写不出来，你们一个都不许回来！"

杨启声、赵时华、袁弘任、李泽章面对各县的报告和各类资料，每天从深夜工作到次日两三点钟是常事。四个人编写提纲，分工编写，不时地研究、分析、汇总。为了使报告编写得能让生态与环境专家看得清楚，移民干部都看得懂，他们确实费了不少心思，甚至整节的报告多次推倒重来。

兵站房间多，好摆资料，但生活条件差。由于种种原因，报告写到最后，就剩下杨、赵、袁三个人。那年秋天寒气似乎来得特别早，天也常是阴沉沉的，当时兵站没有暖气，房间阴冷。时任黄友若副部长知道后，马上打来电话："住兵站不行，病了怎么办？赶快搬到桃花岭饭店去。"黄部长还不知道杨启声已经病了好些天了。

报告送审稿终于拿出来了。他们三人又连续几天夜以继日地在宜昌报社铅字旁边出样边校对修改。有一次到了凌晨2点，杨启声、赵时华二人才耷着肩膀回到桃花岭饭店。门卫对这两位半夜敲门的不速之客产生了误会，先是好半天不开门，门开后又瞪着疑惑的目光将二人迎进来。

报告刚刚下印刷机，移民专家扩大会议就在宜昌召开了。参加会议的除移民专家组全体成员外，还有三经办在宜昌的移民组同志，长江委的领导和两省、库区各县（市）政府领导、移民局局长，共计近百人。黄友若部长主持了扩大会议，赵时华代表课题组在会上宣读了《三峡水库移民安置区环境容量分析报告》。

一个上午，近6万字的报告，第一次对三峡库区22个县市的人口构成、人员素质、气候、土地、水利、矿业、文化教育、科技发展水平、社会经济发展状况等进行了全面汇总分析。既分析了库区生态环境的严峻局面，也分析了库区经济发展的方向和潜力。同时又第一次将移民的文化教育及国家相应政策法规、建设与移民建设等几大关系作为移民安置的软环境提了出来。《报告》经过移民专家组的专家、库区各县市领导的热烈讨论，得到了充分的肯定。黄友若部长在闭幕词中指出这个分析报告是过去水库移民工作中从未有过的，是一项具有开创性的研究工作，是使我国水库移民工作进入一个新阶段的开始。李伯宁副部长没能参加这个会，他是在火车上看的报告。在这之前，他并不清楚工作进展的深度，甚至还有点顾虑。看了报告之后，他大加称赞，认为其达到了申报科技进步奖的水平。

会后，当时移民专家组组长张岳和杨启声、赵时华等人又加班加点对报告进行推敲和订正，然后将报告带回北京，准备在移民专家组和生态环境专家组联席会议上进行交流。随后又有一个小插曲，由于报告中还需要补充一些辅助资料和必要的挂图，赵时华又拐回武汉做准备。这是他赴宜昌后几个月来第一次回家，虽然宜昌距武汉只有300公里，当他再和库区处另一位工程师徐阿生从武汉赶到北京府右街招待所时，已是凌晨4点了，服务员告诉他们没有床位了。他们顾不上太多，两人就在招待所走廊昏暗的灯光下赶写一些补充材料。

天亮之后，他们又忙着挂图布置会场，一切忙停当，时针已指向了9点。

9点，联席会议准时召开。赵时华等人看到钱正英已坐到主席台上，张岳拿着报告准备发言时，才如释重负般地长舒了一口气。

当然，时至今日，人类还未能完全了解环境系统中许多错综复杂的机制，还未能建立精确的模式来揭示环境因素间的微妙平衡关系。人类为了谋求生存和发展，会不断地改造自然，打破原有的平衡，并企望建立新的平衡。但人类在改造自然的过程中常常由于盲目性以及科学技术水平的限制而不能收到预期效果，甚至适得其反。人口、环境容量的研究由于涉及社会经济发展问题更为复杂，库区移民安置环境容量分析，只是从避免盲目性，增加科学性方面进行的初步探索，这在水利水电建设上是第一步。

两个专家组联席扩大会议经过了五天认真的讨论，报告顺利地通过了。

《三峡水库移民安置区环境容量分析报告》不能代替移民安置规划，但它是移民规划不可缺少的基础工作。在闭幕式上，钱正英部长做了很长的闭幕词予以祝贺。

一散会，当时的长江委主任魏廷琤、总工程师洪庆余、设计大师曹乐安等所有在京的同志都非常高兴。"太好了！太好了！论证中最大的问题解决了……"其高兴的心情溢于言表。

三峡移民专题论证内容，除了移民的环境容量外，还包括库区淹没实物指标、移民安置迁建规划意见、政策措施、投资估算等部分。

1987 年底，长江委提出了《长江三峡工程移民专题论证报告》推荐了正常蓄水位 175 米方案，并经移民专家组扩大会议讨论通过，全体专家签字确认，论证过程中的移民专题部分终告结束。

让我们在这里先记住长江水利委员会参加论证工作的几个移民专家和工作人员吧！他们是邹兆倬、林仙、傅秀堂、唐登清、赵时华、姚炳华、甘家庆、黄启兴等。尤其值得一提的是，长江委副主任、论证工作组组长邹兆倬在论证工作结束不久，因患肾癌，离开了人世。有人说他在住院的前一天，还到规划设计部门好多办公室都看了看，久久不肯离去，他也许知道自己不可能再回来了。他临终前恐怕最大的遗憾就是没有看到通过兴建三峡工程的决议。

三峡工程的重新论证工作从 1986 年 8 月至 1989 年 2 月，历时两年半，终于以412 名专家有 403 人在可行性研究报告上庄严签字的结果，画上了一个圆满的句号。

这是我们党高举科学与民主两面旗帜取得的一个伟大胜利。

（原载《天平》，作者有删改）

历
程
篇

湖南人民盼望早建三峡工程

陈邦柱

拟议中的三峡水利枢纽工程，在防洪、发电、航运等方面具有巨大的综合效益，对我国国民经济的发展具有十分重要的战略意义。修建三峡工程，湖南是直接受益的省份之一，是全省6000万人民多年期待的一件大事。我们特别赞成早上三峡工程。

一、修建三峡工程，是确保洞庭湖区繁荣昌盛的根本措施

我省洞庭湖区总面积15200平方公里，其中受堤垸保护的面积10220平方公里，耕地900万亩，人口800多万，是全国重要的商品粮棉油基地，也是湖南省的轻纺工业基地。洞庭湖区常年粮食产量45亿公斤，占全省的1/6，上交国家粮食占全省1/3，棉花占全省7/8，油料占全省1/2，工农业总产值占全省的40%左右，不仅对国家作出了重大贡献，而且是长沙、湘潭、株洲、岳阳、常德、益阳等环湖城市发展工业的重要原料基地。

洞庭湖区是一块宝地，但也是一块险地，是全国的治水难点之一。它的安危，不仅对我省经济发展有重大影响，而且关系到800万人民的生命安全和社会政治的稳定。新中国成立后，在党中央、国务院的关怀下，湖南省委、省政府始终把洞庭湖的治理当作大事来抓。40多年来治理洞庭湖的大规模水利建设，共投入资金37.5亿元（其中国家投资8亿元），群众投工230亿个，修建了大量的防洪排涝工程，尽管收到较大效益，但都只是治标，并没有从根本上解决问题。如果出现1954年型的洪水，洞庭湖区将沦为一片汪洋，不仅经济损失巨大，也可能造成大量人员伤亡。湖南整个国民经济部署就会打乱，后果不堪设想。现在洞庭湖区确实是"一片繁荣景象，一片恐惧心理，一片根治呼声"。我们每年一到汛期就提心吊胆，压力很大，几十年的事实已经充分证明，湖区稳定则全省稳定，湖区出事则全省被动。因此，必须从根本上解决洞庭湖区的安危问题。

二、修建三峡工程，是消除洞庭湖洪水和泥沙灾害的根本出路

古往今来，洞庭湖区人民最担心的莫过于洪水为患。历史上每次大水都是堤

垸溃决，一扫千里，几百万亩良田荡然无存，几百万人民流离失所，设施冲毁，河流改道，疫病流行，伤亡遍野，损失惨重。新中国成立40多年就有30多年发生了洪涝灾害。1954年大洪水，几乎所有堤垸全部漫溃，淹没耕地385万亩，淹死3000多人，灾后疫病死亡3万多人，京广铁路不能正常通车达100天，给国家造成极为严重的损失。

洞庭湖洪水的成因是多方面的，但主要是长江洪水的影响。自1860年和1870年长江藕池、松滋溃口以来，洞庭湖成了长江荆江河道的分支，江水从洞庭湖头上涌进，贯穿腹部从岳阳吐出，成为一个"洪道型的湖泊"，与长江洪水相连。历史上长江的几个大水年，也正是洞庭湖的大水重灾年。1931年、1935年、1954年等年份的大水，主汛期7—8月的来水量中，长江来水占入湖水量的61.4%～79.5%。1954年特大洪水，城陵矶以上来水1900亿立方米，其中来自长江的占76%。当年城陵矶（洞庭湖出口）最大组合流量达10.5万立方米每秒，其中长江来水量占60%。长江来水量大，而下游河槽安全泄量小，一遇大水就有数十亿至数百亿立方米洪水滞留在洞庭湖内泛滥成灾。这种状况在近几年更为突出，80年代有5年出现大水，而且都是平水年份、高洪水位。（1991年）6、7月份，我省澧水、沅水流域和洞庭湖区相继发生了严重的暴雨洪水，造成了严重的洪涝灾害，当时长江没有来大的洪水。如果长江来洪水，加上湘、资、沅、澧4条河的洪水一起来，那么洞庭湖区后果将不堪设想。只有三峡建库，才能控制长江洪水，从根本上解决洞庭湖的洪水灾害。

长江每年挟带近1亿立方米泥沙落入洞庭湖，占入湖泥沙量的82%。泥沙的淤积，加速了洞庭湖的萎缩，加剧了洪涝灾害。新中国成立40多年淤积40多亿立方米泥沙，湖底平均淤高了1米，湖泊容积减少，调洪效能明显降低。泥沙淤积促使洲土增加，芦苇面积扩大，加速了钉螺的繁殖。解放初期湖区有螺面积为500万亩，经过血防灭螺减少到180万亩，现又回升到256万多亩，感染血吸虫病的人数累计近百万，对人民生命威胁很大。

更为严重的是，河床淤高，形不成深水洪道，造成年年修堤、堤高水涨的恶性循环。新中国成立后洞庭湖的一线防洪大堤平均加高2～3米，而湖区水位因泥沙淤积也抬高2～3米，基本上相互抵消。因此，要从根本上解除洞庭湖的威胁，只有兴建三峡工程控制来水来沙，除此别无选择。

三、修建三峡工程，是造福子孙、利国利民之举

洞庭湖区现有3471公里防洪大堤，加上隔、间堤共达5812公里。新中国成立后年年修堤加高，每年加高加固大堤土方2500万～3000万立方米，共计完成10亿立

方米。如果将这些土石方堆成 1 米见方的长堤，可绕地球 30 圈。尽管这样，洞庭湖堤防仍然只能抗御 5 ~ 10 年一遇的洪水，如果要抗御 1954 年型的洪水量，洞庭湖的堤防要在现有的基础上再加高 3 ~ 4 米，总土方量 15 亿 ~ 20 亿立方米，为新中国成立以来修堤土方总量的 2 倍，这是难以做到的。即使抗御常遇洪水，要在堤线长、高水位、灾害频繁的情况下做到不溃垸，任务也相当艰巨。1988 年秋汛，有 1000 公里大堤超过危险水位，2000 公里超过了警戒水位。大堤虽然年年加，而洪水威胁却不断加剧，一般年份湖区每年每个劳力用于大堤修防的工日达 60 ~ 70 天，占生产用工的 30% 左右，修防费用占生产费开支的 20% 左右，群众负担确实很重。安乡县人均 1 米大堤，新中国成立以来平均每年修堤投工 210 万个，防汛投工 60.5 万个，每年有 1/3 以上的劳力投入冬修和防汛。近几年除劳动投入外，每户平均还要负担现金 70 元。由于负担过重，自 1983 年大水后，全县约外迁 3 万人。

从洞庭湖与三峡工程的关系看，如果荆江河段防洪格局维持现状，洞庭湖区的自然湖泊必将继续萎缩，湖区洪水位会越来越高，出湖泄流条件很难改善。至于遭遇大洪水时牺牲大片民垸农田分蓄洪水，那是没有办法的办法，并非费省效宏。因为沅江两岸人口稠密，而且都是经济比较发达的地区。我省洞庭湖区有 24 个堤垸将分蓄超额洪水 160 亿立方米，137 万多人将被迫转移，淹没损失将超过 110 亿元。这些分洪区目前既无进洪设施，又无完善的安全转移措施，在紧急情况下短时间内要安全转移安置上百万人口，谈何容易！一旦蓄洪，由此而造成的损失将非常大，部分地区会形成毁灭性灾害，数十年难以恢复。所以从长远计，洞庭湖的根治，主要寄托于三峡建库。当然，与此同时我们要继续抓紧洞庭湖区及湘、资、沅、澧四水的综合治理，确保湖区经济、社会发展和人民生命财产的安全。

以上是从湖南的防洪和经济发展的角度来谈三峡工程的。从三峡工程本身来说，它的效益是十分可观的。这方面我就不多讲了。

兴建三峡工程，移民数量很大，难度也确实大，但同国内其他大型水库相比，每万千瓦或每亿千瓦时的迁移人口相对要少些，而且采取开发性移民，通过艰苦努力，是可以获得较好效益的。

总之，三峡工程是一项江湖两利、南北兼顾、兴利除害、造福子孙的宏大工程，对全国政治、经济、社会的稳定发展都将发挥十分重要的作用。三峡工程上马，全国受益，人民幸甚！一旦国家决定兴建，我们将动员湖南全省人民，为工程尽最大的努力，为这项对我国经济具有战略意义的宏伟工程做出贡献。

（原载《人民日报》1992 年 1 月 3 日，作者时任湖南省省长）

兴建三峡工程是湖北人民的愿望

郭树言

三峡工程是综合治理长江和开发长江资源的巨型工程，效益巨大，意义深远。这项工程对湖北省的经济和社会发展关系极大，我们湖北人民对兴建三峡工程有着非同一般的紧迫感。

一、万里长江，险在荆江

江汉平原在湖北的经济中占有十分重要的地位。江汉平原共有耕地 2858.2 万亩，占全省耕地的 51.5%；共有人口 2430.5 万，占全省人口的 50.2%。区内有我国腹地最大的城市武汉市和新兴工业城市黄石、沙市、宜昌、鄂州、荆门、襄樊，以及江汉油田。京广、汉渝、武大等铁路干线穿境而过。江汉平原土地肥沃，是我省粮、棉、油、渔集中产区，粮食产量约占全省总产量的 60%；棉花约占全省总产量的 85%；油料约占全省总产量的 70%；水产约占全省总产量的 90%。因此，江汉平原工农业生产的状况，对全省国民经济发展、人民生活，具有决定性的作用。

但是，江汉平原地势低洼，全赖荆江大堤和其他堤防的保障。洪水季节，江水高出平原地面十余米，而荆江大堤地基不坚，加之水流冲刷，常出现崩岸坍堤及堤基渗漏、翻砂鼓水等情况，故有"万里长江、险在荆江"之说。千百年来，江汉平原广大劳动人民依堤为命，冬修夏防，以图生存，但依然避免不了"水淹泪汪汪、流浪走四方"的悲惨局面。据史书记载，从汉代到清末的 2000 多年中，共发生大小洪灾 200 多次，平均约 10 年一次。20 世纪以来，就已发生了 1931 年、1935 年、1949 年、1954 年 4 次较大洪水。1931 年的洪水，使得江汉平原一片汪洋，全省 54 个县受灾，淹没耕地 2650 万亩，受灾人数达 1152 万，特别是荆江大堤江陵沙沟子决口，造成大量人口伤亡，整个长江中下游死亡达 14 万人，悲惨至极。武汉三镇，水深丈余，陆地行舟，淹没时间长达 133 天。

为确保江汉平原，我省人民付出了艰辛的劳动，负担极为沉重。新中国成立 40 年来，在长江的治理上，党和政府领导人民做了大量工作。就湖北而言，共修建加固堤防 9300 多公里，消除各种隐患 23 万多次，治理崩岸险段累计 380 余公里，在长江支流上修建大、中、小型水库 6300 多座，还积极兴建了包括荆江、杜家台在内的几千平方公里的分蓄洪区。这些措施，虽然使我省的防洪能力有一定的提高，但人民的负担也极为沉重。全省冬春修堤需要标准劳动日 6000 多万个，一个劳力平均 60 多个工；江河防汛约需 30 万人，投入劳动力 900 万标准工，平均一个劳动力出 30 个标准工。

全省共建 13 处分蓄洪区，如遇 1954 年或更大一点的洪水，分蓄洪区就要全部启用，这将会淹没耕地 526 万亩，受灾人口 347 万，经济损失至少超过 100 亿元。由于国家财力所限，而分蓄洪区的人口增长很快，道路、通信设备皆不适应，安全区并不安全，真要启用，人民的生命安全很难完全保障。因此，新中国成立以来，每临汛期，我省的广大干部和群众都是昼夜守堤，提心吊胆，忧心忡忡。若遇 1870 年型的特大洪水，则势必在荆江南岸和北岸漫溃，向南直趋洞庭湖，向北将淹没江汉平原，威胁武汉安全，造成城镇被淹、农田被毁、人口大量死亡的惨剧。这绝不是危言耸听！根据长江洪水周期性发生的规律，这种概率已越来越近。无论洪水南进湖南，还是北进湖北，都是我们国家的一场灾难，对社会安定和经济发展将产生难以估量的严重后果。果真如此，谁也难以向党、向人民、向历史作出交代。

为了长江中下游千百万人民的生命财产得到保障，为了这一地区的经济稳步发展，三峡工程不是越拖越好，而是越早越主动，越早越合民意，越早越得人心。

二、困难可以克服，弊端可以转化

关于三峡工程，多年来，争论较多。直至今天，依然有同志对兴建三峡工程表示担忧，提出不同的意见。这是正常的，也是可以理解的。这么大一件事情，要想取得认识上百分之百的一致是很难的，即使再争论几年、几十年，也不大可能完全一致。同样地，要求任何事物都百分之百有利也不可能，总是利弊兼有。问题的关键是：利大还是弊大，所存在的弊端是否能够减轻或化解。人类的一个重要使命就是认识自然、改造自然、利用自然。我看过专家们的论证报告，也听过很多专家的意见，我认为，在科学分工越来越细的现代社会，我们没有理由不尊重长期在本专业领域工作的专家们的意见。仅凭一般的概念去判断复杂的问题，难免会有失误。对比各方面的意见，我认为，三峡工程利大于弊，所存在的弊端，很多经过努力是可以克服和转化的。

很多同志担心移民问题。这项工作确实很艰巨，很复杂，但是从我们宜昌地区的试点看，如果能够按照论证报告提出的措施落实，帮助库区人民重建家园、恢复生产、发展经济，人民是满意的，是欢迎的。我省共需移民 10 余万人，秭归县负担最重。

该县水田坝村近几年作了试点，这个村共有 2002 人，现有耕地 2025 亩，按就近后靠的原则，可垦荒地 4700 亩，现已开垦 2300 亩，亩均投入约 800 元。其中 1000 多亩已种上柑橘，两三年后即可挂果。进入丰收期后，亩均收入可达 600 元至 1000 元。群众不仅没有怨言，而且比较满意。

可以说，三峡工程的移民问题，对人民不是痛苦，不是灾难，而是重振的希望，发展的转机。相反，如果久拖不决，不上不下，则这一地区既不能建设，又不能搬迁，不仅严重影响库区有关县、市的经济发展，而且随着人口的继续增长，资金的积累，淹没实物将日益增多，标准也将逐渐提高，移民的困难也越大，投资将进一步增加。

生态问题，有的专家提出了很多好的意见和建议，都值得在今后的工作中探索、研究、解决。但是应该说，生态与环境要靠广大人民群众保护和改善，灾害与贫困是生态与环境的最大破坏力量。长江中下游地区千百万人民从根本上解除洪灾的威胁，致力于经济的发展；库区人民早日摆脱贫困，走上富裕；引长江之水，造福于江北、华北大地，则是解决这一地区及华北生态问题的根本前提。

像这样通过努力可以基本解决的问题还有一些。总之，情况已明，利弊已清，决断的条件已经具备，希望国家早日决策。

三、湖北人民愿为三峡工程尽最大努力

三峡工程的主坝建在湖北境内，湖北人民将尽最大的努力，为工程建设主动担负起我们应有的责任，近期，我们拟做好以下几项工作：

1. 扩大移民安置的试点工作和坝区所在地移民安置的准备工作

我们拟增加一定投入，使移民工作探索出更加完善的路子。至于三峡坝址所在地，现有移民 2 万人，耕地 1800 亩。对这部分人员我们将要及早做好安置的方案，以保证三峡工程一经决策，尽早让建设大军进驻。

2. 加强长江防洪系统工程建设

长江防洪是一个系统工程，即使三峡工程建成，也绝不意味着一劳永逸、万事大吉。我们还将在中央有关部门的支持下，继续加强江河堤防的建设、加强堤基、堤质、崩岸的研究和治理。同时，加强河道整治，消除行洪障碍，加紧建设国家规定的分蓄洪区，制定分蓄洪政策和非工程防洪措施，加大加强水土保持工作，真正形成三峡水库、两岸堤防、分蓄洪工程为一体的长江防洪系统。以确保荆江大堤，确保长江中下游两岸工农业生产和人民生命财产的安全，摆脱江汉平原千百年来洪灾频繁的历史。

3. 动员全省人民为工程建设尽力

三峡工程是举世瞩目的大工程，一旦国家决定上马，会得到全国各地的大力支援，湖北人民更是责无旁贷。我们湖北的党政军民将继续发扬"自力更生、艰苦奋斗"的精神，服从工程需要，服从大局需要，把困难留给自己，把方便让给三峡工程，使三峡工程保质保量地如期完成。

（原载《人民日报》1992 年 1 月 11 日，作者时任湖北省省长）

三峡移民有出路

——访国务院三峡地区经济开发办公室主任李伯宁

中国水利报记者　郭晓丽、特约记者　李存才

随着三峡工程论证工作的深入进行，人们对库区移民问题日益关注起来。仁者见仁，智者见智，如何辩证地看待这个问题，为社会各界所共同关心。最近（1984年3月，编者注），记者专门采访了全国政协委员、国务院三峡地区经济开发办公室主任李伯宁同志，请他谈谈对这个问题的意见和看法。

对移民工作不能全盘否定

年过七旬的李伯宁同志，谈话开门见山。他说，我从1950年组建水利部时起，就不断接触移民问题。1985年奉命筹建三峡省时，首先遇到的也是移民问题。1986年，三峡省筹备组改建为国务院三峡地区经济开发办公室，还是搞三峡移民试点。因此，算得上个知情人。

有人说，过去移民工作都是失败的。我认为，这是不确切的，因为它不符合事实。客观地估价，大体是三三制，即新中国成立以来修建的86000多座大小水库，在所安置的1000多万移民中大约有1/3安置得较好，生活稳定；有1/3平平常常，一般化；有1/3安置得不好，留有不少后遗症。不能对移民工作一概否定。比如，山东烟台地区就安置得较好，我们开过现场会推广他们的经验；葛洲坝的移民工作，也积累了不少好经验等。过去移民没安置好的主要原因是：采取一次性补偿，而不是负责到底；补偿标准低，又几经克扣，真正落到移民手中所剩无几；施工工期短，水库一两年就拦洪或建成，水赶移民走，仓促行事；远迁、外迁，忽视农民故土难离的传统观念……李老心情沉重地说，这种对移民工作不负责的做法，教训是深刻的。

三峡工程移民任务艰巨，有解决的途径和办法

话题自然转入三峡工程的移民问题。

李伯宁说，三峡水库淹没数量大、涉及面广、情况复杂、政策性强，移民安置任务十分艰巨，处理的好坏，关系到库区人民的切身利益、地区今后的经济发展和社会安定，是三峡能否顺利建成的一个关键问题，对此不能掉以轻心。

他说，三峡移民安置困难主要表现在：一是数量大。直接移民有 72 万，考虑到人口自然和机械增长，规划安置数字是 110 万。这个数字是由长办和地方各级人民政府大量人员，经过反复实地调查核实得出的，是可靠的。二是耕地少。库区移民人均耕地 1.1 亩，其中水田和低产田各占 40%，所以调整的潜力小。三是由于过去的移民遗留问题，在一些人们心理上，一谈到移民，就心有余悸，就没有信心。这个心理承受能力，成了三峡移民的最大难点之一。四是开发性移民刚刚开始，需要有一个探索和完善的过程。但近 4 年来移民试点我们取得的基本经验是成功的，为开发性移民和移民改革找到了路子。

李老说，对移民工作困难我们要有足够估计，但不应盲目悲观，丧失信心。因为还有许多有利条件可以保证能安置好三峡移民。他说，在 72 万移民中，农民有 33 万，这是移民的难点。但经过我们 4 年来的调查分析和移民试点，证明有足够的环境容量和条件，可以把移民安置好。首先，淹没涉及 19 个县的 35 万亩耕地和 7 万亩柑橘。这个数字仅占总耕地面积的 2.5%，其中 11 万亩水田，只占水田总面积的 1.9%，并不像一些人说的，把好地都淹了。19 个县有近 12000 万亩荒地，其中安置区的 361 个乡就有 380 多万亩可以开发利用。如果利用部分荒地搞以柑橘为主的大农业，33 万农村移民绝大多数可以不出乡就能安置好。另外，安置区还有大量低产田，如果把低产田改成柑橘园，或坡地改梯田，旱田改水田以及其他技术措施，单产、总产都会有较大幅度的提高，可以弥补淹没的损失。加上这个地区丰富的矿产资源，旅游资源，大量的稀疏林和开阔水面与草场，结合发展工矿业、种植业、畜牧业、渔业、旅游业和各种加工业及兴建为三峡服务的各种行业，这都为移民安置提供了广阔的就业机会，而且可以大大节省移民投资。例如，四川万县发展盐化工业，如结合移民，不用移民投资就可安置 3.9 万人的就业。再一个极有利的条件是，由于三峡工程工期较长，有足够的时间从容移民，平摊到每年的移民人数和投资并不大，不会像过去那样水赶着移民跑，使移民的生产和生活得不到保障。

不管三峡工程什么时候上，移民要先行

三峡工程何时上马？李老的态度是不宜推迟太久。

他说，不管三峡工程什么时候上，移民要先行。这是根据近几年试点经验得出的。具体地说，是先搞三个"先行"。即柑橘先行、"三通"先行和人才培训先行。这既

从移民的角度，也是从迅速改变这一地区的贫困面貌考虑的。

他说，三峡库区由于历史原因和工程长期举棋不定，严重影响了经济的正常发展。1986年，中央领导在库区视察时就提出利用这一地区的独特优势，在长江两岸发展柑橘带，既可安置移民，又可脱贫致富。按此，若从现在起，在10年内发展80万亩柑橘就可以为移民和扶贫打下基础。由于柑橘生长周期长，10年才能进入盛果期，种晚了，树长不起来，养不住人。同时，如果群众首先开荒种上柑橘，再想搞柑橘安置移民就无地可征了，那时将造成极大被动，甚至无法安置移民。另外，城镇搬迁要首先搞好通水、通电、通路的"三通"工作，这既是从城镇搬迁，也是从发展这个地区经济考虑的。否则，不给他们出路，又不允许人家在淹没线以下搞基建，叫他们再穷熬苦守是不可能的。相反，只会逼他们在淹没线以下继续大兴土木，造成今后移民工作的被动和浪费。第三，提早安排人才培训也至关重要，搞经济建设没有人才是不行的。所以不管三峡何时动工，早上或晚上，首先搞好三个"先行"，既可节省大量移民投资，又可为搞好移民安置和改变这一地区贫困面貌创造条件。这个决心是值得下的。

采访即将结束，李老的肺腑之言，使我们深受感动，这位老部长、老水利专家，时时心系百万移民。

（原载《中国水利报》，1989年3月11日）

历
程
篇

长江三峡工程宜早日兴建

张光斗

长江三峡工程规模巨大，举世瞩目，全国人民都很关心。对于三峡工程的建设，各方面有不同意见是正常的、有益的。本着互相尊重、实事求是的精神来讨论工程的利弊得失，问题可以摆得更清楚，便于领导决策。下面对工程效益、工程技术和社会经济三方面的问题进行讨论。

一、工程效益

1. 防洪效益

三峡水库有防洪库容 222 亿立方米，可以削减长江洪峰。目前长江荆江段防洪保证率只二十年一遇，经荆江分洪后也只四十年一遇。修建三峡工程后，可把防洪标准提高到百年一遇，荆江不分洪。当发生千年一遇洪水时，经三峡水库调蓄，加上荆江分洪等分蓄洪措施的运用，可以使沙市水位不超过防洪保证水位 45 米，避免发生毁灭性灾害。

如果加高荆江大堤，是否可以提高防洪标准、不修三峡水库呢？实际情况是，目前荆江大堤已高达 10 多米，地基是细沙，加高大堤不但工程量大，而且难以保证大堤安全。

上游支流水库修成后总的防洪库容有 300 多亿立方米，大于三峡水库的防洪库容 222 亿立方米，是否可代替三峡水库？实际上，对于四川平原和川江流域的来洪，支流水库也不能拦蓄，而三峡水库在川江出口，能拦蓄所有来洪，非支流水库能比拟。

有人说，三峡水库下游发洪水，三峡水库不能拦蓄，起不到防洪作用。实际上，三峡下游发洪水时，正值雨季，川江来水流量也大，三峡水库可将川江来流加以拦蓄，减少下游洪水流量，也起到荆江河段的防洪作用。

三峡水库为下游防洪，是否会把洪水灾害移至上游？实际上，三峡水库最高蓄水位 175 米，洪水回水到重庆最高 200 米左右，既不会淹重庆市，更不会淹成都平原。上游如发生洪水灾害，和修建三峡工程与否无关。

为了防洪，修了三峡工程，还必须加固下游堤防，整治下游支流和洞庭湖、鄱阳湖等。三峡工程是整个防洪体系的组成部分，不能放松下游的防洪工程。

2. 发电效益

三峡工程年发电量 840 亿千瓦时，靠近华中、华东。输电到上海，距离不超过 1000 公里，且能调峰，是十分有利的。

我国煤藏丰富，是否可建火电站来代替三峡工程？实际上我国原煤供应还是紧张的，应该尽量开发水电。

三峡上游水电资源很多，是否应该先支流、后干流开发水电？有人说这是一般规律。实际上，支流干流何者先开发，应视需要而定，并无先支后干的一般规律。美国哥伦比亚河先建下游邦纳维尔水电站，后建中游大古力水电站，然后建上游水电站；美国科罗拉多河先建中下游胡佛大坝工程，然后修支流工程；埃及尼罗河先建阿斯旺工程，然后建上游工程，可为证明。

长江支流水电站现正在开发中。三峡工程和上游支流水电站只要可行性报告能通过，都应该修建，并无矛盾之处。

3. 航运效益

三峡工程建成后，淹没三斗坪到重庆 650 公里川江的滩险，使万吨船队每年有半年以上的时间可从下游直达重庆，较小的船队全年能从下游直达重庆，年通航量达 5000 万吨，使川江真正成为黄金水道。目前川江枯水期不能通航，年通航量经大规模整治后也仅约 2000 万吨。

过三峡船闸需要等候，过船时间长，是否耽误了航运？将来要排队过闸，这是事实，但水库中水面平稳，利于航运，节省大量时间和燃料，总的航运时间还会减少。此外，经三峡水库调节，下游河道枯水流量从 3000 立方米每秒增加到 5000 立方米每秒，对下游航运也有很大好处。

葛洲坝工程就是明证。葛洲坝工程建成后几年来，年通航量已从 200 万吨增加到 700 万吨。在修建三峡工程后，货运量增加，若船舶足够，葛洲坝工程年通航量可达 5000 万吨。

4. 供水效益

三峡工程调节库容 165 亿立方米，能蓄洪水，增加长江下游南水北调的可供水量，效益也很大。

二、工程技术

1. 三峡工程最高水位

现在设计的方案，最高蓄水位 175 米，汛期水位 145 米，汛前消落水位 155 米，能照顾各方面利益。

如果采用高坝方案，把最高水位提高到 180 米或以上，以便万吨船队长年直达重庆。那会大量增加水库淹没损失，而且重庆港区易被泥沙淤塞，所以不宜采用。

如果采用低坝方案，把最高水位放在 160 米或以下，以减少水库淹没损失，那会使防洪库容减小，发电量也减小，而且从库尾到重庆一段天然河段，万吨船队不能直达重庆，对通航也不利，所以也不相宜。

2. 水库泥沙淤积问题

设计的三峡工程大坝在三斗坪，那里年输沙量 5.26 亿吨，大家对水库泥沙淤积问题很关心。大量水工模型试验和计算机数学模型计算表明，经过 80～100 年运行后，水库达到冲淤平衡，不再继续淤积，仍保留有防洪库容 190 亿立方米，兴利库容 150 亿立方米。库尾水位变动区河段航运最小水深 3.0 米，能保持正常航运。100 年一遇洪水时，重庆最高水位约 202 米。只是在重庆港区和嘉陵江口于水库运行 80～100 年后，出现边滩淤积，不利于码头作业和通航。通过初步研究，认为用水库调度、河道整治、疏浚和码头改建等办法，这个问题可以解决。要抓紧科技攻关，解决这个问题。

泥沙模型试验方法是泥沙学者长期研究、总结得出的，有原型河道冲淤的验证。葛洲坝水库实际运行结果就与泥沙模型试验结果基本符合。当然，模型试验比例尺小，数学模型有些简化假定，可能稍有误差，将来可能需要采取河道整治和疏浚等局部工程措施。

3. 库岸滑坡问题

经地质专家现场查勘，进行计算分析，认为虽然有几处可能发生滑坡，但距坝址较远，激起的涌浪经过传播，逐渐衰减，到坝址不会翻越坝顶或影响安全。由于三峡水库水深大，水面宽，即使发生滑坡，也不至于堵塞航道；相反的，如果不建三峡水库，发生滑坡后，将堵塞川江航道。对库岸滑坡，地质专家是经过深入调查研究的，而且对滑坡验算方法比较成熟，应该相信专家们的工作。

4. 水库诱发地震问题

三斗坪坝址位于稳定的厚层花岗岩基上，附近没有大断层。经地质专家调查研究，认为如有水库诱发地震，最大不会超过 6 级，这小于目前三峡大坝设计地震烈度，所以是安全的。

诱发地震的震源一般在 5～10 公里以下，由库水渗入断层，产生巨大不平衡渗透压力产生的。滑坡产生的力量和岩层重量相比是很小的，不能引起诱发地震。分析库岸稳定时，是考虑了诱发地震的。世界上建了几十万座水库，还没有因水库诱发地震而垮坝的。世界上大坝因水库诱发地震发生裂缝的有两例：一是印度柯依那重力坝，一是我国新丰江大头坝，都是在坝顶附近发生水平裂缝，并不影响大坝安全，经处理后，都已安全运行 30 年左右。

5. 枢纽水工建筑物

185 米高的混凝土重力坝和水电站，建在良好基岩上，都是常规水工建筑物，是完全有把握保证安全的。过坝的多级船闸，上下游水位差达 110 米，每级闸室尺寸与葛洲坝船闸相同，但多级船闸连起来，工程技术较复杂，国际上尚无这种多级船闸先例。经初步研究，认为三峡过坝多级船闸是能够安全建成运行的。但有一些问题需要科技攻关，进一步研究落实，如 50 米水头的输水道水力学问题，运行 80～100 年后船闸上下游的长引航道的淤积泥沙冲刷清除问题等。应该相信这些问题是能够得到解决的。

6. 三峡工程和葛洲坝工程之间及葛洲坝工程下游的航运问题

由于三峡水电站调峰，下游流量变化，可能引起涌浪，影响船舶航行。经过水工模型试验研究，表明三峡水电站在小部分担任基荷，大部分担任峰荷时，引起的水位变化较慢，涌浪较小，不会影响船舶航行。

三峡水库初期下泄清水，可能冲刷葛洲坝下游河床，使水位降低，影响船闸的运行。实际上，经三峡水库调节后，最枯流量由 3000 立方米每秒增加到 5000 立方米每秒，能满足船闸下游最低通航水位 39 米的要求。枯水流量的增加有利于增加下游河道水深，对通航是有利的。个别卵石浅滩在冲刷后可能使流速增大，需要通过整治，以利通航。

此外，关于三峡工程的人防问题，也是经过考虑的。

7. 生态环境问题

三峡工程建成后，会对环境和生态产生一定影响，如淹没大片土地，迁移大量人口，上山垦荒种植，可能造成水土流失，水文、气象也会有变化，影响水生和陆生动植物的生长和发展。但另一方面，水库减少下游洪水灾害，水电站发电每年可替代燃烧煤 4000 万吨，减少空气污染，水库内可养鱼，新的水生和陆生动植物将繁殖，气候将改善，对生态环境产生有利的影响。三峡工程调节库容所占的比例是很小的，对长江的生态环境影响不会太大。总的说来有利有弊，利大于弊。对于移民向高处后靠可能引起的植被破坏、水土流失，要采取生态保护措施，加以预防和解决。

有人担心，三峡工程是否会如埃及阿斯旺水库一样，造成严重的生态环境破坏。实际上，阿斯旺水库很大，可容纳几年的年径流，而三峡水库只是一个季调节水库，调节库容占年径流的 4.5%，性质完全不同。而且阿斯旺水库建成后，防止了下游洪水灾害，保证了下游工农业用水，生产了大量电力，对生态环境有利，还创造了大量财富。不利之处是清水灌溉农田，减少了原有泥沙，而泥沙含有肥料，因此不利于生态。但是泥沙中肥料是有限的，我国都江堰几千年清水灌溉，美国也有多处清水灌溉，并没有造成严重生态环境破坏。还有尼罗河口因缺少泥沙而被海潮冲刷，经保护后问题已经解决。现在，埃及人都歌颂阿斯旺工程的成功。

三、社会经济

三峡水库淹没 11 个县城和两个市，迁移人口 72.6 万，考虑到人口增长因素，到工程竣工时，迁移人口可能达到百万以上。这是一件大事，应该认真对待。对水库移民问题，也要辩证地来看。①目前库区一部分人民生活比较艰苦，不建三峡水库也要给予帮助，但难以摆脱贫困。通过修建三峡工程，进行开发性移民，给予大力帮助，使库区人民改善生活，是一举两得的事。②移民计划必须切合实际，切合国情，初期只能把人民生活初步改善，并着重创建生产条件。水电站发电后，建议从每千瓦时电费中拿出几厘钱，继续帮助移民群众，每年几亿元，并帮助部分群众就业。经过库区人民艰苦奋斗三五十年，他们会获得富裕的生活。"若要富，修水库"，应该这样理解才对。③三峡工程迟早要修建，但早建比晚建好些。晚建，库区人口继续增长，库区建设发展，移民将更加困难。现在库区建设进退两难，建设了怕淹，不建设则库区经济不能发展。如果决定缓建三峡工程，将来再移民建水库将更加困难，会使工程不能兴建。这不是让三峡工程"缓建"，而是"不建"。所以就水库移民而言，宜早建三峡工程。

按照国家规划，到本世纪末，工农业年生产总值翻两番，根据电力专家的研究，认为电力发展与国民经济发展的关系弹性系数不小于 1.0，也就是电力生产也需要翻两番。因此，到本世纪末，电力装机容量要达到 2.9 亿千瓦。据初步安排，火电为 2.0 亿千瓦，水电为 8000 万千瓦，核电为 1000 万千瓦。火电 2.0 亿千瓦，每年要烧原煤 7 亿吨。到本世纪末，计划年产原煤 14 亿吨。如果国家能计划调拨的原煤达到 10 亿吨，要用其中 70% 的原煤来发电是十分困难的，因为原煤运输目前已十分紧张，正在加速修筑铁路，估计到本世纪末，原煤外运只能有 4 亿～5 亿吨每年。所以火电受到原煤供应的限制，2.0 亿千瓦难以办到，希望多发水电。

由此可见，我国应尽可能优先发展水电，最好到本世纪末能超过 8000 万千瓦。

目前已建水电站 3500 万千瓦，正在施工中的水电站约 1500 万千瓦，二者合计 5000 万千瓦，尚需建设至少 3000 万千瓦水电站。

总之，三峡工程是一个效益较高、条件比较优越的建设项目。更为重要的是三峡工程的勘测、规划、设计、科研工作做得多，已具备早日开工的条件，早日修建三峡工程是合理的。

（原载《人民日报》，1991 年 12 月 21 日）

历
程
篇

兴建三峡工程　解除心腹之患

陶述曾

　　我对三峡水利枢纽工程的向往，为时久矣。这倒不是我的职业偏爱，而是这项工程在基本解除长江洪水灾害这一中华民族的心腹之患和发挥发电、航运、供水、养殖等巨大综合效益方面作用甚大，意义深远。

　　早在本世纪初，伟大的革命先行者孙中山先生就提出了在三峡筑坝的设想。40年代初，美国大坝专家萨凡奇博士应邀来华，曾到南津关地区实地勘察，打了钻孔，对开发长江三峡河段作了初步研究，提出了在三峡修建高坝的初步计划。与此同时，我国有关方面也曾先后提出过勘测报告和建设设想。但在灾难深重的旧中国，这些勘测文件只能束之高阁，任其尘封。我国的有识之士只能背倚青山，望江兴叹！

　　我从事水利工作多年，1935年汉江遥堤溃决后的堵口复堤，1946年黄河花园口堵口，1954年武汉防汛之战等，我都曾参与其事，并担任技术负责人，对洪水灾害的切肤之痛，体会尤深。1954年长江大水之后，中央对长江的防洪问题，更为重视。为寻求根治洪患的治本之策，我又与三峡工程结下不解之缘。只要条件许可，凡有三峡的文件，我必研究；凡有三峡的会议，我必参加；凡有三峡的文章，我力争阅读。总之我对三峡工程总是魂牵梦绕，念念不忘。

　　今年（1991年，编者注）太湖流域的梅雨涝灾，滁河地区和淮河流域的洪涝灾害，造成很大损失，我朝夕关注，忧心如焚。幸赖中央处理得当，灾区人民奋力抗洪，全国上下同心支援，充分发挥社会主义制度的优越性，才把灾害减少到最低范围，但损失已经不小。不过，淮河和太湖流域的水灾，较之长江历史上的大洪灾（且不说1870年那样的洪水，只与1954年的洪水比），那还是不可同日而语的。痛定思痛，来者可追。

　　1986年以来，党中央、国务院决定在过去几十年工作基础上，组织全国各专业的400多位专家对三峡工程可行性报告进行了近三年的重新论证，得出的总结论是："三峡工程对四化建设是必要的，技术上可行，经济上合理，建比不建好，早建比晚建有利。"就我所掌握、了解的情况，我认为这是十分正确的结论。

长江是一条雨洪河流，汛期洪水峰高量大，而中下游河道的安全泄量又远远不能适应。因此，我国经济密度带和人口高度集中的长江中下游广大地区，特别是湘鄂两省的洞庭湖平原和江汉平原，一直处于洪水灾害的严重威胁之下。我长期参与并负责湖北省的防汛工作，对荆江大堤防洪的严峻形势体会尤深。荆江大堤始建于东晋，成形于明代，堤身全长 182 公里，目前平均高度 12～14 米，最大高度 16 米，是江汉平原的生命堤，保护着荆北 1160 万亩耕地和 700 余万人口的安全。每届汛期，洪水位高出地面十余米，数万防汛军民昼夜巡查，以防不测。荆江大堤万一溃决，将有数万立方米每秒的洪流，以十余米的水头直泻而下，冲毁江汉平原的大批农田和城镇，整个平原区将成一片泽国。洪水并将东下直逼武汉市，势必造成大量人员伤亡和巨额经济损失，并将打乱整个国家四化建设的总部署，后果不堪设想。

据历史记载，长江中下游水灾频仍，发展趋势日益严重，自汉代至清末的 2000 多年中，中下游曾发生洪灾 214 次，平均 10 年一次。近代，1911—1949 年，发生较大水灾 7 次，平均 5～6 年一次。1931 年大洪水，长江中下游淹没农田达 5090 万亩，淹死 14.5 万人。汉口被淹 3 个月，市内陆地行船。这一年水灾的严重，比黄河 1938年全河改道的大灾所造成的生命和财产损失，要大六七倍。1935 年大水，淹没农田 2264 万亩，淹死 14.2 万人，支流汉江遥堤决口，一夜之间淹死 8 万人，钟祥县旧口区至今还留有当年溃口冲决的深潭，令人触目惊心。

新中国成立以来，党中央、国务院一直把长江防洪问题放在重要地位来抓。我国水利专家在党和政府组织领导下，经过多年研究，提出了长江防洪的基本指导思想：以荆江防洪为重点，按照"蓄泄兼筹，以泄为主"的方针和"江湖两利""南北岸兼顾""上下游协调"的原则，采取合理加高加固堤防，安排与建设平原分蓄洪区，兴建以三峡水利枢纽工程为骨干的干支流水库，以及加强中下游河道整治和上游水土保持等综合治理措施，配合加强洪水预报和防汛抢险等非工程措施，进行综合治理。在以上诸多综合措施中，兴建三峡水利枢纽是一项十分紧迫的关键工程。

中华民族同水旱灾害奋斗了 3000 多年，但对于洪水，一直是筑堤、分洪，打防御战或退却战。在不得已的时候往往"舍车保帅"，甚至"以邻为壑"，造成上下游、左右岸之间的矛盾。新中国成立之初，对水灾也只能是"急则治标"，即大力加高加固堤防和建设分蓄洪区。后来，有了上述的水利方针，有了拦洪兴建大坝这个锐利武器，我国治水才进入治本的新时代。与三峡大坝方案同时或较早提出的其他河流上的大坝方案，其中如永定河的官厅、黄河的三门峡、汉江的丹江口等，这些都建成了，大坝下游的水灾都得到基本解决，同时收到发电、灌溉等综合效益。汉江丹江口水利枢纽建成后，配合杜家台分洪工程的运用使汉江中下游的洪水灾害基本解除，这就是最生动的例证。

三峡水利枢纽建成后，总库容 393 亿立方米，其中防洪库容 221.5 亿立方米，可以有效地减缓长江中下游的洪水灾害。这是由于三峡大坝坝址位于宜昌以上 40 公里，紧邻长江防洪形势最为严峻的荆江河段，可以直接控制荆江河段洪水来量的 95% 以上，武汉以上洪水来量的 2/3 左右。利用三峡工程的防洪库容，可以对荆江的洪峰流量进行直接的控制和调节，是缓解长江中下游洪水威胁、防止发生毁灭性灾害的有效措施，是长江中下游防洪体系中不可替代的重要组成部分。

三峡工程建成后，不仅对历史上发生过的以上游来水为主的洪水（如 1860 年、1870 年、1981 年）可以直接进行控制，对全流域型洪水（如 1931 年、1954 年）或中、下游型的洪水（如 1935 年、1980 年），也有较好的补偿调节作用。因为后两种类型的洪水，宜昌以上来水仍占主要部分。多年平均长江主汛期 7—8 月洪水总量中，宜昌来水量占城陵矶洪水总量的 80.3%，占武汉以上洪水来量的 72%。

据专家组论证，三峡水库的主要防洪作用是，可以使荆江河段的防洪标准从现在的能抵御约十年一遇，提高到抵御 100 年一遇的洪水。也就是说，遭遇 100 年一遇以下的洪水，经三峡水库调蓄后，可控制上荆江枝城站最大流量由 87000 立方米每秒减少到 56700 立方米每秒，不需要使用荆江分洪区就能使荆江河段安全行洪，保障荆江大堤的安全。如果遇到千年一遇或类似 1870 年洪水，经三峡水库调蓄后，枝城站的流量可以从 110000 立方米每秒减至 75000 立方米每秒左右；配以荆江分洪和其他分蓄洪区的运用，可控制沙市水位不越过 45.0 米，为避免荆江南北两岸的洞庭湖区和江汉平原发生毁灭性灾害创造充分有利的条件。在防洪方面，还有其他许多好处，我就不一一列举了。仅就荦荦大者，就可见到三峡工程在防洪方面的重大而深远的意义。

我亲身经历过 1954 年洪水，记忆犹新。那年，在中央的直接指挥和全国人民的通力支持下，虽然保住了荆江大堤和武汉、南京等城市的安全，但是，灾害仍极其严重，累计淹没农田 4755 万亩，受灾人口 1888 万，死亡 3 万余人。京广铁路有一百天不能正常通车。1954 年以后，我们在堤防加固、分蓄洪工程和兴建水库方面做了大量工作。1980 年，又以防御 1954 年型洪水为目标，制定了在三峡工程建成前的相应的防御措施，并在继续实施。但是这些措施实现后，防御标准仍很低，长江干流仅可防御 10 ~ 20 年一遇洪水。超过这一标准，需分洪牺牲局部以缩小灾害范围。如再遇 1954 年型的洪水，仍需淹没农田上千万亩，临时迁移数百万人。仅此一项，造成直接损失的数字，据我粗略估算，和三峡工程的总投资不相上下。

应该着重指出的是，1954 年洪水时，长江上游洪峰还不算太大，宜昌最大洪峰为 66800 立方米每秒，仅 15 ~ 20 年一遇，对荆江地区的威胁不算是最严重的。而根据历史洪水调查，1870 年宜昌洪峰流量约为 110000 立方米每秒。如何防御历史上发生过的这样的特大洪水？经过全国有关专业的专家们的论证，除了修建三峡水库外，至今还没有找到其他现实可行的措施能防止荆江地区发生毁灭性灾害。这就不难理解荆江两岸人民为什么若大旱之望云霓般地盼望三峡工程早日兴建了。

三峡工程除防汛作用之外，发电、航运、引水等其他综合效益也很显著，其他专家当会论述。

但愿兴建三峡工程的决策，在各界人士和全国人民热切期望中早日诞生。

（原载《人民日报》，1991 年 12 月 29 日）

历

程

篇

人大常委会考察组关于三峡工程考察情况的汇报

陈慕华

三峡工程是综合治理和开发长江的关键工程，其他方案无法替代。

兴建三峡工程的条件已经具备，建议国务院尽早将方案提交人大审议。

委员长、各位副委员长、各位委员：

全国人大常委会三峡工程考察组一行25人，于1991年11月13日至24日对三峡工程进行了考察。现在我代表考察组全体成员向大家作汇报。

我们这次考察主要是实事求是地了解情况，听取各方面对三峡工程的意见。行前，考察组听取了三峡工程论证领导小组负责人关于三峡工程概况的介绍。沿途又先后听取了川、鄂、湘三省以及重庆、涪陵、丰都、万县、云阳、奉节、巫山、巴东、秭归、宜昌、沙市、公安、安乡、岳阳等地、市、县党政负责人的汇报，实地考察了工程淹没区、开发性移民试点、城镇搬迁新址、三斗坪坝址、葛洲坝水利枢纽、荆江大堤、荆江分洪区和洞庭湖区等，并与专家、库区的干部群众进行了座谈。

考察组于11月25日、26日进行了座谈讨论，普遍感到收获很大。多数成员过去都没有直接接触过三峡工程，只是听说有争论，意见不一，因而思想上有或多或少的疑问。经过考察，对三峡工程有了比较全面的了解。现将考察的主要情况和建议报告如下。

三峡工程是综合治理和开发长江的关键工程，效益显著，其他方案无法替代

根据长江三峡工程论证领导小组的推荐，三峡工程采用"一级开发，一次建成，分期蓄水，连续移民"的建设方案，坝顶高程185米，初期运行水位156米，最终正常蓄水位175米，水库总库容393亿立方米，坝址位于宜昌三斗坪镇。工程总投资按1990年价格计算为570亿元。工期18年，其中3年准备期，主体工程施工期15年，从第9年开始，发电机组即可陆续投产发电，具有巨大的经济效益和社会效益。

首先是防洪效益。长江流域历来是我国洪灾最严重的地区之一，尤其是荆江河段

的两湖地区。万里长江，险在荆江。据记载，近 600 年中，荆江大洪水 91 次，平均 5～6 年一次。新中国成立后，中央决定全面开展长江流域治理，各有关部门和地方做了大量工作，防洪能力有了较大提高。但长江中下游的洪水没有得到很好控制，目前荆江河段只能防御十年一遇的普通洪水，遇到稍大一些的洪水就要大量分洪，势必造成很大损失。遇到类似 1870 年那样的特大洪水时，分洪也无济于事，干堤仍将溃决或被迫扒开，难以避免人口的大量死亡，直接经济损失估计将高达数百亿元甚至上千亿元。这不仅对两湖地区，而且对整个国民经济的发展都将带来不堪设想的后果。经过有关专家和工程技术人员的长期研究，要有效控制长江中下游的洪水，除在上游的干支流修建水库，搞好水土保持，继续加强中下游堤防以及分蓄洪区建设外，关键是兴建三峡工程。因为长江中下游洪水主要来自宜昌以上 100 万平方公里的流域面积，仅在上游干支流修水库，只能控制约 70 万平方公里流域面积，水库下游到宜昌间还有 30 万平方公里的暴雨区不能控制。而三峡工程正好建于长江中上游的交界处，防洪库容 221.5 亿立方米，经过调蓄，就可以有效地控制长江上游的洪水，使荆江地区的防洪能力达到百年一遇，遇千年一遇的特大洪水时，可以避免发生毁灭性灾害，并可减少进入洞庭湖的水、沙、延缓洞庭湖的淤积，减轻湖区日益加重的防洪负担。

其次是发电。三峡水电站设计装机容量 768 万千瓦，年发电量 840 亿千瓦时，可供应华中、华东、川东。华中、华东地区经济发达、能源紧张，如果不建三峡工程，而用火电，就需要建 5 个年产 1000 万吨的煤矿和相应的运煤铁路，每年还要排放大量的有毒有害气体、废水废渣，严重污染环境。至于上游支流水电资源的开发利用，都已列入中长期规划，与三峡电站不存在替代的问题。

第三是改善川江航运。长江历来是我国东西交通大动脉，素有"黄金水道"之称。但由于重庆至宜昌 660 公里的川江航道，水急滩多，航道条件差，运输成本高，不能充分发挥其效益。修建三峡工程，可使沿途 139 处滩险全部淹没、航道加宽加深、水流变缓，万吨级船队每年有半年时间可由宜昌直达重庆，年下水通过能力可由目前的 1000 万吨增加到 5000 万吨，运输成本也可以降低 35%～37%，将有力地推动我国东、中、西部的联系，促进长江流域经济的全面发展。

此外，将来如果兴建南水北调工程，三峡水库还可以为其提供一定的水源保证条件。

兴建三峡工程的条件已经具备

（一）三峡工程从 1953 年提出并着手进行工作，至今已近 40 年，先后有成千上万名专家和工程技术人员参加了调查研究、试验和论证工作。尤其是 1984 年中央原则批准150米方案的可行性报告后，国内有关部门和社会人士从不同的角度提出了意见和建议。为了集思广益，使决策更加稳妥、合理可行，根据中央指示，原水利电力部又组织全国各个专业的400多位专家成立了地质地震、枢纽建筑物、水文、防洪、泥沙、航运、电力系统、机电设备、移民、生态与环境、施工、投资估算、综合规划与水位、综合经济评价等14个专家组，进一步做了大量调查、分析和科学试验工作，并重新进行了全面论证。现在的方案就是在上述基础上，经过多方案反复比较以后提出来的。考察组认为，其论证时间之长、工作量之大、投入力量之雄厚，在国际上也是罕见的。这说明中央对兴建三峡工程是十分慎重的，方案是建立在民主和科学基础上的，是可行的。

（二）改革开放以来，我国的科学技术有了长足的进步，特别是葛洲坝水利枢纽的建设，不仅为三峡工程提供了大型水利枢纽建设的经验，而且培养了一支有较高水平的科研、设计、施工队伍。

（三）移民问题是兴建三峡工程中最复杂、最困难，也是最关键的一个问题。据1985年调查，水库淹没区人口为72万，加上建设过程中自然和机械增长，最终移民估计达100万人以上。过去，对水库移民采取一次性赔偿的办法，产生不少遗留问题。部分委员原来比较担心，考察以后，感到三峡工程移民数量虽大，但完全有条件安置好。首先，库区移民分散在水库两侧2000公里的狭长地带，城镇移民占54%，基本不需要重新安置就业；农村涉及淹没的19个县（市）、326个乡，没有一个乡全部被淹，大部分可在本乡就近安置。其次，库区有较丰富的农业资源、矿产资源和旅游资源可以开发利用。第三，实行开发性移民，把移民安置与开发当地资源结合起来，为安置好移民创造了有利条件。从这次考察的几个移民试点的情况看，不论工业，还是农业，效果都比较好，群众收入有明显增加，不仅对当地脱贫致富有显著作用，而且有力地推动了当地经济的发展，深受库区广大基层干部和群众的欢迎。只要做好工作，是可以为移民创造一个安定的生产、生活环境，避免产生后遗症的。

（四）三峡工程投资虽然巨大，但从总体上看，国力还是可以承受的。

这次考察，所到之处干部群众都异口同声要求三峡工程能早决策、早上马。考察组认为这是有道理的，如果不尽早上马，首先将给库区经济和社会发展带来严重影响。30多年来，由于自然、地理和历史等，也由于三峡工程举棋不定，长期处于"不上不下"的局面，使库区经济和社会发展受到很大限制，城市工业发展缓慢，基础设施严重不足，农村人民生活水平的提高也受到了影响。其次，工程兴建越推迟，由于人口增多等原因，淹没损失越大，移民费用越多，安置工作难度也相应增加。初步估算，每推迟一年，就要增加移民费用6亿元。效益也将推迟发挥。第三，防洪问题更为紧迫。现在，荆江两岸人口不断增长，经济不断发展，历史上长江发生过的大洪水已经30多年不来，随时都有可能重现。广大干部群众反映：他们至今仍处在"依堤为命，伴水度日"的境况下，每到汛期，洪水往往高出地面5～6米以至10多米，"船在天上行，人在水下走"，更是令人提心吊胆。

综上所述，考察组一致赞成可行性研究报告的结论："三峡工程对四化建设是必要的，技术上是可行的，经济上是合理的，建比不建好，早建比晚建有利。"建议国务院尽早将三峡工程建设方案提交全国人大审议。

几点建议

加强宣传、统一思想、统一认识。对三峡工程的必要性、重要性、可行性以及产生的巨大综合经济效益等要加强正面宣传，使全国人民对三峡工程有正确的认识，以统一思想。

工程投资概算要力求准确，资金来源要落实。资金来源，可行性报告虽然已初步设想了9条渠道，但还需要认真研究落实。同时，建议中央相对集中财力，采取切实措施，下大决心严格控制楼堂馆所等非生产性建设，避免重复引进、盲目建设；要提倡顾全大局，反对本位主义；要大力发扬艰苦奋斗、勤俭建国的精神，克服讲排场、比阔气等铺张浪费现象，支持三峡工程建设。

移民安置工作要坚持贯彻开发性移民的方针，加强领导，因地制宜地统筹规划、合理安排。为了做好移民工作，首先要紧紧依靠和相信库区的广大干部和群众，充分调动他们的积极性，自力更生，勤俭创业，克服依赖思想。二是要在总结经验的基础上扩大移民试点的规模，加快移民步伐。三是要严格控制库区人口增长，并禁止在淹没线水位以下搞新的建设。四是库区各方面的资金，如水土保持、长江柑橘带开发、扶贫等资金要与移民资金捆起来使用。要结合库区各地的资源优势和经济特点，将移民开发与库区产业结构、产品结构调整结合起来，与技术改造结合起来，避免原样搬迁、重复建设，经济结构单一。

要建立高度集中、统一的指挥机构。三峡工程建设涉及中央众多的部门和地方，组织协调工作十分复杂，为确保工程如期、高质量地完成，必须建立由国务院主要领导亲自挂帅的、强有力的指挥机构，减少层次和中间环节，以免产生扯皮推诿现象，贻误时机。

三峡工程对生态环境会产生一些不利的影响，要高度重视，认真对待。

坚持依法办事，加强监督。监察部要加强监督、审计。

附：全国人大常委会三峡工程考察组名单

陈慕华　曹　志　李瑞山　杨　铿　何浣芬　邹　瑜　张　忱
张　挺　陈邃衡　姚　峻　贺进恒　袁雪芬　莫文祥　顾　明
徐运北　黄玉昆　符　浩　章师明　彭清源　董辅初　楚　庄
蔡子民　张根生　杨一木　陈国强

（原载《中国水利报》，1991 年 12 月 23 日）

共产党能办成这件事

——王光英谈三峡工程

翟惠生

全国政协副主席王光英对三峡工程的热情可高哩。你看，记者登门采访，他马上把手头的事情搁置一旁，兴致勃勃地聊了起来。

"百闻不如一见啊。亲身到三峡走走、看看，心里的疙瘩就全解开了。一句话，这项兴利除害、造福子孙的工程越早上马越好。"

王光英的话是有根据的。从去年（1991 年，编者注）10 月下旬到 11 月上旬，他率领全国政协视察团跑了 1700 多公里的水旱路程，察访了川、鄂、湘地区的 30 多个移民点和防洪险段。那些日子，王光英觉睡得特别少，可有关三峡水利工程的书籍资料却读了一大堆。用他自己的话说，作为全国政协视察团团长，哪能当三峡工程的"门外汉"呢。

其实，视察三峡前，王光英听到过不少意见：什么破坏生态、花费太大、移民的事情不好弄等。这些说法又哪能不让人对三峡工程产生疑虑？但是，善于搞投资和经营的王光英最懂得进行可行性研究，而一旦可行性研究有了眉目，他又最善于作出果断决策。这次也不例外，王光英对自己经过视察和分析后所作出的判断是相当自信的。

"我过去的印象是黄河险情大，而长江无大害。看过之后，方知长江也是'地上悬河'。为了防汛，湖南、湖北两省每年都要投入大量人力、财力，加固、加高河堤，可加高总是有限度的，现在，荆江段沿岸防洪堤就已经堆得够高了，但一到汛期，两岸干部群众还是提心吊胆，要是发生大洪水，后果将不堪设想。三峡工程是预防长江特大洪水的根本性工程，又有巨大的发电、航运等综合效益，早上三峡工程是沿线千百万人民的迫切要求。"

谈到投资问题，王光英胸有成竹地说：兴建大坝、安装设备和移民等，所需钱数是国务院组织专家论证、精打细算出来的，是可靠的。工程初期，一年只需投资 30

多亿元，到第 12 年，工程就能发电，即可用收益来投资了。客观分析，国家现在是有这个财力的。

"至于移民的事情，我看采取开发性移民的办法很好。一些地区积累了开发性移民试点工作的经验。要因地制宜，多建投资少、见效快，既能安置移民，又容易办的小型集体加工企业。"

"有人担心兴建三峡工程会破坏生态环境，其实大可不必。就说长江特有的珍稀动物中华鲟吧，建了葛洲坝以后，我们采用人工辅助的办法，中华鲟的繁衍问题已得到很好解决。"

王光英加重语气说：三峡工程的确是件大事，人们对它的担心和忧虑都是出于对国家和民族的责任感。但是，要相信上千名专家几十年来的科学论证，需要强调的是，如果三峡工程上马，我们就必须像经营一个企业那样来经营这个项目。所谓"经营"，一是指要有高度权威的强有力的领导机构和一支过得硬的干部职工队伍；二是指按经济规律下好"一盘棋"，万万不可各自为政，搞本位主义、地方主义，不管是谁，也不能从中捞"油水"；三是指处处精打细算，事事要"企业化"地干。说一千，道一万，我坚信一条，三峡工程这件万古流芳的大好事，只有共产党能办成功，只有社会主义中国能办成功！

（原载《光明日报》，1992 年 1 月 12 日）

建好三峡　造福人民

——全国人大常委会部分领导同志考察三峡工程纪实

新华社记者　刘思扬

　　这是一项跨世纪的工程，规模之大，举世瞩目。

　　1996 年 6 月 14—18 日，乔石委员长，倪志福、李锡铭、王丙乾、王光英、布赫、铁木尔·达瓦买提副委员长和曹志秘书长等，从重庆乘船顺江而下，实地考察正在建设中的三峡工程。

一

　　梦想 70 多载、论证 40 个春秋的三峡工程，由全国人民代表大会审议通过，列入了国民经济和社会发展十年规划。正式开工一年多来，国内外普遍关注，全国人大也十分重视工程的建设。

　　6 月 14 日上午一上船，乔石就强调，要通过这次考察，更多、更深入地了解三峡工程的建设情况，促进和支持这一跨世纪工程建设的顺利进行。

　　三峡枢纽工程建设是这次考察的重点，6 月 14 日上午从重庆一上船，乔石委员长等就听取了国务院三峡工程建设委员会副主任郭树言关于建设情况的汇报。此后，无论是座谈，还是实地考察，乔石和参加考察的其他领导同志都经常就三峡工程建设的质量、资金筹措、管理体制、移民工作、环境保护等，和郭树言及四川、湖北两省负责人进行探讨。

　　三斗坪是三峡工程坝址，这里将筑起一座宏伟大坝，拦断长江，形成世界上最大的水库，修建世界上最大的水电站。6 月 17 日上午，烈日炎炎，暑气蒸人，乔石一行来到工地实地察看。登上海拔 262.48 米的三峡枢纽制高点——坛子岭，整个工地尽收眼底。中国三峡工程开发总公司总经理陆佑楣介绍，大坝建成后高程 185 米，正常蓄水位 175 米，总库容 393 亿立方米。目前主要工程项目进展顺利，可以按预定时间实现截流。

历
程
篇

在三峡工程总布置图前，乔石问："70 万千瓦水轮发电机组技术水平如何？"

陆佑楣说，机组的规模、设计制造难度和一些参数等都位于世界前列，但国内两家电机厂目前只有制造 32 万千瓦级别水电机组的能力。国务院三峡工程建设委员会已决定左岸 14 台机组一次性国际招标，既要保证质量，又要与国内厂家联合设计、合作制造，通过转让技术，把我国水电机组的制造技术提高一步。

一起听取介绍的铁木尔·达瓦买提高兴地说："这个办法好。"倪志福也说："技术引进采取招标的方式很好，关键是真正落实，通过招标，切切实实把技术拿到手。"

"变了，一切都变了！"望着对岸"建设三峡、开发长江"的巨大标语，曹志格外激动。1991 年在全国人大审议三峡工程前，他曾和陈慕华副委员长率全国人大考察团专程来这里考察，那时这里还是一个个小山包，如今，山峰已被削去，沟壑正被填平。

王光英也有同样的感受。1991 年他曾率政协考察团考察三峡，并力主三峡工程要"早下决心，快上马"。再次考察已开工一年多的三峡工程，他感慨良多，并叮嘱当地负责同志："三峡工程是造福子孙的跨世纪工程，一定要千方百计建设好。"他建议要通过多种渠道、多种办法筹措资金，合理使用资金，在保证工程质量的前提下，努力降低造价。

坛子岭左侧永久船闸地面工程工地，挖掘机、推土机、载重车川流不息，武警水电总队官兵正在高温下紧张施工。永久船闸自 1994 年 4 月开工后，已提前完成第一期工程。目前二期工程已开挖土石方 180 万立方米。望着在烈日下作业的建设者，乔石对工地负责人说："请转达对全体建设者的亲切问候。"

"万里长江，险在荆江"。6 月 18 日上午，乔石一行还重点考察了江汉平原的重要防洪屏障——荆江大堤。中共湖北省委书记贾志杰等向乔石委员长一行介绍，荆江大堤经过不断加固，抗洪能力明显提高，但堤身还有少量隐患要清除，崩岸险情未完全得到控制，地基渗透还可能产生险情。乔石、李锡铭、王丙乾、布赫等提出，无论是三峡工程建成以前，还是建成以后都应继续对荆江大堤进行整险加固，不断提高大堤的抗洪能力。

二

三峡工程中，最让人牵挂的是移民。在长达 20 年的迁建期内，移民总数将超过百万。

6 月 14 日上午，乔石一行听取中共四川省委书记谢世杰和副省长甘宇平关于库区移民工作情况汇报。三峡工程四川库区淹没涉及万县市、涪陵市、重庆市和黔江地区的18个县、市，静态受淹人口71.49万，由于人口增长等，到2009年工程建成时，四川总计需搬迁移民107万人。乔石和其他领导同志神情专注地听着，并不时记录或提出问题，乔石说，三峡工程就是建好了，百万移民问题如果解决不好，也留下了大隐患。一定要坚持开发性移民方针，认真汲取我国水利建设史上的经验教训。

15日上午，乔石一行重点考察库区移民点——四川省万县市云阳新县城。三峡工程建成后，这个县的旧县城将受淹80%。在了解新县城的规划情况后，乔石和其他领导同志又来到一些移民家中访问。

在返程的车上，万县市市长魏益章汇报说，万县市安置移民采取了多种办法，有的搞农业安置，有的搞农副产品加工业安置，有的搞旅游安置。乔石说："安置移民就是要多渠道、多办法。要通过安置改善移民的生活，至少不使他们的生活水平下降。"

铁木尔·达瓦买提也强调，移民工作不仅需要四川、湖北两省的共同努力，也需要全国的支持。

三

一路走，一路看，一路思考。库区干部群众克服困难建设家园的精神和三峡工程建设者艰苦奋斗、顽强拼搏的风貌，给乔石一行留下了深刻的印象。通过5天的考察，大家认为，三峡水利枢纽工程建设和库区移民工作进展顺利，坝区和库区面貌发生了很大变化。

考察中，乔石一行还就工程建设中的一些问题，向有关部门和当地负责人提出意见和建议。针对库区个别城镇、工厂利用搬迁盲目扩大规模，摊子铺得过大的情况，乔石告诫当地领导：库区的经济建设比较落后，有些问题是历史上形成的，解决这些问题有一个过程，既要考虑长远，又要量力而行。事情要一件一件地办，要搞扎实。

保护环境，治理污染，是这次考察中大家议论较多的一个话题。15日上午，在考察云阳新县城规划情况时，倪志福问当地负责人："新县城规划中怎么没有污水处理厂的位置？"万县市负责人说，正在向有关方面报污水处理厂的规划。倪志福提醒当地领导："污水管道在县城新建时就要埋入地下。"上车后，他又强调，搬迁城市和企业，一定要考虑环境保护问题，绝不能让工业废水和生活用水污染长江。

已是第二次考察三峡的李锡铭、王丙乾、王光英、布赫和曹志，以及参加考察的全国人大各专门委员会负责人，也都认为长江的污染问题不可小看。李锡铭说："现在长江两岸的"花花田"比过去多了，容易造成新的水土流失。必须制止盲目开荒造地的做法。"王丙乾则建议调整沿江经济带的产业结构，上一些无污染或少污染的工业，同时库区搬迁遗留的建筑物和其他废弃物要及时清理。乔石一再强调，要保护好库区环境，保证大坝建成后长江的水质是好的，要对子孙后代负责。

　　5 天的考察是短暂的，但大家的感受是深刻的：建设三峡，开发长江，这是几代中国人的理想，只要各方努力，通力合作，"高峡出平湖"的壮美景象，一定会早日出现。

三峡工程几次重大考察活动追忆

陈德基

20 世纪 80 年代三峡工程重新提到国家重大议事日程上之后，是否应当兴建三峡工程在国内外引起强烈的争论。国家为了促进各方面的沟通和交流，使社会各界充分了解三峡工程的意义和作用，修建三峡工程的必要性，三峡工程勘测、规划、设计、科研工作的技术准备情况，也为了利用各种机会充分听取不同意见，组织了多次由国务院有关部门负责人、社会贤达、各界名流和代表人士参加的重大考察活动。

这些考察活动中最具代表性的有：1981 年姚依林副总理及有关负责人的考察；1982 年万里同志（时任国务院副总理）率领的国务院 10 余个部门负责人组成的三峡工程考察团；1983 年由宋平同志（时任国家计委主任）率领的国务院有关部门及两省市负责人组成的三峡工程考察团；1984 年李鹏同志（时任国务院副总理）率领的国务院有关部门及三峡工程科研会议代表组成的三峡工程考察团；1985 年由周培源副主席率领的全国政协三峡工程考察团；1991 年由陈慕华副委员长率领的全国人大常委会考察团；1992 年由李铁映国务委员率领的国务院教科文卫体系统三峡工程考察团；以及 1992 年由周林同志率领的全国 100 所高等院校师生代表考察团等。上述考察团（组）中规模最大，代表性最广泛的是全国政协三峡工程考察团、全国人大常委会考察团、国务院教科文卫体系统三峡工程考察团和全国 100 所高等院校师生代表三峡工程考察团。这些考察团中都包括有当时国内各方面的一些精英人物和社会名流，规模都是数十乃至近百人。考察路线主要是三峡工程坝址及宜昌至重庆库区各主要县市。后期则增加了荆江分洪区及洞庭湖区（公安、常德、安乡、南县、华容、君山、岳阳一线）。这些考察活动大大消除了社会上对三峡工程的种种误解，提高了社会各阶层对三峡工程的认识，为七届全国人大五次会议顺利通过兴建三峡工程的议案创造了条件。

长办（现改名为长江水利委员会）每次主要陪同人员都是各主要专业的负责人。除魏廷铮主任外，经常参加的有洪庆余总工程师，长江科学院陈济生院长，施工专业罗承管，规划专业罗泽华，移民专业林仙、赵时华，我则是地质专业的负责人。本文仅就后面 4 次由社会各界著名人士组成的考察团的活动做一简要回顾。

历
程
篇

全国政协三峡工程考察团

1985 年 9 月，由全国政协副主席周培源同志率领的全国政协三峡工程考察团从荆州出发，开始三峡工程的考察。在沙市参观了沙松冰箱厂、沙市棉纺厂、活力 28 沙市日化厂等当时的著名企业，给人留下了深刻的印象。但没过几年，这些著名企业就纷纷倒闭或重组，沙市这座历史悠久、著名的轻工业城市，不仅从国内先进中等城市的名单中销声匿迹，甚至这个中国最早的通商口岸的市名也从地图上消失了。世事沧桑变化如此之快，沙市为什么落得如此下场，竟成了我的一个心结一直萦绕着我，让我思考了许多问题。

考察团一路看现场，听汇报，在船上召开了多次讨论会。由于周培源同志、林华同志（时任考察团副团长）及一些委员对建设三峡工程都持反对态度，所以每次汇报会、讨论会争论都非常激烈，赞成者，反对者，只提问题不表态者都有。也有许多非工程技术领域的委员则主要是听听双方的观点，很少发表意见。长办去的同志则主要回答各种质疑和问题，利用各种机会尽可能多地做些说明解释工作。考察中也有许多趣事，考察团中有几位著名的书法家，如全国政协副秘书长、书法家协会理事孙轶青（其他多位可惜都不记得名字了）。好几个晚上在船上的餐厅中摆开桌子，书法家们即兴挥毫着墨，首先是船上领导希望留下名家墨宝增加光彩，其次是围观者索要手迹留作珍藏。书法家们兴致盎然，都是慷慨应允，来者不拒，直至工作人员看不过去相劝方才住手。我脸皮薄，只向湖北省政协副秘书长雷万春同志（也是全国书法家协会会员）讨了一幅字，现在想想真有些后悔。全国政协陪同的韩雁处长是一位非常热心的女同志，看见长办去的人除了工作之外，就是躲在底层的五等舱研究问题，几次对我们说，你们要么工作，要么待在底舱，都是一群书呆子。有一次船上举行舞会，她非要拉着我去参加，我说我不会跳舞，她死也不信，结果跳了几步就踩了她的脚好几次，她无奈地笑着说，真没有想到果真不会跳。一天下午，正好吴祖光、梅阡、丁聪、黄苗子几位大家在甲板上观看三峡风光，韩雁匆忙跑来喊我们上去和他们见面相识，相会后，韩雁一一相互做了介绍。当介绍我和梅阡相互认识时，梅阡开玩笑地说，你应该去当演员更合适。大家在一起照了很多相，韩雁同志风趣地说，难得搞三峡的科学家和著名艺术家相聚。

几个月后在北京开会，韩雁同志也参加。一天下午，她兴致勃勃地邀我到吴祖光家去做客，我和她两人去了吴家。吴祖光不在，新凤霞同志拖着"文化大革命"中遭受迫害的残疾的身体热情地接待了我们。自"文化大革命"后她已经不能再演出，就潜心作画，给我们看了她的一些画作，谈了祖光先生和她的一些往事。狭小的房间里摆满了书籍和新凤霞同志作画的用品。过去看文章，知道他们家庭多舛的遭遇，内心充满了尊敬和同情。

全国人大常委会考察团

1991 年 11 月，陈慕华副委员长率领全国人大常委会考察团考察三峡工程，这也是一次层次很高、名家众多的考察团，可惜我只记得其中的几位。如人大常委会秘书长曹志，外交部原副部长、中国驻日大使符浩，著名越剧表演艺术家袁雪芬，周总理原秘书、国家计委原副主任顾明，著名经济学家董辅礽，民进中央委员会副主席楚庄，民建中央委员会副主席陈邃衡，老红军莫文骅中将、黄玉昆中将等。

考察自重庆始，沿江而下考察三峡工程库区、坝址。至沙市登岸后，渡江驱车看荆江分洪区。经南闸黄山头入湖南，进入洞庭湖区，经常德、安乡、南县、华容，至岳阳，察看洞庭湖入江的城陵矶河势后，折返长沙，听取湖南省的有关汇报，又回到武汉，听取长江委的汇报，视察长江科学院，观看几个大的水工模型后结束考察。这是所有考察团中考察时间最久、行程最长的一个。

在库区沿途各县的考察中，听到的最多的意见是三峡工程上或不上要赶快决策，不能再久拖不决，否则将严重影响地区经济的发展。各地流行的一句口头禅是："不三不四，不上不下"（三指三峡，四指四川）。在万县市考察结束后，陈邃衡常委惊讶地问我，这就是有名的川东门户万县，想不到还这么落后！陈委员来自江苏省，1991 年改革开放已 10 余年，拿江苏的标准来衡量，得出这个结论一点也不奇怪。三峡坝址的考察给常委们留下了深刻的印象，中堡岛的大竖井，金刚石钻探取出的 2 米多长的岩芯，1 米直径的大口径岩芯等，使考察团成员了解到三峡工程技术工作的扎实可靠。

自沙市以后考察的重点和关注的重心是长江中下游的防洪问题。从沙市河段看到整个荆江河段历史和现今防洪形势的严峻，堤防的险情。荆江分洪区每到汛期几十万人提心吊胆的生活状态，处处耸立的躲水楼、安全台（用土堆筑的高台），学校从小学就教育学生如何避险自救，以及由于洪水威胁，荆江分洪区及整个洞庭湖区不敢进行大规模的基础建设，不敢发展工业，更谈不上引进外资，地区经济落后，人民生活贫困。洞庭湖区流行一句话"年年月月修堤，披星戴月种田"，就是老百姓生活的真实写照。

考察完荆江分洪区和洞庭湖区之后，考察团的成员对兴建三峡工程的伟大意义都有了较深刻的理解。袁雪芬委员的思想变化是一个有趣的过程，也是一个代表。我们到重庆的当晚在潘家坪宾馆吃晚饭时，因考察团的大部分成员未到，袁雪芬同志是一

历
程
篇

个人先期从上海直接来重庆的，因为人少，就安排她和我们在一桌吃饭。事前没有人做相互介绍，我们当然知道她就是大名鼎鼎的袁雪芬，但她可能并不知道我们是谁。因是初次见面，加之身份不同，我们只是听她说，没有发表意见，但从中知道她当时是反对修建三峡工程的。考察活动开始后，考察团成员分组乘车，我被分在她这一组，有了较多的接触机会。除了集体活动外，抽机会尽可能针对她的疑虑、误解，以及兴建三峡工程的作用作些解释。看了三峡工程坝址的大小花岗岩岩芯后，她似乎放心多了，问我大坝是否就是放在这样的岩石上。从沙市以后她的态度就有了明显的变化，听取荆江河段及江汉平原防洪形势的介绍，察看荆江大堤，访问荆江分洪区及洞庭湖区的村镇，考察老百姓的住宅，看一座座躲水楼、安全台，看中小学及政府机关楼房墙壁上标注的不同洪水位及安全躲水的红线，她都非常认真。她逐渐理解把洪水拦截在峡谷、山区比其在中下游平原泛滥所造成的损失要小得多。最后一站在长沙，湖南省政府举行宴会，大家欢迎她唱一段越剧，她欣然应允，并致辞说，自"文化大革命"起至今 20 多年，从未在公开场合唱过一句，今天很高兴，就清唱一段。接着她就唱了梁山伯与祝英台中的一段，大家都为她的真诚所感动。

国务院教科文卫体系统三峡工程考察团

1992 年春节刚过，国务院组织了一次规模庞大的三峡工程考察，名为国务院教科文卫体系统三峡工程考察团，观其名就知其包括范围之广。考察团由时任国务委员的李铁映率领，参加的成员都是各系统、各部门的头面人物和社会名流。仅举其中一些人就可见其全貌。鲁迅先生之子周海婴，古建筑专家罗哲文，著名导演谢添，中国科学院和中国工程院院士叶大年、金翔龙，著名体育解说员宋世雄，著名音乐指挥家郑小瑛，舞蹈艺术家资华筠，作曲家王立平，前乒乓球世界冠军郑敏之，广播电影电视部副部长马庆雄，国家体委副主任刘吉，广播电影电视部副总工程师兼科学技术委员会副主任许中明（许德珩先生之子）。还有国家气象局、计量研究院、出版事业局、中医药管理局等众多部门的专家学者。

考察路线与全国人大常委会考察团基本一样，只是到岳阳后没有去长沙而直接到武汉。途中在四川丰都鬼城、云阳张飞庙及湖北宜昌黄陵庙停留较久，除了考察 1870 年历史洪水遗迹外，也是为考察团中几位考古专家特地做的安排。因为这个考察团的人员多，且来自各行各业，所以除了带去的相关资料外，还在船上的走廊里挂满了各种图表及简要说明。

这次考察的一个显著特点是我们需要回答不同专业人士提出的各种各样的问题。除大会即席回答各种提问外，考察过程中还举行过多次的专题座谈会，如与国家标准局、国家地震局、中国科学院的考察团成员分别进行座谈，即使像郑敏之这样的著名运动员，我们也都曾面对面地进行过情况介绍，回答她提出的问题。考察团中从事科学技术和管理工作的专家所提出的问题常常深刻而尖锐。例如，在考察的后期，许中明先生就对我说：我们不是不放心技术方面的问题，有你们这样一批认真负责、孜孜以求的专家几十年的工作，我们是放心的。但是对于这样一项庞大而复杂的工程，我们的管理水平能管理得好吗？工程前后要花近二十年的时间，这期间国家万一要出点事怎么办？现在三峡工程已基本顺利建成，这些专家当年的担心已成为过去。但是这种担心当时绝不是少数人。正是各方面人士的担心、提醒、鞭策，才使从中央高层到工程的设计者、管理者直至每一个建设者，十几年来一直以高度的责任心，如临深渊、如履薄冰地从事工程的建设和管理。即使到现在，我们也不能就此高枕无忧，对工程可能带来的各种后续问题仍然必须认真研究解决。

由于考察团中有众多文艺界的大家、明星，所以考察活动也格外轻松、活跃，是一次最丰富多彩的考察。在船上举行了一次联欢晚会，由宋世雄担任主持人，谢添表演了一段单口相声，王立平演唱了他的新作，郑小瑛钢琴伴奏，郑敏之与另一成员表演男女声对唱等。高潮则是资华筠的独舞，一个人在不大的空间里表演出高难度的舞蹈动作，赢得阵阵掌声。船上的工作人员说，如不是乘坐这条船，他们哪有眼福看到那么多的名家表演。行至秭归，当地的文艺团体举行招待演出，几位名家少不了又被要求演出助兴。

到武汉后，首先考察长办，参观了长江科学院的 8 个大模型，在听取了湖北省的汇报后，考察团分组作了考察成果汇报，最后考察团总结，得出了基本一致的认识，兴建三峡工程是可行的，也是必要的。

全国 100 所高等院校师生代表三峡工程考察团

上述考察团结束后仅一天，接着就陪同全国 100 所高等院校师生代表三峡工程考察团进行考察。考察团由教育部原副部长周林同志率领，名为 100 所高等院校，实际上来了多少我们并不知道准确数字。但是一些国内著名的大学，如北京大学、清华大学、上海交大、西安交大、浙江大学、四川大学、同济大学、成都科技大学、中国地质大学等均有代表参加。

考察路线从宜昌开始溯江而上，考察三峡工程坝址后，沿途考察库区至奉节即返回沙市，入荆江分洪区及洞庭湖区考察，至岳阳后返回武汉。这个考察团有趣的是年龄和兴趣的巨大差异，有众多白发苍苍的老教授，也有一大批 20 岁左右的莘莘学子，一般都是高年级的学生。关心的问题也极为广泛，我们也分专业地作回答。例如，大连理工大学、成都科技大学水利工程专业的师生，他们关心的是工程设计方面的问题，西安交大的两位老师是搞结构和材料的，提出的问题十分专业；中国地质大学的师生则向我询问的问题最多。针对这一情况，长办去的同志利用晚上时间分专业做了几次专题报告会和座谈会，以满足不同专业师生的要求。有的水利专业的学生毕业在即，在考察过程中也关心自己的毕业分配，找机会向我们了解长办的情况，有没有可能毕业时要求分配到长办来。其中一位大连理工大学的李姓同学和我交谈很久。半年多以后，一次偶然的机会在长江科学院遇到了他。他高兴地告诉我，他已分配到长江科学院水工所工作了。最后湖北省教委举行招待宴会，大会做了总结后考察结束。

这几次考察，长办陪同的同志都是长期从事三峡工程的专业负责人，尽管陪同对象的专业、职业和对三峡工程的心态都十分复杂，需要回答的问题多种多样，但我们始终本着热情、耐心、诚恳的态度做好情况介绍、说明解释和说服工作，可以说不辱使命地完成了任务。同时也为长办博得了好的声誉，在一定范围内扩大了长办的影响，仅举几例加以说明。

在陪同全国政协考察团的过程中，政协的几位处长多次对我们热诚、谦逊、不辞辛劳的工作表示感谢。韩雁处长除了称我们是一群书呆子外，也半开玩笑地说，你们的生活再简单不过了，好像除了工作就没有别的。全国人大常委、民建中央副主席陈邃衡老先生考察结束回到南京后，专门给我来信，感谢我们在考察过程中耐心、细致的讲解，也赞扬我们几十年来为三峡工程不畏辛劳、孜孜以求、锲而不舍的精神。国务院教科文卫体系统三峡工程考察团的叶大年院士已是第二次考察三峡（第一次是参加全国政协考察团），他一直是三峡工程的坚定支持者，这次考察比上一次看的东西更多更细，对我们的工作也了解得更多，更增强了他对支持三峡工程的信心。许多朋友常开玩笑地说，你们都是一批三峡迷，三峡通，言必称三峡。资华筠作为一位著名的舞蹈艺术家，从一开始并不了解三峡工程到后来成为积极的支持者更令人感动。她在考察结束后就给《光明日报》写了一篇专稿《情系三峡的朋友们》，介绍了魏廷琤、杨启声、罗承管和我四人，还给每人取了一个绰号；其后又邀请著名作家霍达，两人再一次专程从宜昌乘船至重庆沿途做更详细的采访；随后在北京组织了一次以"三峡杯"命名的专场舞蹈演出，请陈铎做主持人，著名舞蹈家贾作光、崔美善都参加演出，长办去了几位代表，还在会上做了发言。郑敏之作为前乒乓球世界冠军考察完后，也曾来信对长办的工作赞赏有加。许中明先生除了前述那段积极评价我们工作的谈话外，在考察结束离开长办大院之前说了一句话，令我难以忘怀。他说：难得有像长委这样的一片社会主义的净土。多年来，我一直想以这句话写一篇短文，作为对长办人的鼓励和鞭策。

心系千秋大业

——"两会"审议三峡工程侧记

杜跃进

三峡工程，是这次人大、政协会议上的一个重要议题。

这是一项酝酿已久的工程，从提出设想到勘察、研究、规划、试验、论证……经历了七十年的时间。

这是新中国成立以来最大的一项工程，对国计民生的影响巨大。因此，国务院将它提交全国人民代表大会进行审议。

审议情况显示，大多数代表和委员认为兴建三峡工程是必要的，技术上是可行的，经济上是合理的，赞成将三峡工程列入国民经济和社会发展十年规划；部分代表和委员鉴于"有些问题还有待于深入研究"，表示"有条件地赞同"。然而，记者在采访中注意到，无论是持积极态度的，还是持谨慎态度的，在这一点上都是相通的：对人民负责，对子孙后代负责。这里没有阵线分明的"赞成派"与"反对派"的对垒，有的只是在具体问题上的见仁见智。

必要性·迫切性·可行性

防洪、发电、改善航运……对于三峡工程的意义，"两会"代表、委员们多有共识。然而，就这一工程的客观必要性而言，身为政协副主席的钱正英自有独到见解：三峡工程，是自然和历史赋予我们的一个重大命题。

这位身兼三峡工程论证领导小组组长的老资格水利专家，在接受记者采访时，就此作了如下分析：

荆江两岸，古有云梦泽，今有洞庭湖，它们此消彼长，担负着调蓄长江洪水的使命。可是，随着江南洞庭湖的不断淤积，以致有朝一日消失，人们不能眼看着在江北再形成一个云梦泽。因为如今的江汉平原已是一方经济发达、人口稠密的富庶之地。当然，也可通过加高堤防或深挖湖区来解决长江洪水的宣泄或调蓄。但这是一笔除防洪以外别无产出的巨额投入。对于一个百业待兴的发展中大国来说，在现阶段，这一负担不免过于沉重。于是，人们把目光投向位于荆江上游的长江三峡，希望在这里筑起一座拦江大坝，通过由此形成的人工水库来弥补天然水库的日趋减小，并利用其巨大的发电效益来偿还工程投入。

如果说，以上分析从江湖演变规律和中国当前所处发展阶段的结合上，道出了兴建三峡工程的必要性，那么，来自湖北省的徐林茂等五位人大代表则进而陈述了兴建三峡工程的紧迫性。他们根据近年来长江连年防大汛，抗大洪，且险情不断的情况，强烈要求：为了解决荆江的防洪保安问题，早下决心，兴建三峡工程！

同是赞成工程上马，人们的视角也不尽相同。

政协委员、中国科学院学部委员张维指出，三峡工程的首要目的是防洪，它可以把十年一遇的洪水提到百年一遇。有人担心工程"万一不测"所带来的后果。可我认为，"十一"比"万一"更紧迫，因此赞成三峡工程尽快上马。

人大代表向德科则表示，我赞成工程上马，这对我们库区有利。这位来自三峡库区的农民同时表示，我们库区属于边远山区，淹没的又是比较好的地方，希望给予特殊扶持，让我们早日脱贫致富。

体育界政协委员郑敏之和阎维仁对此颇有同感。他们谈道，通过参加国务院组织的长江三峡考察，看到由于三峡工程不上不下给沿江人民生产和生活带来的影响，感触很深。现在国家具备了一定的条件，就应下定决心，早日上马。

针对"等国家财力比较宽裕时再上"的意见，长期致力于农业工程工作的陶鼎来委员借鉴国外经验指出，美国当年修建胡佛坝时，正值经济困难时期，通过建坝带动了一批工业的发展，成为解决当时经济衰退的手段之一。我们也可以通过兴建三峡工程，把长江沿岸的经济带动起来。

对于迄今为止的三峡工程论证，代表、委员们大多表示满意。参加过三峡工程可行性论证的人大代表窦国仁认为，三峡工程的论证是建立在大量科学研究基础之上的，论证采用多单位平行进行，共有300个单位、三千至四千多名科技人员参加，动用的人力、物力之大，积累的资料之丰富，研究水平之高，在国内是空前的，在国外也是少有的。

另一位自称外行的政协委员李刚说，对于这样一项巨大复杂工程的论证，我只能从方法上看其是否正确。现在的三峡工程论证，既有数学模型的推算，又有实物模型的模拟，还有丹江口和葛洲坝工程的实地验证，由此来看，我是放心的。

"一个不好的项目，不该上马而上马了，是失误；一个好的项目，该上马而不上马，错过了时机也是失误。"李刚委员的这一观点，在代表、委员们中颇得共鸣。

疑问·顾虑·建议

尽管如此，主张对三峡工程慎重从事的仍然不乏其人。据记者观察，他们并非对上述种种视而不见，而是在多方了解情况后，又多了几分深思熟虑。

毛炳衡，政协委员，西南农业大学教授。他从五六年前起，便对三峡工程"着了迷"，凡是能够收集到的有关资料，他都尽量收集起来研究。他认为，从治理长江、造福子孙的长远之计看，三峡工程应该上，而且应该早作决策，以便开展工作。但是，具备了什么样的条件才能上？需要全面考虑。

他直言不讳地批评，在三峡工程准备工作中存在"重治标、轻治本；重库头，轻库尾；重工程措施，轻生物措施；重下游，轻上游"的现象。而在他看来，这些所"轻"的方面恰恰应该"重"起来。何以见得？他举了这样一个例子。要确保大坝和水库长期安全运行，就必须使入库泥沙减少到最低限度，考虑到大坝建成以后水流减缓，泥沙沉积加快，对此更不能掉以轻心。而要做到这一点，根本之计是在上游实施生物措施，植树造林，防止水土流失。这是三峡工程上马的一个前提条件。可到目前为止，这方面的工作做得怎么样呢？这位治学严谨的学者拿出自己调查来的材料，凿凿有据地告诉记者，长江上游仅四川境内就有256000平方公里的水土流失区需要治理，可治理了三年，才治不到1万平方公里。

说到这里，毛教授的口吻变得严肃起来，三峡工程乃千秋大业，在诸如植树造林之类等一系列问题上，决不能只是做个姿态，而是要实实在在、持之以恒地去干，切实为工程做好准备，因为，这个工程的成功与否，是要经受历史检验的。他由衷地希望，三峡工程能成为一座造福后人的"现代都江堰"，而不要成为后人的包袱。

几位来自重庆的全国政协委员与毛炳衡教授持相同看法。他们在一份署名提案中，引用了南京水利科学研究院1990年11月的模型试验，"三峡水库运行八十年后，除佛尔岩和长寿港外，几乎所有重庆港码头，厂矿用码头，以及地方码头的前缘均出现大片边滩，将严重影响码头作业。"要求有关方面对三峡水库库尾的泥沙淤积问题做重点研究，并提出切实可行和令人信服的对策。

代表、委员们谈论得比较多的另一个话题，是资金与国力问题。

由于关于三峡工程的议案说明中只提到570亿元这一静态投资，而没有说明包括投资贷款利息和建设期物价上涨指数在内的动态投资，致使许多代表和委员对工程究竟需要多大投资拿不准。

关于国力问题，兼任中国电力企业联合会顾问的赵维纲委员是这样看的，不仅要考虑能不能拿得出这 570 亿元，也不仅要考虑能否承担得起远远大于这个数字的动态投资，而且要考虑这么一大笔资金投到三峡工程以后，会不会影响其他一些急需项目的建设。如果没影响，说明国力能够承受；如果有影响，说明国力还难以承受。为此，他建议，在最后选择工程上马时机时，要从国民经济全局综合考虑这笔投入可能带来的远近效益，把所有的大项目"排排队"，而不能就三峡工程看三峡工程。

出于同样的考虑，政协委员、前国家计委副主任林华主张，先在长江上游建一批投资少、工期短、效益来得快的水电项目，通过这些项目积累资金，适时兴建三峡工程。

此外，一些代表和委员还就移民、地震、生态、文物、水位等方面的问题提出了意见，并希望对工程不利的一面要估计充分。

虽然一些专家认为，上述问题是可以解决的，有些问题已有解决方案，但有些代表、委员还是感到不放心。为此，雷亨顺代表建议，大会最后通过的决议不能简单地写上：由国务院根据可能，选择适当时机组织实施，而应对人们意见较大的问题作出明确的表述。

组织·监督·保障

部分是因为对以往工程建设中的一些经验教训记忆犹新，部分是出于对现存体制中一些弊端的深切感受，许多代表、委员未雨绸缪，就三峡工程的组织实施提出了许多建设性意见。他们的意见归纳起来大致有这样几点：

——建立一个由国务院副总理挂帅的强有力的组织指挥机构，实行企业化经营，统一管理从筹资、科研、移民、建设到发电、航运的全过程，全面协调各方面的关系，以建好、用好和管好三峡工程。

——工程从立项到建成发电，一定要按照基本建设程序办事，依法办事，各级监察部门要加强专项监督，必要的话，可由全国人大和政协实施全过程监督。

——确保资金按时到位，确保资金投其所用，工程一旦上马，务必按合理工期稳步推进，在确保质量的前提下，如期完工。

——抓紧科研工作。对目前提出来的问题，一定要作深入研究；对兴建过程中可能遇到的问题，要做有预见性的超前研究。要以工程带动新学科的发展，以工程促进科学技术向生产力的转化，并通过上述过程，培养和造就一批一流的专家，一支一流的建设队伍。

——坚持开发性移民的方针，为移民创造一个良好的生产生活环境，用法律保护移民的利益不受侵犯。

——在建设三峡工程的同时，要兼顾做好上游水土保持工作和中下游平原地区的防洪工程建设。

　　诤诤之言，耿耿之心。对三峡工程议案的审议，凝结了四千多位人民代表和政协委员对国家、对人民、对子孙后代的庄严责任感。

（原载《瞭望》，1992 年 4 月 6 日）

志在高峡出平湖

陈堂明　雷　刚

我们采访的这个单位——长江流域规划办公室，是个密集型的"智力集团"：有12000名职工，工程技术人员就达4200多名，高级工程师、工程师和助理工程师计2000余人。其中不乏在国内外享有盛名的水利专家。这数千乃至上万双眼睛，目前，都注视着一个焦点——巍峨的长江三峡！这种注视，算来已有三十多年了。

三峡如此牵动人们的心绪，究竟具有何等迷人的色彩呢？

啊，令人神往

这是大禹来过的地方——

相传，在远古的洪荒时代，大禹治水，一斧劈开三峡，两岸现出数百里画廊，装点江山，引来游人如织……

这是神女亭亭玉立的地方——

天际空蒙，怎及人间锦绣？于是，王母娘娘的爱女瑶姬，便悄然飘离玉宇琼阁，来到巍峨的三峡之巅，披云巾，迎日出，年年月月，深情凝视万里神州……

当然，这些都是美丽的传说，真正吸引政治家和科学家的，是它那得天独厚的地势和蕴藏丰富的资源。早在1918年，孙中山先生就提出了利用三峡水力发电、改善川江航运的设想。1933年，我国电气工程师恽震、水力工程师曹瑞芝、水利工程师宋希尚，经过实地勘测，在《工程杂志》上联名发表了《扬子江上游水力发电勘测报告》，提出了开发三峡计划。20世纪40年代，美国著名工程师萨凡奇也曾到三峡考察。可那毕竟不是为民造福的年代，中外人士兴建三峡大坝的理想，除在南津关留了三孔钻眼外，只有规划一卷，束之高阁。

然而，三峡并没有失去它的吸引力。当江山回到人民怀抱的时候，转战南北的将军，在这儿停住了脚步；侨居海外的专家，回到了它的身旁。一曲"高峡出平湖"的壮美旋律，惊天动地，毛主席把三峡大坝的宏图，庄严地挂在了人们的心上。

宏图大业

让我们首先看看这些闪光的数字吧，它显示着三峡大坝的巨大效益和在国民经济中的重要作用，那是长办科技人员数十年间用心血计算出来的。

据查，从汉代至清末（公元前185年至公元1911年），2000多年间，长江中下游共发生洪水200余次，平均约十年一遇。1931年水灾，长江中下游就淹没了农田5000余万亩，受灾人口3000余万，死亡145000人，损失财产折银元13.5亿元。当时，汉口市区陆地行舟达三个月之久。这是由于上游洪水来量大大超过中下游河段的安全泄量所致。三峡大坝兴建后，将以数百亿立方米的库容调节上游来水，挡住百年一遇的洪水，保证中下游安全。在超过百年一遇至千年一遇的特大洪水面前，三峡大坝拦洪削峰，加上运用中下游分蓄洪区，仍能争取江汉平原的屏障——荆江大堤不致溃决，保障武汉三镇及长江中下游的安全。这是根治长江水患的一大功利！

横江而立的三峡大坝，"西控巴渝收万壑，东进荆楚压群山"，收一江飞波于坝前，然后回水四五百公里，淹没大小险滩，改善川江航道，改变自古以来的"鬼门关"。而一条长江的运输能力等于40条铁路，其经济效益自然不言而喻。

三峡工程利用水力发电，可装机1300万千瓦，年平均发电650亿千瓦时，经济供电半径直达广州、上海，这样，华中、华东工业发达地区能源紧张的局面，就将得到相当程度的缓和，并可促使全国大电网的形成，电流万里，光耀中华。

这，就是三峡大坝的经济功能！它是中华腾飞的巨大动力！

执着的追求

宏图虽然壮观，实施谈何容易！

还在三峡大坝最初规划设计时，有人就说了：在长江上游的支流上筑一些小型水坝，不也同样可以防洪发电吗？那样做，投资小，周期短，工程易，岂不比修建三峡大坝更划算？埃及阿斯旺水坝，破坏了生态平衡；三峡大坝会不会……

这是可以理解的疑虑。于是，进一步科学论证三峡水利枢纽可行性的任务，便摆在了长办人的面前。

支流水坝能代替三峡工程的防洪功能吗？这个问题，早在解放初期他们就研究过了。当时的长江上游局，就曾组织工程人员在金沙江的"向家坝"、嘉陵江的"温塘峡"、岷江的"偏窗子"、乌江的"七子背"等干支流上，作了地质测绘、选点和控制库容的计算，准备在这些地方兴建水坝，控制洪水，保证长江中下游的安全。

然而不能！

根据水文资料分析，他们发现，在这些拟建的水坝下面，还有30万平方公里的暴雨区不能控制。只有在这大范围的暴雨区下面——长江三峡筑起大坝，才能控制长江上游的全部洪水，消除或减轻它对中下游的威胁。

至于建设周期、投资，是否"划算"的问题，他们算了一个账：三峡大坝虽然总工期较长，但按规划三年准备，七年建设，到第十一年便可逐年装机发电了。它每年装机4台，便等于建造一座发电200万千瓦的大电站。而建造这样的一座大电站，一般也需十年。据我国已建的18座大型水电站资料统计，平均每千瓦的混凝土工程量为三峡水电站的1.91倍；每一万千瓦淹没耕地和迁移人口，分别为三峡电站的18.6倍和5.3倍。因此，三峡工程的投资是十分经济的。如与火电站相比，它的成本仅及1/10，而且不等机组装齐，它开始发电之日，就是资金回收之时，究竟是否"划算"，难道不是一目了然吗？

埃及的阿斯旺水库是什么情况？那里，本来水量就小，水库却有上千亿立方米的库容，几乎拦尽上游来水，使水库下游富饶的冲积平原受到很大影响，自然破坏了生态平衡。而长江流经三峡的年水量达4500多亿立方米，三峡水库的库容仅300亿立方米，调节库容只有70多亿立方米，不及总水量的2%，不会影响下游平原灌溉，当然也就不会影响生态平衡了。

……

越是对这一系列问题进行科学论证，长办人对兴建三峡大坝的追求就越是执着。他们坚信这是富国利民的千秋大业，于是，便以百倍的热情，奔走于崇山峻岭，坚守在试验场上。年复一年，你可知道他们的艰辛？

看吧——

为了给长江流域规划和三峡大坝的过洪能力提供科学依据，他们不仅整编了一百多年的水文资料，还在大江上下遍布的水文站精心观察。有的站建在峡谷、荒滩上，周围渺无人烟，时有野兽出没，我们的水文战士，就在这险恶的环境中，长年累月地坚持工作！

勘测队员更辛苦。他们战斗在深山峡谷之中，惊涛骇浪之上，以苦为乐，以苦为荣。有的身坠崖底，忠骨留在万山之间！

长办的科研成果，就是这样用心血、用汗水、用生命换来的。1983年，国家终于正式通过了他们制订的《三峡水利枢纽可行性报告》。

受命于危难之际

如果说，坚持正确的规划，需要付出心血和汗水，甚至献出生命的话，那么，在工程的实践中严格按照科学规律办事，保证千秋大业质量第一，那就更需要有胆有识，迎难而进了。当然，做到这一点是很不容易的。特别在危难之际受命，责难之中负重，更见长办人的创业精神。这精神，在葛洲坝工程中表现得非常明显。

（原载《湖北日报》，1985 年 2 月 27 日，本文有删节）

历
程
篇

三峡上下话民心

李聚民

兴建三峡工程，举世瞩目，举国关心。三峡上下的干部群众又是怎样一种心情呢？今年（1991 年，编者注）国务院三峡工程审查委员会"发电与电力系统"专家组考察三峡，笔者有幸随行并注意采访了这方面的情况。

"老水利"们的企盼

那天中午，考察组头顶烈日来到荆江大堤上的观音矶，听当地水利、堤防部门的同志说防洪。

这些"老水利""老堤防"们说，自古就有"万里长江险在荆江"的说法。据记载，荆江大堤始筑于东晋，经历代应急修补而成。解放后兴建荆江分洪工程，同时年年大举加固堤防，提高了防洪能力。但目前荆江大堤防洪保证率只能是 20 年一遇，经过分洪后也只能 40 年一遇。堤基是筑在冲积平原之上，易渗水，不牢固。历史上筑堤，砖渣、朽木什么材料都有，为白蚁留下了"小世界"。新中国成立以来就挖掉白蚁 8 万余窝，最大蚁巢可坐 4 人打牌！难怪当地人说荆江大堤是"金皮豆腐肚"。

是否可以继续加固提高堤防？当然可以。但据"老水利"介绍，继续加高加宽堤防，连土源都越来越成问题，堤基也不堪重负。再说，堤在加高，河床也在抬高，而大堤内田园、乡村、城市的基础却无法提高，"水从屋顶过，人在水底行"。如此险象环生，周总理当年视察此地时一语道破"如临深渊，如履薄冰"的状况，又怎能改变？沿岸千万人民的生命财产安全又有何保障？

荆江两岸的人们懂得，如果三峡工程建成，就会大大削减长江洪峰，把荆江防洪标准提高到 100 年一遇，当发生 1000 年一遇洪水时，配以分洪措施也可避免发生毁灭性灾害。因而"老水利""老堤防"和荆江两岸人民盼望三峡工程早日上马，彻底解除"金皮豆腐肚"带来的后顾之忧。

中堡岛人的心愿

经过专家长期反复比较论证，三峡大坝选址于南津关上游 40 公里处宜昌县的三斗坪。长江在这儿生出一个小岛，雄踞江中，名叫中堡岛。

登上中堡岛，笔者听到一个令人心情异常激动的故事。1958 年 3 月 1 日，敬爱的周总理踏上中堡岛看坝址，恰逢岛上一户人家的女孩诞生。总理特意去看望了她。如今 30 多年过去了，小女孩早已成人远嫁。

三斗坪人民永远忘不了这件事。他们从亲身经历中体验到：敬爱的周总理一生操劳国家大事，日理万机，还挤出宝贵时间来到中堡岛，预示着这里将要办大事，发生大变化！

厚道、纯朴、现实的中堡岛和峡江两岸人民盼呀盼，盼望毛主席和周总理的遗愿早日实现。他们从现实中看到：鄂西北的十堰原本是个闭塞贫困的地方，就是国家在那里办起了第二汽车制造厂，以车兴城建市，带动了十堰山区的蓬勃发展。最令他们"眼红"的是宜昌市。过去破败落后的小城，如今成为世界闻名的"水电明珠城市"。为什么？还不是多亏了国家在这里筑起了葛洲坝，办起了大电站，高峡出平湖，当惊世界殊。

难道中堡岛和三斗坪人民就没有这个福气吗？他们不这样看。他们深信在共产党的领导下，只要是为国为民造福的事，就一定会办，而且一定会办好！

你看，如今，以江泽民同志为核心的党中央，不仅已经将兴建三峡工程列上了重要日程，而且党中央、国务院、全国人大常委会、全国政协许多领导同志亲临三峡视察，积极支持三峡工程早日上马。

专家们在中堡岛考察时，当地群众乐呵呵地说，等到三峡大坝在这里建起后，中堡岛将成为大坝的一个组成部分而不复存在了，可是换来的将是一个举世瞩目的大电站和水电城，将是和全国发达地区一样繁荣、富裕、文明的新生活。我们中堡岛人为此感到骄傲与自豪，充满着希望和信心，愿意牺牲我们的局部和暂时利益，为国家和人民的长远利益作贡献。

移民点上的希望

专家组停留宜昌、万县、涪陵期间，笔者接触了三峡工程中最敏感的移民问题。三峡水库最高蓄水位 175 米，移民将达 100 万人左右，任务艰巨。我每到一处就问：若三峡工程上马，就近靠后移民行吗？各地、市、县的回答是肯定的。据他们匡算，各地城镇第二、三产业潜在的安置劳力容量可达 100 万以上，另外"大农业"亦可望安排大批人员。如巴东县，有条件可开发的宜耕荒地80000余亩，而安置移民只需22500余亩，移民人均1.8亩，"8分管肚子（种粮），1亩管用钱（种果树、药材）"，致富有路了。

我们参观了巴东县雷家坪村、秭归县水田坝乡移民开发点。主人介绍了按照山、水、林、田、路综合治理的生态模式进行开发建设的经验。由于使用了移民经费，新改的梯田每亩投入在2000元左右，因而标准较高。水平、土厚、石砌的梯田里，果、麦、豆、瓜间作，既有较高的经济收入，又可达水土保持的目的。

各地负责移民工作的同志认为，现在上下比较一致的看法是三峡工程上比不上好，早上比晚上好。为适应这个要求，移民工作更要做得主动一些。他们希望移民经费要有计划地尽早到位，因为开发性移民，要有可供开发的投入，这样才可以购地皮、搞"三通一平"。如果是"上不上，下不下"，移民经费到位迟，计划内开发搞不成，计划外盲目建设又在搞，必将增加兴建三峡工程的难度，造成不必要的损失。宜昌地区一位副专员说：只要有决心，有政策，有投入，加上认真细致的工作，移民安置工作是可以搞好的。

（原载《湖北日报》，1991年12月30日）

就三峡工程有关问题，长江委领导专家答首都新闻记者问

《人民长江报》

1992年1月12日，首都新闻单位三峡工程考察团来长江委采访。在魏廷琤主任全面地介绍了长江流域综合利用规划要点、三峡工程效益及论证情况后，长江委领导和专家回答了记者们提出的问题。

●**新华社记者**：三峡大坝以上控制流域面积100万平方公里，相当于中国面积的十分之一多。一条线变成一个面，这样大的水域，从宏观生态学上会出现什么样的变化？

方子云（长江水保局高级工程师）：三峡工程虽然控制流域面积100万平方公里，调蓄洪的作用很大，但由于库容和长江水量相比仍较小，对年径流的影响很小。每年的入海水量基本不变，所改变的是将年径流调节得更均匀些。阿斯旺大坝的情况不一样，它的库容很大，为年水量的两倍多。它的入海水量改变很大，筑坝前有330亿立方米的水入海；筑坝后，这330亿立方米的水就分配完了——蒸发了100亿立方米，灌溉用了200多亿立方米。这样，对它的中下游及上游（生态环境）有很大的改变。而三峡建坝后无多大变化。所以，从宏观上看对生态环境变化影响是不大的。控制面积100万平方公里，增加的水域面积只影响到重庆，就是600公里长、1公里多宽，相当武汉河道这么宽的水库，与阿斯旺水库完全不同，阿斯旺水库有10公里宽。因此，将来（三峡库区）对气候方面影响很小，而且向有利的方面转化。至于珍稀物种问题，三峡库区现在基本上没有什么珍稀物种，只有荷叶铁线蕨，但是分布在180米高左右，而且在300米高处都有，可以上移，影响不大。中下游有白鳍豚，至于三峡建坝后泄流的改变是否会改变它的生境，我们已做了研究，影响也不是很大。而现在中下游200条左右的白鳍豚的生命本身已难以继续维持下去，水生生物研究部门正在抓紧研究怎样延续这个珍稀物种的生命。至于中华鲟的问题，在修建葛洲坝工程时已做过研究，中华鲟对环境的适应能力很强，下游已经能自然繁殖，上游长寿有一个中华鲟人工繁殖研究所，已经成功地繁殖了中华鲟。

●**《人民日报》记者**：中上游衔接处拦坝后，大概上下游变化比较大。长江含沙量比黄河少，但考虑到长江的水量要大于黄河，那么其绝对数恐怕还是不少的。泥沙淤在上游重庆附近，每年淤高多少？对重庆、嘉陵江口附近的航道影响怎样？如何解决？从资料上看，一是库区调节冲掉一部分，但库区泄水时，水面下降比较慢，不会像江水流得那么快，能携带走多少泥沙，恐怕比正常流水要少，还是要淤积；二是靠人工疏浚，工程量恐怕很大，这个问题怎么解决？下游变清水，对河床、大堤切割侵蚀恐怕要厉害些。同时，清水渗透能力较强，水位又高，大堤外面又是耕地，会不会使大堤外地面水抬高？会不会使洞庭湖附近和江汉平原沼泽化、盐碱化？还有长江口问题，库区要蓄水、要调节，恐怕下游水量要季节性地减少，减少后长江口附近、上海附近的生态变化会怎样？海水顶托、要倒灌，会灌到什么程度？黄浦江怎样？长江口现在每年淤沙向外延伸，现在淤少了，会不会萎缩或盐碱化？对近海（东海、黄海）海洋生物有什么影响？

洪庆余（技术委员会副主任）：长江整个输沙量还是比黄河少得多。30多年来，长江干流的来沙量没有明显的增加或减少的趋势。最近几年，已在上游加强了水土保持。我们从20世纪60年代开始泥沙研究，当时主要研究水库淤积后能否长期发挥水库效用问题。现在采用较低水库蓄水位方案（60年代为200米方案，现在是175米），又研究了库尾淤积后是否影响航道和港口问题；七八十年后泥沙淤积平衡，对过坝建筑物的引航道有无影响、对下游河道冲刷的影响、水库淤积后抬高库尾洪水位等问题，现在采取的措施，首先是"蓄清排浑"办法。根据计算，淤积80～100年，进库泥沙大部分都可以排出水库，这时水库冲淤基本平衡，防洪库容仍保留80%多，兴利库容仍保留90%多。以后不会继续淤减，而可长期保留。三峡水库能做到这一点，因为它还有个有利条件。水库狭长，槽库容（深窄狭谷所形成的库容）占主要部分，这部分库容即使淤积一些，洪水期降低水位时就可以冲掉，所以槽库容可以长期保留，所损失的仅仅是滩库容（宽滩部分所形成的库容）。库尾淤积问题，汛期时库水位145米，回水不到重庆；汛后蓄水有一部分要淤，未建库前的规律是涨水时淤，汛末退水时水把沙冲了（又称"走沙水"）。建库后洪水期还是要淤，但退水时"走沙水"要受影响，因为要蓄水了，要到第二年汛前降低水库水位时，才有"走沙水"冲沙子。这样，对库尾变动回水区会有一些淤积，为此，我们做了9个大的泥沙模型，这么大规模的泥沙模型试验，目前在国内外是没有的。得出的结论是，不会碍航，整个航道比建库前还改善了。目前维护的最小航深是2.7米，建库后最小航深要求维持在3～4米。只有在第一年是个丰水年，泥沙多、淤得多，而第二年年初（4月、5月）是枯水沙子冲得慢的情况下，如果又不采取措施，这时航深、航宽可能达不到规划的要求，但也不会比天然状况差。这就要采取相应的措施，包括河道整治、少量的疏浚，加上水库调度，如推迟汛后蓄水时间，即汛后仍让水库有一段时间可以"走沙"，采取这些措施还是可以解决的。通过前一阶段试验研究，对库尾航道、港口淤积问题已有一些具体解决措施。在初步设计阶段，还将对这些措施进一步研究，使措施更优化、更具体。

对下游的问题，运行初期下泄水的含沙量减少了，对河床会有些冲刷。我们做了计算研究，相当长一段河道会有些冲刷，因此，有些堤防可能出现原来是险工段，现在不险了；原来不是险工段的地方又变成险工地段了。运行初期需要加强观测，并采取一些必要的措施。进入洞庭湖的泥沙减少了，加上沿途从河床冲起的泥沙，到河口的泥沙与建库前比变化不是很大，对河口的冲淤影响，根据泥沙专家组研究基本上没有影响。另外对咸潮入侵的问题，由于年入海量并没减少，因此，应当是有利的。因为，枯水期建库后下泄的流量增加 2000 ~ 3000 立方米每秒，即入海水量比现在还增加，而咸水入潮最严重就是枯水期，所以有好处。当 10 月份水库蓄水时，下泄流量有所减少，但这时长江的流量还是比较大，为 10000 ~ 30000 立方米每秒，这时蓄水影响不是很大，因为不是河口地区咸潮入侵最严重时期。最严重的是最枯时期，但那时下泄流量增加了，有利于把咸潮往下推。所以总的认为，对河口咸潮入侵问题应该说是有利的。

另外，刚才说三峡控制流域面积 100 万平方公里，是指这 100 万平方公里的水都要经过三峡这个口子流下去，但水库本身的面积只有 1084 平方公里。增加的陆地淹没面积只有 600 多平方公里，水库蓄水真正影响的面积是不大的，只在库周 2 ~ 3 公里范围内气候有点影响，并不是影响到 100 万平方公里。

●《北京日报》记者：如果按材料说 100 年后接近正常排沙量，水库的寿命有多少年？北京官厅水库不到 40 年，只剩差不多 1 亿立方米的水了。水库寿命关系到子孙后代，多少年后就没用了？关于移民就地消化问题，三峡是个大工程，受益地区多，国家是否考虑别的地方替湖北分担一下压力，外迁是否考虑过？

洪庆余：水库淤到 80 ~ 100 年的时候，进库好多泥沙，出库就好多泥沙，进出平衡。但这时防洪库容还可以保留 80% 多，兴利调节库容还可以保留 90% 多，这个库容基本上可以长期保留下去。从泥沙淤积这个角度说，三峡水库的寿命是长期的。三峡水库死库容占的比重很小，淤积平衡后洪水期库水流速仍然很大，大的可达 2~3 米每秒，可以把泥沙带出水库，泥沙淤积不会把水库有效库容淤死。现在的试验完全可以证明这一点，根据葛洲坝水库的实际运用也完全可以证明这一点。葛洲坝建库 3 ~ 4 年后，

历
程
篇

入出库泥沙即基本平衡，泥沙不再淤积。

关于移民问题，80% 移民在四川，过去曾考虑过是否可以远迁，但移民不愿离开家乡。另外，虽然库区土地资源比较紧张，但只要有相应的投入资金，土地可以改造，譬如坡耕地改成梯田、荒山改造后种经济林木。论证过程中，移民专家组进行了详细的调查，认为后靠移民完全可以解决。移民总数虽然不少，但占每个县比例是不大的，农村移民最多的只 5% 或 6%。根据移民专家研究，淹没涉及的 326 个乡基本都可以在本乡解决。现在没有考虑远迁的问题。5 年来在库区还做了很多移民试点工作，也都证明了后靠移民是可以解决的。再说，180 多亿移民经费的投入，是很大的一笔发展资金，地方上也不愿意把这笔资金外投。

●**中央电视台记者**：关于泥沙问题，除了模拟试验、数学分析，还有没有其他类似的实际工程参照？

洪庆余：最好的实例是葛洲坝。像这样大规模的泥沙模型试验，据我们了解世界上都没有。所以，在泥沙模型试验和研究方面，我们在世界上是处于领先的地位。葛洲坝工程从 1981 年截流蓄水以后，已经运行 10 年了，实际运行情况与我们模型试验情况基本上是一致的。这说明我们泥沙研究的成果是可信的。葛洲坝工程作为三峡工程的实战准备，在这一点上也是很有意义的。

●**北京人民广播电台记者**：北京是一个众所周知的缺水城市，北方很多城市也是严重缺水，三峡工程建成后对南水北调工程起到一个很关键的作用，北京的听众非常关心这个问题。目前，北京官厅水库可用水不多，地下水大量开采，外国专家预言——由于水的问题，有迁都的可能。这并不是危言耸听。目前有哪些规划和设想？

洪庆余：（介绍南水北调设想、规划情况及东线、中线、西线方案情况）三峡水库在 50 年代、60 年代研究时，正常蓄水位 200 米，可以从三峡水库引水自流到丹江口水库，然后再从丹江口水库"接力"往华北引。现在 175 米方案，不能自流引水，现正在进一步研究这个问题。是从三峡水库里向丹江口引水，还是引水到丹江口下面，然后再引过去，方案还未最定。首先，第一期还是从丹江口把水往北方引，然后再从长江引水到汉江下游，补偿汉江下游的用水。虽然，175 米方案不能自流引水，但作为南水北调的水源还是很重要的，因为大坝建成后可以调节水量，使枯水流量增加。

●《**团结报**》**记者**：魏主任讲话中提到论证中有些不同意见促使论证深化，请介绍一点具体情况，举一个突出的例子。

魏廷玙：根据各方面的不同意见，深入地进行研究，使问题更明确、更准确，这对三峡工程立于不败之地起了很好的作用。有一些在原来论证中说得不够明确的深化了，例子不少。比方，水库泥沙淤积问题，现在考虑了一个最坏的极限情况：上游既不考虑大规模开展水土保持的作用，也不考虑干支流水库的兴建，完全按照当前的实际情况考虑来多少泥沙，怎样运行，对水库淤积有何影响。实际上现在就开始在支流上建设水库，如雅砻江上建二滩工程，大渡河除龚嘴外，在下面修了铜街子，岷江要修紫坪铺，嘉陵江上游白龙江要修宝珠寺，乌江上游除修乌江渡之外正在修东风，将来还要修构皮滩，清江正在修隔河岩工程，湖南沅水正在修五强溪，澧水也准备修江垭与皂市。支流水库都在修建，这对于长江来讲，干支流配合起来，对水沙运行的规律会有有益的调节，对三峡水库淤积和下游的冲刷都有一定的好处。

生态环境中移民对环境影响问题我们也做了深入研究，做了彩红外摄影，根据航片解译来确定库区可利用的土地资源，比原来做的人工调查要科学得多，两者结合起来，就做得更准确。我们还加强了移民试点，开发性移民方针在 5 年来取得了非常有益的经验。

中下游防洪问题，有人提出加强堤防和分蓄洪区的建设，这些都在积极地贯彻执行。虽然 80 年代由于对水利工程不同看法，放慢了建设速度，但是，中央七中全会、八中全会都提出加强大江大河的治理，加强农田水利建设，对中下游防洪问题的认识更深入了，对堤防、分蓄洪区的作用，对三峡工程在中下游防洪所处的地位，都认识得更深入了。现在可以说两个一致：一是库区移民安置问题执行开发性移民方针的认识一致；二是中下游地区对修建三峡工程解决防洪问题，同时要加强本地的防洪建设这个认识一致。

通过各方面提出来的问题做了一些补充研究工作以后，认识更趋于一致了。所以，提出三峡工程应早决策早上马。湖南、湖北、库区人民的认识能高度统一，是很不容易、很不简单的。这也都是通过提出不同意见，讨论、研究后趋于一致的。这样大的工程，如果意见都是完全一致的，反而容易出问题。有不同的意见，就促进我们朝相反的方向去考虑和研究，确实是有益的。

●《解放日报》记者：请问三峡工程与河口的关系问题，具体指对崇明岛有何影响？崇明岛与长江泥沙有很大关系，现在不断地长。长江泥沙在 70—80 年如果减少，崇明岛是否会缩小？这是上海人十分关心的问题。第二个问题是用水，宝钢用的长江水要求很高，里面含氯离子也很少，如果长江水发生变化后，对宝钢用水是否有问题？第三个问题是三峡工程建成后供电的规划，川东、华中、华东的比例是多少？

魏廷珍主任：刚才方子云先生、洪庆余先生已经通过与国外的比较谈到这方面问题，我再补充几点。河口问题提出来，最严重的是尼罗河口筑了阿斯旺高坝以后出现的问题。1986 年，我同李鹏总理到阿斯旺大坝去考察，进行了探讨，阿斯旺与三峡的情况是迥然不同的。它是水库的库容大，年水量很少，库容有 1600 亿立方米，年水量只有 800 亿立方米。建库后水库蒸发增大，又扩大了尼罗河下游三角洲的灌溉面积，灌溉用水也增加了，从而使入海水量大大减少了。另一方面，尼罗河下泄水很清，当时有外国专家估计，阿斯旺大坝修后，这么大的库容是一个沉砂池，清水下去，会使阿斯旺大坝的下游发生严重的冲刷，要冲深几十米。后来事实证明，没有这个现象。另外，尼罗河口没有保护工程，不像我们长江口有海塘工程，所以它有一个冲蚀的问题。以后通过咨询研究，加强尼罗河的整治，加强保护，这个问题基本解决。

至于三峡工程兴建后，运行 80 ～ 100 年期间，对下游的影响很快恢复平衡，大概影响至下游城陵矶附近。当然，这不排除长江河槽有冲深的问题，有塌岸的问题，还有泥沙从河床补给的问题。到上海的影响就更小了，崇明岛不存在萎缩问题，对沿海的滩涂增长有无影响很难说，很难定量，有影响也是极微小的。上海市恐怕不能靠淤滩扩大面积，长远之计要进行河口整治，使长江口既利于航运，又利于河口综合治理开发。

供水问题。长江的年水量很大，库容所占比重很小，只占 5%，洪水季节起调洪作用，枯水时增加下泄水量，约 2000 立方米每秒，应该说对下游有利。至于水质，不会有多大的变化。枯水季节增加下泄流量是有好处的，对上海市供水无论是数量还是质量，只会有所改善，而不会有所恶化。数量增加了对长江水的自净能力也就增加了。当然，目前上海市水质受黄浦江的影响，污染比较严重，当时有人提出来引太湖水冲污。冲污问题还是应当从积极治理入手，把黄浦江的污染解决好，长江的供水就好办了。三峡工程兴建后，对上海市的供水问题只会朝有利的方向发展。至于宝钢从长江取水的问题就更小了，长江的水质是好的。上海市要把排污口移到江心来，我们也做了研究，对长江水质无大影响。这个问题正在和国外合作。总之，三峡工程兴建后，对下游的环境问题是有利的居多数。所以，（环境）专家组结论是"有利在中下游"。这个结论从各个方面看是符合实际的。说明一下将来（三峡工程）的电力分配问题，会统一调度的。从规划角度考虑，10% 左右给川东，40% 左右给华中，40% 左右给华东。大体比例如此，将来全部运行后还可能会调整，根据各个地区的经济发展和负荷增长、需电的迫急程度来统一调度。

●**《今日中国》杂志社记者**：我们杂志是专门对日本宣传的，想请教两个问题。

一是葛洲坝工程原预计工期与实际工期情况、投资预算与实际费用情况。因我国过去有许多胡子工程，日本读者担心，三峡工程上马后，从经济、技术各方面看，能否如期完成？投资预算打不打得住？会不会成一个"无底洞"？还询问有无日本有关专家考察三峡，反应如何？

魏廷琤主任：（介绍葛洲坝工程投资预算前后改变的原因和资金使用情况）当时中央就指出，葛洲坝工程要为三峡工程作实战准备，现在的设施都能为三峡工程所利用。

关于与外国专家交往问题，为了三峡工程在国际市场争取财政方面的支持，加拿大与我们一起合作进行了可行性研究报告，世界银行派出专家组参加了这项工作。研究结果与我们可行性论证结果基本上是一致的。日本有一个规模庞大的三峡工程促进委员会，几乎包括了国内大的制造商或其他方面的专家。1984—1986 年，我们多次与日本举行大规模的座谈，他们对我们的工作没有提出任何怀疑，所以应该说日本水电各公司（单位）与我们的认识基本上是一致的。至于担心是"无底洞"问题，葛洲坝工程从复工到通航发电只花了 7 年时间，比我们原设计 1982 年发电提前一年。当然，关键问题是要有一个正常的建设环境。

● **《法制日报》记者：** 三峡工程是跨世纪、跨省市的工程，移民量非常大，有人说移民问题是世界级的难题。三峡工程利益之差的矛盾，仅通过政策规范不能解决最终问题，因为政策在特定条件下容易改变，是动态的。就得靠法制来规范。请问，现在长江委及相关的省市，在移民的安置、移民权利的保障和生态环境的变化等方面，有无区域性的立法规划或是设想，以尽可能减少不利因素？

洪庆余： 目前主要根据是国家土地管理条例，现在已经成立了以陈俊生同志为首的库区移民领导小组，并且正准备起草移民的有关条例、法律。是要采取一些措施的。因为移民的数量较大，需要为库区移民制定相应的法律。

● **《经济日报》记者：** 下面有些议论，咱们修这么大的工程，是否可以向外国招标？或让外国人参与？以哪种方式参与？

魏廷琤主任： 三峡工程总的建设要符合改革开放精神。施工肯定有一部分采用承发包形式。凡是我国内部能解决的问题，尽可能用国家内部力量，以自力更生为主的方针还是要坚持的。所以，只有一部分对外实行招标。对内是否也搞招标？我们认为，中央考虑葛洲坝工程建设了一个施工基地，有一支庞大的队伍，这个队伍目前任务还不饱满，应该充分发挥这支队伍的作用。我相信即使采用招标方式，它也能得到大多

历
程
篇

数的标。至于国际合作，目前一方面进行科技交流，另一方面引进先进的设备和技术，同时引进一些资金。至于三峡工程是否采用合资经营或其他方式，现在还没考虑。如果有有利于我们的合作方式，我们也还可以考虑。由谁统一管理这些问题，现在还没明确。

●**中新社记者**：首先问一下工程投资的问题。按照 1986 年和 1990 年两年不同的价格计算，我们的投资是从 360 亿元增加到 570 亿元。那么现在根据物价现状，今后很可能是增长的趋向。请问有无预测——随着物价增加，三峡工程究竟需要投资多少个亿？移民现在投资已增长到 180 亿元，那么 10 年、20 年以后，全部移民完成后所需移民费是多少？现在库区人口稠密，每平方公里 250 人，超过四川省平均水平。库区人均土地一亩半。问迁移后平均人口的密度及人数和人均的土地是多少？还有一种意见认为，三峡工程可能对重庆市增加汛期洪水的压力，能否简单介绍一下情况。

洪庆余：根据经济学家分析，要控制财政经济情况，物价上涨不可能幅度太大，否则财政经济状况不可能稳定。所以，有些经济学家考虑近几年因为要调整物价，会有些增长。我们在估算时从三峡工程准备到移民安置完是 20 年，时间比较长，真正物价的增长幅度很难预计准确。在估算中考虑了几个不同的增长率，根据计委规定，考虑物价上涨要计算价差预备费，我们考虑了 3%、5% 和 6%，按 6% 上涨最后投资是 1500 亿元。有经济学家认为，20 年都按 6% 上涨肯定不合理。但物价上涨对三峡工程经济合理性并不影响。投入增加了产出也增加了，水涨船高。主要影响是需要投入的资金数量要增加。但三峡工程也有一个很有利的条件。正式开工 9 年发电，加上准备期 12 年就发电，第 13 年后发电收入可以基本维持继续施工的资金需要，因此需要投入的资金主要在前 12 年。如果物价不上涨，前 12 年需资金约 300 亿元，如上涨 3% 则约需 400 亿元，如按 6% 上涨也只需要 500 亿元多一点。后面物价涨了电费也涨了，用发电收入，仍可以解决资金需要。所需资金并不会成为一个"无底洞"。也可以从实物指标看，三峡工程挖填量只相当于葛洲坝工程的 1 倍多，混凝土也只相当于葛洲坝工程的 2 倍多。总体说，三峡工程也就等于 2 个多葛洲坝工程。三峡工程规模并不是像有的同志想象的那么大得无底。葛洲坝工程 70 年代到 80 年代都建起来了，现在修三峡工程，国力应该说是没有多大问题的。

在论证中，专家们认为移民费 180 多亿元是有富余的，经济预审组专家认为约有 20 亿元可作机动费。移民问题随着时间推移也是个动态的，越往后实物指标越多，人口也越多。所以从移民考虑，希望越早干越好，现在有个计划 10 年内安置 80%，另一个较小的计划是 10 年内安置 60%。

重庆的洪水位问题。三峡工程建成后，我们要求库区按 20 年一遇的洪水位搬迁。而实际库区内好多防洪标准还达不到，有的地方只几年一遇。所以，实际上搬迁后库区防洪标准是提高了。水位抬高是在淤积多年后有所增加，重庆市水位淤积 100 年后又遇到 100 年一遇的洪水，要抬高 4 米左右。关于淤积后的洪水位，抬高增加淹没问题，还要考虑以下几个问题：

首先是三峡水库建成后，上游干支流肯定要建水库，泥沙淤积问题就不会像现在这么大了。另外，上游建水库后还有调节作用，洪水也没有现在这么大。所以，100年后遇 100 年一遇洪水时，重庆市也不会出现计算的抬高水位 4 米，并且要在运行20 ~ 30 年后才开始抬高水位。因此，不能现在就搬迁，也不能预计确切需要搬迁多少。将来如果洪水位抬高，这部分增加的淹没肯定应该搬迁或采用防护或其他方式处理，其费用完全可以用发电收益处理好。

●《工人日报》记者：据了解，航运界人士介绍，三峡船闸和升船机都存在世界高难度问题，现在是否已经解决了？而国际上现在没法解决。上三峡工程以后，这是个很重要的问题，解决不好，据航运界人士认为，三峡航运的前途是很难预测的。所以说，我们现在上三峡工程，有多大的把握攻克这些难题？根据是什么？另外，我们的工程投资预算叫静态投资，怎么理解这个概念？

洪庆余：三峡工程通航建筑物是世界最大规模之列。现在使用的船闸与葛洲坝 1号船闸、2 号船闸尺寸是一样的。葛洲坝船闸的水头是 27 米，三峡 5 级船闸的每级船闸水头还没有葛洲坝船闸那么大，世界上梯级船闸级数最多的是 4 级，我们多一级，这并不是问题。技术上比较大的问题（超出世界水平）有两个：其一是第一级的船闸的闸门埋在水中的深度比较大，开门时要克服水的阻力较大，这个问题现在已研究解决；其二是船闸廊道充泄水的水头较大，阀门承受最大水头 46 米（第一级向第二级充水时，第一级满水，第二级空闸，充水的水头等于两级水头之差，约为一级水头差的 2 倍），也是超出世界现有水平（目前最大约 40 米）。这个问题涉及阀门水力学问题，即是否会发生空蚀问题，从原则上讲是完全可以解决的。现在通过在南京水科院模型试验，采取一些工程措施，已可以解决这个问题。现在交通部门有的同志担心两线船闸各有一级出故障就会断航，根据我们的实际调查，只要设计合理，正常维护，船闸事故率并不高。从葛洲坝船闸运行状况也可以看出，初期试运行阶段有些故障，现在基本上无故障。因此，这也不是很大的问题。船闸规模比较大、技术比较复杂，当然也不排除有人担心，因为这是世界上最大的，在我们国内经验还不多，但技术问题已经有把握可以解决。升船机船厢加水重达到 11000 吨，提升高度 113 米，是世界上目

历程篇

前最大的。我们也参照了世界上在建已建的升船机。国外最大的是比利时斯特勒比船厢，加水重 8000 多吨，提升高度约 80 米。我们用的形式与斯特勒比升船机一样。因为有平衡重，提升力只要 600 吨，与电梯原理一样。作为一个很重要的课题进行攻关，几年来进行了大量的试验与研究，问题基本上是可以解决的，也是有把握解决的。

根据国家计委规定，所有工程投资都是以某年不变价格做预算，国家计委对所有重大工程要求都如此。这种以某年不变价格计算的投资数就叫静态投资。过去我国物价比较平稳，现在市场价格有变化，计委规定要计算价差预备费，要求按每年 3%、4% 考虑，我们按 3%、4%、5%、6% 都算了，一般工程不会延续 20 年，三峡要考虑 20 年，价差很难预计，我们还是算了账。动态投资指标口径不一致，有的将静态投资加价差，有的加利息，有的加价差和利息，现在还没有统一口径。静态投资则是经济分析的基础，三峡国民经济评价和财务分析所做的各种动态分析，财务指标是很好的，还考虑了筹集资金的 9 个渠道。总之，静态投资是基础，关键是要把这个算准……570 亿元预算是可靠的，并且留有余地。

（原载于《人民长江报》，1992 年 1 月 22 日，孙军胜根据录音整理）

三峡工程的国际合作

沈国衣

自从孙中山先生 1918 年在他的英文著作《国际共同发展实业计划》中，第一次提出改善航运、开发水电的三峡工程计划，三峡工程的国际合作已延续了大半个世纪，大致可分三个阶段：第一阶段为 20 世纪 30 年代至新中国成立以前和美国的国际合作；第二阶段为新中国成立后 1954—1960 年和以苏联为主的国际合作；第三阶段为 1978 年党的十一届三中全会以来和世界各国广泛的国际合作。

我国在三峡工程长期的准备工作中，已积累了丰富的资料和经验，并依靠自己的力量修建了葛洲坝工程。开展国际合作的项目，旨在广泛吸收国际大型水利工程建设的先进经验和先进技术，达到优化设计、节省投资、加快施工的目的。

第一阶段（1932—1948 年）——和美国的国际合作

美国是水能资源开发最早的国家，1936 年已建成当时世界上最高的重力拱坝——胡佛坝。孙中山先生开发三峡水力资源的论述发表后，国民政府建设委员会于 1932 年 10 月组成长江上游水力发电勘测队，扬子江水道整理委员会派美籍测量总工程师史笃培（G.G.Stroebe）参加，这是第一位参加三峡水电勘测的美国人。该队于 1933 年 3 月提出低坝方案，总装机 82 万千瓦，这是中美两国工程师合作首次提出开发三峡水电的计划。

1943 年 8 月，中国政府资源委员会驻华盛顿代表 K.Y yin 给美国垦务局设计总工程师、世界著名大坝专家萨凡奇（J.L.Savage）去信，邀请他访问中国。1944 年 4 月萨凡奇来华实地考察三峡后，提出《扬子江三峡计划初步报告》，即著名的"萨凡奇方案"。这是第一种三峡高坝建设方案，与当时世界上已建的高坝大水电站相比，三峡大坝居领先地位。与此同时，美国联邦动力会议总工程师柯登（J.S.Gotten）也来三峡水力发电技术研究委员会任职，共同研究开发三峡水电，讨论由美国垦务局和田纳西河流域管理局提供技术援助问题。

1944 年 4 月，中国政府战时生产局美籍顾问、经济学家潘绥（G.R.Passhal）提出《利

历
程
篇

用美贷筹建中国水力发电厂与清偿贷款方法》的报告，建议由美国贷款 9 亿美元，在三峡修建 1000 万千瓦水力发电厂及年产 500 万吨的化肥厂，利用廉价水电制造化肥，向美国出口，15 年内还清债务。

1945 年 10 月，中国资源委员会与美国垦务局签订协议，由美国垦务局对长江流域的几个工程提供咨询服务。

1946 年 4 月，中国资源委员会与美国垦务局签订合约，由该局正式进行三峡工程的设计，中国先后派遣 54 名工程技术人员在美国参加设计工作，直至 1948 年三峡工程设计结束止。

第二阶段（1954—1960 年）——和苏联等国的合作

由于 1958 年编制的《长江流域综合利用规划要点报告》，将三峡工程作为治江的关键工程。同年，党中央成都会议又通过了《关于三峡水利枢纽和长江流域规划的意见》；1956 年毛泽东在《水调歌头·游泳》诗词中又为三峡工程描绘出了一幅宏伟的蓝图；周恩来总理也题词号召："为充分利用中国五亿四千万千瓦的水力资源和建设长江三峡水利枢纽的远大目标而奋斗"；三峡工程研究工作进展顺利，社会对三峡工程的呼声也高，它因而也受到世界各国的广泛关注。各国的政府代表团、水利代表团以及新闻、文化、科技等各类代表团纷纷来长办访问。1954 年 12 月，中国政府商请苏联政府派专家来华协助编制长江流域规划。1955 年 3 月，中苏双方签订聘请苏联专家合同，首批苏联专家 4 月来华。自 1955 年 4 月至 1960 年 8 月 5 年多的时间里，先后有 126 位苏联专家在长办工作，不少专家在华工作时间在连续 2 年以上。

苏联专家在长办主要参与了以下的工作：

1. 参与编制《长江流域综合利用规划要点报告》的查勘研究工作

《长江流域综合利用规划要点报告》是综合治理开发长江的纲领性文件，为编制这个报告，苏联专家与长办的工程科技人员一道跑遍了金沙江以下的长江干流和支流，就水文、地质、河流航运、防洪、灌溉、发电等方面进行了多次综合性的实地查勘。

2. 进行专业指导

苏联专家在长办工作期间，在地质勘探、水文、科研、设计、施工设计等 5 个方面和长办工程技术人员进行了广泛的合作，对所涉及的 22 个专业给予具体的帮助和指导，尤其对长江水利水电科学院的建院工作，提出了很好的建议。

3. 与长办共同进行各种专题的研究

主要包括：三峡工程、丹江口工程设计方面的专题研究；长江流域的气象演变情况及其规律的研究；中国河流长期预报方法研究；"长流规"有关综合经济问题的研究和水力学、河工、材料、结构等方面的水利科学试验研究。

1959 年 5 月下旬，苏联驻华大使馆经济局负责人符明召集在华专家 26 人，对长办提出的《三峡水利枢纽初步设计要点报告》进行了 5 天的讨论，提出书面意见，一致认为报告的论证是充分的，并同意选择三斗坪坝址。5 月 25 日，长办苏联专家组组长巴克塞耶夫说："三峡坝线等问题已解决，可以开始施工准备了。"

20 世纪 60 年代初期，因国际国内形势的变化，我国政府调整了三峡的建设步伐。1960 年苏联政府单方面决定撤走全部在华苏联专家，8 月中旬在长办工作的专家全部撤走，中苏两国的合作也告一段落。

在这期间为三峡工程问题来长办访问和参与工作的还有捷克斯洛伐克、波兰、日本、意大利、新西兰、澳大利亚、智利、泰国、印度尼西亚、荷兰、喀麦隆、罗马尼亚、民主德国、丹麦、阿根廷、西班牙、匈牙利、阿尔巴尼亚、越南、朝鲜、加拿大、乌干达、伊拉克、洪都拉斯、摩洛哥等国的 45 个代表团。其中应邀到长办参加工作的一些国家的水利专家，参与的专业和工程项目共百余种。

第三阶段（1978 年以来）——与世界各国的国际合作

党的改革开放政策使三峡工程的国际合作进入了它的盛期。合作的国家之多、范围之广、领域之深和成果之丰富，都是前所未有的，为三峡工程做了大量的准备工作。

1978 年以来，尤其是 1985 年到 1990 年先后有美国、苏联、日本、英国、加拿大、德国、爱尔兰、瑞典、澳大利亚、奥地利等 40 个国家以及世界银行组织和台湾、香港地区的来宾共 363 批来长办参观、访问、考察或进行技术咨询、科研交流。1981 年到 1990 年长办为三峡工程科研工作也以工作、访问、考察、参加国际会议、进修、访问学者、援外、培训等不同方式，多次派人出国。

1985—1990 年，长办与世界各国的合作涉及 34 门学科、82 个单项专业技术，获得咨询报告 70 余份，委托其他国家完成 9 个单项技术问题的研究。

这个阶段主要的国际合作活动如下。

一、签署协议的专项科技合作

针对三峡建设中存在的主要技术问题，与具有优势的国家、机构签署科技合作协议，聘请专家考察、咨询及编制可行性报告。

1. 与美国的合作

70年代后期中美两国邦交恢复正常化，邓小平成功地出访美国，开创了中美合作的新纪元。

1979年1月31日，中美两国政府在华盛顿签订科技合作协定。

1979年8月28日，在北京由邓小平副总理和美国蒙代尔副总统签署了《中华人民共和国和美利坚合众国政府水力发电和有关的水资源利用议定书》。

1980年3月15日，中美双方签署了《中华人民共和国和美利坚合众国政府水力发电及有关的水资源利用合作议定书附件一》。

同年3月，美国陆军工程师团、美国垦务局、美国田纳西河流域管理局组团考察三峡。

同年10—11月，水利、电力、交通三部组团考察美国哥伦比亚河梯级工程、胡佛坝、田纳西河流域管理局及其他水利工程。

1981年4—6月，按协议美国垦务局牵头组团考察三峡。

1982年9月20日，中美双方在华盛顿签署了《中华人民共和国政府与美利坚合众国政府间水力发电及有关的水资源利用合作议定书附件二》，其中第四项为关于三峡工程的多目标开发技术合作活动。1983年，水利部根据该协议派出23名工程师赴美国垦务局和陆军工程师团访问。

1984年8月3日，中国技术进口总公司和美国垦务局签署《中国技术进口总公司和美利坚合众国内政部垦务局关于长江三峡工程技术咨询服务协议书》；同时，水电部外事司代表水电部签署《中华人民共和国水利电力部长江流域规划办公室和美利坚合众国内政部垦务局关于长江三峡工程技术合作协议》。技术咨询服务协议的指导原则是：中方拥有充分的独立自主权，负责三峡工程的设计、施工和运行，并对三峡工程的一切技术问题持有最终的决定权；美国垦务局对三峡工程的有关技术经济问题提供顾问性的技术咨询服务；中方支付咨询服务费用。

在技术咨询中，美国专家一致肯定三峡工程的优越条件，赞同长办推荐的枢纽布置，认为主要建筑物设计方案和结构形式（如连续梯级船闸方案）和导流方式以及施工总体布置和总进度等，在技术上是可行的，经济上是合理的。我们也了解了美国当前的水利水电技术水平和学术理论。其中先进的科学理论和技术对于改进三峡工程设计、提高三峡工程质量、保证工程的安全运行、提高工程效益、缩短工期、节省工程费用都将起到重要作用。

每一年度具体的技术咨询服务项目由双方协商确定，并以附件的方式确定下来。咨询服务的主要方式是由美方派出技术专家来华进行短期的咨询服务，解答中方提出的问题，提出建设性意见，向中方提出咨询报告。另外还有三种咨询服务方式：①向长办提供美国垦务局的技术资料。②在美国完成长办委托垦务局进行研究的课题。③中方派员赴美参加研究。

1984—1989 年的 5 年间，美方共派来华专家 64 人次。这些专家分别来自垦务局、陆军工程师团两个联邦政府机构以及 HARAZ、MKE、KAISER 等著名公司。这些机构历史悠久，拥有丰富的实践经验和资料信息，有的专家负责或参加过大古力第三电站、伊泰普工程和古里工程等当今世界最大的水电工程建设，有着丰富的设计、施工经验，在一定程度上代表了美国目前的先进水平。来华的美国专家，对三峡工程各设计阶段的技术项目进行了比较深入的复核；对各专业进行了相当广泛的技术咨询，包括地质资料收集与分析技术的改进、岩石力学与基础设计、大体积混凝土配合比与材料设计、电站厂房设计、水轮机机组选型与布置、全封闭式开关与开关站、金属结构与启闭设备、高速水流、船闸水力学研究、工程造价估算、施工组织设计、施工方法与设备、碾压混凝土设计、混凝土温度控制研究、原型泥沙与泥沙模型试验技术、库岸稳定监测与处理、河道整治与三峡工程下游河床下切问题研究、土工离心机模型试验、计算机软件咨询等 40 多个项目，先后向长办提交了技术咨询报告 44 份、技术资料约 30 份、月度报表 41 份，还提供了各有关专业大量有参考价值的技术规范、设计手册、指南、标准及幻灯片等。

2. 与加拿大的合作

中国政府为了从更广的范围内论证三峡工程的技术可行性和经济合理性，希望委托资深的国际咨询公司独立编制一份符合国际惯例、能为国际金融机构接受的三峡工程可行性研究报告。一方面可供中国政府决策参考，同时也为三峡工程今后国际筹资创造条件。这一设想得到了加拿大政府的支持，加方决定赠款聘请国际咨询公司编制这一报告。两国政府就此于 1984 年 11 月和 1985 年 10 月两次签署了谅解备忘录。1986 年 6 月，中国水电部和加拿大国际开发署代表两国政府正式聘用加拿大联营公司（CYJV）进行三峡可行性研究工作，并由世界银行监督执行。报告的技术可行性部分由中方负责，加方复核；经济可行部分由加方负责，中方复核。长办是这项合作研究的主要参加者，是加拿大联营公司的主要对应机构，对合作国所需的资料、信息及中方所需要完成的各项技术工作负责。

"三峡工程可行性研究"工作历时两年半，加拿大共派出专家 89 批 541 人，在长办工作 3630 人天。长办也派出 18 批、51 人次专家赴加拿大工作，约 2970 人天。长办内有 450 余名专家与加方专家协同工作万余工作日。长办还组织国家有关部委及省有关厅、局，大专院校和县级机关 200 余个单位参加了加方可行性研究的讨论、考察和介绍会，开展了全面而深入的合作。加拿大的三峡工程可行性研究报告，计 11 卷 20 本 51 个附录，约 310 万字。它的主要结论：三峡工程技术上是可行的，经济上是合理的，不存在影响工程环境可行性问题。中、加、世界银行的共同研究工作是在中国方面以往研究工作的基础上进行的，是三峡工程研究工作的一个重要组成部分。

3. 与意大利的合作

1986 年 8 月，水电部外事司与意大利国家电力局在北京签署了中意三峡工程水电合作协议，长办为协议的中方执行单位。

与意大利合作的项目有四项，意大利方面组织了不少资深咨询公司、研究所和基础处理机构与长办合作。这四项是：

（1）三峡工程二期围堰初步设计咨询。意方在最终报告中，推荐两种方案：①塑性混凝土防渗墙方案。②土工合成材料组合层防渗方案。这两种方案的设计都具有世界先进水平。

意方提出的高压喷射灌浆对破碎基岩和覆盖层的加固和防渗处理，风化砂堰体预固及塑性混凝土防渗墙施工技术；利用土工合成材料作为围堰防渗结构，以及为此提供的实验室试验资料和文献资料，对三峡工程围堰的设计与施工的优化具有重要的参考价值。意方还赠送渗透固结仪一套。

（2）微震监测系统咨询。意大利专家肯定了在三峡工程地区建网的可行性和迫切性；并提出具体建网方案。

（3）地质力学模型试验咨询。意大利专家参与讨论并确定三峡工程左岸厂房地质力学模型试验的最终设计方案；参加模型最后阶段的垮坝试验，对试验结果进行评价和提出咨询意见。意大利还为地质力学模型研究提供了先进的仪器设备快速压模机一套。

（4）三峡工程大坝安全监测系统设计咨询。意大利专家对长办编制的《三峡工程安全监测系统的原则设计报告》作了初步评价，认为基本能满足三峡工程安全监测的要求，并符合国际大坝委员会所推荐的标准和意大利的现行标准。意大利为此向长办提供了先进的 MIDAS 和 FIESTA 计算机程序。

4. 与瑞典的合作

1984 年 3 月 17 日，中国水电部与瑞典国家电力局签署了"三峡工程船闸技术合作"协议；1985 年 5 月 30 日又签署了第二期技术合作协议，瑞方两次赠款共 65 万美元。

三峡工程船闸结构设计是三峡工程设计的重要组成部分，该船闸是世界上最大的内陆船闸，船闸土建费约占整个主体工程土建费的 30%。瑞典在岩石工程设计和施工方面具有丰富经验，不少仪器设备，如深孔水下应力测量仪属世界第一流产品。

通过合作，瑞方就三峡工程船闸结构设计、船闸衬砌墙的设计、船闸两侧岩壁锚杆加固的设计、船闸充泄水隧洞的断面形式、排水洞和排水孔的布置和设计都提出了很好的建议。瑞方递交的设计报告对于三峡船闸的施工程序、施工方法、施工机械选型及施工进度计划等进行了较详细的研究和分析。

合作期间，瑞典利用部分赠款向中方提供了一批工作急需、技术先进的仪器设备，如深孔水下应力测量仪、钻孔岩芯定向仪等，这些仪器在工作中发挥了良好的作用。

5. 与苏联的合作

1988 年以来，由于双方共同努力，苏联水电代表团两次来长办进行访问，建立新的技术合作关系。

苏联来访的水轮机、机电专家组就主要关心的问题——三峡工程水轮机和发电机的主设计与长办技术人员进行技术交流。

苏联方面对三峡工程提出了 9 种水轮机方案，3 种发电机组方案，并特别根据中国国情提出了利用初期 42 米低水头提前发电的低水头方案。

6. 与日本的合作

近些年来，日本政府和公司多次派代表团来长办参观访问。1988 年，双方就筹建汉江中下游洪水预警预报系统达成了基本一致的认识。由于长江防洪极为重要，要采用先进技术设备，建立完整的水情传递通信网络，把水库分蓄洪工程以及各控制站雨量站的信息集中到长办，日方愿意以赠款方式尽最大努力推进中日技术合作，使汉江自动测报系统早日实现。1990 年 8 月 1 日，日方来华执行调查工作，9 月下旬因意外交通事故，协议实施临时中断，至次年 5 月又恢复工作。

7. 与世界银行的合作

1986 年 3 月，世界银行能源处处长南亚先生为团长一行 4 人来汉，高度评价了长办研究三峡工程的成果，并阐明世界银行希望尽早参与三峡工程事务，协助中国解决工程资金的意向。世界银行东亚太平洋地区国家规划局局长长吉先生一行还拜会了水电部钱正英部长。钱正英接受了世界银行关于在国际范围内选聘咨询公司，承担三峡工程财务、经济分析的意见（包括某些需补充研究的技术专题）。世界银行将对咨询公司进行监督和指导。同年 4 月，世界银行向水电部提出了 9 个方面的顾问专家名单。5 月经国务院批准，水电部邀请了世界银行和加拿大咨询公司，参与三峡工程可行性研究工作。

8. 与德国、比利时的合作

德国曼内斯曼力士乐集团公司和长办于 1986 年 5 月在武汉联合举办了水利工程

及水力发电站液压技术研讨会，并签订了就三峡工程船闸、升船机有关技术合作的意向书。1986年9月至1987年3月，长办与该公司技术人员多次在武汉进行技术交流。1987年3月，该公司提供了一份三峡工程液压设备的可行性研究报告；1987年5月，长办3位工程师同时应该公司、曼内斯曼海得劳恩系统与工程有限公司（荷兰）、曼内斯曼香港力士乐有限公司的邀请，参加了5月在德国洛尔举办的液压技术在水利水电工程应用的国际会议，并参观了船闸、升船机、水电站及制造工厂。

1988年6月，该集团公司海事及工程部经理及上述之荷兰公司经理、香港公司中国部经理、工程师等来长办访问，并就三峡工程升船机技术合作事宜与长办技术人员进行探讨。

比利时升船机联合公司和公共工程部机电局亦就三峡升船机设计问题来访长办，比利时的斯特勒比升船机的技术指标是目前世界上最接近三峡升船机的在建工程，对三峡升船机具有重大参考价值。

1991年，三峡重大装备办公室组团到德国、比利时回访考察，并讨论合作意向。

9. 集中各国优势共同研究

对一些重大技术问题，我们还反复请不同国家杰出的科技人员进行咨询和研究。例如，三峡工程二期围堰是工程建设中极为重要的技术问题，长办先后邀请美国、加拿大、意大利专家就此问题提供咨询。长办研究了两种类型的围堰、风化砂壳含防渗心墙堆石围堰以及风化砂混合料斜心墙堆石堰。美国方面提出了膨润土加黏土的心墙方案。加拿大专家则认为长办的混凝土防渗心墙是可行的，但建议采用塑性混凝土防渗墙以提高围堰安全度。意大利专家则在塑性墙的基础上，提出了土工合成材料（土工薄膜和土工织物）组合层防渗方案。这些具有世界先进水平的技术和经验，对三峡工程围堰的优化设计、施工研究具有重要的参考价值。

二、多种形式的国际合作

1. 咨询服务的科技合作

改革开放的初期，由水利部签署的美国垦务局和长办的三峡咨询协议，采取中方付款请美方咨询服务的方式，共支出咨询费160万美元。随着形势的发展，合作的深入，双方的关系发生变化，由中方请美方咨询的格局逐渐向共同合作研究的方向演变，如美国垦务局曾拟出资20万美元，与中方共同研究碾压混凝土应用技术。

2. 国外赠款与中方支付部分费用相结合的科技合作

我国实行改革开放以来，瑞典是较早参与三峡工程咨询合作的国家之一。该国以赠款的方式先后进行两期合作，至1985年5月止赠款金额达65万美元。

3. 国外赠款咨询共同研究的科技合作

1988年，意大利政府赠款163万美元进行中意水电合作。如"三峡工程二期围堰"项目，在意大利方面工作到中间阶段时，中方派出专家赴意大利检查其研究成果，提出中方评估意见，意大利方面根据中方正确意见进行修正和补充工作，从而保证了该项目咨询达到较高水平。意方对中方的真诚合作和意见给予了很高的评价。

地质力学模型的试验研究是意大利在世界上居领先地位的项目，中方提出"地质力学模型"试验由长办实施，在实施过程中派人赴意大利考察学习，并由中方人员设计一个小型二维地质力学模型，意方加工，中意双方共同参加试验，这样中方技术人员就掌握了意大利地质力学模型试验的先进技术。

4. 国外赠款共同研究，各负其责的科技合作

1985年加拿大政府与中国政府签订谅解备忘录：加拿大政府同意接受我国政府水电部建议，由中国和加拿大联合进行三峡工程可行性研究，并进行其他项目的合作。

是年，为"三峡工程预可行性研究"加拿大赠款160万加元。

1986年7月，加拿大政府决定资助874万加元，在世界银行监督下，由加拿大联营公司（CYJV）与长办共同编制符合国际标准的三峡工程可行性研究报告。

1988年6月，中、加双方签订了一个包括施工、移民规划试点、环境保护等三个专题的后续计划，赠款360万加元。其中移民规划和环境保护由长办作为合作单位，施工布置由三峡工程开发总公司为合作单位。

加拿大政府为中加合作编制长江三峡工程可行性研究报告及专题研究项目，共赠款1424万加元，合作历时5年。中方负责报告的技术可行性部分，加方负责报告的经济可行性部分。

通过共同编制《三峡工程可行性研究报告》，长办技术人员得到了锻炼和提高，掌握了按国际标准编制可行性研究报告的工作方法。

5. 双向咨询服务的科技合作

1988年、1990年，长江科学院先后与荷兰、苏联建立起双向的合作关系，发挥各自长处，互相学习，共同承担经费。

荷兰DELFT水工研究所与长江科学院在泥沙与航运水力学方面进行合作研究，双方定期交换研究信息，短期交换学者访问。

长江科学院与苏联全苏水工设计总院西伯利亚分院商定，在高速水流研究方面，双方交流研究成果，中方着重学习苏方的升船机工程研究经验，苏方向中方学习微机应用技术，双方互赠各自公开发表的工作成果及资料，互派技术人员学习感兴趣的科技经验并参加对方工作。

6. 国际经济合作

三峡工程经费将立足于国内集资，辅以引进外资。长办与加拿大政府合作编制的《三峡工程可行性研究报告》为国际筹资创造了条件。引进外资部分拟用于三峡发电机组、大型施工机械设备及升船机有关部件的引进。

三、外宾来访及科技交流

来访的各国首脑、党政要人、专家和友好人士对三峡及葛洲坝工程建设都十分赞赏，表现出极大的兴趣，对设计、施工、管理等提出了有益的建议，并表示愿意在技术和经济上加强合作，广泛开展科技合作和咨询。

20世纪80年代初期，西德前总理谢尔参观葛洲坝建设后说："我看完这一工程后，对你们实现四个现代化更有信心。"

1981年4月13日，澳大利亚共产党主席希尔在参观葛洲坝后说："你们在长江建设这样一个大坝是了不起的事情。这是一个伟大的工程。"

美国前国务卿亨利·A.基辛格博士及夫人一行11人，1982年9月28日应我国政府邀请第11次访华，10月1日在重庆参观后，乘船专程到三峡及葛洲坝参观。基辛格1989年2月及1991年3月先后来信关心三峡工程论证进展情况。

国际大坝委员会几届主席先后考察访问过三峡坝址，参观过葛洲坝，都认为中国人有能力修建葛洲坝，也一定有能力建好三峡大坝。

1981年5月，美国三峡工程考察团一行10人首次来华，对三峡工程进行了为期1个月的实地考察。

1982年3月，美国防洪考察团来长办访问。

1986年1月，苏联水力发电工程设计与施工考察团一行6人前来访问，并考察葛洲坝工程及三峡坝址，该团是中苏关系中断30年后首次访问长办的苏联代表团。

同年3月，美国国务院中国事务处副处长Martain访问长办，了解三峡工程有关情况。

同年4月，日本三峡水力开发推进委员会访华团来汉，了解三峡工程情况，探讨合作的可能性。

1987年5月，法国电力公司代表团、"山区环境工程地质国际大会"会后技术考察团50位专家、国际大坝委员会55届执行委员会湖北线考察团的77名专家先后考察了三峡坝址、葛洲坝工程，并与长办工程技术人员进行技术交流。

1988年3月，日本国际建设技术协会考察团就筹建长江洪水预报警报系统经济技术问题与长办进行了研讨。

1991年4月，西班牙著名水利专家、现任西班牙灌排委员会主席、西班牙大坝委员会名誉委员乔斯·马力亚来中国参加第42届国际灌排会议。这是他第三次来中国。会后，乔斯夫妇同其他外国专家一同考察了三峡及三峡坝址，他说："三峡工程是上帝对中国的恩赐"；"三峡工程是对贫穷进行强有力的挑战，而贫穷是人类最不幸的污染"；"中国正处在关键时刻，如果三峡工程现在不建，也许永远也建不成了"。

大半个世纪以来，尤其是改革开放以来，广泛开展的国际科技合作与经济合作，既促进了长江水利水电事业的发展，也增进了与各国人民的相互了解和友谊。今天，我们和世界各国同行的合作与交流正在不断地发展，三峡工程必将集世界坝工经验，为世界高坝建设作出创造性贡献。

（《湖北日报》，1993年2月4日、11日、18日连载）

历
程
篇

从长江上游查勘到三峡水利枢纽坝址选择

——回忆苏联专家与三峡规划设计工作

陈济生

一、长江上游综合查勘

1955 年 6 月中旬，我在苏联莫斯科水利工程学院完成了水工建筑物专业研究生学业，提前通过学位论文答辩，并于 7 月 1 日离开莫斯科回国。我被水利部分配到部科学研究院筹备处，先在南京水利实验处工作。10 月下旬的一天上午，黄文熙先生面告我，部领导电话通知，派我明晨乘飞机去重庆加入李葆华、林一山率领的编制长江流域规划的中苏专家查勘团工作。我从未接触过江河流域规划，听说查勘关系坝址选择，预感太多新东西要从头学，于是跑到新街口买了《俄汉地质词典》等几本书随身携带。

在长江水利委员会重庆办事处的帮助下，我转火车赶到铜罐驿，与苏联农业专家马林洛夫斯基小组会合后，登上查勘团的专船，见到了李部长和林主任。简短谈话后，领导把我交代给杨贤溢副总工程师，由他安排我查勘期间的具体活动。杨总要求我，沿途和会上听苏联专家们意见并做好笔记、学习坝址选取知识；对苏联专家提到的问题要及时反映。同由部里调来参加查勘的还有朱志新等几位同志。

12 位专家来自苏联不同部委，如马林洛夫斯基来自农业部，组长德米特里耶夫斯基、地质专家阿卡林和水文专家斯特尔马赫等多数专家来自电站部。组长曾负责西伯利亚安加拉等河流水电开发规划工作。阿卡林于 1954 年就到黄河流域工作，还查勘过三峡，学识丰富；沿途看到农村行走的妇女背篓里背一个怀里抱一个身边还跟一个孩子，他感叹"这里妇女太喜欢生孩子了"！

70 多天的综合查勘中有多次技术讨论。苏联专家对各区段地形地质、气象水文自然资源、城乡人口、工农业交通运输等社会经济发展程度与历史变迁都详细过问。查勘团到过渠江达州，嘉陵江苍溪、阆中、南充，看过亭子口和温塘峡等坝址；长江干流最上到过金沙江南广河口；在灌县专门考察了有 2000 多年历史的都江堰，对李冰父子和古代中国人民兴建水利工程的智慧赞叹不已；还去过"千年盐都"自贡，对自流井井盐开发与天然气利用印象深刻。其中，南广河口、沙嘴、石棚、朱杨溪、猫儿峡等都属侏罗系砂岩坝址。我们还乘汽车到武隆，再换小轮船到涪陵，体会乌江通航水流条件。

苏联专家组组长德米特里耶夫斯基对中国西部"天府"四川省人口密集、水力资源丰富却未得到充分利用十分在意，而对长江中下游防洪的紧迫性最初缺乏认识；觉得三峡水利枢纽规模与技术超世界水平，巨大发电量非中国近期所能消受（当时全国的年发电量只有 100 余亿千瓦时，约为苏联的 1/16，美国的 1/40，而一个三峡水电站的年发电量超过 1000 亿千瓦时）。他曾倾向于在重庆上游修建猫儿峡枢纽加上嘉陵江温塘峡枢纽和金沙江南广河口枢纽（就这，都已超过了当时苏联计划建设的几座最大枢纽的规模）。中国同志则强调长江三峡枢纽是流域规划中的重点。后经过明确长江中下游防洪的重要性和紧迫性，而猫儿峡、温塘峡等与三峡之间还有 30 万平方公里集水面积可能发生成灾暴雨。三峡地理位置紧靠中下游，巨大的库容"对上下可以调蓄，对下可以补偿"，对防洪有关键作用；改善航运和发电等综合效益也非猫儿峡等枢纽加起来所能替代。三峡工程从战略高度应是长江流域规划的主体。苏联专家组组长表示赞同。林主任、李总和苏联专家组组长随即商定增聘苏联设计科研专家指导三峡枢纽设计；还特聘苏联地质专家短期来华和中国地质专家一道对三峡两个坝区进行鉴定。

二、长江流域规划办公室开展三峡水利枢纽勘察规划设计

为了在计划经济体制下集中各部委优势力量，加快三峡水利枢纽勘察规划设计研究，国务院在 1956 年第一季度就积极安排在长江水利委员会的基础上成立由国务院领导（水利部代管）的长江流域规划办公室（以下简称"长办"），责成各部委加派专业力量参加相关工作。地质部盛莘夫、何鉴荣等带领一批又一批钻机和勘探人员进入三峡两个坝区和丹江口坝址现场，快速积累了地质钻探成果。

1956 年年初，长办党委组织部部长叶扬眉给我们看了钱正英的信，要求从水利部借调到长办的我和朱志新安心参加长江流域规划和三峡枢纽设计，跟随苏联专家学习。信上还讲已安排把朱的妻子由上海调来武汉。长办结合编制长江流域规划和三峡水利枢纽前期水文勘测及与坝址选择相关的规划性设计，成立了上游室，下设有三峡枢纽组；杨贤溢兼上游室主任和三峡组组长，龙燕和我任副组长，从事与坝址选择有关各专业协调与移民、效益评估等工作。朱志新被分在水工设计室从事枢纽设计。

编制流域综合利用规划要点报告草稿和为三峡水利枢纽选择坝区是长办 1956 年

的中心工作。在上游室三峡组，我的工作侧重于坝区选择，几次跟中苏地质专家跑两个坝区。整个西陵峡东翼（石牌至南津关）的各个年代石灰岩中有许多天坑、落水洞和延伸很远的大溶洞，如石龙洞、黄鳝洞等。石灰岩岩溶现象关系到水库可能漏水，查清楚岩溶情况及其研究处理都属重大技术问题。为了解、利用石牌页岩防阻水库漏水的可行性，我还曾和从长江上游查勘到三峡水利枢纽坝址选择的地质人员陈锡周一道背着仪器沿石牌溪踏勘页岩的露头，判别它的完整性状，并往上游溯源考查到超过水库水位的高处。花岗岩坝区1955年已有了美人沱、长木沱、黄陵庙、南沱4个断面各4孔岩芯钻探柱状资料，显示花岗岩风化层竟有30米以上厚度，花岗岩坝区坝基需要清除风化层，开挖规模很大。根据地质资料，上游查勘时决定放弃黄陵庙、南沱两段，明确就美人沱三斗坪间的8条坝线开展深入勘探设计做进一步比选。对石灰岩坝区以南津关为代表坝线，加快地质勘探是当务之急。

1956年第二季度，苏联枢纽设计和科研各方面专家陆续到达长办。5月初，由我陪同新来的梅纳布吉和罗加乔夫两位枢纽设计专家专门考察了两个坝区的15条坝线，看了花岗岩风化带、石灰岩溶洞和两个坝区最新钻出的岩芯。在有李总、杨总和我参加的一次会议上，他们对规划性设计做了具体技术指导。电力部门移交给了长办的由美国经办的国民政府期间对三峡工程的一些规划勘探设计英文资料，成为我们了解三峡工程研究历史的依据。3月，地质部技术力量在三峡两个坝区到位后边勘察钻探边扩充培训队伍；4月初，南津关第一工区5台钻机开钻；5月，两个坝区全部5个工区都迅速积累岩芯钻探成果，水上钻船也开始了钻探，石灰岩溶洞及大面积岩溶现象调查也迅速开展。这样的进度使苏联专家也感到惊诧。自苏联设计、科研专家来后，长办水文泥沙观测技术与手段持续改进提高，地勘资料不断更新，两个坝区代表性坝线枢纽布置比较工作逐步展开。在汉苏联专家们帮助长江科学院迅速充实并扩展各科研专业，如高速水流实验方面试做减压箱及材料土工实验方面筹划建6米直径的大离心机等，都在赶超当时最新科学实验技术水平。长办的机构与专业都陆续充实调整：成立了包括研究大耗电工业布局、库区经济与移民调查等内容的经济室，涉及铁路、航运的交通运输室。

1956年，通过收集与整编水文资料，专家组查明最近四五百年中的中游最大洪水发生在1870年。三峡水利枢纽的规划性设计围绕坝区坝线比选、正常蓄水位论证进行；其他重大技术措施的探索与试验也积极开展。在苏联枢纽布置专家的指导下，花岗岩坝区研究逐渐集中到太平溪坝址（美Ⅲ）和三斗坪坝址（美Ⅷ）。对于石灰岩坝区，中苏专家一致同意选用南津关坝址（南Ⅲ）。设计人员根据坝址的地形地质与枢纽布置计算出了枢纽的各项工程量，还按苏联专家建议的混凝土折算法估算出了工程造价。随着几位施工专家的先后到来，大型水利枢纽的施工组织设计业务结合汉江规划中的丹江口水利枢纽逐步深入，干支流水力资源与社会综合经济调查也结合流域规划展开。诸如在混凝土工程设计中占重要地位的砂石骨料建筑材料来源选择与专项查勘都在进行，科研人员还在乐天溪利用风化花岗岩制作人工砂开展试验。

在得到三峡两个坝区多方面地质勘探资料的基础上，中苏两国地质专家侯德封、袁复礼、李承三、谷德振、张宗祜、张仲胤、任美锷、冯景兰和波波夫、西蒙若夫、索科洛夫、商采尔、雅库舍娃等人在8月底考察温塘峡、猫儿峡后，于9月中下旬与陈离副主任率领的长办中苏专家们在南津关会合，开始对三峡两个坝区进行鉴定。经过专题审核分析地勘资料、现场补充水文地质观测、讨论鉴定意见后，认为花岗岩坝区还需查清风化规律，如证实凹下地段不存在带状风化，地质上这里是理想的坝区。根据地勘队的喀斯特地貌分布示意图中坝区两岸大量石灰岩溶洞天坑的尺寸规模、位置和水位高程及水文地质指标，喀斯特专家索科洛夫结合现场的补充观测梳理出岩溶总体发育规律：近水面溶洞是水平的，高处落水洞是铅直的，估计溶洞形成于第三纪；地下水温度比较低；近代不会再发生溶蚀。鉴定明确这里的岩溶可望经处理后筑坝。1957年2月，苏联电站部派总工程师瓦西连科、援埃及阿斯旺高财运亨通负责人马雷雪夫和台尔曼来华检查长办苏联专家组工作。燃料工业部水电总局局长李锐、总工程师胡慎思、留苏回国的章冲陪同他们从北京飞到重庆。长办林主任、李总和我在重庆陪同他们看过猫儿峡坝址后乘专轮顺江而下，与武汉来的中苏专家会合并查勘三峡两个坝区的坝址，后到长办听李总关于长江流域规划要点大纲的介绍。三位贵宾跟长办苏联专家单独开了两天会，离开长办前，他们对长江流域规划要点大纲谈了各自的个人意见。李锐没有和长办同志交流讨论。

随着三峡规划工作的推进，长办的机构又有调整。三峡室于1957年初成立，牟同波为主任，吴康甯为室总工程师，我和朱志新分别担任枢纽组正、副组长。此外，三峡室还有坝工组和厂房组。地质鉴定专家组组长波波夫和长办工程师于第一季度还查勘了三峡和清江隔河岩坝址。

1957年，大量专业技术研究都按蓄水位200米开展。长办提出了三峡水利枢纽不同坝址的枢纽布置比较方案，论证了施工工期及施工导流的工程措施，还开展了提前围堰发电和以减少投资为目的的分期蓄水和水轮发电机组研究。夏季，在庐山集中时，为了缩短厂房进水前缘的长度，中方工程师提出开展双列式厂房枢纽布置方案的研究，得到了苏联专家赞扬。这一年多对两个坝区的勘探和规划性设计显示，花岗岩坝区三斗坪坝址在枢纽布置和施工条件上更为方便切实，石灰岩坝区还须进一步查清岩体等问题，设计研究重点移向了三斗坪坝址。

在上游查勘时，苏联专家就强调过，水电站负荷可以迅速调节变化是水力发电的特有优点。像三峡这样的特大型水力发电站会因日调节在坝下形成不稳定水流，对航运不利，因此，巨型水电站下游可能需要修建能壅水缓解不稳定流便利航运的反调节梯级。当时，设计人员倾向先研究不建反调节梯级的各种方案。上游室在王明庶主持下做过从坝址右岸通向南津关出口右岸的"镒（砖）桥河"另辟航道方案，长办交通运输室曾做过在太平溪左岸建高渠的"天河"方案。

南津关一带江底最低处的高程为 −75.00 米，三峡水利枢纽施工期近百米高的深水围堰使设计面临严峻挑战。在苏联专家的帮助下，武汉长江大桥开创了管柱钻孔法在通航的江水中建造围图桥墩的新工艺。我们的专家组曾邀请大桥局的苏联专家和共同指导施工设计方面的同志研究管柱钻孔法深水围堰的施工方案。研究表明，南津关坝址围堰施工的程序、工期和所需钻孔设备与工程量都极不寻常，枢纽建筑物大量为地下工程，而且还有不能阻碍长江航运的前提。三斗坪坝址地形开阔江底又高于海平面，基本不需做地下工程，其围堰及建筑物工程和施工期维持航运方案都简单得多。

结合早已开展的汉江流域规划和丹江口水利枢纽勘测设计，长办于 1956 年和 1957 年在有关部委和相关省市的大力协助下做了扎实充分的基本自然资料（水文、地形、地质、资源）与经济社会调查等工作。此外，中苏专家还进行了一些支流的查勘，基本完成了长江流域规划的各方面工作。整个流域的规划工作内容目标在 1957 年都已得出清楚的轮廓：干流金沙江河段明确进行以发电为主的水利枢纽规划，宜宾至宜昌河段明确进行以防洪发电和航运为主的水利枢纽规划，中下游河段进行以防洪航运与岸线利用为目标的河道整治规划。继汉江之后对主要支流岷江、嘉陵江、乌江、清江、洞庭湖水系、鄱阳湖水系等长办都提出了治理开发规划意见要点。

三、长办完成《三峡水利枢纽初步设计要点报告》

1958 年 1 月中共中央南宁会议听取了林一山关于三峡水利枢纽工程的汇报和李锐的不同意见后，为进一步减少矛盾，同心协力将水利、电力两部合并。2 月 26 日，国务院领导和大区及省负责人及长办林一山、李镇南、魏廷玮和苏联专家等在武汉登"江峡"轮沿江上行，查勘荆江大堤和三峡南津关、三斗坪两处坝址。3 月 3 日，在赴重庆的专轮上，对汉江流域规划的丹江口工程、长江流域规划和三峡水利枢纽设计进行了讨论。苏联专家有 6 人讲话，专家组组长先后两次发言。参加会议的有中国科学院副院长张劲夫，国家科学技术委员会副主任刘西尧，水电部副部长李葆华、刘澜波，四川省委书记阎红彦，湖北省委书记王任重。长办主任林一山写了书面报告并在会上印发给了大家，李镇南等水利水电航运专家也发表了意见。通过实地考察和开会讨论，大家一致认为三峡工程必须搞，而且也能够搞。3月23日中共中央成都会议通过，4月5日政治局会议批准，颁布了《关于三峡水利枢纽和长江流域规划的意见》（中共党史出版社2014年《中国共产党与三峡工程》第63页），明确了"统一规划，全面发展，适当分工，分期进行"的长江流域规划基本原则，对三峡水利枢纽也指明是必须兴建和可能兴建的，应按"积极准备，充分可靠"的方针正确地解决好7种关系。文件还认为汉江丹江口水利枢纽准备条件已成熟，批准可以开工建设。

5月成立以张劲夫为首的三峡科研领导小组，由中国科学院、水利电力部、国家科委、第一机械工业部、长江流域规划办公室及其他有关单位联合，5月5—16日在武汉召开了第一次三峡水利枢纽科学技术研究会议，组织开展跨部门的三峡水利枢纽科研大协作。参加这次会议的有著名科学家200余人，还有苏联电力、机械等专家10余人。会上签订科研协议和任务书200多份。如关于三峡水利枢纽在全国统一动力系统中的作用这一项，就有系统设计院、勘察设计总局、长江流域规划办公室和3个大学、8个水电设计院、5个电力设计院参加。一机部部长助理周建南提出了要赶超当时水平制造出45万千瓦或60万千瓦甚至更大单机容量的水轮发电机组的长远目标，近期争取通过试验先为刘家峡水电站试制超过22万千瓦的双水内冷机组，再研制更大容量的水轮发电机组。对升船机也开展了科研协作。这些研究后来都取得了经验和成果。长办第二任苏联专家组组长巴克舍耶夫还针对这次会议成果在《人民长江》发表了技术性小结论文。

苏联专家一般在华工作不超过两年，只有第一任的阿卡林和老组长援华超过三年。接任的组长巴克耶夫来自乌克兰，曾主持克里明楚克水电站设计。他年岁资历低于老组长，但善于听取各种意见进行归纳总结，显示出领导才能。他随周总理查勘后参加了第一次全国三峡科学技术研究会议，很重视苏联专家与中国各部门专家的沟通协调和配合。

1958年8月31日，北戴河会议期间，还召开了长江三峡工程工作会议，批准在陆水蒲圻做三峡试验坝，研究用混凝土预制块砌筑大坝的施工方法。特意把工程兵当年复员的1000名人员充实到长办陆水工程试验总队。还明确，丹江口枢纽和陆水试验坝的器材问题由湖北省与水利电力部解决。9月1日，丹江口水利枢纽正式动工兴建。

1958年10月，苏联电站部邀请中国水电部派代表团参观伏尔加河上的斯大林格勒水电站截流。当时黄河三门峡工程正准备截流，三峡水利枢纽也在研究截流问题。水电部决定由李锐副部长任团长，长办有魏廷铮、蒋子德和我3人参加共8人的水电部代表团，在三门峡工程苏联专家康宁可夫全程陪同下飞赴莫斯科。苏联电站部接待热情周到，除安排我们参加31日的斯大林格勒水电站浮桥抛四面体平堵截流的现场考察外，还安排我们参加十月革命节红场观礼，组织我们参观访问了莫斯科水电设计院和科研院、列宁格勒水电设计院和全苏水工科研院，以及伏尔加河上已运行的古比雪夫水电站，其中古比雪夫水电站两级船闸的过船情况令人印象深刻；我们还去外高加索山区参观学习塞万诸梯级、赫冉姆诸梯级已运行和正在施工的各型水电站；我们还对引水式水电站、地下厂房与隧洞开挖工艺，贯流式灯泡机组等建设运行实况进行了了解；我们在乌克兰对巴克舍耶夫设计建成的克里明丘格等水利枢纽增添了认识。这次访苏历时 5 个星期，我们于 11 月 28 日回到北京。在苏期间，我们遇到曾在长办工作过的一些苏联专家，他们对中国政府对三峡工程表现出的真挚情谊令人感动。老组长邀我们去他家做客，详询设计进展现状。他一直偏向南津关坝址，说中国人连金门开炮都不怕，应该也不怕南津关的挑战。水文专家斯特尔马赫、厂房专家鲁达柯夫，还有刚回第比利斯水电设计院的枢纽布置专家梅纳布吉都热情地和我们会见交谈，内容包括从长江上游查勘到三峡水利枢纽坝址选择。

对于巨型水电站日调节不稳定流问题，1958 年比选过在宜昌下游的古老背（配南津关坝址）或在三峡出口处葛洲坝（配三斗坪坝址）修建反调节梯级。初步设计要点报告定稿明确选三斗坪坝址配葛洲坝建反调节梯级。长江科学院对葛洲坝梯级反调节功效做了露天模型试验。

长办于 1959 年 5 月邀请了有关部委、省（直辖市）66 个单位代表和专家在武昌开会讨论《三峡枢纽初步设计要点报告》，选用三斗坪坝址和正常蓄水位 200 米进行设计。讨论会结束时接待了与会代表观看模型放水，见证了葛洲坝反调节梯级壅水改善通航水流条件的显著功效。

1959 年 12 月长办与交通部联合在北京开会，由王首道部长主持讨论，同意选定葛洲坝工程作为与三峡枢纽配套的反调节梯级，以此决策落实了《三峡水利枢纽初步设计要点报告》的航运格局上报国务院。1959 年底，为三峡水利枢纽编制完成了以选择坝轴线为中心的 7 个专题报告（坝轴线选择、水利经济规划与死水位选择、枢纽布置与坝型厂房形式选择、通航建筑物形式选择、机电设备及其布置选择、三斗坪至南津关航道改善措施及葛洲坝枢纽论证，及施工方案及施工准备工程计划）的初稿。

四、三峡水利枢纽坝线选择和苏联撤走在华专家

1960 年春节前后是三峡设计成果讨论审查修改高潮，假期后上班第一天设计工作领导小组就专门开会连续三天向苏联专家汇报 7 个专题报告，听取意见并进行协调修改。1960 年 1 月，设计机构又调整成立了枢纽设计处，洪庆余任处长，我任副处长兼三峡组组长。

1960年4月，水电部组织了在水电系统的苏联专家18人和有关单位国内专家百余人专船参加现场查勘研究选择坝线。长办推荐选用三斗坪上坝线（即最终三峡工程的坝线），多数苏联专家同意长办意见，只有枢纽布置专家菲尔索夫坚持要比较下游约1公里的中坝线，建议打过江平硐查明河床地质情况再选坝线。后决定按上坝线进行初步设计，还开挖了过江平硐的进口竖井部分。

　　1960年，由于中苏联系急剧变化，苏联政府下令于8月18日前撤走全部在华专家。长办从1955年4月至1960年8月先后有126位苏联专家参加勘测规划设计科研工作，在这5年间他们把丰富的技术经验传授给了我们。苏联水文勘测、规划设计、科学研究等许多规程规范也逐渐为我们所熟悉掌握。陆水试验坝和汉江丹江口工程施工进程中混凝土骨料分离与碱骨料反应、基岩破碎带处理、混凝土温度控制防止裂缝等许多问题，苏联专家都有所提醒。长办同志们在实践中也学会了科学应对妥善解决的思路与方法。

　　1960年8月的庐山，长办苏联专家还在与中国科技人员一道为编写三峡水利枢纽初步设计而勤奋工作。李庭序副主任专门上庐山向苏联专家们宣读了中苏两国照会，向他们赠送了临别纪念品。

历
程
篇

怯尼亚教授说："中国水库移民政策和实践是全世界最好的"

傅秀堂

2011年6月11—12日，中国水力发电工程学会水库经济专业委员会年会暨移民学术论坛在贵阳召开。来自国务院三峡办、国务院南水北调办、三峡总公司、长江委、水利部移民局等单位的代表共计120余人参会，会上交流论文近百篇。我作为学会的顾问应邀在大会做学术交流。

我身为一个老的移民规划工作者，目睹中国水库移民工作的进步，十分高兴，特别是世界银行社会政策与社会学高级顾问、乔治·华盛顿大学教授迈克尔·怯尼亚先生盛赞中国移民政策的讲演尤令我兴奋不已。

怯尼亚是美国移民专家、知名社会学家，也是我们的好朋友。在1987年搞三峡移民规划论证时，我与他相识，并请他在长江委红楼2楼东会议室做了一次"非自愿移民与发展"的学术报告。会后，我把他的讲话整理成文发表。后来，因为三峡移民工作原因，我们又多次见面。1989年夏，由于政治上的原因，美国和加拿大从三峡工程工作退了出来，我们俩的交往就中断了。没有想到隔24年我们又相遇了，我又一次听了他的客观、公正、科学的讲演，很是激动。

记得在贵阳的年会上，他演讲时没有用讲稿，河海大学公共管理学院施国庆院长在现场翻译。我对怯尼亚的发言深为感动，因此就所知内容引用如下，以供大家参考。

怯尼亚先生首先阐述了他与移民工作的结缘过程。在演讲中，他这样说道："30多年前，我加入了世界银行，恰逢南美有个国家一座水电站建设失败了。大坝建好了，但移民工作没有计划，因此移民不肯搬走，最后军警不得不带着车子抓人，造成国内国际上对该国政府不满，世界银行也因此蒙羞。"

这次不成功的援助项目让世界银行开始反思他们的移民政策，怯尼亚教授也因此开始了新的探索。他在演讲中继续说道："后来，世界银行要我写出《水库移民技术指南》，指导如何把水库移民工作做好。这个指南写出后，被世界银行管理层所接受。世界银行移民政策的变化，最重要的是把以人为本的理念引入了移民政策。"

不过，由于当时的社会经济条件和人们认识的局限，这一政策在当时还略显先进，人们接受起来有一定难度，但中国却做到了。怯尼亚教授说道："这是一个革命性的政策，那时还没有哪一个国家有这个政策。很快，中国加入了世界银行，也接受了世界银行政策，很好地执行了这一政策。"

怯尼亚所说的中国做到了，当指在 20 世纪 80 年代初期由李伯宁、黄友若等人倡导的"开发性移民"，长江委还因此组建了全国第一个水库移民规划的专业机构——库区规划设计处，引导着中国的水库移民工作不断前进。在中国的示范作用下，以人为本的移民理念逐步为世界所接受。怯尼亚教授对此喜不自禁。

"这后面的 20 年，世界银行三次完善这一政策。一些国家也颁布了本国的移民政策，其基本内容相同，包括亚洲、非洲、泛非开发银行，有 25 个国家采用同一政策。到 2004 年，差不多有 50 多个国家商议，提出了世界银行的移民原则。我从中国的移民实践中学习了很多东西。"

他随后谈到了自己在中国的工作，对三峡工程赞赏有加。"1986 年，我参加了福建水口电站移民的咨询、检查工作，1987 年受世界银行指派参加了长江三峡工程的移民咨询和加拿大扬子江联合咨询公司（CYJV）的移民咨询工作。我每次来中国，到了三峡，都是从上跑到下，参加讨论三峡的移民规划，看到三峡移民规划从薄到厚。""我一直对水库移民进行思考。工程开发项目导致了非自愿移民的增加，20世纪 90 年代全世界有 1 亿非自愿移民，21 世纪头 10 年有 1.5 亿，每年增加 1500 万人。但是，移民并没有安置好，只做了搬迁，生产生活没有安置好。现在，发达国家和非发达国家（中国除外）因开发项目导致次生贫困。大家很吃惊，中国水库移民是做得最好的。除中国外，世界上很少有中国这么好的政策，那些国家的水库移民日子过得不如以前。30 多年来，我多次来到中国，和中国同行一起讨论移民政策和实践，非常欣赏中国 30 多年来不断完善的移民政策，这不是我一个人的判断，也是其他知名学者的判断。中国的移民政策和实践是全世界最好的，中国的水库移民政策从某些角度看比世界银行好，比一些发达国家的政策好。"

为了表明这样的赞赏不是表面的虚情假意，怯尼亚教授以自己的见闻对中国水库移民的先进性做了具体化。"中国的水库移民政策好在不仅考虑征地、拆迁，还包括生计恢复，社会整合。我很欣赏刚才几位先生的发言，都讲到了移民的关键是恢复生计问题。前些时，我去了河南，考察南水北调移民，去了 4 个移民村，印象深刻。那

历程篇

里有很好的村民委员会，很好的房子，很好的学校，多样化的生计恢复形式：养鱼，大棚蔬菜等。"

当然，对于欠发达的中国能够在水库移民上走在世界前列，不仅许多国人，而且许多国际友人也难以相信。怯尼亚教授认为他有责任向大家陈述事实，而且要告诉造成这个先进事实的原因。他说道："我回到家里，将在中国看到的告诉我的同事和朋友。他们不相信，怎么会搞得这么好？你们的水库经济专业委员会，集中了各方面的人员，有政府官员、工程开发者、高校教授、设计院专家等，这无论是在发达国家还是发展中国家都是找不到的。这种形式很好，在中国是示范，也值得其他国家学习。中国的经验并没有被世界上的人所了解。"

当然作为社会学家，怯尼亚教授深知水库移民牵涉面广，要想办好绝非易事，中国即使走到了世界前列，但仍有许多困难的问题。他在演讲中没有丝毫隐晦。"世界上有各种声音，水库移民有许多困难和问题，但并没有进行综合评估。我作为一个学者，知道中国水库移民有诸多困难，但任何国家都会有的。我认为中国这 25 年，水库移民政策和实践在不断地进步，不断地发展。我希望各位把自己水库移民的经验贡献出来。你们有非常有价值的知识，国际社会并不了解。在非洲、拉美、亚洲，这些国家移民的前期准备工作不怎么样，移民效果也不怎么样。你们的经验和知识可以帮助他们改善生活，发展经济。希望大家多参加国际性会议，发言，介绍中国移民的做法。也听听其他国家的做法和争论。多写点国际性论文。"

最后他还希望中国能够主动将自己的成功经验传播到更广的地方，尤其是要办一份英文杂志。他说："中文论文希望要有英文摘要，这有助于外国学者了解中国。中国有移民研究中心，为什么不能有一个英文杂志出版呢？如果有的话，很快就让世界了解中国这些杰出的工作。我们都在同一条船上，都以人为本。发展是为了人民，搞水电开发也是为了人民，为什么不去改善移民的生活呢？应以移民为本，移民为先。"

怯尼亚先生发言结束后，会场上立即爆发出热烈的掌声。20 多年来，他老了，但还是很健壮。装束也与过去没有什么不同，红格子花衬衣，蓬松的头发，络腮胡，一双东欧人的蓝眼睛炯炯有神。我伸出手朝他走去，他也伸出手向我走来。我们虽然几十年没有见面了，但他还是连连用英语说："记得，记得。"他攀着我的肩膀，拉着我的手，一起合影。河海大学一位女教授走过来，把我在大会的交流论文《三峡移民规划论证的日日夜夜》拿给他看，并指着其中的一页，上面写着，怯尼亚先生1987 年在长江委作"非自愿移民与发展"的学术报告。他十分高兴，要我在那本书上题词，留下电话。晚上，贵州省宴请会议代表，把怯尼亚先生和我编于第一席，我大喜，这可是切磋水库移民工作的良机。可惜，他很忙，讲完话后就同河海大学施教授飞往巴西去了。

我们这次见面虽然时间不长，但怯尼亚先生的发言，尤其是他从工作经历上得出中国水库移民在世界领先的结论让我记忆深刻。我为有这样的国际友人而深感欣慰。

历
程
篇

铁伍特的三峡梦

刘　军　李卫星

　　铁伍特，加拿大人。由于他在加拿大国内不少水库移民工作中的建树，以及在印度、东南亚等地区搞过一些库区移民项目，使他成为国际上知名的移民专家。

　　在 20 世纪 80 年代初，铁伍特最初从新闻媒体中得知中国想建三峡工程，而且三峡的移民有一百万时，他还以为是天方夜谭。因为，他可以一口气举出不少加拿大和国际上水库移民的范例，其中移民最多的也仅十几万。另一方面，他又感到这项工作够刺激的。移民百万，且不说它可不可行，就是能亲身参加这项工作也是终身一大幸事。不过，在当时，这一想法在头脑中一闪而过时，他首先是哑然一笑，认为这又是天方夜谭。因为中国与他的祖国远隔万里，许多中国自己的专家都轮不上为三峡工作，哪里轮得上他这个加拿大人。直到有一天他的上司通知他准备去中国参加三峡工程移民专题可行性研究时，他才欣喜地发现自己没有做梦。

　　事情是这样的。三峡工程在开工前，受到了空前的非难，这是世界上任何其他水电工程所无法比拟的，其中百万移民更是中外"反上派"攻击最激烈的目标之一。以美国为代表的一些西方国家甚至把它上升到人权的高度，百般指责。

　　为了在国际舆论上以正视听，并争取到国际资金的援助，时任三峡工程论证领导小组组长、中国水电部部长的钱正英通过官方渠道，希望能与加拿大联合对三峡工程进行平行的可行性论证。也就是在中国人提供的基本资料上，加拿大和中国同时做可行性论证，最终共同提交成果，以供国家领导人决策。

　　能够接受中国政府邀请，对三峡这样一座世界级水利工程进行可行性研究，加拿大政府当然愿意参加，世界银行也愿意委托加拿大介入这项工程。加拿大政府立即给铁伍特所在的加拿大国际工程项目工程管理处扬子江联合企业（简称 CYJV）下达了任务，于是 1987 年铁伍特一行人来到中国。

　　铁伍特一行来到中国后，可真把中国的事情当作自己的事业。他和同行前后到三峡坝区和库区去过好几趟。第一次考察时，陪同人员有长江委总工程师王家柱和库区处的两任处长林仙、傅秀堂。当时有关部门包了一条船，从重庆出发，顺江而下一直到宜昌。林仙作为中方代表，第一次详细地把三峡库区移民的情况向加方专家介绍了一遍。

林仙在介绍情况时，谈到三峡库区由于贫穷，百姓们都争着当移民，铁伍特还不相信。有一天，中、加双方技术人员坐船到万县时已是半夜，到处黑漆漆的，什么也看不见，可铁伍特提出非要下船去看一看。由于照明设备不好，中方劝说他天亮再说，可铁伍特执意前往，林仙只好喊来汽车，把铁伍特一行拉到万县主要街道转了一圈。铁伍特看了以后只讲了一句话："这样一些地方淹了不可惜。"

可他不知道，林仙带他看到的和他以后所到的地方都在三峡地区还是比较好的，真正贫穷、落后的地方，不通公路，很难到达，他是看不到的。因此他的确是无法体会到什么叫作"穷山的呼唤"。

以后铁伍特等人几次到三峡，都由当时库区处处长傅秀堂和罗怀之等人陪同参观并介绍情况，给罗怀之留下印象最深的一次，是铁伍特一行几人参观葛洲坝工程。

当他们站在这座气势恢宏的水工建筑物前时，铁伍特他们指手画脚地议论个不停，由于语言障碍，罗怀之听不懂他们在说些什么。后来通过翻译，罗怀之同其中的一位才有以下对话：

加方专家问："葛洲坝工程是哪个国家帮你们修建的？"

罗怀之回答："这座工程完全是我们中国人依靠自己的力量，自己设计、自己施工、自己建造的。"

加方专家当时就发了感慨："这么大的工程你们都能搞起来，太了不起了！搞三峡工程你们还要请外国人干什么？"专家的话的确是出于真心。我方人员后来也去加拿大参观了他们的工程，那些工程的确不大，大约比我们的陆水大坝大一点，比丹江口大坝又小一点。

"是啊，葛洲坝工程虽然是我们中国人依靠自己力量，自己设计、自己施工、自己建造的，但请你们来帮助工作，学习你们的经验，也是为了把三峡工程的事办得更好。"罗怀之既表达了中国人的志气又很谦虚地回答。

看过葛洲坝工程后，铁伍特一行更加认真对待这次三峡工程平行论证的机会了。在中方人员的密切配合下，经过一番努力，铁伍特他们终于拿出了三峡工程移民专题可行性报告。

1988年6月下旬，加拿大蒙特利尔市已经花团锦簇，举行由中、加、世界银行三方参加的三峡工程可行性研究第六次指导委员会及移民委员会会议正在这里的一家宾馆召开。中方参加会议的有两院院士潘家铮，长江委总工程师王家柱及罗怀之等8人。世界银行对 CYJV 完成的三峡工程移民专题可行性报告给予很高的评价。

可当涉及水库蓄水位时，分歧出现了。

潘家铮、罗怀之等中方代表介绍了中国提出的正常蓄水位175米方案；世界银行和加方却坚持160米方案，认为"更高库水位的移民问题可能变得难以处理……"会议经过充分讨论后，CYJV认为在今后进一步的规划中，160米水位以上不可行的结论也可能改变。但不管怎样说，经过中、加专家平行论证，双方在三峡工程上与不上的问题上终于获得了共识，即三峡工程应该上也可以上。

铁伍特他们好像对三峡的兴趣依然未减。会议刚一结束，他们就通过本国外交部亚太局局长找到我们，提出愿意继续合作，最后商定选一个县进行移民规划试点。几番洽谈，中加双方专家都把眼睛盯到了四川忠县的洋渡镇。

时隔不到3个月，铁伍特一行就出现在洋渡镇。

也许是上帝不太愿意让他们如愿，或许是因为别的什么，铁伍特在忠县没待多长时间，突然拉起肚子来。作为一个加拿大人，他干起活来跟中国工程技术人员一样能吃苦，什么山山岭岭都要爬上去看一看。可库区的生活条件的确很差，我们长江委库区处的同志到三峡工作时稍不注意都会拉肚子，何况一个与我们饮食习惯完全不同的外国人，于是他只好带病回宜昌。在这里他与已到三经办工作的林仙见了面，林仙看他比来时苍老了不少，也知道他病得不轻。铁伍特本想等回国治好病后再返回三峡，继续他还没有做完的梦，但洋渡镇一行倒真成了"告别三峡游"。

库区处还是原班人马，在原来选的洋渡镇上认真努力一番，终于仅用了一年的时间，在没有任何借鉴的基础上，拿出了洋渡镇移民安置规划，并在1990年6月三峡库区乡镇移民规划交流会上进行了交流，得到与会者的一致赞同。这个规划到现在还经得起时间的检验。

只有做规划的人才知道这个规划拿出的艰辛。因为到20世纪80年代末，中国水电工程移民工作还真的没有一个正规的移民规划蓝本，他们是这方面第一个"吃螃蟹"的人，而带他们"吃"的人就是铁伍特曾见过几面的罗怀之。

没能如愿继续自己的三峡之行，最终成了铁伍特的一块心病。又过了一段时间后，他通过外交部想向我们要一份洋渡镇移民安置规划。没过多久，这份规划就到了他手中。不过，他真不应该有什么遗憾的，由于他拿到了三峡移民工程可行性研究这张通行证，世界银行的好多工程都请他，他同时也挤进了黄河小浪底工程的移民专家队伍。在一次小浪底移民工程的咨询会上，世界银行和小浪底的业主单位向有多年三峡移民经验的唐登清、郭祖彬发出了邀请。唐登清在会上又看到了铁伍特，两人相视一笑，手又握到了一起。唐登清一看铁伍特拿出的小浪底移民工程报告，那一套思路、办法全是我们搞三峡时用的。也就是说，他搞过三峡，其他的都不在话下了。难怪唐登清如此说：

"中国 50 年来共修了 8.6 万座水库，居世界第一；共移民 1000 多万，也居世界第一。我们既有丰富的移民工作经验，也有过深刻的教训。因此，既是他们指导了我们，也是我们影响了他们。"

当然了，我们也从加拿大专家那里也学到了不少东西，如我们在遥感分析运用上就吸取了他们的不少好建议。

后来，林仙、傅秀堂、唐登清、罗怀之和铁伍特成了好朋友。铁伍特的确打心眼里感谢三峡，感谢他的这些合作者，更感谢中国使他圆了梦。

就在铁伍特离开三峡不到两年的时间里，三峡百万大移民这部电视连续剧正式开演了，不过此时他已无法再亲自参与，只能以一个观众的身份观看了。

（原载《天平》，作者有删改）

历
程
篇

援助三峡移民规划的苏联专家

刘　军　李卫星

　　淹没专家维·捷·米德维捷娃是第几批来的苏联专家，有关人员已经记不清了，只记得大概是1957年。可当年长江委的老同志记得她的人却很多，因为她年仅30多岁，是所有专家中最年轻的一个，而且很漂亮。有人说她是当时专家中穿着最时髦的，总喜欢穿裙子，她的气质风度十分令人欣赏，简直像个电影演员。

　　这位年轻、漂亮的女专家成了当时长江委大院内的一道风景，但更让人敬佩的是她的工作作风和真心实意帮助中国工程技术人员的精神。当时的长江委淹没问题组组长吴志达已不在人世了，这个小组的成员还包括现已退休的唐登清和《人民长江》杂志的老编辑罗有明。尤其是罗有明是随行记录人员，每次上班后向专家汇报工作时，组长吴志达除了带上翻译外，就要带上他，所以他至今还记得与专家在一起工作时的许多事情。

　　米德维捷娃告诉中国人员，苏联水力发电设计院专门设置了从事水库工作的机构，以解决水利枢纽设计时与水库相关联的一些问题，是设计院最大的机构之一，并直接受设计院总工程师领导，在这个水库机构下，还设一些专业组对专门项目进行设计。她建议应该把长江委当时设立的淹没问题组改名为水库组。时隔不久，长江委采纳了她的建议，作了机构调整。

　　她还指导设计人员如何将水库淹没最基本的调查工作与枢纽的规划设计工作密切联系起来；如何确定由于水库淹没国民经济发生的影响和需要采取的措施，确定修建水库所需的费用等。她不仅在理论上指导，还在实际工作中手把手地教。如她教我们技术人员制定的水库淹没调查表格就有100多种（后来长江委的同志结合我国具体情况将这些表格简化为60多种长期使用下来）。当时长江委正在进行《三峡水利枢纽建设要点报告》编制工作，水库组下设的第一经济调查队正在对三峡库区的重庆市、万县等部分城镇和开县、巫山等农村进行调查，从而分析和确定正常蓄水位200米、220米和235米各方案的主要淹没指标。每次的调查结果汇总到她那里后，她都要耐心地教设计人员怎样计算比较、处理、拿出方案来。为了把工作做得更细致，她还不辞辛苦，随同吴志达等人到三峡库区等地进行实地考察。

米德维捷娃尽管当时比我们有些同志还年轻，但却当之无愧地是一位十分称职的老师。每周五上午是这位老师正式上课时间，水库组的全体成员都将板凳搬到指定办公室围坐一圈，听她讲课。我们这位老师也从来没有马虎过，总是捧着经过认真准备的教案，在翻译的帮助下，一板一眼地讲授着。学生们一丝不苟地做着笔记。

"水库淹没工作，是一个专业性很强，而且涉及面十分广的工作，你们应该广泛地阅读多种书籍，不断扩大知识面，才能很好地胜任这项工作。"老师在讲课时不止一次地告诫她的学生，而且还为他们开列了一大批的参考书，为学生制定了书面学习计划。

米德维捷娃不仅为中国工程技术人员留下了知识、经验，更留下了她的精神。罗有明至今还记得这样一件事。在一个春季的星期天，天气很好，开满白色樱花的珞珈山，荡着碧波的东湖，武汉长江大桥两旁的龟、蛇二山，包括烟雾缭绕的归元寺，都被游人挤得热闹异常。罗有明正想带着妻儿也去"踏青"时，突然接到让他拿有关材料到胜利饭店送给米德维捷娃的通知。到了饭店后，罗有明看到米德维捷娃桌上摊着一大堆资料，这才知道，这位外国专家直到星期天还在为中国建设而伏案工作。

米德维捷娃有一个令人羡慕的家庭，有一位原子能专家的丈夫，还有一个3岁的儿子。她非常爱他们，只是为了支援中国的建设，才离开他们，不远万里地来到中国。她的感情十分丰富，不时流露出对家人强烈的思念之情。罗有明至今还记得这样一件事：

一天上班后，罗有明像往常一样随着吴志达、翻译陶竹均走进米德维捷娃的办公室，米德维捷娃含笑示意他们坐下，吴志达开始汇报工作。正汇报着，送报纸、信件的收发员走了进来。只见米德维捷娃突然站了起来，朝收发员迎了过去，她接过收发员手上的东西后就迫不及待地翻了起来，看看有没有爱人的信件。一看没有，她朝吴志达他们耸了耸肩膀，表示遗憾。

罗有明谈起这件事就情不自禁地赞叹道：

"她真是不简单！外国人到哪里都是不习惯不带家属的，她离开爱人、孩子近一年时间，也没有探亲，而且到中国后，竭尽全力真心地帮助我们。尽管后来她的政府对我们不友好，但专家们帮助我们的确是忘我的，真心诚意的。在工作中，我们两国工程技术人员结下了纯朴、深厚的感情……"

任务完成后，米德维捷娃要回国了。吴志达、陶竹均、罗有明三人专程到火车站送行。她流泪了，我们中国的这三位男子汉也流泪了。不久，吴志达3人接到了她从苏联寄来的信和礼物。他们打开一看，原来是3盒30多种颜色的彩色铅笔，罗有明

历
程
篇

说他将这份礼物保存了好长时间……

像米德维捷娃这样援助长江流域规划和三峡工程设计的苏联专家何止一个。在卫国战争时期当过炮兵团长的舍斯达夫是个城市规划专家，腿上还有伤，他在配合长江委人完成《三峡水利枢纽初步设计要点报告》而到重庆、万县等市进行淹没指标调查过程中，也做了许多工作。过去战争期间，为了胜利他的炮曾摧毁过一些建筑；和平时期，他对恢复建筑的热情特别高。可他刚到中国时由于任务不明确，还挨了专家组组长德米特列耶夫斯基的批评。

当时长江委经济室负责区域城市规划工作的王军韬同志回忆说。当他正在北京为长江流域规划收集有关资料时，突然接到委领导的电话，让他第二天接一位苏联专家，然后陪他到重庆考察。具体什么任务也不清楚，但他接的那位专家就是舍斯达夫。王军韬以为舍斯达夫清楚，心想那就听专家的吧！实际上舍斯达夫也不清楚自己的任务，还以为中国政府请他来就是帮助进行城市建设。因此他们飞到重庆后，舍斯达夫考察了重庆市，提出了今后重庆市城市布局的建议。考察完毕，他突然提出长江上游凡是大、中城市他都要去，首先要到贵阳去。由于解放时间不长，王军韬对舍斯达夫说贵州那一带不安全，劝他不要去。可这位从枪林弹雨中走出的专家真还不知道什么叫怕，执意前往。于是王军韬一行陪着他到贵阳、遵义等城镇转了一圈，最后才飞往庐山，去会其他专家。因为武汉的天气太热，一到夏天，林一山就把专家与我们有关的技术人员一起安排到庐山，在那里上班。舍斯达夫这是到中国后第一次见到他的顶头上司——老组长德米特列耶夫斯基。严厉的老组长听了他的行踪后，当头给了他一棒：

"不要把精力放在欣赏建筑艺术上。"

舍斯达夫知道自己错了，军人出身的他知错就改。明确任务后，他在庐山马上将王军韬一行召集起来给他们上课，从城市淹没处理调查到城市改建规划，凡是他认为重要的，都一一涉及。别看舍斯达夫长得五大三粗，可他讲课起来却是那样循循善诱，深入浅出，让王军韬这些学生受益匪浅，并运用他所讲授的知识和技能于1956年先后完成了三峡库区的重庆市、万县、涪陵等部分城镇的重点经济调查。1958年，根据成都会议对三峡工程积极准备的精神，三峡工程的水库经济工作转入正常蓄水位200米以下的调查。调查高程分为160米、180米、190米和200米。其中尤其值得一提的是在这年进行的重庆市淹没处理和城市改建规划调查。重庆市当时非常重视，专门成立了三峡水利枢纽重庆地区经济调查委员会，由市委书记任白戈和副市长邓垦直接领导。林一山委派王军韬同志任城市规划组组长，叶文宪同志任淹没专业调查组组长。舍斯达夫和米德维捷娃两位苏联专家分别指导这两个组的工作。这次调查动员重庆市、县和各厂矿人员，先后达千人，逐户登记，工矿企业深入到车间，其工作深度和规模都是空前的，超出了水库淹没调查范畴，已广泛涉及重庆市经济发展的整体规划。随后长江委提出了正式调查报告。

这次调查最令林一山满意的是，这份淹没调查报告最后以重庆市委的名义签发，具体办文的人是当时重庆市政府办公室主任——王猛。由于修三峡工程的淹没范围较广，尤其四川的损失较大，有关省、市是否支持三峡工程上马至关重要，重庆市当时这样做实际上为三峡工程上马投了赞成票。

苏联专家在华期间，还有一件事值得一提。笔者从长江委综勘局航测队退休职工刘恒炳处了解到，1956年7月至1957年7月，一支包括飞行员、地勤人员、摄影材料冲洗人员、医生共30个人组成的苏联航测队根据当时长办测量处的要求，在长江上游飞行了12架次，为制定长江流域规划服务。三峡区间也是重点航摄地区。

时过境迁，我们如今已无法目睹他们的工作，但可以想象，在当时长江上游的蓝天、白云下，在祖国的大江、崇山、人群聚集的城镇、乡村的上空，一群异国飞行员为了帮助中国建设，一次又一次地驾驶着飞机丈量着他国碧天、大江、丛山，那将是一种什么样的情怀？

只是由于当时阴雨天较多，航测过程中留有漏洞和空白。但不管怎样，这些苏联飞行员为长江委当时绘制三峡水库区 1 ： 2.5 万和 1 ： 1 万比例成图提供了极有价值的资料。为1983年以前，长江委进行的三峡库区小范围淹没指标调查提供了方便。中国人民同样忘不了那些没有留下姓名的苏联友人们。

（原载《天平》，作者有删改）

历
程
篇

三峡——上帝对中国的恩赐

［西班牙］乔斯·马力亚

【编者按】乔斯·马力亚先生是西班牙著名水利专家，现任西班牙灌排委员会主席，为西班牙大坝委员会名誉会员。1991年4月中旬，他第三次来到中国，参加在北京召开的第四十二届国际灌排会议。会后，乔斯同其他外国专家一同考察了长江三峡及三峡坝址。回国后他给长江水利委员会有关部门发来感谢信，并特意附上他对兴建三峡工程的几点看法。该文发表在《人民长江》杂志第8期中，国人对三峡工程深为关注，听听国外一些专家的意见是有益处的。乔斯·马力亚先生的文章很有见地，《中国水利报》特予以转载。

1991年4月第四十二届国际灌排执委会长江线技术考察的短暂访问，三峡工程给我留下了极深的印象。

通过乘船从重庆至宜昌短暂的考察，并根据出版物《长江三峡水利枢纽——治理与开发长江的关键工程》《三峡工程将给中国带来什么》以及陪同的长江水利委员会工程技术人员的介绍，我本人有如下印象。

一

我认为三峡工程的确举世无双，是中国的一个"梦"，对中国发展确有裨益。

二

据初步了解，仅从能源和防洪两个方面考虑，工程效益的内部收益率：50%。

三

除这些明确的基本效益外，三峡工程可调节水流，增加农业和其他用水，并有利于将来向干旱的华北调水，这对国家的未来发展是非常重要的。

四

为了多生产调峰电能，作为短期内的能源输入，应研究补充性的抽水蓄能方案。

五

关键问题似乎在于如何安置百万移民，但是我手中的资料表明，移民有足够的环境容量，前景美好。而且由于淹没土地中仅 20% 为好农田，移民现在的实际生活并不好，三峡地区是中国最贫困的地区之一，30 年前该地区的投资仅 8 亿元，就是明证。为了保证移民的生产和生活水平不低于目前或当地的平均生活水平，国家规划的移民费用为 111 亿元。

六

我确信，如有必要的话，工程可以拨出更多的资金来改善和提高移民的生活条件。这是不成问题的，工程的经济效益可以支付这笔补偿费用。

七

当然，工程会对风景造成一些影响，但为了保护历史文物古迹，看来已经考虑了补救的措施，并且已纳入三峡库区的移民规划。

八

某些牺牲是难免的，但是，此项工程是对"贫穷"进行强有力的挑战，而"贫穷"是人类最不幸的污染。

九

正如第二本参考资料所说，"三峡工程建成，将成为世界的一个新奇迹"，这是千真万确的。

最后作为对"建比不建好，早建比晚建好"结论的补充，我们可以说中国政府不会拒绝修建三峡工程，因为这是上帝的恩赐，并非每一个国家都有这样的机会。修建三峡工程可以促进中国经济的发展。你们正处在关键时刻，如果三峡工程现在不建，也许永远也建不成了。

（此文由长委外事处译，原载《中国水利报》1991 年 11 月 2 日）

历
程
篇

外国人评说三峡工程

乔 桥

近十多年来，一些外国水利专家先后去三峡考察后，留下了他们对这座举世闻名的三峡水利枢纽工程的观感和评说。

巴西人说：选择花岗岩坝区是正确的

1980 年 1 月，巴西水电服务公司代表团考察三峡。

该团科克先生说："三峡工程选择花岗岩坝区是正确的。"

他们甚至认为："像三峡工程这样的地质条件，是不需要打许多钻孔和做许多勘探工作的。"

他们还建议："三斗坪可以采用明渠导流，这可以避免地下厂房，又可缩短工期。"

美国人说：三峡水利枢纽是开发长江的关键工程

近 10 年，美国来了八九个考察团考察过三峡工程，其关注之早，考察之多居各国之首。

1980 年 3 月，美国水电代表团考察三峡。该团莫立斯参观三斗坪中堡岛后说："这里导流条件好，是非常好的坝址。"

1981 年 2 月，美国陆军工程兵团退休工程师斯夸德先生、麦克尔先生考察三峡后也认为："据我们看来，只有修建三峡大坝，才能解决长江的防洪问题。"

1981 年 7 月，美国三峡工程考察团一行 8 人考察三峡，结束后几乎每人都留下了书面提纲，看法比较一致。菲利普·丁·罗斯先生的意见和其他人的意见大同小异。他是这么写的："美国主要河流的开发，都是先搞关键性的工程，以推动全河的综合利用开发。如哥伦比亚河的大古力坝，科罗拉多河的胡佛坝和萨克门托河的夏斯塔坝等。三峡水利枢纽就是长江的关键工程。"

美国水利专家对三峡工程的开工时间也较关注。1985 年 4 月，在中美双边一次学术会上，李席余先生说："根据世界各国建坝的情况来看，仅从工程的角度着眼，排除其他因素，如果现在三峡不尽快上马，将来难度更大，问题更多。目前世界有些国家正在抢着修水坝，尤其是抢修大水坝，我们也应为三峡的建成抓紧一切有利的时机。几千年来，长江水白白地、无声无息地东流去，应让这宝贵的资源尽早尽快为人类发挥效益。"

汪磊落先生是美国芝加哥市哈扎公司水利工程师，他于1987年7月参观三峡坝址后感慨地说："中国人了不起，你们建了葛洲坝工程，你们也有能力搞好三峡水电工程建设。"

加拿大人说：你们已做了充分的准备

加拿大人曾论证过三峡工程，也提出过一个可行性论证报告。他们对三峡工程也知之甚深。

1986年5月，加拿大财经委员会处长巴托夫人到三峡考察后，对长办为三峡工程所做的工作表示赞赏。她说："三峡工程是一个非常宏伟的工程，为世人所瞩目，看来你们已做了充分的准备工作。"

日本人说：中国有能力建成三峡工程

日本水利电力部门对三峡工程亦表现了异乎寻常的关注。

1985年7月，日本三峡水力开发事业团考察三峡，该团成员藤源先生说："日本已在我们协会成立了推进三峡工程建设委员会，希望中方支持我们的工作，日本方面从政府到企业对修建三峡工程都很感兴趣，很积极，各方面都在为三峡工程努力争取贷款。"

藤源一郎是日本经济协会的成员，他于1985年6月考察三峡后认为："中国对大坝建设具有经验和信心，中国自己能够建设三峡工程，只有少数项目和问题需要向国外学习和引进。"

日本九红株式会社考察三峡后，黑木三郎的说法是挺有趣的，他说："过去，我对中国的山水画也看过，总认为是画家的想象，现在我了解到真有其事，你们长办的工程师真荣幸，三峡工程真伟大，我很羡慕，从现在起我要开始学习中文了，以便将来为三峡工程进行技术交流。"

水野光章先生对三峡工程的评价也别具一格，他于1987年随日本建设省三峡考察团考察了三峡后说："三峡工程在日本很有名望，能为三峡建设出力都会感到很光荣，在日本没有到过三峡工程的，不算真正的大坝建筑设计师。"

（原载《中国水利报》，1992年1月15日）

图书在版编目（CIP）数据

三峡工程情怀．历程篇 / 中国农林水利气象工会长江委员会，中国水利作家协会编．-- 武汉：长江出版社，2025.5

ISBN 978-7-5492-6658-6

Ⅰ．①三… Ⅱ．①中… ②中… Ⅲ．①中国文学－当代文学－作品综合集 Ⅳ．① I217.1

中国版本图书馆 CIP 数据核字 (2019) 第 193246 号

三峡工程情怀．历程篇
SANXIAGONGCHENGQINGHUAI.LICHENGPIAN
中国农林水利气象工会长江委员会　中国水利作家协会　编

责任编辑：　郭利娜　闫彬
装帧设计：　刘斯佳
出版发行：长江出版社
地　　址：武汉市江岸区解放大道 1863 号
邮　　编：430010
网　　址：https://www.cjpress.cn
电　　话：027-82926557（总编室）
　　　　　027-82926806（市场营销部）
经　　销：各地新华书店
印　　刷：湖北金港彩印有限公司
规　　格：787mm×1092mm
开　　本：16
印　　张：22
彩　　页：16
字　　数：450 千字
版　　次：2025 年 5 月第 1 版
印　　次：2025 年 5 月第 1 次
书　　号：ISBN 978-7-5492-6658-6
定　　价：680.00 元（共 4 册）